A E
& I

WITHDRAWN

Algún día, hoy

Autores Españoles e Iberoamericanos

La Fundación José Manuel Lara
convoca el Premio de Novela Fernando Lara,
fiel a su objetivo de estimular la
creación literaria y contribuir a su difusión.
Editorial Planeta edita la obra ganadora.

Esta novela obtuvo el XXIV Premio de Novela
Fernando Lara, concedido por el siguiente jurado:
Fernando Delgado, Pere Gimferrer,
Ana M.ª Ruiz-Tagle, Clara Sánchez
y Emili Rosales, que actuó a la vez como secretario.

El Premio de Novela
Fernando Lara cuenta con el patrocinio
de la Fundación AXA.

Ángela Becerra

Algún día, hoy

Premio de Novela Fernando Lara
2019

Planeta

Obra editada en colaboración con Editorial Planeta – España

Diseño de portada: Planeta Arte & Diseño
Ilustración de portada: © Angela Mckay
Fotografía de la autora: © Ramón Eguiguren
Diseño de la colección: © Compañía
Iconografía: Grupo Planeta

© 2019, Ángela Becerra
© 2019, Editorial Planeta, S. A.- Barcelona, España

Derechos reservados

© 2019, Editorial Planeta Mexicana, S.A. de C.V.
Bajo el sello editorial PLANETA M.R.
Avenida Presidente Masarik núm. 111, Piso 2
Polanco V Sección, Miguel Hidalgo
C.P. 11560, Ciudad de México
www.planetadelibros.com.mx

Primera edición impresa en España: mayo de 2019
ISBN: 978-84-08-21181-5

Primera edición impresa en México: junio de 2019
Primera reimpresión en México: diciembre de 2019
ISBN: 978-607-07-4832-5

Créditos de los fragmentos de texto incluidos en la novela:
Fragmento de la página 150: canción *La Hija de Juan Simón,* de Mauricio Torres García y Concepción Camps (letra).
Fragmento de la página 368: sonatina en *Prosas profanas,* de Rubén Darío (Austral Básicos).
Fragmento de la página 424: fragmento de las *Obras completas,* de Santa Teresa de Jesús.
Fragmento de la página 478: canción francesa anónima del siglo xvii que se atribuye a Jean-Baptiste Lully (1632-1687).

Créditos de las imágenes:
Fotografía de Betsabé Espinal de la página 797: © Fotografía Rodríguez / Fondos Patrimoniales. Biblioteca Pública Piloto.
Mapa de Medellín de la página 806: Cortesía Archivo Histórico de Medellín.
Mapa de París de la página 807: © 2019 Geographicus Rare Antique Maps.
Foto Patronato de Obreras de la página 809: © Benjamín de la Calle Muñoz / Fondos Patrimoniales. Biblioteca Pública Piloto.

Impreso en los talleres de Litográfica Ingramex, S.A. de C.V.
Centeno núm. 162-1, colonia Granjas Esmeralda, Ciudad de México
Impreso en México –*Printed in Mexico*

A mi nieto Alejandro,
amor en estado puro

Quien no se mueve no siente sus cadenas.

ROSA DE LUXEMBURGO

Aquel a quien el destino habla tan fuerte, puede hablarle aún más fuerte al destino.

HÖLDERLIN

Soy de hoy y de siempre... Pero hay en mí algo que es de mañana.

NIETZSCHE

Fingiré que soy un invierno silencioso,
cerraré la puerta para siempre,
y sin embargo reconocerán mi voz
y le creerán de nuevo.

ANNA AJMÁTOVA

Y llenos de voluntad nos detendremos ante el sol,
y seremos peligrosos.

KHALIL GIBRAN

PRIMERA PARTE

1

El cielo había decidido vengarse del silencio.

Un desconcierto de relámpagos desangraba la noche y caía sobre el poblado de Bello, astillándose con furia sobre los matorrales y los tejados de sus casas, como si fuera un juicio final destiempado.

En medio de tantos bramidos celestes, el grito de Celsa Julia se diluía en aquel barrizal en el que había caído por culpa de la oscuridad. El parto adelantado de ese bebé, al que había escondido bajo una ruana durante meses, era inminente.

No pudo impedirlo, a pesar de cruzar las piernas con todas sus fuerzas. Cuanto más apretaba, buscando contener el viscoso líquido que se deslizaba por sus muslos, la pequeña cabeza más pujaba por salir. Se metió la mano por entre la falda y trató de introducirla de nuevo en su vientre, pero ya era tarde; sus dedos tropezaron con la cabellera enmarañada y pegachenta de aquel bulto de carne.

Era un accidente. El fruto de una tarde torcida. La vergüenza de su estúpida ingenuidad y de las patrañas de aquel hombre que, una vez había obtenido lo que buscaba, la había amenazado con echarla a la calle si contaba algo de lo ocurrido a su mujer.

No lo quería, no podía tenerlo. No deseaba por nada del mundo que el niño repitiera su misma suerte.

Nadie la auxiliaba. En aquel camino que jamás había tomado, y menos a esas horas de la noche, solo habitaban los fantasmas —aquellos seres de los que tanto había oído hablar a su loca abuela—, y un barranquero, pájaro cínico que la miraba burlón.

Estaba en medio de su muerte y de esa nueva vida. Perdida entre el deseo de abandonarlo y huir, o el de cogerlo y sumergirse en el río para ahogarse con él en una ceremonia íntima y fugaz que a nadie interesaba.

Sentía el desgarro de sus entrañas en la lluvia helada que lloraba con ella el nacimiento de ese pobre niño. Un niño que no debía venir al mundo. Un niño que, por más que luchó por impedir que naciera, de repente acababa de caer de bruces en el barro.

Lo recogió. Entre sus manos era solo un amasijo de huesos y piel embadurnado de sangre y lodo. Con sus dientes cortó el cordón que la ataba a aquella criatura, y mientras lo hacía un relámpago iluminó el sexo del pequeño:

—¡Niñaaaaaaaaa! —vociferó—. ¡Maldita sea!

El llanto de Celsa Julia Espinal creció y se unió al primer grito de su hija. En ese instante un rayo partió en dos el algarrobo milenario que las resguardaba del diluvio, y un pedazo de tronco cayó sobre ellas sepultándolas.

2

A lo lejos, las campanas de la iglesia de Nuestra Señora del Rosario marcaban con sus tañidos las tres de la madrugada. El padre Evangélico regresaba de dar la extremaunción a Pascasia Arboleda que agonizaba de un cólico miserere. En plena medianoche, el nieto de la anciana había aporreado la puerta de la sacristía y él se había visto obligado a salir en volandas hasta el rancho, que se encontraba perdido entre la marabunta de los árboles.

En medio de los yarumos, muy cerca de la quebrada de La Loca, le pareció oír unos débiles aullidos. Instintivamente, apretó entre sus dedos el crucifijo que colgaba de su cuello. A esa hora era habitual que las chuchas, aquellos marsupiales gigantescos que la gente confundía con ratas, se adueñaran del campo. Aunque era una tontería temerlas, desde pequeño les tenía pánico. Empezó a huir, pero a medida que se alejaba del lugar los gemidos crecían. De repente, sus zapatos se hundieron en la greda y un bulto se movió en la oscuridad.

Lo que parecía una enorme bestia era una mujer desesperada que se revolcaba entre el lodo, buscando el pequeño cuerpo de su hija.

—Mi hijita, mi hijita... —le gritaba enloquecida al cura agarrándole por la sotana—. Se me la tragó *La Chupabrava.*

Evangélico se deshizo como pudo de las manos de la desconocida, metió los brazos hasta el fondo del lodazal y tras removerlo palpó un piecito. El resto del cuerpo estaba atrapado en un enfurecido remolino que lo succionaba. Tiró de él con fuerza —temiendo que fuese demasiado tarde—, hasta arrancarlo de las fauces del barro.

El cuerpo inerte y anegado de lodo de la hija de Celsa era rescatado por el cura.

La mujer aullaba su dolor mientras el sacerdote apretaba la naricita de la niña y soplaba por su boca, tratando de devolverla a la vida.

—Mi hija, mi hijita... ¡Sálvela! —gritaba desconsolada—. ¡Es un castigo divino! Dios me está castigando por haber pecado de pensamiento. Pensé ahogarla en el río, ahogarme con ella, y Él lo vio, por eso me castiga. Santísima Virgen...

Tras varios intentos fallidos, Evangélico dejó de insuflarle aire, dibujó el signo de la cruz en su frente y la depositó en brazos de su madre.

—Lo siento, señora, ya no puedo hacer más —le dijo desconsolado, y levantando la mirada al cielo continuó—: Son los designios de Dios. Deberíamos bautizarla, para que su pobrecita alma no quede vagando por este mundo... o se vaya al limbo.

Por los muslos de Celsa Julia Espinal aún corría la sangre. No había expulsado la placenta y se sentía sin fuerzas, pero no dijo nada. Como en un trance empezó a arrullar el cuerpecito del bebé, al tiempo que le cantaba *Duérmete, niña, duérmete ya...*

—Hoy es sábado —continuó diciendo Evangélico sin darse cuenta del estado en que se hallaba la mujer—. La llamaremos Betsabé, que significa 'Hija del Sábado', 'Protegida de Dios'. ¿Le parece bien?

La mujer no contestó. Seguía, como ida, meciendo a su pequeña.

El sacerdote extrajo del bolsillo de su sotana un pañuelo y una botellita de agua bendita. Limpió la cabeza de la pequeña y al hacerlo descubrió que su piel era blanca y sus facciones finas y aristocráticas. En su rostro no había signos de sufrimiento. Parecía un ángel dormido.

Tras la tormenta, una luna como rosa blanca iluminaba el pelo negro de la recién nacida mientras el sacerdote recitaba en latín:

—*Ego te baptizo, Betsabé, in nomine Patris et Filii et Spiritus Sancti...* Acoge, Señor, a este angelito que...

En ese instante, de la boca de la niña empezó a emanar un hilo de barro que se convirtió en un caudaloso buche del que saltaban diminutos renacuajos.

Y el llanto de un bebé inundó el bosque.

3

A la misma hora en que Celsa Julia Espinal daba a luz, a escasos kilómetros de Bello, en la Villa de Nuestra Señora de la Candelaria de Medellín, entre sábanas traídas de París, palanganas de plata y paños calientes, una mujer desgarrada de dolor pujaba con todas sus fuerzas mientras la comadrona hundía sus puños cerrados contra su abdomen, tratando de que el bebé descendiera hasta el cuello del útero.

El parto se complicaba con riesgo de muerte.

En lugar de que la cabeza coronara la salida, de la maraña de pelo púbico asomaba un delgado talón. La criatura venía de pies al mundo y, para colmo de males, había defecado dentro del líquido amniótico.

Urgía sacarla cuanto antes.

Después del sufrimiento de catorce horas, en las que el marido de la parturienta aguardaba con desesperación la llegada de su anhelado hijo varón para que un día se ocupara por entero del importante negocio familiar y que su gallardo apellido se perpetuara; para ponerle el nombre que durante generaciones habían llevado su tatarabuelo, su bisabuelo, su abuelo, su padre y él; para que hiciera realidad la lista de sus sueños frustrados; para que viniera a proteger a sus siete hermanas, después de tanta espera, en lugar de un hombre nacía la octava hija de Conrado Mejía y Céfora Echavarría.

La comadrona, consciente del peligro que corría el bebé,

se había precipitado y tirado con demasiada fuerza de su pequeño pie, descaderándola.

Aquella niña de piel nívea, ojos dorados y unas facciones como si hubiesen sido cinceladas por las manos de Miguel Ángel, la hija más bella de Conrado y Céfora, jamás caminaría con la elegancia y el donaire de las Mejía Echavarría.

Tras ese accidentado nacimiento y la terrible decepción del padre, Céfora entró en una profunda depresión. No comía ni dormía; tampoco se ocupaba de su recién nacida ni de las demás hijas. Solo lloraba.

Se refugió en la habitación que quedaba al fondo del pasillo del tercer piso, donde nadie entraba desde la muerte de la abuela sorda que siempre había leído sus labios. Esa *mater urbi et orbi* que entregó su vida acompañándola en silencio, quien a pesar de haber perdido el oído y la voz, nunca le había fallado. Ni siquiera ahora que llevaba cinco años muerta. A la venerable anciana Conrado la quiso desde el primer momento. Sabía que casándose con Céfora también se casaba con ella, pues era la única familia que le había quedado a su esposa tras la trágica muerte de sus padres, ocurrida en Kenia a manos de dos leones asesinos. El doctor Echavarría, entusiasta seguidor de las intrépidas y valientes expediciones que la Royal Geographical Society de Londres patrocinaba en África, quería darle una sorpresa a su mujer y había contratado un safari por el Masailand de Kenia donde celebrarían sus cinco años de amor. Aquel exótico viaje que todos los medellinenses de renombre envidiaron en su momento resultaría un suceso mortal del que dieron eco los grandes periódicos del mundo.

El doctor Echavarría y su mujer morirían sin poder cumplir su quinto aniversario de bodas, dejando una hija huérfana con una portentosa fortuna. De esa terrible pérdida, Céfora nunca se recuperó, pero aprendió a vivir gracias al abnegado amor de su abuela. Por eso, cada vez que algo le dolía, corría a refugiarse en aquella habitación; lo único que le quedaba de la anciana.

En su obligado encierro Céfora prohibió la entrada a todos, salvo a Consolación, la sirvienta fiel que junto a su abuela la había ayudado a criar a sus hijas. Esta, cada mañana, con un artefacto traído de Londres extraía de los pezones de su señora la leche para los biberones de la pobre niña, mientras la parturienta lloraba desconsolada.

—Si sigue con esa tristeza, se le va a agriar la leche, señora —le dijo la criada en tono premonitorio al darse cuenta de que en el recipiente de cristal unas extrañas bolitas se desprendían del líquido y se depositaban en la superficie.

Pero Céfora no oía; su tristeza la había ensordecido.

El cuarto quedó cerrado a cal y canto. En la soberbia mansión de los Mejía Echavarría se prohibieron las visitas y los juegos de bridge. Aquella suntuosa casa, admirada por la alegría de las fiestas y los sibaritas banquetes que organizaban sus dueños, se sumió en un estado letárgico. Hasta los maderos de la regia escalera, que acostumbraban a crujir en la noche con las evanescentes apariciones de la abuela muerta, se silenciaron.

No hubo poder humano que sacara a Céfora de su estado.

Avanzado el puerperio, la cosa fue a peor.

La recién nacida quedó a cargo de la servidumbre, que sentía una pena inmensa por la criaturita abandonada.

Al darse cuenta del delicadísimo problema de los señores, y sin ningún tipo de oposición, Consolación tomó el mando de la casa.

Hizo trasladar a la recién nacida a la cocina, con su primorosa cuna de encajes y bordados azules —como correspondía a las expectativas de sus progenitores—, tratando de que el aroma de los manjares cocinados le abriera el apetito.

Mientras trillaban el maíz para hacer las arepas del desayuno, le cantaban canciones de cuna. Cocinaban los fríjoles, cortaban en tajadas los plátanos y fritaban los chicharrones a su lado. Picaban cebolla, tomate, cilantro y hierbas aromáticas buscando alguna reacción, pero no conseguían nada. La criaturita lloraba y lloraba desconsolada.

Hasta colocaron a su lado el fonógrafo de Edison, traído del viaje de novios de sus padres, y lo hacían sonar con el *Concierto para violín n.º 5* de Mozart, que levantaba el ánimo a los muertos, sin ningún tipo de resultado.

Y aunque se esforzaban en cuidarla, nada la calmaba.

De un día para otro rechazó la leche de la madre y dejó de comer.

La desesperación de Conrado fue tal que, al no hallar solución en la medicina tradicional, decidió llamar a su primo e íntimo amigo, el excelentísimo arzobispo de Nuestra Señora de la Candelaria de Medellín, don Teodomiro Mejía y Trujillo, que inmediatamente puso en marcha una operación santificadora para ahuyentar la terrible maldición que había caído sobre la familia de su primo: una niña de ojos con un tono sospechosamente sulfuroso —un infernal amarillo— que, a juzgar por sus rebeldes comportamientos neófitos, seguramente llevaba el diablo dentro.

Haría un sahumerio amargo de ruda, altamisa, verbena, cicuta, ajenjo y pino, y regaría todos los rincones de la casa repitiendo: «Casa de Jerusalén, donde Jesucristo entró por primera vez, el mal al punto salió entrando a la vez el bien. Yo te pido Jesús también que saques el mal de aquí y hagas entrar el bien, por Cristo Señor, Amén». Y a continuación realizaría otro sahumerio dulce, al que añadiría quemas de incienso y mirra, flores de botón de oro y siempreviva, sándalo rojo y palo santo. Tras exorcizar a la pequeña y limpiarle el aura con santificaciones y baños benditos para convertirla en un ser limpio, liberado de todo mal, perfumaría de bienaventuranza cada rincón de ese hogar.

Como supremo prelado de la ciudad y primo hermano en línea directa de Conrado Mejía —hombre respetado en todo Antioquia por su empuje y tesón—, la tarea prioritaria sería ahuyentar el mal que acechaba a su familia, y de paso darse a conocer como el gran enviado de Dios en esas lejanas tierras que tanto necesitaban de su protección divina.

Todo el mundo sabría que él, Teodomiro Mejía y Trujillo, excelentísimo arzobispo de Nuestra Señora de la Candelaria de Medellín, había sido bendecido por el Altísimo otorgándole en su bondad los divinos poderes de sanación.

4

Celsa Julia Espinal y Betsabé se recuperaban del accidentado alumbramiento en un estrecho cuarto que el padre Evangélico había adecuado para ellas en la desvencijada casa parroquial de Bello.

Durante días, la recién nacida se había comportado como si no fuera de este mundo. Aunque su cuerpecito conservaba la dulce tibieza de la vida, no se le sentía ni la respiración.

Parecía que no necesitara del aire.

Pero si acercabas el oído a su pecho, se escuchaba nítido el sonido nocturno del bosque. Como si la música del río, grillos y sapos, currucutús y arrendajos hubiesen anidado en ella.

A pesar de que sus ojos permanecían cerrados al mundo en un imperturbable y misterioso letargo, no existía la menor duda de que estaba viva. De cada poro de su piel emanaba un intenso aroma silvestre de humedad vegetal, que perfumaba no solo la habitación sino todas las estancias de la casa.

No lloraba ni emitía ningún sonido.

Lo único que hacía era mantener su boquita pegada al pezón izquierdo de Celsa Julia, succionando vida, mientras el derecho derramaba una leche que tristemente se perdía en un viejo paño de algodón. Por más que su madre insistiera, no había manera de que la niña quisiera beber de este ni una gota.

Al tiempo que la pequeña sobrevivía en su neonatal silencio, Celsa Julia no abandonaba sus rezos internos. La salvación de su hijita la había dejado en deuda con sus santísimas vírgenes.

Prometía y prometía altares y velas en rosarios que se encadenaban uno a otro, en un sinfín de Gozosos, Dolorosos y Gloriosos con salves finales y aleluyas introductorias. En ello estaba cuando oyó los pasos del padre Evangélico, que se detenía delante de la desteñida cortina azul que separaba el cuarto del patio interior.

—¿Puedo pasar?

—Pase, padre, pase —le contestó Celsa escondiendo entre la cobija de lana el pecho del que mamaba la niña.

—¿Sigue sin emitir ningún sonido? —le preguntó el cura refiriéndose a la pequeña.

—Nadita, padre. No dice nadita de nada, pero sigue muerta de hambre. Tengo miedo de que...

—¿De qué?

—De que se le haya metido algún espíritu maligno y lo tenga en el estómago.

—¡Ay, hija!, las supersticiones no son buenas. Usted ya sabe que la niña está protegida por Dios. ¡Que esté viva es un verdadero milagro!

En el instante mismo en el que el padre Evangélico se percataba de que en el suelo de tierra, a los pies de la escueta cama donde permanecían madre e hija, germinaban los primeros brotes de orquídeas catleyas —entre un musgo que nadie había sembrado— y unas enredaderas trepaban por el catre, oyó los golpes de la oxidada aldaba de la puerta principal.

Se apresuró a abrir. Era un enviado de la arquidiócesis. Un pobre patipelado que traía un sobre lacrado con la caligrafía inconfundible de monseñor Mejía y Trujillo.

Lo abrió intrigado mientras el mensajero lo observaba.

—Puede marcharse, hijo —le sugirió poniendo en su mano una moneda—. Tenga, para que le compre una panocha a su mamá.

Pero el muchacho no se movió; lo miraba fijamente. Convencido de que esperaba algo más, el cura lo bendijo.

El chico se santiguó al tiempo que le aclaraba:

—Señor cura, perdone. No puedo irme por más bendiciones que me dé. Me dijeron que no me fuera hasta que usted no leyera la carta, y que me esperara a su respuesta.

—Pues, mientras tanto, pase, *mijito,* a la cocina y dígale a sor Bernardina que le dé una aguapanelita caliente, que hace una cara de muerto que asusta.

El joven desapareció por el estrecho pasillo de tierra —levantando en su carrera una nube de polvo— mientras Evangélico abría la carta, convencido de que esta le traería la noticia de que la arquidiócesis finalmente se haría cargo de la reparación de los techos de la capilla, que se encontraban en estado calamitoso. Ahora, además de los santos, hasta los feligreses corrían peligro de muerte.

La leyó.

No era nada por el estilo. Sin embargo, lo que la misiva decía le llegó como caído del cielo, pues hacía días que buscaba desesperadamente una solución a lo que se le había convertido en un delicado y difícil problema.

Las malas lenguas empezaban a especular.

Algunos decían que la protegida era una hermana suya, que venía de lejos tratando de esconder el pecado de esa niña sin padre. Otros, que era la hija Natural de un hacendado o la bastarda de un conocido político, católico acérrimo, al que él encubría. Los más retorcidos afirmaban por lo bajo que la recién nacida era fruto de algún desliz suyo y por eso las acogía. Que el padre de la criatura era él.

Las habladurías rodaban como lava ardiente por la calle del Carretero. Iban de boca en boca en un subibaja frenético de la calle Arriba a la calle Abajo, sin conmiseración ni descanso, y se asentaban en el parque de Santander donde, bajo la sombra de los mangos, acababan floreciendo jugosas, convertidas en el más delicioso manjar al que todos querían meterle la cuchara.

Por eso, últimamente prefería recluirse en la iglesia y en

sus rezos en lugar de exponerse a los buitres que sin ningún tipo de consideración desgarraban a picotazos sus hábitos y su honra.

De repente, sus oraciones eran escuchadas. Recogía los frutos de todas sus misivas.

Durante días había dado voces a las parroquias aledañas y a la propia arquidiócesis de Nuestra Señora de la Candelaria de Medellín, explicando el drama de *Las Salvadas de La Chupabrava*, como eran llamadas por la gente.

No podía echarlas a la calle, pero tampoco podía seguir ocupándose de ellas por más tiempo.

El tema se le salía de las manos.

Ahora era el propio arzobispo quien le escribía para solicitarle encarecidamente que se hiciera cargo de la problemática de su primo.

Conocedor del drama de Celsa Julia y su hijita, en un instante de divina inspiración, a monseñor Mejía y Trujillo se le ocurrió que podía matar dos pájaros de un tiro.

Siendo práctico, se trataba de unir dos problemas y convertirlos en una lúcida solución en la que todos los implicados terminarían ganando.

Los Mejía Echavarría necesitaban urgentemente de una nodriza. Alguien que tuviera buena leche para que su octava hija no muriera de inanición. Y Celsa Julia Espinal, que necesitaba de un lugar donde estar con su criaturita, tenía leche de sobra.

¡¡¡Alabado sea Dios!!!

5

La propuesta no podía ser más acertada.

El padre Evangélico conocía a Conrado Mejía mucho tiempo antes de que le asignaran la vicaría de Bello. Habían estudiado en el colegio de Antioquia donde ambos se graduaron con honores.

Después se separaron.

Él había entrado en el Seminario Mayor de Medellín a estudiar Teología, respondiendo a una vocación en ciernes, mientras que Conrado, tras un largo y acalorado debate con su padre, acabó por convencerlo de que lo enviara a París, la Ciudad Luz —donde se cocinaba la alta cultura y las nuevas generaciones estaban en ebullición—, para continuar sus estudios superiores y licenciarse en Letras. Allí se codearía con gente cosmopolita y de rancio abolengo. Sería allí donde él, Conrado Mejía, iba a convertirse en todo un señor: el orgullo de su padre.

Desde aquella época el joven ya era famoso por sus manías, heredadas de los Mejía Quijano. Sobre todo, por la compulsiva afición que tenía a los diccionarios y a las palabras y nombres que comenzaban por la letra C. En su bolsillo jamás faltó la joya que le dejó en herencia su abuelo. Un primoroso diccionario del siglo XVII —de la Real Academia de la Lengua Castellana—, el primero ilustrado a tamaño miniatura, con tapas de piel de camello e incrustaciones de nácar que, además de ser una verdadera reliquia, había pasado de Conrado a Conrado a lo largo de seis generaciones.

Todo lo que tuviera que ver con la letra C le fascinaba. Conciertos, Claveles, Cocinar, Comer —Chicharrón y Carne, por supuesto—, Cantar, Conversar, Contar, Cortejar, Curiosear, Caminar... Llegó a tal punto su obsesión que acabó por convertirlo en una especie de fetiche y augurio de buena suerte.

Por eso, cuando conoció a Séfora Echavarría lo primero que le preguntó fue su nombre.

—¿Cómo te llamas? —le dijo con curiosidad malsana.

—Céfora —contestó aquella bella joven, de piel pura y ojos de ámbar cristalino.

—Céfora... ¿con S o con C? —insistió él deseando que la contestación fuera acertada.

Ella, que en realidad se llamaba Séfora con S pero que estaba advertida de su obsesiva manía, en ese instante decidió cambiar la inicial de su nombre. No fuera a ser que ese maravilloso hombre, del que solo verlo había quedado prendada, la rechazara y el castillo de sueños construido en el segundo mismo en que sus ojos se cruzaron con su mirada hipnótica se derrumbara de golpe.

—Con C —le aclaró sin pestañear.

Solo oír la respuesta, Conrado descansó. Supo que ella sería su mujer. Sus refinados ademanes, su elegancia de encajes, sedas y guipur, siempre vestida de blanco impoluto de la sombrilla a los pies, como correspondía según sus cánones a una auténtica dama. Su piel inmaculada, su sonrisa perfecta, su fuerza e inteligencia la convertían en la más bella y deseada candidata a ser la madre de sus hijos.

Todo iría bien.

Él le daría la protección y el amor que toda señorita de bien necesitaba. Administraría su fortuna, la que había dejado su padre tras su accidentada desaparición. Aquellos extensos cultivos de café que habían crecido gracias a las ingeniosas penitencias impuestas por el padre Benigno Romero, amigo íntimo de los Echavarría, quien había resuelto castigar a los pecadores haciéndoles sembrar cafetales en cantidades que crecían en proporción al calibre de la falta cometida.

Los cultivos se multiplicaron como el milagro de los panes y los peces. Las montañas quedaron florecidas de un subido verdor que rebozaba bonanza. Las exportaciones se fueron extendiendo a lo largo y ancho del mundo. En todos los países, el café de los Echavarría era sinónimo de calidad y aroma inigualables. Los viajes se transformaron en uno de los pasatiempos más amados por el padre de Céfora; un placer que finalmente acabaría llevándolo a la tumba, a él y a su querida esposa.

Iniciaron su relación convirtiendo la C en su amuleto. No hubo poder humano que los rescatara de ese fervor enfermizo en el que se sumieron. Céfora lo secundaba en todo y lo Complacía, con C mayúscula. Los cultivos iban bien porque, según ellos, el producto era nada menos que Café.

Un año después, y con el beneplácito de la abuela, Conrado y Céfora se comprometieron.

Dado el excéntrico carácter y la singularidad de su manía, el novio se empecinó en celebrar la boda en Cartagena de Indias, a pesar de que la ciudad estaba sumida en un terrible estado de abandono y devastación. El salitre devoraba a mordiscos las edificaciones con sus vahos inmisericordes, y las aldabas, con sus fauces abiertas, lloraban el herrumbre de los siglos y el lamento de tanto sudor de esclavo sometido. Los buques soltaban sus porquerías en las cercanías y toda la ciudad, con sus virreyes muertos y sus doncellas suspirantes, parecía vivir el destiempo de un sueño viejo.

Encargaron el vestido de novia al gran diseñador inglés, amigo del novio, Charles F. Worth, que lo envió desde la Rue de la Paix de París a Medellín.

Mientras esperaban la llegada del traje, las mujeres especulaban. En los salones de té más selectos, entre sorbos y degustaciones de exquisitos pasteles, se hacían suposiciones y ensoñaciones.

La realidad solo la sabían la novia y su abuela muda. Sería un traje de estilo renacentista —con bordados de encaje veneciano de punto en aire, realizados con hilos de plata y perlas incrustadas en el *peau de soie* y en la cola de seis metros—, como jamás se había visto. Sobre la cabeza llevaría la corona de diamantes que portara en su día su madre y que la abuela guardaba como reliquia de su aristocrático pasado inglés, y un tul ilusión saldría del moño y descendería como cascada por su espalda acompañando la cola nupcial.

Realizar el enlace fuera de Medellín dio mucho que hablar. Pero al final llegó a ponerse de moda entre los que se consideraban modernos y atrevidos.

La ceremonia fue el evento social más comentado de La Heroica. Oficiada por el propio obispo de Cartagena y una corte de diez prelados entre los que se encontraba su querido primo, que para ese entonces ya era un consagrado sacerdote.

En la catedral de Santa Catalina de Alejandría se reunió lo más refinado de la sociedad medellinense, bogotana y cartagenera.

Trajes de *azúcar* parisino, con modelos y tejidos nunca vistos. Pamelas de colores pasteles, adornadas con tules de punto y exóticas flores recién cortadas. Sombreros exquisitos, elaborados con plumas de faisanes, avestruces y águilas reales. Guantes de finísimos encajes, zapatos forrados en sedas inglesas, abanicos pintados a mano con paisajes de nieves lejanas traídos del Viejo Mundo. Levitas, chisteras, plastrones, agujas y relojes, toda la belleza textil y el más refinado diseño desfilaron y se posaron en los bancos.

Entre vuelos de mariamulatas, loras despelucadas, tucanes

espantados, guacamayas engreídas, trinos de pájaros y monjas de clausura —que en lugar de cantos convirtieron los coros en un concierto filarmónico de suspiros a cual más vehemente, pues nunca habían visto desde sus rejas una novia más bella a punto de entregarse a un hombre, y cada una se imaginaba ocupando su lugar—, pudo verse desde el presidente de la República don Carlos Holguín Mallarino y su esposa doña Margarita Caro Tovar hasta íntimos amigos parisinos como Claude Le Bleu, el industrial con quien Conrado compartía intereses mercantiles de gran calado, y Charles Carré, eminente arquitecto, quien más tarde se encargaría de la construcción de la catedral metropolitana de Medellín y sería el artífice del cambio urbanístico de la ciudad.

Fue tan especial el evento que incluso el prestigioso doctor cartagenero —famoso por su ojo clínico y por mejorar a cuantos enfermos se ponían en sus manos— don Juvenal Urbino y su esposa doña Fermina Daza asistieron a la ceremonia, a pesar de que ese día el médico había tenido que reconocer la muerte por cianuro de su querido amigo, el refugiado antillano Jeremiah de Saint-Amour.

El padrino no podía ser otro que su íntimo amigo don Coriolano Amador, quien aprovechando la ocasión y haciendo un despliegue de su poderío agasajó a los novios con un espectáculo circense de equilibristas, magos, fuegos artificiales y saltos mortales en pleno castillo de San Felipe de Barajas.

La recepción se dio en un sitio insólito habilitado por orden del obispo para el banquete: el convento de la Popa.

Conrado, fiel a sus principios y manías, logró convencer al prelado con un más que suculento sufragio que ayudaría a la reconstrucción del convento y de sus alrededores para que se realizara en aquel lugar olvidado de Dios.

Pese a su difícil y empinado acceso, carruajes de toda índole llegaron hasta el lugar, mientras que los pobres habitantes de las orillas de las ciénagas y de los barrizales, hediondos a letrinas y a putrefacción, imaginaban desde lejos los apetitosos manjares que allí se sirvieron.

Fue difícil que a tanta festividad no se acercaran las aves de mal agüero pregonando lo peor, ni aquellos que ensalzaron a los novios y los bendijeron como si de dioses benefactores se tratasen. Lo único cierto fue que tras ese acontecimiento, lentamente la ciudad dejó de ser la que era y se despertó del letargo.

Con el paso del tiempo el acto se recordaría como algo venido del cielo. Hasta llegaron a decir que mientras sucedía la ceremonia y los novios eran bendecidos, algunos mulatos vieron claramente sobre la cúpula de la basílica a dos ángeles con sus iridiscentes alas desplegadas y sus trompetas interpretando el *Gloria in excelsis Deo*.

Pasada la luna de miel, viaje que los llevó a Viena, Londres, París y Roma, y del que Céfora vino cargada de vajillas, cristales, adornos y deslumbrantes ropajes para su nuevo hogar, los esposos se instalaron en Nuestra Señora de la Candelaria de Medellín.

En un extenso y tupido predio llamado El Prado, que quedaba al otro lado de la quebrada de Santa Elena —un sitio del que aún nadie hablaba ni se dignaba visitar—, Conrado Mejía encontró un terreno que tenía la peculiaridad de estar entre la calle Cuba y la calle Chile. Allí, su amigo francés, el arquitecto Carré, les construyó su mansión. Una soberbia casa de estilo palladiano —con artesonados de yeso, decorados en laminilla de oro, vidrieras catedralicias, y zócalos y pisos en madera—, que sería el orgullo de los Mejía Echavarría y la primera de las muchas casaquintas que convertirían ese barrio en el más elegante y bello de la época.

Y cuando empezaron los embarazos, que se fueron encadenando uno tras de otro, casi sin respetarse la reglamentada cuarentena y siempre con el obsesivo sueño de tener un hijo varón, pero también con la resignación del buen cristiano, buscaron los nombres adecuados a cada una de sus hijas.

Conradina, Celmira, Clotilde, Carlina, Carmela, Caridad, Constancia (por aquello de que la constancia vence lo que la dicha no alcanza) y a la última, ya que la divina Providencia no había querido bendecirlos con un hombrecito, sin mucha ilusión le pusieron Capitolina, en honor al capital que habían ido acumulando a lo largo de sus años.

En rasgos generales ese era Conrado Mejía. Un hombre definitivamente Curioso.

Por eso cuando su primo Teodomiro, el arzobispo, le comunicó la idea que tenía de traerse de Bello a una campesina que acababa de dar a luz a una niña, y así juntar a las dos madres con sus recién nacidas, Conrado no puso ningún impedimento. La necesidad de que su hija volviera a comer estaba por encima de todo. Además, la mujer venía muy recomendada por Evangélico, el que fuera su compañero de pupitre en sus años de infancia y adolescencia.

Solo una cosa le preocupaba y se le repetía constantemente en su cabeza como un martillo golpeando un clavo romo —su manía obsesiva compulsiva iba en aumento—. Había dicho que sí sin antes haber comprobado el nombre de quien daría de mamar a su hijita y para él eso era vital.

¿Cómo se llamaba la mujer?

6

Las horas se arrastraban por el suelo, mustias y silenciosas. El destartalado reloj de la casa parroquial marcaba con sus asmáticos quejidos el paso de la noche. Eran las tres de la madrugada y Celsa Julia no podía conciliar el sueño. Apretada a su seno, la pequeña Betsabé dormía.

Sabía que debía partir con las primeras luces del amanecer a iniciar otra vida sin la protección del padre Evangélico y eso la aterrorizaba. Por más esfuerzos que hacía, no pegaba ojo. El corazón era un nudo en su estómago. Le desfilaban sus miedos, vestidos de luto como ánimas en pena, sentenciándole futuros sin futuro.

No tenía nada ni a nadie. Ningún motivo por el que existir... Salvo que ahora ya no podía morir.

Conocía de sobra lo que le deparaba el porvenir: el mismo por el que había transitado su madre. Por eso, cuando supo de su embarazo trató por todos los medios de que no llegara a buen término. Pero nada funcionó. Ni la ruda en ayunas, ni los purgantes, ni los espesos brebajes que le dieron las indias que se escondían en lo alto del cerro, ni las caídas que se provocó por los despeñaderos. Ni siquiera aquel parto tan accidentado sirvió para librarla de esa responsabilidad no buscada. No quería ser madre. Ni estaba preparada ni sabía; era ella quien siempre había necesitado una.

Toda su vida había sido el solitario peregrinaje por un valle de espinas y abrojos. Injusticias, hambres y miedos, y un malvivir con las vacas; pegada a sus ubres calientes en medio del estiércol y la paja.

Al morir su madre, se dio cuenta de que su niñez había huido de su cuerpo sangrando. Ahora, además, estaba a merced de la caridad ajena, una caridad aparecida solo porque la acompañaba la suerte de que de sus senos brotaba abundante leche. Ahora ella era la vaca.

Llevaba a cuestas a un ser desvalido que dependía enteramente de ella. Celsa Julia Espinal, una mujer hecha de negaciones, frágil y paupérrima, por fin empezaba a ser consciente de lo que su pobre madre había vivido.

Jamás entendió el porqué de su nacimiento y su pobreza. Jamás, el que su madre no tuviera tiempo para sus lloros y demandas; que no la hubiese defendido; que muriera sin habérsela llevado.

Se recordaba a sí misma, orinada y cagada, entre la pestilencia de sus propios excrementos. Acurrucada en la esquina de aquella pared carcomida por los murciélagos, sin nadie que viniera a socorrerla y con la mano autoritaria de una enorme mujer que la obligaba a levantarse y a limpiar su porquería so pena de llevarla a que se la comieran las ratas. Pobre madre, pobre ella. ¡Pobre la desgracia de haber nacido pobre!

Ese era el futuro que la esperaba a Betsabé.

Irse a la capital, ahora. Ella, Celsa Julia Espinal. Irse a esa ciudad desconocida a la que se dirigía, huyendo de Santa Rosa de Osos la noche en que le sobrevino el parto.

Era allí, a esa especie de tierra prometida, adonde su débil sueño la conducía en aquel momento.

Había creído que era fácil deshacerse de ese ser que llevaba en sus entrañas. Había fantaseado con la idea de que aquel bebé desaparecería en el camino casi por arte de magia.

Irse sola, sí, completamente sola, a labrarse un futuro poniendo tierra de por medio entre aquel hombre y ella.

Pero la Virgen, no sabía por qué razón, ahora la ponía a prueba, dándole la oportunidad de redimir su pecado. Ese pecado de pensamiento, de rechazar aquella vida inocente. Había entendido que si ella no quería que naciera su hija en ese momento no era por maldad, sino para evitarle sufrimientos.

El padre Evangélico le había dicho que en aquella familia la querían para que salvara a una pobre criaturita rechazada por su madre, que estaba a punto de morir porque su leche se había agriado por culpa de su frustración. Y a ella no le cabía en la cabeza cómo podría frustrarse una mujer que, según le había contado el cura, lo tenía todo y además le sobraba...

«¡No quiero pensar más! Tengo que dormir. Necesito descansar para que la leche no se me seque. Virgencita bendita, mándame un buen sueño y mucha leche. Quítame este miedo de encima y ayúdame a querer a mi hijita. Dios te salve María, llena eres de gracia...», rezaba en voz alta.

La voz de Evangélico la interrumpió:

—¿Se puede?

—Entre, padre.

—Ya es la hora, *mija*. Alipio espera y el burro está ensillado. En la cocina sor Bernardina le preparó un fiambre para el camino. Fríjoles con arepa, de los que sobraron ayer, y un poco de arroz. También le puso aguapanelita con leche recién ordeñada, para que tenga con qué alimentar a esa criaturita. Ahora serán dos bocas.

El sacerdote la dejó para que se preparara. Con su desazón a cuestas, Celsa se vistió de desgana y pánico. Sacó de la pequeña cómoda el hábito viejo que sor Bernardina le había regalado para que hiciera con él «lo que a bien quisiera» y rasgó con sus manos un retazo grande. Lo ató a modo de pañuelo en la espalda, como lo hacían las indias, y metió dentro el cuerpecito de Betsabé que seguía en su imperturbable letargo. Con ella a cuestas, acabó de recoger los cuatro trapos que le hacían de pañales, tres saquitos que la monja había tejido a la carrera para la pequeña, y los guardó con la única muda que tenía para ella. Dio una última mirada al que fuese su refugio y cuando estaba a punto de irse, observó que las orquídeas y enredaderas que trepaban por el catre caían marchitas, y el musgo que había crecido bajo el lecho estaba chamuscado y cenizo, como si alguien lo hubiese quemado.

En el corredor la esperaba el padre Evangélico.

—¿Preparada, *mija*?

Las lágrimas le impidieron contestar. Se le habían amontonado en la garganta.

—No se ponga triste, que va a conocer otra vida mejor. Se va a la gran ciudad. También tiene que pensar en ese milagro que lleva a su espalda.

Sacó un pañuelo del bolsillo de su sotana y se lo dio.

—Tome. Límpiese esas lágrimas y respire hondo. La vida es un camino largo, Celsa. Un camino de artesanos. Hay que ir puliendo las aristas de las piedras. Usted no es la primera madre que saca adelante a una hija sola.

—Me siento íngrima, padre —le dijo sollozando—. ¿Sabe lo que es eso? Íngrima... Sola.

—Todos estamos solos, mujer. Esa debería ser la primera toma de conciencia de la vida. Vamos encontrando compañeros de viaje... a ratos. Pero nadie andará el camino de nuestra vida por nosotros.

Puso su mano sobre la espalda de Celsa y vio cómo sobresalía del improvisado atado la cabecita de la recién nacida. La bendijo y le entregó a Celsa Julia unas monedas y una estampita de la Virgen.

—Es lo único que tengo, pero seguro que le servirá para algo.

Cuando se despidieron ya el sol rompía a fuego la gélida bruma y la fantasmagórica silueta de las montañas se diluía en el lienzo azul de un cielo desteñido de alegrías.

Empezaron a dejar el corregimiento de Bello y se adentraron en el bosque.

Los cirirís cantaban enloquecidos una melodía vacía al nuevo día, pintando de amarillo subido la copa de los árboles, mientras las guacharacas, con sus desgarrados alaridos que cualquiera confundía con el llanto de un niño, le gritaban al oído su futuro.

Así fueron bordeando el caudaloso río. El mismo que hacía unos días la invitaba a morir ahora estaba rebosante de flores silvestres. Chagualos florecidos, geranios y besitos de todos los colores trataban de alegrarle el camino.

Alipio permanecía impasible en su silencio.

Tal como le había prometido al padre Evangélico, no soltaba palabra.

Aunque en el fondo le costara mucho no hablar, pues era preguntón por naturaleza, sabía que si incumplía la promesa el padre no volvería a bendecirlo y menos le daría a probar las deliciosas meriendas que elaboraba sor Bernardina.

Caminaron por entre laberintos de fresca clorofila, llenos de monsteras deliciosas y de árboles de formas humanas que con sus ramas imploraban abrazos. Tupidos follajes que a veces el muchacho tenía que abrir a punta de machete. En medio de tanta maleza infestada de peligros, se tuvieron que enfrentar a una falsa coral. La serpiente saltó sobre la cabeza de Celsa y después de intentar morderla en el cuello, huyó despavorida al percibir el olor bendito de la recién nacida.

De vez en cuando tropezaban con algún arriero, de carriel, poncho, parima y zurriago, fustigando a su pobre mula que llevaba la carga de café al pueblo vecino, o aparecían zorros marrones de patas negras, una especie de pequeños perros inofensivos que se distraían olisqueándolos sin más pretensiones que entretenerse y seguirlos por un rato en su camino, mientras de la nada surgían algunas casitas de bahareque y caña brava exhalando bocanadas de humo que escribían sobre sus techos la palabra *Vida*.

Esos paisajes llevaban a Celsa a imaginar familias felices sentadas alrededor de una mesa. Desayunando arepa, queso recién hecho y chocolatico caliente; riendo y preparándose para el nuevo día; compartiendo lo que ella jamás tendría oportunidad de vivir. Pero se obligaba a no pensarlo rezando el rosario compulsivamente y recitando para sus adentros salmos a Dios y cánticos a la Virgen. Con todo ello también lograba ahuyentar el miedo a lo desconocido, que a medida que avanzaba se empecinaba en devorarla.

Tras dos horas de camino, en medio de un bosque de eucaliptos y pinos, y con el lejano bostezo de una ciudad desconocida que despertaba a un nuevo día, Celsa sintió que Betsabé se removía atrás buscando comida.

Se detuvieron y bajo la sombra de un sietecueros desanudó el improvisado saco que colgaba de su espalda. Acercó la niña hacia sí, se desabotonó la blusa y la arrimó a su seno derecho, que le dolía y reventaba de leche, pero a pesar de insistir en que se agarrara a él, la pequeña lo rechazó.

—¿Qué mira? —le dijo Celsa a Alipio al verlo boquiabierto, observándola.

—Pues que me dio hambre —le contestó el muchacho riendo—. Si ella no lo quiere, déjemelo a mí.

—¡Sinvergüenza! Váyase y no vuelva hasta que no haya acabado. Por malo, esta noche se le va a aparecer el fraile sin cabeza y le va a jalar los pies.

El chico salió corriendo y se escondió en el primer matorral que encontró. Desde allí empezó a apartar los malos pensamientos que le imploraban meterse la mano al bolsillo roto del pantalón y despertar su pecado.

Cuando la pequeña se durmió y el burro pastaba a su lado, Celsa y Alipio comieron en silencio el fiambre preparado por la monja.

Una vez lamieron las viandas, con el hambre que les quedaba ronroneando en las tripas, se bebieron la aguapanela a sorbitos encogidos, lavaron los trastos y reemprendieron el viaje.

Dos horas más tarde cruzaban el río y se adentraban en un empedrado camino.

A Celsa le dolían los pies y comenzaba a sentir en sus hombros el rigor del cansancio. Su falda negra había cogido el color del polvo del camino y sus fuerzas flaqueaban.

—¿Falta mucho? —le preguntó, jadeando, al muchacho.

—Pasar por el cementerio. ¿Lo ve? Es esa *ciudad* blanca y pequeñita. —El muchacho le señaló el cementerio de San Pedro—. Y hacerles una oración a los ricos. Ya sabe... En esta tierra de injusticias, ellos son los santos. Después toca subir... A los pobres como nosotros, siempre nos toca subir.

Mientras observaba aquella ciudad silenciosa, Celsa sintió el deseo de pasearla. Esos panteones de increíbles esculturas marmóreas, con ilustres desconocidos convertidos en dioses y ángeles cansados de alas caídas, la hipnotizaban y no la dejaban pensar.

—No me diga que ahora le gustan los muertos ricos —le dijo con sorna Alipio al verla tan interesada, y continuó—: Si quiere, nos quedamos. Hay tumbas abiertas y sin dueño... Todo un hogar, jajá. Usted verá. A lo mejor resucita alguno y se casa con usted.

—Déjeme en paz o le pego un guarapazo, ¡pendejo!

Alipio continuó:

—En este lugar se aparecen ángeles, arcángeles y querubines, con su coro y sus santos. Pero esto que ve aquí es el germen de la futura revolución, que hará que el barro se subleve. Usted cree que yo soy bobo, pero de bobito no tengo sino el nombre.

Celsa no dijo nada. Se detuvo delante de una tumba y trató de descifrar lo que estaba tallado en el mármol, pero no sabía leer y para ella esas letras eran un galimatías sin sentido.

Aun cuando aquellos monumentos la llamaban a gritos, decidió continuar.

Pasaron por el Camellón del Llano y fueron subiendo.

Cruzaron inmensos potreros hasta llegar a una calle que parecía un barrial. Arriba se repintaba sobre la bóveda celeste la silueta de una imponente quinta que ni en sus más insospechados sueños Celsa Julia Espinal habría podido imaginar.

Era algo que no pertenecía a este mundo. Para ella, significaba haber llegado al cielo: a un dudoso cielo.

La casa se erguía altanera, como una mujer que se sabe bella, en medio de un verdor pletórico de vida. Cadmios y guayacanes floridos, setos cortados minuciosamente y con formas de animales la rodeaban y reverenciaban como si fueran esclavos vegetales. Columnas nunca vistas, ventanas de pórticos abiertos parecían exhalar las voces de sus dueños. En el jardín, unos perros de raza desconocida por ella, altos y esbeltos, del color de la piedra oxidada y de ojos azules, corrían y se acercaban a la entrada con humana elegancia y poca algarabía.

Incrustado en un regio portal de hierro, el escudo de la familia con dos iniciales entrelazadas, «C y C», envueltas en enredaderas y orquídeas de metales pintados, les cerraba el paso. Al lado una campana, con las mismas iniciales y dibujo, esperaba a ser tocada.

Después de pasar por el asombro, en la boca del estómago de Celsa Julia apareció un vacío y sus manos se fueron mojando de un sudor frío. Alipio descargó el saco que llevaba atado a la burra al tiempo que la mujer se aferraba al bulto caliente que ahora dormía entre sus senos. Algo en su interior le decía que no sería capaz de vivir allí.

El muchacho hizo sonar con fuerza la campana, pero ella la oyó muy lejos.

Estaba segura de que caería tratando de subir las relucientes escaleras que la aguardaban tras el portal. Miró las fastuosas pilastras que coronaban el porche y sintió que se le venían encima. Los árboles que custodiaban la mansión eran monstruos que buscaban engullirla.

En medio de su malestar, alcanzó a distinguir a una mujer con delantal blanco que bajaba seguida de un hombre elegantísimo.

Todo empezó a darle vueltas. Un remolino negro se la tragaba.

Alipio, al ver la cara de espanto de Celsa, le dijo:

—Tranquila, que no muerden.

Celsa ya no le oyó.

Cuando despertó, se encontró en un lugar desconocido.

Miró hacia abajo y sus ojos tropezaron con unos botines de cordobán marrón, como los que solo había visto en aquel hombre tan fino al que ahora no quería ni recordar.

Fue subiendo la mirada por encima de un impecable traje gris de raya diplomática, y mientras lo hacía respiró hondo y le llegó un olor a madera y almizcle almidonado. Más que a limpio, aquel cuerpo exhalaba un aroma a colonia carísima —perfume que una vez aspirado se quedaba grabado para siempre—. Al llegar al final del cuello, se cruzó con unos ojos inquisidores que la observaban sin parpadear.

Lo miró directa.

De pronto, el miedo se convertía en valentía. Una voz interior le dijo: «Este, ahí tan encopetado como lo ves, necesita de ti».

Decidió repasarlo con parsimonia. El cabello negro y escueto, peinado con raya neta a la mitad, dibujaba unas entradas que ampliaban una frente adelantada. Su rostro, lívido y largo, contenía su repulsión. Pasados unos segundos, y tras revisarla de arriba abajo, del afilado bigote del presuntuoso hombre surgió una pregunta:

—Y usted, ¿cómo se llama?

7

No esperaron a que se recuperara.

Una vez comprobada la inicial del nombre de Celsa, la nodriza que venía de Bello con el objetivo de salvar a Capitolina y de paso traer la cordura a la casa de los Mejía Echavarría, Conrado se tranquilizó y dio orden de ponerse manos a la obra. El llanto de su hija menor empezaba a enloquecerlo y estaba convencido de que debido a esa causa sus incontrolables manías se habían disparado.

La casa se revolucionó. Se oían gritos y pasos menudos que corrían y daban saltos. Las puertas se abrían y cerraban entre murmullos y risas infantiles.

Las otras hijas, al ser día de fiesta y vísperas de Navidad, estaban alborotadas con el acontecimiento. Su padre les había dicho que Dios había enviado a la persona que salvaría a su pequeña hermana y de paso a su triste madre, y ardían en deseos de conocerla.

Sería el gran regalo de Navidad.

Las sirvientas trajeron toallas, paños, jabón de tierra y una palangana esmaltada con su jarra de agua para que, antes de caminar la casa y ensuciar los ajedrezados mármoles del piso, Celsa se limpiara los pies que llevaba embadurnados de barro del camino. Luego de pasar alcohol y desinfectar sus manos y pezones, los enjabonaron con el Extra le Chat —el jabón francés que les llegaba de Ecuador— y se los enjuagaron y secaron.

La misma Consolación se encargó de inspeccionar los pechos de la campesina y hasta se los pesó, poniéndolos en el platillo de bronce de la báscula que empleaba en la cocina, para constatar que estuvieran cargados de leche. Con esto Celsa se sintió más que humillada, pero no estaba en condiciones de protestar.

—Cuando la pequeña haya mamado, los volveremos a pesar —le advirtió la mujer sin ningún tipo de consideración.

A continuación puso sobre ellos un paño de dulceabrigo, que cubriría a la pequeña Capitolina cuando estuviera alimentándose, y la dejó a la espera.

Cinco minutos más tarde, la criada aparecía con una niña que gritaba desconsolada cubierta por una manta azul.

Mientras ello ocurría, afuera esperaba Conrado. Caminaba de un lado para otro tragándose a zancadas el salón. Fumando ansioso y compulsivo su Partagás, como si estuviese esperando a que fueran a darle la noticia de que iba a ser padre de un niño. Alejadas de él, sus otras hijas y una corte de sirvientas aguardaban entre cuchicheos y melindres.

A Celsa Julia le dio mucha tristeza ver a la pequeña desconocida. Un saquito de huesos —eso sí, envuelta en primorosos bordados— que gemía con un desgarrado lamento como jamás había escuchado.

Ella, que no estaba acostumbrada a que su niña llorara, cogió a la pequeña, la puso en su pecho y acariciando aquella desconocida cabecita de cabello rubio, le susurró al oído:

—Aquí tiene mi leche, niña. Por el amor de Dios, no la desprecie, que está calientica y dulce. Pruébela y verá.

Pero la pequeña rehusaba agarrarse.

Frente a ella, la criada no le quitaba los ojos de encima, supervisando lo que hacía y decía.

Celsa seguía suplicando:

—Si no lo hace por usted, hágalo por la Santísima Virgen, que es nuestra madre y la está viendo. O come o se muere. Y en esta tierra necesitamos angelitos así de lindos. Hágame caso...

Pero al ver que no se lo hacía, concluyó:

—Bueno, usted verá...

La niña continuó con su llanto.

Celsa Julia miró a Consolación, que la vigilaba impertérrita con los brazos cruzados. Con aquel vestido negro parecía un cuervo a punto de caerle encima.

—No quiere —le dijo tímida.

—Insista, tiene que querer. Búsquese la manera, que para eso la contrataron.

Era un caso perdido. Por más que insistía en introducirle el pezón a la boquita, más gritaba.

De pronto, como venida del cielo, a Celsa se le ocurrió la idea de que quizá acercando a su hijita a sus senos, la recién nacida la imitaría.

Bajo la atenta mirada de la criada mandona tomó a Betsabé, que dormitaba silenciosa en una cama, y la acercó a la recién nacida. Como su pequeña siempre prefería el pecho izquierdo, pensó que tal vez la niña rica también lo prefiriese, y se lo dio a probar. Pero, lentamente y casi a tientas, la recién nacida lo abandonó y movida por su olfato se fue arrimando de lleno al derecho. Y de él se aferró con hambre y comenzó a chupar sin parar, al tiempo que Betsabé se pegaba al izquierdo.

En ese instante el seno derecho de Celsa tuvo dueña: Capitolina Mejía Echavarría.

Y mientras esas dos cabecitas, una de pelo dorado y la otra de cabello negro ensortijado, se agarraban a los senos de Celsa Julia y succionaban —con esa respiración entrecortada y anhelante que tienen los recién nacidos de saciarse—, la manita de Capitolina fue buscando la de Betsabé y la apretó con fuerza.

Consolación salió corriendo de la habitación para dar la buena nueva, pero no hizo falta. El solemne silencio al imparable llanto de Capitolina lo acababa de decir todo.

Después de muchos días de angustia, Conrado sonrió feliz.

Las sirvientas que aguardaban empezaron a aplaudir. Y las pequeñas, que de lejos seguían los acontecimientos, improvisaron un baile dando vueltas y saltos.

Muy a regañadientes y para sus adentros, el padre tuvo que aceptar que una hija suya, una hija de Conrado Mejía, tan habituado a la grandeza y a la supremacía de su abolengo, iba a tener que ser salvada por la más humilde y miserable de las mujeres. Una pobre campesina que tenía algo que valía más que el oro y que todos sus cultivos de café:

LECHE, o lo que era lo mismo, VIDA.

8

A partir de ese momento, en la casa de los Mejía Echavarría todo cambió.

Las recién nacidas sentían hambre a idénticas horas del día y de la noche. Mamaban siempre juntas y agarradas de la mano. Capitolina se cogía al pezón derecho de Celsa Julia, y Betsabé, al izquierdo.

Y por más que Consolación, por orden del jefe de la familia, trataba de separarlas para que esa endiablada costumbre —como él solía llamarla— no fuera a mayores, no hubo poder humano que las lograra desprender. Sus deditos permanecían entrelazados cada vez con más fervor.

Todo se fue normalizando.

Lentamente, Céfora recuperó su papel de ama y señora del hogar. Su difunta abuela, reconocida por su sensatez y su buen hacer, se le apareció una madrugada y la obligó a volver a la realidad. Cástida, que era muda, solo le hablaba en casos de extrema necesidad.

—No puedes seguir así, hija —le dijo abrazándola y acariciándole el cabello—. Ya sabes que los hombres aguantan, pero no tanto. Y aunque el tuyo es un santo varón, te toca cumplir con tus deberes de esposa y madre. Déjate de remilgos. Tuviste una hija y la vas a querer como Dios manda.

La Navidad llegó y se vistió de fiesta.

Con la esmerada religiosidad que caracterizaba a la familia, en el Chalet Capricieux, nombre con el que Conrado bautizara en su momento la casa, se organizaron para recibirla por todo lo alto. Era de obligado cumplimiento darle las gracias a Dios por el milagro recibido.

Conrado no podía ser más feliz.

Había recuperado a su mujer, y su pequeña —aunque no de la manera que él hubiese querido— se había salvado.

En la sala principal, sus hijitas, ayudadas por la servidumbre, desempolvaban las imágenes del pesebre —muchas de porcelana Capodimonte, traídas de Italia, y algunas creadas en barro y pintadas por ellas en sus horas de trabajos manuales—, y lo preparaban todo para la novena que estaba a punto de comenzar. Mientras, del fonógrafo salían coros angelicales cantando villancicos andaluces que hablaban de zagales, zagalas y zambombas, palabras desconocidas que repetían felices sin tener ni idea de su significado.

El olor a tierra húmeda envolvía la casa. Largas melenas —como barbas de desmemoriados ancianos—, recogidas de los eucaliptos, dormitaban en el suelo junto al musgo arrancado de las orillas del río y las piedras convertidas en huevos milenarios.

Insólitas especies de raíces esperaban el instante en que se convertirían en montañas. Fuentes de aguas cristalinas creadas con papelillos transparentes, nevados de algodón, caminos de aserrín, estrellas pintadas... Cada detalle servía para representar el nacimiento del niño Dios.

Las hijas ayudaban dichosas a Céfora, quien siguiendo la tradición adquirida de su abuela, en eso de preparar el pesebre nunca delegaba en nadie.

Acompañando los preparativos, una cuna doble, de mimbre exquisitamente trenzado con cintas de seda, presidía el salón.

Capitolina, ahora aferrada día y noche a la mano de Betsabé, obligó a cambiar todos los protocolos familiares.

La única manera de tenerla tranquila era cuando estaba junto a ella, a la que Conrado —fiel a su obsesiva manía— insistía en llamar Cetsabé.

Cada día su cuerpecito ganaba en redondez y vigor, y sus mejillas sonrosadas rebosaban salud y belleza.

Nunca más se volvieron a oír sus lloros, y alguna vez hasta se intuía en la comisura de sus labios una sonrisa. Mientras tanto, la pequeña Betsabé conservaba su hermético silencio y sus ojos cerrados. Esa paz interior que emanaba de ella la iba convirtiendo en un ser evanescente y angelical. Quienes se acercaban a ella quedaban sumidos por horas en un extraño trance de silencio.

La única que no acababa de sentirse bien era Celsa Julia.

Por más que la servidumbre trataba de acogerla, con el paso de los días se sentía cada vez más ajena a un mundo que le era completamente inhóspito.

Se sabía utilizada.

Alimentada como una vaca y cuidada con impostado esmero. Lo único que faltaba era que la ordeñaran y que de su leche fabricaran el quesillo para las arepas.

Consolación seguía pesándole el pecho antes y después de cada toma. Solo que ahora únicamente lo hacía con su seno derecho, como si no le importara lo que le sucediera a su hijita.

Poco a poco empezó a tener terribles pesadillas que la llevaban a caminar por laberintos de barro, donde cientos de vírgenes malvadas con antorchas ardiendo la perseguían y señalaban como culpable, amenazándola de muerte por el pecado cometido. Había ahogado a Betsabé y por ello merecía un castigo.

Una noche despertó con el rostro pálido, el cabello erizado y unas ojeras moradas. Ardía en fiebre y deliraba gritando como una desquiciada: «Yo no quería ahogarla, lo juro. No quería».

Se arrinconó en una esquina. Sudaba a chorros, sus mandíbulas trepidaban y aquella luz cetrina la hacía parecer un ánima en pena.

Alertada por los gritos, la servidumbre irrumpió en su habitación. Nadie podía arrimársele; estaba poseída por el mal sueño y de su boca salía una espuma blanquecina. De pronto, se arrodilló y empezó a rezar.

—He aquí la esclava del Señor, hágase en mí...

La casa enloqueció.

Corrían, subían y bajaban. Céfora, con su batín de seda, se movía de un lado para otro sin entender nada, persiguiendo a su marido, que con su camisón largo parecía volar por encima de las escaleras como ánima en pena, intentando controlar la situación.

Una vez se serenó, Conrado escribió una nota rápida al médico de la familia, don Calmasio Escandón.

Por favor, venga cuanto antes, mi estimado doctor.
Necesitamos urgente de su presencia.
PARA NUESTRA FAMILIA ES VITAL.
Le quedo inmensamente agradecido.
Afectuosamente,

CONRADO MEJÍA

9

La envió con el mayordomo.

Era fundamental que Celsa Julia Espinal mejorara. Increíblemente, y por más que se negara a admitirlo, ahora la paz de su casa dependía por entero de ella.

Pasada una hora, aparecía en el cuarto de la campesina el doctor Escandón seguido de su sobrino bogotano, un joven lampiño, tímido y desteñido —como muerto escapado de una autopsia—, al que la hermana mayor del médico había enviado para que hiciera sus prácticas de Medicina.

Tras auscultarla a fondo, se dirigió a Conrado y a su ayudante con voz grave y ceremoniosa:

—Mi querido amigo —le dijo mientras guardaba su monóculo en el bolsillo del chaleco y se relamía el bigote con su exagerada lengua—. Lo que le sucede es algo normal y pasajero. Un pequeño brote de enajenación mental, muy propio del puerperio, por cierto, con un punto de hipocondría, debida sin duda —bajó la voz para que la enferma no lo oyera— a un enorme deseo de llamar la atención. ¡Pobre mujer! Lo mejor es que repose y se le haga más caso.

—Pero ¿hay riesgo de contagio a través de la leche? —preguntó Conrado inquieto.

—¿Contagio?... Ninguno. Lo que le pasa no es en absoluto peligroso para las criaturitas; así que, por ese lado, pueden estar tranquilos.

Médico y sobrino llevaron a Celsa Julia a la cama y le dieron a beber de una botellita azul con etiqueta escrita en francés un sorbo de ajenjo, el amargo brebaje al que Calmasio le tenía tanta fe. Con ello buscaba que la enferma recuperara el contacto con su conciencia. A continuación, el doctor Escandón ordenó a Consolación que sobre la frente le aplicaran paños de agua fría, con el propósito de bajarle la fiebre cuanto antes, y que le hicieran enérgicas frotaciones de alcohol por todo el cuerpo para que se le abrieran los poros y escapara el mal que la aquejaba. Una vez lo hizo y ayudada por otra criada, Consolación, convertida ya en ama de llaves, la cubrió con varias cobijas y hasta que no la vio sudando a mares no cerró las cortinas.

Tras treinta minutos de alucinaciones y jadeos, finalmente la madre de Betsabé se quedó dormida.

Varias horas después, Capitolina comenzó a llorar y Celsa Julia, ya devuelta a la realidad y sin recordar lo vivido, recibía a las dos pequeñas en su pecho.

A partir de ese instante, Céfora Echavarría cambió el tratamiento frío que le daba a la nodriza de su hija y varias veces al día cruzaba una que otra frase que, aunque pretendía ser amable, acababa marcada por la caprichosa suficiencia que la caracterizaba.

—Celsa, qué mata de pelo más frondoso tienes —le dijo una mañana tratando de acercarse.

Cuando vio que la campesina sonreía, continuó:

—¿Podrías recogértelo en un moño o en una trenza...? La niña puede tragarse alguno... No lo digo solo por Capitolina, sino también por tu hija... Ya le diré a Consolación que te dé una cofia.

De vez en cuando le bajaba algún vestido de los que ya no usaba y se lo regalaba a sabiendas de que no le iría bien, pues la alimentación que recibía para que tuviera una buena leche la había engordado.

Y es que desde que Céfora se incorporara a la vida cotidiana, le había ido cogiendo unos celos enfermizos a Celsa Julia. Una terrible envidia de ver que su pequeña se había encariñado tanto con esa madre postiza que cuando ella se le trataba de acercar, la niña comenzaba a gritar enloquecida.

—No me quiere —le dijo una noche a Conrado mientras apagaba el candil de su mesilla—. Tu hija menor me odia.

—No digas barbaridades, mujer. Esa pobre criatura no sabe lo que es ese sentimiento tan feo. Espera a que crezca un poco y coja fuerzas.

De pronto, Céfora se incorporó y volvió a encender la lamparilla.

—No me gusta nada que las dos duerman en la misma cuna. A Capitolina se le pueden pegar mañas montañeras. Hay que separarlas cuanto antes. No sé si te has dado cuenta, pero ya empieza a oler a campesina.

—Ni se te ocurra tocarlas —le contestó Conrado con tono autoritario—. En esto, no te metas. No te imaginas lo que he sufrido por tu causa. Primero me tocó aceptar que no me dieras un hijo varón. Y luego me dejaste solo con todas tus hijas y esta desvalida. Deberías estar agradecida con Dios y con mi primo, el arzobispo. Si no fuera por ellos, nuestra hijita ya estaría muerta.

Mientras esto ocurría, abajo, en las habitaciones de la servidumbre, en medio del cenizo plumaje del sueño, Celsa Julia seguía percibiéndose extraña.

A partir de la noche en que sufriera aquella terrible pesadilla —de la que no lograba recordar nada—, se sentía como si estuviera fuera de su propio cuerpo y extraños seres poblaran su alma de remordimientos y miedos.

Oía las musicales respiraciones de las dos pequeñas, acompañadas de jadeos, voces y murmullos desconocidos que le hablaban al oído y le ordenaban hacer cosas horribles: «Mátalas, mátalas, mátalas...».

Si abría los ojos, en ese universo de siluetas dormidas y sillones desmadejados de cansancio, veía bailar las luces de unas velas que con sus llamas la invitaban a abandonarlo todo, conduciéndola hacia la puerta. Seres blancos, irradiando luz, se la trataban de llevar.

Pero no decía nada.

Ni el brebaje que le habían dado ni nada de lo que el médico recomendó dio resultado. Lo único que lograba detenerla a hacer lo que las voces le ordenaban era rezar el rosario. No uno, ni diez. Se le mezclaban los padrenuestros con los *diostesalves,* hasta que acababa rendida por el sueño con la camándula en la mano y el temor finalmente agazapado entre las cobijas.

Algunas veces la pesadilla cambiaba. Se veía persiguiendo a *La Chupabrava,* la esperpéntica mujer de barro que según la leyenda apareció de las profundidades de los ríos para vengarse de la contaminación recibida por los hombres en los años en que la minería alcanzó su máxima explotación. Aquel monstruo entraba en la casa de los Mejía Echavarría y raptaba a su hija y a Capitolina, anegándolo todo.

Cuando amanecía, la mansión volvía a la normalidad. Eran esos instantes de lucidez los que la hacían mantenerse en silencio y no comentar a nadie aquello que iba creciendo en su mente y al caer la tarde la atormentaba sin tregua.

Si alguien le preguntaba cómo se sentía, ella inmediatamente y como una autómata contestaba «bien, gracias a Dios». Porque si algo de cordura le quedaba, era para preservar la estabilidad material que en esos momentos tenían ella y su hija.

Mientras tanto, en el cuerpecito de Betsabé florecía el olor a hojarasca empapada en lluvia. Y aunque todos lo notaban, nadie se atrevía a decir nada. En su pecho se oían cantos de pájaros nocturnos, pequeñas caídas de agua acompañadas del monótono sonido de grillos y sapos que servían para arrullar a Capitolina.

Varias veces al día la servidumbre cambiaba las sábanas de la cuna, que, sin ton ni son, se llenaban de brotes de musgo y orquídeas solo en el lugar donde permanecía tendida la pequeña Betsabé.

Un día, Conrado y Céfora concluyeron que aquello no era normal, que el diablo estaba haciendo de las suyas en su mansión, y llamaron al doctor Calmasio y al excelentísimo primo, quienes acudieron prestos a resolver el tema.

Pero aunque el arzobispo investigó y envió una larga misiva al padre Evangélico preguntándole por la procedencia exacta de Celsa Julia y por el nombre del padre, desde Santa Rosa de Osos —lugar de donde venía Celsa en el momento del parto— nada se supo. Hasta removió hechos e historias de índole similar que hubiesen ocurrido en la Villa de Nuestra Señora de la Candelaria de Medellín, sin obtener ningún resultado.

Para él, la hija Natural de Celsa Julia Espinal era una niña normal, bella y sana. Aunque su espeso e indómito cabello azabache respondiera para muchos aprensivos al de una endemoniada, y los perros de la casa, dominados por su presencia, acabaran arrastrándose por el suelo en actitud sumisa, en el fondo nada de ello le preocupaba en exceso.

La gran peculiaridad era que jamás había abierto los ojos, y si nunca lo había hecho era porque así lo quería el Señor, y como buenos cristianos la familia debía acatar sus designios.

Y el curioso hecho de que no llorara, para Teodomiro no era síntoma de ninguna maldición; más bien podría considerarse un milagro, pues la única vez que lo hizo fue en un momento bendecido por el Todopoderoso: el instante mismo en que, creyéndola muerta, el padre Evangélico la bautizara.

En cuanto a los extraños brotes de musgo y flores que nacían en el lugar donde la pequeña dormía, el arzobispo no quiso encontrar nada apocalíptico o maldito. Sentía que esa niña era la salvación de la familia, y tomó la decisión de no hacer nada que la desestabilizara. Por eso, sin divagar mucho, se unió a la explicación sustentada por Evangélico: la recién nacida, en el momento previo a ser rescatada, había permanecido sumergida en el barro demasiado tiempo y su cuerpecito guardaba remembranzas de aquellos momentos, y eso podía tomarse como signo de buena ventura.

Antes de finalizar, con un «porsiacaso» en su mente y el deseo de mostrar garantías delante de Conrado y Céfora, el arzobispo acabó sumergiendo el cuerpecito de la niña en agua bendita y sobre su frente hizo el signo de la cruz con aceite consagrado.

Realizada la unción apostólica, Betsabé, con pasmosa tranquilidad, se dejó examinar por el doctor Escandón, presente en todo el procedimiento de sanación.

A pesar de todas las aprensiones de la familia, el dictamen final resultó tranquilizador.

La conclusión, sin embargo, era sui géneris. La pequeña Betsabé Espinal parecía pertenecer a otro universo. Un universo liviano pero a la vez profundo, donde no cabían nada más que sus herméticos sueños. Así, pequeña como era y sin hacer aparentemente nada, había salvado a Capitolina Mejía Echavarría de morir de hambre y tristeza.

¿Podía considerársela un ángel?

10

Algo en ella la había hecho adulta y fuerte en el momento mismo de su muerte: el instante en que su madre la rechazara sin siquiera haber sentido la vida.

A partir de esa noche su cabecita creó un mundo nuevo, más allá de lo que el real le regalaba.

En esa atmósfera de profunda hibernación, el oído de Betsabé aprendió a capturar voces y reflexiones. Y sus poros se prepararon para atrapar lo que a su alrededor se emitía. El silencio era su arma y también su crecimiento, y lentamente contagió de ello a todos los que la rodeaban.

Desde que llegara a la casa de los Mejía Echavarría, cada uno de sus habitantes, incluidos Conrado y Céfora, permanecían más callados que de costumbre. Cualquier acontecimiento era un culto al no decir.

Llegó a ser tan especial aquel estado que los pasos de quienes habitaban la mansión susurraban sobre el suelo y se deslizaban como felinos, con un ronroneo casi inaudible.

Ahora a nadie le preocupaba que la niña venida de Bello no llorara ni hubiese abierto los ojos. Los ocupantes de la casa estaban pendientes de las reacciones de Capitolina, que continuaba sin aceptar a su madre ni a su padre. Ni siquiera a sus hermanas, que de vez en cuando se le acercaban a hacerle carantoñas y arrumacos.

Una medianoche, a eso de la una y media, cuando todos dormían —incluso Celsa Julia—, por vez primera Betsabé abrió sus brillantes ojos negros y, como si estos llevaran dentro la luz de la vida, iluminó a Capitolina. Su hermana de leche dormía plácida junto a ella.

Una luna creciente se colaba por la ventana y la observaba dulcemente, como se mira a una hija aparecida de la nada. Con su luz dibujaba los dos cuerpecitos que permanecían envueltos entre las mantas.

Era la primera vez que Betsabé miraba la vida.

Todo era sorprendente.

La noche batía sus alas sobre ella como ave fénix, coronando la cima de una torre de ensueño. Despertaba de un atento letargo interior. Miró al frente y se encontró con una carita blanca y delicada en la que se incrustaban unos ojos que, al presentir su mirada, se abrieron de par en par. Dos zafiros amarillos, redondos y dilatados —llenos de miedo y sabiduría—, la cuestionaron desde el primer instante, con amor inteligente.

Así permanecieron las dos. Observándose en un éxtasis de unión.

Comunicándose desde un momento futuro, el que todavía estaba por vivir, lo que sentían y aquello en lo que creían.

Hablaron con los ojos como solo saben hacerlo los que tienen un alma pura, y se dijeron muchas cosas.

Cada una explicó el dolor de su nacimiento y el sufrimiento de saberse solas en un mundo perdido, entre gente sin sentido. Se cansaron de hablar sin palabras lo indecible. Tras decírselo todo, cerraron los ojos, se asieron de la mano más fuerte que nunca y juntaron sus cuerpecitos para transmitirse su calor.

El sol del amanecer se filtró por la ventana e incendió las cortinas hasta llegar a las recién nacidas, inundándolas de vida. En la cama del fondo, Celsa Julia seguía atrapada en una horrible pesadilla.

En ese instante, sin nadie como testigo, Betsabé y Capitolina sellaron su vínculo.

Las dos eran unas supervivientes de la vida. Sobrevolarían el mundo con las mismas alas, y nada ni nadie las separaría nunca.

¿Nada ni nadie?

11

Claude Le Bleu era un empresario francés, atildado y presuntuoso, que solía medir a todos con la vara del «mira cómo vistes y te diré quién eres».

Su metódica vida transcurría en un sofisticado magazín que tenía en la Galerie d'Orléans de París —en la Rue de Montpensier—, un imponente centro de comercio construido en hierro y cristaleras biseladas que representaban el vanguardismo del momento y el lujo industrial nacido de la expansión del comercio textil. Una especie de calle o ciudad en miniatura donde el arte estaba al servicio del mercader y del dios dinero. Aquel establecimiento heredado de su padre, el barón Le Bleu, resultó ser el lugar en el que volcó todo su entusiasmo.

Claude pertenecía al movimiento colectivo que llevaba la innovación como imagen de deseo y necesidad de distanciarse de lo anticuado. Seguidor tímido de la filosofía utópica concebida por Fournier —que se basaba en que cada individuo trabajaría de acuerdo con sus pasiones, sin que existiera el concepto abstracto de propiedad privada o común—, se sentía parte del falansterio. Pero de la autosuficiencia que se proclamaba como base de la transformación social, solo compartía las pasiones y las intrincadas colaboraciones con la psicología de los hombres y las analogías de las máquinas —*passions mécanistes avec la passion cabaliste.*

Como muchos aristócratas —tal vez por esnobismo—, le atraía el mundo revolucionario, pero no se sentía con fuerzas para hacerle frente y, muy a su pesar, decidió aislarse y convertirse en lo que su derrotado padre, antes de perder la memoria para siempre, había programado para él.

Se movía entre paños, sedas, algodones, terciopelos importados de India y China, y los brocados venecianos de efecto plateado que se elaboraban con polvo de aluminio.

La alta sociedad parisina y todos los que se preciaran de tener algo, como los *flâneurs* —aquellos paseantes, observadores de la vida que gastaban sus horas en un deambular sin rumbo—, eran sus suculentas víctimas. El tedio, que llevaba a los transeúntes a perderse, se convirtió en su gran aliado.

París estaba en un momento de la vida en el que la sociedad necesitaba del tener para reafirmar su existencia, y eso lo aprovechó. Lo mundano y espiritual convergían en esa burguesía que encontraba su apoteosis en el marco de los bulevares y en la adquisición de bienes absolutamente superfluos que les reafirmaban su desasosegado ser.

Había conocido a Conrado Mejía en La Sorbonne, y al cabo de varias visitas a tabernas —donde saboreaban la buena vida y la mala muerte, y compartían entre risas dudosos carmines, muslos, piernas y senos—, se convirtieron en grandes amigos.

Desde los tiempos de universidad, Conrado y Claude supieron que sus vidas estarían unidas por mucho tiempo. Juntos habían compartido soledades y confidencias de jóvenes. Aquellas historias que se quedan siempre guardadas en el cofre de los recuerdos cuando todos alcanzan la mayoría de edad, es decir, cuando la conciencia de lo absurdo acaba por convertirse en Suprema Verdad y los sueños se silencian en la nada del olvido.

Pertenecían a un grupo de seudorrevolucionarios, tímidos y cargados de remordimientos, que no acababan de rebelarse contra los convencionalismos.

Durante el tiempo en que fueron estudiantes, disfrutaron de las locuras que la Ciudad Luz les ofrecía. Se creían esnobs y se vanagloriaban de romper las reglas. De hacer de la novedad su valor más alto.

Se transformaron en amigos de grandes artistas y se consideraban parte de la frase: «Profundo es lo Desconocido para encontrar lo Nuevo».

Amaban a Rimbaud, a Baudelaire y a Haussmann, el hombre que para muchos era el inventor de ese nuevo París. Aquello los llevaba a excitantes y cansinas polémicas. Paseaban por el Quartier Rouge y no paraban de provocarse y fustigarse a sí mismos.

Una noche, anegado de licor y con sus ojos ensombrecidos de pesadumbres, Claude le confesó:

—*Mon ami,* estoy condenado a llevar una máscara de hombre cabal y ello me obliga a sentirme humano y a actuar como lo establece esta sociedad mediocre... ¿Sabes de lo que te hablo? Pero la vida que amo no está en ninguna parte. ¿Debo entender que no existe otra vida más que esta, tan pordiosera y fatua, amigo mío? ¿Qué será de nuestro futuro si este presente ya no nos dice nada?

Conrado, sabiendo que su amigo no estaba en su mejor momento, lo consoló:

—Todos hacemos de nuestra existencia una historia, Claude. Para que el mundo entero fluya y continúe debemos seguir el camino trazado de antemano por la vida, aunque nos repugne. No te martirices.

—Eres un inconsciente, no sé cómo te considero mi amigo diciendo tantas insensateces.

—¿Estás preparado para cambiar lo establecido? ¿Verdad que no? Pues calla y come.

—Adoro tu facilidad de resolverlo todo de manera tan frívola. Somos unos cobardes, eso es lo que somos, Conrado.

—O valientes, depende de cómo se mire. Cada uno tiene una historia por hacer... y esa ya está hecha desde antes de nacer, Claude. Es así.

—¡Bebe...! ¡Bebe, antes de que vayamos a un duelo! —Claude le vació sobre la boca los restos que quedaban de la botella de absenta.

—¡Estás borracho! —le dijo Conrado arrebatándosela antes de que cayera astillada contra el suelo.

—Aaah... ¡Insensato! No sé cómo puedo quererte. Debo estar loco. Deberíamos convertirnos en los más osados conspiradores para generar el cambio.

Conrado, que hasta que lo conoció había sido un abstemio declarado, a partir de ese momento comenzó a beber.

Cada noche, entre sorbo y sorbo, creaban largas y entreveradas disertaciones en las que cada uno se convertía en mago sabio, pontífice de futuros. Hablaban sobre la vida, la alquimia y los filósofos. Discusiones que acababan en vagabundeos, fiebres y temblores entre la eterna niebla de las madrugadas y ese frío parisino que se incrustaba en los huesos y les congelaba el alma.

Huían a Montmartre, un lugar mal visto por los sentenciadores de reglas y del «buen hacer», frecuentado por obreros y aristócratas valientes y libertinos. Y en L'Enfer, la excéntrica taberna del número 53 del Boulevard de Clichy, se hicieron camaradas de *asesinos,* mujeres araña y vampiros de una noche. Compartieron ataúd donde representaban su muerte y otras desquiciadas fechorías, y se mezclaban con artistas, filósofos y bohemios —pintores, prestidigitadores, mentirosos, equilibristas, prostitutas, poetas y locos— que vivían la vida a la manera en que jamás nadie imaginara. Entrada la noche, se sentían libres y dueños del mundo. La absenta era la reina de la oscuridad, y sus efectos, lo más glorioso del amanecer.

Al separarse, cuando Conrado acabó sus estudios de Letras y regresó a Medellín, años después de vivir tantos momentos —con la punzada interior de saberse huérfanos de esa hermandad creada—, cada uno supo que aquel vínculo permanecería por siempre. Se habían unido con un lazo indestructible de vivencias, secretos, lecturas, afinidades y fobias.

A lo largo del tiempo, a pesar de la separación física, continuaron la amistad y siguieron escribiéndose.

Poco tiempo después, Claude terminó casándose con una chica de Burdeos. Conrado le instigó para que la novia que eligiese tuviera un nombre que empezara por la letra C, pues estaba convencido de que ello sería sinónimo de éxito. Y resultó que, solo por un azar del destino, la mujer que eligió se llamaba Clotilde. Así que su amigo íntimo quedó más que satisfecho y la amistad continuó floreciendo.

Por eso, cuando Claude recibió la tarjeta de invitación a la boda de Conrado, lo único que sintió fue que con ese acto quedaba sellada para siempre su amistad.

Luego vinieron los pormenores del enlace.

Él fue quien lo puso en contacto directo con el diseñador que le haría el vestido de novia a Céfora, y con quienes le organizarían su viaje de novios, para que ambos vivieran unos días de ensueño en Europa.

Era tal el cariño que Claude le profesaba a su amigo colombiano que por él terminó embarcándose con su mujer en el transatlántico *Le Roi de l'Océan*, que los llevaría a ese país lejano. Un país donde desde hacía tiempo su nombre aparecía en un refinado y exclusivo establecimiento de la calle Colombia de Medellín.

Allí tenía un floreciente negocio, La Maison Bleu, de telas, encajes y géneros —enviados desde París e imposibles de encontrar en otro lugar de la gran Villa—, del que era socio Conrado Mejía, y donde la alta sociedad medellinense se surtía y las mujeres enloquecían de placer al encontrar un rincón parisino en pleno centro de la ciudad.

Tras treinta y cinco días de travesía y mala mar, de bailes y *champagne*, de mareos y vómitos, de risas y paseos por las cubiertas, una mañana entre un viento endemoniado y una granizada monumental atracaron en Cartagena de Indias.

Descendieron entre barrizales, papagayos, gritos y jaulas repletas de gallos borrachos y negros bullosos, y tomaron contacto con aquella ciudad anclada en otro tiempo, venida del insólito sueño de un dios mágico.

El Nuevo Mundo era quizás el más viejo que habían conocido. Ante tal exuberancia de colores e impresiones, Claude se sintió sobrecogido. Una fastuosa muralla, la más larga que había visto en toda su vida, rodeaba la ciudad, que a pesar de la depresión que vivía, se intuía vibrante y llena de vida e historias.

En la Boca del Puente se amontonaba una algarabía de mulatos de dientes blanquísimos, pájaros exóticos con picos rayados y plumajes multicolores, perros sin dueño y desorden con olor a almizcle y mortecina; a melaza y sudores jamás olidos. Aquello lo invadió y robó el alma. Y aunque su mujer no entendía nada y ese desorden le parecía incómodo y sucio porque sus ropas eran blancas —como correspondía a una mujer que vivía para ser el florero más bello de su casa—, él, por cuenta propia, decidió que lo viviría a fondo.

Fue allí donde se acentuaron sus diferencias. Todo lo que ella criticaba, a él le fascinaba.

Asistieron a la boda. Él, haciendo gala de su porte de dandi caduco, y ella, de refinada dama de la alta sociedad europea.

Entre frase y frase y absenta y absenta —traída por Claude—, los dos amigos pactaron que si un día podían influir en los hijos que estaban por venir, sus respectivas descendencias crearían un vínculo de sangre indisoluble.

Una vez celebrada la ceremonia y los festejos, y antes de que los novios emprendieran su anhelado viaje, las dos parejas se trasladaron juntas a Medellín, donde Claude visitó su tienda y se maravilló de la delicadeza y formalidad con la que su amigo la llevaba. El lugar estaba decorado siguiendo los dictados del Bon Marché de París, con artesonados que simulaban un salón de té francés —mesas con espejos donde las mujeres aprovechaban para retocarse el maquillaje y a las cinco reunirse para diluir el tiempo entre sus tazas— y maniquíes traídos desde la Ciudad Luz puestos sobre muebles de roble tallado que realzaban la calidad de los géneros. Además, el lugar contaba con un excelente sastre y un séquito de modistas y bordadoras educadas en la mejor academia de corte y confección que, gracias a los patrones importados de Francia, eran las más rápidas y a su vez las más meticulosas de la ciudad.

Después de quedar maravillados con la tienda, los matrimonios se dividieron. Mientras las mujeres se quedaban en Medellín haciendo alarde del nuevo estado marital de Céfora, los hombres aprovecharon para visitar sus alrededores.

Conrado y Claude, seguidos por una comitiva de criados —campesinos conocedores de todos los caminos—, tomaron el coche de caballos percherones y se dirigieron al suroeste de Antioquia, a Fredonia. Allí, en esa topografía desigual, de verdes rabiosos salpicados por puntos rojos y plataneras, se asentaba La Camándula, magnífica hacienda rebautizada por Conrado que fuera propiedad del padre de Céfora. En el camino, cada vez que Claude lo pedía, se detenían ante aquello que le sorprendía. Estuvieron frente a unas legendarias paredes verdes creadas por la naturaleza, de cuyas grietas emergía la vida convertida en cascadas de flores e hilos de humedad. Encontraron un salto de agua helada, se desnudaron sin miramientos y se sumergieron en él, henchidos de espíritu libertario y de olvidada juventud. En el fondo continuaban siendo unos peripatéticos, fieles seguidores de la escuela de Aristóteles, pensadores que daban vueltas a sus propios pensamientos tratando de cuestionarse la vida sin encontrar en dónde hallar su fin y su salida.

Bebían, reían y recordaban tiempos pasados, apurando las horas como si fueran el último elixir que les quedara por vivir.

—¿Eres feliz? —le preguntó Claude a Conrado mientras le pasaba la botella de Cardhu.

—¿Feliz...? —Sonrió—. Esa palabra tan apetitosa ya está fuera de mi léxico, querido amigo. Ahora me dedico a vivir.

—Entonces, repito la pregunta: ¿Vives feliz?

—Ayyy, Claude Le Bleu, sigues siendo el mismo iluso. En el fondo, yo continuaré fiel a aquel muchacho perdido que conociste en la universidad. Vivo imbuido en normas de las cuales, desgraciada o afortunadamente, nunca lo sabré, jamás lograré zafarme. Enfrentarse a esa realidad inventada, y por ende gloriosa, de la que hablábamos en nuestras noches bohemias, cada vez se me hace más lejano y difícil.

—Yo, en cambio o igualmente, depende de cómo se mire, me siento embalsamado.

—¿Tu vida con Clotilde no te llena?

—Somos el día y la noche. Quizá yo sea la noche, me es indiferente. A veces, llega a ser tan... no sé cómo explicarte, ¿ridícula? ¡Sí, eso es! Sus histriónicas carcajadas frente a lo nimio. Su afición a las revistas de moda, su compulsión por los guantes... su vacuidad. Me he dado cuenta de que me gustan las mujeres inteligentes y osadas. Las que leen a Proust, Gide, Valéry... y a nuestro amado Rimbaud. Pero no existen o, si lo hacen, sobreviven en los submundos del viejo París, aquellos sitios que, desde que te fuiste, ya no sé encontrar.

—Vives del pasado, mi querido Claude. Lo vivido, vivido está. ¡Déjalo ir! Ahora toca la explosión de la madurez.

—No me hables de ello. Yo sigo sediento de idealismo profundo. Me pides una realidad demasiado superflua. Un realismo que, para mí, está fuera de mi tiempo.

—No nos pongamos trascendentes, amigo. Acabo de casarme y estoy ilusionado; no ensombrezcas mi momento.

—Ya caerás en la realidad... ya... Y cuando lo hagas, no me lo digas, no quiero enterarme. Tú, que dices ser el gran realista, en verdad eres un soñador de soñadores. Todavía crees en la felicidad. ¿Me hablas de idealismo a mí?

Claude acabó riendo de aquella loca manera que les traía tantos recuerdos.

Tras varios tragos del whisky escocés traído de Londres por Conrado, y un silencio sepulcral que servía para enmarcar sus más íntimos pensamientos, decidieron levantarse y disfrutar de la mutua compañía.

Atravesaron ríos de minúsculas cascadas donde se podían escuchar las voces de la tierra y sumergirse en el pasado.

Delante de Claude, Conrado se vanaglorió de «su verdad». De todo lo conseguido en un momento en que la exportación del producto había caído en picado, y sus competidores santandereanos y cundinamarqueses estaban al borde de la ruina mientras su producción iba en aumento. A pesar de todo y gracias a esfuerzos titánicos, ÉL y solo ÉL —aprovechó para remarcarlo— había logrado expandir y continuar los cultivos de su difunto suegro: veinte mil hermosas hectáreas que albergaban un café apreciado por su suavidad, aroma y ese ligero toque cítrico. Incluso hasta consiguió que los cafetales del noroeste del país entraran en auge, y que tanto Estados Unidos como Alemania y Francia se convirtieran en grandes consumidores y en sus mejores aliados.

Cuando llegaron al lugar, se detuvieron frente a un solemne portal labrado a pura navaja en madera de cedro rojo. Sobre este los aguardaba un arco de medio punto del que colgaba una elaborada camándula, hecha con millares de granos de café por los propios jornaleros y las chapoleras; los mismos que se encargaban de recoger el producto y a quienes Conrado pagaba sus bultos míseramente, siendo las mujeres y los niños los más perjudicados.

Una vez traspasada la entrada, Claude no daba crédito a tanta riqueza visual. Extensas plantaciones de café se fundían con un paisaje de verdes infinitos y cielos repintados de azul en los que se paseaban orondas cientos de nubes empachadas de agua, que acariciaban las montañas dibujando sobre el firmamento formas que los amantes de la palabra convertían en poemas.

Un paisaje idílico que, después de la boda, ahora también pertenecía a Conrado Mejía.

Mientras tanto, Clotilde Le Bleu —a quien el mundo agrícola le repugnaba—, tomaba el té y se dejaba agasajar por Céfora y sus amigas.

Dada su procedencia francesa y sus refinados modales, Céfora Echavarría la paseaba orgullosa por la gran Villa. Mientras las mujeres de la ciudad la veían como un icono de moda y buen gusto, Clotilde, a su vez, disfrutaba de una alta sociedad muy dada al puritanismo con el que ella comulgaba, que hablaba en francés o en un inglés impecable. Se sentía muy cómoda y feliz, pues en ellas prevalecían también las normas de buena educación a la más refinada usanza londinense, que le recordaban sus años pasados en la St. Mary's Ascot School.

En su recorrido por cafetales, platanares y palmeras, Claude Le Bleu se enamoró perdidamente de esas tierras; de su topografía y de sus ríos; de su fauna y su flora, tan diferentes a las europeas. Pero, por encima de todo, se enamoró de su gente.

Al finalizar aquel viaje, por problemas ajenos a él, Le Bleu no volvió a pisar esas tierras. Pero a lo largo del tiempo, nunca cortó la comunicación y amistad con su gran amigo.

Tras años de correspondencia recíproca, de mantener un afecto sincero marcado por la distancia del océano, una mañana Claude recibiría una carta de Conrado en la que le explicaría los pormenores de los últimos tiempos.

Su amigo, al que no veía desde hacía más de nueve años, ahora le participaba el nacimiento de una nueva hija —a la que había estado a punto de perder—, de nombre Capitolina.

Mientras tanto, él y Clotilde, después de mucho insistir y de años de angustia y desilusiones mensuales, conseguían ser padres de un único hijo, en el que habían puesto todas sus ilusiones. El mismo día que recibieran la misiva, Emmanuel, que era como se llamaba, celebraba su cuarto año de vida.

De pronto, una corriente de envidia lo invadió. Otra hija... ocho hijas. Conrado se convertía en el padre de ocho hijas, mientras a él, que solo soñaba con una, por más que insistía cada noche en buscarla, no le llegaba. Comidas especiales, masajes con ungüentos en la zona pélvica, brebajes de salvia y caléndula dados a beber en noches de luna creciente... Los médicos y expertos que los asesoraban se habían cansado.

Definitivamente, la vida era una absoluta injusticia.

12

El martes 16 de febrero de 1897 el sol se desperezaba por los cerros, cansado de salir cada día y encontrarse, como siempre, solo.

Entre los pliegues de unas nubes arrugadas por un Dios perdido en rutinas y horizontes somnolientos, la mañana rompía y perpetuaba su fuerza.

Mientras tanto, en el Chalet Capricieux el ajetreo era vertiginoso. Desde antes del amanecer, un séquito de sirvientes se movía por los sótanos de la casa entre planchas de carbones, tenacillas y vapores encañonados. Hombres y mujeres subían y bajaban portando entre sus manos trajes, crinolinas y enaguas; vestiditos de niñas y zapatos de raso; moños, hebillas y guardapolvos de paño. Todo planchado y almidonado al punto —aguando el almidón, para que no se llegara a la rigidez— y perfectamente dispuesto para la ocasión.

Ese día, en la basílica de Nuestra Señora de la Candelaria de Medellín, a las doce en punto del mediodía, iba a ser bautizada la última hija de Conrado y Céfora.

Tras escuchar las tres campanas —traídas de Nueva York y fundidas con las notas do, mi, sol—, la esperaba una pila de mármol de Carrara con sus cuencos de plata e incensarios. Por fin Capitolina recibiría la bendición que, después de dos meses y medio de angustias, la convertiría en hija de Dios.

Las siete toneladas del magnífico órgano E. F. Walcker,

proveniente de Luisburgo, Alemania, entonaban los magistrales acordes de una partitura creada para la ocasión.

Frente a una multitud de hombres y mujeres —que hicieron gala de presencia vistiendo trajes de soberbia belleza, blusas con aplicaciones de encajes elaboradísimos y acompañadas de suntuosas joyas, inmensos sombreros y borceguíes—, el arzobispo y primo del padre de la neófita, don Teodomiro Mejía y Trujillo, derramó sobre su cabecita el agua bendita y a continuación puso en su boca algunos granos de sal.

Durante toda la ceremonia no hubo poder humano que separara a la hija de los Mejía Echavarría de Betsabé Espinal. Frente a ese impedimento, lo único que se le ocurrió al prelado fue ungir a la otra pequeña con la misma agua bendita y la misma sal, repitiendo el ritual del bautismo. De esta manera, la hija de Celsa Julia Espinal quedó rebautizada.

Nadie pudo separarlas.

Cuantos más días pasaban, más unidas se sentían. Eran un solo yo. Dos cuerpecitos unidos en la pequeña intimidad del día y la noche.

Capitolina no se dejaba tocar por nadie que no fuera la madre de Betsabé, quien a su vez actuaba siempre bajo la estrecha vigilancia de Consolación o de su mano derecha, una malaclase que le tenía pavor y le contaba con lujo de detalles todo lo que en su ausencia hacía la nodriza.

Conrado y Céfora volvieron a sus labores, reuniones y festejos.

Ella dedicaba algunas horas de la semana a tés en las casas de sus más íntimas y a voluntariados católicos en los que bordaban pañales y camisitas al ritmo de sus afiladas lenguas. Allí se había hecho muy amiga de María de las Mercedes Urrutia, la mujer de Benigno Morales Santos, con quien organizaba fiestas inventando cualquier motivo para estar juntas. Y Conrado gastaba sus horas llevando con precisión de relojero todos los negocios, incluido el de importación de telas, que en los últimos meses crecía a un ritmo desenfrenado.

Los días se fueron amontonando unos sobre otros hasta formar una gran montaña de rutinarios y cenicientos quehaceres disfrazados de estabilidad.

Las criaturitas crecían y se hacían cada día más hermosas.

Entretanto, Celsa Julia luchaba por mantener una cordura que a medida que pasaba el tiempo se le escapaba.

Los rezos iban en aumento y la soledad era su única compañía. Las pesadillas la perseguían y las voces no le daban descanso.

Pero todo lo vivía en silencio.

En su fuero interno, sabía que estaba enloqueciendo y no tenía ni idea de cómo frenar su estado de enajenación. Lo único que la anclaba al presente, haciendo un gran esfuerzo, era el amor que sentía por su hija y el instinto de supervivencia.

No tenía ni con quién hablar ni a quién explicarle sus miedos.

Muchas noches, recordando la comprensión del padre Evangélico, pensaba en él hasta elevarlo a la condición de santo, creyendo en su desesperación que era el único que podría resolver sus problemas. Necesitaba contarle lo que sufría con aquellos extraños episodios, pero sabía que era muy difícil acceder a él. Estaba sola y sin recursos en medio de un mundo que le era absolutamente ajeno y agresivo.

Cada vez más, una deriva de voces decidían por ella lo que su interior no podía, apoderándose lentamente de sus actos.

Era una muerta en vida, o lo que era peor: una viva muerta.

Lo único que la hacía feliz era saber que Betsabé progresaba, y que para la pequeña Capitolina su hijita se había hecho imprescindible.

Con el paso de los días, y viendo que las niñas crecían fuertes y vigorosas, Consolación decidió que Celsa Julia, a pesar de que la alimentación de Capitolina seguía siendo prioritaria, ya estaba preparada para trabajar en otros menesteres.

A Capitolina y a Betsabé se les había adecuado una habitación para ellas solas; eso sí, con un pequeño cuarto contiguo donde dormía Celsa Julia y la subalterna de Consolación, que tenía orden expresa de cuidar de la menor de las Mejía Echavarría.

Una cama doble con dosel, mandada a hacer en comino crespo, de cuyo techo pendía un primoroso toldillo de tul bordado, presidía el lugar, mientras a su alrededor decenas de orquídeas, musgos y enredaderas la rodeaban y escalaban. Puesto que aquello no podía frenarse, ya que nadie se dignaba a arrancarlas y hasta eran regadas y cuidadas por el jardinero, decidieron mantenerlas. Era como si Betsabé necesitara de la vegetación para vivir y, a su vez, su clorofílica alimentación sirviera para dar vida a Capitolina.

En la mañana, sobre el cristal de la ventana se amontonaban decenas de pájaros de colores y colibríes de vibrantes alas que cantaban desplegando sus plumas a la espera de recibir manjares exquisitos. Y en la noche, sapos, libélulas y grillos los relevaban para arrullar el sueño de las pequeñas. Y todos daban por natural lo que sucedía.

Una tarde, Consolación se acercó a Celsa y le dijo:

—Las niñas van creciendo, y pasa el tiempo. Deberíamos darte un oficio. ¿Te gusta cocinar?

Celsa, que llevaba a sus espaldas todos los fantasmas que la enloquecían y le hablaban de diversas cosas, pensó que esa podría ser una manera de espantarlos y de inmediato le contestó:

—Sí, me gusta.

—¿Sabes trillar maíz? —preguntó Consolación.

—Y amasar, y ordeñar —añadió Celsa.

—Aquí no tenemos vacas, mujer. Pero pilones, sí.

—¿Puedo pedir algo de ropa?

—Te pondremos el delantal que todas llevamos, y un consejo te doy: si quieres agradar a la señora, lo mejor es que nunca te perciba débil ni demasiado fuerte. Si te ve así, date por muerta.

—¿Muerta? Eso no me da miedo —replicó Celsa—. Muerta ya estoy.

Pero Consolación no le hizo caso; estaba convencida de que Celsa era una mujer extraña y cuando hablaba decía cosas que no tenían nada que ver con la realidad. En definitiva, la consideraba una pobre mujer sin otra cosa que aportar a la vida más que su leche.

Si por ella hubiese sido, la habría alejado definitivamente de la casa. Pero como no podía, dados los vínculos de las pequeñas y la suprema mediocridad de la dueña de casa, lo mejor era confinarla a la cocina.

Y allí, Celsa Julia aprendió a cocinar de todo.

Los viernes, día de mercado, acompañaba a Consolación a la plaza Amador, la que fuera financiada por el millonario Coriolano y realizada con planos del arquitecto Carré, ambos íntimos de la familia.

El marido de Céfora, quien mandaba y disponía a su antojo en la mansión, dio orden de mercar en aquel lugar.

Con el primer canto de los gallos, rayando las cuatro de la mañana, las dos empleadas salían vestidas con sus pollerines y sus canastos hasta Guayaquil —en el carro de caballos conducido por el fiel Cenicio de la Cruz— y llegaban a la plaza.

Los rayos del sol sobre las mercancías amontonadas creaban intermitencias de colores sombreados que convertían aquel escenario en un cuadro apetitosamente estremecedor, a pesar de los hedores a fritanga y a otros revueltos que lo invadían.

A la luz de aquel universo que también olía a raíces y a vida madura, se aperaban de cacao, arroz, fríjoles, maíz, y del pilón para la mazamorra. Y de frutas como zapotes, mangos, murrapitos, mamoncillos, guayabas y ciruelas para hacer pasteles. O de legumbres, papas, cabezonas, juncas, yuca, arracacha, plátanos, mazorcas y coles. Después visitaban los puestos de las carnes y los peces que recogían todo tipo de efluvios, a cuál más pestilente. Y se hacían con pollos, patas de res, peces salados como la sierra, el pargo rojo y el mero, y carne gorda como el entrepecho, las trestelas o el morrillo, y huevos y hierbas para todos los males como la rosa amarilla, la caléndula, la ruda y la cimarruda, que tanto agradaba a Céfora.

Mientras se dedicaba a estos menesteres, las pequeñas iban creciendo, y en el corazón de Celsa Julia también crecía la amargura.

Continuaba amamantándolas, pero cada vez menos.

Betsabé y Capitolina se hacían sanas y fuertes, manteniendo su indisoluble y extraña unidad que ya nadie se atrevía a cuestionar.

De un momento a otro, la leche que ella les daba dejó de ser lo más importante y comenzó a ser remplazada por purés de frutas, dedalitos de leche con miel y ambrosía y papillas espesas de carne aplastada, frijol, arroz, huevo y plátano.

Y eso la hundió.

En su mundo no existía ningún aliciente. Entre el sofisticado y extraño universo de una ciudad que nunca había pisado, perdía a su hija y también, a pesar de ella, su cabeza.

Pertenecía a esos seres extraviados y huérfanos de todo: los apaleados por la vida. Como si hiciera parte de una maldición.

En el mundo en el que se movía, cada uno miraba por sí mismo y no se preocupaba del que tenía al lado. Era la ley del «sálvese quien pueda».

No dejaba de pensar en lo sucedido en Santa Rosa de Osos y en aquel hombre. En el instante en que su mirada la había desnudado, mientras ordeñaba las vacas en medio del estiércol y de la leche que, sin escrúpulos, se derramaba sobre su cuerpo. Ese momento en el cual él la poseía era recurrente.

Su falda levantada, su blusa negra —la única heredada de su madre y que tanto quería—, arrancada a jirones sin miramientos, como si no valiese nada. Esa boca animal sobre su pecho, buscando; su lengua empapada de deseo, lamiendo; sus dientes mordiendo la punta de sus pezones; su boca chupándole los senos, mientras esas manos ansiosas se metían por entre su falda y encontraban su sexo. Su aliento fresco y su perfume a lavanda. Su miedo empapado de deseo. Todo aquello que la obligaba a rendirse. Su voz diciéndole: «Te quiero, Celsa; eres lo más bello que tengo en mi vida. Lo abandonaré todo por ti». Esa ansiada felicidad, mezcla de temor y dolor. Su intenso desgarro y goce supremo. Sus besos... Sus besos... Y sus promesas...

Y su primera falta. La sangre esperada cada día; la revisión de sus calzones sin resultados. La mancha bendita que no llegaba... y los vómitos y mareos. Y su vientre hinchado... Y lo que le dijeron sus compañeras en el establo mientras vomitaba: «Estás embarazada». Esperaba un hijo suyo...

¡Maldita sea!

¡Todo se convirtió en pura mentira!

Y cuando se enteró el amo...

La echaron a la calle como a un perro sarnoso.

Ahora sus sentimientos no tenían ningún valor. Estaba privada de las relaciones humanas y atrapada en unas pesadillas que día a día se hacían más presentes y le impedían vivir. El deseo de desaparecer se convertía en algo tangible y rotundo. En imperativo categórico.

Una mujer es nada frente a los hombres o, lo que es peor, frente a las propias mujeres que asumen su papel de sumisas abnegadas para no perder un estado de falso y frágil bienestar.

Mujeres de adorno. Flores preciosas clavadas en floreros que al final acaban por podrirse sin ver jamás el sol; que adornan casas y familias en todos los ámbitos y todas las clases sociales.

Desde pequeña había sido testigo de las injusticias de la vida. Era pobre y, para más inri, mujer. Lo tenía todo para ser despreciada. Pero no era tonta: ahora sabía mucho más.

En esto consistía la vida de los ricos: en usar y tirar. Y la de los pobres, en tragar y arrodillarse.

Ahora intuía que ella y su hija en cualquier momento dejarían de ser indispensables y acabarían en la calle. Era más que evidente, por más razones que buscara y más tiempo que tardara en admitirlo: las dos eran desechables.

La noche antes de que Betsabé y Capitolina cumpliesen un año, esa voz áspera y cavernosa que la perseguía sin cesar le ordenó acabar con ellas de forma tajante, ofreciéndole diversos modos:

Ahogarlas en el agua

o asfixiarlas con una almohada.

Envenenarlas

o quemarlas vivas.

Robar la escopeta

que Conrado tenía en el sótano de la casa

y pegarles cuatro tiros.

Estrangularlas con sus manos,

o con la misma cuerda que colgaba de la cortina.

Acabar con ellas

clavándoles el cuchillo

con el que cortaba la carne,

pelaba las papas

y las verduras.

Tirarlas desde lo más alto de la mansión,

desde la habitación cerrada,

donde el espíritu de la madre de Céfora

vivía enclaustrado...

O dárselas a los perros como comida...

13

Pero no pudo.

Aunque la malvada voz le propuso muchas más fórmulas, por un instinto casi perdido en la neblina de su desquicio, tal vez el de madre, Celsa Julia Espinal se resistió.

Entretanto, las niñas se iban haciendo cada vez más una.

El día en que celebraban su primer año de vida, en el césped del jardín, asidas de las manos en medio de cientos de invitados, las dos pequeñas empezaron a dar sus primeros pasos.

En ese instante de fiesta y algarabía, de brindis y comidas elaboradas, entre amigos, licores y pastillajes, de pronto Conrado y Céfora se sumieron en un terrible trance de estupefacción.

Mientras todos los invitados aplaudían y la pequeña Betsabé daba sus primeros pasos de forma graciosa y sin problemas, a su hijita Capitolina le sucedía algo extraño. Al caminar, su pierna izquierda parecía más floja que la derecha y ello la obligaba a desplazarse de una extraña manera. Su preciosísima hija, la más bella de todas, la que todos habían bautizado como la Princesa de los Mejía Echavarría, caminaba como una coja.

En ese instante, marido y mujer entraron en un terrible *shock*. En plena fiesta, Conrado buscó desesperadamente con sus ojos a su amigo médico, don Calmasio Escandón, que reía despreocupado bajo uno de los guayacanes y lo llamó. Una vez le explicó sus temores, el facultativo se acercó a la pequeña, la llevaron a la sala de estar y una vez la examinó a fondo concluyó, con cara de circunstancias, que aquel problema no tenía ningún tipo de arreglo.

La pequeña había nacido en posición podálica y, posiblemente por negligencia de la comadrona, presentaba una hipertonía del miembro derecho con dificultades en la flexión plantar.

El aparente inconveniente que manifestaba tenía consecuencias irreversibles. No podían hacer nada para arreglarle el caminado. Era un error de todos el no haberlo detectado a lo largo de sus meses de crecimiento, y en esos momentos ya era imposible tratarlo.

Capitolina Mejía Echavarría sería coja de por vida.

Céfora puso el grito en el cielo, y su marido en el infierno.

Salió como una loca despavorida, con el aliento agitado y el corazón desbocándosele por las axilas, convertido en una sudoración que se dibujaba sobre su impoluto vestido de lino, como dos charcos de vergüenza que la delataban ante todos. ¿Qué razones iba a dar a sus amigas y allegados? ¿Por qué Dios la castigaba de esa manera?

Lo primero que se le ocurrió fue arrastrar a su marido a un rincón alejado de los invitados y, tras agarrarlo por las solapas, lo increpó:

—¿Eres realmente consciente de lo que está sucediendo? ¿Qué les vamos a decir a todos? ¡La niña nos salió coja! No fue suficiente con que no fuera un niño. ¡Por Dios, esto es un castigo!

A pesar de lo que la pareja suponía, los ojos de todos estaban puestos en ellos.

—¡Cálmate! —suplicó Conrado—. ¿No te das cuenta de lo que haces? Todos nos observan.

—Esa niña no parece hija nuestra.

—Pero ¡qué tonterías dices, Céfora!

—Siempre supe que no debíamos tener más hijos. Tú y solo tú tienes la culpa. Tú y tu obsesivo deseo de engendrar un hijo.

Conrado sintió pena por la pequeña Capitolina, que los miraba sonriente ajena a lo que discutían, y por su desquiciada mujer.

—Ve y abrázala —le sugirió esbozando delante de los asistentes una sonrisa impostada que trataba de disimular lo que sucedía—. Es tan hija tuya como las otras. ¿O es que se te olvidó que salió de tu útero?

—¡No iré! Esta niña no me quiere, y si no me quiere, yo tampoco. Que la abrace esa —señaló con un gesto despectivo a Celsa Julia—; al fin y al cabo, parece que la campesina lo es todo para ella. ¿No notas que cada vez que me acerco, llora? Eso es una ofensa para mí, que soy su madre.

—Me avergüenzo de ti, Céfora —le dijo Conrado decepcionado, y manteniendo una aparente y falsa expresión de felicidad llegó hasta Capitolina, que con su vestidito rosa de organdí suizo y sus botitos blancos permanecía agarrada a la mano de Betsabé, y en presencia de los invitados les estampó en sus frentes un sonoro beso que fue aplaudido por todos.

Como vivían de lo que la sociedad opinaba, se vieron obligados a dar unas explicaciones que no tenían cómo argumentar. Sabían que en ese instante acababan de convertirse en la comidilla de todos.

La gente malintencionada y envidiosa comentaba por lo bajo que la pequeña era un castigo para la familia, y que su cojera era producto del rechazo que tanto su padre como su madre habían tenido en el instante del alumbramiento.

Y comenzaron los motes y las suposiciones. «Que si la coja de los Mejía Echavarría no era hija de Conrado...». «Que si estaba maldita...». «Que con este suceso, Céfora iba a tener que bajar sus ínfulas...». «Que Dios no castiga ni con palo ni con rejo, sino en el propio pellejo...». «Y que Dios nos ampare y nos favorezca de que nos pase algo así...». «Y que bendito sea

79

Dios, que no tenemos en la familia este problema...». «Y que pobrecita, que se quedará para vestir santos...» «Y que Dios nos libre de que nos salga un hijo así...». «Y que a ver si la abuela muerta le hace el milagrito, pues dicen las malas lenguas que Céfora habla cada noche con ella...». «Y que...».

Y entre chismes y habladurías altas y bajas cumplieron, Capitolina y Betsabé —Cetsabé para Conrado, Céfora e hijas—, su primer año de vida.

Mientras la familia Mejía Echavarría sufría por la situación tan extraña en la que su hija menor crecía, las pequeñas, ajenas a tantos rumores, celebraban ese acontecimiento dándose un beso y soplando a dúo sus primeras velitas.

Para Betsabé, lo que le pasaba a la pierna de su *hermana* Capitolina no tenía la menor importancia; ni se daba cuenta. Se querían, y eso siempre iba a estar por encima de todo. No existía ninguna diferencia. Ella caminaba de una manera y su amiga de otra. Lo que las diferenciaba también las unía.

Con su inseguro andar, ambas comenzaron a corretear por el jardín. Betsabé le enseñó a Capitolina el mundo vegetal que llevaba dentro desde su nacimiento. Experimentaron el aroma de las flores y el sonido del viento y de la hierba creciendo; el olor de la lluvia sobre el césped y los diferentes cantos y colores de los pájaros; el zumbido de las abejas libando y el de los colibríes chupando miel; el vuelo de las mariposas —que sus ingenuas miradas convertían en flores voladoras— y el caminar de los ciempiés sobre las piedras...

Y el sabor intenso de la tierra. Ese gusto amargo y dulce, que también les sabía a soledad y a intimidad cuando dichosas se la comían a puñados. En eso, como en muchas cosas, estaban de acuerdo: ¡En la Tierra no existía sabor más delicioso que la tierra!

Y aprendieron a hablar, aunque la voz de Betsabé no la oyó nadie, ni siquiera su madre. Había decidido reservársela.

Capitolina seguía sin permitir de ninguna manera que se le acercase Céfora, de la que percibía su enconado rechazo. En cambio, empezó a llamarle *mamá* a Celsa Julia, y por más que Consolación insistía en corregirla, nadie la apartaba de su empeño. Era, según palabras del ama de llaves, «un potro salvaje; la oveja negra de la casa; un endiablado zumbambico con cara de niña buena».

El camino que seguía la menor de los Mejía Echavarría no correspondía en nada al de sus hermanas, que practicaban a rajatabla las estrictas normas de la casa. A pesar de que los padres trataban por todos los medios de que la menor de sus hijas acatara sus reglas, no conseguían domarla. Su rebeldía alcanzaba unos niveles incontrolables.

Lo único que la motivaba y mantenía serena era vagar por las estancias más silenciosas de la casa —siempre asida a la mano de Betsabé—, y colarse en la habitación de la abuela Cástida, a la que solían encontrar meciéndose plácidamente en su silla de mimbre con su cabellera interminable como río que serpentea en la bruma de la desmemoria cayendo en cascada blanca por el suelo. Por ella trepaban, mientras la anciana sonreía feliz y las sentaba en su regazo. Allí terminaban bamboleándose hasta que las criadas, al oír el traquetear del balancín de la muerta sobre la madera, acababan gritando y era Consolación quien subía por las pequeñas.

Su otro gran juego era descubrir sitios insólitos, donde pasar horas en silencio comunicándose solo con los ojos.

Betsabé, quien era consciente de los sentimientos de su pequeña compañera, le enseñó a desaparecer y a sumergirse en su mundo imaginario.

Apenas sentía la voz de su madre, Capitolina comenzaba a gritar y a llorar desconsolada... pero después huía, recordando el volar de las hojas de los árboles, su leve ondular sobrevolando la vida. Imaginando espirales en el aire. Sus pasos libres en un viento sin reglas. Ella, sublime, exquisita y hermosa, convertida en flor que nace, crece y al final se eleva.

Y en ese ciclo divino su madre no entraba, porque al nacer la había rechazado, y aquello no tenía ni nombre ni perdón.

Tampoco quería a sus hermanas carnales. Pertenecían a otra estirpe: la de *Las Perfectas*, esa excelsa casta en la que su atrofiada pierna no tenía cabida.

Y de su padre, de su pobre y desdichado padre, solo aceptaba su mirada lejana y una que otra caricia, o algún beso furtivo, porque sabía que el complejo de culpa lo mataba.

A Céfora, el hecho de que su última hija fuera coja no la hacía feliz. A pesar de que lo intentaba y por recomendación de su abuela muerta no cesara en su empeño, no conseguía dejar de vivir de cara al público; era superior a ella.

Sabía que por culpa del defecto de Capitolina ahora era la comidilla de los más selectos; que por ese motivo estaba en boca de quienes se consideraban sus amigos. La sociedad era la que le daba la aceptación o el rechazo. Ese hecho se convertía en una cuestión que debía justificar al precio que fuera y la comprometía a dar explicaciones. En definitiva: era una carga muy pesada.

Por eso, cuando se acercaba a la pequeña, esta sentía su repudio y su amor obligado, y trataba de trasladarle su repulsa de todas las maneras posibles.

Vivían en un encarnizado y silencioso enfrentamiento que no las conducía a ninguna parte.

Madre e hija librando una batalla desgastante, por culpa de los prejuicios de unas gentes llenas de normas y escrúpulos. En definitiva, de miedos.

Al final, la sociedad medellinense, después de despellejarlos en cuantas reuniones se hacían, de convertirlos en mártires y pecadores, en cumplidores de su penitencia y recibidores de lo divino y humano, se acostumbró y nadie más —por lo menos en público— volvió a hablar o a burlarse del defecto de la niña. Se hicieron a la idea de que ese hecho era tan natural como la vida misma.

En el fondo, como en muchos de los comportamientos humanos, el mal del prójimo acabó por convertirse en un descanso para los más allegados a la pareja, aquellos que se vanagloriaban de ser sus más íntimos amigos. Seres perdidos en la marabunta de la vida y del miedo a existir y ser aceptados por sus congéneres.

La cojera de la menor de los Mejía Echavarría resultó ser para todos un alivio: un vergonzoso y cobarde alivio. Les sirvió para descansar sus miedos en hombros ajenos. Ser más asiduos y generosos con la iglesia y practicar a rajatabla sus sacramentos. Los reafirmó también en su egoísta bienestar, ese cómodo lugar en el que se sentían bienaventurados, bendecidos por la vida: Los Elegidos.

Dios, en su suprema benevolencia, los salvaba de lo que a otros condenaba.

La vida estaba hecha de imperfecciones. Si las aceptabas y no las criticabas, si acompañabas a los desgraciados, en el mundo de lo eterno siempre habría un lugar para ti.

Y así pasaron doce años.

SEGUNDA PARTE

1

Del diario íntimo de Betsabé Espinal

Domingo, 1 de noviembre de 1908

Me llamo Betsabé Espinal. Sí, Espinal a secas; como mi mamá.
El único apellido que llevo a mucha honra y también con dolor, porque por culpa de un hombre que no merece que lo llame *padre* no
tengo, como otras niñas, los apellidos de padre y madre.

Empiezo a escribir estas páginas cuando me falta solo un mes
para cumplir trece años y me han pasado muchas cosas. Tantas
que no sé si llegarán a caber aquí. Ignoro si estas hojas serán suficientes, o este trozo de lápiz mordido por las ansias con las que
escribo aguantará hasta el final. Desconozco la razón por la que lo
hago; tal vez sea para tener con quien hablar o para tratar de entender lo inentendible.

Es posible que todo se deba a mi soledad, no lo sé. Los que se
sienten solos, ¿escribirán? Puede que sí. Porque esta labor, es decir, escribir lo que te pasa y sientes, a mí personalmente me ayuda
a sobrevivir.

Sufro, callo, pienso, no digo, miro y no veo... o me hago la que no.

Siento... Y vuelvo a sufrir y todo empieza de nuevo.

Preguntas sin respuestas...

Mientras esto ocurre me esperan estas hojas, que he decidido
esconder en un hueco que me encontré en la pared, debajo del

catre, bien alejadas de la vista de mi mamá y de esos extraños seres que la poseen y me vigilan sin descanso. Y aunque creo que al igual que ella no saben leer, podrían hacerlas desaparecer solo por maldad.

Tengo que agradecerle a mi querida hermana Capitolina el hecho de que hoy pueda tener este amigo secreto, pues fue quien me regaló este cuaderno de hojas en blanco y renglones separados donde hago las palabras bien derechitas sin salirme de la línea, y me enseñó la manera de juntar las letras para expresar lo que siento.

Debo reconocer que, después de leer y escribir, este cuaderno ha sido el mejor regalo que me han hecho en mi corta y absurda vida.

Hay objetos que cuando no los has tenido no te hacen falta, pero una vez los haces tuyos, no puedes vivir sin ellos. Es lo que me sucede con él. Me imagino que así les debe ocurrir a los que se enamoran: que no pueden vivir el uno sin el otro. Así que he decidido que este cuaderno sea mi novio... (qué rara me suena esa palabra).

A mí, aprender a escribir me llegó después de saber leer, aunque hay otros que lo hacen al revés.

Cuando Capitolina todavía no iba al colegio, en las mañanas en que nos escabullíamos a nuestra habitación preferida, la de arriba, la abuela Cástida nos enseñó a leer. Nadie la veía, pero nosotras sí, y no nos daba miedo como a los demás. Solo con pensarla la llamábamos y aparecía feliz con su vestido de flores y esa sonrisa de niña vieja que resonaba como los cascos de los caballos que conduce Cenicio de la Cruz.

Guardaba en su baúl —en medio de soberbios ropajes, sombreros emplumados y zapatos de tacón elegantísimos que arrastrábamos jugando a las grandes señoras—, envuelto en un mantón bordado con exóticos pájaros y flores de brillantes hilos, un viejo libro de tapa verde y letras de oro del que se desprendían unas láminas dibujadas con esmerada pulcritud (eso sí, llenas de agujeritos y de unos pequeñísimos insectos desteñidos y con cola), que para nosotras representaba nuestro verdadero tesoro. Nos la pasábamos perdidas en aquel lugar mágico, donde aparecían personajes con alas como espigas de trigo enrojecidas por el sol, nubes y cielos estrellados solo vistos en nuestros sueños, y niñas y niños en camas que volaban sobre una ciudad sin otro nombre que no fuera Celestial, con una gran torre de reloj sin tiempo y un río azul serpenteando entre las casas...

Solo queríamos vivir allí.

Aunque el libro estaba en un idioma extraño, a nosotras lo que nos importaba eran esos dibujos que parecían ejercer en ambas un poder especial.

Cuando nos los aprendimos de memoria y dejaron de sorprendernos, encontramos unos viejos cuadernos con una letra perfecta: eran aquellos donde la abuela Cástida había escrito sus primeras letras. Cuadernos que por orden suya copiamos compulsivamente hasta que aprendimos a la perfección a calcar su caligrafía de letras inclinadas y curvas con finales de palo largo. Planas enteras de vocales. De aaaaaas, eeeeees, iiiiiiis, oooooos y uuuuuus.

Y consonantes solas...

La mmmmmm...

La nnnnnnnnnn...

La sssssssssssss...

Y con vocales... La eme con la a que suena *ma,* la eme con la e que suena *me...* Y frases como «amo a mi mamá» o «mi mamá me mima» (afirmaciones que sobre todo a Capitolina le costaban mucho escribir, pues en eso de amar a su mamá o de sentir que la mimaba no estaba para nada de acuerdo. Pero como de lo que se trataba era de aprender, lo hacía, escupiendo al final sobre el texto).

Ahora escribimos idéntico, a pesar de que ella solo por molestar a sus padres lo hace con la mano izquierda. Eso la ha llevado a un castigo feroz: a que la institutriz le amarre esa mano para forzarla a que lo haga con la derecha. Pero apenas la desatan, vuelve a las mismas.

Lunes, 2 de noviembre de 1908

Este diario se ha convertido en una liberación necesaria. En este momento en que me duele el estómago por no haber probado bocado desde ayer, prefiero escribir que comer, mientras mi mamá se alimenta de sus rezos. Ayer me obligó a estar de rodillas tres horas sobre guijarros, porque le levanté los hombros cuando me dijo que si no me importaba no rezar. Sigo pensando que Dios no es malo y que porque no rece no me voy a ir al infierno. No creo en el diablo ni en que lleve cuernos y cola; ni siquiera creo en ese infierno que pintan los más piadosos, ungidos por un halo celestial que ellos mismos se han dibujado sobre sus cabezas. Creo que los más malos están aquí y además viven más cerca de lo que nos imaginamos; con cara de *yonofui* y que para muchos son *los buenos*.

A pesar de que aún soy una niña y de que la gente cree que los niños no nos damos cuenta de nada, me considero consciente de mucho; tanto que hoy, aunque no lo sepa todo, trato de entender lo que me pasa.

Intento, entre el barullo que me ha rodeado desde que nací, descifrar lo que soy, lo que son quienes hasta ahora me han acompañado y, sobre todo, lo que es mi madre, sin encontrar hasta ahora ningún resultado que me convenza.

Hay un tema vetado, por eso nunca hablamos, porque es precisamente de eso de lo que yo quiero hablar y ella no. Está prohibido. Así que, como no tengo con quién hacerlo, lo hago aquí.

¿Dónde estará mi papá?

¿Vive?

¿Es mala persona?

¿Es importante para alguien?

¿A qué se dedica?

¿Me parezco a él?

Estos ojos míos que me miran desde la acequia donde recojo el agua que cada día bebemos mi mamá y yo, estos ojos negros, como la negrura en la que vivo, ¿serán los suyos?

Y mi boca, los labios que muevo, con los que grito, enmudezco y bostezo... ¿son como los de él?

¿Pensará alguna vez en mí?

¿O quizá seré para siempre una ausencia en su vida?

¿Sabrá que existo?

Imagino que no, o... ¿tal vez sí?

Si así fuera, si conoce mi existencia, ¿cómo puede un padre renunciar a serlo, sabiendo que ha creado un ser que es cuerpo de su cuerpo y sangre de su sangre?

¿Alguna vez pensará en mi pobre mamá?

¿En su triste marcha hacia ninguna parte?

¿Por qué no está con ella y nos ayuda?

¿Por qué Capitolina y sus hermanas tienen un papá y yo no?

¿Qué hice para no merecerlo?

¿Por qué hay personas que tienen dinero y otras que se mueren de hambre?

¿Por qué nací pobre?

A veces me sueño sentada en el banco de un parque, vestida de blanco primoroso y con zapatos como los que usan las hermanas de Capitolina. Entonces, un señor que huele a perfume, me sonríe, me levanta en sus brazos y gira conmigo mientras mi madre nos observa feliz. Yo río con una felicidad desconocida, le digo «papá, te quiero», me acaricia el pelo y me protege. Pero cuando despierto, las moscas se quieren comer mi cara.

¿Por qué los pobres vamos descalzos?

¿Por qué a mí y a mi mamá nos daban en aquella casa una comida diferente a la que les servían a Capitolina y a su familia?

¿A qué sabe un huevo?

¿Y una gallina?

¿Y una empanada de las monjas Terciarias?

¿Qué se debe hacer para merecer un trozo de buena carne?

Si no peco, ¿tengo derecho a comer?

¿Qué querrá decir «es un cero a la izquierda»? (siempre se lo oí decir a Consolación cuando hablaba de mi mamá).

¿Por qué mi mamá vestía delantal, mientras la madre de Capitolina llevaba trajes tan elegantes?

¿Qué debo hacer para entender lo que nos ha pasado a mi mamá y a mí?

Sigo soñando. Me veo en medio de un inmenso espacio lleno de luz. Nada me duele, ni siquiera los pies, en los que siempre se me clava alguna espina o piedra, porque en mi sueño voy calzada con unos zapatos de algodón resistente, que todas quieren tener. Subo unas escaleras donde me encuentro con mi hermana Capitolina... Llevamos túnicas negras idénticas... Nos miramos en un espejo: somos iguales.

¿En qué se diferencia un rico desnudo de un pobre desnudo?

¿Existe alguien que me salve de este extraño mundo?

¿Qué voy a hacer con mi madre?

¿Hay niñas como yo, que no tienen adónde ir?

Y si las hay, ¿dónde demonios están?

¿Quién las ayuda?

¿Hay alguien que pueda ayudarme?

¿Qué voy a hacer si no sé a quién acudir?

Y si tengo ganas de borrarme y de borrar a mi mamá de este mundo, ¿adónde puedo dirigirme?

Hoy, tratando de huir de ella —que me perseguía con una virgen en la mano para rompérmela en la cabeza, gritando con esa voz que no es la suya—, he descubierto que un rincón lleno de mierda, cuando uno busca escondite, se convierte en un paraíso.

Tengo miedo.

Miedo de mi madre.

Miedo de mí y de querer hacerle algo para defenderme.

Un miedo de muerte.

No puedo cerrar los ojos, porque si lo hago, tal vez no vuelva a ver la luz del día.

Me siento sola y no sé qué hacer.

2

Claude Le Bleu andaba muy preocupado por Emmanuel. Lo amaba con un amor vehemente que rozaba la idolatría. En el fondo de su alma se sentía reflejado en su hijo y envidiaba su ingenua libertad, la que él había perdido en el fragor de su cobardía. Aunque delante de su mujer y de la sociedad se mostraba como un padre autoritario, a escondidas trataba de ser flexible y de justificar sus indómitos comportamientos.

A lo largo de su niñez, Emmanuel se había mostrado como un niño diferente a los demás y de ello daban buena cuenta sus tutores. Vivía ensimismado, observando y analizándolo todo. Desde el libertino movimiento de un gato desperezándose lujurioso hasta la triste caída de un pétalo. Podredumbre y renacer. Todo le interesaba y era digno de ser tomado en cuenta y ser escrito en sus apuntes.

Y los comportamientos humanos... ¡Ah... sí!

Los de los pobres, los de los ricos, los de los artistas y vagabundos y estrafalarios y excéntricos, incluidos los habituales amigos e invitados de sus padres. Hasta los de ellos mismos.

Estaba en una adolescencia difícil, donde empezaba a experimentar un mundo de rebeldía, de exceso de lecturas y anarquía. No se encontraba bien en ninguna parte, o tal vez no se encontraba bien en lo programado por la sociedad.

Si se le acercaba su padre, lo rehuía con una conversación

desbordada de citas filosóficas con las que trataba de desarmarlo.

Se había convertido en un ácido crítico del sistema y de la condición social a la que pertenecían él y su familia después de una excursión dominical que realizara a la Exposition Coloniale de Vincennes, en las afueras de París. Aquel Jardin d'Agronomie Tropicale era una absoluta vergüenza. Sobre el Bois de Vincennes habían levantado una especie de zoológico humano donde se exponían al público diversas razas de aborígenes; familias enteras, traídas de los más lejanos rincones del mundo, eran observadas como si se tratasen de animales exóticos. Mujeres de caras pintadas y torsos desnudos, hombres y niños con lanzas y sin ropas se exhibían sin pudor en medio de jirafas, tigres, leones y egocéntricos elefantes.

A partir de ese momento, cada reunión que hacían en su elegante apartamento del Parc Monceau —parque que inaugurara Napoleón III en 1861— se convertía en una suerte de encaracoladas polémicas que siempre conducían a un punto ciego.

A pesar de que los amigos de la familia afirmaban pasárselo bien, en el fondo el matrimonio sabía que esos comentarios solo correspondían a una formalidad, pues cuando su hijo hablaba, las discusiones de sobremesa resultaban agotadoras para los invitados, y en especial para ellos.

Una noche, en mitad de una lujuriosa cena de aquellas que con tanto placer preparaba Clotilde entre almizcles e inciensos, cuando los comensales saboreaban el exquisito foie gras en gelatina de Marc de Champagne con pequeños sorbos de Sauternes, de pronto el jovencísimo Emmanuel empezó a hacer sonar con su cuchillo de plata la copa de cristal.

—¡Atención, atención, querido público...! —dijo en medio de un reiterado ruido.

Los asistentes se volvieron atónitos hacia él, con los tenedores suspendidos en el aire.

—Debo manifestaros que, dado que no participo para

nada en ninguna de las nimiedades de las que habláis, me veo en la obligación de reconduciros y deciros que estáis perdiendo el tiempo en todo lo que por desgracia empleáis vuestra vida. Os habéis convertido en bufones de vosotros mismos. Estáis convencidos de que vuestro modo de vida es el correcto porque sois demasiado cobardes para tratar de cambiarlo. Repetís y repetís lo que otras generaciones han repetido, creyendo que esa es la única verdad, pero hasta que no os iniciéis en vosotros mismos, no encontraréis nada que os haga libres.

La totalidad de la mesa enmudeció. Tanto que Claude y Clotilde fueron incapaces de detenerlo.

—Cada ser humano debería tener su propio universo. ¿Por qué todos se ven obligados a pensar igual que los demás? Os lo voy a decir: porque en el fondo son perezosos. Es más fácil transitar un sendero ya abierto que abrir camino a través de un tupido bosque. Estamos frente a una revolución pendiente: la del ser humano. ¡SER HUMANO! —repitió sin que nadie se atreviese a llevar a la boca sus tenedores o tragar lo que había masticado.

—Por favor, Emmanuel... ¿Cómo te atreves a hablar así a nuestros invitados? Vete a tu cuarto, hijo —le ordenó, en tono suavemente impostado, Clotilde.

—Vete vete vete... —repitió cínico—. ¡Claro que me iré, madre, un día no muy lejano! De eso no te quepa duda. Pero, por ahora, me habéis de aguantar; al fin y al cabo, soy vuestro hijo.

Y diciendo esto sonrió, se limpió la boca exagerando los modales y se puso en pie. Dejó la servilleta sobre la mesa y sosteniendo en la mano derecha su copa, realizó una pronunciada y grotesca reverencia delante de los asistentes y marchó.

Una vez lo vieron alejarse, como si no hubiesen presenciado el acto, los invitados continuaron paladeando el foie gras entre risas y susurros, al tiempo que Clotilde exhalaba un pronunciado suspiro que hizo levantar las cortinas del salón.

Emmanuel estudiaba en el Lycée Louis-Le-Grand, en la Rue de Saint Jacques, un colegio laico regentado en el pasado por los jesuitas, donde se habían formado grandes de la literatura como Voltaire, Victor Hugo y Molière, y pintores como Edgar Degas, Pierre Bonnard y Eugène Delacroix.

Sus grandes obsesiones eran la filosofía y la poesía. Y desde niño, tras encontrar en la biblioteca familiar *Les fleurs du mal* de Baudelaire y de estudiar lo que los nuevos poetas proponían para desaprobar lo anterior y crear nuevos caminos, vivía obsesionado por la poética del simbolismo y la oposición a la retórica.

Desdeñaba los negocios del padre, y a su madre no se la tragaba pues era la antítesis de lo que él creía que debía ser la mujer.

Estaba a favor de la igualdad y vivía convencido de que tanto el hombre como la mujer —desde sus diferencias— existían para hacer del mundo un lugar supremo en el cual prevaleciera el respeto por encima de la violencia primaria y cada uno fuese capaz de pintar la vida y aportarle su color especial. Lo femenino y lo masculino, convertidos en un solo e inteligente lenguaje: el de lo absoluto, donde hubiese una reconciliación constante de lo que la mayoría se empeñaba en concebir como violentamente opuesto.

Era un lector empedernido de aquello que lo situara en contra de las reglas y de lo establecido, y cada vez más sus ideales coincidían con lo revolucionario.

Lentamente y ayudado por su profesor de Literatura, monsieur Jean Pierre Tartare, que le aventajaba en edad tan solo ocho años, se fue infiltrando en los movimientos artísticos que buscaban romper con la conciencia de masa y reivindicar un nuevo modelo de arte, literatura y vida.

Tenía diecisiete años, pero ya se codeaba con los vanguardistas del grupo de los Dômiers, jóvenes venidos de todo el mundo, llenos de talento y promesas voluntariosas, la mayoría sin un céntimo, que cada tarde se reunían en la esquina de la

Rue Delambre con el Boulevard du Montparnasse: en Le Dôme, lugar donde solían soñar despiertos al fragor de arrebatos libertarios.

Todos los que antaño ocuparan las alturas de Montmartre se habían ido asentando en la planicie de Montparnasse, lugar en el que muchos alumnos de La Sorbonne declamaban sus poemas y pintores sin dinero pero plenos de sueños vivían de gloria soñada mientras morían de hambre a cambio de pinturas y pinceles.

Era a ese enigmático lugar, efervescente y vital, adonde Emmanuel huía cada noche para reunirse con gente a la que admiraba: Pascin y Hermine, quienes solo verlo, dada su inteligencia, sus avanzadas ideas y sus argumentadas burlas sobre el arte burgués, lo acogieron sin miramientos y por unanimidad. Y Guillaume Apollinaire, Max Jacob, los Stein —Leo y Gertrude—, Matisse, Picasso, Brancusi...

Y Modigliani, el maravilloso y loco pintor de Livorno que una noche de borrachera lo adoptó como su hermano pequeño y tras conocer a fondo sus fervientes anhelos revolucionarios le presentó a Simone Weil, la jovencísima y rebelde filósofa que se encontraba fuera del tiempo, a quien la oyó decir:

«Hemos llegado al punto de casi no pensar, en ningún campo, si no es para tomar posturas "a favor" o "en contra". Después buscamos argumentos bien a favor, bien en contra, según el caso».

«Hemos perdido por completo el sentido mismo de lo verdadero y de lo falso».

«Ni siquiera en los colegios se sabe ya estimular de otro modo el pensamiento de los niños como no sea invitándolos a tomar partido a favor o en contra. Se les cita una frase de un gran autor y se les dice: "¿Estás de acuerdo o no? Razona tu respuesta". Sería tan sencillo decirles: medita sobre el texto y expresa las reflexiones que te sugiere».

A partir de ese instante, para Emmanuel todo cambió.

3

Jueves, 19 de noviembre de 1908

Vivimos en una choza, que en verdad es un estrecho cuarto con un catre destartalado y un colchón de paja roto, de donde huyen los chinches que cada noche me chupan la sangre y me tienen el cuerpo marcado, menos la cara, porque se me ocurrió embadurnármela de boñiga (ya que a mí misma su nauseabundo olor me produce ganas de vomitar), y eso parece ser que dio muy buen resultado. Ahora, con tal de que no me toquen, ya no me importa ni el hedor ni saberme untada de caca de vaca. Total, todo lo que entra, sale. Y lo que comen es pura hierba; hierba fresca. Por lo menos, ellas comen...

Pero, hablaba del catre...

Lo hemos arrinconado a una pared, hecha de adobe y excrementos, que está llena de minúsculos agujeros convertidos en puertas por donde escapan en fila india millares de hormigas rojas y negras que se van entregando, en orden sorprendente, las migas de lo poco que encuentran para comer. Las observo y ¡aprendo tanto de ellas!

¡Pobrecitas! Andan extraviadas; se equivocaron de camino. Deberían huir a las casas de los ricos; allí sí que conseguirían suculentos manjares.

Cada vez se reduce más el espacio donde habito, pues mi madre lo ha ido llenando de vírgenes.

Apenas llegamos a este lugar, la tierra se convirtió en musgo y el musgo en enredaderas y las enredaderas en orquídeas. Me persiguen y yo hago como que no me doy cuenta, pero me hablan. Hay una comunicación que me obliga a acariciarlas y me convierte en su reina. Entre ellas, una noche descubrí una culebra que resultó ser muy buena culebra (no puedo decir que sea buena persona, aunque se lo merece, dado lo que he ido conociendo en mi vida), y ahora le doy las sobras de lo poco que como y hasta duerme entre mis manos. Le he puesto el nombre de *Mejorana*, que lo oí no sé dónde y me pareció bonito. Se pone en mi cuello como si fuera una gargantilla y mi madre me regaña y me pide que la tire y abandone, pero yo no le hago ni caso porque sé que el miedo la podría espantar y en este momento es lo único que me acompaña de verdad.

Este lugar se ha transformado en una extraña iglesia. Cientos de vírgenes nos invaden con sus ojos llorosos y sus manos suplicantes. No tengo idea de dónde las saca, aunque ella asegura que se las regalan. Está la del Carmen, la del Pilar, la de la Inmaculada Concepción, la de Lourdes, la de Guadalupe, la de Chiquinquirá, la de Fátima... repetidas, rotas, con cabeza o sin, partidas por la mitad o sin brazos; en barro vivo, tela, madera y porcelana, con coronas destrozadas y trajes sucios y desteñidos. Venidas de todos los lugares: los habidos y por haber. Cada una de ellas presidiendo ese espacio de tierra en la que mi perturbada madre les ofrece una entrega total: su incondicional y humilde amor. Un lugar transformado en santuario por culpa de sus temores.

En su estado de enajenación, mi pobre mamá creó un altar con piedras que trajimos del río como pudimos. Allí se pasa el día rezando entre velas encendidas que le regalan en las casas donde desempeña el oficio de lavandera.

Después de hacer todos mis trabajos, me obliga a arrodillarme ante las vírgenes y a pedir perdón por pecados que intuyo son de ella y me atribuye sin contemplaciones. Me paso horas enteras con los brazos en alto, que me duelen hasta que al final dejo de sentirlos y pienso que se me han caído; entonces me pregunto por mi vida y lo que me espera. La otra noche me persiguió con el cuerpo descabezado de la Virgen de Fátima, porque sin querer tropecé con ella y al caerse se rompió. Me dio en la cabeza y me descalabró; luego me curó y me besó la herida. Esa noche dormimos abrazadas.

Tengo miedo.

Vuelvo a decir que tengo miedo porque escribiéndolo se me quita. (Creo que haré dos planas enteras con esa frase).

Mientras todo esto pasa, la oigo vociferar con una voz que no es la suya. Una voz oscura y grave que la nombra a ella y me nombra a mí con autoridad que obliga.

Reza y se pelea consigo misma. Maldice y bendice. Y se santigua y pide perdón al mismo tiempo que invoca al demonio. Su cara se transforma, sus ojos se le desbocan de las cuencas y parecen rodar por los suelos. Y su lengua se le escapa como una lombriz que emerge de la tierra.

Habla y se contesta.

Y se queda en silencio y huye...

Y luego regresa convertida en miedo.

Quiere hacer algo malo, pero otro ser, que no es ella ni es el otro, se lo impide; un ser que argumenta y la obliga a obedecer.

Cada vez es menos dueña de sí misma. Ya creo que ya no sabe quién es...

Ni yo.

Me siento sola...

Muy sola...

4

A partir del momento en que sus padres echaron de la casa a Betsabé y a Celsa Julia, Capitolina entró en una desobediencia sin precedentes. Sus enarbolados gritos recorrían las paredes haciendo vibrar cuanto objeto colgaba de ellas. Cuadros y libros, porcelanas y cristales de Bohemia y Murano temblaban en las estanterías al ritmo de sus lamentos. Las puertas se azotaban y las ventanas se abrían y cerraban enloquecidas, sin que ninguno de sus habitantes pudiera atajar semejante desvarío.

Protagonizaba unos berrinches descomunales que desestabilizaban psíquicamente a Conrado y le acentuaban sus obsesiones.

No regresó al colegio ni volvió a realizar ninguna actividad en las que participara la familia. Y no hubo poder humano que la obligara a entrar en razón. Ni siquiera la visita que —respondiendo a la rápida intervención de monseñor Mejía y Trujillo— realizara al Chalet Capricieux la superiora de la Presentación, la madre sor Concordia.

Aconsejada por ella se tomaron urgentes medidas, pues según sus criterios de ninguna manera se podía permitir que una niña manipulara a sus progenitores.

Por orden expresa de la monja, cerraron con doble llave la habitación de la abuela Cástida, porque sabían que era uno de los lugares que más amaba Capitolina y que, en su desamparo, había convertido en refugio. A pesar de ello, la anciana muerta, que amaba a la pequeña y entendía su soledad, empezó a hacer acto de presencia. En las noches, su cabello escapaba por debajo de la puerta y descendía por las escaleras como un río desbocado hasta meterse en la cama de su nieta, donde acababa envolviéndola de amor.

La injusticia llegó a tal punto que la hija menor de los Mejía Echavarría deseó con todas sus fuerzas adoptar el apellido Espinal, de Betsabé, para dejar de pertenecer a esa familia que tanto la agredía y de ser hermana de esas hermanas e hija de esos padres.

La rebeldía duraba ya cuatro años.

Si la obligaban a sentarse a la mesa con el resto de la familia —todos tan puestos y tan pulcros—, apenas probaba la sopa, la vomitaba sobre el mantel.

Eructaba, estornudaba, sorbía, escupía y procedía de manera indecente, como si nadie le hubiera enseñado un mínimo de urbanidad. Ese comportamiento irritaba a su madre y le estimulaba sus más bajos instintos, inspirándole castigos a cuál más terrible.

Mientras sus hermanas asistían al colegio, una vieja institutriz francesa contratada por Céfora, mademoiselle Rigide, la obligaba a coser y a elaborar interminables dechados —esa especie de dictados hechos sobre una tela de agujeros templada en un tambor—, con filas de punto de bordado como el de cruz, de estrella y del diablo, o la patecabra y el zurcido, tan reiterativos y monótonos que todas las niñas consideradas *de bien* debían aprender para llegar a ser buenas amas de casa, y madres y esposas abnegadas.

Un día, creyendo que era un terrible castigo, Céfora llevó a casa al más estricto profesor de violín que existía en Medellín para que le diera clases a su hija pequeña. En pocos días, Capitolina la dejó sin habla al interpretar la *Sinfonía concertante para violín* de Mozart, pieza dificilísima de tocar, como si toda su vida se hubiera dedicado a ello; y es que no había nada que la niña no pudiera aprender con una rapidez y una maestría sin límites.

Para soliviantar su frustración e ir pasando los días, Capitolina, imitando a Betsabé, enmudeció por completo y se dedicó a leer todo lo que encontró en la biblioteca de su padre. Libros que a pesar de su niñez comprendía perfectamente. *La isla del tesoro* de Robert Louis Stevenson, *Sentido y sensibilidad* de Jane Austen, *La vuelta al mundo en 80 días* de Jules Verne, *Alicia en el País de las Maravillas* de Lewis Carroll, *Los miserables* de Victor Hugo...

Aaah... y *Crimen y castigo* de Fiódor Dostoyevski, donde reconfirmó lo que era el sentido de la justicia y también de la injusticia...

Hasta que, empachada de lecturas y muy a su pesar —so pena de ser internada en un convento de monjas de clausura—, se vio obligada, terriblemente obligada, absurdamente obligada, por sus padres a regresar al colegio. A ese mundo insípido y cruel que odiaba con toda su alma, y que ella y solo ella había vivido en sus propias carnes.

Se sentía vigilada no solo por su familia y por las monjas, sino también por la servidumbre.

Cada paso que daba era reportado inmediatamente a su madre que, desde que echaron a Celsa y a Betsabé, la tenía entre ceja y ceja.

A partir de ese instante, empezó a maquinar la manera de escapar, sin saber exactamente adónde. Lo único que tenía claro era que necesitaba urgentemente encontrar a su hermana de leche.

Y huir...

Lunes, 30 de noviembre de 1908

Ayer traté de ir a ver a Capitolina, pero no pude.

Mañana cumpliremos trece años y sé que sigue viva porque lo presiento. Un pálpito interior me lo dice.

Creo que para ella la vida le ha sido más fácil. En cambio, yo hace cuatro años que sobrevivo entre una nebulosa de terror.

¿Que cómo llegué a este estado?

Tengo un secreto muy triste que no he confesado, aunque ahora lo haga en esta página que espero que nunca lea nadie.

Una tarde mi madre se volvió loca. Sí, ¡enloqueció! Comprendo que para muchos sea muy difícil de entender cuando nunca lo han vivido tan de cerca.

Después de conseguir una peculiar estabilidad con la familia de Capitolina, sabiéndonos diferentes pero sintiéndonos parte de ella, fuimos expulsadas de la casa que una vez nos prometiera dar cobijo para «toda la vida».

Nos pusieron en la calle la madrugada menos pensada, aprovechando que Capitolina dormía y sus padres fingían hacerlo.

Yo sabía que desde la ventana ellos vigilaban nuestros movimientos, pues la vida, no sé por qué, me dio la capacidad de intuir las acciones de quienes me rodean, aunque, eso sí, se quedó corta a la hora de darme la capacidad de adelantarme al futuro.

Consolación nos lanzó sin miramientos de ninguna clase y, empujándonos como animales, nos dejó a las puertas de aquella mansión que durante años fuera nuestro hogar.

Nos echó con lo puesto.

Hacía tanto tanto frío que pensé que de un momento a otro mis dedos se desprenderían de mi mano, como si fueran las ramas de un árbol muerto.

Quiero creer que en el fondo el ama de llaves también estaba aterrorizada, pues se le notaba que cumplía aquellas órdenes a regañadientes (¿de pronto se le había alborotado su lado bueno...? ¿Tendrá alguno aquella bruja?).

De esta manera, tan brutal, me separé de mi mejor amiga.

Yo intuí que dormía plácidamente y que al amanecer se encontraría con mi cama vacía y se iba a poner muy triste, pues sentiría el mismo agujero sin nombre que ahora yo tengo en mi corazón, ese que muy difícilmente alguien puede entender, pues lo que para mí y para ella son cosas importantes, para los demás solo son tonterías infantiles.

No pude despedirme.

Durante meses quise morir y lo intenté de la única forma que se me ocurrió: tapándome la nariz y quedándome sin aire. Pero, por más que lo probé, no lo conseguí. No sabía que morir también era muy difícil.

Después aprendí a elevarme y a recordar nuestros juegos en los que inventaba despedidas que no se producían.

¡Qué dolor!

¡Qué dolor no poderse despedir!

¿Pasará así con los muertos que se van sin decir adiós?

Tengo que dejar de escribir, oigo los pasos de mi mamá y debo esconder mi cuaderno y salir de debajo del catre antes de que descubra mi escondite.

Pero no pienses que te abandono, querido diario. No es más que un hasta luego...

6

Emmanuel se convirtió en el joven poeta de lengua bífida y perfil de esfinge impasible al que al llegar la noche esperaban en las *soirées* que tenían lugar en el estudio de Henri Rousseau, en el 2 de la Rue Perrel, del barrio de Plaisance.

Sus escritos eran hondos y melancólicos —como las expresivas pinturas que los acompañaban—, pero a su vez cargados de cinismo, ingrediente que fascinaba a todos.

Una noche llegó vestido de negro de la cabeza a los pies, sosteniendo en sus manos una caja de madera decorada con versos apócrifos e imágenes oníricas. Y en plena sala, a la luz de los candelabros, Emmanuel realizó una ceremonia fúnebre por la muerte de su perro ocurrida al ingerir un cuenco de absenta en el que había disuelto, ignorando que fuera veneno puro, un pigmento azul con la intención de pintar un pequeño cuadro.

Algunas de sus excentricidades correspondían a esa especie de pacto tácito que de alguna manera lo hermanaba con el grupo de artistas.

Solo verlo, todos se unieron al ritual y acabaron invocando el espíritu del perro llamado *Platón*, que hizo acto de presencia en uno de los asistentes, y a cuanta pregunta le hacían contestaba con un inteligente ladrido que Emmanuel traducía con voz solemne:

—Me consta que, a pesar de haber muerto, sigo y seguiré

estando presente. Estoy convencido de que mi desaparición solo servirá para que muchos vuelvan a reivindicar lo ideal por encima de la apariencia. Pero una cosa os digo: jamás podréis vivir sin lo fijo y eterno. Os vendrán otros con intuiciones de lo sensible y cambiante en detrimento de lo estático. Os hablarán del hombre fuerte o débil. Y os llevarán a sobrevalorar el deseo de disfrutar la vida, frente a ahogar lo corpóreo a favor de lo intangible...

—¿Puedes parar de pontificar? —preguntó uno de ellos con un grito extravagante—. Deja que otros hablen. La verdad es de todos. ¿Por qué insistes en apropiártela?

—Estamos aquí solo para tratar de convertir la vida en algo justo y sublime —dijo Le Bleu orgulloso de la discusión que había provocado.

—¿Y crees que, gracias a ese intangible del cual hablas, la vida será justa? Lo sublime, amigo mío, se nos mostrará cuando el hombre se dé cuenta del potencial que posee y deje de una vez por todas de rendirse como un borrego a ideas estáticas que lo convierten en su esclavo —opinó otro de los asistentes.

—La metafísica platónica ha hecho mucho daño a Occidente. Tendrías que saberlo. Deberíamos aprender a vivir en la diferencia y no en la identidad constante. De no ser así, seguirán existiendo totalitarismos, jerarquizaciones...

—Pero ¿no te has dado cuenta de que Dios ha muerto, y con él, lo estático y esas ideas intangibles en las cuales te regodeas? ¡Yo diría que tienes miedo a vivir!

—¿Miedo a vivir? Si crees que la vida es caminar y danzar entre sombras, pues... ¡adelante! ¡Aventúrate en la fantasmagoría! Pero no creas que serás feliz verdaderamente. Esa será una ilusión, como todo esto que ves —sentenció el poseído por *Platón*.

—Entonces yo quiero la ilusión, la mentira y los fantasmas. ¡Reivindico todo lo falso, pues las ideas están podridas y apestan! Desde el cielo me llega su hedor y es nauseabundo. No sé cuánto tiempo más podré quedarme, amigos míos, pues estas palabras se clavan en mí como alfileres y me reafirman lo que ya pensaba de vosotros: que no habéis dejado de ser esclavos.

De un momento a otro *Platón* empezó a aullar, como si se hubiera dado cuenta de los insultos que estaban profiriendo contra su filosofía.

—Oh, no puede ser. ¡*Platón* ha resucitado! ¡Ya os dije que la cosa no se iba a arreglar así de rápido! Seguiremos con su pensamiento por mucho tiempo. Preferiría que siguiera muerto.

Emmanuel reía a carcajadas mientras su perro lamía su rostro.

—Mi dulce *Platón*, sabía que no nos abandonarías, que era solo un desmayo. No le hagas ni caso a esta pandilla de insensatos.

7

Sábado, 5 de diciembre de 1908

Faltan dos días para la fiesta de la Virgen. Las velas iluminarán las casas y cubrirán la ciudad de luz y alegría; los niños jugarán felices y se prepararán para la venida del niño Dios.

En cambio, yo en estos momentos vivo como si mi cuerpo estuviera partido por la mitad... pocos saben lo que es sentir este desgarro.

Ahora que ya me expreso, después de haber permanecido muda durante diez años para todos menos para Capitolina, que era con la única que me comunicaba, quiero referirme al comienzo de todo, cuando nos conocimos y empezó nuestra relación.

Para ella y para mí, nuestros primeros años fueron muy difíciles. Nos considerábamos unas supervivientes: las supervivientes de una extraña sociedad.

Para alejarnos de lo que el entorno nos proporcionaba, aprendimos a crear otro mundo en el que solo cabíamos las dos. Creo que yo fui la primera en evadirme y le enseñé todas las técnicas y maniobras para hacerlo.

Éramos capaces de elevarnos con la primera mota de algodón que veíamos a través de la luz que se filtraba en el cuarto en el que solíamos jugar. Aquel haz, donde se volatilizaban las más ínfimas partículas de polvo y creaban pequeñas galaxias, nos transportaba a universos mucho más ligeros que los que vivíamos a la fuerza.

Yo sabía que odiaba con toda su alma a su madre y a sus hermanas; en eso estábamos de acuerdo. En definitiva, que repudiaba su entorno y no podía ver ni en pintura a Consolación y sus acólitas.

Y es que lo maravilloso de nuestra amistad era que, con solo mirarnos, ya nos comunicábamos.

También, al igual que yo, Capitolina tenía la absoluta certeza de ser diferente al resto de las personas: de nacimiento, cuerpo y alma, y además, de palabra, obra y omisión, como dice el *Yo pecador*.

Era muy consciente de lo que pasaba con su pierna izquierda, pero yo hacía los esfuerzos necesarios para que lo olvidara, simplemente porque la quería y porque, sinceramente, no veía ningún problema en que su caminar fuera diferente. Hasta me parecía algo bello y llegué a querer que me pasara lo mismo.

¿Quién formula las reglas de lo bonito y lo feo?

Dependía de ella, tanto como ella de mí; eso sí, por diferentes motivos.

Las dos éramos muy conscientes de lo que sucedía a nuestro alrededor y buscábamos evadirnos al precio que fuera.

Yo le regalaba una seguridad basada única y exclusivamente en el amor, y a cambio ella me ofrecía algo imposible de comprar: la alegría de saberme importante y fundamental para alguien... y también su sabiduría y la que dormía en la biblioteca de su padre.

Nadie sabe lo que un niño es capaz de entender y sentir. Todos están convencidos de que el conocimiento y la erudición vienen con la adultez, pero a veces, en contadas excepciones, sucede que esta llega en el momento en que menos te lo esperas. Y nuestra madurez, la de Capitolina y la mía, nos llegó al nacer; a cada una por causas distintas.

A Conrado, su padre, llegué a cogerle algo de afecto y algunas veces hasta se me salía decirle *papá*, aunque él se apresuraba en corregirme. Para mis adentros soñaba con que lo fuera, simplemente para tener uno, pero no volví a decírselo cuando descubrí a las hermanas de Capitolina burlándose de la *pobre tonta*, o sea, yo. También me molestaba soberanamente que Conrado se refiriera a mí con el nombre de Cetsabé: eso no podía soportarlo. La manía que tenía de buscar su bienestar en todo lo que comenzara por la letra C era terrible. Estoy convencida de que está gravemente enfermo, pero nadie se da cuenta —o eso creo—, salvo yo. De su esposa, por el momento, me reservo la opinión. Pobre mujer, tan... tan... (no encuentro la palabra exacta que la defina...), y mientras la encuentro, diré que ¡es muy mala! Más mala que la maldad. No tiene ni idea de la hija que tiene. ¡Pobre mujer rica!

Y no hablo de lo que mi tristísima madre pudiera sentir con todo lo que vivió... y con lo que vive, porque las hijas casi nunca pensamos en ellas. No sabemos ponernos en su piel.

Estamos tan ocupadas en nosotras mismas que nos olvidamos de que existen y tienen sentimientos; de que les duele la vida. Nos olvidamos de lo que pueden llegar a sufrir o a pensar; de que son personas. Por eso, lo terrible que le pasaba por su cabeza, lo que la obligaba a hacer las cosas que hacía, solo Dios lo sabía.

Y lo que sigue pasando... Lo que hace que ya no sea ella...

¿Quién ha cogido el mando de sus pensamientos?

Domingo, 6 de diciembre de 1908

¿Que por qué nos fuimos?

Una tarde, mientras mi madre cocinaba, movida por algo que no acabo de entender, subió a la habitación donde jugábamos Capitolina y yo. Levanté la mirada y vi en sus ojos el brillo de un ser desconocido. Llevaba en sus manos un cuchillo untado de sangre. Me llamó insistente, con una voz gruesa y cavernaria. La cogí por las piernas y le dije: «Aquí estoy, mamá. Mírame». Pero bajó la mirada y, aunque me vio, no me reconoció. Seguía dando vueltas por la habitación, como si estuviera sumergida en una pesadilla, buscándome. A continuación preguntó por Capitolina, que como siempre se encontraba pegada a mí. Yo volví a contestarle: «Míranos, mamá. Aquí nos tienes». Pensamos que quería jugar con nosotras y salimos corriendo a escondernos, pues algunas veces jugábamos al escondite y nos pareció algo natural. Nos metimos debajo de la cama, desde donde podíamos ver sus enormes pies descalzos moviéndose por el cuarto; mientras nosotras nos reíamos por lo bajo, tapándonos la boca para que no nos oyera, con una mezcla de miedo en el cuerpo y de excitación en el estómago, ella no paraba de buscarnos.

Tras dar varias vueltas con su delantal manchado de sangre, mi madre abandonó el lugar.

Pasados unos minutos, la algarabía general y la irrupción de algunas sirvientas en la habitación de los juegos nos alertó.

En la cocina y sin motivo aparente —en la soledad de fogones, cucharas, ollas y molinos—, mi pobrecita mamá acababa de clavarse quince veces el cuchillo de la carne del almuerzo en su cuerpo y se desangraba. Yo en ese momento no sabía ni entendía lo que pasaba, pero presentía que era algo feísimo.

La familia, como siempre, acabó llamando al doctor Calmasio Escandón, que tardó dos horas en llegar, pues cuando lo localizaron se encontraba en otra casa en pleno parto de gemelos. Mientras tanto, Consolación, las sirvientas y el mayordomo —que en eso de hemorragias tenía experiencia por las ovejas que había tratado en sus años labriegos— lavaban sus heridas y cubrían su pobre humanidad con vendas y emplastes de cilantro, cola de gato y hierba del pastor, tratando de detener la hemorragia que se la llevaba.

Al llegar, el doctor Escandón y su sobrino se hicieron cargo de la situación. El pobre muchacho, que observaba a mi mamá con su cara de muerto, parecía a punto de desmayarse. Tratando de contener el vómito, sacó de su maletín una botella y humedeciendo un paño, aplicó el remedio en la brecha que tenía en el estómago, pero la hemorragia no se detenía.

Todo se complicó.

Una vez lograron estabilizarla, después de darle unos remedios y polvos horribles (que probé cuando nadie me veía y me hicieron ver y sentir cosas extrañas), mi madre acabó atada en su cama con las cuerdas con las que amarran a los caballos. Yo entré a escondidas, sin que nadie me viera, y quise liberarla pero los nudos estaban muy apretados. Parecía uno de los perros que vivían en el jardín, a los que ataban mientras estábamos afuera jugando en la casita de las muñecas. A mí me dio tanto pesar verla así que no paraba de llorar.

Cuando despertó y estuvo en condiciones de ponerse de pie, tras días de curaciones y de delirar y sollozar sin lágrimas (descubrí que los ojos de mi mamá cuando lloraban permanecían secos), lo que parecía haber vuelto a la normalidad se derrumbó.

La gente de la casa estaba asustada. No volvieron a dejar entrar a la cocina a mi mamá y, mientras decidían qué hacer con ella y conmigo, nos encerraron con llave en un cuarto que ni siquiera sabíamos que existía y que quedaba alejado de todo. Desde allí oía con desesperación el llanto de Capitolina, pero no podía hacer nada. De la noche a la mañana nos habíamos convertido en prisioneras.

Así pasamos una semana hasta que... ¡¡¡zasssss!!!... nos echaron de la mansión, como si fuéramos unas apestadas que estuviéramos infectando a quienes nos rodeaban.

Así, sin preguntarme nada y a la fuerza, me arrancaron de los brazos de mi hermana Capitolina.

Esa noche, con mi silencio llorando por dentro y guiadas por el olor de la tierra y del aire del sereno, caminamos entre potreros oscuros y sin luna, donde acabamos durmiendo al calor de cuatro vacas perdidas recién paridas, que nos acogieron en su regazo y nos dejaron chupar de sus ubres leche calientica. Al principio, viendo el estado en el que se encontraba mi madre, pensé que no íbamos a ser capaces de sobrevivir de ninguna manera. Yo no sabía nada de nada, y ella estaba realmente enferma. Pero mi pobre mamá, que tenía momentos de lucidez, se ofreció como lavandera en varias de las casaquintas que bordeaban la quebrada de Santa Elena.

Los primeros días vivimos a su vera, debajo del puente de Colombia, arropadas por el musgo que me perseguía y nos hacía de colchón y cobijo. Poco tiempo después, con los escasos centavos que le dieron, conseguimos donde meternos.

Pero aunque nos quedamos sin nada, en mi interior sentía que llevaba lo aprendido y el amor que me unía a Capitolina, a quien consideraba una niña más paupérrima que yo. Porque a pesar de que yo no tenía nada material y ella tenía padre y madre y vestía encajes, guantes y botines, carecía de lo más importante: amor. Vivía rodeada de seres que no entendían su esencia ni la apreciaban por lo que era. Y eso solo yo lo comprendía. Era una mariposa con alas de mentira. Unas alas que de tanto manosearlas habían ido perdiendo sus colores y, aunque aún nadie lo sabía, estaban rotas.

Ayyyy, mi querido diario, ¡no te imaginas cuánta falta me hace mi hermana! Necesito verla; verla como sea y al precio que sea.

He ido aprendiendo de memoria los recovecos de esta ciudad y sé cómo llegar, pero no sé si podré acceder a su presencia.

La imagino aturdida y perdida entre esa gente que estoy convencida de que no sabrá comprenderla y hasta se burlarán de todo lo que ella representa. De su infinito universo de cristal de roca indestructible. Ella, un ser frágil y fuerte en un mundo que está aún por descubrir, tropezando con todo lo que la rodea; cayendo y levantándose; construyéndose a sí misma; haciéndose fuerte con sus palabras. Buscándome y perdiéndose. Encontrándose. A ratos pienso que yo soy la más fuerte de las dos, sencillamente porque no tengo nada y soy una oquedad profunda.

El no tener te hace fuerte.

A veces, la niñez que te toca te obliga a expandirte o a encogerte. Eso se llama *sobrevivir*. Y la de ella y la mía, por diferentes motivos, han sido difíciles. Aunque para muchos, según el cristal con que se mire, ella lo tiene todo y yo nada.

No entiendo cómo me surgen las palabras que escribo. Creo que estoy siendo poseída por un ser ajeno a mí, con una sapiencia de la vida que todavía me falta por vivir. No sé qué me pasa.

Hablar, hablar con alguien, aunque ese alguien sea solo un papel, es una necesidad tan vital como el comer. Lo cierto es que me coge de la mano y el lápiz escribe a través de mis dedos. Y al final, lo escrito, escrito está.

Mañana iré a buscarla. Me escaparé de mi madre y de sus monstruos e iré a su encuentro.

Aunque todavía no sé cómo hacerlo, pues me vigila constantemente.

Tengo miedo, pero estoy aprendiendo a no tenerlo. No sé qué será de mi vida.

Puede que no vuelva... Sí. Puede que mi huida sea definitiva.

Si lo consigo... ¿quién me ayudará?

Y cuando llegue a su casa, que también fue la mía durante años, ¿cómo puedo verla?

Las moscas acaban de hacer acto de presencia. No dejan de zumbar alrededor de mi cara. Necesito lavarme... me encantaría lanzarme al río y nadar como las niñas que veo en el charco de Las Perlas, pero no puedo hacerlo. Ese lugar parece pertenecer a los encopetados.

¿De quién es el mundo?

¿Por qué las tierras tienen dueño si todos somos seres de Dios?

Querido amigo, la vida es muy difícil.

8

En el Chalet Capricieux, después de la intempestiva expulsión de Celsa Julia y su hija, la vida de quienes la habitaban pareció continuar con su monótona rutina, salvo para Conrado Mejía, quien al ser el artífice de tan cruel acto, sentía un agotador cargo de conciencia.

Una especie de bestia nocturna le aullaba al oído, se le comía el sueño y el alma, dejándolo en un desvelo sin tregua.

Leía, pensaba, hacía cuentas y recuentas sin poder conciliar el anhelado descanso. Una vez lo conseguía, de repente, en mitad de la noche, cuando los gallos aún dormían, se despertaba con sus manías alborotadas. Le desfilaban frases que se le quedaban en la cabeza y se la taladraban con insistencia:

«¿Quién diablos soy realmente? ¿Será verdad que me he convertido en un don Nada siendo un don Todo? No soy ni esto ni aquello. ¿Tendría razón lo que me dijo un día Claude, que de tanto ceder a los destinos mundanos he perdido mi autenticidad?

»Me he convertido en un ser complejo y falso. Ahora dependo totalmente del devenir de la vida para reafirmarme...

»Desear: tuve una esposa, la Esperada. Engendrar: ocho hijas, ningún varón. Poseer: soy dueño de una riqueza ajena (la de mi mujer) y... ¿la propia? Lo tengo todo... Sin embargo, podría considerarme un ser que, una vez he satisfecho mis deseos, ellos mismos al ser saciados me piden otros nuevos, otros que no alcanzo a vislumbrar...».

Y con estas premisas en su mente, caminaba de puntillas, para no despertar a Céfora, y se dirigía al baño arrastrando su aburrida humanidad. Se enjuagaba la cara en el aguamanil sintiendo cómo su desvelo caía dentro del platón, donde sus sueños flotaban hasta diluirse. Al levantar la cabeza, el viejo espejo le devolvía el rostro de un hombre ojeroso, cada vez más marchito y triste. Una imagen que cada vez se le parecía más a la de su padre. Delante de él, ese ser cansado acababa cepillándose los dientes, haciendo sus gargarismos de sauco, afeitándose y peinando su bigote con parsimonia tratando de olvidarse de todo. Hasta su engreimiento iba en declive. Lentamente se hacía consciente del paso de los años. Su frente, rayada de tanto pensar, empezaba a acusar un par de entradas que dividía en tres su cara, como si tuviera tres rostros a cuál más triste y caduco. Las primeras canas le anunciaban un futuro blanco y plano que asumía muy a regañadientes.

En el fondo, esos madrugones eran una huida de su mujer, quien tras el nacimiento de Capitolina se había transformado en un ser insoportable, tan distinto del que se enamorara locamente, muy alejado de aquel ideal fabricado por su ilusión y por la sociedad.

Hacía tiempo que sus alegrías de juventud habían quedado guardadas en el fondo de no sabía dónde. Aquellos años parisinos en los que henchido de gloria y rebeldía creía que iba a cambiar el mundo con sus ideas, ahora reposaban en la tumba de los anhelos perdidos.

La vida lo había domado, enseñándole a la fuerza la verdad. ¿Cuál verdad? No la sabía... Nadie la sabía. Ni siquiera sabía si era una verdad o una mentira; en todo caso, aquello, fuese lo que fuese, debía existir en alguna parte y, para su desgracia, era la gran apaciguadora de todos los espíritus inquietos.

Con el paso del tiempo, Conrado se convirtió en un ser áspero y parco. Su rutina no podía ser violentada por nada ni por nadie. No cruzaba palabra si no era estrictamente necesario. A las seis en punto de la mañana desayunaba religiosamente su café retinto que hacía colar varias veces, su arepa y sus huevos revueltos de fríjoles con arroz, que se los servían a escondidas porque a Céfora le parecía que ese no era un desayuno digno de la familia Mejía Echavarría, y cuando estaba saboreando el último bocado oía las voces de su mujer y de sus hijas, quienes antes de irse lo esperaban a la salida de la casa —como correspondía a un jefe de familia— para darle el beso de buenos días y de despedida.

Marchaba en el carro de caballos, conducido con esmero por Cenicio de la Cruz, el leal mulato de cabellos de alambre y ojos violeta que rescatara de las fauces de un caimán una tarde de violenta tormenta, cuando departía charlas con unos amigos en Puerto Berrío.

Cenicio de la Cruz era su incondicional cochero. Sabía de sus obsesiones y se esmeraba en mantener impecablemente lustrado el vehículo con el que se desplazaba por la ciudad. Aquel coche de caballos que le costara una fortuna era una de sus debilidades. Una victoria hecha en madera de caoba y con las iniciales «C & C» marcadas en oro en la puerta. La jalonaban dos caballos ingleses blancos de crines largas y rizadas. En ella no subía nadie salvo él. Y no podía quedar rastro, ni siquiera el de una huella dactilar, pues su manía de pulcritud y limpieza lo desestabilizaba.

Se escabullía a su oficina de la calle Palacé, que para él, más que lugar donde gestionar sus negocios, era un refugio. Y se encerraba en su despacho bajo llave, donde terminaba gastando mañanas y tardes repasando de la A a la Z el diccionario del bisabuelo hasta aprendérselo de memoria.

Mientras él se peleaba consigo mismo, la familia, ajena a sus vicisitudes, continuaba su rutina.

Sin darse cuenta, lentamente había ido separando su vida particular de la obligada. Esa división había empezado por otra posesión: un nuevo coche de motor idéntico al de su amigo

Amador. Adquiría lo que empezaba a llamarse en la ciudad *El Caballo del Demonio*, un modelo de la marca francesa Dion-Bouton que funcionaba con bencina y alcanzaba una velocidad máxima de veinticinco kilómetros por hora.

El día en que se enamoró de él le surgió un egoísmo desconocido. Se dio cuenta de que se podía sentir un amor casi humano por una cosa, y decidió que ese vehículo sería única y exclusivamente para su disfrute personal.

Para la familia y los quehaceres de la casa existiría otro —más práctico y menos suntuoso—, que entre otras muchas tareas serviría para llevar a sus hijas al colegio y a su mujer adonde le diera la gana.

Mientras él se sumergía en su mundo silencioso, la vida en el Chalet Capricieux continuaba su perfecta rutina.

Su mujer se arreglaba y preparaba al tiempo que sus hijas eran conducidas a La Presentación, donde llegaban cogidas de la mano —con sus trenzas impecablemente rematadas por un moño blanco, vestidas con jardinera azul, blusa blanca, lazo cerrando el cuello, medias hasta la rodilla y zapatos cocacolos—, formando una larga cadena en la cual no participaba Capitolina. Primero, porque no se sentía parte de esa hermandad tan perfecta, y segundo, porque el problema de su pierna le impedía ir al ritmo que ellas le imponían.

La menor de los Mejía Echavarría las seguía a distancia, con un resentimiento sin nombre.

Para ella, los primeros días en el colegio, establecimiento regentado por las fieles seguidoras de Marie Poussepin, fueron un terrible choque con su realidad. Había en especial una monja, la madre San Castigo, que se ensañó con su pierna y la utilizaba como ejemplo demoníaco. «Si no hacen las tareas de religión, miren lo que les puede pasar», y señalaba a Capitolina. «Aquellas que no obedezcan o no cumplan con los mandamientos, Dios las castiga con...», y señalaba a Capitolina.

En pocos días la hija pequeña de los Mejía Echavarría se convirtió en el hazmerreír del colegio. Las compañeras se burlaban de ella, imitándole el caminado. Era la única niña del centro que debía calzar unos zapatos especiales que, a pesar de que su padre los mandara hacer en París, no dejaban de ser ortopédicos. Aquellas botas, que en nada se parecían a los zapatos del uniforme, llamaban la atención. Su pierna izquierda, que resultó ser más corta que la derecha, la obligaba a llevar un botín con un tacón tres centímetros más alto, que además de pesarle por fuera la aplastaba por dentro.

No podían hacer más; era lo más avanzado que existía.

Pero lo que realmente tenía a Capitolina al borde del naufragio era la ausencia de su amiga.

Desde la noche en que Celsa y Betsabé fueran expulsadas, había entrado en una rebelión sin precedentes.

—¿Dónde está mi hermana? —le preguntó una tarde de sábado a su padre.

—¿Cuál de todas?

—La única.

—Míralas, aquí las tienes —le respondió Conrado señalando a las siete hijas que corrían por el jardín jugando al escondite.

—¡Nooo! Quiero a mi verdadera hermana. Quiero a Betsabé conmigo.

—Ella no es tu hermana.

—¡Sí que lo es! Es más hermana que todas las que tengo. ¿Es que no te das cuenta? Papá, por favor...

—Capitolina, hija mía. Cetsabé ya no vive aquí.

—No se llama Cetsabé —le gritó Capitolina enfurecida—. Su nombre es Betsabé. Deja de una vez por todas esa manía que tienes. Quiero a mi amiga conmigo, y si no puedo tenerla, un día no volverás a verme. Ya sé lo que hiciste mientras dormía, y quiero que sepas que me siento avergonzada de ver cómo actúa cada uno de los que habitan esta casa. No puedo creer lo que hicieron con ellas. ¿La idea fue tuya o de tu mujer? De esa, no me extrañaría nada. ¡Es tan mala!

—¡Silencio! No te permito que hables así de quien te dio la vida. Esa que tú llamas *mujer* es tu madre.

—¡NO LO ES! Quiero a Betsabé conmigo, y a Celsa Julia, mi madre verdadera. Una madre no es aquella que te da la vida, sino la que te cuida y está por ti. Y ella me ha cuidado.

—No entiendo lo que dices; no tienes edad para hacer esas disertaciones. Ahora lo que te toca es acatar las órdenes de los mayores.

—Lo siento, padre. Los mayores, en este caso, andan perdidos. «Donde se pudre la hoja, cae la flor...». ¿Quién ha dicho que los padres siempre tienen la razón? ¿No puede una hija, tras haber vivido lo que ellos ni siquiera han vislumbrado, enseñarles lo que es la vida? El ser humano no es más sabio por edad sino por experiencia. No volveré al colegio.

—Irás.

—NO.

—Obedecerás como todas tus hermanas.

—No lo haré. Dios me libre de parecerme a ellas.

—Serás una Mejía Echavarría, te cueste lo que te cueste.

—¡Jamás! ¡Seré YO!

Capitolina lo desafió con la mirada y Conrado vio en esos ojos amarillos, ardiendo en rabia, la fuerza del animal más bravo jamás visto. Entonces se reafirmó en la decisión que había tomado hacía dos semanas y que no consultara ni con la almohada. Era cuestión de días; ya todo estaba en marcha.

9

Un instante después de la discusión que tuvieran padre e hija, Cenicio de la Cruz entraba al estudio de Conrado Mejía con su traje de beato conductor, su capa anacrónica de terciopelo negro y su sombrero de copa, sosteniendo entre sus manos enguantadas una bandeja con un sobre cargado de sellos extranjeros, a cuál más precioso.

—Don Conrado, perdone que lo interrumpa, acaba de llegarle esta misiva.

El mulato hizo una reverencia, adelantó el platillo y esperó a que su patrón retirara la carta.

Mientras la examinaba, Conrado le ordenó retirarse.

Después de reconocer en el sobre la letra de su querido amigo y de pensar en los sellos que engordarían su invaluable colección, tomó el abrecartas y lo introdujo con exagerada meticulosidad en una de las esquinas hasta desprender sus bordes.

La esperaba, aunque le pareció que la respuesta llegaba demasiado pronto. Antes de leerla, acercó el papel a su nariz e inspiró. Con aquellas cartas le llegaban los aromas de un París perdido para siempre.

Comenzó a leerla.

Mon ami,
Deseo de corazón que te encuentres bien en unión de

tu bella esposa y de tu querida familia, en aquel hermoso país del que solo tengo recuerdos inolvidablemente gratos.

No sé cuánto tiempo ha pasado desde mi última carta. Quizá fuiste tú el último que escribió y yo, como un acto imperdonable, no te respondí. Te ruego que no me lo tengas en cuenta. Como bien sabes, he ido siguiendo la evolución de nuestro negocio y no tengo más que palabras de agradecimiento por tu buen hacer y por tu meticulosidad y honestidad. Has logrado convertir La Maison Bleu en el Bon Marché colombiano.

A pesar de mi largo silencio, no dejo de recordar con nostalgia nuestra juventud como la etapa más maravillosa y fructífera que he vivido.

Te preguntarás qué es de mi vida...

El tiempo pasa, querido amigo, y aquel París de nuestra juventud ya no es el mismo.

Los lugares de locura desaparecieron en la brumosa niebla del pasado, que todo se lo lleva. Tristemente, nuestro amado Montmartre ya no es el centro vital y lujurioso que vivimos. Las tabernas, donde tantas veces perdimos la conciencia y fuimos tan felices, ya no existen. Sin embargo, creo firmemente que lo que nuestro tímido deseo sembró dará sus frutos en la generación que nos suceda.

Sé que tu vida pasa tranquila, a pesar de los infortunios. En la última carta personal que me enviaste, porque si algo hemos sabido es separar los negocios de lo íntimo, me cuentas que tu última hija te ha salido rebelde...

¡No imaginas cuánto te entiendo!

Mi hijo Emmanuel, del que alguna vez te hablé, se ha convertido en un potro desbocado al que me cuesta, cada vez más, templar las bridas. Y aunque para mí sea muy difícil admitir su rebeldía, muy en el fondo de mi alma la entiendo. Pues... ¿qué sería de la vida de un hombre sin haber gozado de su juventud? Esto tú y yo lo sabemos muy bien.

Mi querido Conrado, lo que a continuación voy a pedirte tal vez sea un abuso, si así lo sientes te pido mil disculpas, pero no tengo a nadie que me inspire la confianza suficiente. Aquí estoy rodeado de amistades, esos que no dejan de ser amigos postizos, que a Clotilde le encantan y que a mí, dado mi estado de desilusión vital, me parecen correctos y aceptables (te confieso que ahora solo me muevo por el devenir de la vida, pues hace mucho tiempo que dejé de soñar).

Lo que te voy a pedir me duele, y mucho. Pues significa alejar de mí lo que más quiero: Emmanuel, mi venerado y único hijo.

Me hago mayor y veo en él un camino que, inevitablemente, acabará llevándolo a la perdición.

He decidido, aunque todavía no lo saben ni él ni Clotilde, enviarlo a Colombia. Su amistad con los círculos bohemios, artísticos y misérrimos de París lo está corrompiendo. Amigo mío, lo que me sucede es extraño y contradictorio: aunque admiro su temple y su arrogancia, también los temo.

Me preocupa mucho su futuro.

Te preguntarás, ¿cómo podrías ayudarme?

Pues, sencillamente, acogiéndolo. De ninguna manera pretendo que viva en tu casa, ¡solo faltaría! Pero sí que seas un poco su guía y lo aconsejes. Que a tu lado aprenda todos los tejemanejes del negocio y adquiera el máximo de responsabilidades hasta convertirse en un hombre de bien.

Si aceptas ayudarme, instrumentaría la manera de comunicárselo; en eso necesito que nos pongamos de acuerdo. Tal vez una carta tuya urgente, en la que solicites mi presencia por algún motivo empresarial de suma importancia, sería una buena idea. Eso me ayudaría mucho, pues está claro que yo de ninguna manera podría ausentarme de mis negocios parisinos.

¿Te lo piensas?

Te ruego que seas sincero y me cuentes si para ti representa *un problema. No quisiera causarte ninguna preocupación. En caso de que te negaras, lo entendería perfectamente, mon ami.*

Deseo para ti y tu familia lo mejor.

Recibe mi fraternal abrazo y mi incondicional afecto.

Tuyo,

CLAUDE

10

La casa parecía incendiarse entre los guayacanes y los búcaros. Sobre los cristales de su fachada el sol creaba una arrebatada danza de llamas rojas que crecían y se encogían al ritmo de la brisa.

El olor a fríjoles con pezuña de marrano, a chicharrón frito y a maduro asado sobrevolaba un aire condimentado con hojas de cilantro picado, comino machacado y aguacate recién cortado.

Como un día cualquiera, las cocineras preparaban un suculento almuerzo que con toda seguridad agradaría al jefe del hogar. Porque de todos era sabido que en esa casa, aunque se cocinara para muchos, solo se hacía lo que era del gusto del señor.

Aquel aroma a fogón de leña y a manjares hirviendo acarició la nariz de Betsabé y se metió en su boca hasta convertirse en un gran charco de saliva. Sintió que el estómago le rugía de hambre.

¿Cuánto tiempo hacía que no saboreaba algo delicioso?

Imaginó el mantel almidonado y planchado con primor, abriéndose como la vela de un barco sobre ese mar de cedro rojo; el tintinear de los cubiertos de plata y las copas de cristal; el chasquido de la porcelana y el contraste de las cazuelas de barro renegrido sobre el inmaculado escenario. Y junto al cuadro de la última cena, aquel reloj de péndulo con su hombrecito dorado dentro dando las doce apetitosas campanadas que sonaban a gloria. El ritual en el que la familia celebraría otro día, eso sí, sin su madre y sin ella.

Hoy esa rutina sería rota por algo inesperado.

Buscando a su hermana, Betsabé se acercaba con sigilo a la puerta principal.

Sentía miedo y también la incertidumbre y ansiedad de no saber si podría acceder a ella. Se miró a sí misma y le dio vergüenza la suciedad de sus pies y la precariedad de su vestido, el único decente que tenía.

La placa de la entrada, en bronce pulido, le devolvió una cara macilenta y una cabellera enmarañada por los duendes. Arrancó una hoja de heliotropo y se la restregó por las mejillas hasta pintarlas de rosa. «Así estás mejor», se dijo.

Delante de sus ojos la cadena de la campana esperaba silenciosa. Dudaba si tocarla o no. ¿Y si saltaba la verja?

Empezó a idear la manera de escalarla, y cuando iba a hacerlo descubrió a su amiga bajo la sombra de la vieja ceiba que presidía el jardín. Estaba absorta en la lectura de un libro y, con un gesto repetido de sus pies, hacía mecer el columpio de mimbre que tantas veces compartieran.

En ese instante las campanas de las iglesias de Nuestra Señora de la Candelaria y de la Veracruz se echaron al vuelo tocando alegría. Su repique obligó a las acacias del jardín a tener una floración adelantada y a las chicharras a dar su concierto mortal. El aire se llenó de pétalos que revoloteaban locos y tras bailar en espirales caían sobre el césped creando una alfombra azul.

Capitolina, envuelta en flores, levantó la mirada.

Entonces la vio y no se lo creyó. Se frotó los ojos y volvió a mirar. Y... ¡sí, era verdad! Su hermana del alma estaba allí.

Corrió a su encuentro como pudo, seguida de los perros.

Se miraron largo rato hasta sentir que desde los ojos se

ataban con hilos invisibles. Entre rejas se dieron la mano y se besaron frente a la displicente mirada de los mastines.

Y por más increíble que parezca, nadie se dio cuenta.

Les faltaban días para explicarse lo que cada una había vivido.

—¡Dios mío!... pensé que jamás volvería a verte —le dijo Capitolina llorando.

—Yo, en cambio, nunca lo dudé.

—Me tienen encerrada. Me he convertido en la prisionera de mi madre —susurró Capitolina mientras sus nerviosos ojos peinaban con miedo el lugar—. Chssssst... ¡Escóndete! Voy a comprobar que no haya nadie.

Betsabé se acurrucó y Capitolina, tras dar un repaso general, regresó.

—No hay moros en la costa —le dijo emocionada—. ¿Dónde vives? Cuéntame qué has hecho en todo este tiempo.

Betsabé bajó la mirada.

—Mi mamá se volvió loca.

El grito lejano de Consolación, seguido del insistente repique de una campanilla, las interrumpió:

—¡Niña Capitolinaaa...! A almorzaaaaaar...

—¡Ya apareció la bruja! —exclamó—. A esa un día de estos le voy a hacer un maleficio bien malo. Voy a atarle la lengua con un nudo ciego; me lo enseñó la abuela.

Betsabé sonrió.

—¿La sigues viendo?

—Cuando todos duermen. Es la única que en todo este tiempo me ha acompañado. De no ser por ella, quién sabe lo que habría hecho.

—Me hace falta, ¿sabes? Me haces falta tú, ella... y leer. Necesito libros... Sin ellos, me muero. Prefiero morir de hambre de comida que de hambre de palabras. ¿Puedes dejarme algunos? —le suplicó Betsabé—. Hace mucho que no leo.

—Espera...

Con su andar desnivelado, Capitolina se alejó hasta esfumarse en medio de las columnas dóricas que aguantaban el porche.

Mientras tanto, a los pies de Betsabé el musgo que siempre la seguía iba creciendo. Las hiedras se alargaban, trepaban por la puerta y se enredaban, como si reconocieran el lugar y buscaran enraizarse donde tantos años habían vivido. Volvía a sentir con intensidad ese perfume clorofílico que la acompañaba desde su nacimiento.

Capitolina tardó mucho tiempo en regresar; tanto que Betsabé acabó sembrada en la tierra, pensando que el momento vivido con su hermana de leche había sido solo un sueño despierto, como alguno de los muchos que la abuela Cástida les regalara en su niñez.

¡Hasta que apareció!

La vio venir distinta. Caminaba atolondrada, cargada de libros que aguantaba en su vestido convertido en bolsa. Traía el rostro espantado, como si hubiera visto un muerto.

—¡Larguémonos de aquí! —murmuró agitada mientras se los entregaba.

—¿Qué pasa?

—¡Larguémonos de aquí, YAAAAAA!

—¿Qué sucede?

Capitolina no contestó. Desesperada, trataba de abrir el portal cerrado con doble llave.

Al no conseguirlo, decidió saltar los hierros que la separaban de la calle.

—¡¡¡¡Ayúdameeeeee...!!!! —le rogó mientras sus pies escalaban con torpeza la reja negra, rematada en su cúspide por afiladas lanzas.

—¿Qué haces?

—No hay tiempo que perder —sentenció trepando enloquecida por entre los agujeros de la reja.

En su urgente escalada, una de sus botas se enredó en la enagua de su aparatoso vestido.

—Niña Capitolinaaaaaa... No haga que se enoje su mamá.

La voz de la criada llegaba amortiguada por la algarabía de los guacamayos y los loros que, presintiendo el desastre, revoloteaban agitados espolvoreando plumas a diestra y siniestra en la monumental jaula que dominaba el jardín.

—Niñaaaaaa... Pero ¿qué hace? ¡Ave María Purísima!... —gritó Consolación al verla encaramada en la verja.

Al saberse descubierta, Capitolina apuró la huida tratando de coronar cuanto antes la cima, pero sus pies no la acompañaron.

—¡Maldita sea, se mató! —gritó enloquecida la mujer.

Su vestido de encaje blanco se desgarró y quedó atrapado en los hierros, ondeando como bandera despistada mientras su cuerpo de ángel asustado iniciaba un vuelo a ninguna parte.

Los perros empezaron a aullar enloquecidos.

11

El silencio de su cuerpo en vuelo hizo detener el tiempo. Capitolina cayó sobre la hierba como cae un pétalo, sin apenas levantar un suspiro, y un hilo de sangre brotó de su nariz.

Los perros se acercaron a lamer su cara de virgen dormida, largando lastimosos lamentos que a su vez eran imitados por los cientos de loros enjaulados.

Viendo que su amiga no reaccionaba, Betsabé cogió la cadena que colgaba de la campana y la agitó con furia. Al instante la familia se asomó.

Mientras se acercaban, agarró la desmadejada mano de Capitolina.

—No te vayas —le rogó—. Te necesito. Agárrate a mí, fuerte, como cuando empezamos. ¿Te acuerdas? Si me oyes, aprieta mi mano.

Los Mejía Echavarría, como turba enloquecida, llegaron a la puerta.

—¡Mi hija! —gritó Céfora.

—Apártate —le advirtió Conrado.

—¡Está sangrando!

—No hace falta que hagas ningún numerito. Sé que nunca la has querido.

Céfora lloraba desconsolada.

—¡Hijitaaa...! Llamen al doctor —dijo desesperada, acariciando la dorada cabellera desparramada sobre el césped.

—Que nadie la toque —ordenó Conrado.

Sin siquiera consultarlo, Consolación ya había avisado a Cenicio de la Cruz para que fuera en la búsqueda del doctor Escandón.

Las hermanas de Capitolina habían rodeado su cuerpo inmóvil observando con desprecio a Betsabé, que desde el exterior continuaba asida a su mano. Con la confusión, Conrado ni siquiera había reparado en ella.

Se acercó al pecho de su hija.

—¡Respira! —les gritó a todos. Levantó la mirada y la vio—. Y tú, ¿qué haces aquí?

En ese instante, Betsabé sintió que Capitolina la apretaba.

—Está viva, don Conrado. Mire... —Levantó su mano, unida a la de su hija—. Lo demás, no importa.

—No entiendo nada, pero ya me explicarás lo que ha pasado. Ahora no es el momento. Consolación, deja que entre Cetsabé —ordenó.

Siguiendo las instrucciones, la criada sacó de su delantal un manojo de llaves y abrió la puerta. Pero Betsabé no pudo entrar porque, a través de la reja, sus dedos continuaban atrapados en los de su amiga. Capitolina concentraba sus mínimas fuerzas en esa unión.

Mientras esperaban, el tiempo caía a cuentagotas. El sol se desplomaba sobre los Mejía Echavarría, que continuaban rodeando a la accidentada sin atreverse a tocarla por temor a hacerle más daño.

Afónicos de gritar y de dar tumbos, los loros y los guacamayos se amontonaron en un rincón de la jaula a picotear pequeños trozos de papaya y mango que una de las sirvientas había puesto en un plato esa mañana. Se habían cansado de imitar los aullidos perrunos. Solo la lora más vieja y parlanchina continuaba con su perorata repetida, sacudiendo sus alas cortadas: *Maldita sea, se mató... Maldita sea, se mató... Maldita sea, se mató...*

—¿Por qué no le tuercen el pescuezo de una vez por todas a esa lora? —vociferó Conrado—. ¡Me va a enloquecer!

Cuando llegó el doctor Escandón, los ojos de Capitolina estaban abiertos y las lágrimas corrían a chorros por sus mejillas.

Había intentado mover sus piernas, pero no le respondían.

12

En el mismo momento en que Conrado vivía la angustia del accidente de su hija, envuelto en su batín de seda gris Claude Le Bleu se colocaba su monóculo y con el primer trago de café de la mañana se disponía a leer la carta que le enviara su amigo desde Medellín.

> *Querido Claude:*
>
> *Siento escribirte desde mi desesperación, pero en mi reducido horizonte de amigos eres el único verdadero. El único en quien confío.*
>
> *No quiero continuar mi carta sin antes desearte lo mejor a ti, a Clotilde y a tu querido hijo Emmanuel, al que imagino convertido en un educado y sensato adolescente (no como su padre a esa edad, si me permites esta cariñosa broma).*
>
> *Aunque nos hemos distanciado, en mi corazón, que permanece joven a pesar de los diarios avatares, siempre estás presente.*
>
> *Nunca te he pedido nada, quizá por exceso de pudor. Hoy, que han pasado algunos años y he aprendido a la fuerza tantas cosas, lo poco claro que me queda de la vida es lo feliz que fui contigo y la sincera amistad que pudimos tejer en los años compartidos.*
>
> *Amigo mío, soy muy desdichado.*

Lo tengo todo y no tengo nada.

He gastado mi vida construyendo la familia perfecta, siguiendo los cánones establecidos. Los que aprendí de mis padres. Sintiendo un vacío tan grande como nadie puede llegar a imaginarse.

La felicidad no existe, salvo algún que otro instante equivocado... (¡qué te voy a hablar a ti que no sepas!).

Me gasto las horas en nimiedades que no me conducen a nada. Soy presa de mis obsesiones que, tú bien conoces, llevan años atormentando mi existencia. Observo a mi mujer y me doy cuenta de que anda perdida buscando la aceptación de esta sociedad tan exigente con la que frecuentamos las alturas sin tomar conciencia de que en su casa, nuestra casa, no es capaz ni siquiera de conseguir que su última hija la acepte como madre.

Sí, Claude. Todo esto es muy triste.

Te voy a hablar de la menor de nuestras hijas: Capitolina.

Cuando te escribí participándote su nacimiento, no quise comentarte la dura realidad que en aquel entonces vivimos. Que hoy esté viva es un verdadero milagro. No te imaginas lo que me tocó luchar para lograrlo. Espero algún día, al calor de una botella de nuestra amada absenta, contarte los pormenores de tan desilusionante historia.

Esta hija mía, que creo amar (siento decirlo así, pero a ti no puedo mentirte), en nada se parece a las otras. Nació de pies y eso se nota. Para nuestra desgracia, es coja, pero ahora eso no tendría mayor importancia, pues pasados todos estos años ya nos hemos hecho a la idea; más yo que Céfora, por supuesto.

Lo que de verdad me preocupa no tiene nada que ver con su defecto físico... ¿o tal vez sí? No lo sé. Adivino en ella una rebeldía que va más allá de lo políticamente correcto. Se enfrenta a mí, a las monjas y a cualquier ser que se cruza en su camino con una fuerza y un odio escandalosos. Hasta me atrevería a decir que en ella veo el germen de una revolución malsana. Además, es más terca que una mula. No reconoce a su madre como tal y se nos escapa de cualquier esquema.

Los problemas que se avecinan son de tal magnitud que me he visto obligado a buscar una solución dolorosamente drástica.

Estoy convencido de que no debe quedarse en esta ciudad por muchas razones: la primera de ellas, para tratar de salvar al resto de la familia.

Sí, Claude. La paz de mi hogar se está viendo alterada por su comportamiento. Hasta antes de que ella naciera, la vida nos sonreía; vivíamos en una armonía casi irreal de tan perfecta que era. La sociedad nos consideraba una de las familias más admiradas, y para muchos llegamos a ser un modelo de imitación. Es por ello que me muevo con celeridad, antes de que todo esto se rompa.

A través de la superiora del colegio donde estudian mis hijas, me he enterado de que en París existe un internado que, más que internado, es un lugar que estimula vocaciones y consigue reconvertir ovejas negras de familias adineradas en abnegadas y obedientes monjas. Sinceramente y siendo prácticos, creo que Capitolina, con su tara física, tendría muchas dificultades en conseguir un marido. Estoy convencido de que apartándola de este mundo, que no está diseñado para ella, le hago un gran favor. Es posible que parte de su descontrolado comportamiento se deba a que no encuentra su lugar en esta sociedad.

He tenido la osadía de hablarte de esto con la absoluta certeza de que, dada nuestra mutua confianza, podrás entenderlo.

Al mismo tiempo que te escribo, sé que la superiora del colegio de la Presentación, la amable sor Concordia, está enviando unas letras a la superiora del internado, la madre sor Reparata —mujer que viene de la nobleza italiana y que por pura vocación decidió vestir los hábitos—, comunicándole mi deseo de enviar a Capitolina al internado que regenta en París.

Lo que te pido es muy sencillo, Claude.

Quiero que vayas al convento, te entrevistes personalmente con ella y la convenzas de mi empeño. Tal vez entre tus co-

nocidos exista alguien que, por casualidades de la vida, tenga algún tipo de nexo con la institución. Sé, porque me lo advirtieron, que es muy difícil que en estos momentos y de manera tan intempestiva sor Reparata reciba a alguna alumna, y menos venida de tan lejos. Pero también sé que si conocen a alguien en París, un familiar de la joven que haga las veces de tutor, las cosas pueden ser más fáciles y quizá acceda a recibirla, aun cuando el curso escolar esté avanzado y Capitolina llegue justo en la mitad del ciclo, es decir, en enero.

Desearía que mi hija te sintiera como su tío y que pueda confiar tanto en ti como en Clotilde. Es posible, es mi más profundo anhelo, que hasta le haga ilusión cruzar el océano para conocer un continente tan rico como Europa.

Quedo pues a la espera de tu anhelada y, Dios lo quiera, respuesta afirmativa.

A pesar de que mis palabras puedan hacerte sentir obligado, te suplico que no te las tomes así. Solo me mueve la certeza del profundo afecto que nos une y nuestro pacto de eterna amistad.

Recibe todo mi cariño, extensivo a Clotilde y a Emmanuel.
Tuyo siempre,

Conrado Mejía

13

Emmanuel Le Bleu era alto y flaco como un ciprés deshidratado. Parecía que las piernas se le hubieran crecido de un día para otro y que el resto del cuerpo aún esperara una primavera para acabar de florecer. Su rostro, de una palidez romántica, recordaba el de un poeta resucitado. Una cara inundada de ojos y pestañas, en la que un loco pintor imaginado dibujara con un delgado pincel dos rayas sobre su voluptuosa boca. Aquel delgado bigote, que retorcía compulsivamente entre sus dedos, le servía para pensar. Llevaba su largo cabello, enmarañado de negras ideas, recogido en una coleta y, como talismán anudado a su cuello, un pañuelo lírico del que no se desprendía ni siquiera para dormir. Era aquel pañuelo rojo que una noche de juerga y borrachera le regalara Modigliani mientras lo dibujaba en una página arrancada de un libro de poemas.

Sabía que estaba hecho para algo grande, aunque aún no acababa de tener muy claro para qué. Su carácter belicoso les había provocado a sus padres más de un dolor de cabeza, pero estaba decidido a vivir la vida en la punta de sus cimas, con todos sus máximos.

Cuando ellos dormían, huía a hurtadillas a hacerse el pobre en Montparnasse. Se vestía con un chaqué comprado una helada madrugada a un mendigo y con unas botas encontradas entre las basuras, porque se había dado cuenta de que allí, en ese lugar mágico donde todo se daba, la pobreza era admirada y considerada un lujo al alcance de los pocos que repudiaran la ostentación y vieran en el arte el fin último: la gloria. Exactamente como él.

Le servía para codearse con los que ya sabían de la vida lo mejor de lo peor, y para llenar los vacíos que le dejaba esa vida pomposa y aburrida —que detestaba— del piso de la casa Cernuschi, del Parc Monceau. Le servía también porque en aquel lugar acogían con aplausos sus excentricidades y se sentía bienvenido. Otro más en esa amplia fraternidad de repudiados por la sociedad que al mismo tiempo eran los generadores de un mundo nuevo.

El placer que le daba frecuentar ese ambiente artístico no tenía precio. Era un inconmensurable secreto que le provocaba más felicidad que tocarse mientras se imaginaba besando el cuerpo de Satine, la bailarina más bella del Moulin Rouge, de quien todos vivían enamorados.

Había tejido una sólida amistad con los que su impetuosa juventud consideraba más intelectuales, y no por ello se vanagloriaba ante nadie de saberse aceptado. El compromiso de pertenecer a esa especie de orden mesiánico llevaba tácito su silencio.

Le subyugaba su atmósfera artística, impregnada de aires nuevos y consignas donde prevalecía el amor al arte por encima del dinero. Donde lo imposible se transformaba en una obra de teatro, un cuadro, un poema o un sublime suicidio que todos acababan por convertir en expresión artística. Algo impensable en el cargante mundo vivido toda su vida.

A pesar de su reticencia y su desgana, tal vez tratando de mantener un equilibrio entre lo mundano y lo trascendente, sus notas continuaban siendo las de un alumno ejemplar, lo que hacía que sus padres se vieran obligados a respetar ese soterrado universo que le jalonaba el alma.

Con Simone Weil tejía una amistad que se acrecentaba con los días.

Más que cualquier cosa, le fascinaba su mente. Gracias a ella empezaba a pensar a fondo en las injusticias. Sus frases eran bofetadas de cordura y sensatez. Cada vez que se veían, acababa odiando más su estatus y su obligada condición de dandi burgués.

Por primera vez oía las palabras *patrón* y *obrero*. Oía hablar de injusticia y de una sociedad donde lentamente se instauraban dos bandos: el de los opresores y el de los oprimidos. Los que obligaban y los que se sometían.

A sus diecisiete años quería hacer algo para cambiar el mundo. La palabra *emancipación*, de la que antes ni siquiera conocía su significado, se alzaba sobre él con una fuerza inaudita.

Proletariado... Liga... Resistencia... Partido...

La situación de la clase obrera en Inglaterra de Engels, *La Sagrada Familia* en la que participara Marx, *Miseria de la filosofía*, también de Marx, quien provenía de una familia burguesa y el *summum* de una poética artística convertida en arma de vida, capaz de generar nuevos caminos y modificar la historia de la humanidad. Muchos egos sometidos a pasar hambre, a cambio de que la sociedad tomara conciencia de que no valía la pena tanto equívoco cuando algunos de las nuevas generaciones sabían a ciencia cierta que precisamente aquellos que los conducían eran unos pobres diablos cargados de miedo y aprensiones heredadas.

En una de sus charlas, Simone le dijo:

—Mi querido Emmanuel, cada ser humano necesita tener una pasión, algo por qué interesarse. ¿Qué pasión tienes?

—No lo sé.

—Lo único que de veras mueve al mundo es la pasión.

—Solo tengo claro que mi sueño es tener esa pasión y no parecerme a nadie más que a mí, ese que en este momento de mi vida desconozco.

—¿Sabes una cosa? Hay algo que continuamente falta y es esencial para crear un mundo diferente: las personas no saben ponerse nunca las unas en el lugar de las otras.

—Creo que mi situación familiar no me permitirá nunca llegar a mí. Llevo tiempo pensando en dejarlo todo. Las tertulias, los banquetes a los que me invitan, me pudren cada vez más por dentro y me hacen sentir culpable.

—Mi querido Emmanuel, aprovecha la situación que te ha otorgado la Santa Providencia para hacer estallar sus costumbres desde dentro. Nietzsche ya lo dijo en su día: «Las palabras más silenciosas son las que traen la tormenta».

14

Al ir hacia la biblioteca de su padre a recoger los libros que le pidiera su amiga, Capitolina se había encontrado sobre el escritorio, entre un montón de papeles con cuentas y anotaciones, la copia en carbón de la carta que le escribiera este a Claude Le Bleu. Así se enteró de los terribles planes que tenía de enviarla a un internado y por eso decidió huir, con tan mala suerte de que al tratar de hacerlo había caído.

Ahora tenía la cadera rota y las piernas con múltiples fracturas. Debía estar inmóvil durante tres meses.

Su incapacidad de movimiento la hundió en una profunda depresión. Tratando de paliar su tristeza, Conrado le pidió a Betsabé que se quedara a vivir con ellos el tiempo que durara la convalecencia.

—No puedo —le contestó—. Tengo a mi mamá muy enferma.

—¿Qué le pasa?

—Algo que no se cura con remedios caseros. Fue por eso por lo que usted nos echó de esta casa, ¿no se acuerda?

—Hagamos un pacto —le dijo Conrado empleando su tono más conciliador y convincente—. Si tú me ayudas con Capitolina, yo te ayudo con tu mamá.

—Perdone que le diga, pero no creo en usted ni en ninguno de los de su estilo. Para ustedes, nosotros somos basura.

—Cómo se te ocurre decir eso, Cetsabé...

—Ya va siendo hora de que me llame por mi nombre: soy Betsabé, con B de Burro.

—Y de Boba y Belicosa.

—Con B de Bello, que es de donde soy.

—Has de perdonarme, Cetsabé, pero no puedo llamarte de otra manera... Cada uno arrastra su cruz.

—Y sus locuras...

—Vamos a jalarle al respetico, ¿no? Dejemos de hablar de tonterías y Concretemos con C de Cuando... ¿Cuándo vienes?

—Voy a ver cómo está mi mamá y...

—Que te lleve Cenicio de la Cruz y se espere el tiempo que necesites.

Betsabé, sabiendo que tenía la sartén por el mango, cerró la conversación:

—No hace falta, tengo pies.

—Entonces, ¿vendrás ya?

—Vendré cuando pueda. Y sepa que si lo hago, solo será por su hija.

Conrado, sabiendo que la necesitaba, decidió no darse por enterado e insistió en el tema de Celsa Julia.

—Puedo ayudarte con tu madre. En enredos de cabeza tengo experiencia familiar. A un primo mío, eso sí, lejano, de Yarumal, tuvieron que mandarlo de... *vacaciones*... No sé si me entiendes. Hay sitios donde los cuidan y los tienen controlados. Si quieres, puedo ayudarte —le sugirió Conrado.

—No, gracias. Yo me ayudo sola. Lo aprendí gracias a usted. Con su permiso...

Céfora, que llevaba escuchando la conversación sin que nadie notara su presencia, los interrumpió:

—¡No le ruegues más! Mira que rebajarte así. A esa andraj...

El marido se acercó a su mujer y en voz baja le dijo algo que de inmediato hizo que cambiara de actitud.

—Tómate tu tiempo, querida —le sugirió con delicadeza la madre de su amiga, poniendo con falsa calidez la mano sobre el hombro de la muchacha—. Estaremos esperándote encantados, por supuesto.

Con un gesto enérgico, Betsabé se deshizo del incómodo abrazo, cruzó el pasillo que la separaba del cuarto de Capitolina y entró. Su amiga yacía en la cama, enyesada de la cabeza a los pies, y la miraba con sus ojos dorados de fiera herida. La tenue brisa de la tarde hinchaba el toldillo y convertía la escena en un altar donde se consagraba a Dios el dolor de una virgen. Al verla tan desvalida, la hija de Celsa se tragó las lágrimas. No entendía por qué de un momento a otro su amiga se encontraba en esa situación tan lamentable.

—No te vayas —le rogó con voz transparente.

—Regresaré, te lo prometo.

—Se quiere deshacer de mí.

—¿Quién?

—Chssst... Mi papá. Por eso quería huir. En uno de los libros que te di guardé una carta que encontré en su escritorio. Léetela.

Betsabé se acordó de que en la calle habían quedado, bajo el frondoso matorral de heliotropo, los ejemplares que le entregara Capitolina antes de su caída.

—¿Los tienes? —le preguntó.

—No sufras, están bien escondidos.

Mientras tanto, Céfora se acercaba a la cama.

—¿A qué tantos cuchicheos si se puede saber? —las interrumpió empleando su particular tono. Y dirigiéndose a su hija, continuó—: Se ve que estás mejor, mi amor. ¡Qué felicidad! Ya verás cómo en muy pocos días y confiando en Dios volverás a caminar.

—Yo ya me iba —añadió Betsabé.

—No, todavía no... —le suplicó Capitolina al tiempo que le decía a su mamá—: Déjanos solas, por favor.

—Sí, mujer. Déjalas. Tendrán cosas que decirse —le sugirió Conrado y cogiéndola por el brazo se la llevó.

Al ver que sus padres se alejaban, Capitolina volvió a hablar:

—No me dejes con ellos, no me quieren.

—No dejaré que te hagan daño. ¿Me crees?

Capitolina asintió como pudo.

—Cuando estés bien, nos vamos a ir bien lejos. Tan lejos que no nos encuentre ni el mandingas.

Betsabé lo dijo sin saber exactamente lo que quería decir *bien lejos*. Sin siquiera imaginar lo que haría ella, tan atrapada en su triste y miserable destino.

Respiró hondo, haciendo de tripas corazón. Sacudiéndose el pensamiento de terror que le producía el hecho de que pronto se tendría que enfrentar a su desquiciada madre. Convencida, en esa lucidez que de repente te da la vida, de que si no se hacía fuerte, el mundo acabaría con ella.

—Ahora estás a salvo —sentenció—. No hay mal que por bien no venga.

La mano de su amiga no la soltaba.

—Tengo miedo de que no regreses —le confesó arrastrando las palabras, que sonaban débiles.

—Cuanto más rápido me vaya, más pronto volveré. Ahora descansa, cierra los ojos y duerme. Verás que cuando los abras, estaré aquí.

Capitolina, cansada de tanto dolor, iba siendo arrastrada a otro universo. La inyección de morfina que le aplicara el doctor Escandón la sumergía en un profundo letargo. Un sueño en el cual el dolor se diluía en un cielo sin nubes. Era libre, y cogida de la mano de Betsabé, desplegaba sus brazos convertidos en alas majestuosas; sobrevolaban el valle hasta alcanzar la cima del cerro El Volador, donde se encontraban con un grupo de aburráes, antiguos pobladores de Medellín, que entre curíes, bailes, perros mudos y bebiendas construían en lo más alto una lujosa fosa donde enterrarían a uno de sus muertos para que en su nueva vida estuviera cerca del cielo. Al verlas volar, las convertían en sus diosas. Al final del vuelo, acababan abrazadas a la copa de un árbol, transformadas en orquídeas gigantes que con su largo pistilo atrapaban la luz de las estrellas.

Ajena al narcótico viaje de su amiga, Betsabé le dio un beso en la frente. Al hacerlo, la vio tan pequeña y frágil como cuando se agarró por primera vez al pecho de su madre. En ese instante sintió que sobre su espalda caía una inmensa roca que la aplastaba; era el peso de la responsabilidad. Acababa de hacerse vieja de golpe. Ahora de ella dependían dos personas: su madre y Capitolina.

Aunque insistió en que no quería que la acompañaran, Consolación la escoltó hasta la salida. Al pasar junto a la jaula de los guacamayos y las cacatúas, la más vieja le gritó:

—*Maldita sea, se mató...*

—Cállate o te arranco el pico, pajarraca malvada —le dijo Betsabé.

—*Malvada... malvada...* —repitió la lora y soltó una grotesca carcajada que las demás imitaron.

15

Al abandonar la casa, un ramillete de rosas en el cielo abrazaba la sonrisa de una luna incompleta. Pronto se haría de noche.

En aquel silencio rojo, su estómago le recordó que llevaba más de veinticuatro horas sin probar bocado y pensó en el fiambre abandonado. Sin que nadie se diera cuenta, esa tarde había entrado en la cocina para tomar un poco de comida y llevársela a su madre, pero la había olvidado a los pies de la cama de Capitolina. Imaginó los tamales, los choclos asados, el par de chicharrones, el chorizo, las tajadas maduras y las morcillas que habían quedado escondidas en el improvisado saco —que alguna de las sirvientas acabaría por encontrar y a los ojos de la familia Mejía Echavarría la convertiría en ladrona—, y su hambre creció.

No podía volver a buscarlo.

Recogió los libros y apresuró su partida, convencida de que su madre estaría buscándola para infligirle algún tortuoso castigo.

Cuando se alejó lo suficiente, no se aguantó las ganas y se detuvo en un rincón para buscar entre los libros la carta de la que le hablara Capitolina. La encontró. Al acabar de leerla, se envalentonó aún más. De ninguna manera iba a permitir que ese hombre, amparándose en patrañas, se deshiciera de su hija enviándola a un internado donde la encerrarían y matarían en vida y nunca más volvería a verla.

Atravesó descampados y solitarias arboledas pensando en lo que sería su futuro y el de su hermana. Haciendo castillos en el aire que el viento del atardecer se llevaba y ella reconstruía entreteniendo su fatiga.

De camino al centro se fue encontrando con elegantes hombres vestidos de cansancio y sombrero. Muchos regresaban a su casa tras un largo día de trabajo, otros desviaban su camino para tomarse el último tintico de la tarde o la primera cerveza de la noche con amigos.

Las pocas luces de la calle se encendían dando paso a la inminente noche. Desde que había llegado la luz eléctrica a la ciudad, los espíritus que antes deambulaban sin pies por las esquinas habían desaparecido. La Candileja y la Llorona, el Sombrerón y la Muelona, la Patasola, el Hojarasquín del Monte y tantos otros se vieron obligados a huir con sus alaridos y sus sustos a veredas aledañas y a villorrios donde todavía la oscuridad era la reina de la noche y las velas sus espectrales amigas.

Al llegar a la calle del Comercio las tiendas aún estaban abiertas y Betsabé, a pesar de las prisas, no pudo resistir la tentación de observar sus escaparates y fascinarse con lo inalcanzable.

Se detuvo frente a uno que exhibía, en ordenadas filas, zapatos de tacón forrados en delicado raso, con adornos de perlas sobre hebillas doradas, y botines en cabretilla y piel de cordero en todos los colores. Un cartel con un grabado de la torre Eiffel anunciaba: «París a tus pies». Era la clase de calzado que usaban Céfora y sus hijas.

De ahí salió una señora elegantísima, que recordaba haber visto alguna vez tomando el té en casa de Capitolina. La mujer la trató con desprecio:

—¿Qué miras? Este no es un sitio para ti. ¡Lárgate, mugrosa!

Un borracho que bebía chicha de una jícara y que había sido testigo del desplante, la increpó:

—Oíste, ¿qué te pasa con la muchacha? Mirá lo que tengo *pa'vos.*

El hombre se agachó e hizo el amago de recoger algo, al tiempo que la mujer llamaba a su chofer.

—Te regalo lo que no podés comprar en ninguna tienda y te haría persona.

—¿Cómo se atreve a dirigirse a mí? ¡Aléjese!

El tipo no se dio por aludido y continuó:

—Cogela bien rapidito que solo queda una: se llama *compasión,* ¿oíste?

—Borracho loco.

—Borracho puede que sí y a mucha honra, pero loco no. Y si no te gusta lo que te digo, pues te aguantás. Porque los borrachos somos los únicos que decimos las verdades a la cara. Por eso te duele.

La mujer era rescatada por su sirviente, quien, con la autoridad del dinero de su ama, lo echó.

—Largoooooo...

—¡Uyyy! Qué pesar me da que seás tan lambón y tan servil —le dijo escupiendo al suelo—. La gente como vos son los que agrandan a esos mierdas.

Era Cosiaca, el borracho que iba de aquí para allá con su aguardiente y su chicha, tomándole el pelo a todo aquel que se cruzaba en su camino.

—Y vos no le hagás ni caso... —le dijo a Betsabé—. Esos que ahora los ves tan arriba un día se van a pegar una caída que no va a quedar de ellos ni su olor. —Arrancó una gardenia, la olió y se la entregó—. Para la reina del parque —le dijo—. Adornate bien bueno, *mija,* que la vida hay que adornarla con alguito. Mirá yo con qué lo hago. —Le mostró la jícara de donde bebía—. ¿Querés un traguito?

Con la flor en la oreja, Betsabé aceleró el paso hasta perderlo de vista. La ciudad era como un libro que todavía no había tenido en sus manos y ahora se mostraba ante ella para ser leído.

Bajó por la calle Ayacucho hasta tropezar con el parque de Berrío, escenario vital del devenir de la Villa de la Candelaria, rodeada de suntuosas casas que pertenecían a familias de rancio abolengo. De un café de la esquina escapaban voces de hombres que discutían de política entre la humareda del tabaco, y el tufo a sudor y alcohol. En un rincón, alumbrados por una exigua lámpara, dos músicos se bautizaban el estómago con un trago de aguardiente, rasgaban su tiple y su guitarra, y sus voces iniciaban el bambuco de moda:

Enterraron por la tarde
a la hija de Juan Simón,
y era Simón en el pueblo
el único enterrador...

... Él mismo a su propia hija
al cementerio llevó,
y él mismo cavó la fosa
murmurando una oración...

... Y llorando como un niño
del cementerio salió,
con la barra en una mano
y en el hombro el azadón...

... Y todos le preguntaban:
¿De dónde vienes Simón?
Soy enterrador y vengo
de enterrar mi corazón.

La pelea se acaloraba. El estruendo de una botella sobre el suelo y el olor a aguardiente invadió el lugar. Betsabé, que jamás había visto nada parecido, se asomó por la puerta y sintió que el corazón se le salía. Una mezcla de miedo y curiosidad la paralizó.

Un tipo amenazaba a otro con el cuello de una botella rota.

—¡Godo hijueputa! Vas a gritar conmigo que viva el partido liberal, o si no ¡te rajo!

—A que no te atrevés... —le desafió el otro.

—Hace rato que te lo andás buscando... ¿Creés que no soy capaz, malparido?

—¿Malparido? Con mi santa madre no te metás... que a la tuya se la han comido todos.

De pronto, el cristal de la botella se hundió en la camisa blanca del amenazado y un clavel de pétalos rojos emergió de su pecho empapándolo de muerte.

Los comensales empezaron a gritar enloquecidos viendo cómo el herido, un joven alto y grueso, daba tumbos tratando de salir a la calle. En la puerta se encontró con Betsabé, que permanecía petrificada observando la escena, se agarró a sus hombros y la arrastró hasta tirarla al suelo. En la caída, los libros que le diera Capitolina volaron por los aires al tiempo que el asesino saltaba sobre ellos y escapaba.

Con ese extraño encima, la hija de Celsa Julia tomó conciencia de la fragilidad de la vida y del peso de la muerte. Aquella sangre ajena que impregnaba su vestido era espesa y caliente, y la unía a un ser desconocido que daba su último suspiro sobre ella.

—Decile a mi mamá que la quiero —le dijo el moribundo—. Y a Juanita, que no me espere. Que me fui a...

La empapaba y hundía en el terror.

No podía zafarse de él y necesitaba respirar. Hablar.

La gente que pasaba en ese momento por el lugar, y que no había sido testigo de la pelea, formó un círculo alrededor que crecía y crecía.

—¡Están muertos! —empezaron a murmurar.

A medida que el tumulto se agolpaba sobre ellos, fueron surgiendo especulaciones e historias.

—Yo los vi, lo juro por esta —mentía uno besando la cruz

hecha con sus dedos, buscando acaparar la atención—. Primero la mató a ella y luego se clavó el cuchillo él.

—¿Cuál cuchillo? ¡Embustero! —replicó un embolador que pasaba por ahí con su caja de lustrar zapatos—. Aquí lo que hay es un trozo de botella empapadito en sangre.

—Sí.

—Me parece que es el hijo de doña Inés, pobrecita.

—Sabíamos que iba a acabar así. Siempre hablando de política y gastándose la plata de la herencia en trago.

—¿Y la muchacha?

—Lo que importa es que están muertos —repitió otro.

Ella, que los oía, quería decir que no, que no era así. Que estaba viva, pero que si no le quitaban ese cuerpo que la estaba aplastando, el muerto la iba a matar de asfixia. Que necesitaba que la rescataran porque su mamá la estaría buscando enloquecida y su amiga herida la esperaba. Pero nadie se daba cuenta.

A lo lejos se oían gritos.

—Asesinoooooo...

—Rápido, que se escapa.

—Es el de la camisa roja.

—¡Cójanlo!

—Policíaaaaaa...

Cada vez se sumaba más gente al tumulto. Tanta que de un momento a otro los desconocidos terminaron cayendo sobre el difunto.

Su pecho rajado inundaba de sangre la cara de Betsabé, ahogándola. El peso era insoportable y la falta de aire, de pronto, la convertía en un ser liviano.

Lentamente, como si los relojes se hubiesen detenido, el tictac de las voces se diluyó en una nada silenciosa, y con el malestar de sentir tantos cuerpos cayendo sobre ella se hundió en esa niebla blanca donde no existía ni la incomodidad ni el dolor. Solo un irse sin peso.

16

Y es que el país andaba revuelto y la política era casi religión.
Hacía seis años que la Guerra de los Mil Días había terminado
y el partido nacionalista, que en sus inicios fuera el dueño del
poder, se extinguía. Los conservadores, en lucha con los liberales históricos, finalmente asumieron la presidencia. Aunque
muchos de los perdedores frustrados con el resultado acep-
taran muy a su pesar la derrota, cada vez que encontraban la
ocasión manifestaban con encarnizado ahínco sus consignas.

No obstante las grietas políticas generadas y los dolores y
pesadumbres que arrastraba el país, Medellín se transformaba
lentamente en una ciudad comercial, bancaria e industrial.

Todo cambiaba.

En las sangrientas luchas habían perdido la vida más de
cien mil hombres y la mano de obra tan necesaria en esa inminente expansión industrial se veía en la forzosa urgencia de
emplear a mujeres y niños.

A pesar de sus vacíos y frustraciones, incluso de la guerra
que en Antioquia cercenara muchos capitales, Conrado Mejía
mantenía intacta su fortuna. Sus negocios continuaban viento
en popa. El café que producía La Camándula se vendía sin
dificultad en el extranjero, y la sofisticada tienda de textiles
que fundara con Claude Le Bleu continuaba colmando los
sueños de la aristocracia medellinense.

Ahora, con su hija rota, la carta que en su momento le enviara a su amigo pidiéndole que se ocupara del tema del internado para ella perdía validez. En esas condiciones, y sin saber cómo quedaría tras el accidente, no podía enviarla a ninguna parte. Lo único que podía hacer era ayudar a Le Bleu con su hijo.

Una vez estudió a fondo la estrategia sugerida por su amigo y siguiendo sus sugerencias, le había escrito una carta en la cual le solicitaba su urgente presencia por asuntos de negocios y esperaba su contestación. Era un trabajo de filigrana verbal del que se sabía experto. El instrumento con el cual Claude haría presión para que Emmanuel se viera obligado a viajar a Colombia.

Mientras la misiva llegaba a su destino, para paliar su aburrimiento y soledad recuperó una costumbre olvidada. Ahora acudía cada tarde a la sede del Club Unión en la calle del Resbalón, donde se reunía con sus amigos de tertulia a hablar de lo divino y lo humano, beber whisky y fumar puros.

Estando allí, en uno de los salones con otros comerciantes y banqueros, un día vio aparecer a un viejo amigo al que hacía algunos meses no veía. Era Benigno Morales Santos, un empresario admirado por muchos por su tesón, osadía y empuje.

—Dichosos los ojos, mi querido Benigno —le dijo.

—Dichosos, querido Conrado. Hacía tiempo que no venías por aquí. Me enteré de que una de tus hijas tuvo un accidente. María de las Mercedes y yo lo sentimos muchísimo.

—Te lo agradezco. Es cierto y habría podido ser terrible. Aunque le queda tiempo para reponerse, gracias a Dios está muchísimo mejor. Diría que para ella es un tatequieto que, según como se mire, me cayó del cielo. Nos salió muy rebelde.

—¿Es la pobrecita que tiene el problema en su pier...?

Conrado no lo dejó terminar y cambió de tema. Aún le dolía lo que decían de su defecto.

—¿Cómo te va la vida? He ido siguiendo tu andadura empresarial.

—Más dura de lo que te imaginas, pero apasionante. Tendrías que haber visto la puesta en marcha de los telares. Maquinaria traída de Mánchester, con instrucciones que parecían un galimatías indescifrable. Menos mal que también importé ingenieros y técnicos que la ensamblaron aquí. Quienes todavía no conocen los telares les tienen pánico. He tenido que convertir los sábados en una exhibición para que dejen de temerlos. Pero la gente paga, así que las ganancias llegan por todos lados.

—Benigno, tú y yo tendríamos que hacer algo juntos.

—Es verdad. Nuestros negocios se complementan. Tú vendes telas y yo las fabrico. —Se quedó en silencio un instante y continuó—: Aunque, pensándolo bien, lo mío es menos delicado porque tú te mueves entre sedas y brocados, y yo con tejidos menos pretenciosos. Sigo a rajatabla el consejo que me dio un viejo textilero catalán: «Trata con ricos y te harás pobre; trata con pobres y te harás rico».

—Podrías romper el refrán fabricando algunas telas para mí.

—No seas ingenuo, tu público es diferente al mío. La gente de nuestro nivel no compra nacional, Conrado.

—¿Y quién dirá que lo es? Yo, no. París siempre será París.

—Entiendo... permíteme que lo piense.

—Ni más faltaba —le contestó Conrado—. Total, no nos hace falta a ninguno de los dos.

Un camarero se acercó y les sirvió un whisky doble.

—¿Ganas mucho? Ya sabes lo que se dice.

—No me puedo quejar. Esta tierra es de gente trabajadora... aunque estoy convencido de que se les puede sacar más jugo. El tema es que aprendan a obedecer aplicando el rigor. Ellos nos dan muchas manos y nosotros, pocas monedas. Es una especie de toma y daca. En este momento somos los dueños del negocio, Conrado. No olvides que quien paga, manda.

—Ya me enseñarás. Te veo muy diestro.

—Aunque fuera zurdo, esto de mandar es cuestión de imponer el temor. ¿Cómo crees que Dios aplica sus leyes? El miedo es un camino que incita a la obediencia, querido amigo. Tenemos corderos que dan lana y lobos que aúllan y asustan. El escenario es perfecto.

—He visto tu propaganda anunciada en el diario *El Cascabel* y admiro tu osadía. Así que tu fábrica produce telas que «no las rompe ni el diablo», ¿no? Mejor que Dios no lo haya visto. Para muchos, tienes un socio infernal.

—Jajajá, Dios es sabio y lo entiende todo; es de los míos. Además, para vender algo tenía que decir, ¿no crees?

Chocaron los vasos.

—Por... san Dinero —dijo Benigno.

—Por el Sagrado Corazón... si de pronto nos ha oído. —Sonrió Conrado.

17

De tanto aguantarse las lágrimas, Celsa Julia fue desarrollando una prominente giba que cada día le pesaba más. Su espalda se había ido arqueando hasta formar un cerro de agua salada que crecía al ritmo de sus desvaríos. Allí se acumulaban sus dolores más íntimos. Dolores que tenían nombres y apellidos. Humillaciones, carencias, miedos y añoranzas eran sacos de llantos sin derramar. A estos se sumaba la preocupación y la rabia de pensar que su hija, aprovechando un descuido suyo, esa mañana había huido no sabía adónde, abandonándola sin darle ni una sola explicación, y que quizá nunca más volvería a verla.

Con la angustia agarrada al cuello como un mico estrangulador, comenzó a rezar.

Pero cuando la noche se espesó y los pájaros se silenciaron, en esa oscuridad donde bailan los fantasmas y los miedos se convierten en monstruos espectrales, decidió que los rezos sin velas no le servirían de nada y a tientas buscó la cajita de fósforos que guardaba al lado del fogón.

Los poquísimos centavos que ganaba lavando ropa los gastaba en comprar veladoras para cada una de los cientos de vírgenes que acumulaba.

Entre rezos y conjuros se plantó delante del improvisado altar y fue encendiendo una a una las velas, hablando con las santas figuras, alabándolas y ensalzándolas con dulzura para, segundos después, reprocharles con voz ronca y cortante su abandono y demora en resolverle el favor solicitado.

—Virgencita, te pedí que me la trajeras sana y salva antes del anochecer. Te he rezado cuarenta rosarios y mirá... ¿No te has dado cuenta de que ya es de noche? ¿Es que estás sorda o qué? —le reclamaba a la Virgen de la Candelaria—. Y vos... —le decía a otra imagen— ... ¿de qué te reís? Dejá de mirarme con esa sonrisita burlona si no querés que te saque de la casa, bandida. No te merecés este puesto privilegiado. —Y a otra—: Y vos, ¿qué te has creído? ¿Creés que me vas a tener aquí de rodillas todo el tiempo del mundo, con lo que te he rezado y consentido? Eeeeeh, no, *mijita*. Una también se cansa. Ya tengo las rodillas peladas.

En medio de su desesperación, las voces de todas ellas se le metieron en el oído. Una y otra y otra y otra..., voces que le murmuraban y gritaban y se reían y burlaban. Voces que llenaban su cabeza y la obligaban a taparse las orejas y a huir y a buscarlas, porque su soledad y angustia eran una.

—¡Silencio! ¿Es que nadie les ha enseñado educación? Si se van a disculpar, háganlo de una en una, ¡carajo! ¿No ven que me van a enloquecer?

Cada vez que les gritaba, después se arrepentía y santiguaba.

—Bendita sea tu pureza y eternamente lo sea, pues todo un Dios se recrea... —Y se arrodillaba y besaba el suelo de tierra y musgo y les pedía perdón—. *Mea culpa, mea culpa, mea maxima culpa...*

Sentía que sus oídos iban a reventar.

—No mereces que tu hija te quiera, eres una mala madre —oía que le decía la Virgen del Carmen.

—Aunque reces, no pensamos escuchar tus súplicas —añadía la de Guadalupe.

—Eres mala mala mala... —le decía la de Fátima.

—Te abandonó porque no mereces nada.

—El fruto del pecado no tiene redención.

—¡Cállense! ¡Cállense de una vez por todas o les tapo esas jetas!

Estando en la trastornada espiral de ese diálogo mudo, sin más interlocutor que su propio desquicio, una veladora que alumbraba a una de las vírgenes cayó sobre el fardo de ropa que debía entregar al día siguiente en una casa de la avenida La Playa. En pocos segundos las llamas abrazaron el blanco algodón de las sábanas, pintándolas de un rojo ardiente que fue creciendo hasta alcanzar el altar y a sus vírgenes, que empezaron a arder transformando el lugar en un infierno.

—¡Dios mío santísimo! ¡Por fin llegó el juicio final! —gritó enloquecida Celsa Julia—. Vamos a arder todos. ¡Sí! A quemarnos en este valle de lágrimas. Ángeles, Arcángeles, Serafines y Querubines, los convoco en este preciso momento a que vuelen. Lucifer acecha y nos maldice a todos. No somos dignos de vivir en esta tierra de serpientes.

»El apocalipsis es ahora. Que ardan estos pueblos impuros e injustos. Esta gente que explota y no respeta. Que se consuman en la hoguera los maltratadores, los oligarcas y los que se creen dueños del mundo, y que los humildes se eleven al cielo.

»Un día tenía que llegar la justicia.

»¡Uy, qué calor! Dios me ampare y me favorezca...

Su vestido giraba entre el fuego hasta alcanzar sus negras faldas y encenderlas.

—Betsabé, hija mía... Betsabéeeeee, ¿dónde te has metido? Nos vamos de aquí. Nuestro reino, como el de Él, no es de este mundo...

»Hijitaaaaaa... Bailemos. Llegó el momento de la fiesta, de encontrarnos con los santos y con el Todopoderoso.

»Betsabéeeeee...

18

Pero Betsabé no podía oírla, porque al mismo tiempo que su madre la llamaba y la pequeña choza de bahareque en la que vivían se chamuscaba entera, ella se encontraba sepultada bajo un amasijo de cuerpos histéricos.

Hasta que una dama, la que le dijera *mugrosa* y que regresara por algo que había olvidado en una tienda cercana, descubrió en el andén un libro descuajaringado que pasaba sus páginas a la velocidad del viento, y de él escapaba una carta que se depositaba a sus pies.

La recogió y la abrió. En ella reconoció el membrete de Conrado Mejía —el libro pertenecía a los que le diera Capitolina a Betsabé, que en su caída había salido despedido—. Sin entender nada de lo que sucedía, levantó la mirada y observó que la gente corría y se arremolinaba alrededor de algo. Se fue acercando lentamente, abriéndose paso por entre los curiosos, y reconoció bajo el amasijo de cuerpos a la niña que viera pegada a la vitrina de la tienda de zapatos.

A pesar de no comprender al primer momento la relación de la carta con la joven, algo en su interior la impulsó a ayudarla.

—¡Despejen el lugar! —ordenó con un tono jamás empleado—. ¿Quieren matar a esa muchacha? Que alguien la auxilie. ¡Por Dios! Los que puedan ¡levántense inmediatamente! ¿No ven que la están aplastando? Esta pobre niña está viva. Quítenle ese muerto de encima. ¿No se dan cuenta de que está tratando de huir? Parmenio —mandó a su chofer que la seguía a distancia—. ¡Sáquela de ahí!

La mujer no era otra que María de las Mercedes Urrutia, esposa de Benigno Morales Santos y amiga de Céfora. Ambas pertenecían a la Asociación de Damas de la Beneficencia de Medellín, organismo que reunía a unas treinta esposas de los hombres más influyentes de la ciudad, y se ocupaba de canalizar donaciones y limosnas, y también de auxiliar a niños, mujeres y ancianos desposeídos. Se reunían dos veces por semana y aprovechaban para tomar el té al más puro estilo inglés, acompañado de deliciosas pastas de elaboración casera, untadas con dulce de guayaba, de papaya y brevas. Mientras templaban las telas en sus bastidores y hacían bordados, repasaban con hilos de todos los colores los últimos chismes de la sociedad.

Atando cabos, María de las Mercedes acabó reconociendo en aquella pobre a la niña que viviera en casa de los Mejía Echavarría. La hija de la que fuera nodriza de la Cojita, como se la llamaba a Capitolina a espaldas de sus padres.

Al tiempo que los transeúntes ayudaban a desmontar la pelotera de gente que impedía rescatar a Betsabé, y Parmenio trataba de levantar al asesinado, apareció la Policía que hacía la correría de las siete de la noche.

—¡Quieto ahí! —le dijo al chofer uno de ellos, recomponiéndose el uniforme—. ¿Qué se ha creído? Llegó la ley. Los muertos no se tocan. ¡Abran paso! Dejen a esos dos quieticos.

—Aquí no hay dos muertos, señor agente —aclaró la mujer—. Solo hay uno.

—Señora, con todos mis respetos, no obstaculice nuestro trabajo y échese a un lado, que necesitamos hacer los levantamientos.

—La muchacha está viva, la conozco. Yo me hago cargo.

—Ni qué cargo ni qué nada. Esto nos corresponde a nosotros. Hágame el favor y no se meta en lo que no le incumbe; váyase a su casa a bordar o a hacerle la comidita a la familia.

—¡Cómo se atreve! No sabe con quién está tratando.

—Cada cual con su cada suyo. Esto es cosa de hombres, mi señora. Manténgase lejitos, no vaya a ser que se unte de sangre y se le manche el vestido. Hay trabajitos que no son para encopetadas como usted, y menos para mujeres. Se le pueden romper las uñas.

—Hablaré con el gobernador.

—¿Me está amenazando o qué?

—No, se lo estoy comunicando.

—Mire, yo cumplo con mi trabajo y con los diez mandamientos de la Policía, que se resumen en dos: servir honradamente al pueblo y ajustarse estrictamente a la ley. Usted cumpla con los suyos, que no tienen nada que ver con el callejeo y sí mucho con la casa.

María de las Mercedes se guardó su orgullo y decidió ceder. No valía la pena pelearse con aquellos ignorantes que por ser hombres y vestir un uniforme se creían dueños del mundo.

Lo importante era rescatar a la muchacha y llevarla a casa de los Mejía Echavarría. Una excelente manera de acercarse a Céfora, una mujer admirada, odiada y en el fondo envidiada por la alta sociedad femenina después de haberse convertido en la más elegante de Medellín y ser la reina indiscutible de los eventos sociales más refinados, como lo confirmara un concurso del naciente Club Unión.

Permaneció inmóvil, supervisando el rescate. Sabía que lo que estaba viviendo se convertiría en una interesante e inusual conversación en el próximo costurero que esa semana se realizaría en casa de los Quijano.

Como si ese suceso fuera algo del destino, asistía a algo que la sacaba de su rutina. Una acción que la convertía en heroína y salvadora. Un ser altruista, una especie de santa mujer capaz de entender a la humanidad y de esa manera acercarse a la caridad. Su corazón estaba hecho para ayudar a los demás.

Un titular se escribió en su mente, en letras de molde:

«La ilustre dama, la excelentísima doña María de las Mercedes Urrutia de Morales, salva a una pobre niña de morir asfixiada bajo un muerto».

Le dieron ganas de volverse a encontrar con el borracho que aquella fatídica tarde la tildara de inhumana.

A esto sí que se le podía llamar *Compasión*.

19

Estaba furioso.

Una corriente carmesí palpitaba en sus venas y recorría su cuerpo, convertido por arte de esa inesperada conversación en caldera hirviente.

Se negaba a recibir las órdenes de unos padres retrógrados que no entendían lo que la nueva sociedad buscaba. Europa vivía una profunda renovación que solo los verdaderos artistas entendían. Y él se sentía flotando en ese útero, gestor excelso, que albergaba a unos pocos: Los Elegidos.

Por nada del mundo deseaba apartarse de sus amigos y de aquel universo mágico y auténtico de Montparnasse al que pertenecía tras muchas noches de charlas, lecturas, locuras, sacrificios y absenta.

—No pienso ir —le dijo a su padre mientras acariciaba a *Platón*, el perro resucitado por obra y gracia de aquella noche de trance filosófico.

—No tienes opción. O vas, o vas. Ya te lo he explicado, Emmanuel. Eres nuestro único hijo, y el patrimonio que tu abuelo construyó y que yo manteniéndome fiel a sus principios y a las tradiciones familiares he tratado de conservar y acrecentar, está necesitando sangre nueva. No puedo partirme en dos y hoy más que nunca debo permanecer aquí. Vienen tiempos difíciles. Mira lo que está sucediendo en Rusia.

Se avecina una revolución, de eso no tengo la menor duda. Debemos prepararnos para lo que viene.

—¿Cómo puedes disponer de mi vida a tus anchas? ¿No se te ha ocurrido pensar que a lo mejor no me interesan tus negocios ni tus elucubraciones? ¡No eres mi dueño!

—Y tú, jovencito, ¿crees que yo no tuve sueños? ¿Que lo que piensas nunca lo sentí? Eres un egoísta.

—A mí no me hables de egoísmo, que esa es una palabra que ni siquiera sabes lo que significa.

—Tus amigos fracasados, hijos de nadie, te están llenando la cabeza de pájaros.

—Lo que darías porque esos pájaros cantaran en tu cerebro muerto.

—¡A mí me respetas, maldita sea! Soy tu padre. ¡Vas a Colombia te guste o no te guste, porque lo digo yo y basta!

Claude se puso de pie y se acercó al muchacho con gesto desafiante. Por primera vez Emmanuel vio en el rostro de su progenitor un rasgo de autoridad que le asustó. Su cara era la de una estatua marmórea de algún césar desconocido adornado de laureles marchitos, con unos ojos furiosos escapados de sus órbitas.

Mientras esto ocurría, *Platón* empezó a aullar como un lobo y a ladrar enloquecido.

—¿Verdad que no lo entiendes, amigo? —le dijo Emmanuel al canino—. Menos mal que sigues vivo. Ahora, gracias a ti, creo en la resurrección de los perros y en la vida de un mundo futuro.

Claude, ajeno a la íntima conversación de su hijo con *Platón*, continuó:

—Tienes un mes para despedirte de tus amigos y conocer lo que debes. A partir de mañana te quiero conmigo en el almacén. Aprenderás números y estrategias mercantiles, reconocerás los géneros con los ojos cerrados y sabrás diferenciar las sedas de las gasas, los tafetanes de las muselinas, el algodón del lino, los brocados venecianos de los bordados indios. Ese viaje te convertirá en un hombre. Te prometo que no estarás ahí más tiempo del que debas. Te darás cuenta de que, más que un sacrificio, será una bendición que te abrirá otro universo. Y no te hablo solo de Colombia. América es un continente rico en vivencias que tú, con tu sensibilidad, sabrás apreciar. En ese país descubrirás el verde más bello que jamás hayas visto en tu vida y una gente cálida y próxima. Un paisaje nuevo, digno del paraíso.

—Mi paisaje es el pensamiento, padre. ¿Por qué te cuesta tanto entenderlo? Queremos cambiar el mundo, porque el que existe no nos sirve. Está incompleto.

—El mundo es y seguirá siendo. Y créeme, Emmanuel, está completo. Simplemente fluctúa... ¿no te das cuenta? La marea de los cambios siempre existirá, con nosotros, sin nosotros o por encima de nosotros. No eres ni serás ningún salvador. Te sumarás a las olas y nadarás sobre ellas, y eso es bueno. Pero la transformación no tiene nacionalidad ni idioma; ni siquiera tiene tiempo ni nombres propios. Somos partículas de un macrocosmos que seguirá su ciclo, aunque desaparezcamos.

La puerta se abrió y apareció Clotilde.

—¿Qué hacen mis dos hombres? —les dijo tratando de que su rostro no la delatara—. Tengo algo importante que deciros.

Claude, que estaba en un momento trascendente, sintió que la interrupción de su mujer era del todo inoportuna.

—Cariño, ¿no podrías esperar a la cena? Estoy tratando un tema muy importante con nuestro hijo. Lo sabes.

Clotilde lo interrumpió:

—Acabo de hablar con el doctor Dupont.

—¿Te pasa algo? ¿Te encuentras enferma?

—Si a esto se le puede llamar enfermedad, es la más bella enfermedad de la que podría haberme contagiado.

—No entiendo nada.

—Mírame bien... ¿notas algo en mis ojos?

—¡No puede ser! —dijo Claude adivinando la noticia.

—¡Lo es! Tendremos un hermano para Emmanuel.

Claude no pudo contener su alegría. Abrazó a su mujer, sin dar crédito a la noticia.

—¿Estás segura? No estamos en edad...

Clotilde obvió el comentario de Claude y se dirigió a Emmanuel:

—Hijo mío, tantas veces nos pediste un hermano... y fíjate. Solo ahora ha decidido venir. Hoy más que nunca necesitamos que seas adulto, Emmanuel. Ahora debes responder por ti y por tu hermano o hermana menor. Nosotros empezamos a ser mayores. Lo entiendes, ¿verdad?

Siempre había sentido debilidad por su madre y por las mujeres. Saberla encinta, gestando en su vientre una nueva vida, le produjo una ternura infinita que hizo de empujón final.

—Está bien, iré a Colombia. Pero con la condición de que cuides de ella y de mi hermano o hermana —le dijo a su padre—. Pobre de ti que no lo hagas. Y sabed que no pienso pasarme la vida en un lugar ajeno a mí. París es y será siempre mi lugar.

Claude sintió que no estaba solo. Su hijo crecía y entendía los cambios que estaban sucediendo. Era un importante bastión donde apoyar su existencia anodina y perdida.

Ahora la alegría de la vida consistía en algo tan sencillo como ser comprendido por un hijo.

No había una felicidad cósmica.

Existía una felicidad tan sencilla como saber que la vida estaba ahí, a la espera de ser sentida.

La madurez le aterrizaba en lo más básico. Estaba aprendiendo y eso le hacía un humano importante:

«Entiendo, luego existo».

20

Llevaba diez minutos que se diluían en su pétreo silencio y sus ojos encharcados. Parecía que la línea de sus labios se le hubiera borrado. Sin embargo, sin que los pudiera dirigir, se le abrieron.

—Me voy —le dijo Emmanuel a Simone Weil y volvió a sumergirse en el silencio.

Aunque la noticia de la llegada de un hermano le alegrara, ya había pasado el momento de desearlo. En el fondo, el joven sentía que ese embarazo se convertía en un odioso empujón que lo lanzaba a hacer ese viaje inoportuno. Un viaje que deshacía lo que con tanto entusiasmo y dedicación había ido tejiendo.

Simone, que veía a Emmanuel como a un hermano, sacó del bolsillo de su abrigo su pañuelo de encaje y le enjugó la primera lágrima que resbalaba sobre ese rostro que conservaba aún su frescura infantil.

—Creo que la vida me dirige a no sé dónde, para quién sabe qué. Pero no quiero perder el contacto contigo.

—No sufras, *mon petit*. Estamos unidos por nuestros ideales, aquellos que nos hacen uno: enseña, aprende y comparte. Ese es el camino de la transformación.

—¿No me preguntas adónde voy?

—Sé que la Providencia te llevará adonde ella juzgue que eres necesario.

—No sé muy bien qué diablos significa la palabra *necesidad*. Me cuestiono continuamente todo lo que ocurre a mi alrededor, sin encontrar respuestas convincentes.

—Muchas veces no entendemos las palabras, pero ello no nos hace menos inteligentes. La comprensión no pertenece a los eruditos. He descubierto que comprenden más la vida quienes no se cuestionan su grandeza sino aquellos que participan de su insignificancia. En estos momentos estudio un sentimiento inmenso que mueve el mundo, Emmanuel: el miedo. Espero que no sea este el que te lleve a alejarte de aquí.

—¿Miedo, dices? Ese no me llevaría a ninguna parte, me mueve la valentía. He decidido asumir el reto que me proponen, porque... —Hizo una pausa y continuó—: Me cuesta decirlo sin que suene grandilocuente: confío en mí. Si no lo hago yo, ¿quién lo hará?

Le dijo lo que su amiga esperaba oír: una verdad a medias. En el fondo no le había quedado más remedio que obedecer la orden de sus padres, ya que le gustara o no, todavía dependía de ellos.

Se despidieron. Simone lo abrazó y quedaron de hacer un último encuentro antes del viaje. Se reunirían con Modigliani, Hermine, Pascin —que se había convertido en el rey de Le Dôme— y sus amigos de El Barón, un cabaret argentino que acababan de inaugurar en Montmartre, donde se practicaba, bajo un frenético caos de luces, un baile de quejidos tristes, «pervertido y sexual» según afirmaban los más puritanos, que era interpretado por «golfos y chicas de la vida alegre», según los mismos. Todo un caramelo para los que sentían un inmenso placer en romper normas.

A la salida, Emmanuel tropezó con una excepcional muchacha que parecía un asombroso cuadro viviente. Vestía una falda rojo sangre y una blusa bordada en rosas de colores primarios. Llevaba en su pecho collares de piedras con diminutas máscaras arcaicas, sus manos repletas de anillos y pulseras y su cabeza coronada de flores. Sobre sus ojos, un ave majestuosa extendía sus alas negras. Iba abrazada a otra chica que escondía su rostro bajo el ala de un sombrero Fountanne, y sus carcajadas retumbaban en el aire de la noche como campanas al vuelo.

Por un instante sus miradas se cruzaron y ella le dijo a su acompañante:

—¡Ándale, pero si es el mismito arcángel San Miguel que recién nos ha caído del cielo! ¿Lo compartimos?

—*Oui* —contestó la francesa con una maliciosa sonrisa.

—¿Adónde vas, gorrioncito? —le susurró al oído.

Y sin dar crédito a lo que le estaba sucediendo, de un momento a otro Emmanuel se vio atrapado entre las dos desconocidas que tras sellarle la boca con un beso lo agarraron por los brazos y, entre risas y murmullos, lo sepultaron en el Passage d'Enfer donde la francesa tenía su guarida, una desvencijada buhardilla en la que posaba para pintores y amantes enamorados de su níveo y delicado cuerpo.

21

Nada era igual.

Después del viaje que la había sumergido en otra vida, ahora la realidad le parecía terriblemente pobre y plana.

En los delirios vividos gracias a la inyección de morfina que le aplicara el doctor Escandón, su pierna no era ningún obstáculo para alcanzar lo anhelado. Dormida había vivido otra vida; la que de verdad sentía. Bailaba, corría y caminaba con más garbo que sus hermanas. Regresar a ese mundo de postín, de risas falsas y comentarios superfluos, la sumía de nuevo en una tristeza desfondada. No quería abrir los ojos hasta no sentir la voz de Betsabé, porque cuando estaba con ella hasta lo más difícil se le convertía en sencillo. Y ahora se sentía casi tan desvalida como cuando había nacido.

—Hija... —le dijo su padre—. ¿Cómo te sientes?

Capitolina, fingiendo que todavía seguía en su letargo, no contestó.

—Pueda ser que no me oigas... y esto sea lo mejor.

Una lágrima brotó y marcó un surco sobre la mejilla sonrosada de la hija de Conrado, pero él, inmerso como estaba en sus pensamientos, no la vio.

—No entiendo lo que ha pasado. No entiendo nada, quizá porque estoy muy alejado de lo que tú sientes. Soy solo un padre, a veces perdido. Los padres también nos perdemos, ¿sabes? Eso jamás lo pueden entender los hijos porque creen que somos infalibles. Pero yo también fui joven como tú y también creí que mis padres eran solo eso: personas sin derecho a equivocarse o a sentir y ser algo más que padres. No sé, mi querida hija, si me entiendes. A lo mejor hablo así contigo porque pienso que en esta casa eres la única que sabe escuchar.

Cuanto más lo oía Capitolina, más lágrimas se amontonaban y desaparecían antes de brotar.

Conrado, ajeno a lo que no veía, buscó la mano de su hija y la besó, convencido de que continuaba durmiendo.

—Lo siento, mi amor. Siento no haber sido el padre que esperabas ni haberte dado la madre que necesitabas. Somos prisioneros de la vida y del entorno que nos rodea, y mucho me temo que no podemos evitarlo. He querido ahorrarte sufrimientos, burlas y desplantes, porque estamos en una sociedad cruel que no acepta ni las diferencias ni los defectos. El mundo en el que vivimos solo admite la perfección y por ella muchos matan. Pero la perfección acaba siendo una de las peores esclavitudes a las que el propio ser humano se encadena, y en ello, para mi desgracia, me incluyo. —Hizo una pausa y carraspeó tratando de evitar que el pensamiento se le atragantara—. No debo ser lo suficientemente altruista como para entender la imperfección, ni la ajena ni la propia, y luchar por ella renunciando a mí y al estatus que con tanto esfuerzo me labré. Qué le vamos a hacer, hija. Soy humano.

La miró fijamente, tratando de descubrir en ese rostro impávido y hermoso algún gesto que rebatiera su soliloquio, pero encontró una paz dormida. Entonces continuó con la tranquilidad de creer que no lo oía y podía desahogarse a sus anchas:

—¿Crees que no sé lo que estás pensando? Que soy cruel y malo. ¡Atrévete a decirlo! No tienes ni idea de lo que he luchado para que estés aquí. A pesar de la decepción que me causaste habiendo salido niña. Sí, ya sé que no fue culpa tuya ni de nadie. Pero a pesar de eso, que para mí y para tu madre era la gran ilusión, me sobrepuse y hasta te libré de que murieras de inanición cuando eras una recién nacida. Claro, de eso seguro que no te acuerdas. Gracias a mí y solo a mí conociste a Cetsabé, pero eso no me lo agradeces porque nunca te lo saqué en cara. Luego vino lo de tu pierna... ¿Has pensado en lo mal que lo he pasado? Nooo, ¡qué va!, los hijos solo piensan en ellos. Nunca te dije nada... ¡Eso es amor! He querido protegerte hasta de tu propia familia, solo con el propósito de no verte sufrir. Lo siento muchísimo, hija mía. Has de entender que hago lo que puedo. No pretendas que sea más de lo que soy... También te pido que no me juzgues.

Capitolina, que en su voluntario silencio lo oía todo, de pronto entendió la acción que su papá pretendía llevar a cabo enviándola a París a aquel convento, y sintió una rabia tan descomunal que la lámpara veneciana que pendía del techo de la habitación comenzó a vibrar enloquecida y a balancearse dando tumbos frenéticos hasta que, como si se tratase de una tormenta intempestiva, fueron lloviendo una a una sobre Conrado Mejía todas sus lágrimas de cristal, obligándolo a apartarse y a callar.

22

Le costó mucho regresar a su casa.

María de las Mercedes Urrutia, que durante la diligencia policial se había cansado de insistir a los agentes que le permitieran hacerse cargo de Betsabé, finalmente y dada la negativa, acabó por hacer una llamada a casa de los Mejía Echavarría, donde habló directamente con Conrado. Desde que apareciera el invento del teléfono, las comunicaciones en la Villa se habían aligerado y la inmediatez resolvía problemas antes tediosos y circunflejos.

—Familia Mejía Echavarría, a la orden —le dijo una voz femenina.

—Por favor, páseme al doctor Mejía.

—¿De parte de quién?

—De la señora del doctor Morales Santos. Dígale que es muy urgente.

Gracias a esto, Conrado Mejía se enteró del porqué de la tardanza de Cetsabé en regresar y también de la copia de la carta que escapara del libro que llevaba la niña. Así, entendió el sorpresivo y aparatoso intento de huida de Capitolina. Y como seguía necesitando con urgencia de la presencia de aquella muchacha para la pronta recuperación de su hija menor, utilizó sus influencias.

Llamó a Abelardo Naranjo Mejía, primo hermano por parte de padre, que en ese convulso momento ejercía como gobernador, juez y político, y se enfrentaba a la nueva división territorial del país en la que ahora Antioquia quedaba fraccionado en cuatro departamentos. Él mismo dio la orden a la jefatura para que dejaran en paz a la niña y, además, la llevaran adonde ella les pidiera.

En el coche de caballos en el que se movilizaban los agentes de la Policía con la hija de Celsa Julia Espinal, se sumergieron en calles desoladas en las que a tan altas horas de la madrugada se paseaban a sus anchas, envueltos en la densa y helada niebla que bajaba de los cerros, espíritus perdidos de viejos caciques niquías y de princesas desaparecidas en cansados sueños de grandeza. Allí, solo los sensibles podían escuchar los lamentos de esa civilización perdida. Aullidos de seres buenos que trepaban hasta los oídos de Betsabé y la protegían de todo mal. Ella los reconocía y se sabía su reina y también su súbdita.

Cruzaron el puente de Guayaquil que los llevó hasta un camino pedregoso donde se mezclaba el barro con la desmemoria. Y en la primera bifurcación en la que se erguía una pequeña cruz hecha de un montículo de piedras, alcanzaron a divisar una columna roja y un olor a eucalipto y a un extraño aroma como de incienso sagrado se les metió en los pulmones. Se fueron acercando, esquivando como podían el humo que les impedía respirar, y cuando llegaron al lugar en donde se encontraba la humilde choza en la que vivían Betsabé y Celsa Julia, nadie dio crédito a lo que vio.

Un descomunal monstruo lamía con sus ardientes lenguas los últimos restos del lugar que hasta hacía escasas horas fuera un humilde refugio.

Con el coche aún en marcha, Betsabé saltó del carruaje y comenzó a gritar.

—Mamáaaaaaa...

Caminó entre el fuego sin quemarse, escudriñando cada palmo del que había sido su precario hogar, y se fue encontrando con cabezas, brazos y cuerpos de vírgenes calcinadas.

—Mamáaaaaa...

Una olla renegrida...

—Mamáaaaaaa...

Bultos y bultos de ceniza...

—Mamáaaaaaa...

El esqueleto de hierro retorcido de la única silla...

—Mamáaaaaaaaa...

Una virgen intacta...

—Mamáaaaaaaaaaa...

Y un muro. El único fragmento que continuaba en pie, protegido por un infranqueable tejido de hiedra fresca, sietecueros, guaduales y yarumos que aguardaban su ineludible final. Correspondía a la pared donde se apoyaba el catre en el que dormía con *Mejorana*, su amada culebra. Corrió hasta él buscando el agujero donde escondía su preciado diario y, cuando las llamas estaban a punto de engullirlo, lo encontró. Lo estrechó contra su pecho, como si fuera su gran tesoro, y después de revisarlo se dio cuenta de que a pesar del fuego sus páginas continuaban intactas. Apretada a él, siguió explorando las ruinas hasta descubrir un bulto en la oscuridad.

Tal como había encontrado el muro de su cuarto, cubierto de madreselvas y musgos, el cuerpo de su madre permanecía cerrado, semejando un huevo jurásico.

—¿Mamá? —preguntó temiendo lo peor.

La débil voz de Celsa Julia murmuraba:

—... el Señor es contigo, bendita tú eres entre todas las mujeres y bendito sea el fruto...

Betsabé se fue acercando a ella.

—¡Mamáaa! ¿Estás bien? —le preguntó mientras trataba de desprenderle las enredaderas que la envolvían.

—Malvado demonio... No te me acerques —le advirtió Celsa Julia.

—Mamá, soy yo, Betsabé.

—Apártate de mí, Satanás, porque en la hora de mi muerte parte de mí no tendrás...

Betsabé, que había recogido la única virgen que encontrara completa, se la mostró.

—Aquí tienes a tu virgen.

—No trates de engañarme, malvado. ¿Qué hiciste con mi hija?

Los policías que seguían a discreta distancia los movimientos de la muchacha se dieron cuenta de la situación.

—Ennnsta mujer ennnnnstá lonnnnnca, loooonnn...ca loca —comentó el más joven, que debido a su labio leporino tenía dificultades para ser entendido—. ¿Qué ha...ncemons?

—La orden era que lleváramos a la muchacha adonde ella dijera, y ya la trajimos. Larguémonos de aquí y hagámonos los bobos. —Y levantando los hombros añadió—: A nosotros qué nos importa que la vieja esté loca. Ya tenemos muchos locos en la ciudad; ese no es problema nuestro. Que se las arreglen entre ellas como puedan. Yo me voy a mi casa a dormir y sanseacabó. Ya hemos cumplido.

—Ennnnns una ninnnnña —replicó el del labio partido, al que le preocupaba dejarla.

—Ni tanto, Toribio, ni tanto. Ya tiene hasta tetas —añadió el otro—. En mi pueblo esa ya sería madre.

—Nonnn piennnnso dejarla aquí... pobrennnnn... cita.

—Nos largamos ya porque lo digo yo. ¿No te acuerdas de que ahora soy tu jefe? Y cuidadito vas a contar que la dejamos tirada, ¿oíste? Si hablas, te juro que te acabo de desgraciar esa jeta.

Betsabé se quedó sola en medio de las llamas, las madreselvas chamuscadas, los yarumos desmayados y las cenizas voladas. Con una madre desaparecida en otros mundos. Una madre que no solo no la reconocía sino que, para su desgracia, además andaba absolutamente perdida en la nebulosa de su demencia.

23

Ring...

Riiiiiinggg...

Riiiiiinggggggg...

Eran las cinco de la mañana y en el Chalet Capricieux el
timbre del teléfono insistía en romper el sueño de sus habitantes.

Cenicio de la Cruz, que padecía insomnio crónico desde
su infancia y solía dedicar sus noches a conversar en silencio
con sus antepasados africanos y a repasar los versos que a escondidas le enseñara la niña Capitolina, por la que sentía un especial cariño, lo oyó. Aunque al estar tan ido en sus pensamientos le costó reconocer lo que era. Todavía no se acostumbraba
a ese extraño artefacto del que no entendía cómo podía salir
de su interior una voz sin boca ni cara. A pesar de que su habitación, al igual que la de las sirvientas, estaba en el galpón
destinado a la servidumbre, llegó a tiempo de descolgar el au-
ricular.

—Familia Mejía Echavarría —atinó a decir.

Al otro lado de la línea un hombre que hablaba de manera muy extraña trataba de comunicarle algo que no lograba
entender. Lo único que se le oyó nítido fue el nombre de
Betsabé.

—¿Qué dice?

De nuevo la voz le explicó un galimatías indescifrable.

—Por favor —le pidió el mulato—, ¿puede pasarme a otra persona que se explique mejor?

—Noooon pue...do.

—Entonces vuelva a decírmelo pero muy despacio.

—La ninnnnnn... ña... (indescifrable)... incennnnn... diooo... mamá lonnnnca... anyuuuuda... Ensssta en...

El policía Toribio, haciendo un esfuerzo por dominar su defecto, le fue explicando el drama que vivía Betsabé y la necesidad de que alguien fuese cuanto antes a ayudarla. El número de teléfono lo había visto en el papel que dejara una señora distinguida que acompañaba a la niña en el momento de rescatarla... ¿De rescatarla de qué? Ese era otro tema que debía preguntarle a la misma muchacha.

Fue una conversación larga y difícil, pero fructífera.

Cenicio de la Cruz entendió las indicaciones para llegar hasta allí. Supo que si no iba inmediatamente en auxilio de Celsa Julia y su hija, la niña Capitolina jamás se recuperaría del triste accidente que la tenía postrada en aquella depresión.

Con el temor de ser despedido, pero también con la certeza de que debía actuar, se vistió tan rápido como pudo, se puso su librea, los guantes y el sombrero —que cuando se trataba de conducir siempre lo acompañaban—, y se dirigió de puntillas hasta el galpón donde se guardaban las herramientas. Allí se armó de machete, cuchillo y puñal, y sin decir nada a nadie se subió al coche y partió.

Fiel a las instrucciones que le diera el policía boquinche, cruzó las calles solitarias creando en su mente diferentes discursos que justificaran su desobediencia y arbitrariedad. Acariciando la esperanza de regresar antes del amanecer con Betsabé y de esta manera convertirse en héroe frente a los ojos de su señor.

A la altura del puente de Colombia se desató un aguacero torrencial, con relámpagos que descuartizaron el cielo y lo obligaron a caer a plomo. Las calles parecían ríos de fauces abiertas en las que los caballos enterraban sus cascos haciendo un esfuerzo por no morir ahogados. Pero a pesar de que las ruedas del coche se encallaron en el barro y tuvo que obligar a los animales a remolcar, el mulato no desistió de su propósito.

En medio del diluvio distinguió a lo lejos los restos renegridos del incendio, apagado gracias a la lluvia. Tupidas espirales de humo se alzaban, formando sinuosas columnas en el helaje de la madrugada. La tormenta había amainado y unas pocas brasas escondidas consumían los últimos restos de esa nada arrasada.

Cenicio de la Cruz repasó palmo a palmo aquel terreno yermo buscando en medio del desastre y de la humareda a las dos mujeres, pero no las encontró.

Siguió caminando, con la lámpara de aceite en una mano y en la otra el viejo machete con el que a golpes abría caminos.

De repente, escuchó unos gemidos como de animal herido y una tenue cascada. Contuvo la respiración y agudizó el oído.

—¿Betsabé? —preguntó—. ¿Estás ahí, niña?

Silencio cerrado.

—He venido a ayudarte. Sé que estás muy cerca; puedo oler tu aroma a musgo fresco y oír tu manantial interno. Ya sabes que soy el mejor sabueso de este valle.

La hija de Celsa Julia reconoció la voz del mulato, al que consideraba un ser mágico. Él mismo se había encargado de contarles a ella y a Capitolina leyendas fantásticas en las horas en que nadie los veía. Por él habían aprendido a llevar colgada al cuello una bolsita con flores de ruda y de amapola, porque decía que era la única manera de ahuyentar a las brujas y protegerse de sus maleficios. (Una de las cosas que hizo Betsabé cuando pudo acercarse a Capitolina la tarde de su caída fue meter la mano en el pecho de su amiga y comprobar que, tal como sospechaba, la bolsita no estaba). La vida narrada con su voz de tambor ronco olía a selva y tierra; sonaba a lanzas y a gritos, a bailes de pies descalzos y rugidos de leones hambrientos. Cenicio de la Cruz era quien muchas tardes les dibujara sueños. Por él se enteraron de que un tigre asesino, tras comerse a una gorila, descubrió más tarde que su víctima tenía una cría. En penitencia decidió criarlo hasta que el pequeño desarrollara dientes como los suyos y una piel manchada. Ahora, el tigre solo se dedicaba a besar mariposas y a comer flores.

Todas sus historias tenían que ver con la selva y con pócimas y brujerías que a ambas fascinaban.

—Tengo que explicarte lo que finalmente pasó con el pequeño gorila, pero si no te acercas no te lo podré contar. Además, la niña Capitolina te espera. Y tú lo sabes muy bien: no abre los ojos porque quiere verte y siente que no estás. Ven...

Betsabé no sabía cómo decirle que no podía hablar porque su madre, tras una crisis en la que había tratado de estrangularla, ahora dormía en su regazo y tenía mucho miedo de lo que pudiera pasar.

Cenicio de la Cruz, oliendo su miedo, decidió no hablar más y continuar avanzando. Sabía que era cuestión de segundos tropezar con ellas.

Las halló arrebujadas bajo el esqueleto de unos guadales. Los ojos de Betsabé se fijaron suplicantes en los suyos. Con la mirada le decía que no hiciera ruido.

Cenicio se acercó despacio y con delicadeza extrema despertó a Celsa Julia.

—¿En dónde estoy? —le preguntó la mujer visiblemente desorientada.

—En el cielo —le dijo el negro.

—Menos mal. Pensé que nunca llegaría aquí. ¡Hacía tanto calor allá abajo!

—Déjeme ayudarla.

Convertida en un ser dócil y frágil, como si fuera un animal apaleado, la madre de Betsabé se dejó guiar por entre los cenizales y las brasas, y hasta dejó que el mulato la recogiera y subiera en su lomo cuando, en medio de la oscuridad, tropezó con un tronco y cayó sobre una piedra.

Así, sin que nadie se lo esperara, Celsa Julia Espinal y su hija acabaron en el coche conducido por Cenicio de la Cruz en dirección al Chalet Capricieux, donde volvieron a recibirlas y darles vivienda, esta vez porque necesitaban la compañía de Betsabé para la recuperación de Capitolina.

A pesar de la incomodidad que les causaba tener que cargar de nuevo con Celsa Julia, habilitaron un cuarto en la zona de la servidumbre y se ocuparon de mantenerla serena mientras estudiaban su caso.

Todo se decidió muy rápido.

Cinco días después, la familia al completo desayunaba arepas, chocolate y huevos revueltos con la noticia de que Celsa Julia Espinal, tras ser examinada por el doctor Calmasio Escandón, sería internada en el manicomio de Bermejal donde empezarían a alimentarla con un sustancioso caldo de enfermos del que afirmaban, los más ilustrados en el tema, poseía asombrosas propiedades sanadoras.

24

Miércoles, 16 de diciembre de 1908

Amigo mío:

¡Te salvaste! ¡Todavía no me lo puedo creer!

Tengo que confesarte algo que ante muchos me haría parecer malísima, pero como contigo no tengo que fingir nada, te lo diré sin miedo. Cuando llegué a la casa y vi cómo el fuego se la tragaba entera, en el primero en quien pensé fue en ti. ¿Te lo puedes creer? No pensé en mi pobre mamá, que debería ser lo más importante, no. Pensé en ti porque te considero más que un amigo, mi conciencia. Si te hubieras quemado me habría muerto, ¡juradito que sí! Eres el único que me entiende. El único al que puedo decirle todo sin temor. Tú más que nadie has vivido mis días y conoces los castigos que me impone mi mamá y todo lo que aguanto. ¿Me preguntas si la quiero? Pues claro que sí, porque lo manda la Santa Madre Iglesia. Pero también la odio con todas mis fuerzas. Por su culpa tengo las rodillas como las del Cristo agonizante que me mira desde arriba cuando vamos los domingos a la Veracruz. Los corozos sobre los que me obliga a arrodillarme durante horas han creado estos dolorosos agujeros que nadie ve pero que se me están comiendo la piel.

Y no creas que no siento tristeza. Me da mucho pesar con mi mamá y tú lo sabes. No entiendo lo que le pasa, pero tiene que ser algo horrible para que se comporte así. Sé que me quiere, pero también sé que alguien malvado vive dentro de ella, y ese estoy segura de que no me quiere nadita.

Me gustaría creer que la vida puede ser distinta a la que nos tocó a las dos.

Cuando leo aquellos libros que cuentan historias de vidas tan apasionantes, me doy cuenta de lo insignificante que es la nuestra. ¿Por qué los que no tenemos hemos de resignarnos a ser fantasmas? ¿Por qué existen tantas diferencias? Y, lo peor, ¿por qué es tan miserable ser mujer?

No puedo decir nada... Y a ti, ni se te ocurra contarles a otros lo que pienso; opinarán que estoy loca. Incluso podrían llegar a creer que no soy buena compañía para Capitolina y eso sería terrible para ambas.

He estado pensando mucho en ella y he llegado a la conclusión de que su familia no se la merece. Padres y hermanas están perdidos en unas extrañas reglas como ataúdes cerrados sin agujeros por donde respirar, que les hacen terriblemente infelices, aunque no se den cuenta y eso termine siendo lo más paradójico... (extraña palabra que aprendí en mi última lectura. Supongo que me gustó porque me suena a *lógico,* otra palabra cantarina, y soy de las que a veces leen solo por escuchar en mi cabeza la música que se desprende de ellas). Eso sí, todos ellos van muy bien vestidos, calzados y acicalados de extrañas felicidades que compran en tiendas. Rodeados de muebles que en silencio van realizando la función de estar y adornar sus vidas. Pobres ricos pobres... Chsssssst... Mejor me callo, porque si alguien se da cuenta de lo que pienso...

Ya sabes que ahora hemos vuelto a vivir en la casa de Capitolina. Sí, desgraciadamente nos tocó regresar porque el incendio se llevó lo poco que teníamos. Me veo obligada a comportarme como todos creen que debería hacerlo. No se imaginan lo que pasa por mi mente mientras los observo.

En este instante mi pobre madre acaba de tomarse un caldo con hígados de pollo que decidí darle en vista de que rechazaba todo. No sabía por quién pedirle que se tomara la sopa, hasta que se me ocurrió contarle el cuento de *La pobre viejecita* de Rafael Pombo, que nos gusta a las dos. Entonces empezó a abrir la boca y, entre frase y frase y cucharada y cucharada, acabé raspando el plato. Tanto desgano la puede matar. Su cuerpo está forradito en los huesos; sé que lleva días sin probar bocado por culpa de su ensimismamiento y enajenación, y temo que no quieran tenerla más aquí. Ahora se ha quedado dormida.

Chssssst... alguien viene.

Reconozco ese taconeo monocorde que se mezcla con el rebujo de sus enaguas y sus faldas.

¡Es ella!

Acaba de abrir la puerta la bruja de Consolación, de quien no me fío nada. Se aproxima a mi madre con sigilo y mira a su alrededor, inspeccionando con sus ojos reptiles cada rincón, pero no me ve. No me ha descubierto porque estoy tirada en el suelo, metida debajo de la cama, y su bífida visión no llega hasta aquí. Es un ser perverso que va creando malestar a su alrededor y se siente feliz de hacerlo. No me imagino de dónde ha podido salir alguien tan maléfico que pueda fingir tan bien y esconder sus intenciones. Estoy convencida de que ni la madre ni el padre de Capitolina son conscientes de tener como institutriz a una malvada araña que poco a poco teje su red, segura de que en ella quedarán atrapados todos, absolutamente todos, y en ello me incluyo. Pero yo no soy boba, mi querido amigo, y a mí no me engaña. La tengo muy calada.

Chssst...

¿Qué es este cabalgar loco que se oye?

Es...

Es... ¡mi corazón! Me está latiendo muy rápido. ¿Será miedo?

Tengo que dejar de escribir y esconderte. Por nada del mundo quisiera que descubrieran nuestra amistad. Sé que me entiendes.

Un momento...

¡Dios mío! Me da pánico hasta respirar.

Consolación ha abierto el cajón de la cómoda y ha sacado algo. Me asomo, procurando que no note mi presencia. Un frío me recorre el cuerpo y se instala en mi estómago. Tengo ganas de vomitar.

Va directo a mi madre y lleva una almohada entre sus manos.

(Rayón ilegible).

25

—No me quiero ir —le dijo Emmanuel a su padre tras haber pasado dos efervescentes días con las mujeres que lo secuestraran; dos días que para ser explicados necesitarían de unos cuantos Capítulos—. Mi destino es seguir aquí. No lo entiendes porque tu vida es muy diferente a la mía y pretendes que sea yo quien llene tus frustraciones para sentirte pleno. Pero, sintiéndolo mucho, ese no es mi problema.

—¿Qué te ha hecho cambiar de opinión? Has de entender que cuando uno da su palabra, no puede cambiarla, Emmanuel. Es algo que tiene que ver con el honor.

—¿Honor? Jajajá...

—No te permito que te burles de mí... ¡Insensato! Te irás porque eres un Le Bleu, y aprenderás que la vida no siempre es una fiesta. Cada uno tiene trazado un destino, y el tuyo, aunque no lo quieras aceptar, es un mapa nítido.

—Me estás robando mi juventud y eso no es justo.

—¿Justo? ¿Quién habla de justicia? Por favor, Emmanuel, la vida es injusta por naturaleza. Debes vivir, porque es así. Ya sé que nadie te pidió que vinieras, tampoco a mí. Pero estamos en este mundo. Esa es la cruda realidad. Dale las vueltas que quieras, ponlo al derecho y al revés, y seguirás sin entender. La vida está hecha de ciclos que deben cumplirse porque sí. Como los de las plantas y los animales. Nacer, crecer, reproducirse y morir. Aprende de todo, y los ratos que te queden libres, disfrútalos. En eso tan sencillo y a la vez tan profundo se resume la vida.

—¿Por qué es tan difícil que te entiendan?

—Porque estás buscando que otros lo hagan y eso únicamente te corresponde a ti: es tu responsabilidad. En eso consiste todo, Emmanuel. No importa que los demás te comprendan si tú mismo no haces el trabajo de tratar de entenderte. Y en ello se nos va la existencia; en ese desmesurado afán de pertenecer a un rebaño de iguales. Vivir no es buscar esto, mi querido hijo. En esa labor se te pueden ir todos tus años. ¡No te compliques! La vida solo se entiende viviéndola.

En ese momento *Platón* lanzó un aullido lastimero y buscó las manos de su dueño para lamerlas.

—No me quiero ir —le repitió mientras acariciaba el lomo del perro.

—Debes ayudarme, hijo, y si no te gusta, vuelve. No me digas que no antes de probarlo.

—Sabes que te quiero y también a mi madre. Pero también es importante que te enteres de que tengo una vida muy distinta a la vuestra, y que mis expectativas son muy diferentes. Me temo que difícilmente nuestros caminos coincidirán. ¿Por qué tanta insistencia?

—Nos lo debes, hijo.

—No te debo nada.

—No tienes ni idea.

—¿Qué te pasa? ¿Acaso tienes miedo de...?

—Por favor... Te lo pido, por favor.

Emmanuel lo vio tan derrotado que sintió pena, una gran pena por su padre y su madre, y recordando lo que hablara aquella noche con Simone Weil, respiró hondo y añadió:

—Está bien. Voy a ir. Eso sí, quiero que quede constancia de que será contra mi voluntad. Lo hago solo por amor a vosotros y a mi hermano o hermana que está en camino.

Claude Le Bleu lo abrazó, brindaron por la decisión tomada con un trago de absenta, de la botella que conservaba como reliquia de sus años mozos, y se puso en marcha.

Lo primero que hizo fue escribirle una carta a Conrado en la cual le detallaba uno a uno los pormenores del viaje de su hijo y lo que esperaba lograr de esa especie de doctorado práctico.

Le pidió que, en lo posible, los primeros días lo acogiera en su casa mientras encontraba un lugar seguro donde alojarse. Que no le hiciera la estadía fácil. Que le pusiera reglas y tareas que lo obligaran a concentrarse y a espantar los deseos libertinos. Que le diera consejos diligentes, de hombre a hombre, como lo haría con un hijo varón. «Ya sabes que el hombre no puede permitirse el lujo de hacerse la niñita nunca... Sé que sabes de qué te hablo. Y a este hijo mío le veo extraños ramalazos de artista sensiblero o vete a saber de qué...».

En definitiva, en su misiva Claude Le Bleu le rogó que en lo posible ayudara a que su hijo se convirtiera en un caballero íntegro, capaz de desempeñarse como profesional y, sobre todo, capaz de renunciar a ese mundo estrafalario y bohemio que lo estaba perdiendo.

«Mátale el animal sensible que lleva dentro. No conviene que le dé tanto de comer, pues mucho me temo que puede acabar convirtiéndole en su esclavo».

26

Pero Consolación no alcanzó a hacerle nada a Celsa Julia, porque en el preciso instante en que levantaba la almohada para dejarla caer sobre su cara y tratar de asfixiarla, oyó el sonido de la campana con la que Céfora la llamaba.

Y la casa entró de nuevo en un caótico frenesí. Tras una concienzuda charla médica, habían tomado una decisión.

Se la llevaron porque necesitaban sacársela de encima.

Se la llevaron sin preguntarle nada al lugar que recogía y conjuraba las locuras del mundo. Un sitio oscuro e infernal de muros altos, guardianes, cerrojos y llaves donde habitaban los seres que habían osado comportarse de modo discordante o incoherente, alterando la paz y la tranquilidad interior de esa sociedad ordenada que no entendía los dolores ni las perturbaciones ajenas. Que no estaba preparada para ver extravagancias o expresiones emotivas disonantes, ni abatimientos o carencias de quienes no hallaban la manera de estar en el mundo.

Se la llevaron, en definitiva, porque quienes lo habían decidido sentían que esa acción iba a ser aplaudida y tenida muy en cuenta. El manicomio, como la cárcel, no dejaba de ser una respetable institución que para la gran mayoría de los mortales debía existir en una sociedad avanzada, ya que su difícil labor consistía en limpiar, transformar y, en el mejor de los casos, recuperar vidas perdidas.

Aunque el manicomio se ofreció a recoger a la enferma, el padre de Capitolina había preferido llevarla personalmente.

Celsa Julia no se resistió porque estaba en otro mundo, hablando con sus seres vivos e inventados y con sus muertos. Pero, mientras era conducida al coche, su joroba creció hasta doblegarla, convirtiendo su esquelético cuerpo en el de una encorvada anciana.

No permitieron que Betsabé la acompañara, aunque se agarró con fuerza a su falda.

—Cetsabé —le dijo Conrado al verla tan desesperada—. Sé que aún eres pequeña, pero es necesario que me escuches: aunque te cueste entenderlo, harás mucho más por tu madre quedándote. Donde va es como un colegio especializado en almas, con profesionales que además de enseñarle a vivir sabrán tratarla porque están acostumbrados a estos casos. Su enfermedad nos duele a todos, créeme, pero tenemos que protegerte. Con ella, ni tú ni nadie, ni siquiera ella misma, estará a salvo.

Le costaba entenderlo, pero era así. Su madre ahora vivía en una bruma que era incapaz de ver. No sabía cómo ayudarla, aunque continuaba creyendo que aquellos que se consideraban normales estaban más perdidos que los perdidos. De estos había visto comportamientos mucho más fríos, calculadores y agresivos; eran personas que, basadas en sus miedos y desazones, habían creado dos bandos: el de los buenos y el de los malos. Obviamente ellos, que se consideraban buenos, tenían la imperiosa necesidad de proyectar en otros todo aquello que se negaban a sí mismos. Para creerse buenos y cuerdos debía existir la contraparte: los malos y desequilibrados. Con esto se reafirmaban a sí mismos y se limpiaban de posibles culpas. Un simple mecanismo psicológico de supervivencia.

La vio partir descalza, con su pelo chamuscado y consumida como vela de Santo Ecce Homo; envuelta en su deshilachada ruana y apretando entre sus manos la vieja virgen que se salvara del incendio.

Llevaba fija la mirada a la derecha de algún sueño o de alguna pesadilla a la que nadie tenía acceso. Cargada de palabras que galopaban en su desquicio como hienas hambrientas.

Cenicio de la Cruz, que cumplía órdenes, sintió tristeza por las dos: por la madre y por la hija. Como él y como muchos, estas mujeres pertenecían al inframundo de los mandados o, lo que era lo mismo, al club de los humillados y perdidos.

En el coche, además de la enferma, iban Conrado, el doctor Escandón y su ayudante. Cada uno representando su papel, adquirido en el teatro de la vida.

Hicieron el trayecto envueltos en lamentos que de vez en cuando soltaba Celsa Julia. Gritos lastimeros en los cuales nombraba a personas desconocidas y contaba historias a un ser que nadie veía.

Lloraba y reía y volvía a llorar, perdiéndose en su tristeza y desamparo. Viendo lo que los otros no veían. En los cuatro kilómetros que los distanciaban del norte, siguiendo el costado derecho del río Medellín, de repente se divisó el rojo que anunciaba la llegada a la lúgubre edificación de ventanas cerradas, con ciento treinta y dos celdas que albergaban seres perdidos en sus mundos. Por eso se llamaba Bermejal, por el tono bermejo de su tierra.

El chofer se detuvo delante del portal. Preparó las escalerillas y se dispuso a recibir a la mujer, pero esta no quiso bajarse. Gritaba y pataleaba con una fuerza sobrehumana, zafándose de las manos de quienes buscaban sacarla del coche, mientras los caballos relinchaban enloquecidos dando coces a diestra y siniestra.

—Mamáaaaaa... Mamáaaaaa... ¡Ayúdameeeeee!... No quiero iiiiiir —como si fuese una niña desvalida, pedía auxilio a su madre muerta.

Tuvieron que llamar a los enfermeros del centro para que vinieran en su ayuda.

Cenicio de la Cruz se alejó para no ver lo que estaba a punto de ocurrir.

Llegaron con una camilla. Se subieron al coche, forcejearon con ella, le ordenaron y, al no conseguir por las buenas lo que querían, la inmovilizaron, le pusieron una camisa de fuerza, la cargaron y se la llevaron sin miramientos de ninguna clase.

—No sufra —le dijo uno de los enfermeros al mulato al verle sus ojos desorbitados—. Esta gente no se entera de nada. Más que personas, acaban siendo animales.

Al chofer le dieron ganas de arrebatarle el cuerpo de Celsa y huir con ella de aquel siniestro lugar.

Una vez que fueron atendidos en la rancia casa de salud, la madre de Betsabé recibió la primera inyección —una especie de sustancia aceitosa como la trementina que hacía entrar en un estado de parálisis corporal y facilitaba la docilidad del paciente— que la durmió de inmediato. El doctor Escandón explicó al director del manicomio, el psiquiatra Plácido Descanso Arroyave, los episodios vividos. Lo poco que sabía de su difícil historia familiar: el accidentado parto de su hija en medio del monte, su frustrado intento de suicidio, las recurrentes tentativas de agresión a otros y sus alucinaciones y pensamientos obsesivos. Tras un exhaustivo reconocimiento, este redactó un informe detallado.

República de Colombia
Departamento de Antioquia
Medellín-Manicomio departamental

Informe n.º 13
Nombre: Celsa Julia Espinal.
Procedencia: Bello.
Edad: 35 años.
Raza: Mestiza.
Estado civil: Soltera.

Fecha de entrada: 20 de diciembre de 1908.

Antecedentes hereditarios: Dice pertenecer a una familia neuropática.

Antecedentes personales: Crisis de locura en el puerperio.

Estado actual: La paciente presenta insomnio. Ideas insistentes de persecución y suicidio. Obsesiones religiosas que la incitan al castigo personal y ajeno. Puede ser peligrosa porque atenta contra sí misma, contra las personas y contra la moral pública.

Diagnóstico: Manía intermitente maníaco-persecutoria. Melancolía crónica. Enflaquecida. Ligeros síntomas de caquexia.

Se recomienda internar en el centro y que permanezca en estado de observación.

27

Su abrigo negro de monje eremita se arrastraba por los andenes del Boulevard de Clichy. Era la última vez que Emmanuel Le Bleu recorría las calles del París que tanto amaba antes de partir a esa Colombia desconocida. Un país con nombre de mujer —que le recordaba a la Colombina de la Comédie Italienne; paloma hechicera, *arlecchina* hábil, astuta e ingeniosa como se la representaba en el teatro—, a la que empezaba a aborrecer solo por el hecho de sentirse obligado a enamorarse de ella.

Caminaba con el íntimo deseo de que alguno de sus amigos, tal vez el excéntrico artista de Livorno, lo secuestrara en medio de una insensata borrachera y acabaran encerrados en su estudio del Bateau-Lavoir, entre el hachís que consumía el pintor y los licores que compartían, pintando y esculpiendo otra vida al calor de una discusión sin consecuencias.

Inmerso como estaba en sus elucubraciones, no se dio cuenta de que lo seguían hasta que un doble taconeo femenino interrumpió sus pensamientos. No tuvo tiempo de nada; de golpe se encontró siendo asaltado por las bocas reventadas de goce de las mujeres que días atrás se lo llevaran, aunque esta vez iban acompañadas de un hombretón inmenso, de cara rocosa y ojos de sapo que croaban bajo el ala de su sombrero gris.

—Te voy a pintar toditico el cuerpo a punta de besos, mi

amor —le susurró al oído la mexicana del pájaro en las cejas mientras le metía la mano por entre la camisa. Y a continuación miró al hombre del sombrero—. Mirá, Dieguito, está temblando; el corazón se le está saliendo de purito goce. Eso es lo que me gusta de este niño, que todavía tiene su alma tierna, pues, como la de un gorrión perdido.

—Ay, mi Fridita, no seas mala y suelta a ese pobre muchacho. Estás a punto de cometer un infanticidio... jajá. Déjale que pierda su virginidad con su primer amor y mientras tanto ven *p'acá*, mi venadita.

La ahogó en su abrazo y le estampó en la boca un beso tan apasionado que el pájaro negro que enmarcaba los ojos de la mujer comenzó a aletear y levantó el vuelo hasta perderse en la niebla de la noche, frente a los ojos de Emmanuel y de la bella francesa que los acompañaba.

Esa noche no fue una noche cualquiera.

Cuando llegaron al cabaret argentino, el hijo de Le Bleu ya se había hecho amigo de la pareja de pintores mexicanos. Frida Kahlo y Diego Rivera hablaban con pasión de una justicia que amparaba a todos por igual y de una nueva política.

Además de someter lienzos y muros monumentales con una pintura colorista y racial en el caso de Rivera, y onírica y primitivista en el caso de Kahlo —ambos comprometidos con el arte del pueblo mexicano—, eran fervientes seguidores de una corriente revolucionaria que lentamente se imponía entre los artistas. En los rusos se manifestaba el Futurismo; escritores, poetas y críticos como Apollinaire aprovechaban para plasmarlo en páginas y folletos que compartían. La comunidad rusa era considerable y se había creado la Unión de Artistas Rusos, que organizaba bailes de caridad a favor de los pintores más necesitados. Algunos de ellos se encontraban en aquel lugar donde Emmanuel se vio inmerso en un estado de extraña euforia.

Poseído por los acordes del bandoneón, el piano y la flauta, el joven se convirtió en el rey de la noche.

A pesar de que jamás había escuchado música tan loca como esa, su cuerpo se alargaba y doblaba como una llama al viento, inventando pasos y gestos, producto de la absenta, el opio y sus secuaces.

Las mujeres y los hombres se lo rifaban.

Frida, Simone, Kisling, Sonia Delaunay, la baronesa Hélène d'Oettingen, Chagall y Marie Laurencin... todos se dejaban llevar por sus exagerados movimientos y lo imitaban. Su cuerpo se retorcía al fragor de su alocada interpretación. Hasta el pintor Foujita acabó en sus brazos, disfrazado de Madama Butterfly y no hubo poder humano que los sacara de la esquizofrénica espiral en la que habían caído.

Esa madrugada terminaron todos en La Ruche, un complejo de estudios para artistas en el número 2 del Impasse Dantzig, en el pequeño estudio de Chagall, el pintor ruso amigo de Apollinaire, donde acabaron recitando poemas y peleándose por unos ideales que hablaban de un mundo igualitario, lecturas pintadas de rojo como *El manifiesto comunista* de Marx y Engels con sentencias que los enzarzaban en unos debates que transpiraban alcohol y vehemencia... «La religión es el opio del pueblo». «Todo lo sólido se desvanece en el aire». «La peor lucha es la que no se hace». Frases que, como semillas, se iban sembrando en el fogoso corazón del hijo de Claude Le Bleu y que harían de él un hombre nuevo.

Al amanecer, la patrulla de la Gendarmerie Nationale, conmovidos por la juventud del pequeño Emmanuel y tras haber sido comprados con cuadros de cuanto artista estaba en el descomunal jolgorio (entre ellos los denominados Dômiers, a los que muchas veces habían tenido que dispersar en noches de locura creativa), depositaban en su casa del Parc Monceau y en estado calamitoso al adolescente, no sin antes hacer una advertencia formal a sus progenitores.

—De repetirse otro suceso similar, deben saber que se los denunciará formalmente ante las autoridades por irresponsabilidad y dejadez en sus funciones; mucho me temo que con

posibles consecuencias judiciales, por permitir que un menor
participe en actos tan impúdicos y alocados que van claramente contra la moral, las buenas costumbres y el decoro parisinos. ¿Les queda claro? —dijo el mayor de los gendarmes haciendo batir con fuerza su *moustache*.

28

Aun cuando su universo familiar estaba bastante removido por el desafortunado accidente de Capitolina y la reclusión de Celsa Julia en el manicomio —dos hechos de los que en parte se sentía culpable—, Conrado Mejía recibió con alborozo la noticia de la inminente llegada del hijo de su amigo francés.

Después de la comida, una vez las hijas les pidieron la bendición y se fueron a descansar a sus habitaciones, Conrado y Céfora se quedaron haciendo la sobremesa.

—No me gusta nada —opinó la mujer con el ceño fruncido, viendo cómo su marido encendía un puro—. Te precipitaste aceptando semejante responsabilidad. Es un muchacho —añadió remarcando su sexo—. No debería quedarse entre nosotros. Tenemos hijas adolescentes que hay que cuidar, y ya sabes que la tentación hace al ladrón. Nos va a romper la paz familiar. Las niñas caminan tranquilas y a sus anchas por la casa, y ahora, de un momento a otro, se van a encontrar cohibidas, con un intruso que podría en un descuido encontrárselas en paños menores. Por más que sea hijo de tu amigo, no deja de ser un hombre. ¿Lo has pensado bien?

—Céfora, le he dado mi palabra de que se queda en nuestra casa, por lo menos hasta que encuentre un sitio decente donde alojarse. Es lo mínimo que podemos hacer. Si los planes que teníamos para Capitolina no se hubieran desgraciado,

¿no crees que habríamos esperado eso de los Le Bleu? Ponte en su lugar.

—No tienes ni idea de lo que va a revolucionar nuestro día a día. Nos están enviando un problema. ¿Cómo puede ser que no te des cuenta?

—Nosotros también les queríamos mandar nuestro problema y, en cierta forma, deshacernos de él. Pero las cosas no han sucedido como esperábamos. Piénsatelo bien; quedarán en deuda con nosotros... Nunca se sabe, querida. París es París.

—París París... A mí me preocupan otras cosas que deberían preocuparte también a ti. Son adolescentes. Nuestras hijas no conocen lo que es un hombre en casa, bueno, aparte de su padre y los criados, y tendrán que convivir con ello.

—Déjamelo a mí, mujer. Yo me encargo de que todo vaya bien. Se trata de añadir unas cuantas reglas de comportamiento a las existentes. Es un muchacho con una educación exquisita y unos padres intachables. Al final, será casi el hijo tan deseado que nunca tuvimos. Le enseñaré a ser un hombre cabal, me acompañará al trabajo, al club, y disfrutaré mucho de mostrarle lo que es un verdadero caballero. Aprenderá a fumar puros y a beber como todo un hombre. Estoy cansado de vivir siempre entre mujeres, y sé que me entiendes.

Le lanzó una mirada cómplice, sorbió un trago de whisky y le guiñó un ojo.

—Sigo pensando que no nos conviene nada la venida de ese joven, Conrado.

Pero él no escuchaba.

—Un hombre en casa —pronunció con orgullo, lanzando una gran exhalación—. Ya era hora de compartir este mundo que las mujeres no entienden. Emmanuel Le Blue —sentenció chupando con ansiedad su cigarro—, serás el orgullo de tus padres y mi obra perfecta.

Mientras los Mejía Echavarría se preparaban para la llegada del hijo de Le Bleu y los criados ponían a punto uno de los dormitorios de huéspedes, el más alejado de las habitaciones de las niñas y más cercano a la alcoba matrimonial por si acaso había que vigilar, postrada en una cama Capitolina se debatía entre el querer vivir o el morir. Físicamente se recuperaba conforme a los plazos establecidos por los médicos, pero una cosa era el cuerpo y otra muy distinta el alma. Y la de la pobre niña vagaba en la miseria de la desilusión, el rencor y el desamor, y ya se sabe que no hay peor enfermedad que no sentirse amado.

Betsabé llevaba días sumergida en un silencio hermético. El único que le hacía compañía y en quien volcaba sus penas era su diario. Cuando nadie la veía, merodeaba por la biblioteca de Conrado y a escondidas se llevaba libros que leía hasta altas horas de la noche, a la luz de una vela que apagaba rápidamente con sus dedos untados de saliva cuando sentía los pasos de algún sirviente.

Consolación se había ensañado con ella y no la dejaba en paz.

Una noche que se sentía perseguida, en medio de su desesperación, subió a la habitación de la abuela y cuando se disponía a abrir la puerta tropezó con la voz de Cenicio de la Cruz.

—No lo haga, niña. Dentro de ese cuarto se va a poner más triste. La abuela está furiosa; lleva muchos días azotando ventanas y muebles porque su nieta favorita no la volvió a visitar.

—Ella me quiere y yo le haré entender lo que pasa —le dijo Betsabé—. No le tengo miedo. He descubierto que los muertos son más buenos que los vivos.

—En eso tienes toda la razón, niña. Hay vivos que están muertos y muertos que, por más que no existan, siguen muy vivos en los seres y en los objetos que dejaron.

Betsabé se sumergió en un oceánico silencio y tras emerger de él, preguntó:

—Cenicio, en ese sitio tan horrible donde está mi mamá, ¿existirá el amor?

—Dicen que la locura está hecha de excesos y no entiendo por qué no ha de existir el del amor. Aunque nunca he estado allí, Betsabé, pero alguien bueno habrá. En los lugares más áridos, en los sitios más oscuros, siempre puedes encontrar algún brote verde despistado. A veces nace de ti, como este que tienes entre el pelo. Mira...

El mulato acercó su mano a la cabeza de la hija de Celsa Julia y arrancó de entre sus negros cabellos una brizna de musgo recién nacido, lo acercó a su nariz y aspiró.

—Hueles a tu propio bosque —le dijo—. Jamás permitas que deje de germinar la vida en ti. Somos nuestros propios jardineros. Las semillas que tú no riegas esperando a que otros lo hagan, acaban muertas antes de florecer.

—¿Tú crees que en aquel lugar mi mamá encontrará su jardín?

—Los jardines has de sembrarlos tú, porque nadie sabe lo que te gusta cultivar. Si dejas que otro lo haga, puedes encontrarte camelias cuando deseas rosas, lavanda cuando prefieres jazmines... ¿Lo entiendes?

—¿Cómo es que sabes tanto?

—El no tener me lo enseñó todo. La soledad y la observación... Tú también sabes mucho, aunque ahora lo ignores. Hay seres que están en la vida para dar luz, y tú eres uno de ellos.

En ese momento la vela que llevaba Betsabé se apagó y un grito desesperado los interrumpió:

—¡Auxiliooooooo!

Ambos bajaron las escaleras corriendo.

29

Miércoles, 23 de diciembre de 1908

Querido diario:

Hoy volvemos a estar en vísperas de Navidad. Novena al Niño Dios delante del gran pesebre lleno de figuritas que nadie toca, «porque son de porcelana y se pueden romper», dice Céfora. Panderetas, villancicos y unos muñequitos de colores que cuando los pruebas sueltan un juguito dulce que no pruebo.

Cuando se termina, sigue la rutina.

La gente está contenta (menos yo). Van de aquí para allá cuchicheando y husmeando por los rincones. No me gusta hablar de las hermanas de Capitolina porque el fastidio que les tengo es tan grande que las he borrado de mi mente. Aunque hoy haré una excepción. A la mayor la oí dizque rezando, pidiéndole a Dios un novio. Pero como además de fea es mala, estoy por pedir que la deje solterona. Ese sería un regalo, pero no; ni siquiera vale la pena desperdiciar esta Navidad en ella.

¿Qué le puedo pedir al Niño Dios que ya no sepa?

¿No dicen que Él lo oye todo y sabe lo que necesitamos?

Ahora que ya sé toda la mentira y por fin entendí por qué a mí no me traía casi nada, mientras que a Capitolina y a sus hermanas las llenaba de regalos a cuál más primoroso... Ahora odio con alevosía a Consolación y le deseo lo peor.

Trato de hacerle magia de la oscura, concentrándome en su

cara, pero no ocurre nada de nada, salvo que la veo más fea. Le ha salido un grano enorme en la nariz que a lo mejor se le llenará de pus y le dolerá muchos días, pero no la matará. Estoy convencida de que esa noche, si no hubiera sonado la campana del servicio en el momento preciso en que iba a ponerle la almohada en la cara, ahora mi mamá estaría muerta. Aunque después, a esa bruja, yo la habría matado a escobazos porque, aquí donde me ves, no le tengo miedo.

Esta noche no he probado bocado. ¿No te parece increíble?

Yo, que siempre tengo hambre, no fui capaz de tocar nadita de nada. Y eso que habían cocinado mi plato favorito, el dulce de cabello de ángel que vi hacer en la paila de cobre... hummm..., y mira que estaba rodeada de manjares deliciosos que hacía tiempo no veía: buñuelos de maíz, natillas, hojuelas, gallina enjaimada en polvo de bizcocho, frutas en almíbar... y ese ponqué negro tan delicioso.

¡Ni siquiera por eso me atreví a meter la cuchara!

Miraba todo y sentía un tremendo asco. Me parecía ver gusanos en la comida, el estómago se me cerró con candado y hasta me dieron ganas de trasbocar.

Es que me siento muy mal. ¿Cómo puedo tener apetito cuando no sé si mi pobre mamá come?

Me es imposible quitarme de la cabeza su cara de angustia y miedo, como si la estuvieran arrancando de la vida.

¡Trataré de explicártelo sin ponerme a llorar, pero no te prometo que pueda cumplirlo!

Se la llevaron a la fuerza, como a una delincuente. Como si fuera una mujer malvada, pero en el fondo yo sé que no lo es.

No tengo a nadie con quien hablar, ¿sabes? Alguien a quien contárselo. Aunque mi mamá no se comportara de manera... ¿cómo es que dice la gente?... ¿normal?, yo no buscaba nada más que verla tranquila. Pero no.

La última imagen que recuerdo fue muy triste. Me miraba suplicante y perdida.

¿Quién puede entender lo que pasa en la mente de alguien que, por más que lo quieras, no puedes llegar a estar dentro de su ser?

Y ahora, para remate, no puedo compartir esta angustia, porque mi amiga Capitolina, a la que considero mi otro yo, por culpa del accidente vive sumergida en un profundo sueño del cual no despierta. Es como si quisiera quedarse allí.

A veces la oigo nombrarme y retorcerse en unos sueños convulsos, y aunque me acerco y la cojo de las manos, la siento lejos, muy lejos.

¿Habrá alguien que pueda ayudar a aquellos a los que este mundo se les queda grande?

Pobre amiga mía, pobre yo. Pobres los que sentimos tanto la vida. Pensar y pensar, ver todo lo que con nuestra mirada nos parece mal y nos toca tragar a la fuerza como si fuera la cucharada diaria de aceite de ricino, el purgante que dizque limpia y saca lombrices y males internos.

Los mayores viven convencidos de que los más jóvenes no nos damos cuenta de nada, pero a mí me parece que cuanto más limpio estás, cuanto más inocente eres, más te enteras. La vejez enturbia los sueños, aunque algunos se empeñen en afirmar que clarifica el intelecto.

A ti ¿qué te parece?

Yo ya me he dado cuenta de la misión que debo cumplir en esta casa, la de los Mejía Echavarría, y mientras la cumpla tendré el pan mío de cada día. Sin embargo, ello no me exime de sentirme una intrusa.

He aprendido que en el mundo de los mortales hay dos bandos muy claros: el de los buenos y el de los malos. Es muy posible que en la vida solo convivan esos extremos. Y el punto medio... ¿es que no existe?

A los malos siempre les va mejor. ¿Por qué será? ¡Qué paradoja!

A pesar de la poca experiencia que tengo, ya conozco a fondo la injusticia. Me siento usada. Sí, una de las muchas desechables que habitan esta ciudad. Como si fuese una luz intermitente que está fuera del tiempo. Cuando la encienden es porque la consideran útil, y cuando la apagan es porque no interesa más o la dan por perdida porque ya han absorbido toda su energía y ha quedado inservible.

Muchas veces he pensado que me gustaría matar mis pensamientos de un soplo, igual que lo hago con la vela que me alumbra cada noche.

¡Qué fácil sería la exhalación de un borrón!

Dejar de imaginar y de construir historias de mentira, en las que me convierto en salvadora de este submundo en el que vivo, y transformarlas en una sólida verdad. Pero para eso hay que ser valiente. ¿Lo soy?

Anoche, por ejemplo, soñé que cabalgaba delante de un ejército... Un ejército de mujeres y niñas. ¿Seré capaz?

¡Dios mío! Empiezo a cuestionarme tantas cosas.

¿Será que Dios fue mujer?

Pensarlo, ¿es un sacrilegio?

¿Debería confesarme mañana?

30

Los primeros días en el manicomio de la colina de Bermejal fueron para Celsa Julia Espinal una pesadilla, vivida en un horripilante limbo que se le alargaba sin tregua.

La celda a la que fue confinada con otras enfermas por falta de espacio hedía a excrementos y a orines fermentados. Las ratas se paseaban a sus anchas emitiendo espeluznantes chillidos que quienes los oían hacía mucho tiempo los ignoraban para sobrevivir.

Las compañeras no reconocían los lugares destinados a efectuar sus necesidades y hasta disfrutaban de su indisciplina viendo las caras de asco que ponían los enfermeros al descubrirlas. Era su momento de niñez y triunfo. Algunas pintaban las paredes con sus propias deposiciones, mientras otras se las comían.

Los recluidos gritaban y discutían sin parar durante la noche con gentes que imaginaban. Peleaban sus razones y dibujaban mundos nuevos, sin obtener más respuesta que las burlas mezcladas con dudosas pociones que los guardianes les obligaban a tragar, o inyecciones aplicadas a la fuerza que los convertían en cadáveres ambulantes de mirada perdida y gestos torpes. Sin más opinión que un sueño en el que se perdían para «el bien de todos».

Delante se encontró a otras pobres como ella, mujeres inmóviles, psíquicamente anquilosadas y prematuramente envejecidas, que habían sido inhabilitadas para la vida y a pesar de ello arrastraban inclasificables historias y sufrimientos de dimensiones jamás imaginadas.

Mujeres violadas, todavía niñas en edad de ser cuidadas y protegidas. Infelices mancilladas por su propio padre, o por tíos o primos por parte de madre o padre, y más adelante por maridos o jefes.

Mujeres culpabilizadas por haber sido madres solteras, o por renunciar a su maternidad por miedo o asco de traer hijos a un mundo que no les daba nada.

Mujeres enfermas de odio hacia el ser que les dejó aquella semilla repudiada.

Mujeres muriendo de vergüenza por haberse convertido en amantes de ricos insatisfechos que desempeñaban estúpidos papeles que combustionaban al primer fósforo encendido; con una doble moral en la que vendían amores falsos a cambio de placeres también falsos que ellos recibían como verdaderos por urgente necesidad. Pura supervivencia.

Mujeres que no entendían su cuerpo cuando se plantaban frente al espejo y miraban sus genitales, buscando entre sus piernas el milagro de aquel bastón de mando que les faltaba para ser respetadas.

¿Sexualidad a la vista o escondida?

¿Qué valor tiene cada uno?

«Tú no tienes, tú no tienes... Yo sí tengo, yo sí tengo, mira». Niños estúpidos desde pequeños, bajándose los pantalones para enseñar la supremacía de su sexo colgante, como si fuese un trofeo.

Mujeres que a la fuerza orinaban de pie, porque así lo hacían los hombres, buscando en ese gesto sentirse varoniles mientras se les escurrían por las piernas los meados y acababan en cuclillas, llorando sin lágrimas la triste realidad de no poder tener esa virilidad impostada.

Mujeres buscando el difícil respeto de ser un sencillo ser humano.

Locas... ¿Locas?

A la mayoría se las consideraba así solo por rechazar unas leyes del todo injustas. En la historia clínica de una profesora recluida en el centro, el director escribió: «Locura por exceso de lecturas poco convenientes para su sexo y posición».

Otras habían perdido su cordura en el negro bosque de sus sueños. Y ella, Celsa Julia Espinal, seguía sin sentirse loca.

Después de dos semanas de estar allí y observar el funcionamiento de aquel centro, aprendió que lo mejor era moverse lo mínimo. Hacerse indiferente a todo, no protestar por nada y tratar de pasar desapercibida. Y aunque aquellas voces la seguían persiguiendo, al fondo de ese incesante murmullo podía distinguir el recuerdo desdibujado de una hija de nombre Betsabé.

Los momentos en el patio eran lo mejor de lo peor. En aquel lugar triste y polvoriento, con un zaguán de escaleras sucias donde los enfermos recibían algún rayo de sol y respiraban el aire de la montaña revuelto con las pestilencias de sus propias ropas, se mezclaban hombres y mujeres. Ellas formaban corrillos y jugaban a despiojarse esperando el instante en que algún enfermero lanzara la colilla de su tabaco para darle a escondidas la última calada, mientras los poquísimos hombres jugaban a hacerse los cuerdos en medio de absurdas actuaciones.

Muy pronto, en la zona de los hombres, un viejo decrépito y enjuto, de amarillentas barbas y mirada de mar desteñido, llamó su atención.

A pesar de que a todos los enfermos, una vez ingresaban en el manicomio, los obligaban a llevar aquella camisola gris que los uniformaba, el anciano vestía, como aristócrata arruinado, un frac anacrónico, pantalón a rayas diplomáticas en estado calamitoso, que se le pegaba al cuerpo como si hubiera nacido con él, y una camisa sucia y rota que decía más de lo que recitaba.

Se fijó en él porque le pareció una estatua viviente colocada en aquel lugar como recuerdo de otro siglo y porque arañaba la tierra y se la comía a puñados, saboreándola como si fuese un manjar exquisito. Solía acuchillar las horas del recreo con palabras inusuales que llevaban música y la hacían soñar.

A sus oídos le llegó que aquel hombre había sido hechizado por una sirena y recitaba bellos poemas de amor que dedicaba a la espuma del río.

Sin siquiera pensarlo, sus pasos la llevaron ante él. El poeta la miró fijo a los ojos y exclamó:

—«Todos estamos locos, grita la loca. Qué verdad tan amarga, dice su boca». —Y continuó—: «Amelia era sencilla, dulce y buena; murió, pero aquí vive, es mi consuelo, y dice que estoy loco... esa es mi pena».

A Celsa Julia le dieron ganas de hablar con él y se le aproximó, observándolo como a un dios.

—No me mires así, querida mía, porque me sulibeyas y a mi edad eso es grave —le dijo él—. ¿Tienes algo que decirme?

Celsa, poseída por uno de los extraños seres que la habitaban, abrió su boca y de ella nació un verso:

—Yo, que soy lo que soy, aquí te espero. Locos somos los cuerdos... Cuerdos los locos. Es el dulce jugar: estar y andar.

—Desconocida amiga de las aguas —le dijo el alienado—. Me gustan tus versos. ¿Cómo te llamas? ¿Acaso tienes nombre? Las sirenas del río no suelen tenerlo.

—Me dicen... —Se quedó pensando y continuó—: Ya no me acuerdo cómo me dicen. Ahora prefiero vivir sin que me nombren, ¿y usted?

—Epifanio... Epifanio Mejía. Pero para ti tan solo soy «el de tus caprichos, dueño».

—Qué bonito suena ese nombre —dijo Celsa Julia con voz de nube lejana—. Sueño...

—Dueño, mi exquisita dama. Entre la D y la S hay un abismo.

—Sueño... —repitió Celsa.

El anciano fue improvisando versos en los que mezclaba paisajes bucólicos, pintados de pájaros siderales, montañas imposibles y sonidos cristalinos, con su deseo carnal de tocar una piel tersa y virginal y sumergirse en una boca húmeda de besos encharcados de botones de rosas por abrir.

El grupo de mujeres y hombres desquiciados, embelesados por el poeta y el inusual espectáculo, se fueron arremolinando a su alrededor. Y mirándose en un éxtasis ardiente, como en un hipnótico trance, empezaron a contorsionar sus cuerpos como si escucharan una música sublime.

Las palabras de Epifanio Mejía brotaban de su boca convertidas en flores que nacían, se abrían y dejaban caer sus pétalos convertidos en notas musicales.

Una de las enfermas que dormía en la celda con la madre de Betsabé, a la que llamaban Dolores la Loca, presa de un ataque de histeria, comenzó a arrancarse la ropa lanzando desgarrados alaridos mientras quedaban al descubierto unos senos secos y escurridos que estrujaba y estiraba con fuerza tratando de llevárselos a la boca.

—Me robaron el corazón —gritaba—. ¡Malditooooos! Gallinazos hambrientos... ¡Malditooooos! Carne... eso es lo que quieren, esta carne podrida... ¡Malditooooos! Aquí la tienen... ¡Cómansela todaaaaaa...!

Los hombres lanzaban aullidos mostrando sus lenguas babosas de perros jadeantes al tiempo que murmuraban suciedades revueltas de carcajadas obscenas.

Muy pronto, el cuerpo de la Loca cayó al suelo y los primeros alienados entraron como buitres.

—Mi casaaaaaa... Quiero irme a mi casaaa... —decía la pobre provocadora en medio de la jauría.

—Es mía —vociferó el de dientes negros y cabeza de huevo, al que los enfermeros llamaban Gonorrea por ser el más malo de todos.

—¿Tuya? Jajajá... ¡No estás ni tibio! —le dijo Mitocondrio, el loco dictador—. A esta, primero me la como yo. Y si queda algo, mejor dicho las sobras, lo dejo para ustedes para que con eso hagan una fiesta, ¡carajo!

Los enfermos, inmersos en su alienación, empezaron a zarandearla inclementes, pasándosela de uno a otro como si fuera una pelota mientras las demás mujeres los mordían y arañaban tratando de defenderla.

El desesperado silbato de un vigilante alertó al personal y en poco tiempo enfermeros y cuidadores llegaron con jeringas y bolillos.

—¿Qué diablos está pasando aquí? —vociferó el encargado clavándole los ojos a Celsa Julia—. Te he ido observando de lejos y me he dado cuenta de todo. Tú y solo tú eres la culpable. Has provocado que este pobre hombre se alborotara y mira lo que has conseguido, ¡estúpida! ¿No te das cuenta de que está más loco que tú? No tienes nada que hacer en este sitio. ¿Cuántas veces tenemos que repetírtelo? Los hombres a un lado y las mujeres al otro. ¿No te lo enseñamos? ¡Eres una sinvergüenza! ¡Buscona!, como todas.

La cogió por el brazo y la arrastró hasta el patio.

—¡Fuera de aquí!

Celsa sintió aquellas uñas mugrientas que se le clavaban en la carne.

—Me duele —le dijo—. Suélteme.

—Cállate, vieja loca. Todavía no he terminado. —Y apretando con fuerza su brazo continuó—: ¡Déjalo en paz! Este pobre hombre es un poeta que no debe hablar con nadie porque no es bueno para él, y en este lugar buscamos el bienestar de la gente. ¿Lo entiendes? Lleva más de treinta años aquí y nunca ha dado mucho que hacer. Es muy inteligente, pero se perdió, como se pierden muchos. Y a esos hay que dejarlos bien quieticos. Mejor que se pierdan a que se encuentren, porque encontrarse puede perderlos más.

Mientras esto pasaba, los enfermos seguían rasgándose la ropa, besándose, escupiéndose e insultándose.

Hombres y mujeres reían, se tocaban frenéticamente, corrían y se golpeaban y después trataban de encontrar en ese acto de borrachera poética, ternura, afecto, comprensión, reconocimiento, perdón, admiración... Beso y golpe. Amor. Todo aquello de lo que carecían y que los había llevado a ese estado.

Fue muy difícil controlar tantos sentimientos desbocados. Después de muchos intentos de tratar de ponerlos en orden, fue necesaria la intervención de la Policía.

De todo aquello, lo único que quedó claro fue que había que exterminar la semilla del mal. Y esa tenía nombre propio.

El director del centro dictaminó que Celsa Julia era la gran culpable de lo ocurrido y por ello debía cumplir su castigo en la celda de los enfermos peligrosos.

La encerraron en una jaula oscura y macilenta, construida con listones metálicos de ángulos finos e hirientes que la obligaban a permanecer inmóvil, acurrucada en una esquina, con el único propósito de conservar su cuerpo sin desgarros. Porque si se le ocurría moverse, su piel iba a ser destrozada sin que a nadie le importara.

En esa terrible e inmóvil soledad, sus peores pesadillas volvieron. No quería comer ni beber nada. Lo único que deseaba era desaparecer de la faz de la Tierra.

El olor fétido que desprendían las paredes y su propio cuerpo la llevó a imaginar su putrefacción y a obsesionarse con ella hasta convencerse de que era verdad, de que se estaba descomponiendo. En su delirio, la piel se le caía a trozos devorada por las larvas.

Estaba a punto de desaparecer.

En ese estado de indefensión un nombre se le repetía como si fuese un mantra:

Betsabé... Betsabé... Betsabé...

31

El transatlántico *Le Roi de l'Océan,* de la Société Générale des Transports Maritimes de Francia, el mismo en el que hacía años sus padres se embarcaran para asistir a la boda de los Mejía Echavarría, estaba a punto de zarpar de El Havre bajo una inclemente nevada.

Esa mañana de febrero, el cielo lloraba diminutas rosas blancas que se depositaban silenciosas en el suelo —como manto de estrellas— mientras viajeros, familiares y amigos se perdían con sus enlutados paraguas en una niebla muda, quebrada por el crujir de la nieve bajo las ruedas de los carros que transportaban los equipajes y las pisadas de la gente.

Hasta allí, a pesar de los doscientos kilómetros que apartaban el puerto de la capital francesa, habían ido a despedirlo sus compañeros de bohemia, pasiones y sueños. El Mago, la Justicia, el Ermitaño, la Emperatriz, el Diablo, la Templanza, el Loco, la Sacerdotisa, el Papa, el Sol, la Luna...

Sus amigos pintores, modelos y poetas se convertían en estallidos de colores esotéricos. Enigmáticos disfraces elaborados por ellos mismos para improvisar delante de sus ojos una obra de teatro efímero que sería representada por los personajes del Tarot de Marsella. Era la sorpresa para que el *petit* Emmanuel, el benjamín del grupo, se llevara como última imagen ese cuadro pintado sobre el brumoso lienzo de esa mañana.

—*Ragazzo! Non dimenticare questo!* —le gritó Modigliani al

tiempo que daba vueltas con su disfraz de Loco—. *Debi ricordare proprio: il mondo precisa girare* a tu alrededor. Nunca tú alrededor de él. *Capici?*

—Mírame —le dijo Frida convertida en el Sol—. Serás sol mientras no permitas que su luz te ciegue, mientras dejes que fluya la vida en todos sus colores. La imaginación refundará el mundo, gorrioncito. ¡No lo olvides! ¡¡¡Y que viva la vida!!!

—Has entrado en lo más profundo de ti mismo y has visto que ahí no hay nada, solo un abismo inmenso... pero yo te otorgaré la Tierra si no vuelves a engañarte más... Mira si soy bueno que te devuelvo tu alma —le dijo el Diablo, que resultó ser Simone Weil. Y quitándose el sombrero de copa que llevaba lo puso delante de él, introdujo su mano y una paloma roja salió volando por entre la niebla hasta posarse en el hombro de Emmanuel que sonreía feliz con su cara escarchada en lágrimas—. Jamás la aprisiones con dogmas, deja que vuele, ¡que vuele siempre!

—Te he mostrado todos los parajes posibles que quedan por descifrar en este vasto universo, querido... —le gritó Marc Chagall, vestido con su traje de arlequín y con su sonoro gorro azul cargado de cascabeles dorados—... ¡y ninguno era cierto! Pero ¿no es más fácil vivir en lo que es falso? ¿No es mejor dejarse embaucar en la mentira? Manipularla nos hace más grandes, porque en realidad estamos jugando con otra dimensión de la verdad.

Emmanuel recogió el sombrero que le lanzó al aire el pintor de sueños y el viento deshizo con suavidad la ascendente melodía de los cascabeles.

La sirena del barco anunció su inminente partida. Pascin corrió descalzo enredándose en su túnica púrpura hasta caer de rodillas frente al gigante navío.

—Emmanuel, hijo mío, todo lo que ves, todo lo que sientes, lo que deseas, ya está en ti. No lo busques en otros ojos, ni en otras lunas. Escucha... —le aconsejó con una reverencia despojándose de la mitra que cubría su cabeza.

—No le hagas caso a este pobre megalómano. Se cree la

voz de Dios. Ven conmigo y sumérgete en lo más profundo de tu inconsciente. Haz estallar lagartos, conviértete en naturaleza viva. Solo en el reverso de la moneda se esconde la razón de tu vida. Jung ya lo decía: «Viaja a tus infiernos y no pelees con monstruos» —anunció con voz premonitoria la Luna, que no era otra que Sonia Delaunay.

—Oh, pero ¿qué escuchan mis oídos? ¿Será eso cierto? Ilumina tu pasado y no te embarques en lugares tan ocultos. Vive cerca de ti y que tu cuerpo sea un templo donde nadie entre. Solo tú tienes la llave. Guárdala en tu corazón y huye de las urbes —dijo ceremonioso Moïse Kisling representando al Ermitaño.

De pronto un silbato interrumpió su discurso. Alguien había dado aviso a las autoridades portuarias y varios gendarmes se acercaban amenazantes.

—¡Abran paso! Despejen el lugar. Este no es sitio para gentuza de tan baja calaña. Los alcohólicos y locos no pueden andar sueltos. ¡¡¡Fuera!!!

Aún quedaban pasajeros por embarcar.

Para los transeúntes aquella era una pandilla de desquiciados que merecían estar encerrados. Que la Policía interviniera era algo más que necesario.

Entretanto, los viajeros de primera clase dejaban clara constancia de su estirpe a través de sus ademanes, vestuarios y equipajes. Su ostentosa riqueza quedaba reflejada en sus baúles y maletas con el monograma de las iniciales de su fundador Louis Vuitton, en sus fastuosos abrigos de visón y leopardo, en esos tristes y hermosos zorros convertidos en cuellos para damas que parecían pedir clemencia con sus ojos de vidrio y esa mueca congelada por el horror de la muerte, en las capas de terciopelos bordados en hilos de seda chinos, en los sombreros de La Maison Amicy con sus plumas que encajaban sobre moños y repujados como el Fountanne, en las joyas trabajadas por orfebres venecianos y en los exquisitos perfumes de la Casa Guerlain que exhalaban al andar pachuli, gardenias, bergamotas y cedro. Aromas que escondía la famosa botellita de la jaula dorada.

Ninguno pensaba en la tercera clase, ni en los polizones con sus abrigos roñosos, sus zapatos agujereados, sus almas arrugadas y sus guantes rotos. Ni en los precarios bultos de tela amarrados de cualquier manera, donde guardaban sus mínimas pertenencias que consideraban equipaje. Para los de arriba estos no contaban, porque la pobreza era sucia y despreciable y los convertía en invisibles, a no ser que olieran o estuvieran cerca, lo cual era denigrante.

Era inimaginable que en el mismo barco pudiesen coexistir tanto lujo y tanta miseria juntas. Pocilgas donde acababan hacinados en literas malolientes y sin luz los sedientos que no tenían nada, y camarotes con salas decoradas en molduras de oro, sedas salvajes, lámparas de lágrimas de cristal y linos impolutos donde las carcajadas de *champagne* inundaban las noches.

Finalmente, el barco partió y Emmanuel sintió por primera vez el aguijón de la soledad.

En tierra quedaban pañuelos, que se agitaban en las manos de sus amigos como exóticas aves a punto de levantar el vuelo. Ellos, los que le habían dado la razón de existir y luchar, los que para él significaban el futuro y su vida, a los que admiraba y en los que creía. Todos representaban su momento presente. Lo que abandonaba a la fuerza.

Como cumpliendo un mandato sagrado, la paloma roja que continuaba sobre su hombro, impasible y altiva, empezó a gorjear. Eso le soliviantó su recién nacida orfandad. Palpó el bolsillo de su abrigo y comprobó que ahí seguía la libreta en la que se llevara poemas y dibujos, firmas y direcciones, gotas de sangre que cada uno de ellos había depositado en una página. Los regalos más valiosos que podían darle, para que jamás olvidara que pertenecía a esa fraternidad única que creía en un futuro nuevo y revolucionario.

Batió el pañuelo que le regalara Modigliani —del que no

se desprendía ni para dormir—, y con ese gesto se despidió también de sus padres. Dejando a su madre feliz con su prominente vientre, a *Platón* aullando de tristeza y a su padre satisfecho de haberlo convencido de realizar el viaje. Deseando que su sacrificio sirviera para que muy pronto, por el bien suyo y el de ellos, llegara una hermana que los colmara de vida y se olvidaran de él.

«Me habéis puesto entre la espada y la pared».

Así se lo había expresado a su madre, mientras el criado acababa de poner a punto su equipaje. ¿Cuál era la pared? ¿Cuál, la espada? Ninguna era buena.

Seguía sin entender los raciocinios de su padre, pero lo amaba por encima de todo. Amaba a los dos, quizá porque se sabía querido, incluso hasta el nivel de sentirse hastiado.

Se habían volcado en él demasiado y eso le asfixiaba y lo llevaba a huir. Pero, en el fondo, muy en el fondo, también lo hacía sentir importante.

Esas eran las paradojas de la vida: lo que más te gustaba acababa siendo también lo que más te molestaba.

Tu mejor tú acababa siendo tu peor enemigo.

A pesar de no acabarlos de entender y de no hallar su lugar cuando estaba con ellos, una parte interna quería continuar perteneciendo a ese núcleo entrañable que se llamaba *familia*.

Y aunque le costara reconocerlo, solo por esa sencilla razón, lo hizo.

¿Debilidad? Tal vez.

Se fue desganado y triste. Obligado por las circunstancias y por no poder ni saber decir no. En el fondo, porque una parte de él, la parte aventurera que desconocía, lo impulsaba a irse.

¿Fuerza? Quizá.

En su equipaje llevaba las alegrías vividas, las enseñanzas aprendidas y unos trajes que lo definían y lo ayudaban a ser fuerte, muy a pesar de los comentarios de su madre:

«No te lleves esto; pareces un monje perdido.

»¿Adónde vas con esas levitas?

»No te olvides de los sombreros.

»El pañuelo que llevas en el cuello apesta.

»Concéntrate en mostrar tu mejor tú.

»Cuidado con lo que piensan de ti.

»Como te ven, te tratan.

»Compórtate como un caballero.

»Vas a una casa donde solo viven mujeres.

»Ni se te ocurra mirarlas con ojos de hombre, porque para ti deben ser tus hermanas. ¡Grábatelo en la cabeza!

»Cuando puedas, mándanos un telegrama, hijo.

»Sé fiel a los principios que te enseñamos».

Eran tantas y tantas las recomendaciones que decidió obviarlas todas. ¡Solo le faltaba sentirse prisionero de ese cúmulo de leyes domésticas! Iba a vivir aquel obligado viaje como le diera la gana. Y esa y solo esa sería su consigna.

La travesía fue dura y helada. Cada hora pesaba como si fuese una inmensa bola de hierro que arrastraba de babor a estribor, en un ir y venir sin tregua. El mar estaba revuelto y las olas le hablaban en silencio de otras vidas. Cuando llevaba una semana, pasó de la tristeza a la comprensión. Sintió que el viaje que realizaba debía convertirse en un camino al centro de sí mismo.

Así debía ser. Por más que deseara lo que en ese momento no podía obtener, no debía obligar al destino a darle lo que no le tocaba. Decidió que las otras vidas, las que en ese momento no podía vivir, las gastaría leyendo y haciéndose fuerte en sus principios. Sus padres estaban convencidos de que él continuaba siendo un niño, pero lo que ellos ignoraban era que lo experimentado a lo largo de los últimos meses lo había convertido en un hombre. Y se lo iba a demostrar.

En el viaje se sintió muy solo. La paloma que lo acompañara en su partida había desaparecido en el sombrero de copa de un viajero que reposaba bocarriba sobre un asiento.

No había nadie de su edad que atravesara el océano en similares circunstancias.

Con su juventud abierta de par en par, decidió hacerse fuerte. Se dio cuenta de que la soledad era un estado de ánimo muy particular. Nadie, absolutamente nadie quería sentirse solo, pero era la manera de entenderse a sí mismo y de entender a los demás. Y lo mejor que le podía pasar al ser humano era tomar conciencia de su existencia. Las personas se movían siempre en ella y, por rechazarla, acababan alimentándola.

Y la soledad le gustó. Le gustó tanto que decidió ejercerla a fondo.

Aunque cada noche organizaban fastuosas fiestas que hacían las delicias de los pasajeros de primera clase y muchos bailaban el foxtrot al ritmo de espléndidas orquestas y maravillosos intérpretes —como El Gran Lumière, que al cantar lograba que de su boca irradiara luz—, él se paseaba por la cubierta del barco contemplando las estrellas que caían. Inventando versos que lo llevaban a revivir lo vivido. Imaginando mundos narrados por sus padres que se le antojaban esquivos, lejanos y nada atractivos, por más que se los hubieran vendido. Tratando de imaginar lo que lo esperaba en ese país que no le sugería nada más que un idioma desconocido, una familia llena de hijas —que intuía mojigatas— y un universo que no le interesaba en absoluto.

En el fondo estaba muerto de miedo.

Una noche, hastiado de vivir tantos privilegios, se propuso investigar a fondo el barco.

Acompañado por un joven camarero —del que se había hecho amigo porque le proporcionaba la absenta y el tabaco que a él le gustaban—, se sumergió en las entrañas de *Le Roi de l'Océan*. Atravesaron pasadizos y compuertas secretas hasta llegar a la zona de los miserables.

A esas horas, en la tercera clase la vida era otra cosa. Algo que se parecía más a lo que vivía en Montmartre y Montparnasse. Las fiestas se vivían a lo grande con lo más pequeño. La gente era mucho más espontánea y los formalismos no existían. Carcajadas y saltos se confundían con abrazos y versos. Se echaban las cartas y se predecían futuros locos.

En ese lugar bailó, bebió, jugó al póker, apostó, perdió hasta el reloj y se dejó besar por mujeres hasta caer inconsciente. Y en esa somnolencia y abandono, cuando ya muchos se habían ido a dormir, los que no tenían nada y se paseaban para recoger las sobras se lo encontraron tirado y le robaron todo lo que llevaba encima.

En la madrugada, el camarero que lo condujera hasta allí se topó con su cuerpo desnudo y el pañuelo rojo de Modigliani anudado al cuello como única prenda. Y como se sentía responsable de haberlo abandonado en aquel antro, pidió ayuda a un amigo, lo cubrió con una manta como si fuera un bulto de leña y a escondidas lo trasladó por los intestinos del barco hasta depositarlo en su camarote.

Veinte días después, pasando por Jamaica, cuando el transatlántico estaba cerca de atracar en Cartagena de Indias, la fiebre lo consumía.

32

Domingo, 14 de febrero de 1909

Querido diario:

No sé por qué te he tenido tan abandonado cuando eres el único que en este momento me acompaña. A veces se me olvida que estás conmigo. Pero cuando la desesperación llega al máximo, entonces me acuerdo de que existes, del amor que te tengo, y me dan hasta ganas de llorar. Y eso que estás hecho de papel, mejor dicho, que tu piel está hecha de tinta y papel. Pero para mí eres una persona de carne y hueso. Voy cabalgando atardeceres, uno tras otro, y me trato de elevar con mis alas de mentira.

Para ellos soy un insecto que no vale nada.

¡Quieren que me vaya!

Sí, tal como lo oyes. Don Conrado y su mujer quieren deshacerse de mí. ¿No te parece increíble?

En esta casa, usan y tiran a su antojo. Les debo dar asco o vergüenza y, como Capitolina sigue sin querer saber nada de nadie, ni siquiera de mí, han decidido que no les sirvo.

Anoche, sin que se enteraran, mientras tomaban el café después de comer, los oí. Dicen que va a venir a casa el hijo de un gran amigo de ellos, un francés llamado Emmanuel. Un muchacho que anda perdido dizque en «bohemias» y necesitan domarlo. No sé qué querrá decir la palabra *bohemias*, pero me fascina porque me suena a humo. De domar, sé lo que vi por casualidad una tarde en un circo. Solo se doma a las fieras.

¿Será un animal fiero?

Se dieron el gusto de criticar a sus padres y despellejarlos a fondo diciendo que había parejas que no sabían educar a sus hijos, y eso que solo tenían uno, dijo su excelentísima majestad Céfora Echavarría. Ella, ¡imagínate!, la que según las sirvientas abandonó a la pequeña Capitolina solo nacer.

¿Por qué será que nadie es capaz de ver sus propios errores y en cambio tienen una visión de largo alcance para fijarse en los ajenos?

Sigo sin entender las amistades entre los adultos. Cuando uno es amigo, debería serlo de verdad. En cambio, en esas reuniones que hacen aquí cada tarde, a lo único que se dedican las mujeres mientras bordan es a despellejar al prójimo más próximo, o sea, a familiares y amigos.

¿Qué tipo de amistad es esa? Con amigos así, para qué enemigos, ¿no?

Ayer vino la señora que aquella horrible noche me salvó del muerto que me cayó encima: doña María de las Mercedes Urrutia de Morales. Últimamente la veo mucho por aquí. Me aprendí de memoria su nombre, pues si algo le tengo que agradecer es que gracias a ella pude rescatar del incendio lo que en este momento más quiero, o sea a ti (pero esto, espero que no se lo cuentes a nadie porque se pondrían celosos).

Llegó cuando yo me hallaba en la biblioteca tratando de encontrar alguno de los libros ajenos que me ayudan a vivir mis horas muertas, esas que van acompasadas por el péndulo del reloj que cuelga en la cabecera de la cama de Capitolina al lado de su ángel de la guarda (que deseo y espero la esté cuidando, pues yo sola no puedo con tanta responsabilidad).

Bueno, como te decía, cuando las oí entrar, me escondí como pude detrás de un sofá y oí todo lo que dijeron.

—Querida —le dijo Céfora a María de las Mercedes mientras dejaba caer una cucharadita de azúcar en su taza de té—. Me ha dicho Conrado que Benigno está muy satisfecho con lo que está pasando en la fábrica.

—Así es —le contestó ella antes de llevarse a la boca un pastel de gloria relleno de guayaba—. Tú bien sabes que el mundo textil es el futuro. Porque... —la miró a los ojos, suspicaz—... no me vas a negar que la tienda de ustedes no es un completo éxito, ¿verdad?

—Ni más faltaba. Es de lo mejorcito que hay en la ciudad, modestia aparte. Con decirte que, según me cuenta Conrado, ha tenido que triplicar los pedidos.

—Me consta de primera mano que los géneros que ustedes venden en la tienda no se consiguen en ninguna parte. ¡Qué encajes! ¡Qué sedas y brocados! ¡Qué paños! ¡Son un primor! Ya me contarás el secreto de tanta belleza. Esos son altos vuelos y la exclusividad tiene su precio, pero mientras haya quienes la paguen... —Dejó la taza sobre la mesa y esbozó una sonrisa cínica—. En la fábrica de Bello la cosa va por otro lado, Céfora. Las telas que hacemos son para un público más modesto. Son tejidos resistentes, burdos.

—Lo sé, y eso no desmerita el esfuerzo, querida mía. Hay gente para todo, como dice Conrado. A veces el dinero lo encuentras donde menos te lo esperas.

—Ahora le he oído decir a Benigno que están necesitando manos delicadas para los telares. Si puede ser de mujeres, y sobre todo de niñas, ¿sabes? En realidad, lo que hacemos es una obra de caridad. Estamos tratando de ayudar a quienes han quedado viudas o huérfanas tras esa estúpida guerra. Los que podemos debemos convertirnos en padres de los desamparados. ¿No te parece?

—¡Qué labor más altruista, querida! Es admirable.

A Céfora, que estaba harta de tener que arrastrar con Betsabé, en ese instante se le ocurrió una idea brillante.

—¿Dices que en la fábrica están necesitados de manos femeninas?

—Eso es lo que me ha parecido oírle a mi marido, ¿por qué me lo preguntas?

—Mi querida María de las Mercedes, me vas a tener que ayudar en algo muy muy especial.

Céfora se explayó contándole el drama que vivía con Celsa Julia y Betsabé.

Ahora que se habían librado de la madre, interna en el manicomio de Bermejal, le quedaba por deshacerse de la hija, a la que ella conocía perfectamente.

—No es una buena influencia para Capitolina —le confesó mirándola directamente a los ojos—. Es una niña que está como endemoniada. Esas morenas cejonas son peligrosas. Vete a saber quién sería su padre; seguramente un peón, algún patán de por ahí. Posee una mirada de animal montuno vengativo. Dios sabe que me la he ido aguantando por mi hija, pero tiene muy malas costumbres.

—Es curioso, querida. A mí no me lo parece —le contestó la mujer de Benigno—. Tengo la impresión de que está muy sola. Lo adivino en esa mirada que traspasa el alma. Es una pobre niña huérfana.

—¿Huérfana?

—Sí, amiga mía —afirmó mientras la sirvienta llenaba de nuevo su taza—. Hay muchos huérfanos de madre, a pesar de tenerla vivita y coleando, ya sabes...

En una fracción de segundo, a Céfora le pasó el nubarrón de su proceder con Capitolina; ese tiempo en el que, tras su nacimiento, la había desatendido por completo. Pero tal como le pasó, lo borró. No se iba a desviar del tema con hechos pasados que nadie recordaba.

Aun cuando Conrado no estaba de acuerdo en prescindir de la joven, ella vivía convencida de que por el bien de Capitolina y el de la familia, Betsabé debía abandonar la casa lo antes posible.

Si bien era cierto que su hija pequeña, a pesar de todos los cuidados no conseguía o no quería salir de su letargo, ellos no podían supeditar su inconsciente comportamiento —producto de la mezcla de medicamentos que la tenían sufriendo en otros mundos— a mantener a aquella niña de cabellos negros enmarañados y mirada de fuego, que según Céfora parecía una bruja, y a la que no acababa de entender.

Una niña que deambulaba por la casa como ánima en pena, dejando en cada pisada charcos de musgo de los que saltaban renacuajos que se quedaban croando en las noches y a los que tenían que barrer en las madrugadas y lanzar al estanque del jardín, donde ya empezaban a convertirse en plaga.

Estaba harta de que subiera a la habitación de su madre muerta cuando creía que nadie la veía, y harta también de que esta conversara íntimamente con la cejona, mientras que a ella, a su propia hija, Cástida no se dignaba siquiera a dirigirle la palabra.

—Me está robando a mi madre —aseguró con maledicencia.

—No sufras —le dijo María de las Mercedes—. En Bello hay un lugar para esa niña. Solo dime lo que necesitas y yo hablaré con Benigno.

—Quiero que se la lleven. Es... no sé cómo explicártelo. Me altera la vida y nos la altera a todos. Necesito que desaparezca de nuestra familia.

—No te preocupes; hará parte del equipo de mujeres que tejen en la fábrica. Será una obrera textil. Aprenderá lo que debe hacer, porque ya me has explicado que tiene mucho talento. Y tú, olvídate de todo. Para eso están las amigas. Yo me hago cargo de comunicárselo. No sufras por nada. Vivirá en un lugar en el que muchas pagarían por estar. No le va a faltar de nada y entenderá que la vida es dura, pero que vale la pena vivirla. Confía en mí.

—No te imaginas lo que te lo agradezco. Te ruego que no le digas nada a Conrado. Haz que sea una sugerencia natural de Benigno. Para mí, será un descanso.

—Dalo por hecho, querida. Entre mujeres debemos apoyarnos y tener nuestros secretos, ¿no crees?

34

Emmanuel no pudo vivir la llegada a Cartagena de Indias con la euforia de los demás viajeros.

Mientras estos se preparaban para desembarcar y el frenético trajín en los pasillos no cesaba, él se retorcía de fiebre tendido en su camarote frente al desconcertado médico del barco, al capitán que no atinaba qué decidir y a un camarero que, por más que le ordenaban retirarse, permanecía inmóvil con el rostro pasmado. Había sido él quien diera la voz de alarma tras notar su ausencia en la fiesta de despedida de la noche anterior. Su preocupación al corroborar que esa mañana tampoco había aparecido para el desayuno le hizo presagiar lo peor.

El escuálido cuerpo del hijo de Claude Le Bleu temblaba de escalofríos, y una sombra negra pintaba sus párpados y los bordes de sus labios. En dos días se había consumido. Deliraba nombrando a dioses y mortales, retorciéndose como poseído por malvados espíritus que lo atormentaban.

—¿Qué hacemos, doctor? —preguntó el capitán, que si por algo era reconocido era por su indecisión en los momentos clave—. Debería abandonar el barco. Pero no sabemos si es lo correcto.

—Mucho me temo que no podrá salir por sus propios pies —aseveró el galeno—. La inflamación de los ganglios linfáticos no presagia nada bueno. ¿Es posible que haya más pasajeros con síntomas similares y que no lo hayamos detectado? Eh, tú... —se dirigió al mozo que permanecía como una estatua sembrada en el suelo.

—Sí —corroboró el capitán demostrando que, entre los tres, él era quien mandaba—. ¿Cómo te llamas, muchacho?

—Marcel, señor.

—Te vi varias veces hablando con este chico; algo que, como bien sabes, rompe las normas. Sin embargo, lo consentí porque me dio pena verlo tan joven y tan solo. Sospecho que sabes cosas que nos ayudarían. Si es así, debes contarlo.

—Lo siento, señor. Todo lo que hice fue porque él me lo pidió. ¿Me va a echar?

—Esto traerá consecuencias. Ahora habla porque te prometo que, si no lo haces, será peor.

El camarero, atenazado por el miedo, acabó por soltarse de la lengua. Le contó que a lo largo de la travesía, y obligado por la insistencia del joven, muchas noches se lo había llevado a las fiestas clandestinas que se realizaban en la tercera clase. Como estaban prohibidas, los encuentros se hacían en el lugar más infecto del barco —al que nadie en sano juicio accedería—, donde se paseaban las ratas a sus anchas y el olor a podredumbre se mezclaba con el del alcohol y el tabaco. Donde, además de jugarse hasta el alma y hacer apuestas imposibles, se practicaban extrañas ceremonias en las que se sacrificaban gallos, se exorcizaban muñecos, se quemaban velas de todos los colores y se diseccionaban sapos vivos a los que se les extraía el corazón para que los borrachos más valientes se los tragaran.

—Creo que lo mordió una... una rata, señor. La madrugada del miércoles me lo encontré rodeado de ellas, tendido en el suelo de la cubierta inferior, borracho y desnudo. Le sangraba la pierna. Parecía que se lo querían comer. Apenas me acerqué, huyeron.

—No entiendo nada. ¿Dónde? ¿Dónde estaba? ¿Y por qué no dijiste nada? —le espetó el capitán agarrándolo por la solapa.

—Tenía miedo, señor —le contestó con voz débil, recibiendo sobre su cara la lluvia ácida de su aliento.

—¡Pedazo de estúpido!

El capitán lo soltó y, al saberse liberado, Marcel quiso huir y limpiarse el olor de aquella hedionda saliva ajena.

—Tú te quedas aquí —le ordenó.

Mientras capitán y camarero discutían, el facultativo entró en profunda reflexión. Tras un largo silencio, exclamó:

—RATAS... ¡Que Dios nos ampare! Ahora lo entiendo todo.

35

No era el único enfermo.

Tras la confesión del camarero, el capitán ordenó detener el desembarco e inspeccionar cada rincón de *Le Roi de l'Océan*. Los músicos, preparados para dar su último concierto en cubierta delante de los viajeros y de la tripulación, recogieron instrumentos y partituras presintiendo una súbita desgracia.

Los pasajeros de primera clase regresaron a sus camarotes resignados y estupefactos, mientras los de segunda y tercera protestaban y los más belicosos empezaban a amotinarse y a gritar.

Se crearon escuadras de inspección formadas por médicos, enfermeras, inspectores sanitarios, desinfectadores de equipajes y pasajeros, una concienzuda tripulación que hizo buen uso de su jerarquía y puso en marcha la elaboración de pasaportes sanitarios.

Pasadas casi veinticuatro horas de pesquisas e investigaciones, encontraron diecisiete casos como el de Emmanuel. Y siguiendo el protocolo internacional que obligaba a denunciar las epidemias y enfermedades contagiosas que venían de otros mundos, se izó la bandera roja, hicieron sonar la sirena y lo comunicaron a las autoridades portuarias.

El doctor Juvenal Urbino recibió el apremiante mensaje a las dos y media de la tarde, después de almorzar en el comedor de su casa de Manga su plato favorito: una posta cartagenera con patacones y arroz con coco, encargada por su mujer a la vieja cocinera de delantal almidonado. Lo recibió mientras dormía la siesta bajo el palo de mango y su hamaca se mecía arrullada por el monótono revoloteo de las mariamulatas, el graznido de las gaviotas y las groserías que mascullaba en un francés perfecto su amada lora. Hundido en la ensoñación del amor perfecto y en el cuerpo de ébano de la jamaicana Bárbara Linch.

La mano que siempre lo devolvía a la rutina terrenal lo zarandeó con fuerza.

—Doctor —le dijo su esposa—. Sal de ese sueño negro antes de que te arrepientas y la dejes embarazada. La ciudad te necesita.

El olor a mulata le llegó a Fermina Daza en los vapores del sueño de su marido. Ese olor a infidelidad que tanto odiaba y que solo su dignidad la llevaba a encajar. Juvenal se levantó con la frustración de dejar la cama deshecha de su historia inconclusa y, muy a su pesar, se puso en marcha.

Cuando llegó al puerto, supo que el problema tenía muy difícil solución.

—¡LA PESTE! —concluyó rotundo, una vez examinó a Emmanuel y a los diecisiete pasajeros de tercera que permanecían tendidos en el salón habilitado para la emergencia—. Tienen... ¡LA PESTE!

Como su palabra en la ciudad amurallada era ley, tras sopesar lo bueno y lo malo, Urbino dio la orden de poner en cuarentena el transatlántico.

Mientras tanto, en el hospital San Juan de Dios hizo habilitar varias habitaciones para proteger a los enfermos del contagio.

Salvo Emmanuel, todos los infectados viajaban en el barco huyendo de la miseria; persiguiendo encontrar en el Nuevo Mundo otras oportunidades.

Nadie era ni malo ni bueno. Desnudos, todos esos jóvenes eran iguales. Seres vulnerables a la muerte. Vestidos, el único de alta alcurnia tenía un nombre: Emmanuel Le Bleu.

Conrado, que estaba pendiente de su llegada, se enteró por un telegrama de la desgracia del transatlántico y temió lo peor para su pupilo. Se puso en contacto con su querido amigo cartagenero, el doctor Urbino, quien le confirmó la noticia.

—Cuídame a ese muchacho —le rogó—. Es el hijo de Claude Le Bleu, mi socio y compañero de viejas lides, a quien conociste en mi boda, ¿lo recuerdas? Hijo único, y además varón. Tú sabes lo que significa eso para un padre.

—Te doy mi palabra de honor de que, si hace falta, haré hasta exorcismos para salvarlo —le prometió Juvenal—. Conozco a una negra jamaicana que en eso de salvar a moribundos me hace la competencia.

—No me lo dejes morir hasta que llegue.

—No sufras, amigo. Pero, no tardes. La peste no espera a nadie.

Sin dudarlo ni un instante, Conrado Mejía tomó la decisión: viajaría a la Heroica cuanto antes; eso sí, acompañado de Cenicio de la Cruz, quien además de chofer sabía de magia blanca y tenía sus contactos en la ciudad donde había pasado la mayor parte de su vida: Cartagena de Indias.

36

Minutos antes del desembarco, Emmanuel vio que la puerta de su camarote se abría y entraba el camarero Marcel vestido con el uniforme de almirante.

—Amigo mío, hemos llegado —le anunció con tono ceremonioso—. Es la hora de la despedida.

—No quiero —le contestó Emmanuel perdido como estaba en su delirio. Se miró las manos y no las reconoció como suyas. Estaban negras y llenas de pústulas.

—¿Qué es estoooooo? —le gritó extendiéndolas delante de él.

Pero Marcel no se inmutó.

—No puedes quedarte aquí —le dijo—. Todos se han ido. Eres el último.

—¡¡¡Me estoy pudriendo!!!

—Hay gente que vive podrida sin que apenas se les note su descomposición. No te preocupes. Lo que importa ahora es salvar tu alma. ¡Ánimo!

—¿Dónde está el capitán?

—Ahora, yo soy el capitán. ¡Levántate!

Emmanuel se incorporó y al hacerlo una pierna quedó sobre la cama.

—¡Dios mío!

—Oh... ¿ahora crees en Dios?

—¡Ayúdame! —le gritó a Marcel.

—¿Ayudarte? ¿Creías que la vida era una fiesta? Hay miserias con las que no contabas. ¡Eres un niño de papá! En este momento sabrás lo que es luchar por existir. Deberás pagar tu inconsciencia.

Emmanuel buscaba recoger su pierna.

—¡Déjala! Ahora ya no te sirve para nada —le ordenó el camarero convertido en almirante.

—¡Es *mi* pierna! —le gritó Emmanuel.

—Unas piernas no te garantizan caminar bien la vida. Hay quienes solo las usan para vagar sin rumbo y perderse. ¡Piénsalo!

Emmanuel empezó a llorar al darse cuenta de que estaba absolutamente solo, en un lugar lejano que para él era hostil.

La fiebre seguía y lo menguaba. Añoró a su madre, recordó los consejos de su padre y la vida que llevaba en París, y de pronto el miedo a morir se apoderó de él. No viviría para conocer a su hermana o hermano.

—Necesito vivir —le dijo—. Aún soy joven.

—Aquí no hablamos de vivir o morir. Ese no es mi problema. Solo estoy aquí para ordenarte que debes abandonar el barco.

Despertó y se encontró empapado en sudor. Sentía que su cuerpo se derretía en unas llamas que no ardían. Un calor infernal le quemaba la cara y le deshacía las facciones. Miró su pierna y constató que aún la tenía consigo.

Estaba en una habitación de techos altos y paredes descascaradas por las que se paseaba a sus anchas una lora de pico colorado cantando a la perfección *La Marsellesa*. Marcel no estaba con él. Sintió en su pecho el frío metálico del estetoscopio. Agachado sobre él, un viejo de barba nítida, bigote engominado, desteñida mirada de lince y exagerados modales lo auscultaba con meticulosidad.

—*Où je suis?* —preguntó el joven al doctor Urbino.

Este le contestó en un perfecto francés aprendido de sus años universitarios en París:

—*Vous êtes dans un hôpital à Carthagène des Indes, garçon.*

—¿Voy a morir?

—Probablemente. Aunque yo haré lo imposible para que esto no suceda. Deberá seguir mis instrucciones y luchar, incluso contra usted mismo, para que la fiebre no se lo lleve. Las próximas veinticuatro horas le queda prohibido dormirse.

37

Céfora estaba celosa y muy molesta por las exageradas atenciones que ponía su marido en el joven desconocido. Y cuando vio que organizaba ese intempestivo viaje, volvió a increparlo.

—¡Te lo advertí! Nos mandaron el problema para acá. Si ese muchacho muere, Dios no lo quiera, nos echarán la culpa a nosotros.

—¡Cállate de una vez! Deberías tener compasión. Parece que en vez de sangre te corriera mazamorra por las venas. ¡Qué decepción! Si tu madre te oyera, se revolcaría en su tumba.

—A mi santa madre ni la menciones. Déjala en paz.

—¿En paz? No me hagas reír. Quien no la deja descansar es tu insensatez. La pobre Cástida sigue vivita y coleando. ¿No oyes sus pasos en la madrugada?

—¿Cómo te atreves a...?

Céfora cogió a su marido por el brazo, pero él se liberó y no la dejó terminar.

—Ni se te ocurra tocarme. ¡Soy tu marido y me debes respeto y obediencia! Por una vez en tu vida, ejerce de madre de tu hija menor. Esa pobre inocente, aunque no te guste, también es fruto de tu vientre. ¡Dedícate a cuidarla!

—A mí nadie me da órdenes.

—«Las casadas estén sujetas a sus propios maridos» —enunció ceremonioso—. No lo digo yo, lo dice la Biblia.

—¡Por el amor de...! No te pareces en nada al hombre que conocí —le dijo con desprecio, pero acabó obedeciendo mientras refunfuñaba y daba un discurso de emancipación femenina que nadie oyó.

Llevaban años peleándose y sacándose los cueros al sol en la intimidad, o eso era lo que ellos creían, ya que la servidumbre estaba al tanto de sus peloteras nocturnas y en la mañana, antes de que hiciera su aparición el ama de llaves —a quien todos temían—, la última guerra de los amos se convertía en el bocado más caliente de los criados.

Para Conrado y Céfora discutir se les había convertido en el deporte que más practicaban. Reñían por hablar y por no hablar, por mirar o por no mirar, por toser o por no toser, por estornudar, por aplaudir, por no interrumpir, porque sí y porque no. El día que no se peleaban parecía que algo faltaba en la casa. Eso sí, de cara a sus amigos y conocidos eran la pareja perfecta. Aunque pasaran semanas durmiendo en cuartos separados y se odiaran y amaran a partes iguales, de cara al público eran ejemplo de abnegación, lucha, exquisitez y buen hacer. Dicho en términos sociales, un matrimonio como Dios manda.

Conrado partió al amanecer, acompañado por su fiel mulato. Tras una larga travesía que los llevó desde Rionegro hasta Puerto Nare, se apearon y se prepararon para embarcar.

Un hervidero de pasajeros de todas clases esperaba la orden de embarcarse. Los fétidos efluvios del río se mezclaban con el desordenado bullicio del muelle. Indios con sus micos y papagayos, borrachos con sus jícaras bajo el brazo llenas de aguardiente y chicha, jugadores de cartas y luchadores de vida, una miscelánea de personajes venidos de pueblos y veredas, se empujaban a codazos para abordar el vapor fluvial que los llevaría a navegar el Magdalena. En medio de la difícil travesía, Conrado le pidió a Cenicio que le contara de su otra vida, la que viviera antes de rescatarlo.

238

En sus extensas conversaciones pasaron por Morales, donde fueron presas de la peor plaga de mosquitos que hicieron de su sangre el gran banquete. Camino a Mompox los acompañaron los chillidos de las manatíes llamando a sus crías y pudieron disfrutar de los locos malabares de los monos araña, y de iguanas y caimanes que aguardaban con su bocaza abierta el instante de atrapar algún pez despistado.

Cuando el barco de vapor llegó al puerto de Calamar, una flotilla de chalupas de alquiler los aguardaba entre las primeras antorchas de los pescadores, que parecían hacer una calle de luz mecida por olas trasnochadas.

El vapor salino y espeso de la ciénaga se alzaba sobre la bahía y se mezclaba con el ácido olor de cientos de limones caídos, que se descomponían en el suelo obligando a salivar compulsivamente a los paseantes.

La ciudad dormía el sopor del último atardecer.

Todo se derretía.

Las chicharras, astilladas de calor, caían como lluvia de cristales creando una alfombra de alas rotas que crujían moribundas bajo heliconías, palmeras y bejucos. Astromelias y jazmines se desangraban de perfume en medio de cantos fúnebres de coclís y postreros aleteos de efímeras mariposas chamuscadas de vida.

Los mandriles, que saltaban de árbol en árbol buscando encontrarse en esa ciudad de gritos negros, se subían al hombro de los recién llegados. Uno de ellos acabó en el de Conrado, que, espantado, trató de quitárselo de encima. Pero el animal se aferró más a él.

—Cuando un mandril lo ha elegido, nunca debe rechazarlo —le recomendó Cenicio de la Cruz—. Sería una maldición, don Conrado. Ellos saben más que nosotros, son muy sabios.

Mientras el mono hacía y deshacía, el padre de Capitolina decidió no perder el tiempo. Lo esperaban.

Subieron a una barca y enfilaron hacia la bahía. Decidió no pensar, pues si algo le había enseñado la vida era que existir era un río sinuoso, con piedras, saltos y lagunas, donde nada estaba escrito.

«No pensar, no ser», ese es el camino.

En el puerto esperaba el viejo chofer del doctor Urbino con una noticia enredada entre los dientes.

38

—La vida solo se aprende viviéndola, Cenicio. Y cuando se vivió, ya para qué tanto saber —sentenció Conrado al observar en la entrada del hospital de la Misericordia a dos ancianos que caminaban encorvados apoyándose el uno en el otro, manteniendo un dignísimo mutismo. Los señaló quitándose el sombrero en señal de respeto—. A eso yo le llamo *el silencio de los sabios.* Al final, la sabiduría acaba siendo muda.

Por los pasillos ajedrezados de la vetusta edificación se percibía el aliento lánguido de las piscinas de formol donde flotaban los *sin nombre* recogidos. Triste carne que nadie echaba en falta y esperaba en los sótanos de la morgue a los estudiantes de Medicina que, a punta de bisturí y desmayos, aprendían los desalmados intríngulis de la profesión. Hígado, páncreas, corazón, pulmones, intestinos... morfologías de muertos vividos para salvar a vivos camino a convertirse en muertos.

Subieron por las escaleras de mármol veteado —donde unos ventiladores de madera esparcían vapores asépticos— hasta el segundo piso, llamado por la gente *El Infierno,* al ser la unidad donde recluían a los quemados y desahuciados.

Una enfermera se acercó portando en las manos una bandeja con una jeringa y tres ampollas de morfina.

Al ver que Conrado observaba el pequeño instrumental, con una complaciente sonrisa la mujer le aclaró:

—Es la hora de ponerlos a soñar, ya me entiende. ¿No será

usted el padre de María de los Santos Inocentes? —Sin darle tiempo a responder, continuó—: Pobrecita niña, todavía cree que sus pies siguen quemándose.

—Lo siento —le contestó Conrado negando con un gesto—. Busco a un joven francés que...

—No me diga más. Ese solo puede ser... ¡Emmanuel! Mire que llegó en las últimas, más muerto que vivo. Eso sí que fue una resurrección... Bueno, con el nombre que tiene, no es para menos. Lleva dentro a Dios. ¡Qué belleza de muchacho! En el hospital es famoso por las conversaciones que tiene con la lora del doctor Urbino. ¿Sabe quién le enseñó a hablar español? Ella misma; está loca de remate. Ahora que se ha dado cuenta de sus dones de maestra, quiere que la llamen *Eminencia*. Sí sí, tal como lo oye. Y cuando se lo dicen, se sacude y se esponja hasta conseguir que las plumas se le vuelvan más verdes y el pico más rojo. Desde que está revoloteando por aquí, los enfermos son más felices. Con decirle que en esta planta ahora todos son bilingües. Hablan el francés con una facilidad jamás vista en esta ciudad.

Conrado la miró y sonrió.

—Ay, perdóneme. Hablo mucho, ¿verdad? Es que cuando empiezo no sé qué me pasa que no puedo parar.

Con pasos pequeños y delicados, como si llevara en sus manos un tesoro, la enfermera los condujo por los deteriorados corredores hasta dejarlos delante de una puerta medio abierta de la que escapaba una espada de luz.

—Llegamos —anunció mientras giraba el pomo y hacía el ademán de abrirla—. Aquí las habitaciones se comparten con otros enfermos, sin distinciones ni condición social —remarcó al ver a Conrado Mejía tan acicalado y bien vestido—. No se asuste si ve que al que está al lado del francesito se le borraron las facciones. A ese pobre muchacho se le cayó encima la olla hirviendo del sancocho de la abuela. A mala hora le dio por acercarse al fogón y probar su cocinado.

Antes de traspasar la entrada, Conrado le ordenó al mulato que permaneciera fuera mientras se encontraba con Emmanuel.

La mujer ya había enviado a un subalterno para que avisara al doctor Urbino de su presencia.

Al abrir, se encontró en un escueto catre —separado por una rancia cortina que había sido blanca y ahora vestía el color oxidado del salitre— a un chico que era la viva imagen de su padre tal y como él lo había conocido en sus años juveniles.

El pelo enculebrado se extendía furioso sobre la almohada, descendía por el cuello y se mezclaba con una barba enmarañada que lo convertía en una arcaica medusa pintada por Caravaggio.

Era un ejemplar hermoso. Una especie de animal mitológico que escondía una fuerza que resplandecía en su enjuto pecho y lo obligaba a recogerse en su letargo. Parecía ahogado en un sueño profundo.

—¿Emmanuel? —preguntó Conrado tratando de rescatarlo.

No hubo respuesta.

Se acercó hasta él y pensó en lo bello que hubiese sido tener un hijo varón. Se dejó invadir por una profunda tristeza. Por una desconocida razón, Dios no lo había considerado digno de tenerlo. Instintivamente, sus manos se fueron hasta la cabellera del chico y se posaron sobre su cabeza. Al sentirlo, el joven balbuceó:

—*Père...*

Conrado no contestó.

—*Vous êtes mon père?*

—Ya quisiera, hijo. Pero no; no soy tu padre. Soy Conrado Mejía, su amigo. He venido a por ti.

El muchacho sintió que la nostalgia de tantos días se aliviaba un poco, y con mucha dificultad abrió los ojos. Alrededor de estos todavía permanecía dibujado, como si fuese un retrato al carbón, el esfumado humo de la peste.

—¿Cómo te sientes? —le preguntó Conrado.

Sentir, volver a sentir la vida. Después de saberse muchos días bajo las garras de la muerte, el hijo de Claude Le Bleu le contestó:

—Vivo. Me siento vivo.

Y con un fluido español, plagado del exagerado acento caribeño aportado por la lora del médico y del hospital, le narró con lujo de detalles la odisea que durante tres largos meses había vivido. Aunque al principio se sintió cohibido, sabía que nadie más que él lo uniría a lo que había dejado en París.

¡Estaba a salvo!

39

El viaje de Conrado hasta Medellín fue muy diferente al de Emmanuel. Mientras el primero regresaba a un lugar de sobra conocido, el segundo vivía la aventura de lo inexplorado.

A pesar de estar convaleciente y literalmente forrado en los huesos, la asombrosa vigilia del joven francés lo tenía al borde del paroxismo. Jamás en la vida se había llegado a imaginar tanta exuberancia y lujuria cromática.

La navegación por aquel río de chocolate era más de lo que su corta vida imaginara. Aunque cada tarde a partir de las seis los mosquitos hacían las delicias con su humanidad, nada le impedía disfrutar de ese viaje, que si no fuera porque se sabía despierto, habría imaginado que hacía parte de sus sueños.

Los peces saltaban ante sus ojos siguiendo el ritmo de los músicos que se desgañitaban cantando los últimos chandés, nacidos en la ribera del río para los viajeros ávidos de fiesta.

Mujeres de vida alegre se paseaban con sus oropeles y sus trajes provocativos, fingiendo una impostada timidez, frente al pelotón de micos que se masturbaban mirándolas fijamente mientras ellas aparentaban no darse cuenta de lo evidente. El ron y el aguardiente quemaban las gargantas de los viajeros y los convertían en confesores de esta vida y la otra.

Un escritor destiempado lanzaba poemas al aire —como quien lanza pétalos de rosas marchitas a un estanque vacío— a la espera de saberse oído, al tiempo que un gallo cantaba tres veces denunciando a su señor.

Eso era lo que tenía aquel río. Que sin ser sagrado, contenía en su cauce la bendita génesis de todas las estirpes que habían vivido y chupado de sus márgenes.

Allí se reunía lo real y lo imaginado mezclándose hasta crear un brebaje que acababa por enloquecer al cuerdo más respetado.

La maleza se derramaba sobre las aguas turbias y la bruma flotante, creando un entramado de sombras donde se sumergían fantasmas remotos que ayudaban a perpetuar el enigma de la navegación de vapor.

El buque se deslizaba majestuoso, exhalando sus vapores como un gran señor sabedor de su abolengo.

El hijo de Claude quería bajarse en cuanto puerto veía. Había aprendido que cada raza llevaba un legado de sabiduría por dar.

Una noche, antes de llegar a Mompox, aplastado en la cama y bañado de un sudor frío, se despertó y vio a un hombre de rostro encogido y frente amplia deambulando y dando órdenes en su dormitorio. Vestía un uniforme de otra época y parecía llevar consigo una obligación que le pesaba más que la eternidad.

—Tú no estás hecho para esta vida —sentenció solemne—. Lo mejor que puedes hacer es huir. No pierdas el tiempo, muchacho. Aquí no se te ha perdido nada. Estás viviendo un apestoso presente. Has entrado en la rueda de las órdenes que te obligan a dar de ti lo que no tienes. Renuncia ya. Abandona este barco que no te lleva a ninguna parte.

Se despertó gritando, con el rostro empapado en miedo. Conrado lo oyó y salió a su encuentro.

—Tranquilo, Emmanuel —le dijo comprensivo, desplegando una paternidad jamás experimentada—. Estás a buen recaudo. Yo cuidaré de ti. Tu padre es mi amigo, y a ti, mientras estés conmigo, no te faltará de nada. No tengas miedo. Te has enfrentado a tu primera prueba y la has superado. Te has salvado de la peste. ¿Sabes lo que eso significa?

En el trayecto y con el carisma que lo envolvía, Emmanuel se convirtió en el noveno hijo de Conrado Mejía. Una fascinación los ataba desde las mutuas necesidades no satisfechas. El muchacho sentía que aquel hombre lo entendía más que su padre, y el marido de Céfora veía en él al tan deseado vástago.

Tenían interminables conversaciones sobre París y sus amigos. Y el muchacho no escatimaba en narrarle con lujo de detalles sus andanzas nocturnas y sus experiencias dentro de aquel universo artístico. Incluso se atrevió a mostrarle el diario que llevaba y a revelarle en secreto que todavía conservaba intacta su virginidad, a pesar de haber estado a punto de perderla a manos de dos enigmáticas mujeres que cualquier hombre hubiese deseado tener en sus brazos.

Para Conrado, ver por unos días la vida a través de los ojos de Emmanuel era lo mejor que le había sucedido en los últimos meses. Una aventura que le regalaba el goce de una juventud perdida y que su imaginación convertía en vivencia personal. Regresaron con desaforado ímpetu sus ansias de vivir, y por escasos minutos llegó a ilusionarse y a fantasear teniendo una aventura con una evanescente muchacha que se paseaba cada tarde por el barco portando entre sus guantes blanquísimos una biblia de oro y nácar.

Mientras tanto, Emmanuel acabó haciéndose amigo de todo el mundo. Y hasta aprendió a tocar un extraño instrumento llamado *acordeón* a manos de un viejo del Valle de Upar, que afirmaba ser el bisnieto de un almirante alemán, quien en mil ochocientos veintinueve lo había traído tras realizar una larga expedición con su vapor por el mismo río que ahora navegaban.

Fueron días muy extraños. Alegres y tristes. Amalgamados y desconcertantes.

Había momentos en los que Conrado deseaba con todas

sus fuerzas no llegar. Perderse hasta el final de la vida en ese ir sin rumbo.

En aquel viaje descubrió algo insospechado, tal vez porque él mismo se lo había negado durante años: era profunda e irremediablemente infeliz. Llevaba un agujero, una especie de pozo vertiginoso al que cada día lanzaba monedas de incipientes y decrépitos anhelos. Y un joven desconocido había sido quien lo cogiera por el cuello y se lo mostrara.

Su vida era una rotunda equivocación ya que, siendo sincero, nada de lo que realizaba le interesaba de veras. Vestía un traje fabricado a medida que se adecuaba a las exigencias de una sociedad agazapada en formalismos, ávida de rotular y desclasificar, y él era presa de ella. Pero no tenía la solución, porque el miedo a no pertenecer era más fuerte que su deseo de felicidad. Ahora quería retroceder en el tiempo y modificar sus decisiones: la primera, cambiar a su mujer, a la que definitivamente no soportaba. Claro que entre el dicho y el hecho estaba el trecho, el camino que debía recorrer y los pies de su alma no daban para más.

Los relojes se ahogaron en vivencias y dejaron de tener importancia las edades y el momento.

No estaban navegando únicamente ese río. Cada uno transitaba por los vericuetos de su inconsciencia, donde permanecían aletargados deseos que ansiaban convertirse en realidad.

—Conrado... —empezó a decirle el joven.

El padre de Capitolina lo miró.

—Llevamos días compartiendo y nunca me has hablado de tu familia. Tengo entendido que tienes unas hijas maravillosas. Y que tu esposa...

—¡Ay, Emmanuel, Emmanuel, qué joven eres! —lo interrumpió el padre de Capitolina con voz cansada—. Menos mal que soñar no cuesta nada. Ni lo que te dicen es verdad ni lo que ves es mentira. Se aprende a vivir haciendo una pintura de la verdad y del sueño. Una mezcla ilusoria, ¿me entiendes? Al final, cuando ya notas que la realidad está descolorida, terminas por repintarla con tus propios colores. Sabes que es un engaño cromático, pero lo prefieres a asistir al desvanecimiento de todo. Lo siento, hijo, no quiero pegarte otras enfermedades. Ya sabes que la desilusión es terriblemente contagiosa. Suficiente has tenido con la que acabas de padecer. Lo bonito de tu juventud es el convencimiento que tienes de que puedes conseguirlo todo. Y debes seguir creyéndolo. ¡No faltaba más, porque es ley de vida! Es posible que solo frustrándote aprendas a crecer.

Emmanuel lo miraba con sorpresa y admiración. Hasta ese momento había descartado de su portafolio vital, por insulsos y retrógrados, a la mayoría de los adultos.

—Los jóvenes están convencidos de que los mayores no entendemos la vida. Pero al final, todos acabamos pagando esa equivocación en el momento en que nos convertimos en padres. El universo es perfecto en su imperfección.

Por más que trataba, Emmanuel no podía imaginar lo que el amigo de su padre decía. Conrado notó que el muchacho lo observaba de una manera singular.

—¿Qué te pasa, hijo? Me miras de una extraña manera. Habla. Me gusta cuando la gente expone lo que siente. No suele ocurrir casi nunca.

Emmanuel lo observó un largo rato y al final le dijo:

—Me estaba preguntando... ¿qué es ser hombre?

—¿Ser hombre? Imagino que no te refieres a ser un SER HUMANO. Resulta curioso, nunca nadie me había hecho esa pregunta. Entras en un ámbito muy complicado, muchacho.

Conrado sintió que penetraba en un lugar recóndito que jamás se había detenido a observar, una especie de soledad nocturna donde habitaba el frío, el miedo, y la obligación de demostrar. Quiso convertirse en árbol silencioso y durante varios minutos lo consiguió.

El hijo de Claude insistió:

—¿Y?

—No te das por vencido y eso me gusta. Pero has de aprender a esperar.

El padre de Capitolina buscó en los rincones de su corazón una respuesta, imaginando que se la daba al hijo soñado. Antes de continuar, bebió varios tragos de limonada hasta aclararse la voz, tratando de que sus ácidas gotas le despertaran el alma.

—No sabría decirte muy bien lo que es, dado que lo que a mí me enseñaron dudo mucho que me haya servido. Quizá algún día hombre y mujer dejen de ser lo que ahora representan. Por el momento, el ser varón lleva a sus espaldas una carga inmensa que lo ha ido convirtiendo en esclavo de un estúpido reinado: rey del hogar, jefe de la familia, patriarca de su estirpe. El fuerte, el osado, el sin miedo, el que nunca llora ni se derrumba. El que tiene derecho a mandar y a exigir. El ganador... y, al final, el perdido.

A Conrado le vino a la mente la educación recibida. Los *no hagas, no digas, no pienses...* y supo que él mismo estaba hecho de equivocaciones.

—¿Nunca te planteaste qué habría sido de ti si en lugar de hombre hubieses nacido mujer? —le preguntó Emmanuel tratando de pellizcarle el alma.

—¡Jamás! —le contestó rotundo y molesto—. Siempre pensé que soy un ser privilegiado. No me hubiese gustado en absoluto ser mujer. Aunque ahora... —Conrado permaneció un rato en silencio, encendió un habano y exhaló una bocanada que dibujó un interrogante en el paisaje que discurría delante de los dos—, pensándolo bien, para mí ha dejado de tener importancia. Pero ¡qué preguntas más raras me haces! Si no fuera porque eres el hijo de Claude, no las contestaría.

—No te imaginas lo que me sirve hablar contigo. ¡Aprendo muchísimo!

En la travesía, Emmanuel, valiéndose de su aire de recién resucitado, logró obtener las mejores confidencias de Cenicio de la Cruz. No podía resistir la fascinación que le producía esa cabeza de ébano coronada por aquel casco bordado en hilos de plata; una extraña cabellera que tenía la extraordinaria cualidad de no mojarse. Pensaba que si sus amigos lo vieran, sería el modelo perfecto de las más bellas esculturas y de los cuadros más insólitos. Aunque para muchos pasara desapercibido, el joven veía en su figura a un dios de los abismos que guardaba el alma de las alturas.

—¿Ve eso, señorito? —le dijo Cenicio señalándole desde el barandal del buque una especie de pez jurásico que se asomaba por entre los destellos metálicos del río.

—¿Señorito? —El joven Le Bleu, renuente a aceptar los formalismos de clase, se apresuró a corregirlo—: De señorito, nada. Soy Emmanuel.

—¿Lo ve, seño...? Es que no puedo.

—Claro que puede; diga conmigo: Emmanuel.

Cenicio lo repitió tres veces al unísono, hasta que le salió de corrido.

—Así está mejor, hombre.

El joven lo rodeó por el hombro sabiendo que los pasajeros que estaban en cubierta los miraban sorprendidos. Esas familiaridades no iban con las normas de urbanidad.

Un pez enorme de barba roja voló ante sus ojos.

—¿Es esto verdad, Cenicio?

El viejo sirviente soltó una sonora carcajada.

—¿De dónde es que viene usted, muchacho? Aquí se ve mucho y todo enseña. ¡Mírelo! Salta y cae. Y salta y cae. Por muy alto que vuele, termina cayendo. ¿Sabe por qué? Porque aunque vuele, sus alas son muy pequeñas. No deja de ser un pez. ¿Se da cuenta de que, por mucho que volemos, al final acabamos aterrizando? Hasta los pájaros lo necesitan. No podemos ser ni ave ni pez, pero podemos convertirnos en lo que de verdad somos. Como especie, no estamos tan mal, ¿no? Se lo dice alguien que nunca ha sido libre y sin embargo es el más libre de los que habitan en la casa adonde vamos.

—De eso quería hablar. Cuénteme —le dijo Emmanuel.

Como una de las cosas que el mulato más apreciaba en la vida era que lo necesitaran, Cenicio de la Cruz se sintió importante y explayándose con lujo de detalles lo puso al corriente del complejo entramado familiar.

Le habló de lo que ocurría en la mansión. De la dueña de la casa y de su difícil temperamento, marcado con tintes repentinos que la dominaban. Y también le habló de cada una de sus hijas.

Entre las tremendas siestas que a lo largo de la travesía se hizo Conrado, el mulato le fue describiendo a cada una de ellas. Así supo que Conradina era tímida y perfeccionista; Celmira, voluntariosa e impredecible; Clotilde, pudorosa y religiosa; Carlina, rubicunda y glotona; Carmela, un palitroque que vivía para el ballet; Caridad, la que pulía con martirios su vocación de monja; Constancia, la más inconstante de todas, y Capitolina... Capitolina, la niña de sus ojos, a esa le dedicó no solo una tarde sino cinco. La describió con una vehemencia de padre primerizo, como si aquella niña fuese un ser de otro mundo, hasta que Emmanuel acabó por enamorarse de la prodigiosa desconocida. Evitó mencionarle su cojera y su último accidente y, por supuesto, comprometido como estaba con su señor, omitió mencionar a Betsabé Espinal.

40

Martes, 23 de marzo de 1909

¡Estoy feliz! Me gustaría gritar y saltar de dicha. Hoy mi hermana Capitolina decidió vivir. Yo sabía que solo dependía de ella dejar de vagar por aquel universo de sueños que había ido tejiendo y la tenía atrapada. Sé que sufría; lo veía en sus párpados herméticos, que parecían temblar y desbocarse en el caudaloso horror de sus pesadillas. Y llegué a pensar que quería quedarse a vivir en ese mundo subterráneo, pues ya sabes cómo somos de complicadas las personas que a veces preferimos la oscuridad sin respuesta a la luz con interrogantes.

Durante muchos días me pareció que se había ido a no sé qué extraño lugar, pero yo permanecí fuera esperando, solo porque no podía acompañarla en ese viaje. Y es que, de tanto verlo, he aprendido que la única manera de que alguien se haga fuerte es que sea consciente de su debilidad y se enfrente a ella.

¡Dios mío, qué difícil resulta a veces ser persona!

Como te digo, me dediqué a tener paciencia, recordándole de vez en cuando que de estar sentada a su lado y por su culpa me dolían las nalgas y el corazón... ¡Sí!, en este orden (siento mucho ser tan sincera). Hasta que no pude más y le confesé con rabia que me estaba cansando y que no iba a quedarme allí toda la vida esperando a que se me borrara la raya y se dignara despertar. O se movía rapidito o yo me largaba. Es que una también se harta, ¿no es cierto?

Lo importante es que poco a poco, y después de tanto hundimiento, en este momento Capitolina vuelve a ser la que era, y nuestra relación ahora sí que puedo decir que es indestructible. Aclaro que con un ligero y beneficioso cambio: me he convertido en la hermana mayor, a quien ella debe obediencia.

Yo, ni corta ni perezosa, me aprovecho de la situación. Para qué lo voy a negar. Aunque, aquí entre nos, dudo que esta postura dure mucho, porque ambas somos muy pero que muy mandonas.

¿Ya dije que Capitolina está mejor? Pues sí, así es. La pierna le molesta solo cuando nos encerramos en la habitación de la abuela y ensayamos una danza que nos inventamos viendo cómo la vieja profesora, doña Giranda Elbaile, se contonea cuando llega con su bastón de empuñadura con serpiente egipcia en plata, a darle clases de ballet clásico a Carmela, la flacuchenta hermana de Capitolina, a quien nos ha dado por espiarla e imitarla. Nos burlamos de sus risas impostadas, de sus movimientos tan medidos, sus rebuscados modales de dedo parado —dizque *europeos*— y sus inútiles esfuerzos por mantener sus pies en punta de zapatilla rosa y hacer de su desacompasado cuerpo un afinado instrumento.

No pienses que soy mala porque me burle, es que Carmela es perversa, como todas las hermanitas Cés (así las llamamos en secreto Cenicio y yo). De ese variado «ramillete de flores» no se salva ni una (ya sabes que Capitolina no entra en ese «jardín»). Las demás, cada vez que hay clases de baile se mueven como pueden tratando de seguirles el ritmo a unas canciones bobas que dicen que son las que están de moda en Europa y Estados Unidos. ¡Pobrecitas! Cuando no se sabe cómo vivir, es imposible cogerle el paso al baile, ¿no te parece?

Y no te explico todo lo que veo porque si no, solo me dedicaría a escribir, y en la vida lo más importante es observar. Es la única manera de darnos cuenta de todo. (Otro día hablamos de las hormigas... A esas las tengo muy estudiadas. Pero será cuando no tenga tanto afán).

El sábado nos escondimos y vimos a Conradina llorando porque le gusta un muchacho que no le para bolas. No es para menos;

es que hay que ser muy bobo para caer en sus garras. Resulta que es la preferida de la bruja Consolación, a la que cada noche le ha dado por meter debajo de su cama un vaso de agua donde deja caer un huevo de gallina recién puesto y, al día siguiente, haciendo extraños rituales, lee lo que este ha dibujado en el agua. Casi siempre, después de examinarlo a contraluz y permanecer en silencio durante mucho rato, le pronostica que aparecen velos de novia y marchas nupciales con futuros llenos de dicha. Ella se va contenta por la mañana y vuelve triste por la tarde tras comprobar lo que le duele: que el muchacho que le gusta ni la mira ni la determina. Y yo, aunque hago fuerzas por no alegrarme y aprieto la boca para no soltar la carcajada, lo celebro mucho, ¡muchísimo! Para qué lo voy a negar. No sé cómo explicarlo, pero empiezo a darme cuenta de que el hecho de que les vaya mal a los malos no es tan malo y me gusta.

Considero que es un castigo divino que no tiene nada que ver ni con Dios ni con la Virgen. Lo que se merece, se merece. Mejor dicho: el que busca encuentra.

Y no te cuento de las otras Cés para no alargarme. Pero de cada una de ellas podría llenar páginas. No te digo más para no entrar en tristezas, porque hoy es día de estar feliz y concentrarme en explicarte los planes que tenemos con Capitolina. Uno de ellos, el más importante, es fugarnos.

Primero nos iremos, escapando de vez en cuando, para explorar el mundo que comienza cuando atraviesas las rejas de esta casa. Yo lo he visto un poco. Ella puede que sea más culta porque ha leído mucho, pero no tiene ni idea de nada. La vida es... no sé... una especie de roca afilada que de tanto golpearla termina redondita como la piedra del río que azotaba mi mamá con las sábanas ajenas. ¡Quién la ha visto y quién la ve! Estoy hablando de la piedra, bueno, a lo mejor también de mi mamá. ¡Las dos han cambiado tanto!

De mi mamá mejor no hablo porque siento una cosa terrible en el pecho y se me alborotan los grillos y las musarañas interiores que no me dejan dormir ni vivir.

Lo que quería contarte es que han pasado más de tres meses desde que se fue a la costa el padre de Capitolina y la casa anda como a la deriva. En ella se ha instalado la maldad de Céfora y de su fiel harpía Consolación, quien aprovechándose de la necesidad de sentirse importante que tiene su ama, no para de lambonearle y limpiar el suelo que pisa. «Sí, señora... No, señora... Eso es muy inteligente, señora, menos mal que está usted aquí. Debería esto, debería lo otro. Ese peinado le queda muy bien. Desde que el señor no está, la casa se siente diferente...». Y cizaña por aquí y cizaña por allá... y blablablá por la derecha y blablablá por la izquierda... Y dale con meterse conmigo y con Capitolina. Cada vez que pasa a mi lado le tuerzo los ojos y le saco la lengua. Y me tapo la nariz para que sepa que huele a azufre. Aunque se haga la boba, estoy convencida de que con mi actitud la intimido, pero de esto Céfora ni se da cuenta porque lo único que quiere es protagonismo. Ahora que no está su marido, la mujer anda desatada dando órdenes y contraórdenes a diestra y siniestra. Casi todas, ridículas. Y es que no hay peor cosa que un torpe que se cree inteligente, ¿verdad?

No para de amenazarnos con el diablo y de asustarnos con sus cuentos de llamas y quemados que arden por malos. Y yo me pregunto: ¿no será que si habla tanto de ese lugar es porque ya ha estado allí? Total, no me digas que no es el lugar perfecto para las brujas. Lo tiene todo para que esa sea su casa.

¡¡¡Ayyyy...!!!

No sé qué me pasa.

No puedo seguir escribiendo.

Me duele...

Allí...

Abajo...

En la parte que no se puede nombrar...

Ni tocar porque es pecado.

Entre las piernas...

Siento un dolor terrible...

Como si me rompiera...

No puedo levantarme...

Algo me sale de dentro...

¿Me oriné?
¿Qué es esto?

¿SANGRE?
¡¡¡Dios mío!!!
Me estoy muriendo...
Necesito que alguien me ayude.
Pero ¿quién?
¿Qué me está pasando?

¡AUXILIO!
¿Sirve de algo escribir *auxilio*?
¿Mi madre?
Pobre, mi madre.
¿Mi padre?
Oscuridad total.

¿Por qué no habrá dicho Dios:
«Ayúdate a ti misma, que nadie te ayudará»?

CAPITOLINAAAAAA...

41

No alcanzó a salirse con la suya.

El solapado plan que con tanta astucia trazara Céfora Echavarría y esperara cumplir antes del regreso de su marido sufría un contratiempo. La decisión de mandar a Betsabé a la Fábrica de Tejidos de Bello se había ido dilatando por culpa de las numerosas ocupaciones de Benigno Morales Santos.

A pesar del compromiso adquirido con su amiga, María de las Mercedes no había encontrado el momento adecuado de abordar a su marido. Cuando no estaba en la fábrica, se encontraba en la oficina del parque de Berrío atendiendo a sus cultivos de caña, algodón y cacao, o especulando con tierras cercanas al Ferrocarril de Amagá, o sumergido en sus negocios bancarios donde era socio de los bancos de Antioquia y Medellín, de la Cámara de Comercio y la Locería de Caldas... o en Bello, lugar elegido para hacer realidad su gran sueño de construir un nuevo Mánchester, siguiendo el modelo británico.

Todos le tenían miedo. Todos... incluso su mujer. Pues si por algo se lo conocía era por su implacable e incuestionable carácter y por su machismo a ultranza. Le decían *Don Carbón*, porque cada cosa que tocaba la hacía hervir a llama ardiente.

En la fábrica, en la oficina, en la casa y en cuanto lugar pisaba, mandaba con mano de hierro y había logrado que quienes estaban bajo sus órdenes temblaran solo con pronunciar su nombre. Era un conservador a ultranza y se consideraba un iluminado que entregaba su vida en aras de construir un mundo mejor.

Por esos días el Chalet Capricieux se preparaba para la llegada del hijo de Claude Le Bleu, que de un momento a otro se produciría. Céfora, maquinando retorcidas argucias, buscaba desesperadamente la manera de evitar que el adolescente se quedara viviendo en la casa, mientras sus hijas, excitadas con la novedad de tener a esa especie de primo hermano aparecido de la nada y además francés, creaban todo tipo de fantasías románticas valiéndose de suposiciones y nerviosismos propios de la edad.

Conradina se había empeñado en que si era para alguna de las Mejía Echavarría, esa era ella, pues era la mayor y la única que estaba preparada para tener una relación con el extranjero, habida cuenta de sus fracasos con los muchachos autóctonos. Pero Carmela, que a la sazón tenía los mismos años que Emmanuel, insistía en que por edad estaban igualados y además, viniendo de Europa, seguro que el muchacho entendería sus grandes dotes y solo verla bailar *El lago de los cisnes* caería rendido a sus pies.

Para acallarlas, las demás decidieron que el francesito no era ni de la una ni de la otra, y optaron por elegirlo a suertes.

Empezaron a rifárselo en sorteos nocturnos, como hicieran de pequeñas con un muñeco de porcelana que encontraran abandonado en el parque de Berrío. Colocaron en una bolsita seis fríjoles secos de cargamanto rojo y uno blanco, y a la de tres soplos y cuatro conjuros, con los ojos vendados cada una metía la mano jugando a que quien sacara el frijol blanco de inmediato se convertiría en la afortunada que se quedara con Emmanuel. El problema era que cada noche lo ganaba una diferente y así, entre noche y noche y rifa y rifa, todas iban a casarse con el joven Le Bleu. Por supuesto, en esos saraos nocturnos no participaban ni Capitolina ni Betsabé, pues no se las consideraba dignas del parisino.

Hasta que llegó el día más pensado y esperado por las Mejía Echavarría.

La campana de la entrada levantó el vuelo y con su música festiva y su tantán —que guacamayos, pájaros y perros celebraron a coro en el jardín— se instaló la locura en la casa. Dentro, los sirvientes iban de aquí para allá enderezando adornos y cuadros, dándole el último brillo a la plata y al cristal. Comprobando que todo estuviera a punto. Delantales y cofias, corbatines, libreas y chaqués en su sitio.

Era nada menos que domingo y Céfora y sus hijas acababan de llegar de la misa de las doce. Todas vestidas de blanco impoluto, guantes de encaje, sombrillas, mantillas y cachirulas. Oliendo a incienso de confesionario, a mirra ceremonial, y con el oro colgando en las orejas —zarcillos de zafiros, candongas momposinas con incrustaciones de perlas—, y cruces y medallas de la Virgen pendiendo de sus cuellos.

—Llegó el señor —gritaba exaltado el mozo anunciando el recibimiento.

—Prepara la limonada y el sirope, que deben venir sedientos —ordenaba la cocinera limpiándose las manos con un trapo mientras abría la despensa.

—Mensa —le dijo la entrera a la chica empujándola—. Por el amor de Dios, niña, ¿qué haces tan atontada? Se te están escurriendo las babas. Corre a traerme la bandeja y deja la cortina en paz.

—Es que ese muchacho es... —dijo la joven con las mejillas coloradas por la emoción.

—¡Silencio! —gritó Consolación al entrar—. Esto parece un gallinero. No quiero oír ni una palabra más. Todas a sus puestos y a preparar la mesa. Y cuidadito se asoma alguien o levanta la mirada delante del señor y su invitado. Cubertería de plata, mantel de encaje y las copas que le gustan a la señora.

Desde la ventana, Céfora, como si asistiera a la ópera *Car*-

men que viera con su marido en el gran palco de La Fenice de Venecia en su viaje de novios, observaba de lejos, con los binóculos de nácar de su abuela, la llegada de Conrado y de Emmanuel.

Lo repasó de arriba abajo con maléfica calma y se detuvo en el hombro del chico al descubrir la mano de su marido sobre él. Conrado no solo le pasaba el brazo al muchacho, sino que reía y le hablaba con un cariño y una camaradería jamás vista. Parecía hasta feliz.

Bajó los prismáticos y los depositó con rabia sobre el tocador.

—No me gusta —dijo en voz alta y a solas—. Este muchacho no solo trae la peste:

es LA PESTE.

42

Pero Betsabé Espinal y Capitolina Mejía no estaban para fiestas. Suficiente tenían con el inoportuno y vergonzoso recibimiento que debían atender entre sus piernas.

En el mismo momento en que Conrado y Emmanuel, seguidos por Cenicio de la Cruz, se disponían a subir las escalinatas que los conducían al porche, ellas se escondían en la mansarda donde en las madrugadas de lluvia la abuela jugaba a las muñecas. Se encerraban a llorar su suerte: la de saberse sucias y enfermas.

A la misma hora y de igual manera, su niñez se había diluido entre las gotas de su primera menstruación y no sabían cómo afrontarlo porque tampoco se atrevían a comunicarlo. Ni ellas entendían nada ni nadie se dignó a explicarles que no se estaban muriendo, que simple y llanamente se habían convertido en mujeres.

Mientras las demás corrían como locas por todas las estancias, ellas veían escurrir por sus muslos el espeso líquido y se miraban aterradas.

—Nos vamos a morir —dijo Capitolina.

—Sí —asintió Betsabé sin temor—. Empezamos a oler a muerte..., a herrumbre. Conozco esa extraña fragancia; fue la primera que sentí al nacer. La sangre huele a tierra oxidada.

—Y a tristeza. Nos hemos convertido en niñas viejas.

—«Érase una vez dos hermanas...». Así me gustaría que pusieran en la lápida.

—Juntas, quiero que nos entierren juntas. Y si nos vamos... ¿Crees que iremos al cielo?

—¿Adónde si no? No hemos vivido tanto para merecernos el infierno. Los pecados solo pueden cometerlos los mayores. La inconsciencia trae los vicios y los adultos son unos inconscientes.

—Y egoístas...

—Y aburridos...

—Y domadores de nadas...

—Y asesinos de sueños...

—... y de inocencias.

—¿Sabes qué? Antes de irme me habría gustado leer más, viajar más... Bailar... ¡Ay, si mi pierna me hubiese dejado, no sé lo que habría sido capaz de hacer! Me habría encaramado contigo a los árboles a tocar la luna. Me habría fascinado conocer el amor y que me hubieran besado. También me habría encantado ser pájaro y flor y... fruta madura.

Betsabé la interrumpió:

—El amor, el beso, el vuelo, el baile, leer, viajar... ser pájaro... ¿No estarás pidiendo mucho? Elige dos.

—Trepar por los árboles y tocar la luna. Bueno, y también el amor.

—Todavía podemos subir a un árbol y soñar que tocamos la luna.

—¿Y el amor? En realidad, es lo más importante. Cómo sería enamorarse y tener hijos...

—Hablas del amor... ¿como el de tus padres?

—No, boba. El de verdad. El que está en las novelas; lo otro es puro teatro. Un teatro con malos intérpretes.

—Apretemos las piernas para que no salga más sangre y alcancemos a subir al palo de mango. Eso puedo prometerte que lo haremos, no me preguntes por qué... ¿Será porque soy un poco bruja? No desgastes energías en deseos imposibles. Lo del amor, sí está muy difícil.

Unos golpes en la puerta interrumpieron la charla. Al oírlos, Betsabé se puso el dedo índice en la boca.

—Chssst... No hagas ruido.

—Niña Capitolina... Sé que está allí. —La voz de Consolación retumbó al otro lado de la puerta—. No haga poner brava a su mamá, que hoy está muy disgustada. Ya están abajo sus hermanas para darles la bienvenida a su papá y al joven Emmanuel. La única que falta es usted.

Pero Capitolina no respondió.

—Niñaaaaaa...

—No contestes —le susurró al oído Betsabé—. ¡Es una víbora! Ya se cansará.

—Betsabé, hija de los demonios, a mí no me engañas. Sé que estás con ella. Lo presiento. ¡Abre inmediatamente la puerta o no respondo!

Las dos muchachas rieron en silencio. Si iban a morir, lo harían desafiando al mundo.

—Uyyy... ¡Qué miedo! Mira cómo estoy temblando —dijo Betsabé agitando sus dedos mientras se aguantaba la risa.

—¿Qué se han creído? Par de mocosas desobedientes —continuó rezongando la mujer. El tintineo del manojo de llaves que colgaba de su cinturón se hizo frenético—. O abren ustedes o lo hago yo.

Pero ellas habían introducido en la cerradura de la puerta un trozo de barro mojado con sus salivas que al solidificarse impidió que la llave entrara.

—¡Niñas estúpidas! Ahora van a ver...

La voz de Cenicio se oyó tras de la puerta.

—¿Van a ver qué? —le dijo amenazante—. Déjalas en paz o yo mismo me encargo de desenmascararte delante del señor. Tú puedes creerte la dueña de la casa, pero mi patrón es el amo y conoce muy bien tus artimañas. Así que... ¡largo de aquí!

Betsabé y Capitolina pegaron las orejas a la puerta y hasta que no estuvieron seguras de que los pasos se alejaban, no hablaron.

—¿Qué hacemos? No para de salir —dijo Capitolina viendo cómo su vestido blanco se empapaba en sangre.

—No hagamos. Solo sintamos.

—Tengo miedo.

—Si hemos de tener miedo, será a vivir.

—No sabemos nada. Deberíamos habernos preparado para este momento. ¿Adónde vamos?

—No te preocupes, hermana mía. Yo te protegeré —le dijo Betsabé—. Si vamos a morir, que sea abrazadas.

La hija de Celsa Julia juntó su cuerpo al de Capitolina y la apretó muy fuerte.

—Tengo miedo —repitió la hija de Conrado.

—¿Miedo? Esa palabra ya no significa nada para mí. Yo creo que ya los he sentido todos. El miedo es algo que crea tu mente, una especie de caballo desbocado al que debes apretarle las riendas. Aquí estamos, Capitolina. Igual que cuando empezamos. Por si no te lo había dicho antes, valió la pena vivir solo para conocerte.

—¿Te puedo besar hasta morirme? —le dijo Capitolina llorando.

Betsabé la puso en su pecho y empezó a acariciarle la cabeza mientras cantaba quedo una canción de cuna.

Y se acostaron en el suelo a soñar con el primer cielo estrellado que habían contemplado en el jardín la noche de su primera comunión.

43

—¿Así que tú eres el hijo de Clotilde? —le dijo con imperial altivez Céfora Echavarría a Emmanuel Le Bleu cuando lo recibió.

—Señora, con todos mis respetos, desearía corregir su frase.

—Adelante —le contestó arrogante la mujer haciendo un gesto con su mano.

—Me considero Hijo de la Vida y, sí, he venido a ella a través de mis padres, Claude y Clotilde. Pero eso es solo una circunstancia fortuita, ¿no cree?

Céfora tomó conciencia de la dimensión del ser que acababa de llegar a su casa, pero en lugar de amedrentarse decidió obviarlo y continuar:

—Imagino que tal aseveración no la habrás hecho delante de ellos, ¿verdad?

—No crea; se sorprendería de las cosas que les he dicho. Saben muy bien quién soy.

—¿Cómo podrás llamarte Emmanuel y vivir entre nosotros si aquí nadie puede llevar un nombre que no empiece por la C? —mientras lo decía, observaba a su marido con expresión cínica.

—Por el nombre no hay problema. No soy apegado a nada. Permítame que le diga, sin faltarle al respeto, que usted puede llamarme como quiera. Para eso es la dueña de esta hermosa casa. ¿Cuál le gusta? Estoy preparado a que me llame... —Se quedó pensando y continuó—: Por ejemplo, Cosa.

Al darse cuenta de las intenciones que tenía Céfora de alterar el momento, Conrado salió al quite.

—Emmanuel, querido, no hagas caso a mi mujer. Le gusta mucho tomar el pelo, ¿verdad, mi amor?

—Claro —le contestó ella—. En esta casa cuidamos mucho el pelo, mejor dicho, el cabello. Ya sabes... Cabello empieza por C. Y siempre hay alguien que estira de él.

Todos rieron sin ganas.

—Ahora es momento de alegría y celebración. Estamos ante un verdadero milagro. Nadie se explica que este muchacho, a quien los médicos dieran por agonizante y casi muerto —lo abrazó delante de todos—, siga vivo. Queda claro que Dios existe. Deberíamos ser muy conscientes de su benevolencia con nosotros. Ya le pediré a mi primo que oficie una misa en acción de gracias. Podría ser el próximo domingo —dijo mirando a Céfora—. ¿Te parece bien?

Y sin esperar la respuesta de su mujer, Conrado dio un repaso a sus hijas, que se comían con los ojos a Emmanuel. Descubrió que entre ellas faltaba la menor. La que le arrebataba el sueño. Con la que tenía una deuda pendiente que le era muy difícil reconocer.

—Céfora, ¿dónde está...?

La mujer no lo dejó terminar:

—Aquí están todas, mi amor.

—Todas no —la corrigió—. Falta Capitolina.

—Ella es harina de otro costal, ya sabes. Está en la casa, pero no sabemos dónde.

Conrado le aclaró a Emmanuel:

—Es nuestra hija menor, de la que ya te he hablado. Bueno, a veces le gusta jugar al escondite. —Y mirando a Céfora la recriminó, eso sí, matizando antes sus palabras—: Nuestro joven invitado no entiende el símil del costal, querida. Hemos de procurar no darle una impresión equivocada de nuestra familia.

—Pero si es la verdad. Esta niña nunca ha querido pertenecer a los Mejía Echavarría. Y fíjate que yo ya lo comprendí. Cuanto menos nos preocupemos, menos conflictos.

Conrado le clavó los ojos y por un instante su mujer sintió que la apuñalaba con la mirada. Inmediatamente después cambió el tema, y pasando de nuevo su brazo sobre los hombros del muchacho, le dijo:

—Mira qué cielo más despejado ha hecho hoy. ¿Ves ese azul? —añadió señalando el paisaje—. Yo lo llamo *azul subido al vuelo* porque solo aparece detrás del cerro El Volador. Verás que te vas a enamorar de nuestra tierra. Nosotros vivimos en una permanente primavera. Seguro que cuando partiste, la nieve envolvía Europa. Aquí las estaciones no existen. Esto es el paraíso.

Pero a las hijas no les preocupaba en absoluto ni el clima de aquí ni el de más allá. Ni los azules subidos ni los bajados. Solo veían, en el infinito azul marino de los ojos del francés, una promesa. Tenían delante a un muchacho hermosísimo y cada una esperaba que esa especie de dios carnal fijara su mirada en ellas. La excitación de ese momento llevaba robándoles muchas noches de sueño y ahora debían mostrarse rebosantes de virtudes: educadas, delicadas, discretas, exquisitas y, lo más importante, tímidas y muy femeninas.

Mientras cada una de las Mejía Echavarría era presentada por su padre con una especie de versos sobreadjetivados, para sus adentros el joven Emmanuel iba creando apodos para todas.

De un momento a otro lo invadió el deseo de huir con su maleta a otra parte. ¿Dónde diablos se estaba metiendo? Aquellas mujeres de caras conventuales y mejillas teñidas de pudor podían ser muy bellas, pero en ninguna intuía el hálito de vida y rebeldía al que él se había acostumbrado.

Eran tan planas como una línea recta. Carecían del fuego que lo hacía arder de gloria y alegría.

Un pensamiento sacudió sus alas y se posó de lleno en su conciencia: debía idear la gran mentira que lo obligara a regresar de inmediato a París.

Cuanto antes saliera de esa casa, más a salvo estaría, pues si el piso del Parc Monceau ya le parecía opresivo por la rigidez de sus padres, este era nada comparado con la casa que acababa de conocer. Sentía que había retrocedido en el tiempo y que lo que presenciaba hacía parte de otro siglo. La atmósfera estaba enrarecida por rigideces peores a las que se enfrentara con sus padres.

Todas las muchachas le parecieron anodinas, ridículas, fatuas, provincianas, incultas y tontas.

Conrado, que esperaba ver en el hijo de su amigo algún tipo de reacción frente a sus hijas —ya que hacía días que se recreaba con la idea de que este muchacho un día podría ser su yerno—, notó que aunque el joven estaba de cuerpo presente, su mente se había ido.

—Emmanuel, muchacho... —le dijo Conrado—. ¿Estás bien? Te veo como...

—Perdón —contestó rápido—. Es que no quiero romper con la rutina y el buen hacer de esta familia. Creo que mi presencia es... inoportuna.

Las hijas se miraron entre ellas sin entender nada.

—¡Pero qué tontería! No se te ocurra volver a decir eso.

Y cogiéndolo por el brazo lo condujo al interior de la villa.

—Bienvenido —le dijo—. Ahora sí, estás en tu casa.

44

Pero no murieron.

Tras haber cerrado los ojos y sentir en el desgarro de sus vientres la inminencia de su desaparición, de un momento a otro los dolores cesaron y la sangre se convirtió en un delicado rocío que emanaba despacio de sus rosas púbicas, como si fueran gotas de rubí.

—Betsabé —musitó Capitolina—. ¿Sigues viva?

—Creo que sí.

—O sea que no nos vamos a morir.

—Tal vez ya estemos muertas.

—¿Te duele?

—No.

—Abrázame.

Betsabé la apretó al tiempo que le decía:

—¿Sientes mi abrazo?

—Mucho.

—Entonces, seguimos vivas.

Abrieron los ojos y una luz brutal las invadió. El sol se había clavado en los objetos enterrados en polvo dándoles un hálito de vida que los convertía en personajes de una historia perdida. Todos en algún momento habían sido indispensables para alguien: el caballito de madera de un viejo carrusel, las muñecas de porcelana rotas, el baúl olvidado, los miriñaques dormidos de un vestido que había danzado algún vals, el maniquí con el sombrero alón de un baile muerto... Todo lo olvidado en el desván cogía vida. La caja de música con bailarina de ballet suspendida en un giro inacabado, recuerdo de un viaje a Viena, volvía a sonar y a bailar. Y la abuela, abrazándolas con su larga cabellera.

—¿Qué nos está pasando? —preguntó Capitolina.

—No sé, pero creo que si hemos sobrevivido a esto, es por algo.

—¿Sangraremos para siempre?

—Lo único que sé es que la sangre es vida... y también muerte.

Detrás de la puerta, la voz pausada de Cenicio de la Cruz interrumpió el instante:

—Niñas... —les dijo muy bajito con su voz gastada—. No tengan miedo, estoy solo. Necesito que me abran antes de que vuelva Consolación.

Capitolina y Betsabé se miraron. Sentían un estado de bienestar que no querían romper.

—Es muy importante que bajen. Yo no he tenido estudios de ninguna naturaleza, pero lo que sí tengo es mucha intuición. Y esa me dice que ustedes no pueden estar al margen de lo que está ocurriendo en la casa. Háganme caso, por favor.

—No podemos, Cenicio —le dijo Betsabé—. En este momento estamos ocupadas muriéndonos.

—Por el amor de Dios, ábranme la puerta.

Betsabé y Capitolina se miraron y, como sentían un amor profundo por aquel hombre, decidieron abrir el cerrojo.

El viejo mulato se las encontró convertidas en un nudo y en estado lamentable. Betsabé con su vestido negro mojado y Capitolina de blanco manchado.

—No te nos acerques —le advirtió Betsabé—. Lo que tenemos puede ser muy contagioso.

—Sí —corroboró Capitolina—. Nos estamos desangrando.

—¿Desde cuándo? —preguntó Cenicio.

—Desde esta mañana.

El hombre intuyó lo que les estaba sucediendo y quedó preso de una ternura infinita. ¿Cómo explicarles algo tan femenino y delicado sin que se sintieran ofendidas?

Recordó a su abuela y a su hermana, perdidas en el océano del pasado, realizando aquel baile tribal de bienvenida que la anciana hiciera en el momento en que su hermana había sangrado por primera vez. Era una ceremonia muy íntima y especial, en la que sus antepasados rendían culto al útero como centro de luz. Donde homenajeaban el poder de la vida y el significado de la creación. Un momento en donde una madre o una abuela eran vitales.

Pero las niñas que tenía delante carecían de ellas, la una por omisión presente y la otra por obligada ausencia.

Se acercó despacio, procurando no violentar ese íntimo estado de gracia y miedo que las mantenía unidas.

—No te acerques, Cenicio. No queremos que te pase nada —le dijo Betsabé.

—Sí, mantente lejos —insistió Capitolina.

—¡Ayyy! Niñas niñas... Lo que tienen ni es contagioso ni mata —les dijo el mulato con sonrisa blanca de caricia.

—¿O sea que no nos vamos a morir? —preguntó Capitolina.

—¿Morir? —Soltó una sonora carcajada—. Lo que ahora les toca es vivir. Aunque no soy la persona adecuada para explicarles lo que les está pasando, creo que me tocó hacerlo. Esto es grandioso: han dejado de ser niñas para convertirse en mujeres.

—¿Mujeres?

—¿Qué quiere decir eso?

—¿Nunca más volver a ser niñas?

Las dos se miraron horrorizadas y empezaron a llorar.

45

En el salón principal se respiraba la melancólica fragancia de las gardenias que las criadas cortaban a la hora del alba —como era costumbre para evitar el llanto de sus tallos— y luego depositaban en los jarrones de porcelana distribuidos por las estancias. Un sagrado ritual de la anciana muerta que Céfora mantenía vivo.

Todo olía a una especie de tristeza blanca, como si un presagio vagara sin rumbo a la espera de posarse en alguien.

Era el calor del mediodía el culpable de que las flores sudaran tanto perfume y de que los aromas del almuerzo crecieran y se mezclaran hasta hacer salivar los más íntimos recovecos de la casa. Todo estaba a punto para el agasajo de bienvenida. Ese día habían asado un pavo en cazuela de barro curada, con ajos, aceite de oliva y frutas en almíbar, para impresionar al invitado.

Mientras que las Cés aguardaban sentadas, obedientes y muy pulcras a que Emmanuel bajara de su habitación, y se entretenían abanicando suposiciones y deshojando la margarita de *a mí sí, a ti no, a mí sí, a ti no...* Betsabé y Capitolina permanecían encerradas en la mansarda, empapadas de vergüenza, a la espera de que Cenicio de la Cruz regresara con una solución inteligente y rápida que les sirviera para afrontar su recién adquirido estatus de Mujeres.

Justo debajo de ellas, en la habitación de invitados que

Céfora había destinado para el recién llegado, tras haberse enjuagado axilas, cara y manos, Emmanuel se detenía delante del espejo veneciano que colgaba de la pared.

—¿Qué estás haciendo aquí, amigo? —se dijo a la cara—. ¿Dónde te has metido?

Con los dedos se acomodó sus largos rizos —hacía mucho tiempo que había dejado de usar el peine— y volvió a anudarse al cuello su pañuelo rojo.

De repente, unas risas femeninas venidas del techo lo alertaron.

Las alborotadas voces de dos chicas caían nítidas sobre él. Intrigado, se detuvo a escucharlas.

Betsabé le decía a Capitolina:

—A mí me esconderán. Eso lo tengo muy claro.

—No, tú vendrás conmigo o no bajo.

—No digas tonterías. Ya sabes lo que piensan tus padres de mí. No pertenezco a la familia.

—¿Qué bobadas dices? Tú eres mi familia.

—Y tú la mía, pero eso solo lo sabemos nosotras. Ve y me cuentas... ¡Ah!, y prepárate.

—¿Para qué?

—Pues para hablar en francés. ¿Qué palabras conoces?

—*Oui* —dijo riendo Capitolina—. Y también *bonjour...* y *monsieur...* y *mademoiselle.* Y *à tout à l'heure...* y *je suis désolée...*

—Y *je t'aime, mon amour.* Como dicen las novelas —añadió riendo Betsabé.

—¡Sí! Te amo... ¡TE AMO! *Je t'aime...* —Capitolina cerró los ojos y empezó a dar giros con los brazos abiertos mientras continuaba gritando—: ¡Qué lindo debe ser enamorarse!

—Ni se te ocurra decirle al francés *Je t'aime,* porque puede ser que no te vuelva a ver.

—Entonces vendría el *au revoir...*

—¿Adiós? —dijo Betsabé—. Esa palabra no debería existir. El adiós es un sueño ondulante. A veces triste, a veces alegre. Va y viene como las olas. Nada de lo que nos pasa desaparece.

Estamos condenados a recordar lo bueno y lo malo. Somos libros que se van escribiendo con tachones y borrones que hieren el papel y le dejan cicatrices para siempre.

A Emmanuel le gustó lo que oía y decidió dejarse guiar por aquellas voces. Jamás había sido formal, y ahora menos que nunca lo sería.

Abrió la puerta y una vez comprobó que no había nadie, avanzó sigiloso por el pasillo. En las paredes los colores de los vitrales dibujaban estilizados espectros que se deslizaban sobre un arcoíris y desaparecían en una balaustrada de caoba maciza. Como si el sol señalara el camino, una escalera de caracol lo invitaba a subir. Sabía que lo conduciría al lugar de los murmullos que tanto lo atraían.

Cada paso que daba hacía crujir los maderos. Esas voces le gustaban por rebeldes y porque en ellas florecía una ilusión.

Al llegar arriba se encontró con una puerta cerrada y acercó la oreja.

—No quiero bajar —oyó que decía una de ellas.

—Más vale que lo hagas —decía la otra—. Allí te esperan. Ve, yo estaré aquí.

—No quiero separarme de ti.

—La separación es un poema. Quizá separarnos sea unirnos. ¿Nunca lo has pensado?

Ese acento musical tan de allí lo seducía porque convertía aquella conversación secreta en un canto. Siguió escuchando.

—Mira mi vestido —le dijo Capitolina a Betsabé—. Si mi madre lo viera, pondría el grito en el cielo. Qué raro ver cómo lo blanco se va pintando de este rojo que crece y crece. Es mi sangre, lo que sale de mí, quien dibuja estas rosas. Ya se me quitó el miedo; solo quiero cambiarme. No podemos seguir así, y Cenicio no llega.

—Tenemos que hacer algo ya —decidió Betsabé.

Emmanuel sintió unos pasos que se dirigían a la puerta y no tuvo tiempo de reaccionar.

46

La puerta se abrió y una ráfaga de viento huracanado abofeteó su cara. Emmanuel se encontró frente a un rostro que llevaba incrustados dos soles de carbón encendido que le quemaron los ojos. Su indómito cabello cubría sus labios a punto de palabra y se derramaba en cascadas sobre sus hombros.

Olía a sangre y a exacerbada vegetación silvestre.

Se quedaron frente a frente, petrificados por el instante, con la mudez del impacto inesperado. La luz que caía de la claraboya teñía de rojo el rostro de Betsabé y la convertía en el cuadro más bello jamás visto. A Emmanuel le pareció una *Vierge de Feu*. Una especie de divina vagabunda salida de una hoguera en llamas.

Un silencio largo y doble se estiraba entre ellos, mezclándose con el miedo de no saber qué papel representar. La sorpresa y la vergüenza buscaban encontrar la frase idónea que aliviara el momento.

La primera en hablar fue Betsabé:

—Permiso, si no quiere que lo empuje —le dijo molesta—. ¿Quién es usted y qué hace aquí arriba?

—*Je suis désolé, mademoiselle.*

—Je *suis...* ¿qué? Muévase rapidito y guárdese su francés, no vaya a ser que se le gaste en la que no es —le contestó Betsabé—. Aquí se habla en cristiano.

Le había molestado mucho sentirse espiada.

—No era mi intención —le dijo el joven.

—La intención la tiene uno cuando decide dar un paso, o sea que a mí no me venga con cuentos. No me gusta la gente que se esconde para oír detrás de las puertas.

—Permítame que me presente.

—No hace falta. Ahora ya sé quién es.

—No lo sabe. Espero que no se lleve una impresión equivocada de mí. Estaba en el cuarto de abajo y las oí. Buscaba encontrar alguien con quien hablar de verdad.

—Pues allá abajo hay otras que estarían encantadas de...

Emmanuel no la dejó terminar:

—Con ellas no quiero. Además, me gusta saltarme las normas. ¿A usted también, señorita...? ¿Cómo me dijo que se llamaba?

—No se lo he dicho ni se lo pienso decir.

Capitolina, que se encontraba dentro, oyó la discusión y aunque se moría de ganas de salir no lo hizo, pues su lamentable estado se lo impedía.

Desde el interior, agazapada en un rincón, observaba la evanescente silueta del joven ahogada en luz, que le hacía parecer un ángel sin pies.

—No será usted la hija menor de Conra... —empezó a decirle Emmanuel a Betsabé.

La voz de Cenicio de la Cruz le impidió acabar la frase:

—¿Qué está pasando aquí?

El hijo de Claude Le Bleu sintió un gran alivio. Era la primera vez en su vida que una mujer lo alteraba tanto como para sentir que había perdido por completo los papeles.

—Creo que en lugar de bajar, subí al cielo —aclaró el joven con voz desmoronada.

El viejo mulato lo miró con sonrisa socarrona, adivinando su turbación.

—Señorito Emmanuel, abajo lo esperan.

—Y dale con el *señorito*...

—Así que es un señorito —repitió con retintín Betsabé—. Pregúntele a su señorito qué hacía aquí.

—Buscaba... —se aclaró la voz—... buscaba... Dígale a ella que no sea mala conmigo, que solo pretendía investigar porque me aburría —le pidió el francés.

—Lléveselo bien lejos, Cenicio. No me gustan los metiches. Esos solo merecen vomitar sapos.

Cenicio soltó una carcajada y le dio dos palmadas en la espalda al muchacho.

—¡Pobre Emmanuel! Bienvenido al reino de los santos varones. Cómo se nota que no conoce el alma de las mujeres. Baje, que yo tengo un trabajo que hacer aquí con ellas.

—¿Ellas? ¿Quiénes?

—No sea tan curioso y baje, que lo están esperando.

47

No era justo.

Lo obligaban a descender cuando quería quedarse en las alturas paladeando ese cielo donde reinaba soberana aquella *Vierge de Feu*.

Bajó uno a uno los escalones, arrastrando a desgana sus contradictorios pasos que se negaban a obedecer. Se sentía un presidiario condenado al destierro de la infelicidad. No deseaba apartarse de aquella aparición de virgen indómita hasta no saber a ciencia cierta que lo perdonaba. Quería explicarle y que en esa explicación ella creara la absolución a su imprudencia y empezara a verlo con buenos ojos. Se había quedado prendado de su fuerza y de ese brutal salvajismo que la elevaba y convertía en un animal sobrenatural.

Mientras elucubraba, en el segundo piso se cruzó con el ama de llaves, que lo observó inquisidora.

—¿Se ha perdido, señorito Emmanuel? —le dijo ceñuda.

—Acabo de encontrarme —le contestó escueto.

—No debe subir allá —señaló con un gesto de desprecio la buhardilla—. En ese cuarto no hay nada que valga la pena; solo chécheres y cachivaches viejos. Los hay en todas las casas, incluso en las más nobles. Y ahora le aconsejo que no se entretenga más. En el salón lo aguardan.

La mujer se había dado cuenta de que el francés no venía de su habitación y sospechó al leerle la cara que muy posiblemente ya se hubiera topado con las Endemoniadas, como solía llamar para sus adentros a Betsabé y Capitolina.

Mientras tanto, Cenicio entregaba a las recién estrenadas adolescentes un bulto que contenía ropa interior limpia, dos vestidos —el blanco para Capitolina y el negro para Betsabé— y unos cuadraditos hechos con tela de algodón que una de las sirvientas le había dado a escondidas, con instrucciones muy precisas para que se los colocaran entre las piernas y se los fueran cambiando a medida que se empaparan de sangre.

—¿Y esto será así para siempre? —le preguntó Capitolina al viejo mulato, quien por pura necesidad ya había perdido el pudor de hablarles de algo tan íntimo y femenino.

—Será así cada mes, me temo. Pero no se asuste niña, perdón, señorita. Esa sangre es bendita; es la que hace que nazcan los niños. Es como un don que viene del cielo.

—¿O sea que yo vengo de la sangre de mi mamá? —preguntó Betsabé.

—Todos venimos de la sangre de nuestras madres. Y por el amor de Dios, no me pregunten más, que esto no debería estárselo contando yo. Suficiente tengo con la vergüenza que me da. Si no fuera porque soy negro renegrido, verían cómo se me enciende la cara. ¡Es que hasta eso nos quitaron! Sonrojarse solo pertenece a los blancos.

Las dos se miraron y sonrieron.

—Me duele el estómago —dijo Capitolina.

—A mí también —añadió Betsabé.

—Lo que faltaba —dijo Cenicio—. Aséense rápido y cámbiense mientras les traigo algo para el dolor. Ahora ya no se pueden quedar más tiempo aquí. —Y dirigiéndose a Capitolina continuó—: De un momento a otro vendrá Consolación a buscarla, señorita. En cuanto a ti, Betsabé, deberás permanecer escondida hasta que don Conrado decida otra cosa.

—Yo me voy de aquí —dijo.

—No digas tonterías. ¿Adónde vas a ir?

—Adonde está mi mamá.

—Allá no te recibirán. Tendrías que estar mal de la cabeza para que lo hicieran.

—Y lo estoy.

—No lo estás, Betsabé. Por una vez, vas a hacer caso de este viejo y te quedarás aquí.

Ella no contestó.

Entretanto, mientras el hombre iba por un brebaje que les calmara los calambres menstruales, las dos amigas se lavaron y cambiaron haciéndose confidencias superfluas. Ni Capitolina habló del desconocido ni Betsabé quiso mencionarlo, aunque ambas eran conscientes de que algo extraordinario acababa de suceder con él.

Cenicio de la Cruz apareció con una bandeja preparada por su cómplice, la joven sirvienta que le organizara el atado de vestidos y paños para las niñas. Dos pocillos de agua caliente, humeante a ruda y a canela.

—Ahí las dejo a solas, para que calmen sus dolores y se despidan —les dijo depositando las tazas en una mesilla—. Si se quieren mejorar, tienen que beberla.

Y cerró la puerta.

Bebieron el agua con asco y deseos de vomitar, rezongando y maldiciendo su nueva condición femenina. Pero en pocos minutos, una vez el agua caliente hizo efecto, los cólicos desaparecieron.

Mientras todos almorzaban, reían y practicaban el francés y los gestos impostados; mientras el corazón de Emmanuel se deshacía en alterados diapasones recordando el rostro de aquella joven aparecida en las alturas; mientras las Mejía Echavarría se limpiaban la boca con las servilletas de lino y los murmullos escalaban las paredes y se reflejaban en las lámparas de cristal de Murano, la muchacha que llevaba encerrado en su pecho todo el verde del bosque escapó.

Y nadie, absolutamente nadie, se dio cuenta.

48

Viernes, 30 de abril de 1909

Querido diario:

¿Te puedes creer que no sé qué voy a hacer?

Aquí me tienes, escapada de esta casa ajena y... ¿mía?, bajo la sombra de una acacia y abrazada a ti como si fueras mi salvación. Tú, un amasijo de papeles apretados, viejos supervivientes de un incendio. Tú, mi mudo y amado compañero.

Aquí me tienes, convertida dizque en mujer, ¡como si ya no lo fuera! Y ahora, solo por el arte de sangrar, se me concediera el derecho a ese calificativo tan repudiado por muchos.

Cómo me gustaría que mi mamá estuviera buena del techo para explicarle todo lo que me está pasando. Pero la pobrecita no puede ni con ella misma. Me da pesar con ella y conmigo y, bueno, a ti no te lo puedo negar, también con ese papá que no conozco.

¿Qué pensará de mí?

¿Tendrá idea de que lo pienso?

¿Sabrá que existo?

Me he dado cuenta de que no me parezco a mi mamá. O sea que estas cejotas tan negras que tengo, y que aquí entre nos te confieso que no me gustan, las debí heredar de él. ¿Y mi boca? No se parece a la de mi mamá.

Y lo que sale de esos labios que reconozco como míos, ¿vendrá de alguna parte?

Todo se hereda, eso dicen.

Estoy transidita de hambre. Siempre tengo mucha hambre (¿será normal?), pero decidí aprovechar que era la hora del almuerzo para escapar y, muy a mi pesar, ayunar. Como si estuviera en plena Semana Santa, pero peor. Ni carne, ni arepa, ni sopa ni seco, ningún trocito de nada que solivante el deseo. Pero Dios es Dios y sus mandamientos se obedecen a rajatabla. O sea, que he decidido que estoy en Cuaresma.

No te he contado lo que me sucedió esta mañana. Es un secreto que debes guardar con candado. ¡Prométemelo que lo harás!

¡Conocí a un francés!

Oui! Monsieur diario.

No sé cómo explicarte lo que sentí al verlo. No sé si lo odio, o esto que siento dentro y me turba sea otra cosa muy distinta. Déjame pensar...

¡Uyyyyy! Me da como un cosquilleo muy raro aquí... Bueno, aquí es en el centro de mi estómago. Y me baja y me sube como suben las burbujas de agua que caen hasta el fondo de un pozo y luego cogen vuelo en forma de libélulas que ascienden saciadas de vida.

Es...

Él es... No sé cómo explicarte...

Como un niño perdido. Sí; muy hermoso, hermosísimo y muy perdido... Perdido, pero metiche. Al verlo sentí ganas de pegarle un puño. No me vayas a decir nada. Ya sé que eso de tener ganas de pegarle a otro es de mala persona, pero tú bien sabes que no lo soy. Lo que pasa es que a ti no te puedo engañar. Es que muchas veces no puedo controlar la violencia de mis emociones. Son sentimientos que debo descargar para que no acaben pudriéndose dentro de mí y me maten. Tú me entiendes...

¡Estaba tan nervioso y compungido por saberse descubierto detrás de la puerta! Me dio mucha rabia porque nos estaba espiando, y como lo descubrí, me vi obligada a decirle que era un maleducado.

Lo regañé como a un niño para que aprendiera y no lo volviera a hacer, aunque en el fondo sentí mucho pesar.

Esto de ser buena y además parecerlo, me cuesta mucho. Me parece que es más fácil ser mala y hacerse la buena. Es lo que hacen casi todos y les va muy bien, pero yo no puedo.

Tengo la extraña sensación de no pertenecer a ningún sitio. Si no fuera por la responsabilidad que tengo con Capitolina, pensaría que no soy. También me pesa la responsabilidad de ser hija, ¡quién lo diría!

Desaparezco en el caos de mí misma, en eso de no saber qué pasará conmigo, para resucitar en la responsabilidad de tener que salvar a mi madre y a Capitolina, porque aunque me siento débil y deseo fervientemente que alguien fuerte se haga cargo de mí, sé que los pesos que me esperan no se harán ligeros si no los tomo yo. No tengo tiempo de tener miedo, porque tenerlo puede ser perderme, y si me pierdo, ¿quién me encuentra?

NO HAY NADIE.

¿Cuántos años tengo? Creo que eso de los años es relativo. Porque hay personas que tienen muchos y no crecieron. No crecieron por dentro, ya me entiendes.

Ahora me siento feliz. ¿No te parece increíble?

Siento como una especie de llenura por dentro, y mira que tengo hambre, que se me queda en la garganta y me impide pasar saliva.

Sí, es así como te lo explico. Esta sensación es nueva y tiene la virtud de llenarme. ¿Tendrá que ver con la sangre?

No tengo nada y lo tengo todo.

¡Me tengo!

¿Será que tener nada es tenerlo todo?

Debo dejarte, mi querido amigo. Necesito ver a mi mamá.

49

Capitolina llegó al salón remolcando su desganada humanidad con sus pasos desacompasados. El dolor de su abdomen había desaparecido, pero le costaba caminar con ese extraño paño entre las piernas.

—Mi querido Emmanuel —dijo Conrado al verla aparecer en la sala—. Aquí tienes a nuestra pequeña hija. Ella es... ¡Capitolina! La menor de las Mejía Echavarría.

«Si ella es Capitolina, entonces, ¿quién era la otra? —pensó el hijo de Claude Le Bleu—. ¿Quién es esa joven que me ha quemado las retinas? —Se quedó observándola un rato largo».

Bella. Era bella como una delicada flor herida. Blanca y pura. Arrastraba un dolor azul, como la larga estela sin final que deja un cometa.

—*Enchanté* —le dijo haciendo el ademán de besarle la mano.

Capitolina, que ya lo había visto de lejos en la mansarda, comprobó la inquietante belleza del francés y sintió que algo le cimbraba dentro. Lo saludó con un tímido gesto, bajó la mirada y se sentó.

La mesa había sido dispuesta de tal forma que el muchacho quedaba a su derecha.

Antes de dar comienzo al almuerzo, Conrado bendijo los alimentos dando gracias a Dios por el regreso a casa y por la vida de Emmanuel.

—Este momento es un milagro —dijo—. Ahora hay un nuevo miembro en nuestra familia. Quiero que Emmanuel sea recibido como un hijo más. Un hermano más. Haremos lo que haga falta para que se sienta parte de nosotros.

Todas las Cés inmediatamente asintieron.

«No quiero estar aquí, no quiero estar aquí, no quiero estar aquí», se repetía Capitolina viendo cómo sus hermanas se recomponían el peinado y hacían lo indecible para llamar la atención del extranjero.

—Capitolina, hija... —le dijo Céfora—. Antes de bajar, ¿te miraste en el espejo? Arréglate el moño y la diadema, que los llevas torcidos.

Las hermanas la miraron y sonriendo murmuraron entre ellas.

—No tienes nada que arreglarte, Capitolina —interrumpió Emmanuel tratando de restarle importancia a los comentarios de la mujer, a quien nada más conocerla había decidido borrarla de su lista—. Tus imperfecciones son maravillosamente perfectas.

—Dejémonos de comentarios ociosos y dediquémonos a saborear estas exquisiteces —sugirió Conrado—. Hoy la cocinera se ha esmerado y ha convertido la mesa en un hermoso banquete que incluso parece pintado por el holandés Abraham van Beijeren.

Todos asintieron dando por hecho que conocían la obra del pintor. Solo Capitolina y Emmanuel permanecieron ajenos, perdidos en sus pensamientos.

«¿Dónde estará Betsabé?», se preguntaba Capitolina.

«¿Dónde estará la extraña con la que me he topado?», se preguntaba Emmanuel.

El almuerzo era espléndido. Frugal y exquisito.

Los suculentos platos se exhibían jugosos. Las bandejas se devoraban de a poquitos.

Al hijo de Claude Le Bleu le tocó explicar sin ganas los últimos acontecimientos europeos. Comentarios que salían de su boca como pompas de jabón y estallaban delante de los comensales sin que ninguno de ellos se diera cuenta de lo que aquella explosión significaba.

—Voy a tener un hermano —dijo de pronto.

—¿Un hermano? —preguntó Conrado incrédulo—. ¿A estas horas?

Todos aplaudieron.

—¡Qué guardado se lo tenía Claude! —comentó alegre Conrado.

—¿No está muy mayor tu madre para eso? —apuntó Céfora mordaz.

—Tú siempre tan... oportuna —le replicó Conrado—. Un hijo siempre es una bendición, venga cuando venga.

—No siempre —dijo Céfora buscando con la mirada a su hija menor.

—¿No te parece una desgracia, Emmanuel? —aseveró Conradina con ínfulas—. Yo hubiera preferido ser hija única. ¿Tú no?

—Pero ¿qué estás diciendo? —la reprendió el padre—. Eso deberás confesarlo el próximo domingo. Es un pecado.

—¿Pecado? ¿Decir lo que uno piensa? Papá, por favor. Sigo pensando que me hubiera gustado ser hija única, como mi mamá.

—Y yo —dijo Celmira—. Tener hermanas es...

—Es ¿qué...? —preguntó Céfora—. No se quejen, hijas, que cuando las han necesitado aquí han estado.

—¿Brindamos? —sugirió Carmela con un punto de timidez. Le incomodaba la discusión. Cada vez que se creaban momentos tensos era la primera en tratar de deshacerlos.

Emmanuel no sabía a quién hacer caso.

—¿Hermano o hermana? ¿Qué prefieres? —le preguntó Conradina, tocándose con los dedos la cruz de brillantes que colgaba de su cuello. Un gesto que solía hacer solo en los momentos en que se sentía especialmente coqueta.

—A mí me da igual. No soy nadie para hablar de esto. Mi

madre quiere volver a ejercer su maternidad y seguramente mi padre también desea ese nuevo hijo.

—El lechón está buenísimo —exclamó Conrado—. No nos perdamos en temas que solo dependen de Dios. Mañana vendrás conmigo y te enterarás de lo que es la vida, hijo.

Todas se miraron al oírlo.

—Por cierto —dijo Emmanuel—, quisiera saber dónde está la bella joven que conocí arriba, en la habitación que está en el torreón.

Los presentes se quedaron atónitos. Las Cés se cruzaron murmullos. ¿De quién hablaba?

Consolación, que se encontraba en la puerta espiando la conversación, cayó en cuenta de que hacía rato que no veía a Betsabé. No le cabía duda de que se refería a ella.

Capitolina también lo sabía. Al oír al joven, sintió un aguijón en el pecho.

¿Rabia?

50

Betsabé llegó al manicomio de Bermejal exhausta, tras haber realizado una larga caminata de pensamientos y pies descalzos.

En la entrada la detuvieron.

—Vengo a ver a mi mamá —dijo altiva.

—¿A su mamá? Ni que fuera una reina. Pero qué envalentonada viene, ¿no? —le dijo un vigilante mirándosela de arriba abajo con lascivia.

—Pues para que lo sepa, mi mamá es muy importante.

—¿Importante? ¿Por qué?

—Pues porque es mi mamá. ¿O es que para usted no es importante la suya?

—Con mi mamá no se meta —le contestó el hombre que hacía de poste guardián.

—No se preocupe, que para mí las mamás son sagradas.

—Eso está bien. Entonces nos entendemos. ¿Cómo se llama la suya?

—Celsa Julia Espinal —le aclaró Betsabé. Se explayó, cubriéndola de adjetivos a su madre. Enalteciéndola y adornándola con todo lo que sentía por ella. Llevaba muchos días de ausencias que acrecentaban sus sentires.

—Celsa Julia Espinal —repitió el guardia como un autómata—. No sé si puede verla —le dijo al darse cuenta de que era la mujer a la que habían encerrado en la celda de castigo—. Haré lo que pueda, pero no se haga ilusiones.

—¿Ilusiones? No sé lo que significa esa palabra.

—Cuando llevan mucho tiempo en este lugar, ya dejan de ser.

—¿Qué quiere decir eso?

—Pues eso. Que ya no se ven.

—¿Son transparentes?

—Casi. Es muy triste. No sabe lo que veo entre estas paredes. Más vale que esté lejos. Aquí viven solo los perdidos. La muerte deambula agazapada en los rincones de este caserón.

La dejaron esperando en la entrada, se recogió la falda y con ella hizo un nudo y se sentó en el suelo. En su pecho llevaba guardado el diario que, al abultar tanto, la hacía parecer mayor. Estaba muy cansada. Mientras los minutos transcurrían, aprovechó para sacar a la luz y lamer despacio el recuerdo de lo sucedido esa mañana con el muchacho francés. Un estremecimiento brutal le hizo erizar la piel del alma y recorrió su cuerpo de arriba abajo. Cuanto más lo pensaba, más crecía aquella extraña palpitación entre sus piernas. Era como si el corazón se le hubiera situado en el vientre.

Hasta que pensó lo peor.

¡Estaba enferma! Enferma de verdad verdadera. ¿Qué tipo de dolencia era esa que no la dejaba pensar en otra cosa que no fuera él?

—Señorita —la llamó el guardián—. Pase. Su mamá la está esperando.

La condujeron por pasillos marchitos, de luces mortecinas y lamentos amortiguados por un olor a soledad, húmedo y viscoso, hasta dejarla en una sala escueta donde solo había una mesa carcomida por el comején y dos asientos a punto de morir.

—Espere aquí —le dijo una monja de grandes dimensiones, aparecida de la nada—. Y siga mis recomendaciones: procure no excitarla. Es lo mejor para usted y para nosotros, que somos quienes la soportamos.

De repente el pomo de la puerta giró. Seguida de una

monja larga y apergaminada, una mujer con una enorme giba y rostro hierático, escondida en su vestido color tristeza, hizo su aparición.

—Mamáaaaa —le dijo Betsabé.

Celsa Julia Espinal se quedó muda frente a ella, sin reaccionar.

—¿Sabes quién soy? —insistió la hija.

—¡Sáquenme de aquíiiii! —gritó enloquecida Celsa.

—Mamá, por favor. Soy tu hija. ¡Mírame!

—Hija... hija... ¡Sí! Eres mi hija.

Y de repente se fundió en un abrazo largo.

—Hijita, hijita mía.

—Mamá. Me haces falta.

—Falta... Falta... Hijita...

—¿Estás bien?

—No debes acercarte a los malos.

—¿Quiénes son los malos, mamá?

—Cuidado —dijo Celsa Julia mirando a todos lados—. Están por todas partes.

—Mamá, necesito contarte cosas que siento...

—Sentir es malo. No sientas, no sientas, no sientas... ¡Sáquenme de aquí! ¡Auxilioooooo!

—Mamá, estoy sola, ¿sabes?

—Sola no... Sola no... ¡Cuidado! La soledad es mala compañera, hace aparecer monstruos.

—He conocido a alguien...

—Monstruos. Todos son monstruos... Hijita, aléjate de los que son alguien. Yo conocí una vez a alguien...

—¿Puedes estar conmigo un instante? No tengo con quién hablar, mamá. ¡Te lo ruego!

Celsa Julia se acercó a su hija y la abrazó. Aunque su universo estaba en otro lugar, algo la obligaba a pegarse a esa niña que su inconsciencia reconocía como salida de sus entrañas.

—Pobre hija mía. No quería que vivieras este mundo ruin, bien lo sabe Dios.

—No sufras por mí, mamá. Soy más fuerte de lo que crees.

La abrazó y sintió su pobre humanidad frágil, a punto de romperse. En su espalda la joroba crecía y la obligaba a encorvarse hasta mirar el suelo.

—¿Cuándo volveré a estar contigo? —le dijo Betsabé.

—Cuando no seamos —le contestó Celsa—. Hemos venido al mundo a ser, pero no hay tiempo ni siquiera para eso. Y el estar dejó de ser hace mucho.

—Me gustaría hablar contigo de verdad.

—La verdad es un espejismo. Ya no hay nadie que hable con sinceridad. Yo acostumbraba a hacerlo con mis antepasados, pero se fueron. Yo también me fui, hija. No puedo ayudarte. Lo que ves delante de ti es nada. Un ser convertido en polvo. No te imaginas lo que se siente en este lugar de perdidos. Aquí nadie es lo que parece... Nadie, salvo alguien.

—¿Quién?

—Un hombre taciturno del que emergen de su boca, en lugar de palabras, pájaros dorados que se quedan aleteando entre estas ruinosas paredes. Mira sin mirar. Camina sin dar ni un paso. Y está aquí, pero muy lejos. Es un poeta.

—¿Cómo es posible que sepas todo eso?

Celsa Julia cerró los ojos y empezó a recitar.

¡Dulce noche de amor, noche serena,
vuestros pálidos astros encended!
Hay dos ojos que brillan con tristeza.
¡Alumbrad!, ¡alumbrad!, los quiero ver.

Sin dejar de recitar, la mujer cogió de la mano a su hija y la acercó a la ventana. Cuando estuvo frente a ella, interrumpió el verso y le dijo:

—¿Lo ves? Allá, cerca de los matorrales. —Señaló a un anciano, con porte de noble desvencijado, que se apoyaba en su bastón mientras observaba inmóvil la nada—. Es un sabio. Me ha enseñado que las palabras pueden ser paisaje y también caricia. Se expresa con un idioma diferente al que hablan en esta cárcel de almas. Los que vivimos en este infierno solo oímos las que hieren.

Epifanio Mejía permanecía apostado delante de un sietecueros, recitando para el frondoso árbol un viejo poema de amor.

51

Llegó rendida de cansancio cuando la noche se desparramaba desvergonzada sobre los cristales del Chalet Capricieux. Llevaba la cara depurada por la brisa del anochecer y sus ojos ebrios de pensamiento.

Los pies le dolían porque se había clavado dos espinas del viejo *Palo Borracho*, la ceiba perpetua que presidía la entrada al manicomio. En el trayecto un perro se había cebado con ella asediándola sin tregua; intentando clavarle los dientes en un tobillo. Hasta que había aparecido, por entre la maleza, *Mejorana* —la vieja amiga que diera por perdida en el incendio— y lo había espantado. Ahora volvía feliz de tenerla enroscada a su cuello, con sus ojos de mirada dulce, sin saber lo que haría con ella después. En el camino aprovechó para confesarle las nuevas emociones que la tenían tan revuelta y aturdida. La culebra parecía entender sus palabras.

Lo que le pasaba debía ser muy malo porque no podía controlarlo. No podía borrar de su corazón el cincelado rostro del muchacho extranjero. Lo imaginaba envuelto en risas y conversaciones a las que ella jamás tendría acceso. Quería estar dentro de la casa para, aunque solo fuera de lejos, sentir su presencia. Y como no sabía cómo entrar, ni tampoco quería llamar a la puerta por no encontrarse cara a cara con la arpía de Consolación, decidió esperar a que Cenicio de la Cruz se acordara de su existencia y la echara de menos.

Había quedado muy impresionada con la conversación mantenida a escondidas con el poeta.

Una vez se despidió de su madre, perdida de nuevo en su locura, cuando estaba a punto de irse del centro forzó un encuentro desviando sus pasos hasta acercarse a él sin que nadie lo notara.

Epifanio la saludó como si fuera una más de su familia.

—Luz...

»Luz...

»Luciérnaga fugaz...

»Pequeña inmensidad...

»¿Qué te trae por aquí?

»¿A quién vienes a iluminar? —le dijo.

Tras el recibimiento que le dio, ambos se alejaron hasta desaparecer en medio del tupido verde.

Lo escuchó hablar solo, recitar a las flores silvestres y a las lombrices, y volver en sí para mantener una larga e intensa conversación con ella.

Y le pareció fascinante.

Le había dado a conocer la alquimia de las palabras. Hablar con él era como hacerlo con la abuela Cástida, pero sabiendo que aunque ya era un fantasma todavía su cuerpo estaba en este mundo.

Aparte de ir comiendo puñados de tierra entre verso y verso y frase y frase, el anciano de la barba enredada en sueños y los ojos desteñidos le pareció el más cuerdo del mundo.

Le decía *hija*, la ponderaba y hasta le hizo un poema y le regaló cinco pensamientos violetas y un trébol de cuatro hojas que descubrió entre el musgo.

Antes de despedirse, ella le prometió que iría cada semana y él, que le enseñaría los libros que atesoraba en el baúl que lo acompañaba.

De repente, con ese desconocido sintió el deseo de confesarle lo que percibía por dentro. Eso que no sabía qué nombre darle y le tenía el corazón desbocado. Pero se contuvo. Sin embargo, el anciano al despedirse la miró fijamente a los ojos, le cogió las dos manos y sentenció:

—Amor.

—No entiendo.

—Claro que no lo entiendes, porque acaba de nacer. Aún no te has dado cuenta de lo que llevas en tu alma, pero está en tus ojos. Brilla como la punta de un diamante. Se llama *amor*, mi querida niña... Amor.

52

—¿Qué te pasa? —le preguntó Betsabé a Capitolina al verla tan silenciosa.

—Nada —le dijo—. ¿Qué me va a pasar?

—Te noto muy rara... como lejana.

—Lejana serás tú, que te desapareces cuando quieres y me dejas tirada.

—Perdóname, es que a veces yo también existo. Necesitaba ver a mi mamá. Ven, quiero explicarte algo. He conocido a un viejo que...

Trató de abrazarla pero se encontró con un cuerpo rígido, una especie de tronco agrietado y yermo.

La sintió herida por todo lo alto y no entendía muy bien el porqué. Sus ojos vestían aquel amarillo subido que solo aparecía cuando era poseída por la rabia.

—¿Estás brava conmigo? —insistió—. Acuérdate que una vez nos prometimos que nada nos distanciaría. Es muy importante que no rompamos el pacto. Si no permanecemos unidas, nos debilitamos.

No sabía que en el corazón de su hermana de leche acababa de nacer un tumor maligno que empezaba a interponerse entre ellas: los celos.

Una mancha negra y viscosa crecía y se adueñaba del amor que siempre las había atado.

Esa tarde, a la hora en la que servían el té y las deliciosas galletas espolvoreadas de canela y azúcar, al darse cuenta de que nadie le hablaría de la joven con la que se encontrara arriba, Emmanuel se había acercado disimuladamente a Capitolina, a quien por una extraña razón sentía próxima, y le había preguntado por la arisca morena perfumada a bosque y a animal montuno.

Primero lo hizo discretamente, después con arrebatada ansiedad. Quería saber quién era, si había sido una aparición o si existía en verdad. Si era su prima o una vecina. Qué hacía, a qué se dedicaba, cuántos años tenía.

Preguntaba por su amiga, cuando lo que más deseaba en ese instante la hija menor de los Mejía Echavarría era que el recién conocido se fijara en ella y no tuviera ojos para nadie más.

Pero como era buena y además se moría por fastidiar a sus hermanas y hacerlas rabiar, decidió que por nada del mundo iba a perder el interés que el francés había puesto en acercársele; así fuera por un motivo desviado que le dolía mucho.

Terminó por contarle la historia de Betsabé y, como no podía desligarla de sí misma, también acabó por narrarle la suya.

Capitolina no fue consciente del impacto que aquellas palabras causarían en el muchacho. Lo único que le quedó claro fue que el francés no sería para sus hermanas, y eso, de por sí, ya era un gran triunfo. Lo que viniera después, lo que estaba aún por acabar de gestarse, sería otra cosa.

Betsabé no quería preguntarle por Emmanuel, a pesar de que se relamía de ganas de saber qué había pasado con él en su ausencia. Pero como el silencio se alargaba y las ansias también, no se aguantó.

—¿Qué tal el almuerzo? —indagó haciéndose la desganada.

—¿El almuerzo? Muy delicioso. La sopa riquísima y el lechón y los postres. Hasta brindamos con *champagne* francés. Nos dieron un sorbito a cada una. Creo que mi papá nos lo ofreció a las hijas para hacerse el europeo. Nunca lo había probado. Unas burbujas que parecen estrellitas subiendo, y te hacen cosquillas en la garganta. Como si fueran risas pequeñitas deslizándose hasta la barriga. Después le entran a uno ganas de reírse y de hablar mucho.

Betsabé no reconoció a su amiga.

—No te pregunto por lo que comieron o bebieron.

—O sea que preguntas por... ¿por el que sabemos? ¿Por él?

—¿Por quién? —dijo Betsabé haciéndose la que no entendía.

—Pues por quién va a ser. Por el extranjero.

—Aaah... ¿Por el metiche? Ese no me interesa. Es un...

—Preguntó por ti —le confesó con tono intrigante antes de que acabara la frase.

Betsabé fingió que no le interesaba, pero su corazón se aceleró y el galopar de un caballo desbocado empezó a retumbar en la habitación.

Mientras Capitolina hablaba, Betsabé no podía escuchar nada pues el cabalgar del animal era frenético y ahogaba su voz. Trató de serenarse y de leer en los labios de su amiga lo que le contaba. Dentro de sí pensaba: «Preguntó por mí y yo me comporté muy mal con él».

—No te imaginas cómo estaban las hermanas de ver que se me acercaba y no hablaba con ellas. No paró de averiguar, quería saberlo todo de ti.

—Debe ser porque nadie le habrá dicho lo que le dije. Pura dignidad.

—¿Dignidad...?

—Ojalá.

—¿Por qué dices *ojalá*? ¿Te gustó?

Betsabé no se atrevió a decirle que sí, que le gustaba, porque en realidad no tenía ni idea de lo que quería decir eso.

—Pues a mí me gusta —le dijo Capitolina—. Si a ti no, es tu problema. Mejor para mí.

—No vamos a pelearnos por eso —le recomendó Betsabé—. ¿Qué tal si hacemos un pacto?

—¿Qué pacto?

—Es hermoso, ¿verdad? —le dijo Betsabé pensando en el rostro de Emmanuel.

—Más que eso —dijo Capitolina.

—Hermoso... y también metiche.

—Y... ¡Dios mío! Sus ojos son un océano despeinado.

—Y... ¿su boca...?

—Y su pelo...

—Y su voz...

—Qué importa para quién sea. Lo importante es que si tiene que ser para alguna, será para ti o para mí. Si es para ti, ¡yo seré feliz!

—Y yo también, si es para ti —dijo Capitolina.

Se abrazaron y después se cogieron de las manos y empezaron a girar y a girar, como cuando jugaban a emborracharse dando vueltas y revueltas hasta que la habitación se deshizo en sus ojos y los objetos que las rodeaban se convirtieron en un borrón de alegría.

53

Céfora recibió en la mañana una llamada de su amiga María de las Mercedes Urrutia de Morales en la que le comunicaba que por fin había podido hablar con su esposo.

—Querida —le dijo con aires contentos—, me ha costado mucho comunicarle a Benigno tus deseos. Ya sabes que los hombres viven ocupados en mil temas y la mayoría de las veces a las que menos les hacen caso es a sus propias esposas, salvo cuando les interesa. Y este tema le interesó. Lo que tanto te urgía ya está resuelto. El ingreso de esa niña se hace efectivo cuando lo consideres oportuno.

—No me lo puedo creer —le dijo feliz Céfora—. Eso me tenía muy preocupada. Cuando nos veamos te cuento. Por muchas razones, esta muchacha no debe estar más aquí. Le va a ir muy bien una temporada en la fábrica. Es una mala influencia para nuestra hija. Tú me entiendes.

—Absolutamente, Céfora.

—No tengo cómo agradecértelo.

—Ni falta que hace —le contestó María de las Mercedes—. Con un té de los que se toman en tu casa y una buena partida de bridge es más que suficiente. Además, te confieso que esas tardes se han convertido en mi pasatiempo favorito.

No sabía cómo comentárselo a Conrado. Necesitaba acercarse a él de una manera cariñosa. Lo que en realidad hubiera deseado era que a su regreso de Cartagena de Indias Betsabé ya no estuviera en la casa. Pero no había sucedido así.

Era muy consciente de que su marido se sabía culpable de que Capitolina no hubiera salido *perfecta*, como sus otras hijas, y por eso permitía que La Salvaje, como llamaba a Betsabé, continuara en la casa cuando lo que más deseaba era que desapareciera de una vez por todas de sus vidas.

—Mi amor —le dijo el mismo lunes cuando Conrado estaba a punto de irse para la oficina—. He pensado que lo mejor para todos sería sacarnos de encima a Betsabé.

—¿Qué quieres decir? No te entiendo —le dijo él mientras se acicalaba y perfumaba con la colonia francesa que le obsequiara Emmanuel.

—Tú sabes de sobra que esa muchacha es una mala influencia para Capitolina. Te lo he repetido cientos de veces.

—Yo lo único que sé es que nuestra hija es una pobre y desdichada niña que vive a través de Cetsabé.

—Pues es el momento de que aprenda a vivir sin ella, ¿no crees? Y más ahora que tenemos a este joven. No quiero que se lleve una mala impresión de nosotros y que lleguen hasta París estos temas tan íntimos.

Conrado, apurado como estaba por iniciar el día, ya que por primera vez iba a ejercer el papel de padre de un hijo varón que aunque no era suyo empezaba a considerarlo como tal, le restó importancia a lo que su mujer le comentaba y decidió dejarla en libertad de tomar la decisión que a bien tuviera.

—Lo que tú quieras, mi vida —le dijo dándole un desganado beso en la frente—. No tengo tiempo para cosas menores. Debo irme ya. El muchacho me espera y necesito llegar temprano. Le escribiré una carta a su padre. Quiero explicarle las primeras impresiones que su hijo ha tenido de nuestra tierra, y también que tenga por seguro que estará muy cuidado.

—Pues cuanto antes lo hagas, mejor —contestó Céfora sonriendo—. Tú no te preocupes por nada y dedícate a preparar a ese joven para la vida. Prometo que te sorprenderé.

54

Sábado, 1 de mayo de 1909

Querido diario:

Van a ser las cuatro de la mañana y no puedo dormir, a pesar de que llevo tres mil quinientas veintiséis ovejas blancas saltando por encima de mi insomnio y no sé cuántos cantos nocturnos acompañando mi desvelo.

¡Menos mal que existes!

¿Nunca te ha pasado que te desfila tu vida y que no sabes qué hacer con ella? Es lo que me está sucediendo.

Me acosté sin comer, sin tomar ni siquiera un sorbo de agua. Tampoco almorcé. De pronto se me ha desaparecido el estómago. Pasé de morirme de hambre a no desear nada de nada. Siento un agujero en el centro de mi barriga y cuando voy a saciarlo, ha desaparecido y una extraña llenura me embarga.

Me han pasado muchas cosas en un solo día.

El rostro del francés lo tengo grabadito en mi mente con tinta china y no me deja en paz, aunque le pida que se vaya (claro que esto lo hago a regañadientes y hasta parece que se diera cuenta). La cara de mi mamá, su locura y su cordura alternando, también.

Y el manicomio...

Y el poeta Mejía viendo en mis ojos lo que yo sé que tengo en mi corazón...

Y la rabia de Capitolina...

Y su alejamiento...

Lo de la sangre que va cayendo entre mis piernas es algo que me cuesta mucho entender. Ya me he cambiado varias veces y me da un no sé qué tener que mirarla de frente cada vez que me cambio, y luego acumular esos incómodos retazos de tela para ir a lavarlos y volvérmelos a poner.

¿Cómo pueden vivir las mujeres con esto?

¡Dios mío! ¿Por qué nos tocó a nosotras y no a ellos?

Lo que pienso se queda aquí.

Son mis pensamientos más íntimos que solo puedo confiarlos a ti. Si tuviera que opinar sobre esto diría que es injusto.

¿No estás de acuerdo conmigo?

¿A quién se le ocurre que sea la mujer la que deba cargar con el peso de la sangre, es decir, con el peso de la maternidad?

El universo está loco. Debería estar más equilibrado, ¿no? Un mes al hombre y otro a la mujer.

¡Pero a nosotras nos tocó lo peor! Esa frase se la oí varias veces a mi mamá y estoy de acuerdo.

Ya sé que me vas a decir que soy una exagerada pero también sé que lo haces por repetir lo que casi todos piensan, aunque en el fondo me das la razón. Porque eso es lo mejor que tienes: que siempre estás de acuerdo conmigo.

¡Dios mío bendito! ¡Qué cansancio!

Sigo despierta en esta habitación tan desolada. El olor a leña quemada está incrustado en sus paredes. La utilizaban como antiguo horno; así de pequeña y oscura es.

Me han mandado a este último rincón de la casa porque buscan esconderme de la vida, pero no saben que yo soy VIDA. Lo escribo en mayúsculas para que no se me olvide.

La luz del corredor se filtra por las rendijas de la puerta y hace que todos los objetos cobren vida. Del banquito que custodia el ventanuco se despierta un quejido que sale de la ruana que me quité. En el suelo, la bacinilla desportillada aguarda el trance de la urgencia. La puerta parece un espanto colgado en la pared. Nada me deja en paz.

Me siento como una apestada. Ya no me dejan dormir con Capitolina porque creen que puedo contagiarla del mal de la cordura.

Pobrecita. Creo que soy más libre que ella.

¡Me cuesta tanto pensar en lo que debe estar sintiendo ahora!

Como te digo, no puedo dormir.

He pensado que mi vida aquí no tiene sentido, pero no se me ocurre adónde ir. Estoy viviendo en contra de lo que piensan la mayoría de los que habitan esta casa.

A veces se me pasa por la cabeza hacerme la loca para irme al manicomio con mi madre, pero creo que puedo ser más útil fuera.

¡Virgencita del agarradero!

¿Por qué me tocó a mí esto?

Creo que te equivocaste conmigo. Yo era buena. Deberías haberle puesto esta penitencia a otra.

Mi amigo querido, no tienes ni idea de lo que es vivir.

Esta noche, en este insomnio que me consume, he fantaseado con bañarme. Sí, con bañarme en el río. Limpiarme de todo. El agua siempre me ha parecido el mejor bálsamo quitapenas.

Bañarme debajo del puente, donde lo hacen las ricas. Bañarme, sí, y limpiarme los dolores, como cuando lavan los caballos y les cepillan sus andares y les dejan sus patas relucientes para que se vuelvan a clavar en el barro.

Bañarme y limpiarme del miedo y de la desesperanza. Que solo en una zambullida se fueran mis desasosiegos. Y nadar... Nadar sin sentir el temor a ahogarme.

Lo que daría por saber hacerlo y dejarme ir en la corriente del río; fluir con él hasta donde quisiera llevarme.

Aaaaaah...

Hummmmmm...

Acabo de suspirar hondo otra vez. ¿Lo oíste?

En un libro de poemas leí que los suspiros son los desahogos de un alma enamorada. Debo tener el alma asfixiada de amor. ¿Cómo puede ser posible que en un día haya suspirado tanto?

¡Si pudiera dormir!

¡Si me soñara con él!

Claro que también lo odio...

¿Será normal?

Quería decirme su nombre, pero no lo dejé. Lo hice para fastidiarlo. También lo sabía. Hace meses que en esta casa no paran de hablar de él.

Emmanuel...

Me gusta. Busqué su significado en el diccionario y dice que es uno de los nombres con los que se designa a Jesús. También dice: 'Enviado de Dios'.

¿Será que Dios me lo envía a mí?

¡Pero qué ocurrencia! Cuando te diga cosas como esta, deberías regañarme.

Ya cantó el gallo y yo, mientras, sigo imaginando bobadas.

¿Pensará en mí?

El gallo no, Emmanuel.

¡Ayyyy! ¡Si pudiera corregir lo que le dije!

Voy a cerrar los ojos. Puede ser que en este instante él también los esté cerrando y piense...

Piense en mí.

55

Amaneció, sumido en un blanco poético jamás sentido. Torturado por la incapacidad de reconstruir la imagen de aquella joven tan inmaterial y a la vez tan ungida de tierra.

En una soledad náufraga que lo consumía en un sueño sin alas.

Ella era su *Vierge de Feu*. La etérea inimaginada.

Emmanuel no durmió en toda la noche porque se sentía profundamente enfermo. Era una clase de enfermedad que nunca había experimentado y no tenía nada que ver con aquello que lo llevara al borde de la muerte en Cartagena de Indias.

Lo que lo mantenía en vilo era peor, porque presentía que era incurable.

Como no tenía ni idea de cómo gestionarlo, recurrió a la alquimia de la escritura. Había aprendido que en momentos como ese, la gramática era la única capaz de salvarlo.

Le escribiría una carta a la muchacha salvaje que lo tenía en desvelo. Unas letras que no enviaría jamás a nadie, pero a cambio le regalarían la paz que necesitaba para atravesar el infranqueable túnel de esa noche.

Se sentó frente al escritorio, buscó su diario donde guardaba los recuerdos de sus amigos y lo abrió en la última página, manchada con las gotas de sangre que sus amigos habían vertido antes de su partida. Repasó con la yema de su dedo índice cada una de ellas y sintió la nostalgia de la ausencia. Sacó su pluma, la sumergió en el tintero y empezó.

Mi querida ausente:

En esta noche sin fin te pienso, y mientras lo hago me faltan palabras para describir el sentimiento que me embarga.

Sé que el intrusivo comportamiento mío de esta mañana te alteró y no alcanzas a imaginar cuánto lo lamento. Ojalá pudiera devolver las manecillas del reloj para enmendar mi torpeza.

¡Jamás me había arrepentido tanto de algo!

Todos somos pobres mortales en busca de una ilusión que nos motive a vivir.

¿Puedes comprender que yo también lo sea?

Lo que me llevó a subir y a tratar de averiguar lo que sucedía en la habitación cerrada de donde emergiste como un ángel rojo, tiene mucho que ver con mi existencia.

Siempre he sido un observador de lo oculto, y lo evidente me llama mucho menos la atención porque soy un mirón empedernido de lo que no se observa a simple vista.

Me gustaría que entendieras que cuando decidí espiarte, lo que me animó no llevaba ningún deseo malsano. Obedecía a esa búsqueda de la que te hablo.

¡Siento mucho que sepas tan poco de mí!

No tienes ni idea de quién soy. No me conoces.

¡Sería tan hermoso que coincidiéramos en nuestros idearios y no acabaras por crear una imagen equivocada de mí!

Sin embargo, por más que lo desee no puedo evitarlo.

No tengo nada que ver con aquello que imaginaste. Nada más lejos de ese estereotipo.

Me cogiste desprevenido. Apareciste con ese ímpetu rabioso y esa voz que parecía cantar pero en cambio golpeaba.

Yo no quería pelearme contigo porque no me coincidía tu imagen de ángel abierto con la de la beligerante que te empeñabas en representar.

No tengo ni idea de lo que piensas de mí, pero deseo con todas mis fuerzas que por lo menos me pienses. Bien o mal, pero que me pienses.

Sé que la vida puede hacer que un pensamiento negativo se convierta en algo hermoso. En eso consiste la magia de la transmutación.

Los seres humanos somos capaces de transformar el dolor en belleza y también la belleza en dolor.

Vivimos en un continuo vacío que nos empeñamos en llenar para volver a vaciar y a llenar...

Y quizá en el momento en que te conocí estaba buscando ese llenar...

Querida mía...

No me lo tengas en cuenta... No me odies.

No sé por qué razón te siento tan cercana, tal vez fui solo un tropezón inoportuno que ya olvidaste.

He hablado mucho con Capitolina y sé que te adora.

¡No me extraña que te quiera tanto! Aunque acabo de llegar, no me hace falta mucho más para darme cuenta de quién es ella y quién eres tú.

Esta familia, en la que yo también he caído, es muy extraña. Después de haber visto lo que hay, no te voy a negar que me gustaría alejarme de esta casa.

¿Cómo pueden vivir de esta manera?

Me resisto a borrar de mi pensamiento tus ojos de tierra arada, fecundando en los míos unos árboles cuajados de flores violetas.

Y yo me pregunto: ¿Hay algo más bello que fecundar flores?

56

Y se hizo la luz.

La casa se despertó con los revoloteos propios de una manada de pájaros enjaulados en busca de vuelo.

Los sirvientes, acostumbrados a la rutina, desperezaban las cortinas con parsimonia mientras las ventanas daban grandes bostezos al abrirse y recibir los rayos de un sol naciente, cansado de inaugurar días repetidos.

En los pasillos no se hablaba de otra cosa que no fuera el huésped francés.

Las criadas alababan su belleza y sus modales, eso sí, en secreto para no ser descubiertas por la retorcida Consolación.

Las Mejía Echavarría se despertaron ansiosas, ebrias en la exaltación de encontrarse, antes de partir, con el muchacho de cabellos desquiciados y mirada de mar revuelto.

Todas pensaban en él, cada una a su manera, con sus ilusiones y frustraciones incrustadas en las flores de sus pieles.

A partir de esa semana la rutina cambiaba porque había un nuevo integrante en la familia. Un hermano que no era hermano, ni primo, ni primo hermano ni nada parecido. Se trataba de un ser que no las dejaría concentrarse. Las clases y los recreos se les harían eternos.

Céfora había dado instrucciones para que las niñas fueran más recatadas que nunca.

Quedaba prohibido circular por la casa en levantadora o con los pies descalzos, como acostumbraba hacerlo Conradina.

Ninguna, absolutamente ninguna, debía salir de su habitación después de haberse despedido y recogido para dormir.

Los rosarios se seguirían rezando a las seis en punto de la tarde y era obligatorio estar en completo silencio y riguroso recogimiento.

Si alguna se encontraba con Emmanuel, no debía permanecer más de un minuto a solas con él.

Quedaba prohibido mencionar a Betsabé y, obviamente, a su madre.

Si por alguna razón el francés se sobrepasaba en algo, debía ser comunicado inmediatamente a Céfora.

Quedaba prohibido mirar al joven directamente a los ojos.

Emmanuel, que procuró hasta lo indecible forzar un encuentro con la hermosa de las cejas tupidas, la que le regalara la noche más mágica que había tenido en su vida, claudicó al darse cuenta de que en el cuarto de donde había surgido como una aparición no había nada más que fantasmas de objetos dormidos.

Salvo para Capitolina y quizá para Cenicio de la Cruz, ninguno quería dar fe de su existencia.

Su terrible frustración acabó por diluirse en el correcorre matutino. Ya habría tiempo de investigar y de dar con ella.

Desayunó alimentos desconocidos que, a fuerza de probar, acabó por adorarlos. Aunque añoraba su *café au lait* y su *croissant*, esas arepas de chócolo hechas con maíz dulce sobre las que se derretía la mantequilla y el quesito tierno servido en hojas de plátano ahora hacían parte de su vida.

Nada de lo que experimentaba en ese momento tenía que ver con su anterior vida. Se sentía incómodo y hasta cierto punto prisionero de lo desconocido. Aunque por un lado, el cariño de Conrado lo arropaba, por el otro, percibía la animadversión de su mujer.

La reunión en la mesa fue tensa. Los cubiertos y los silencios cantaban una torpe sinfonía. De pronto, todos se pusieron de pie y la mañana empezó.

Se fueron.

El séquito uniformado de las Mejía Echavarría marchó al colegio a desgana.

Incluso Capitolina, tras su larga convalecencia, hacía un mes había regresado al odiado colegio para cumplir con aburrimiento y desidia su día a día.

Y en el último rincón de la casa, al que a nadie se le habría ocurrido visitar, la hija de Celsa Julia Espinal, ajena a lo que sucedía y rendida por el cansancio de la noche, acababa de quedarse dormida.

Fueron los insistentes golpes de Consolación los que la devolverían a la vida.

—¡Despiertaaa! Betsabé de todos los demonios. Llegó el momento —le dijo con alegría malévola.

La muchacha, que llevaba durmiendo solo una hora, se levantó sobresaltada.

—¿Crees que vas a vivir holgazaneando siempre? —la increpó—. A la vida, los que somos como tú y yo hemos venido a trabajar. O sea que... ¡a ponerse en marcha! Hoy te espera un día muy especial.

Lo que no sospechaba Betsabé era que ya todo estaba preparado para que, antes de la hora del almuerzo, ella abandonara el Chalet Capricieux.

57

Se fue.

Se la llevaron de manera solapada y urgente, aprovechando la ausencia de Capitolina.

Se fue sin despedirse de su hermana. Aturdida por lo que sentía y sin poder exteriorizarlo.

Se fue sin volver a ver los ojos de Emmanuel ni saber lo que pensaba de ella.

La hicieron recoger sus pocas pertenencias, que guardó en un pequeño bulto, utilizando la vieja funda de una almohada.

Se fue amenazada, masticando temores.

O se iba para sobrevivir porque no pensaban darle más de comer o, si no lo hacía, enviarían a Capitolina tan lejos que jamás volvería a verla.

Se fue amenazada y cargada de tristeza.

Marchaba, según le habían dicho, a un lugar muy especial, donde las mujeres ganaban tanto dinero que podían mantener a sus familias y hacerse poderosas.

Y ella se lo creyó.

Volvía a sus orígenes. Al lugar donde había nacido: Bello.

Después de haberle amargado con gotas de hiel el despertar, le endulzaron el oído contándole que uno de los mejores amigos de Conrado Mejía, el esposo de María de las Mercedes Urrutia, había inaugurado muy cerca del cerro Quitasol, al lado de la quebrada La García, una fábrica de tejidos donde empleaban a mujeres y a niñas listas y habilidosas como ella.

Todo lo que tenía que hacer era ponerse delante de una sofisticada máquina traída del extranjero y hacer que de ella surgieran metros y metros de tela tejidos con hilos de algodón que iban y venían de aquí para allá, y de allá para acá...

¡Fácil!

¡Muy fácil!

De fila en fila, de tramo en tramo, hasta convertir aquellos hilos finísimos en metros y metros de tela que darían cobijo a muchos: telas para vestir al desnudo.

Pero la engañaron.

Le dijeron que Capitolina conocía su partida y que la iría a visitar.

Le dijeron que sería bueno para las dos, porque la relación que tenían no era sana. Su amiga necesitaba crecer, hacerse fuerte ante las vicisitudes diarias y ser más autónoma. Y al mismo tiempo, ella debía responsabilizarse de sí misma para poder ayudar a su madre y hacerse un futuro. Además, haría parte importante de una gran empresa que traería desarrollo a Medellín. Todos saldrían ganando porque era el futuro y la modernidad.

Aunque su corazón luchaba por decir que no, que era el momento de permanecer ahí, no sabía cómo evitarlo. No podía ni tenía otra alternativa.

O ingresaba al manicomio haciéndose pasar por loca o se iba a esa fábrica a tratar de ganarse la vida para salvar a su mamá y salvarse a ella misma.

Al final, los argumentos la convencieron.

Se despidió de todo como hacía siempre: sin despedirse. Estaba acostumbrada a vivir en las nadas.

El camino lo hicieron en silencio.

Cenicio de la Cruz no le dirigió la palabra. No podía hacerlo porque estaba vigilado muy de cerca por Céfora, que en el último momento decidió acompañarlos para que nada ni nadie estropeara su decisión.

Mientras se dirigían al lugar, Betsabé sintió que se ahogaba. El llanto retenido se fue acumulando en su garganta hasta sentir una catarata contenida que se desbocaba.

Atravesando el río Medellín no aguantó más y sobre el inmaculado vestido de la mujer de Conrado vomitó un río de llanto, que no cesaba de fluir de su boca y venía cargado de barro y renacuajos.

—Mira cómo me has puesto —le dijo energúmena la mujer dándole una cachetada—. ¡Maldita endemoniada! Merecerías unos buenos correazos. Ojalá te pudras dentro de la fábrica.

Cenicio de la Cruz alcanzó a oírla y detuvo el carruaje.

Céfora, llena de asco, miraba su traje manchado. No sabía si continuar o regresar a casa a cambiarse.

—Señora, si me permite, creo que la niña está...

—Qué niña ni qué nada. Es una grosera y maleducada. Un... —buscaba la palabra con la cara pintada de rabia—... engendro. ¡Qué se puede esperar de la hija de una loca!

—Tiene miedo.

—No te he pedido opinión, así que calla si no quieres...

—No tengo miedo, Cenicio —los interrumpió Betsabé—, y menos ahora —continuó diciendo al darse cuenta de que *Mejorana* había aparecido en el suelo del coche y se acercaba sinuosamente a los pies de la mujer hasta envolverlos. Aunque sabía que era una culebra buena, también supo que la asustaría.

—¡Auxiliooo!

El grito de Céfora escaló el cerro El Volador y bajó por las calles Ayacucho y Colombia hasta meterse en la oficina de Conrado Mejía, que en ese momento le explicaba a Emmanuel con meticulosidad el manejo de la tienda. Al oírlo, interrumpió la conversación:

—¡Ni siquiera aquí me deja en paz! Un día esta mujer va a acabar conmigo —dijo.

58

Martes, 11 de mayo de 1909

No sé por dónde empezar.

Ya sé que me dirás que por el principio, pero lo peor de todo es que ese no sé cuál es.

Vas a tener que perdonarme si lo que te explico está en desorden. Es que desde ayer llevo el corazón despelucado y revuelto, como si me lo hubieran zamarreado los vientos, mejor dicho, que no me lo noto en un sitio específico sino que me va latiendo por todas partes.

Me encuentro en un extraño lugar lleno de muchachas, tan pobres como yo, que nos vamos mirando calladas como si buscáramos reconocernos en los ojos de alguna para poder hablar.

Están llenas de angustias, pero yo no. Me sirvió mucho haber arrojado toda mi bilis en el camino.

No me arrepiento nadita haber vomitado encima de la mamá de Capitolina. Se merece eso y mucho más. Ni tampoco me arrepiento del susto que le provocó *Mejorana*. Tenías que haberla visto. Gritaba como una loca. Seguramente pensó que la iba a morder, pero mi *Mejorana* no hace eso, porque es muy buena. Lo que sí hace muy bien es asustar al que quiere hacerme daño. Ahora no sé dónde se ha metido. Ella tiene necesidad de ser libre y la entiendo perfectamente; por eso no la aprieto ni la atosigo. Sé que está cerca de mí pero sin que nadie la note.

Las monjas me han dado muy mala impresión. La que me recibió lleva esculpida en la punta de la nariz una verruga enorme que mientras habla se le mueve como si tuviera vida propia. Tiene la cara erosionada, llena de cráteres lunares, y una voz de ermitaño que la habita dentro.

Lo que me dijo me pareció incomprensiblemente cruel viniendo de una persona que se vanagloria de ser una de las esposas elegidas por Jesús.

Primero se burló de mi vestido y mi peinado. Y me dijo que tendría que desinfectarme para poder estar allí.

Me presentó delante de las demás como *la nueva*. Y habló de tantas reglas que me gastaría todas estas páginas enumerándolas y no acabaría.

Me preguntó si ya me «había enfermado». Yo pensé en las enfermedades que a lo largo de mi vida había padecido y le dije que, desde chiquita, muchas veces. Pero una de las desconocidas, después de que todas se rieran, se apiadó de mí y me susurró al oído que lo que quería decirme la sor Perversa esa era que si ya me había venido la menstruación. «La mens... ¿qué?», repetí aterrorizada por esa palabrota. Como seguía sin entenderlo, volvió a preguntarlo de otra manera, «que si me había salido sangre por allá abajo». Entonces pensé en todo lo que acababa de ocurrirme.

¡Así que a eso le llamaban *enfermarse*!

Le contesté a la hermana Rosamunda, así se llama la monja de la horrible verruga, que sí, que me había enfermado, que en ese instante estaba enfermísima.

No te imaginas la cara que puso. Además de cráteres, ahora llevaba cuarteada toda la frente. Solo dijo: «La que nos faltaba. Nos la traen, además de sucia, sangrando. Seguro que, para remate, viene llena de piojos».

Desde ese instante la rebauticé con el nombre de sor Inmunda, y que Dios la perdone porque yo no puedo.

Miércoles, 12 de mayo de 1909

Este sitio no me gusta naditica. Es gris, triste y oscuro. Un olor opresivo flota en los techos como si fuera una nube a punto de caer sobre nosotras y ahogarnos. Pienso que así debe ser una cárcel, aunque no he estado nunca en ninguna.

Las monjas van de un lado para otro dando órdenes amenazantes. Prohibiendo casi hasta respirar.

Prohibir. Es la palabra que más usan. Prohibido esto, prohibido lo otro, prohibido tal, prohibido cual...

La estatua omnipresente de un Cristo crucificado que sangra por todas partes, y cada vez que atraviesas el corredor te lo encuentras con su corona de espinas y su mirada perdida y suplicante, me sobrecoge. Me han dado ganas de bajarlo de allí, pero es inmenso y los muertos pesan mucho. Estoy segura de que yo sola no podría. Además, ¿qué podría hacer con él después de descolgarlo?

Imagino a su madre con la pobre María Magdalena, y me dan ganas de llorar pero me las aguanto. No quiero que me vean débil porque sé que se aprovecharían.

El inhóspito caserón está lleno de santos adoloridos, alumbrados con velas, repletos de innumerables pedidos escritos en papelitos doblados que creo que todas abrimos, leemos y volvemos a cerrar. Así nos enteramos de las penas ajenas y eso nos ayuda a aliviar las propias. Parece una pequeña iglesia donde estamos purgando la desgracia de estar vivas. Me repito todo el día «soy fuerte, soy fuerte, soy fuerte...».

Todavía no conozco la Fábrica de Arriba, como la llaman, pero desde aquí se ve su imponente silueta de chimeneas como narices de un gigante perverso que va soltando bocanadas de humo al cielo. Los que la conocen bien aseguran que la primera vez que entras y ves esa cantidad de máquinas funcionando te entra terror, pero que cuando ya aprendes a manejar los telares se te quita. Se dicen muchas cosas de lo que sucede dentro, pero la que más es que si haces bien tu trabajo y no te metes con nadie, ganas algo de platica.

Sor Inmunda me tiene tirria de verdad. Se ha empeñado en re-educarme a golpe de castigos de lo más variopintos y perversos. ¡Ni que fuera mi mamá! Claro que las demás también sufren sus arbitrariedades. Todas salvo la Preferida, la que le lambonea todo el día. La acusetas panderetas. «Buenos días, hermana. Buenas tardes, hermana. Dios la bendiga, hermana. Gracias, hermana. Dios le pague, hermana. Y bendita sea tu pureza y eternamente lo sea...». Casi como si fuera una virgen.

El otro día el viento le levantó el hábito a sor Mala y vi que llevaba sus regordetas piernas llenas de morados. Lo comenté con la única niña que habla conmigo —una pobre huérfana a la que separaron de su hermanito porque decían que él llevaba el diablo dentro y lo tienen recluido en un seminario ungiéndolo cada día con agua bendita a ver si se cura—. Me dijo que todas las noches la sor Horrible se da fuetazos dizque porque quiere ser santa... ¿Santa? ¿Santa de qué? Y que nos quiere corregir para que nosotras también lo seamos. Que se martirice ella sola y nos deje en paz.

Eso sí, nos levantan al grito de «Viva Jesús», al que debemos responder de inmediato: «Presente en nuestros corazones». Y ay de la que no conteste, porque tiene asegurado su buen castigo. Luego el *Dios te salve María* y «*quiubo* pues, tiendan la cama rapidito, que hay que ir a misa y Dios no está para esperar ni para perder el tiempo con perezosas».

Mi querido diario, ¿te has dado cuenta de que no te hablo de Emmanuel? Es que prefiero entretener la cabeza como sea para no caer en ese destemplado abismo donde solo canta la tristeza.

Me debe odiar. Sí, seguro que me odia. Yo, si fuera él, también me odiaría por burra y estúpida.

Me arrepiento con todas mis fuerzas de lo que le dije, pero ya no se puede hacer nada. Es que aprender cuesta mucho... tanto como perder.

No sé qué será de Capitolina. Me hace mucha falta... ¿Cómo serán sus días?

¿Se acordará de mí?

¡La última vez que hablamos la noté tan rara!

¿Se habrá enamorado de Emmanuel? ¿Y él de ella? Si así fuera, lo prefiero, antes que verlo ennoviado con cualquiera de las Cés.

Jesús mío, si te descuelgo de la cruz, ¿me prometes que Emmanuel solo será para mí?

Mejor dicho, si te ayudo, ¿me ayudarás?

59

Nadie hablaba de ella.

Los días arrastraban la voz molesta de un falso silencio lleno de palabras insulsas que menospreciaban lo que para él era vital.

Desayunos, almuerzos y comidas se acumulaban frente a él y eran retirados intactos de la mesa.

Jugaba a pintar, creando cuadros en el plato, sin que por su boca pasara ningún alimento mientras rumiaba qué podría haber sucedido con la desconocida de la buhardilla.

Emmanuel comenzaba a creer que su Virgen de Fuego había sido una alucinación, la secuela que le quedara de la terrible enfermedad padecida en Cartagena de Indias.

La veía por todas partes y no estaba en ninguna.

La olía y percibía en el aire que llegaba de las montañas, en los aromas silvestres que se colaban por las rendijas de las ventanas y los resquicios de las puertas, en los sonidos que anunciaban la noche, en el canto de los gallos y en los pájaros que celebraban el amanecer.

Arrancaba puñados de musgo y, después de olerlos, se los llevaba a la boca, masticándolos y tragándoselos solo por el placer de recordarla.

Sufría retortijones y *suspiransios* continuos que lo dejaban exhausto y desorientado.

Nadie daba ninguna respuesta a su pregunta. Ninguno se daba cuenta de lo que le estaba ocurriendo.

—¿Dónde está? —preguntaba a voz en grito.

—¿Quién? —Se observaban extrañados todos, mirando alrededor como si hablara de un ser invisible.

—¿Dónde está ella? —insistía tratando de que alguien calmara su angustia.

Silencio total.

Ni siquiera Capitolina la mencionaba.

Empezó a vestir unas ojeras negras que enmarcaban ese recién desteñido azul de sus ojos y una flacura lívida lo iba haciendo transparente.

Quería irse y escapar de ese lugar que lo enloquecía, pero no se sentía con las fuerzas necesarias pues el único nexo que tenía con aquella muchacha era precisamente esa casa que comenzaba a odiar.

«Si de repente en algún momento te sientes agobiado por tener que encerrar en ti mismo lo que guarda tu corazón, coge papel y pluma y escribe. No busques frases elaboradas, emplea las primeras palabras que te vengan a la mente, porque ellas estarán conectadas a tu sentir. Explica tu sufrimiento hasta vaciarte. Eso te ayudará a no ahogarte, mi querido Emmanuel», le había dicho Simone Weil en su última misiva.

Y eso hacía.

Las cartas dirigidas a la muchacha salvaje crecían en las páginas de su diario, del que no se desprendía y ahora guardaba en su pecho. La dibujaba compulsivamente, tal como la recordaba, para que el paso de los días no consiguiera borrarla de su memoria. Sentía vergüenza de que alguien descubriera lo que escribía y pintaba, ese arrebatado sentimiento que desconocía y por primera vez hacía estragos en su vida. Eso tan raro que lo elevaba al cielo y lo sumergía hasta el fondo de un pozo desconocido al que muchos llamaban *amor imposible*.

Él, que hasta ese momento se consideraba invencible, ahora por culpa de una mujer se convertía en el ser más vulnerable de la Tierra.

Habían transcurrido tres semanas. Tres largas semanas en

las que no sabía nada de nada. Las carcajadas de Céfora se le hacían insoportables; las sonrisas de quita y pon de sus hijas, también.

A Conrado no se atrevía a preguntarle sobre la joven aparecida y desaparecida, porque notaba en él la inclinación de irle metiendo por los ojos a Conradina, la mayor de sus hijas, de la que se empezaba a decir *sottovoce* en los costureros caritativos de la alta sociedad que si no se apuraba en levantarse novio se quedaría para vestir santos. Sospechaba que el tiempo y el cariño que vertía en él eran una especie de inversión a largo plazo para convertirlo en su hijo político y prepararlo para llevar las riendas de sus negocios, eso sí, pasando primero por el altar.

De toda la familia, la única que se salvaba era Capitolina, una muchacha bella entre las bellas, además de inteligente y brillante. Con ella lograba mantener entretenidas y reflexivas conversaciones que le servían para distraer su pena.

Con el paso de los días, se fue acostumbrando a su mirada líquida y a su insaciable curiosidad.

A pesar de su pronunciada cojera, la última de las Cés caminaba con la dignidad y la fuerza de una guerrera griega. Era tal su belleza que quien la conocía de verdad acababa por olvidar el problema de su pierna. Y es que en el fondo amarillo de sus ojos se licuaba el oro de ese conocimiento adquirido precisamente por su minusvalía y por el rechazo que sufría en el ambiente estudiantil y social, donde las jóvenes soñaban ya con convertirse en reinas desde que apareciera el primer concurso del club local.

El culto a la belleza femenina y al deseo de casarlas rápido y *bien* hacía que la mayoría de ellas solo se untaran de un limitado barniz cultural; eso sí, aderezado con todas las especias que las podían convertir en excelentes amas de casa y en prolíferas madres. Asignaturas que estudiaban con ahínco y en las que se esforzaban por sacar un cinco aclamado: Estética, Economía doméstica, Labores de mano, Dibujo, Modistería, Francés, Inglés, Piano, Dactilografía, Cocina... y todos los etcéteras llenos de «no parecer esto, no parecer aquello».

Y Religión, Escritura, Lectura, Historia Sagrada... y Universal... y Eclesiástica y Composición, Física... y, naturalmente, Clases de *Glamour*. Para parecer auténticas señoritas dignas de merecer.

De todo esto, Capitolina ni se impregnaba ni se interesaba en lo más mínimo.

Por eso le gustaba y buscaba su compañía. Emmanuel aprovechaba los momentos menos dolorosos para ilusionarla e ilusionarse a sí mismo con sus historias vividas en París, que él tanto añoraba y que dilataban y convertían en soles los ojos de la joven.

—¿Sabes que en París la noche es eterna?

—¿Qué quiere decir *eterna*? —le decía ella sonriendo.

—Que puedes estirarla con un hilo invisible hasta convertirla en día.

—Aquí la noche acaba en...

—No me lo digas, lo sé —le dijo Emmanuel—. Acaba cuando las tórtolas se van a dormir. O sea, a las seis.

—Sí, es muy aburrido.

—En París la noche empieza cuando los que quieren parecer buenos se van a la cama y los que quieren parecer malos, a la calle.

—No lo entiendo —le dijo Capitolina ansiosa por saber más.

—No lo entiendes porque aún no has vivido. Y porque aquí la vida se contempla arrullada por ese murmullo tan botánico, tan de selva virgen. Pero nuestros padres sí que lo saben.

—¿Mi padre? Debes estar bromeando.

—En absoluto. Lo que pasa es que no les interesa que sepamos lo que vivieron porque en su pasado hay un punto de frustración. No te imaginas lo que puedes encontrarte al otro lado del océano.

Emmanuel la miró y, al verla tan inocente, lo invadió una

infinita ternura. Su ingenuidad parecía un poema espiritual hecho de aire. La cogió de las manos y besó muy suave, una a una, la punta de sus dedos.

Capitolina sintió que la sangre se le subía a las mejillas. El roce de esos labios le erizó el alma.

—Gracias —le dijo emocionada. Era la primera vez que alguien se acercaba tanto a su piel y de manera tan sutil.

—¿Gracias... por qué?

—Por... por besar mis dedos.

—Sentí ese impulso. Perdóname si te he alterado; no era mi intención. Me gusta la espontaneidad sin consecuencias.

—Da hasta miedo oírlo —dijo Capitolina.

—No debería dártelo. Es muy sencillo. Lo que sientes, lo expresas y punto. No tiene que ver con la acción y la reacción. Los impulsos forman parte de la vida real. A eso yo lo llamo *existir*.

—Los arrebatos siempre acaban convertidos en nada —aseguró Capitolina.

—¿Quién te lo ha dicho?

—Me lo digo yo y es suficiente. Por un arrebato acabé casi muerta.

Emmanuel soltó una carcajada.

—No te rías; es la verdad.

—Qué ingenua eres. ¡Si yo te contara lo que es vivir arrebatado!

Capitolina le hizo un gesto para que dejara de reír.

—Calla, aquí hasta las paredes tienen oídos. Mejor que no nos oigan felices, porque la felicidad llama a la envidia. Y ahora hay epidemia de eso en esta casa.

—No quiero dejarme domesticar por normas erradas. Tú tampoco deberías —le aconsejó el joven.

—No me hables de deber, tú no me entiendes.

—Ni tú a mí, y tal vez ese no entendernos mutuamente sea lo que nos una. ¿No crees? Nos lleva a explicarnos, a dialogar. No te imaginas lo duro que es para mí estar ahora aquí.

—Claro que puedo imaginarlo. A algunos nos toca la maldición de estar siempre navegando en aguas turbulentas, Emmanuel. A eso los adultos lo llaman *vivir*.

Vivir.

La travesía era que sentía un amor desbocado por un ser que solo había visto una vez.

Vivir.

Ahora solo tenía a Capitolina y la quería. Sí, la quería profundamente. Pensó que así debía ser el amor que se sentía por una hermana, y ese pensamiento lo llevó a imaginar a su madre con el vientre a punto de reventar de vida nueva.

¿Ya habría nacido el hermanito que esperaba? Tenía la absoluta certeza de que sería una niña y se alegró. Imaginó que cuando la conociera se dedicaría a enseñarle a vivir de otra manera. Jugaría a mostrarle un universo menos rígido, diferente al experimentado por él. Más rico en experiencias espontáneas y auténticas que potenciaran su verdadera esencia. Que anularan el tanto parecer y reivindicaran mucho más el ser. Su ser.

Había comenzado a recibir cartas de sus amigos más queridos en las que, sin ahorrar párrafos, le narraban sus últimos encuentros.

Modigliani le contaba que a los Dômiers ahora se unían Salvador Dalí y Luis Buñuel, recién llegados de España. Preparaban una obra de teatro en la que la escenografía y el vestuario corrían a cargo del genial pintor de Figueras. Artistas y modelos participarían como actores y la representarían en un teatro improvisado en Montmartre. «Estás más que invitado, *mon petit frère*, y también *Platón*, tu fiel y lanudo amigo, a quien le tenemos preparada una ceremonia de resurrección con sesión de espiritismo incluida. Te echamos mucho de menos», le decía, cerrando la misiva con un dibujo de los suyos y mechones de cabello de cada uno, incluidos los de Frida.

Pero su espíritu no estaba para ninguna obra. Desde el lugar en el que se hallaba le era muy difícil entender ese universo. Simone Weil, de todos sus amigos la persona más sensata, le escribió una carta pausada y profunda. En ella le hablaba de mantener su naturaleza por encima de todo y no provocar el conflicto. «Recuerda, mi querido amigo, estás aprendiendo. Hemos venido a este mundo a aprender, y a dar y darnos. Detrás de muchos silencios existe el miedo. Detrás de muchas locuacidades, también. Observa y mantente atento».

Y atento estaba; tan atento que pasaba las horas tratando de descifrar en los silencios y en las palabras de quienes lo rodeaban qué había sucedido con su *Vierge de Feu*.

—Lo siento, Emmanuel. No sé de quién me hablas —le dijo exprofeso Capitolina, mirándole directamente a los ojos, cuando volvió a preguntarle por Betsabé.

60

¿Se puede sentir dolor y al mismo tiempo descanso?

«Definitivamente sí», se dijo a sí misma Capitolina buscando justificarse después de mentirle a Emmanuel.

Y no es porque fuera malvada, amiga desleal o pusilánime en sus comportamientos, ni porque cobijara algún instinto maligno contra su adorada amiga. Sencillamente, su corazón respondía a sentimientos encontrados: acababa de descubrir que era un ser humano; un ser humano egoísta.

Por un lado, estaba el inmenso amor que sentía por Betsabé —a quien consideraba, más que su amiga del alma, su propio yo—, y por el otro, esa desbocada emoción que la arrastraba a Emmanuel y que no podía dominar.

Se había metido el diablo entre ellas.

Betsabé Espinal, su amiga-hermana, no solo le hacía mucha falta sino que deseaba con todas sus fuerzas que no le hubiera pasado nada y, Dios la perdonara, también que no volviera a pisar la casa... por ahora.

El mutismo general que respiraba el Chalet Capricieux, como un vaho silencioso que se metiera por todos los rincones, había ido borrando su presencia hasta desaparecerla de la cotidianidad de los Mejía Echavarría. Ya no existía para nadie porque la autoridad suprema de la casa —que básicamente estaba en Céfora Echavarría— así lo había decidido.

Y aunque una parte le pedía a Capitolina reivindicar ante

todos su existencia y enfrentarse a esa mentira que se había creado al ignorarla, otra le suplicaba esconderla.

Cenicio de la Cruz se la encontró frente a la chimenea del cuarto de música, con el violín que hacía años no tocaba, interpretando irónicamente el *Divertimento en Re mayor* de Mozart mientras sobre el instrumento rodaban sus lágrimas.

—Señorita, ¿le pasa algo?

Al oír la voz del mulato, sobre las mejillas de la muchacha se despeñó una cascada de llanto que acabó por ahogar las antiguas esculturas de los gatos abisinios —traídas desde Egipto por los padres de Céfora— que custodiaban la chimenea.

—Si no para de llorar, nos vamos a ahogar, niña —le advirtió con amorosa voz el negro—. Cuéntele a este pobre mulato qué la tiene así de triste. Si es por quien sabemos, sepa que en el sitio donde se encuentra está bien.

No, no era por su amiga. ¿O tal vez sí?

A Capitolina le parecía que lloraba por ella misma, por saberse mezquina y no poder evitarlo, por la pérdida de Betsabé y por ese sentimiento que empezaba a invadirla, que era bueno y malo al mismo tiempo y la tenía en un sinvivir. Quiso tratar de sincerarse, pero las palabras habían huido.

—Mire lo que ha pasado —le dijo Cenicio señalando los troncos que languidecían abiertos con sus vísceras convertidas en carbón—. Hasta el fuego se ha muerto de tristeza de verla llorar. Hágame caso y desembuche. Los dolores compartidos duelen menos, niña Capitolina. No puede haber algo tan grave como para que no pueda contárselo a este viejo.

—Yo... —empezó a decir sorbiéndose los mocos.

—¡Bendito sea Dios! Voy a traer algo para...

—No hace falta, Cenicio. —Capitolina se agachó y con el borde de su falda se limpió la cara y se sonó la nariz. Luego miró al mulato y levantó los hombros—. No me importa parecer una maleducada. Para algo tienen que servir tanto holán de lino y tanto encaje.

El hombre sonrió.

—Todo es agua —le dijo—. Hasta los mocos que aparecen después de tanto llorar son ríos perdidos.

Capitolina suspiró, alisó el vestido y cruzó las manos sobre su regazo al tiempo que bajaba la mirada.

Cenicio de la Cruz continuó:

—No le dé miedo decirme lo que siente, niña. Nunca tuve hijos, pero he vivido muchos dolores y le aseguro que lo entiendo todo. Los sentimientos son un arcoíris.

—Acabo de darme cuenta de que soy... —Capitolina carraspeó antes de continuar la frase—... de que soy muy mala, Cenicio.

—¿Mala? ¿Por qué dice eso?

—Porque no quiero que vuelva Betsabé, ni quiero saber dónde está.

—Eso no me lo creo.

—Sí, no quiero que vuelva... —las lágrimas rodaban y bañaban sus palabras—... pero también la quiero conmigo para decirle que... —Con sus ojos encharcados preguntó a Cenicio—: ¿Dónde está?

—De verdad que no la entiendo. ¿Quiere o no quiere saber?

—Es que me da miedo de que Emm...

—¡Aaah...! Ahora lo empiezo a entender, se trata del señorito Emmanuel.

—Dígame dónde está ella.

—¿No será porque la quiere lejos?

—Será porque... porque no sé. —De nuevo el llanto.

—Me han prohibido hablar de ello y usted lo sabe. Sabe cómo es su madre.

—Cenicio...

—Hasta que no me cuente qué es lo que le pasa, no puedo decirle nada.

—¿A usted... —gran sollozo—... también le pregunta Emmanuel por ella?

Cenicio bajó la mirada y respondió.

—Me temo que a todos, señorita. Si yo llego a confesar algo, me echan. Y mi pobre madre y mis hermanas que viven de mí... Entiéndame... ¡No quiero ni pensar lo que sería de ellas! Confesar dónde está Betsabé sería matar de hambre a mi familia.

Ahora los sollozos eran imparables.

—Ay, niña... ¡pobre niña enamorada! Déjeme que la abrace y que mi pecho enjugue su tristeza. Las lágrimas derramadas por amor son agua bendita, ¿lo sabía? Así que si se acerca a mí, acabaré bendecido por ese dolor que la embarga.

Capitolina se dejó abrazar por Cenicio de la Cruz y apoyó la cabeza en su pecho. Sintió que nunca había tenido un padre de verdad. Era la primera vez que oía el armonioso aleteo de un corazón adulto. Descubrió que el olor tenía colores y el del hombre al que abrazaba, por más negra que fuera su piel, era blanco: blanco paz.

—Cenicio... No se lo diré a nadie. ¿Dónde se encuentra?

—No puedo.

—¿Me llevarás un día donde ella?

—Siempre y cuando sepa que es para el bien de ambas.

—Se lo prometo.

—Cuando se está enamorado no se puede prometer nada, niña. La realidad se nubla y en esa niebla hacen fiesta los fantasmas.

—Yo sí. Yo puedo prometer.

—Entonces elija... Ella o Él. Mejor que lo haga ahora, le aseguro que le dolerá menos.

Y Capitolina eligió.

61

Elle est née. Elle était fille et nous avons mis le nom du Ciel: Ciel Le Bleu.

Père et Mère

Con esas palabras Emmanuel se enteró de la llegada de su hermana al mundo. Que fuera niña no lo cogió por sorpresa, porque desde el principio algo en su interior se lo había pronosticado. Lo recibía con un punto de... no se le ocurría cómo llamarlo, y también con alborozo, a pesar de la tremenda melancolía que lo invadía.

El telegrama que sostenía entre sus manos era escueto y no destilaba ningún cariño hacia él. Era más que probable que ni lo echaran de menos. Todo era alborozo por un hecho ajeno. ¿Cómo estaba su madre? ¿Qué pasaba con su padre? ¿Qué lugar ocuparía él a partir de ahora? ¿Lo seguirían queriendo igual?

Aaah... ¡Los celos! ¿Cómo podía ser posible que lo invadiera ese horrible sentimiento por un ser tan pequeño e indefenso, anhelado por sus padres y por él mismo, y que en realidad venía a descargarlo de tantas obligaciones?

—¡Emmanuel!... —exclamó emocionado Conrado—. ¡Tienes una hermana! ¿Te das cuenta de lo que significa? Este es un acontecimiento digno de celebrar. Más cuando sabemos el nombre que le han puesto tus padres: Ciel. ¡No podía haber sido más acertado! No sé cómo no se me ocurrió haberle puesto Cielo a una de mis hijas. Pero tu padre es listo. Esta niña es un milagro. A estas edades que tenemos, lo que ya nos tocaría es ser abuelos.

Mientras lo decía lanzó una mirada fugaz a su hija Conradina, que acababa de entrar al salón.

—Sin precipitarse, querido —añadió Céfora buscando con el comentario alterar al joven—. Primero hay que tener un yerno que cumpla con todos los requisitos. No pensarás casar a ninguna de nuestras maravillosas hijas con alguien que no esté a la altura.

—Todo se dará. ¿No es verdad, hijos?

En el momento en que Conrado hacía la pregunta, un extraño presentimiento obligó a Emmanuel a dirigir sus ojos hacia la ventana, que se hallaba entreabierta. Frente al cristal, una majestuosa paloma roja aleteaba inquieta tratando de colarse en la estancia. El joven se acercó hasta ella y descubrió que, atrapado en una de sus patas, llevaba un trozo de musgo fresco que, como si se tratara de una ofrenda, lo depositaba en el alfeizar. Por un instante, ave y muchacho se miraron. A Emmanuel le pareció que por una incomprensible razón se lo había traído y esperaba a que lo recogiese. Una vez lo hizo, la paloma voló hasta el viejo guayacán y permaneció inmóvil, observándolo.

Emmanuel se llevó a la nariz el musgo y lo inhaló. «Mi Virgen de Fuego, estás aquí», pensó.

Mientras esto ocurría, en el salón continuaban las órdenes.

—Mujer —le dijo Conrado a Céfora—, ¿qué esperas? Ordena que traigan *champagne*, el que reservamos para acontecimientos únicos. Esto hay que celebrarlo como Dios manda. Un nacimiento es siempre una bendición.

—Consolación —ordenó luego a la mujer que se mantenía hierática frente a la puerta—, que vengan inmediatamente las hijas. Las quiero a todas aquí.

Y mientras lo decía, abrazó a Emmanuel con su aturdimiento.

Al mismo tiempo que en el salón los perros aullaban y en el jardín gritaban enloquecidos loros y guacamayos, los sirvientes de manos enguantadas llegaban con las copas y el licor excelso. El crujir de las enaguas almidonadas de las Cés murmuraba con sus pasos conversaciones ininteligibles. Y ese ir y venir de actores y actrices sobreactuados convertía el instante en una obra de teatro que el joven francés reconocía haber vivido en algún recóndito antro de su añorado Montmartre. Historias aparentemente insulsas, representadas como operetas baratas que servían para denunciar una sociedad acartonada, mojigata y perdida en perpetuar infelicidades.

Ajeno absolutamente a lo representado en aquel escenario —donde la desmesura de las formas sin contenido lo tenían harto—, Emmanuel se preguntaba qué hacer para huir de allí, de ese papel que lentamente le iban adjudicando y del que cada vez le costaba más salirse.

¿Cómo conseguir quedarse agazapado en ese lugar hasta descubrir lo que le carcomía el corazón? ¿Por qué demonios estaba allí y no allá?

Mientras todos se preparaban para la celebración del nacimiento de su hermana, de pronto se le ocurrió algo.

—Discúlpenme un momento —dijo decidido, dirigiéndose a la puerta—. Vuelvo enseguida.

Todos se miraron atónitos.

—¿Adónde vas, hijo? —le preguntó Conrado.

62

Bello, lunes, 17 de mayo de 1909

Querido diario:

Hoy ha sido mi primer día en la Fábrica de Arriba, y como puedes suponer la noche anterior no pegué ojo. Ya me conoces y sabes lo nerviosa que me pongo cuando desconozco algo. Se me instala en la boca del estómago ese nudo de tripas revueltas que parece una madeja de lana enredada por un duende maligno, y no me deja en paz. Con decirte que de puro miedo vomité hasta el apellido de mi mamá. Ni modo de vomitar el de mi papá, pues no lo conozco.

Todo lo que me dijeron antes de atravesar la entrada llevaba la palabra *prohibido*. Prohibido esto, prohibido aquello, prohibido lo de más allá (igualito que cuando llegué donde las monjas). Y no no y NO. El monosílabo que acompaña casi siempre a la frustración. Aunque ahora que lo pienso, puede que con esta afirmación me esté equivocando. Porque existen noes que muchas veces acaban salvándote, como cuando dices no a lo que sabes que te va a hacer daño.

Lo que más me impresionó fue tener que subir para llegar a aquel lugar tan lúgubre.

A esa hora en la que ni siquiera los gallos habían cantado, a ambos lados del camino la niebla se desparramaba como si las nubes hubieran caído todas a tierra. Parecía un mar infinito de olas grises. Por un momento sentí que paseaba por el océano de mi sueño y que no era verdad lo que me pasaba.

Si dicen que el cielo se encuentra arriba y el infierno abajo, entonces no entiendo nada de nada. Porque la Fábrica de Arriba es...

No te voy a contar lo que pienso ahora porque quiero tener la serenidad suficiente para describirla más adelante, cuando la tenga más vivida.

Lo único que sé es que he pasado mucho frío. Tanto que casi se me rompen los dientes de tanto castañetear. Es un frío que se cuela por todas partes, sobre todo por los pies —nos obligan a ir descalzas dizque para no perder tiempo atándonos los zapatos— y se te instala en los huesos. Para remate, hoy no ha parado de llover; así que llegué a la fábrica empapada, embarrada hasta la coronilla y muy desorientada.

Varias nos encontramos a la entrada. Entre todas nos preguntábamos: «¿Eres nueva?». Esa es la palabra de moda: *nueva*.

Y sí, parece que ese día las nuevas éramos muchas porque habían organizado un grupo de novatas, la mayoría niñas como yo, para no tener que ir explicando a cada una las funciones que deben ejercer como obreras.

Salieron dos hombres a darnos la «bienvenida»... ¿Te das cuenta de que te escribo *bienvenida* entre comillas? Es porque de bienvenida no tuvo nada. Se debería llamar *malvenida*. Aquí no ves ni una sonrisa ni ningún gesto amable, como si costara mucha plata serlo. Las caras de los que nos recibieron son largas y ceñudas, llevan en sus bocas un rictus de amargura y maldad que reafirman con sus gritos. Me impresionó mucho una niña que se agarró a mis faldas y no se soltaba. Y por más que yo le hablaba, no hubo manera de que me contestara. Ahora ya sé que es sordomuda y para remate no sabe leer ni escribir. En eso me siento una privilegiada y le doy gracias a Dios de tener las palabras. ¡Imagínate! Si no supiera escribir, ni siquiera tú y yo nos habríamos conocido.

El grupo de trabajadoras es variopinto. Algunas llegan de veredas lejanas, otras tienen la suerte de venir de casas muy modestas. Hay tres que viven en un inquilinato que está cerca de la fábrica. Esas tienen la fortuna de no tener que caminar para llegar al trabajo.

Eso sí, dentro todas somos iguales. La mayoría vestimos de

336

negro o del color de la tela percudida que una vez fue blanca y perteneció a alguna niña rica que se aburrió de tanto usarla.

Llevamos pegada a la cara una mirada triste, como de desamparo y miedo, imágenes que he visto en libros de arte y que pertenecen a vírgenes salidas del pincel de algún pintor perdido en desasosiegos.

Hay muchas pequeñas, hijas de madres solteras, sin padre como yo, que no saben por qué están allí. A las mayores se las ve idas, como si cumplieran con su desgraciado e inevitable destino. Ni modulan palabra ni miran a nadie para no tener que hablar. Parece que llevaran la boca cosida con hilos invisibles. Las observo y pienso que «en boca cerrada no entran moscas». ¿Será eso lo que las mueve a vivir en silencio?

Miro al suelo y observo nuestros pies hundidos en el barro, me acuerdo de los finísimos botines de las Cés y me las imagino teniendo que hacer la labor de nosotras, con sus elegancias echadas a perder, y se me pone una sonrisa malévola en mi fuero interno... (que me imagino que debe ser algo así como el forro del corazón).

El lugar es húmedo y ceniciento. Sus paredes parecen estar impregnadas de un cansancio que emana quejidos y voces de mujeres tristes. Cuando entré por primera vez y vi esas máquinas enormes, se me parecieron a unos monstruos gigantes.

¿Quién puede dominar a un monstruo? Pues nadie.

No acabo de entender cómo funcionan esos telares, aunque una de las que lleva mucho tiempo allí, que se llama Bedalina, me lo trató de explicar. Hay unas ruedas que están en el río y van girando para poner en marcha todo. Dicen que lo que las impulsa a trabajar es el agua, no me extraña. El caudal de La García tiene una fuerza tan bestial que cuando llueve mucho se ha llevado ganados. Por eso no soy capaz de meterme hasta el fondo en ningún río; por eso es que quiero aprender a nadar. A lo mejor algún día lo haga, quién quita... ¡Sería maravilloso! Dominar el agua y no permitir que te trague.

Bueno, sé que a veces pierdo el hilo, me despisto, y te pido perdón pero tienes que entender que eso de trabajar es muy duro.

337

Dejemos de nadar en aguas en las que no me he sumergido y volvamos a la fábrica. No entiendo de husos ni telares mecánicos, pero sé que mañana será otro día y estaré preparada para no equivocarme porque quiero hacerlo bien.

Ya por lo menos aprendí a no hablar ni a descansar. Y también aprendí que la responsabilidad es colectiva y el sufrimiento es algo individual. Me he dado cuenta de que hay obreras que trabajan hasta con fiebre y esconden sus dolencias porque necesitan del dinero para sacar adelante a sus hermanos pequeños, o a sus madres enfermas.

Hoy compartí mi almuerzo con la pobre niña sordomuda. Se llama Ausencia Del Viento Alegría. ¡Qué ironías de la vida!

Cuando me di cuenta de que solo tenía para comerse un guineo, me dio tanto pesar que no fui capaz de seguir con mi fiambre. Siempre está agachada, tratando de esconder sus senos, que son bastante voluminosos. Me gustaría que me contara qué la tiene tan asustada, porque descifro en sus ojos terror de perro apaleado.

¡Qué problema!

Ahora tengo que apagar la vela porque dicen que molesto a las demás. Siempre hay una que trata de mandar y muchas que la secundan por miedo. Es la lambona que tiene influencia sobre sor Inmunda.

Me tocará quedarme sin ti y, como cada noche, esta soledad hará que de nuevo se me instalen en el alma los azules ojos de Emmanuel que me desvelan sin remedio.

¿Habrá recibido el pedacito de musgo que recogí de la orilla de La Loca y le mandé con *Passionata*? ¿Sabrá llegar ella hasta él?

¿Que quién es *Passionata*?

Mi querido diario, se me había olvidado contártelo. Es una nueva amiga: una paloma roja. ¡No tienes ni idea de lo bella que es! Tiene las plumas largas y esponjosas, del color de la sangre. Me la encontré al abrir un libro, cuando vivía en casa de Capitolina, y ahora que volví a ojearlo, ha vuelto a aletear.

Es paloma mensajera...

Mensajera de amor...

Ojalá lo sea...

63

«Todo está saliendo mejor de lo que esperaba», pensó Céfora mientras Consolación le daba las cien cepilladas diarias a su largo cabello prematuramente blanco. Esa tarde se había visto con María de las Mercedes Urrutia de Morales en un exclusivo salón de té que acababan de inaugurar y se había puesto de moda entre las mujeres de la alta sociedad. Quedó con ella para que le explicara lo que sabía de la Cejona Endemoniada, como acostumbraba a llamar a Betsabé desde que le cogiera tanta ojeriza.

Lo que de verdad le importaba era confirmar que el plan ideado para la hija de Celsa Julia se cumplía a rajatabla, algo que la esposa de Benigno le corroboró, añadiendo además con retintín que con muy buenos resultados.

La joven, según un breve comentario de su marido —quien le había dicho a María de las Mercedes que él no estaba para pendejadas de índole doméstico, sino para temas importantes—, ya había ingresado en la fábrica y hacía parte del personal. Por el momento se comportaba como una niña dócil y hacendosa. «Y no me molestes más con esa muchachita, carajo, que como ella hay más de doscientas en la fábrica. ¿Qué tal que tuviera que ocuparme de saber cómo se encuentra cada una? Están para trabajar bien, obedecer y punto», le había contestado irritado. No tenía nada más que decir hasta que no transcurriera un tiempo prudencial.

El tema se seguiría llevando en la más absoluta discreción.

Cuando marchó la sirvienta, entró en la habitación Conrado.

—¿No notas algo extraño en Emmanuel? —le preguntó Céfora tratando de sembrar cizaña—. Quizá sea hora de empezarle a buscar algún lugar donde vivir... El colegio de los hermanos jesuitas, por ejemplo. Sé que disponen de habitaciones para jóvenes estudiantes. Podríamos hacerlo pasar por uno de ellos y aprovechar nuestras influencias. Deberías hablar con tu primo. Seguro que encuentra algo que, pensando en Clotilde y en tu amigo Claude, nos haga quedar bien. Este jovencito no pensará quedarse en esta casa para toda la vida, ¿no?

—Querida, nos interesa que por ahora permanezca aquí. No sé si te das cuenta de lo que busco conseguir a largo plazo. Acuérdate que el roce hace el cariño... Yo tengo la esperanza de que este muchacho acabe siendo parte de nuestra familia. Sería un muy buen partido para Conradina.

—Se te notan mucho las ganas y eso no es bueno —le dijo Céfora—. Además, para serte sincera, este muchacho no me gusta mucho. Es muy raro, y conmigo ya ves cómo se comporta.

—A Emmanuel no me lo toques, que te conozco muy bien y sé que cuando se te mete algo en la cabeza no paras. Yo necesito a ese muchacho, y tú, y nuestras hijas. No estaré toda la vida joven. El plan que tengo es bueno para todos. Es muy importante que le des cariño para que se sienta en familia. Su abuelo era Barón... y la sangre cuenta.

—He visto que se entiende muy bien con Capitolina. A lo mejor...

—A lo mejor, ¿qué? ¡Pero qué ocurrencia, Céfora! Capitolina es una pobre niña que no está para novios. No podemos permitir que haga el ridículo. Más vale prevenir que tener que lamentar. Hay que tratar de que Emmanuel se enamore de los atributos de Conradina, que son muchos. De todas nuestras hijas, es la más inteligente y también la más ambiciosa. Y ya sabes que si a la inteligencia se le suma la ambición, el resultado es el éxito.

Al mismo tiempo que el matrimonio Mejía Echavarría planificaba el futuro de Emmanuel con una de sus hijas, en la habitación del fondo este se debatía en la agitación nocturna que le producía el recuerdo de su *Vierge de Feu*. La pintaba y la borraba obsesivamente, y volvía a pintarla haciendo con ella un altar de sueños.

Ahora ya no tenía dudas de que existía.

Tras encontrárselo llorando en la mansarda, Cenicio de la Cruz se había compadecido de él y le había confesado que la muchacha —a quien sin sentido esperaba cada noche al final de la escalera de caracol, con la esperanza de que de un momento a otro se abriera la puerta y apareciera— no era un sueño ni el producto de un desvarío de la peste. No podía ni decirle su nombre ni dónde encontrarla, pero sí asegurarle que estaba viva y en un lugar seguro. También le aconsejó que no hablara de eso con nadie. Que esperara y tuviera paciencia y fe.

—No se cae una hoja sin el permiso de Dios —pronunció el mulato levantando los ojos como si mirara al cielo.

—No creo que ese Dios del que hablas quiera que yo sufra —añadió el hijo de Claude Le Bleu.

—Se ha metido en un buen lío, señorito. Eso de enamorarse de la persona equivocada no tiene buen final. Aunque le digo una cosa, si el amor los considera dignos, ustedes acabarán encontrándose.

—Quédese un rato más, Cenicio —le había suplicado el joven.

—Es tarde, y si me encuentran por aquí a esta hora es malo para mí. Váyase a dormir tranquilo, que el sueño siempre acaba regalándole a uno lo que la realidad nunca le alcanza a dar. Muchas veces es mejor vivir soñando.

Pero por más que trataba de conciliar el sueño, más se

empeñaba en aparecer la imagen de aquella etérea niña. Él, que no creía en ningún dios, a las cuatro de la madrugada se encontraba postrado de rodillas rogándole a ese ser omnipotente, del que le hablara Cenicio, que el mensaje que esa tarde enviara con la paloma roja llegara a manos de ella y le tocara el alma.

64

Capitolina se debatía entre dos fuerzas: por un lado, la falta que le hacía su amiga era insoportable. Por el otro, la ansiedad de vivir ese oculto sentimiento que la tenía en un duermevela imposible, no la dejaba en paz.

Un solo nombre: Emmanuel.

No podía compartirlo con nadie, y con la única que hubiese podido, era imposible. Primero, porque estaba lejos. Y segundo, porque el implicado, el que le provocaba el sinvivir y la zozobra, estaba enamorado precisamente de ella, de la que consideraba su hermana de leche y sangre: Betsabé Espinal.

¿Qué hacer?

Iba al colegio con fehaciente desgana y había decidido retirarles la palabra a sus hermanas y a sus padres. Nada podía someterla.

Eso se hizo notorio a las horas del desayuno, del almuerzo y de la cena, donde aparte de lo suyo debía soportar la presencia física del joven francés y también su ausencia de alma.

Esa noche, la tensión sin alivio en el comedor era palpable.

—Hija, ¿te pasa algo? —no paraba de preguntarle su madre.

Silencio total.

—Déjala, mamá. Ya sabemos que ella pertenece a otro mundo —afirmó Conradina con tono cínico—. Pobre hermanita mía, no es para menos. Debemos entender que soportar esa cojera no es nada fácil, ¿verdad?

Las demás oían a la hermana mayor y aunque deseaban rebatir sus palabras, no se atrevieron. Hacía tiempo que le habían cedido sus voluntades y convertido en su jefa y portavoz.

—Haz el favor de callarte y no ofender a tu hermana —le dijo Conrado en tono autoritario—. Capitolina, hija, no hagas caso de sus impertinencias. Ya sabes que es una inconsciente.

Pero de todas las cosas que sucedían alrededor de los candelabros encendidos y las copas servidas, lo único que le preocupaba y le inquietaba a Capitolina Mejía Echavarría era la silla vacía donde siempre se sentaba Emmanuel Le Bleu.

Ella, que antes de bajar se había vestido de organza, recogiendo su rubia cabellera con un lazo de terciopelo azul *ojosdeamado*, con la ilusión de que él la viera no como amiga y confidente sino como mujer, no se atrevía a preguntar por qué razón el joven francés no estaba allí.

En su lugar, un blanco en el mantel gritaba su desaparición. Nada.

Ni platos, ni cubiertos ni copas...

Ni siquiera la servilleta de lino doblada en punta que él siempre tomaba entre sus manos y sacudía antes de colocarla sobre sus piernas, convirtiendo ese repetido gesto en un ritual sagrado que lo llevaba a aspirar el perfume de sus manos. Esa sutil brisa que acariciaba la punta de su nariz y ella recibía como si fuese una dádiva secreta.

La falta de aquellos objetos tan cotidianos engrandecía aún más su vacío.

La cena acabó siendo un fúnebre y mudo acto sin muerto.

Nadie preguntó nada. Era como si todos conocieran la razón por la cual Emmanuel no estaba allí. Todos, salvo ella.

A la hora del café, y cuando ya las hijas se habían retirado a sus habitaciones, se abrió la puerta y entró Cenicio de la Cruz. Se aproximaba a Conrado portando un mensaje y ocho rosas blancas.

—Perdóneme que lo interrumpa, señor. Me encontré estas flores y este mensaje sobre la cama del señorito Emmanuel.

Extendió la mano y le entregó una hoja de papel doblada con las iniciales «E. L. B.» escritas en tinta azul celeste y exquisita caligrafía, que Conrado desplegó delante de Cenicio.

Mi muy apreciado amigo (permíteme que me tome la confianza de llamarte así):

Siento mucho mi ausencia de esta noche y deseo de corazón que no sea tomado como un desaire a la familia.

Tal como te confesé esta mañana, en los últimos días me he sentido inquieto y con una extraña sensación interior que me tiene desestabilizado. Más que no asistir a la habitual cena familiar por un motivo en particular, lo que me impulsa a ausentarme es la imperiosa necesidad de estar a solas conmigo.

No sé si mi padre te lo ha comentado, pero no estoy acostumbrado a vivir con tanta intensidad la rutina diaria de una casa.

Tengo un espíritu libre que me cuesta mucho dominar. Necesito saborear el silencio que esconde la noche entre sus calles, caminarlas, sentir los bostezos de la luna, y en la oscuridad de mis pasos ordenar mi caos íntimo.

Sé que me habéis acogido como a un hijo y me faltan palabras para agradeceros tanta generosidad y cariño.

¡Me siento indigno de haber recibido tanto!

Sin embargo, y gracias a vuestro afecto, creo que ahora estoy más que preparado para vivir esta ciudad y conseguir un lugar que se convierta en mi refugio.

Ya habéis hecho demasiado.

No es una despedida en absoluto. Sencillamente voy a buscarme porque siento que en mi larga travesía de Europa a América me perdí.

Te suplico por lo que más quieras que me des unos días y que no alertes a mis padres de mi proceder. No deseo alterarles su dulce momento.

Este viaje y la enfermedad me convirtieron en un adulto prematuro. Es verdad que aún soy muy joven y no sé si puedas entenderme. Cuando era pequeño me empezaron a crecer las piernas de un día para otro. Era tal la velocidad con la que se alargaban que el dolor en los huesos era insoportable. Mi madre me frotaba las piernas con alcohol diciéndome que crecer dolía. Y es verdad que en una semana llegué a tener mi altura, y al detenerse el desaforado crecimiento, el dolor cesó. Ahora lo que me duele es el alma… ¿Será lo mismo? Sé que frotarla en alcohol no es la solución pero me gustaría creer que si permito que el silencio la abrace, al final sanará.

No creáis que soy tan buen partido para alguna de vuestras gentiles y bellas hijas. Conmigo cualquiera de ellas sufriría, y eso sería muy triste también para vosotros. No me recomiendo ni siquiera para mí mismo, pero debo convivir conmigo. La mayoría de las veces soy incapaz de dominar este espíritu libertario que me obliga a romper reglas y prejuicios. Algo que dadas vuestras costumbres no sería bien visto ni por vosotros ni por la sociedad a la que pertenecéis.

Me marcho en silencio porque esta huida no tiene como fin una despedida.

Muy pronto volverás a saber de mí. Mientras tanto, confía en que a mi regreso volcaré mi mejor ánimo y entrega en el negocio de nuestras familias.

Recibe mi más afectuoso abrazo, y mi reverencia frente a la mano de tu esposa y de cada una de tus hijas, a quienes presento mi más sincero respeto con una modesta rosa que deseo les entregues en mi nombre a cada una de ellas.

Tuyo afectísimo,

Emmanuel Le Bleu

65

Se sintió pájaro.

Cuando las puertas se abrieron y descendió las escaleras hasta alcanzar el regio portal de la verja de aquella casa, notó un inconmensurable alivio.

Por un momento, envuelto en su sensación de libertad, le sobrevino un desgarro doble en la espalda y creyó que de ella emergían unas alas majestuosas. Fue una herida aguda y al mismo tiempo delicada, como si de repente la piel en un quejido se liberara y a pesar de ese sufrimiento sintiera el goce pleno de saberse libre.

No miró hacia atrás.

Y aunque ignoraba adónde dirigirse, estaba seguro de que ya había dado el primer paso que lo llevaría a su *Vierge de Feu*.

Huir de aquella casa era escapar de una jaula. Esta sí que era una cárcel y no lo que había creído cuando vivía con sus padres en el Parc Monceau.

La vida le iba enseñando que en la comparación existía una sabiduría oculta y que a veces, cuando algo no se entendía, el transcurrir del tiempo acababa por aclararlo.

Salió cuando las gallinas estaban a punto de esconderse. La noche se desparramaba sobre la ciudad florecida. Levantó los ojos al cielo preñado de lluvia y un relámpago lejano iluminó las siluetas montañosas que lo rodeaban. Aspiró el presagio inminente de la tierra mojada. Lo esperaba un camino de musgo, polvo, flores y agua.

Descendió rodeado de un infinito silencio y se adentró en pedregales obviando rutas estudiadas y vividas hasta llegar al centro de la ciudad. Al llegar a la calle Palacé se desató la tormenta sobre él. Se había ido acostumbrando a ese desaforado trópico que no respetaba ninguna norma. En eso, el tiempo y él se parecían.

Levantó la cara y dejó que el agua lo bautizara.

¡Qué alegría recibir las lágrimas del cielo y cambiar el peso de su angustia por ese instante leve!

¡Qué alegría la sinfonía de gotas sobre ese suelo tapizado de flores amarillas!

¡Qué alegría sus botas chapoteando entre charcos!

¡Qué alegría saberse dueño de sus pasos y de su silencio!

¡Qué alegría sentirse joven y extranjero para sembrarse en la magnificencia de esa tierra nueva!

¡Aaah...! Saciarse de silencio hasta reventar de plenitud.

Ebrio de lluvia, imaginación y pensamiento, y también de curiosidad por encontrarse con lo desconocido.

El instante lo llenó de gozo.

Sin darse cuenta, se halló en pleno parque de Berrío, ensopado y helado pero contento. Ahora solo le faltaba encontrarse y encontrarla.

Tenía apetito, pero sobre todo, ganas de saborear la libertad.

Entró en el primer cafetín que descubrió; una taberna humosa y semipública que se encontraba justo enfrente de la puerta del Perdón de la catedral. En su fachada rezaba un letrero con una flecha que indicaba bar El Globo. Subió las escaleras hasta llegar a él. Empujó la puerta y como fondo de pared se encontró decenas de ejemplares de lomos gastados y títulos de obras en oro viejo, apiñados en estanterías a la espera de ser resucitados por arte y gracia de una mano amiga. El tufo a alcohol anisado y a tabaco rancio le golpeó la cara. Al verlo, los pocos parroquianos se volvieron y entre ellos murmuraron algo.

El que acababa de entrar no tenía nada que ver con ninguno de los lugareños. No podía disimular su aspecto de poeta parisino. Su loco cabello que trataba de esconder bajo un sombrero de cubilete, su amado pañuelo rojo enlazado al descuido en el cuello de su camisa blanca y su levita anacrónica le hacían parecer un actor salido de una escena del mejor teatro.

Aunque trataba de dominar su acento, este lo delataba.

—Vos no sos de aquí, ¿no? —le dijo el que lo atendió—. ¿Dónde está tu papá?

—A ti qué te importa —le contestó Emmanuel—. Entro aquí para que me des de lo que todos beben. Para eso pago.

—¡Huy, pues si se pone así de grosero, va a ser que no le doy nada!

—Sírvame lo mismo que está tomando ese...

—Vaya a tomarse un vasito de leche, más bien. Este no es sitio para un muchacho tan joven.

—Amigo, no sea malo y perdóneme si se ha sentido maltratado. Es que vengo cansado.

—Perdonado está... Por las buenas sí que podemos entendernos.

Mientras le servían un aguardiente, que era lo único que había, cuatro muchachos que se encontraban en una esquina del local lo observaban atentos.

Emmanuel se dio cuenta de su presencia por un instinto juvenil.

Debían tener la misma edad que él, o tal vez menos, y no paraban de hablar y reír. Por los gestos y expresiones, parecía que la conversación era profunda.

Al darse cuenta de que Emmanuel los observaba, uno de ellos, tras hacer una apuesta a ver quién era capaz, decidió levantarse y se acercó a él.

—Hola —le dijo extendiéndole la mano—. Me llamo Leo Le Gris... Y yo, ¿con quién tengo el gusto?

—Emmanuel... Emmanuel Le Bleu —le contestó emocionado de entablar conversación con alguien de su edad.

—Aquí todos nos conocemos, ¿cómo es que no sé quién eres?

—Porque no soy de aquí.

—Sí, por tu acento se nota. ¿De dónde vienes?

—Soy francés.

—O sea que perteneces al lugar de Baudelaire y Rimbaud... *Oh, monsieur, Bienvenu. Tu fais partie de notre group* —le dijo Leo haciendo una exagerada reverencia.

—¿Uno de los tuyos? Me dices que soy uno de los tuyos y no acabo de entender —replicó Emmanuel.

—¡Cuéntame! Y, por favor, no te sientas estudiado. Solo habla mi excitación.

—Mencionas a Baudelaire y a Rimbaud... ¿Son contraseñas que nos llevan a ser amigos? —le dijo Emmanuel.

Leo Le Gris, cuyo nombre verdadero era León de Greiff, llamó a los que se encontraban con él y les dijo entusiasmado: «¡Viene de París!».

Emmanuel repitió la pregunta:

—¿Baudelaire y Rimbaud son contraseñas?

—Tal vez. De todas formas, hazte con nosotros —gritó uno de ellos, invitándolo a la mesa.

—¿Crees en los imposibles? —preguntó un tal Jovica.

—En lo que más —le contestó Emmanuel—. *Certum est, quia impossibile.*

—¿Y en que la poesía es el centro de la vida y es capaz de transformar universos? —dijo otro, llamado Teodomiro Isaza.

—Sí. La poesía es lo más bello que existe, son los ángeles los que hablan a través de ella —contestó Emmanuel convencido.

—Entonces, eres de los nuestros.

—¿Dónde vives?

—En ninguna parte.

—Mejor —replicó Le Gris—. Entonces, vives. ¿Buen estudiante?

—Pésimo. Detesto la academia —le aclaró Emmanuel.

—Perfecto. O sea que estás en vacancia permanente, ¿no?

—En ella crezco —añadió Emmanuel orgulloso—. Es la que más enseña.

—Vamos a brindar por este encuentro —dijo Pepe Mexía exultante—. Levantemos las copas por los subversivos y los disociadores. O sea, por lo que dicen las malas lenguas que somos nosotros.

—Sí, ¡brindemos! —dijo Rafael Jaramillo.

Chocaron las copas y, por primera vez desde su llegada a ese país lejano llamado Colombia, Emmanuel sintió que estaba en un lugar donde existía una manada a la cual él podía pertenecer. Seres convencidos de que era posible otra vida diferente a la establecida por otros. Seguros de la necesidad de crear una realidad alterna, tan potente como la que se iba repitiendo de generación en generación, a sabiendas de que podía estar equivocada.

Bebieron, hablaron, filosofaron hasta que los echaron del lugar.

—¿Adónde vas? —preguntó Teodomiro Isaza, alias Tisaza, al hijo de Claude Le Bleu.

—Estoy buscando dónde quedarme.

—Ven a mi casa —sugirió Leo Le Gris.

—Necesito un hotel.

—Perfecto, lo tengo. Pero primero vamos a ir a leer fragmentos de *Más allá del bien y del mal* de nuestro queridísimo Nietzsche. No hay nada mejor que filosofar a base de martillo. Él fue el maestro de la sospecha. ¿Tú aún te sigues considerando platónico?

—No lo sé. Lo que sí sé es que toda apariencia engaña en cierta medida.

—Pero desde ella no se salta a ningún otro lugar. Solo nos queda subvertir la apariencia.

—¿Te gusta escribir? —le preguntó Efe Gómez.

—Me gusta desahogarme a través de la palabra. ¿A eso se le puede llamar escribir?

—Todo lo que sea convertir la palabra en una suerte de alquimia que transforme emociones y sentimientos es escribir. Pero también debe ser un acto sacro.

—Entonces sí, escribo —le contestó Emmanuel.

—¿Y te gusta el ajedrez?

—Siempre ganaba a mi padre.

—Eso es buenísimo. ¿O sea que podemos contar contigo para nuestras partidas?

—Prepárense a perder —les dijo Emmanuel envalentonado.

—Tú tienes mucho que contar —añadió uno de ellos.

—Todos tenemos un secreto que poco a poco se desvela al tiempo que el aguardiente entra en nuestras venas. Casi toda clase de encuentro es un milagro.

—París, queremos saber de París.

—*Oh, monsieur,* tenga paciencia con tantas exigencias. Es usted muy prematuro. No le explicaré París. Vivirá París.

Emmanuel los puso al tanto de lo vivido en Montmartre y Montparnasse. Les habló de aquellos lugares llamados L'Enfer y Le Dôme y de todos los antros que conocía llenos de vida y arte. También les contó de sus queridos amigos que seguían allá y lo esperaban.

Después de oírlo, todos quisieron irse a París.

Abandonaron el bar a medianoche. Atravesaron el parque y se detuvieron delante de la estatua de Pedro Justo Berrío, que los observaba sereno con su abrigo de bronce pulido y sus brazos cruzados. Sobre su hombro izquierdo dormitaba una paloma roja que nadie vio. Delante de él y al calor de los efluvios ardientes del agua bebida, prometieron reunirse al día siguiente en el mismo lugar para ir a Lovaina y después al Vesubio, junto a la Escuela de Minas, donde los esperaba La Guapa, que recibía gustosa la virginidad de los que a bien tuvieran regalársela.

Lo que oía Emmanuel le produjo casi el mismo éxtasis que sintió al descubrir Montparnasse.

¡Volvía a sentir que era alguien!

Se despidieron con la euforia del licor destellando en sus ojos, tocados por ese espíritu de vida efervescente que los unía, y cuando León de Greiff se dio cuenta de que el joven francés se quedaba solo y desrumbado, decidió acompañarlo y guiarlo en la oscuridad de esa noche dormida.

Bajaron por la calle Bolívar hablando del amor y del futuro, una palabra que a De Greiff le sonaba a incertidumbre y compromiso.

—¿Sabes qué?

—¿Qué?

—Eros, según Platón, fue el primer dios sobre la Tierra.

Emmanuel se quedó en silencio. Y pensó en esa figura fantasmagórica que lo poseía como una nube roja, a punto de estallar en sangre sobre su cabeza. Bañando todo su ser de un aire amargo y al mismo tiempo dulce.

Se hizo un silencio entre los dos. León presentía que con su inocente frase había alcanzado la herida que ocultaba Emmanuel. Una especie de flor muerta que se sabía a la vez naciente.

—¿Qué demonios haces aquí teniendo París a tus pies? —le preguntó León para romper con el silencio.

—Sigo sin saberlo. Eso pregúntaselo a mi padre. Aunque ahora por nada del mundo me iría de aquí.

—Se te dibuja un secreto en los ojos.

—Y a ti una malvada curiosidad —le contestó sonriendo Emmanuel.

En el camino tropezaron con las sonoras carcajadas del Marañas, esa especie de bobo y filósofo que, tras haber sido inaugurado el alumbrado en el parque de Berrío, deambulaba por la ciudad gritándole a la luna: «Ahora sí te fregaste, sinvergüenza. Te tocó irte a alumbrar a los pueblos. Aquí ya no te necesitamos».

Delante del letrero del hotel Europa de la calle Junín, De Greiff se despidió con una exagerada reverencia.

—*Monsieur...* —le dijo señalándole la entrada—. Aquí tiene su hogar.

—*Merci, mon ami* —le contestó Emmanuel siguiendo el afectado protocolo.

Y se despidieron.

En la recepción le pidieron sus datos y su procedencia. Él les dijo que quería una habitación para un tiempo largo que no sabía precisar.

Necesitaban que esa petición fuera respaldada por una buena cantidad de dinero.

—¿Cuánto necesitan?

—Lo suficiente para que usted pueda permanecer con nosotros ese tiempo largo del que habla.

Emmanuel sacó de su bolsillo su cartera.

—¿Les va bien esto? —Puso sobre el mostrador un fajo grande de billetes.

Al verlos, el encargado hizo un gesto de reconocimiento y vergüenza. Aquello era una exageración. Con lo que le daba podía quedarse a vivir como mínimo un año.

—Por favor, no hará falta tanto —respondió haciendo sonar una campanilla—. El mozo le mostrará el camino. Le pido disculpas.

—No se preocupe. Lo único que deseo ahora es descansar.

—Le aseguro que está en el mejor lugar. Nadie va a molestarlo —prometió el conserje con exagerada amabilidad.

Emmanuel, guiado por un muchacho que llevaba el sueño pegado a los ojos, atravesó los oscuros pasillos hasta llegar a una habitación impersonal. Una cama sin pretensiones y, a su lado, una pequeña mesilla lo esperaban.

Estaba cansado, muy cansado, pero eufórico. De pronto entendía que allí también existía la revolución del pensamiento y la búsqueda de caminos.

Unos jóvenes como él creían que la vida podía dar más de sí. Y él estaba preparado para explicar sus vivencias y brindar su juventud a la causa. Lo único que le quedaba por entender era lo más importante...

¿Dónde estaba aquella joven que lo tenía en ese sinvivir?

¿Alguien podía ayudarlo?

Se desplomó sobre el lecho sin desvestirse. Le había subido el alcohol a la cabeza y la cama empezó a darle vueltas, como si estuviera en un descontrolado carrusel con carcajadas diabólicas de niños y caballos de fauces babosas. No podía detenerla. En esos giros locos acabó cayendo en el abismo de un soporífero sueño que lo llevó a Montmartre, al cabaret L'Enfer del Boulevard de Clichy. Estaba en medio de un espectáculo de magia y su cuerpo desnudo era partido por la mitad con un serrucho por el famoso y despiadado Charpentier Pervers, frente a la descontrolada risa de Frida y de su amiga, que se rifaban las dos partes de su cuerpo. En ese instante todo empezaba a arder y de entre las llamas aparecía su *Vierge de Feu* abrasándolo en su fuego hasta consumirlo.

Arder, arder, arder en ella...

A la mañana siguiente lo despertó un insistente repiqueteo en la ventana. Con el pico, *Passionata* trataba de entrar.

66

Se enteró por la mañana de que Emmanuel se había ido porque su padre había ordenado que entregaran a cada una de las mujeres de la familia la rosa que les dejara el muchacho.

—Hijas —les dijo tras un corto carraspeo—, Emmanuel me ha pedido unos días de libertad y silencio. Eso, aunque nos pueda extrañar, no debe ser motivo para especular ni murmurar. Al fin y al cabo, es un hombre, y como tal lo necesitará. Les prohíbo que lo mencionen. Nadie tiene por qué saber nada de lo que sucede en esta casa. No me gustaría que nos convirtiéramos en la comidilla que acompaña las sobremesas.

Mientras lo oía, Capitolina apretó la rosa que descansaba en su regazo hasta volverla añicos. Las espinas se le clavaron en los dedos, tiñendo con su sangre los blancos pétalos.

Se levantó de repente y la flor deshecha cayó en copos de nieve al suelo, dejando un triste charco de pétalos rotos.

—Permiso, padre —le dijo con el rostro contraído y las manos sangrando.

—¿Adónde vas?

—Sí, ¿adónde vas? —repitió Conradina—. ¿No se despidió de ti? Pobre hermana, sin quien te defienda y sin quien...

—¡Déjala en paz de una vez! —le ordenó Conrado a su hija mayor al tiempo que con un gesto autorizaba a Capitolina su marcha.

A su paso, la puerta de cristal se estremeció y de la lámpara del salón cayó una de sus lágrimas y se astilló en el suelo.

Casi no pudo aguantarse el llanto. Caminó lo más rápido que pudo hasta encerrarse en la habitación y tenderse en la cama. Entonces, todo lo que llevaba contenido se desbordó. Quería arrancarse el alma. Meter su mano por la boca y buscar el lugar exacto, aquel órgano invisible donde le nacía el dolor que no aguantaba, para arrancarlo de cuajo.

¿Qué sensación era la que la llevaba a no desear permanecer en la vida?

Y ahora que ya no estaban ni él ni Betsabé, ¿qué iba a ser de ella?

¿Qué suerte de pecado había cometido antes de nacer para que la vida la castigara con semejante existencia?

Nada le quedaba en esa casa ornamentada con lujos, espejos, cuadros y mentiras, cuando ella estaba sedienta de realidad. Solo un violín, el fantasma de una abuela muerta, cada vez más silenciosa, y unos libros donde por más que buscaba no encontraba las palabras que apaciguaran su angustia y le regalaran el entendimiento de por qué a los malos les sucedía todo lo bueno y, en cambio, a los buenos todo lo malo.

Unos delicados golpes en la puerta detuvieron su sollozo.

—Señorita, ¿está usted bien? Permítame que le cure las heridas. Sé que se ha hecho daño en las manos.

—Vete —le dijo a Cenicio—. No te necesito. No necesito a nadie.

—Eso no es verdad, niña —le dijo el mulato desde la puerta—. Todos necesitamos alguna vez de alguien y eso no nos convierte en débiles.

—Tú eres como todos. He aprendido que la gente vive ahogada en sus máscaras, y tú no escapas a ellas. ¡Vete!

A pesar del mandato, Cenicio decidió permanecer en un silencio dubitativo. Pensando si confesarle o no el lugar donde se encontraba su amiga. Si aquello le serviría para amortiguar en algo su tristeza. De hacerlo, le pediría que hiciera un juramento sagrado.

Al otro lado de la puerta, Capitolina oía en el cuarto de las costuras los murmullos de sus hermanas acompañados de sus ridículas risas. Como si fuera una orquesta dirigida por la fatua de su madre, la melodía interpretada debía referirse a ella.

Se sintió infinitamente sola y pensó en Betsabé.

Si siguiera a su lado, estarían abrazadas, tendidas en el suelo de la buhardilla, arrulladas por el balanceo de la mecedora de la abuela muerta y arropadas por su larga cabellera gris. Burlándose de las estupideces de sus hermanas, o llorando de amor con la historia de *María* de Jorge Isaacs, o recitando en el jardín versos de Antonio Machado, o recogiendo las flores caídas y escondiéndolas entre los libros de la biblioteca o formulando teorías sobre la organización jerárquica de las hormigas, o tal vez observando a los abejorros fecundar las orquídeas... Algo que siempre las había sorprendido. En cambio, por un sentimiento que no acababa de entender, aparecido por culpa de un recién llegado, ahora prefería tenerla lejos. Lejos, para que no le robara la atención de aquel desconocido con el que no había compartido ni siquiera una mínima parte de lo vivido con su amiga.

¿Qué clase de amor era ese?

—Niña —oyó de nuevo que Cenicio de la Cruz la llamaba—. No me haga gritar, que entonces se van a enterar los que sabemos de que estoy aquí y de lo que quiero decirle. Creo que Betsabé la debe estar extrañando tanto como usted a ella.

Capitolina se pegó a la puerta.

—¿Me va a decir dónde está, o no? Porque si es sí, lo dejo entrar.

—Ábrame.

Capitolina giró la llave. La puerta se abrió y una espada de luz bañó la corpulenta humanidad de Cenicio.

—Gracias, pequeña —le dijo sintiendo que se le abrazaba con desesperada solitud.

—Cenicio, ¿me enseñarás qué debo hacer con este loco deseo de que Emmanuel me ame?

—No sé si puedo. Los deseos son eso: deseos. Pequeños duendes que se fijan en la mente y empiezan a construir su casa hasta invadirte... Eso sí, con tu consentimiento... El problema es que uno mismo, al pensarlos, los alimenta y les da fuerza.

»Yo lo único que sé es que es mejor no desear. Pero eso, mi querida niña, desgraciadamente se aprende de viejo. Lo que sí quiero decirle es que el hecho de que usted no ame a Betsabé, ni la quiera tener cerca de su vida, no hará que aquel muchacho la ame de la manera que usted desea.

Capitolina reflexionó un instante.

—¿Por qué hemos de sentir tanto vacío?

—Quizá sea esencial para crecer y aprender. Vacíos hay siempre y de muchas clases.

—Es que siento un agujero inmenso aquí —le dijo Capitolina señalándole el pecho.

—Puede que necesite llenarlo de amor y no de la rabia con la que destrozó la rosa.

Cenicio le curó las heridas y extrajo con meticulosidad médica algunas espinas que permanecían clavadas en las yemas de los dedos. Mientras lo hacía, Capitolina aprovechó para que le confesara el paradero de Betsabé y lo que se decía en la cocina y en el sótano de la casa, el lugar donde la servidumbre solía reunirse para hablar, sobre todo de los de arriba, antes de retirarse a descansar.

—Mire que si se dan cuenta... —le dijo Cenicio—. De su silencio depende que no me echen.

El hombre le explicó adónde se la habían llevado y también que Céfora Echavarría era quien más había insistido en alejarla de la casa. Una actuación propia de su mezquindad, tal y como ella sospechaba.

—Un día me largaré —le dijo decidida— y nunca más volverán a saber de mí. Puede que hasta me cambie el nombre y me convierta en otra.

—El nombre no hace a la persona, señorita. Aunque se lo cambiara, usted seguiría siendo usted: una inteligente, bondadosa y bella niña que es capaz de amar y comprender las miserias humanas.

—No se lo crea tanto. Puedo ser muy mala.

Con la última palabra pronunciada sus pupilas se alargaron, y aquellos iris amarillos como la flor del guayacán se convirtieron en los furiosos ojos de una pantera.

—Eso es imposible —añadió Cenicio con cierto temor.

Capitolina se quedó en silencio. Se había ido muy lejos. Después de un rato de ensoñación, volvió a hablar despacio y con un tono cansado. Parecía que arrastrara el peso de las palabras; como si de repente se hubiera convertido en una sabia anciana.

—Me quedaré para vestir santos.

—Ojalá que los santos no la oigan... —le dijo el mulato enseñando su blanca dentadura que enmarcaba aún más su renegrido rostro—. Todos querrían ser vestidos por usted.

Tras meditar un largo rato, Capitolina habló:

—Ya sé cuál es el mejor regalo que puedo hacerle a Betsabé.

—¿Cuál? —preguntó Cenicio temiendo lo peor.

La hija menor de los Mejía Echavarría no contestó.

67

Bello, martes, 25 de mayo de 1909
(4 de la mañana creo, por el canto del gallo)

«¡Estás hecha un jumento!», diría mi mamá si me viera en este estado.

Dentro de poco me volveré transparente.

No como ni duermo y para remate me han salido unos granos en la frente que, me ha dicho una de las muchachas con las que duermo, se me quitarán cuando acabe de crecer; eso sí, con la condición de que no me los toque.

Te juro que, con tal de volver a ver al francés, me quedaría con los granos.

Pienso en él con una vehemencia obsesiva que me está enloqueciendo. Lo que más me tortura es lo mal que me porté y ruego por que me dé la oportunidad de volverlo a ver, solo para que sepa que no quería decirle lo que le grité ese día. Es que soy muy impulsiva y cuando me da la rabia no puedo controlarme. A veces uno comete errores sin darse cuenta, pensando que la vida siempre le dará la oportunidad de rectificar.

¡Dios mío! Qué difícil es hacerse mayor.

Capitolina me hace mucha falta. ¡Pienso tanto en ella! Los últimos días nos distanciamos, no sé por qué... Dicen que esta edad es difícil y puede que así sea. De pronto te entran como unas ganas de llorar que no puedes aguantar. Nadie te entiende.

En el patronato hago todo lo que puedo para no llamar la atención. He decidido que es mejor observar y si algo no te gusta, aguantarte y anotarlo. No alcanzas a imaginar la lista tan larga de *nomegusta* que tengo.

Sor Inmunda sigue odiándome y el Cristo sigue clavado en la cruz. De alguna manera, yo también estoy clavada en esa cruz.

Cada tarde, cuando regreso de la fábrica a la sor le ha dado por hacerme limpiar el piso a punta de trapos. Creo que le hace feliz verme arrodillada sacándole brillo al suelo que pisa. Eso la debe hacer sentir poderosa.

¡Maldita!

Deseo con todas mis fuerzas que arda en los infiernos y que su verruga le crezca tanto que le impida hasta comer.

El otro día me colé en la cocina y vi que preparan dos clases de comida: la deliciosa para ellas y la horrible para nosotras; una especie de sopa-engrudo, espesa y blanquecina, que sabe a mico podrido (no he probado el mico, ni en buen estado ni podrido, pero me imagino que debe saber horrible). Tengo una amiga que se come la mía porque siempre queda con hambre y también para que no me regañen. Es muy buena conmigo y me encanta imaginar que es como mi hermana mayor. Como te decía, la sopa de ellas es de tortilla y arracacha, con cilantro picadito que huele a gloria, y de seco, deliciosas costillas de carne con papita criolla. Y hasta natilla...

En un momento de descuido metí la cuchara y lo probé todo. Hummm... Así debe saber el cielo. Ojalá se les indigeste toda esa ricura.

Cuando ves tanta diferencia, no entiendes a Dios. Debe ser que la vida es así. ¿Te tocó lo malo?, pues aprende y disfrútalo. ¿Te tocó lo bueno?, pues solo disfrútalo, porque en cualquier momento se te acaba.

¿Qué será peor, conocer lo bueno y que se acabe, o vivir en lo malo y entenderlo?

Mi vida en la fábrica es... no sé cómo explicártelo. Monótona y fría y, también, muy angustiante.

Nos tratan mal, muy mal. Hay una diferencia abismal entre los hombres y las mujeres. A ellos se les perdona. A nosotras se nos somete.

Aquí ninguna puede equivocarse, porque si lo hacemos nos toca pagarlo con el sueldo. O sea que o no te dan nada o el error lo restan de tu paga. O a lo peor pueden pasar otras cosas...

Mi amiga silenciosa anda muy inquieta. Se va escondiendo hasta de nosotras.

Debe ser muy triste querer decir algo y encontrarte con ese muro que te lo impide. Me he propuesto acercarme más a ella porque creo que los que hablamos tenemos un don que no sabemos apreciar y que, si lo compartimos con aquellos que no pueden, podemos hacerlo grande.

Hoy pude ver al gerente: don Benigno Morales Santos. Lo conocí en la casa de Capitolina, pero claro, no se acuerda de mí porque para él debí ser invisible. Los ricos solo ven a los ricos.

Se paseaba con su sombrero, su sobretodo y un bastón de mando que hacía resonar haciendo alarde de su conocimiento y poderío. Dándoselas de buen patrón, cuando todos sabemos lo que le preocupa.

Ni siquiera se fijó en nuestros pobres pies porque en su frente lleva escrito en letras de molde: «Productividad, productividad, productividad».

Es lo que emanan sus ojos y todo lo que transmite. Creo que piensa que somos máquinas que solo estamos para rendir y no pensar. No sabe que las fuerzas humanas tienen límites.

No puedo entender cómo puede estar casado con una persona tan delicada y pacífica como es su mujer.

Dicen que no suele venir a la fábrica a no ser que esté sucediendo algo fuera de lo normal. Si es por eso, tendría que hacerlo cada día, porque para mí mucho de lo que aquí ocurre es anormal. Y eso que la mayoría nos hemos ido agarrando al hábito de la pasividad.

Todos seguimos las instrucciones que nos dan sin desviarnos, como los telares, que van de izquierda a derecha y de derecha a izquierda en un sin parar frenético. El traqueteo monocorde parece el rezo del rosario de la noche. Cuando empiezo a estar cansada me da por jugar a que el telar dice el *Dios te salve...* y yo contesto el *Santa María...* y eso me ayuda a que vaya pasando el tiempo sin tener que pensar en nada.

El otro día echaron casi a patadas a una obrera porque dejó caer un saco de algodón en un charco y tuvieron que tirarlo. Más les importa la dignidad del algodón que la de esa pobre niña.

Tenemos que ser perfectas. Pero ¿qué es la perfección? ¿Hacer lo que otros esperan sin que uno atienda siquiera a su propia dignidad?

Ese despido ha hecho que todas bajemos más la cabeza y nos convirtamos en temerosas ovejitas. La sombra de ser echadas a la calle planea como un gallinazo sobre nuestras cabezas.

No pensaba decírtelo pero, como sé que no me delatarás, te lo cuento: esta tarde, cuando ya estemos rezadas y acostadas, me escaparé. ¡Lo necesito!

Nunca he pedido permiso a sor Inmunda para ir a ningún lado porque, con tal de hacerme sufrir, estoy convencida de que no me lo daría. Y ya empiezo a estar cansada de tanta obediencia.

68

Una vez Betsabé Espinal comprobó que en la habitación los sueños de sus cansadas compañeras se alzaban sobre sus catres como pequeñas aves de colores luminosos, algunos con las alas más grandes y otros con dificultades para elevarse, decidió escapar de puntillas.

Allí quedaban tendidas y adormiladas las desilusiones de las *sin nada*, que debían recurrir a la espuma de ese infinito mar inventado para creerse vivas.

El suelo de baldosas amarillas y rojas, colocadas como un descomunal tablero de ajedrez por donde ella se deslizaba como un peón sin valor, le pareció más frío que de costumbre.

La ventana estaba entreabierta y una lechuza observaba sus movimientos con ojos de madre superiora.

Saltó fuera y el verde empapado de rocío la recibió.

Ya sabía el camino.

Llevaba días estudiándolo y hasta se había atrevido a esbozar un pequeño plano que la llevara a Medellín por la ruta más corta.

Respiró hondo hasta llenarse los pulmones de libertad y soledad.

Esa era la felicidad: saberse dueña de su camino.

La luna enseñoreaba la noche y pintaba de plata yarumos y algarrobos, higuerillos y zarzales. Toda la naturaleza emanaba una luz líquida. En el camino las piedras empapadas de reflejos parecían diamantes colocados por un dios nocturno que amoroso la guiaba. Debía seguir el río Medellín en dirección a la ciudad hasta el cerro El Volador y atravesar El Edén hasta acercarse a la casa.

Necesitaba colarse en el Chalet Capricieux y que Cenicio de la Cruz encontrara la forma en que pudiera acercarse a Capitolina sin que nadie la viera y, por muy descabellado que pareciera, también poder hablar con Emmanuel. El problema era que su viejo amigo no estaba enterado de su intempestiva visita y necesitaba pensar cómo entrar a la casa sin que los perros la delataran ni los pájaros de la jaula se alborotaran. Pero tenía el trayecto para pensar.

Inició su marcha y una extraña sensación la invadió.

Una especie de hilo delgadísimo la unía al lugar donde había sentido por vez primera que existía. Sus pies la llevaron instintivamente hasta allí. Cerró los ojos y volvió a percibir el remolino que la tragaba unido al eco perdido del lamento de su madre y aquel deseo de irse por ese agujero que la llamaba a otro mundo.

Se sentó a la orilla del río y dejó que el agua bañara sus pies.

«¡Oooh... el agua! ¡Besar el agua y que me bese! Aprenderé a nadar —pensó—. Pero ahora no. Ahora estoy aprendiendo a vivir».

Descubrió que en aquellos parajes la noche era un concierto vital. «Cuando se duermen los amos, los siervos bailan», dijo.

Para entretenerse en su larga caminata, empezó a nombrar lo que se iba encontrando. Una especie de juego que le servía para distraer la soledad.

Raíces enterradas,
oquedad de un tronco muerto,
charco cansado de reflejar fantasmas,
agua que no has de nadar,

orquídeas abiertas mostrando intimidades,
color azul noche dormida,
chamizo de un fuego aún por encenderse,
rama muerta con hojas bailando,
estrella tiritando de frío,
inmensidad de un cielo agujereado,
luna de harina fría, futuro pan caliente,
nubes caminantes, rebaño de ovejas celestes,
lágrimas de guaduales, tristes sauces,
grillos cantando a la injusticia,
sapos soñando un lirio abierto,
piedra anciana que canta bajo mis pies,
noche que no conoce el principio ni el fin,
tiempo enredado entre el pecho
y un aullido de infinitud que brilla en mis ojos
...

Y tras cientos de pasos desnudos sin dejar de frasear y bautizar sus emociones, lentamente la silueta del cerro El Volador se fue dibujando en el horizonte y la luz le indicó que se acercaba a la ciudad.

Al llegar a El Edén, el ensordecedor ruido de las guacharacas acompañado de un grito desgarrado de mujer la obligaron a silenciarse. En medio de los matorrales *La Madremonte* se acercaba a ella amenazante. Era aquel ser fantasmagórico que se dedicaba a proteger los bosques. Iba rodeada de luciérnagas, con su cuerpo cubierto de líquenes, hojas y flores. La mujer sin rostro se le acercó, la olisqueó como si fuese un animal buscando presa y, tras percibir su olor silvestre y reconocerla como una de las suyas, se calmó y la dejó pasar no sin antes inclinar su cabeza.

Entre la tupida maleza, la visión de una pequeña fuente de agua hizo que le dieran ganas de orinar.

Se adentró entre borracheros y monsteras, oyendo los remotos y conocidos aullidos de los pequeños duendes que en ese momento hacían de las suyas enredando las crines de los caballos. Eran los mismos que cada noche la despertaban cuando vivía en la choza con su madre. No los temía.

Se levantó la falda, se bajó los calzones y se acuclilló en un matorral. Mientras lo hacía, un sapito la observaba atento.

—¿Qué haces aquí, pequeño? No mires —le ordenó.

El batracio no se movió.

—Vete.

De repente el animalito saltó sobre su pecho y se introdujo en su rebozo.

—Está bien —le dijo—. Me acompañarás hasta que llegue.

Salió del lugar cantando y espantando sus males. Los que llevaba encima y los que la esperaban.

De repente se dio cuenta de que en todo el día no había probado bocado. Tenía hambre de tomarse aunque fuera una pucha de aguasal con cilantro y pan, porque la noche le había abierto un agujero en la boca del estómago.

«Mamá...», pensó.

No había un hogar donde encontrar los brazos amorosos de una madre o de un padre que la esperara.

Tras caminar tres horas y saltar la noche a punta de versos y cantos, finalmente llegó a Lovaina. Una música arrabalera se esparcía en el aire.

—Ufffffffff —resopló—. Ya estoy aquí.

Las carcajadas de un grupo de muchachos llamaron su atención.

Recitaban a grito pelado poemas de Rubén Darío.

La princesa está triste..., ¿qué tendrá la princesa?
Los suspiros se escapan de su boca de fresa,
que ha perdido la risa, que ha perdido el color.
La princesa está pálida en su silla de oro,
está mudo el teclado de su clave sonoro...

Y alguno parecía tomar apuntes y esbozar a lápiz la escena en su cuaderno. En medio de las carcajadas, las campanadas de la iglesia de la Candelaria dieron las doce de la noche.

En uno de los bancos, uno de los jóvenes se dio cuenta de su presencia.

—Acércate. No tengas miedo —le dijo—. ¿Qué hace una muchacha como tú a estas horas de la noche?

Betsabé no contestó. Quería continuar su camino.

—¿Tienes lengua? Nadie te la va a comer.

Debían tener su misma edad o quizá uno o dos años más y estaban solos y libres. Pensó que los hombres eran unos afortunados.

—¿No tienes voz?

Antes de hablar, carraspeó.

—Estoy...

—¿Perdida? —añadió el dibujante.

—No, eso nunca. Siempre me encuentro, porque para mí perderme es encontrarme.

—O sea que estás como nosotros. Queremos que sepas que no nos importa que seas mujer...

—Ni a mí que ustedes sean hombres.

Uno de ellos le ofreció una botella.

—¿Quieres un trago?

—No, gracias. Debo continuar.

—¿Adónde vas?

—Donde no te importa, ¡metiche!

—¿No nos lo quieres decir?

—No.

—Una muchacha como tú no debería deambular a estas horas por este lugar.

—¿Y un joven como tú, sí?

—¡Déjala! —sugirió uno de ellos—. ¿No te das cuenta de que por más que queramos, no desviaría su ruta?

—Está loca —apuntó otro.

—No lo creo —sentenció rotundo Le Gris—. Sencillamente, tiene muy claro su destino.

Betsabé Espinal continuó su camino.

Cinco minutos después llegaba Emmanuel Le Bleu a reunirse con ellos.

69

Cuando alcanzó la entrada del Chalet Capricieux, la mansión dormía.

Los mastines, alertados por sus pasos, se acercaron a la verja y al reconocer a la persona que se encontraba al otro lado empezaron a mover sus colas y a lamer sus manos.

Tras la terrible noticia —llevaban dos días de policías, pesquisas, sirenas y gestiones de todo tipo—, la casa, por agotamiento, había cerrado sus puertas.

Para algunos de los Mejía Echavarría el suceso era un alivio; sobre todo, para las hijas. Para otros, los que no contaban casi para nadie, aquello se vivía con perplejidad y estupor.

Una vez Betsabé decidió pasar la noche en la entrada, los perros iniciaron un lastimero concierto de aullidos.

Cenicio, que después de lo sucedido llevaba cuarenta y ocho horas peleándose con su insomnio, los oyó y se preocupó.

Se levantó de un salto y decidió investigar. O era un amigo de lo ajeno o...

Armado con su machete, hizo una ronda rápida en el interior. Inspeccionó piso por piso, pasillos, rincones y puertas, hasta llegar a la buhardilla con la remota esperanza de encontrar a Capitolina allí.

Nadie.

La estancia respiraba silencio.

Desde una de las ventanas oteó el exterior buscando el motivo del nocturno desasosiego de los animales. Nada parecía perturbar aquella horrible noche, ya convulsa por el inesperado acontecimiento.

Antes de su desaparición, la última persona que la había visto y con la que hablara había sido él. Pero ninguno lo sabía y, por supuesto, no lo iba a revelar.

Después de dar varias vueltas por la casa, Cenicio salió al jardín.

La jaula de los pájaros respiraba silencio. Solo la voz de una lora insomne gritaba dentro: *¡Se fue... se fue...! ¡Ayyyyy, Dios mío! ¡Se fue...!*, emitiendo unos falsos sollozos.

Frente al portón, los perros batían sus colas inquietos.

Cenicio se acercó amenazante con la peinilla en alto.

—¿Quién vive? —gritó envalentonado.

—Chssssst... —le respondió Betsabé—. Soy yo. No grites.

—Pero ¿qué haces aquí? ¿Te has vuelto loca, hija?

—No digas eso, Cenicio. Locos están los que no me entienden.

—¿Cómo se te ha ocurrido venir y, además, a estas horas? ¿No te das cuenta de que si te descubren estás perdida? ¿Y de que si me descubren, yo también?

—Cenicio de la Cruz, en este momento eres lo único que tengo. No sabes lo que estoy viviendo. No tengo a nadie y en el lugar donde me encuentro no hay nada más que órdenes y malos tratos. Necesito ver a Capitolina.

El mulato sintió que se le desgarraba el alma. ¿Cómo decírselo sin causarle dolor?

Abrió el portal y la hizo pasar. La abrazó y notó que su cuerpo era un pobre saco de huesos sepultados bajo una especie de hábito negro. No sabía cómo explicarle que su amiga ya no estaba allí. Y lo peor: que nadie sabía dónde se encontraba.

Habían removido cielo y tierra. Autoridades gubernamentales y eclesiásticas se habían sumado a las pesquisas, sin ningún resultado.

La Policía llevaba más de cuarenta y ocho horas analizando posibilidades. Repasando su habitación y sus objetos personales. Buscando algún indicio que pudiera esclarecer el porqué de su desaparición.

—Betsabé —la llevó hasta la escalera y la hizo sentar—. Es mejor que vuelvas por donde has venido. Aquí no encontrarás nada de lo que buscas.

—No te entiendo.

Cenicio de la Cruz la tomó de las manos y mirándola a los ojos le confesó:

—Capitolina no está aquí. Hace dos días desapareció y nadie sabe dónde se encuentra.

La joven no dio crédito a lo que oía.

—¡Mentira! Me estás mintiendo. ¿Es lo que te mandaron que me dijeras? Eso no es posible. Ella no se iría sin decirme adónde.

—Estaba muy mal y se encontraba muy sola.

—Pero nosotras éramos una.

—Nadie se convierte en un solo ser con nadie, niña. No hay fundición. Eso es un pobre y lánguido sueño. Cada uno, para bien o para mal, arrastra su individualidad.

—¿Por qué nadie le dijo que yo la necesitaba?

—Porque ella no creía en nadie.

—¿Dónde está?

—No lo sé. Nadie lo sabe... Se fue. Y, desgraciadamente, solo a ti y a mí nos importa.

—¡Noooooo! —gritó Betsabé—. ¡No es justooooooo!

70

Tampoco estaba el joven por el que suspiraba.

De eso se enteró inmediatamente después y no supo cuál de las dos noticias le dolió más.

Betsabé pasó el resto de la noche escondida en un rincón del jardín, diluyéndose en llanto. Arropada por una cobija de lana que le dejara Cenicio y por el musgo que la acompañaba siempre y que de tanto llorar había creado a su alrededor un tupido tapiz que la sepultaba.

Con la inundación de sus lágrimas, el sapito que llevaba en su pecho saltó y desapareció entre la hierba hasta alcanzar el estanque donde lo esperaban una docena de lotos abiertos.

Al amanecer se encontró con las manos extendidas del mulato que le ofrecía un recalentado de pollo con arroz y una taza de aguapanela caliente.

—Come algo antes de irte —le dijo—. El dolor, con el estómago lleno, se aguanta mejor. Todo se arreglará.

—Pobrecita —musitó inconsolable Betsabé pensando en su amiga—. ¿Qué debió pasar para que huyera? Ella me necesita, lo sé. Es muy débil y depende de mí.

—Tenemos una concepción de la debilidad equivocada. Es la propia debilidad la que nos hace fuertes, querida niña. No minusvalores a tu amiga. A ella no le gustaría que lo hicieras. Come y vete, que de un momento a otro esta casa despertará.

Betsabé revolvió desganada la comida, cogió una cucharada y cuando estaba a punto de metérsela a la boca, se detuvo.

—No, no puedo pasar bocado —le dijo—. Tengo la garganta hecha un nudo.

—Tú eres fuerte y hoy más que nunca debes serlo.

—He perdido el viaje, Cenicio. Y mis ilusiones. Ahora sí que no sé adónde dirigirme.

—Sí que lo sabes. Eres una de las muchachas más sensatas que he conocido en mi vida. Vuelve antes de que noten tu ausencia. Ahora es momento de aguantar y aprender. Y no sufras por saber adónde dirigirte, la vida siempre acaba dirigiéndonos.

—No podré trabajar sin saber dónde puede estar Capitolina.

—Lo único que puedo decirte es que ella sí sabe dónde estás y, si ha de buscarte, sabrá encontrarte.

—¿Y Emmanuel?

—Prometió que volvería. Aunque nunca se sabe. Todos huyen de esta casa.

—Cenicio, ¿y si no vuelvo a Bello y me quedo por aquí?

—Eso ni lo pienses. Tienes que regresar al patronato. Eres la única esperanza que nos queda a ti y a mí para saber de Capitolina. Te ruego que comas algo. El camino es largo y debes aguantar. Además, recuerda que también tienes una madre que te necesita.

—¿Por qué tengo que ser madre de mi madre y no lo que me tocaría ser?

—Porque eres pobre y, para sobrevivir, a los pobres nos toca ser lo que haga falta.

Desde la ventana de la cocina Consolación observaba la escena.

—¡Mugrosa de los diablos! —murmuró—. ¿Así que has vuelto? Te vas a enterar.

71

Emmanuel llevaba tres días en el hotel.

Se sentía cómodo y tranquilo tras encontrar un sitio libre donde poder estar sin verse obligado a comportarse siguiendo unos reglamentos del todo anticuados.

Era verdad que aquella habitación era pequeña comparada con lo que hasta ese momento había tenido. No alcanzaba más de seis metros cuadrados, pero de ellos, él y solo él era dueño absoluto.

Pagaba para eso; para que nadie se entrometiera en ninguno de sus actos ni le pidiera explicaciones.

Ese era su pequeño mundo, su libertad, su cielo y, con los pensamientos y penas que lo asaltaban, también su infierno.

Se despertó y se acercó a la ventana. Junto a ella, enmarcada en una exagerada moldura dorada, una pequeña lámina reproducía un dibujo de la torre Eiffel. Le recordó que estaba muy lejos de la ciudad que tanto amaba. Fuera, la pequeña urbe abría los ojos a otro día de rutina.

Tres coches de caballos cruzaban la calle y se mezclaban con varios campesinos que arrastraban con sus mulas unos sacos cargados de plátanos. Uno de ellos se detuvo delante del muchacho que en las mañanas se paseaba gritando.

—¡Por una moneda su tintico *pa'levantarse*!

El campesino se detuvo, abrió su cartera y se lo dio. Mientras lo observaba, Emmanuel pensó: «Oooh... La Rue de la

Paix... Estaría desayunando un *croissant au beurre* bien hojaldrado y esponjoso y unos huevos *a la coque* con la yema blanda...».

Se vistió y acicaló con premura. Se tomó un café aguado acompañado de un *croissant* francés —que de todo tenía, menos de eso— que acabó abandonado en el plato.

Volvía al trabajo.

Salió a la calle, arrastrando su pesada alma que se negaba a acompañarlo, y comprobó la hora en la leontina del abuelo que su padre le entregara antes de zarpar. Todavía le quedaban unos minutos para que el embolador, que siempre se apostaba delante del hotel, le lustrara los botines.

Se entretuvo preguntándole qué llevaban los campesinos en aquellos bolsos que parecían una extensión de su cuerpo.

—Eso se llama *carriel*.

El muchacho le explicó que allí guardaban sus tesoros.

—Nadie se va de viaje sin llevarlo llenito. Allí esconden el mechón de pelo de la novia, la estampita de la Virgen, una yesca para hacer fuego, alguna carta de amor para las noches tristes, una vela. Hasta la panocha para distraer el hambre del camino. Y los más engreídos meten un peine *pa'peinarse*.

No supo por qué de pronto apareció en su pensamiento la imagen de su *Vierge de Feu*. ¿Y si era una campesina, y su padre alguien como el hombre del carriel?

Lo que sí tenía claro era que no se parecía a ninguno de los que habitaban la casa. Por lo menos, a ninguno de la familia.

¿Y si era una criada?

Y si...

Existía. Tenía que existir y la iba a encontrar.

Atravesó raudo la calle esquivando coches y transeúntes, tenía la suerte de que La Maison Bleu estuviera justo delante del hotel. Subió de dos en dos las escaleras y se situó delante de la oficina de Conrado. Se acomodó el pañuelo y entró. El amigo de su padre lo esperaba abatido por la noticia.

Apenas se enteró de la desaparición de Capitolina, la cara de Emmanuel se desencajó.

—No puede ser —atinó a decir—. ¡Lo siento muchísimo!

—Sí, hijo, sí. ¡Estamos deshechos! No entendemos nada.

—Puede que sea algo pasajero. Es muy joven y tal vez necesite estar sola unos días. Alguna amiga tendrá que...

Conrado lo interrumpió:

—Me temo lo peor, muchacho...

El hijo de Claude se puso a su disposición en todo lo que hiciera falta. Primero, porque era un caballero, y segundo, y también primero, porque hasta cierto punto se sentía responsable de su huida.

La tarde anterior a su partida había compartido con la menor de los Mejía Echavarría una agradable velada de camaradería. Pensó que quizá el atrevimiento de besar sus dedos podría haber sido el detonante de su envalentonado comportamiento o, lo que era peor, que se hubiera hecho falsas ilusiones y al enterarse de que él ya no viviría más en aquella casa no lo hubiera resistido.

«Pero qué pretencioso eres. ¿Qué te has creído?», pensó. Eso no era un motivo para desaparecer.

Conrado le pidió que regresara a casa.

—Hoy más que nunca necesito de tu compañía —le dijo pasándole el brazo por el hombro.

—Por supuesto, cuenta conmigo para lo que sea, pero no me pidas que vuelva. Estoy muy cerca. Sentirme libre es una cuestión vital para mí. Además, desde fuera podré ayudar más. Es necesario que me mantenga al margen.

—Estamos destrozados, hijo. Ahora buscan a lo largo del río, porque en una de sus orillas encontraron su sombrero y un pañuelo.

El hijo de Claude Le Bleu se sintió culpable. En sus conversaciones nocturnas le había hablado del suicidio como un acto sublime, cargado de poesía y liturgia, que convertía en inmortal a quien lo cometía. Y si se hacía por amor, dejaba en el amado una carga de culpabilidad que se perpetuaba hasta su muerte.

—Esto es demasiado para nosotros. Si lo que yo planeé para ella se hubiera cumplido, ahora todo estaría bien. Emmanuel, ¿me estás escuchando?

Conrado se dio cuenta de que el joven estaba ausente.

Con sus influencias, Conrado Mejía removió cielo y tierra buscando desesperadamente dar con el paradero de su hija. Por razones obvias, no lo consultó con Céfora.

Quería a su pequeña y mucho. Aunque su personalidad perfeccionista y obsesiva la hubiera descatalogado, una parte de él, con la que luchaba íntimamente, le había permitido amarla a pesar de su notorio defecto físico. No sabía cómo tratarla, porque las mujeres para él eran un mundo inexpugnable.

Eso quedaba demostrado con su propia esposa.

Ni siquiera, a pesar de llevar años tratando de entenderla, comprendía lo que albergaba su corazón. A veces la odiaba con todas sus fuerzas, otras la amaba como si fuera su hija. Y algunas noches, cada vez menos, la deseaba con una rutina conformista; sabiendo que nada era lo que había sido, pero fingiendo el goce de cuando estaban recién casados.

Mantenía comunicación directa con el gobernador de Antioquia y con el alcalde de la ciudad. El despliegue de escuadrones de búsqueda se ampliaba a veredas y a pueblos aledaños. Jamás en la historia de la ciudad una hija de familia tan honorable había huido de su casa sin dejar rastro.

Incluso en la arquidiócesis de Medellín, su primo, el excelentísimo don Teodomiro Mejía y Trujillo, había puesto en marcha una obra de oración multitudinaria, ordenando rosarios y misas a lo largo del día en todas las iglesias de la ciudad. Cada hora, el tañido de las campanas recordaba el suceso y llamaba a pedir con devoción por la aparición sana y salva de Capitolina Mejía Echavarría.

En la ciudad no se hablaba de otra cosa. En sobremesas hogareñas, cafés, costureros y clubes de amigos íntimos y conocidos de la familia, se abanicaban lamentos salpicados de críticas y suspiros maledicentes.

Decían que el padre la había obligado a desaparecer porque no soportaba su rebeldía y su cojera, que enturbiaba su fama de engendrar hijas perfectas y hermosas, sin contar con la frustración que arrastraba de que no hubiera nacido varón. Que su madre jamás se había ocupado de ella porque la consideraba un castigo. Que en el colegio era el mamarracho de sus compañeras y el dolor de cabeza de las monjas. Que sus hermanas se mofaban en sus narices. Que un demonio se la había llevado porque no era de este mundo. Que solo había que verle esos ojos del color del azufre. Que la habían recluido en una de las casas que «todos sabían» que existían en las afueras de Medellín, donde escondían a los hijos defectuosos o problemáticos de los adinerados que podían pagar su «desaparición». Que el dolor de Conrado era puro teatro para que se le redimiera de cualquier posibilidad de culpa.

Y como el tiempo de los desocupados da para mucho, en las conversaciones del domingo en el gran salón del Club Unión, también se coló la historia del problemático muchacho, llegado de Francia en estado calamitoso, que había acabado por revolucionar a la familia y que, no se sabía por qué motivo, había escapado de esa casa y ahora vivía en el hotel Europa. Y también, de la hija que empezaba a ser una solterona sin futuro, a no ser que la rescatara el pobre jovencito cuatro años menor que ella, eso sí, con una considerable fortuna y un título nobiliario heredado de su abuelo el barón Le Bleu.

—Esa niña no ha desaparecido así porque sí. Con toda seguridad la desaparecieron —afirmó una señoritinga de rancio abolengo que había conseguido que nadie la viera como solterona a pesar de haber sobrepasado la treintena.

—Pobres. Ya era una desgracia una hija coja, y ahora desaparecida, peor.

—Algún pecado estarán pagando. «Dios no castiga ni con palo ni con rejo sino en el puro pellejo», dijo otro después de comulgar en la misa mientras daba un sorbo a su copa de vino.

—Dicen que se ahogó —confesó con voz intrigante la madre de la solterona.

—No tenía otra salida —comentó otra—. Era *vox populi* que su familia no la quería. ¿Qué esperaban?

—En eso, a pesar de que dicen ser muy católicos, apostólicos y romanos, no han tenido compasión con su hija.

—Y ahora van llorando... —añadió la mujer de uno de los amigos más queridos de Conrado.

—Chsssssst —dijo una de ellas al darse cuenta de que Conrado se acercaba con Emmanuel.

—Lamento profundamente lo sucedido, mi querido amigo —le dijo a Conrado el comensal que acababa de hablar del palo, el rejo y el puro pellejo—. Todos estamos deseando que aparezca tu hermosa hija.

Mientras Conrado atendía a quienes se acercaban a darle un pésame adelantado, Emmanuel pidió un café y dio un repaso al salón. Sus ojos de detuvieron en el llamativo cartel de una mujer que parecía volar envuelta en velos multicolores, anunciando *La danza de la serpiente*. Se acercó y lo leyó. Decía que era un espectáculo nunca visto en Colombia y que en una semana actuaría en el Circo de España. Se trataba de una bailarina a quien él admiraba y había visto en el Folies Bergère de París: la estadounidense Loie Fuller.

Verla bailar era observar a una mariposa a punto de vuelo. La metamorfosis de sus alas que, gracias a un juego de luces, convertía aquel velo en un arcoíris en movimiento.

Mientras lo observaba fascinado con el recuerdo, a su alrededor se creó una frenética algarabía acompañada de un revoloteo de plumas rojas que se esparcían a diestra y siniestra. Acababa de entrar una paloma roja en el salón y no paraba de dar tumbos.

Algunas mujeres, las que odiaban a los pájaros, comenzaron a dar alaridos.

El ave, que parecía una rosa de sangre, se posó en el hombro de Emmanuel y picoteó su cabeza. Llevaba atado a su pata un mensaje.

73

Bello, lunes, 31 de mayo de 1909

No puedo.

El dolor del alma llega a enmudecer todos los sentidos.

No me salen las palabras. He descubierto que también se puede enmudecer en la escritura. Olvidar vocales, verbos y consonantes que te acercan a la vida. Olvidar el gesto de apretar con el índice y el pulgar el lápiz que te llevó a dibujar el primer garabato.

Ahora sí que no sé qué hacer.

He regresado más triste que cuando me fui. Por culpa de mi escapada sin permiso, ahora sor Inmunda me tiene castigada lavando ropa, despercudiendo sábanas y planchando, muerta del susto de no quemarle sus hábitos y de que todo quede bien liso y pulcro, con esa plancha de carbón que pesa como una piedra de las que no se me ocurriría coger en el río.

Y lo peor de todos los peores, limpiando el agujero donde hacen las monjas sus necesidades. Cuando entro a limpiar aquel hueco asqueroso no puedo aguantarme las ganas de vomitar y, además de remover las porquerías que dejan, debo recoger mi propio trasbocado.

No debía haber vuelto, pero no tengo adónde ir. Y debo mantener a mi pobre mamá, ahora que ya nadie se ocupa de pagar lo que cobran en ese lugar. Me lo advirtieron la última vez que fui a visitarla: o les pago o la echan.

La monja horrible, Dios le tenga preparado un purgatorio bien ardiente, dice que estoy condenada a ir al infierno y yo, sinceramente, pienso que ya estoy en él; que nací directamente en él y lo único que me toca es ir al cielo. Porque hay gente, sobre todo nosotros los pobres, que nos tocó al revés. Bueno, creo que a Capitolina también le tocó así. Aunque sea rica en muchas cosas, es muy pobre en amor. Yo, en cambio, llevo las dos pobrezas encima y no sabría decirte cuál de las dos pesa más.

¡Capitolina!, mi hermana del alma...

Cuanto más pienso, menos se me ocurre adónde puede haber ido. Con su huida, siento como si me hubieran arrancado la mitad de mi corazón. La otra mitad... tampoco la tengo (luego te enterarás por qué).

Solo le pido a Dios que esté viva, aunque no quiera saber de nadie. Que continúe viva. Que aparezca sana y salva para abrazarla y decirle cuánto la quiero y lo que significa para mí.

Sigo sin comer, no porque no quiera sino porque lo que me dan no es comible. Estoy convencida de que ni a los marranos les ofrecerían semejante porquería. Dicen que es una mazamorra con carne, pero a mí me sabe a agualeche podrida con trozos de diablo muerto. Ahí se las dejo para ver si son tan capaces y tan machas de beberse eso y después seguir vivas. Prefiero morirme de hambre... bueno, de hambre y de amor.

No te puedo negar que lo que me tiene más enferma es no haber recibido contestación al mensaje. (Siento mucho no haberte hablado de esto antes. Es que le tengo como agüero a nombrar lo que más deseo que pase, porque pienso que si lo hago, no sucede). O la paloma se extravió o se murió. O todo esto de creer en palomas mensajeras fue un sueño.

Yo no tenía ni idea de lo que es no poder limpiar de tu cabeza algo que ya anida en tu corazón.

Cuando lavo los suelos o las ropas o los lugares más horribles, pienso en lo fácil que es tirar agua y fregar y refregar hasta que finalmente sale la mugre o la mancha. En cambio, no existe agua, ni siquiera la más bendita de todas, que te limpie el dolor de una ausencia o de un amor que aún no conoces pero que sientes.

¿Alguna vez habrá sentido algo parecido mi mamá?

74

¡Existía!

Su *Vierge de Feu* no era una secuela de la peste sufrida en Cartagena de Indias ni el fruto de ninguna extraña alucinación.

Ella existía. Era la vida misma. Y él no podía creer que tanta alegría fuera capaz de tocarle hasta el último poro de su cuerpo y de su alma. No podía dar crédito a lo que leía. La niña de sus sueños contestaba a su mensaje con un trémulo, pero a la vez rotundo, sí.

Emmanuel se guardó el mensaje frente a la atónita mirada de los comensales del club y salió a la calle Villanueva con la paloma en el hombro, que aguardaba paciente la respuesta, como si de un respetuoso lacayo se tratase.

Necesitaba confirmarle que había recibido su nota.

Buscó un lugar donde escribirle y al no encontrar otro, se sentó a la sombra de una ceiba. Con los nervios a flor de piel, sacó del bolsillo de su chaqueta la estilográfica de ebonita y oro que le regalara su padre y un papel en el que garabateó su impetuoso mensaje. Mientras lo escribía, el corazón le saltaba en la garganta y las venas le palpitaban como si la sangre fuera un río revuelto lleno de peces bailarines.

Quería verla cuanto antes.

Como desconozco su nombre, me he permitido llamarla Vierge de Feu, pidiéndole de antemano disculpe mi atrevimiento, que no obedece a otro motivo que a la primera y única visión que de usted tuve. Ha de entender que solo por esa razón estamos en desigualdad de condiciones porque usted sí que conoce el mío.

La nota concluía con una cita. Quedarían a las once de esa misma noche en El Edén, el bosque que estaba a medio camino entre Bello y Medellín. Él llegaría antes y la esperaría frente al lago de los lotos florecidos a la hora en que la luna estaba en lo más alto y su luz caía sobre el agua dormida.

Cuando la paloma levantó el vuelo haciendo varias puntadas rojas en el cielo, con el mensaje del encuentro atado a su pata, los guayacanes de la avenida de La Playa florecieron y empezaron a esparcir flores que volaban y caían sobre los transeúntes, como copos de una nevada extraviada, creando un inmenso tapiz sobre el suelo.

Al cabo de unos minutos de caminar el amarillo de las flores, Emmanuel regresó con la cara contenta.

—¿Qué pasa, hijo? —le preguntó Conrado distraído.

—Ayudaba a una pobre paloma que andaba perdida buscando...

—¿El norte? —añadió por decir algo.

—Un destinatario —le aclaró Emmanuel.

Conrado Mejía, desesperado como se sentía con el estremecedor suceso de la desaparición de su hija, no estaba para destinos contrariados ni pájaros extraviados; suficiente tenía con los que llevaba anidados en su cabeza. A su alrededor la vida continuaba, y sus obligaciones también.

Muy a su pesar, se daba cuenta de que el apoyo que buscaba encontrar en Emmanuel no lo iba a obtener. Lo veía como un soñador ensimismado en su juventud y, aunque le constaba que hacía esfuerzos por aprender, distaba mucho de considerarlo preparado para asumir a corto plazo algún tipo de responsabilidad mercantil.

A su drama familiar se sumaba el sagrado compromiso que tenía con su querido amigo, con quien mantenía una asidua correspondencia en la que las frustraciones más superfluas eran el centro de sus misivas.

Se lo decían prácticamente todo; sin embargo, Conrado guardaba para sí aquella zona sombría donde residían sus más íntimas debilidades, entre ellas el deseo de que su amigo lo viera como un hombre fuerte y triunfador.

Claude Le Bleu esperaba que le hiciera el milagro de reconvertir a su hijo en alguien de bien y lo ayudara a borrar de su cabeza su impetuoso idealismo sin futuro. Que le sembrara la idea capitalista de generar necesidades altamente rentables, con las cuales engordar su imperio textil: primero en Colombia y después en Francia.

Y no lo iba a defraudar.

No le iba a decir a su amigo que estaba muy equivocado y que lo tenía en altísima consideración. Que muchas veces él, Conrado Mejía, se sentía débil y frustrado. Que Claude lo había elevado a un nivel que no correspondía con su realidad actual.

No le iba a confesar que ni siquiera era capaz de llevar a su familia de la manera en que sus ilustres antecesores, los Conrados de pura cepa, lo habían hecho; porque, a diferencia de estos, los años y la tristeza hacían mella en su hombría y estaba cansado... Cansado y, lo más grave, obligado. Del universo de aquel muchacho de antaño que se comía a puñados la auténtica vida, nada se enraizó. Ahora habitaba en el mundo de la apariencia y, de tanto representarla, había terminado por convertirse en su única realidad.

Se quedó observando al muchacho y trató de entusiasmarlo con un posible regreso al Chalet Capricieux.

—¿Nos vamos? —le preguntó con voz derrotada.

—Me quedo —le contestó el joven, decidido y escueto.

Conrado insistió:

—No quiero que te sientas obligado, pero ya sabes, en casa

te espera una buena comida y la habitación sigue siendo tuya. Nadie te va a importunar.

Emmanuel volvió a sentir que invadían su espacio vital.

—Te pido disculpas —le dijo haciendo uso formal de su educación—. He quedado con unos amigos.

Conrado pensó que en esos momentos el cuidado del muchacho era una carga pesada, pero trató de cumplir con su obligación de protegerlo.

—Ignoraba que los tuvieras. ¿Se puede saber quiénes son?

—Estoy seguro de que no los conoces, pero no debes preocuparte por mí.

—Es muy importante que sepas que en esta ciudad no todas las personas son de fiar.

—Como en todas partes —le replicó el francés—. No olvides de dónde vengo.

Emmanuel no le iba a decir que sus últimos días habían sido una suerte de universidad de la vida en la que había aprendido de manera acelerada los vericuetos de esa pequeña ciudad que olía a flores, café y aguardiente.

No le iba a decir que conocía sus antros, los peligros que corría y también las maravillas que ofrecía.

No le iba a decir que siempre había tenido una brújula interior que, estuviera donde estuviera, le marcaba los puntos cardinales que él necesitaba para llenar sus ansias de vida.

No le iba a decir que ahora pertenecía a un grupo de jóvenes rebeldes que se reunían en la clandestinidad buscando abrir un camino donde floreciera la palabra en libertad.

No le iba a decir que primero iría a Lovaina a encontrarse con sus nuevos amigos en una zona en la que, de saberlo Conrado Mejía, habría pegado el grito en el cielo. Y menos, que quedaría en El Edén con aquella misteriosa joven de la que, sin ninguna razón válida, estaba perdidamente enamorado.

75

La tarde se le convirtió en un dulce suplicio. Alentada por la expectativa del encuentro, Betsabé Espinal fue elaborando con delicadeza la tela más hermosa que se había visto en la Fábrica de Tejidos La Poderosa. Era como si llevara una melodía interior que la hacía crear hilo a hilo una especie de carta de amor interminable. Las frases se alargaban, convertidas en lazadas de tramas azules y rojas que cantaban sobre el blanco del algodón, formando renglones de mensajes indescifrables. Palabras silenciosas colmadas de gloria y esperanza se deslizaban al ritmo del afónico tactactac de las lanzaderas, entretejiendo todo aquello que escondía su corazón.

Amor amor amor amor...

Amor en rojo y azul. Amor azul él, amor rojo ella. Amor que solo ella vivía y ni intuía ni entendía, porque ni siquiera sabía que aquel sinvivir que la había poseído se llamaba *amor*.

Al mismo tiempo que sus manos hilaban, su obstinado temperamento insistía en dibujar el rostro del francés, que conservaba grabado en su memoria. Pero de tanto repintarlo, su recuerdo había acabado convertido en un borrón informe donde solo permanecía diáfano aquel pañuelo rojo atado a su cuello, sus ojos marinos perdidos en la maraña de su pelo nocturno y aquel acento gutural que trataba de domar a la fuerza exagerando los ceceos autóctonos.

Cuando sus compañeras abandonaron sus labores para almorzar, ella continuó entretejiendo anhelos. Era pobre pero poseía la riqueza de un espíritu fuerte y libre. Su dignidad, capaz de sobrevolar miserias y dificultades, le regalaba la capacidad de elevarse a unas alturas que para nadie tenían valor pero para ella significaban el indescriptible tesoro de transportarla a lugares imposibles. Era una superviviente de la vida y como tal se comportaba.

En la soledad de los telares silenciados su ardiente labor, que retumbaba con un eco vital, llamó la atención de uno de los capataces que supervisaban el trabajo.

El hombre, que se paseaba con una libreta en la mano anotando cuanta anomalía encontraba, observó detenidamente su trabajo y se dio cuenta de que aquella tela no correspondía a ningún prototipo. A pesar de ello, decidió no interrumpirla hasta que la pieza no estuviera acabada.

Jamás había visto nada igual.

No sabía si aquel corte podría añadirlo a los pedidos estándares, porque se salía de lo que hasta el momento se elaboraba en la fábrica, pero lo que sí tenía muy claro era que aquel metraje de tela era de una belleza única y, como tal, debía dar parte a su superior.

Antes de marchar, no se pudo aguantar las ganas y se acercó a la operaria.

—¿Qué quiere decir lo que estás tejiendo? —preguntó.

Betsabé no lo oía.

—¿Estás sorda? —le dijo molesto el capataz deteniéndose frente al telar.

—Perdone, no lo oí. ¿Qué dice?

—¿Qué significan estas indescifrables líneas que nadie te ha pedido?

Betsabé sintió miedo. Ese hombre era un déspota que había hecho llorar a muchas de sus compañeras.

—Pensé que...

—No pienses y sigue. Hablaré con el director.

—¿No me va a regañar?

—Si no lo terminas, sí. No sé si sirve de algo lo que haces pero, si así fuera, si lo aprueban, como estos tendrás que hacer muchos más.

La sirena de la fábrica anunció que terminaba la jornada. Tenía una especie de angustia interior revuelta de una exaltación adelantada que no podía compartir con nadie. Recogió su cartera y cuando estaba a punto de salir, al final del pasillo vio la silueta de una niña forcejeando con un hombre. Una falda y un pantalón se delineaban en el claroscuro del fondo. Tenía que irse, pero no podía. Necesitaba saber qué estaba sucediendo.

Caminó decidida por el corredor y al llegar al final, se encontró a la pobre obrera sordomuda llorando.

—¿Qué te pasa? —le preguntó sabiendo que no le diría nada—. Ven conmigo, Ausencia. Es hora de descansar.

En la penumbra, un hombre las observaba jadeante recomponiéndose el pantalón, mientras maldecía a Betsabé.

76

Bello, 3 de junio de 1909

Mi querido diario:

Casi no tengo tiempo de escribirte porque estoy muerta de cansancio; me duele hasta la última punta del pelo. Sin embargo, lo hago para que no pienses que soy una mala amiga o sientas que en este momento tan importante de mi vida te he dejado de lado.

Hoy, tú muy bien lo sabes porque eres algo así como mi conciencia, he tenido una jornada muy difícil. He trabajado sin descanso el día entero, tratando de que el tiempo pasara volando. Poseída por una especie de mandato divino que me exigía dar lo mejor de mí, precisamente hoy. Y creo, sin presumir mucho, que me ha salido bien.

Voy sobreviviendo como puedo (a ti no te lo puedo negar). Como imagino que hacemos todos los que vamos sorteando, sin barcas ni remos, los turbulentos y difíciles remolinos de la vida.

Te he tratado de ocultar lo que siento por el muchacho del que te hablé el otro día, pero me parece muy desleal contigo seguir haciéndolo. No sé si está bien o mal verlo. Lo único que tengo claro es que necesito pedirle perdón por la manera en que lo traté la noche en que lo conocí.

Ya sé que me dirás que es una disculpa, que me mueven otros sentimientos, y no voy a negarte que así sea.

Puede que sí... o puede que no.

Eso solo lo sabré cuando me enfrente a la situación. He aprendido que cuanto más preparas algo, peor te sale. Hay que dejar que lo que venga fluya. Como el agua en las manos cuando tratas de abarcarla y se te escurre entre los dedos. Como el río cuando te empecinas en atraparlo. Tú sabes cómo adoro sentarme frente a sus aguas y ver su libre discurrir. Nada ni nadie lo detiene. Él es tal y como quiere ser. No sé si tiene la suficiente conciencia para darse cuenta, lo único cierto es que así me gustaría ser. Río, río caudaloso y diáfano y también cantarino. El problema que tengo que resolver es, siendo río, si puedo ser agua y nadadora a la vez. Necesito aprender a nadar de una vez por todas, por si acaso la corriente misma de mi ser o de mis propias reflexiones me tratan de ahogar.

No sé si me entiendes.

Pienso en Capitolina.

Cada minuto me acuerdo de ella y, aunque no debería ser así, la imagen del francés aparecido me opaca su memoria. Se coloca entre medio de nosotras, como si fuera un papel velado que diluye su cara, y nos aparta. Pero sé que ninguno de los tres tenemos la culpa de lo que sentimos.

Rezo a las vírgenes de mi mamá para que a mi amiga no le haya pasado nada y aparezca sana y salva.

¿Vendrá a verme?

Cenicio me dijo que conoce dónde me alojo y está convencido de que me buscará. Y a mí me gustaría creerlo, pero lo dudo porque la conozco mucho. Capitolina es como yo y si ha dicho basta, ese *basta* va a retumbar en todas las montañas que nos circundan.

¡Dios mío, te suplico que cuides de ella!

Tengo que dejarte porque se acerca la hora y no me he preparado para el encuentro. Escaparé por la puerta donde descargan el mercado, que atiende la hermana Tranquilina. Ya aprendí cómo hacerlo sin que se entere sor Inmunda. La ventaja de que sea ella quien se encargue de la portería es muy sencilla: tiene la maravillosa virtud de observarlo todo y, en fracción de segundos, olvidarlo. Ni siquiera se acuerda de por qué está allí y no en casa de sus padres, porque no recuerda que tuviera ni padres ni hermanos. Dice que así vive feliz, y en el fondo la entiendo. Más vale olvidar lo que nos aflige, no tener pasado que nos moleste en los zapatos del alma y nos impida continuar, a tener que enfrentarnos a una realidad que no pudo ser.

Las que gustan de los chismes murmuran que se enamoró de un joven seminarista llamado Nazareth y que él mismo, para que le demostrase su amor, la obligó a hacer votos de castidad.

A mí, como no me consta nada, prefiero no opinar. Odio las habladurías que se desatan como una tormenta de gallinazos y aletean enfurecidos alrededor de la carroña, tratando de picotear y arrancar las vísceras del muerto para saciar su apetito.

Aunque entiendo lo que puedan sentir otros, debo ocuparme de mí misma ya que, de no hacerlo bien, seré la única responsable de lo que me ocurra.

Lo único que sé es que si no me hago cargo de mí y de mi mamá, no sobreviviremos. Ahora por lo menos tengo muy claro que debo ganar mi platica para mantenerla. Y eso, aunque sea muy fácil de escribir, es muy difícil de llevar a la práctica.

En este instante no puedo negarte que tengo miedo, pero me lo aguanto. Cuando lo siento, cuento hasta diez y se me pasa.

He preparado un bulto de algodón que me encontré en la calle. Creo que se cayó del carro de los bueyes que los lunes hace su recorrido calle Arriba hasta la fábrica. Y como estaba delante de mí pensé que me lo mandaba Dios y corrí a esconderlo. Con él simularé que en el catre yace mi cuerpo debajo de la cobija, para cuando hagan la revisión de la noche. Ya he manifestado que me siento muy mal, y el capataz ha tenido la delicadeza de firmar un papel en el cual aclara que el trabajo que he realizado en el día de hoy ha requerido un esfuerzo superior. «La obrera necesita descansar. Su labor ha sido intachable». Así concluye el papel sellado y firmado que le entregué a la monja cuando llegué exhausta.

No sé por qué motivo el hombre se conmovió tanto con mi trabajo que al salir de la fábrica me entregó aquel informe dándome dos palmaditas en la espalda.

—Eres buena —me dijo con tono paternalista—. Si continúas así, puedo elevarte a los altares.

¿A cuáles?

Yo lo único que espero es que a ninguno de esos salvajes se le ocurra meterse conmigo, porque si lo hacen, mira bien lo que te digo, si lo hacen: NO RESPONDO.

77

Se reunieron en el bar El Globo cuando las campanas de La Candelaria marcaron con sus nostálgicos tañidos las siete en punto de la noche. Como siempre, el primero en llegar fue León de Greiff. Solía adelantarse al encuentro porque en los minutos previos disfrutaba observando el vacuo mutismo de los desconocidos, el humo de sus cigarrillos dibujando vocales en el aire y ese burbujeante murmullo que se mezclaba con la música de los licores vertiéndose sobre las copas. El impetuoso caer que hacía salivar a los que esperaban ansiosos el quemor de sus gargantas. Era el regalo del día: el momento de gloria. Habían terminado la jornada de trabajo y la noche se abría lujuriosa, de par en par, a recibirlos.

De Greiff escribía en su gastado cuaderno frases sueltas, apuntes de detalles, que para muchos carecían de importancia, pero al final en su pluma acababan convertidos en versos insolentes, bellos y libres. Para él la realidad era una especie de fiesta salvaje, sarcástica y divertida, a la cual ni quería ni podía renunciar.

Estando a punto de escribir su última sentencia, apareció Emmanuel acompañado de Tisaza, el pintor, y de Fernando González, el filósofo. Después de saludarse y brindar por el encuentro con el ritual de siempre, el francés le quitó de las manos el cuaderno y, con su voz ceremoniosa de marcado acento extranjero, comenzó a leer en voz alta mientras De Greiff trataba de arrebatárselo.

—Palabra sagrada del gran poeta Leo Le Gris, aprovechando la ausencia de sus ilustrísimos amigos, ahora presentes.

Inventario de existencias:
Soledad: prostituta de las noches.
Estrellas: hacen daño dentro de los antros. No consigo ver la luz.
Botellas: de cristal traslúcido.
Sol: muriendo dentro de estanterías dormidas.
Polvo: que se esconde detrás de un sueño por descubrir.
Humo: tiempo quemado.
¿Está todo por inventar?
Conversaciones: hablar nada y pensar que se dice algo.
Carcajadas: la risa de un dios que murió hace tiempo.
La escalera: oruga infinitesimal.
Todos somos animales, incluso los objetos con los que tratamos.

León de Greiff, tras un forcejeo de risas, consiguió hacerse con el cuaderno y con él le golpeó en la cabeza.

—¡Qué perverso eres! —le dijo—. Quedas sentenciado a una magna burla, *diable*.

Todos rieron. Mientras tanto Ricardo Rendón aprovechó el momento para inmortalizarlo en su libreta. Fue delineando a golpe de carboncillo la escena donde aparecía De Greiff, con un gesto salvaje que hacía honor a su nombre, dando lecciones de moral al extranjero frente a la mirada de Teodomiro Isaza, Rafael Jaramillo y Pepe Mexía.

—Atención: esta noche vamos a demoler las viejas costumbres —dijo De Greiff—. Lo he pensado muy hondamente. Casi toda esta gente que vemos está muerta y eso no los convierte en animales, pero queremos, quiero, invocar al arte de la alquimia para transformar el metal en oro.

—Tú lo que quieres es una revolución del espíritu.

—¡Oh, no! Yo no creo en el espíritu. El espíritu es para

esos mendigos que no encuentran nada en esta tierra que se presenta llena de obscenidades y barbarie. ¡Hay que reivindicar la barbarie! ¡Ir más allá del bien y del mal!

—¡Ja! ¿Y eso cómo se hace, amigo mío? No creo que sea escribiendo un inventario de existencias.

—Por algo se empieza. Si consiguiéramos darle otro significado a cada cosa, quizá empezaríamos a verlas diferentes y entonces... aaah... entonces saldría lo perverso que hay en nosotros y bailaríamos toda la noche con nuestros demonios. Estoy harto de las formas, de lo apolíneo.

Emmanuel no podía concentrarse. Había perdido el habla. Veía las bocas y no escuchaba nada. Todo lo que decían era una sonata imposible de traducir. En pocas horas se encontraría con su *Vierge de Feu* y eso le robaba el alma y sin ella no había posibilidad de conciencia.

—Pero ¿qué está pasando aquí? ¿Adónde demonios se nos fue este? —dijo González señalando a Le Bleu.

—Míralo, tiene los ojos en otro lugar.

—Tal vez esté siendo abducido por los duendes de la creación —sentenció Tisaza.

—Emmanuel Le Bleu, si nos oyes, manifiéstate —dijo De Greiff con voz cavernaria jugando al espiritismo.

Pero el joven estaba muy lejos.

—Algo oculta —comentó Jaramillo—. Hay que sacarlo de ese trance antes de que se pierda.

Emmanuel, que aun estando fuera creía poseer el don de desdoblarse, reaccionó.

—Estoy aquí. Sencillamente he decidido ser un *corpore silentium*.

—A nosotros no nos engañas con expresiones latinas. Algo te pasa.

El francés, que no podía más con su ansiedad, dijo rotundo:

—Hoy no podré quedarme mucho tiempo.

—¿Lo ven? Lo intuía —dijo Pepe Mexía.

—Aquí nos lo decimos todo. Habla...

—Lo único que digo es que me tengo que ir y punto.

—¡Vamos! —insistió Fernando González, el filósofo—. El compromiso es compartir experiencias.

A pesar de que Emmanuel leyera en voz alta sus apuntes, León de Greiff entendió que necesitaba estar solo.

—¡Aaaalto! —gritó con voz de mando—. Nuestro amigo necesita soledad y soledad tendrá. Eso sí, queda registrado en mi cuaderno que si algo de lo que te suceda es importante para este grupo, deberás comunicarlo en breve. Y ahora, *sors de là*, si no quieres ser castigado con nuestra presencia en el lugar adonde vas y donde queda claro que no quieres que estemos.

Emmanuel se bebió un sorbo de aguardiente y salió como alma que lleva el diablo, empapado de expectativas y preguntas. Solo le importaba acudir a tiempo a la cita.

78

Llegó antes de la hora porque la ansiedad se le metió en los zapatos y lo obligó a tragarse el camino sin masticarlo.

El viaje había estado plagado de sonidos nocturnos y voces etéreas que se mezclaban con el viento y le susurraban al oído frases que no lograba entender. El lugar, sumergido en esa espera lenta, olía a solitud, nubes preñadas, hiedras sedientas y líquenes nacientes; un perfume con nombre y apellido: *Vierge de Feu*.

«El bosque se prepara para recibirla», pensó Emmanuel.

Una bandada de golondrinas cruzó el cielo buscando con urgencia dónde guarecerse. A su alrededor los árboles danzaban al ritmo de un viento loco que convertía El Edén en una especie de apoteosis triunfal. Mientras la vegetación conspiraba, el eco de un trueno lejano anunció la inminente caída del cielo.

En ese instante a Emmanuel se le ocurrió que aquella niña soñada no vendría y a continuación, para deshacer la maldición de lo pensado, dijo en voz alta: «No hagas caso de la lluvia; te estoy esperando».

Al acabar de decirlo, se desató un infernal aguacero. Los rayos caían a destajo como espadas de oro, partiendo en dos campos, árboles y piedras.

Sobre el lago, sapos y lotos languidecían frente a las raíces de los sauces, que preferían enterrar sus desnudeces y bajar sus ramas a enfrentarse al diluvio.

Dejó que el agua lo empapara y, como su ansiedad y desazón crecían, empezó a declamar versos de Baudelaire.

Yo te adoro al igual que a la nocturna bóveda,
¡oh vaso de tristeza, oh enorme taciturna!
y tanto más te amo, bella, porque me huyes,
y porque me pareces, adorno de mis noches,
más irónicamente acumular las leguas
que a mis brazos separan de azules infinitos.
Yo me lanzo al ataque, y yo trepo al asalto...

De pronto, del inclemente manto que bañaba la noche, emergió una silueta oscura —una especie de negra aparición de largas faldas— que se encontraba perdida buscando a tientas hallar un lugar donde protegerse.

La sombra se detuvo delante del lago.

El corazón de Emmanuel Le Bleu comenzó a cabalgar enloquecido.

Frente a la inminencia del encuentro, se quedó sin palabras.

Mientras trataba de tranquilizarse, desde lejos la fue observando. Pero la tromba de agua le impedía ver sus facciones. Solo sus pies desnudos, hundiéndose en la hojarasca enfangada, se iluminaban con cada relámpago.

«Está descalza —pensó—. Es pobre y no me importa».

La vio buscar con la mirada algo que no encontró y al final, sentarse bajo un sietecueros.

En medio del silencio salpicado de truenos, aquella muchacha empezó a cantar un tralalá monocorde, sin letra ni forma, y Emmanuel entendió que al igual que él había hecho con el poema, ella trataba de espantar el susto con música.

¿Cómo podría acercársele estando tan temeroso?

Cuando era pequeño y le asaltaban los miedos, su madre lo sumergía en la bañera diciéndole que el agua se encargaba de limpiarlos y liberarlo de ellos.

Entonces, porque en ese instante necesitaba con urgencia ser fuerte y valiente, corrió en dirección al lago y se lanzó.

79

El estrepitoso sonido de un cuerpo chocando contra el agua la obligó a volver en sí.

Por la hora y la soledad que reinaba en el parque, la hija de Celsa Julia Espinal tuvo la absoluta certeza de que no podía ser otro que el francés.

Se levantó apresurada y se acercó a la orilla buscando algún chapoteo que se lo confirmara.

Nada...

El silencio dibujaba círculos que se ampliaban y diluían en la nocturna liquidez de la noche, acompañados por una sinfonía de gotas que cantaban una melodía silábica sobre aquel lienzo de cristal.

Solo la lluvia...

Atrapada como vivía en el temor a sumergirse en el agua, Betsabé pensó horrorizada que esta se había tragado a Emmanuel. Sus ojos se clavaron desesperados en aquella negrura, pero ni la tempestad se aplacaba ni su miedo tampoco.

Sobre la superficie, las hojas de los lotos resistían la embestida de la lluvia mientras sus flores se rendían entregando sus pétalos.

Tan absorta y preocupada estaba que no se dio cuenta de que detrás de ella el muchacho, que había nadado por debajo del agua algunos metros hasta alcanzar otra orilla, se acercaba empapado.

Un instante después percibió su presencia por el olor. (Si algo hacía parte de su naturaleza salvaje era la capacidad que tenía de advertir los aromas ajenos, que incluso llegaban a vaticinarle desgracias antes de que estas se produjeran).

Lo aspiró y sintió que se trasladaba al sitio donde lo conociera. Permaneció muda, apretando con las manos su pecho para acallar los enloquecidos latidos de su corazón.

Estaban íngrimos, acompañados por un miedo impregnado de expectativas.

Cuando se dio la vuelta, él se rindió a su delicada imagen de esfinge viva.

El agua le caía en lágrimas que resbalaban sobre sus tupidas cejas, se despeñaban como delgados ríos sobre los perfiles de su nariz y morían en sus labios de rosa abierta.

Se quedaron estatuados de amor el uno frente al otro, atados desde las retinas por un nudo ciego, queriendo decirse lo indecible, pero sin que saliera ni una sola vocal de sus labios.

80

La campana de la entrada repiqueteaba furiosa. Alguien en el portal del Chalet Capricieux llamaba con insistencia.

Era la Policía.

Cenicio de la Cruz salió a abrirles. Los agentes necesitaban hablar urgentemente con el jefe de la casa.

Sin más preámbulos, el mulato los hizo pasar y los condujo hasta la sala auxiliar que empleaban para encuentros menores.

—No sé si puede atenderlos —les advirtió invitándolos con un gesto a sentarse—. A esta hora el señor tiene prohibidas las visitas.

Cada tarde, sobre las seis y media, Conrado Mejía se encerraba solo en la biblioteca. Se servía una copa de whisky, encendía su habano y se relajaba de la jornada de trabajo repasando su amado diccionario, que abría en las páginas cada vez más deterioradas, que comprendían la letra C. Allí se dedicaba a encontrar palabras nuevas y a memorizar en voz alta sus significados. Jamás permitía que lo interrumpieran, ritual que con los años se le convirtiera en inquebrantable ley.

Tras dos toques en la puerta, Cenicio entró. En ese momento Conrado recitaba:

—«Caleidoscopio, del griego *kalós*, 'bella', *éidos*, 'imagen', y *scopéo*, 'observar'. Tubo que contiene...». —Al verse perturbado, se enfadó—. Te tengo advertido que...

—Perdone, señor. Siento muchísimo molestarlo. La Policía quiere hablar urgentemente con usted. Ya les dije que no podía recibirlos, pero insisten.

—Diles que ahora voy —le ordenó.

Conrado, que prefería beber y fumar en privado, dejó la copa y el cigarro en su escritorio, y presintiendo lo peor echó una mirada al magnífico retablo del Sagrado Corazón —que presidía su escritorio y perteneciera a sus antepasados—. Se santiguó frente a él y salió al encuentro.

Entre tanto, Consolación, dándose cuenta de la visita, había corrido a avisar a su señora.

Cuando estaba a punto de entrar en la sala, Céfora ya estaba delante de la puerta.

—Te prohíbo que entres —le dijo Conrado a su mujer cogiéndola por el brazo.

—Suéltame. Si vienen a dar alguna noticia de mi hija, quiero estar presente.

—Ahora no te hagas la que la querías.

—Tú qué sabes si la quería o no.

—Yo sé más de lo que crees. Espera fuera.

Consolación observaba de lejos la discusión y pensó para sus adentros que eso la acercaba a su jefa. Ahora iría a su habitación, peinaría su cabello y, mientras lo hacía, esta le confesaría lo desgraciada que se sentía. Entonces aprovecharía para oírle sus tristezas, decirle que la comprendía e inmediatamente después sacaría provecho de sus confesiones. Necesitaba colocar de entrera en la casa a una sobrina que acababa de dar en adopción a una niña, fruto de un desliz con el hijo del patrón de la casa donde trabajaba.

Dar y recibir, de eso se trataba la vida.

Dar a cambio de algo. Porque para ella, nada, absolutamente nada, era gratis.

81

—Hemos encontrado esto bajo el puente de Guayaquil —le dijo el inspector de Policía a Conrado sacando de un maletín de cuero un vestido de encaje blanco, arrugado y con salpicaduras de barro, y unos botines de cordobán enfangados, uno de ellos con una suela tres centímetros más alta que la otra—. Por sus características, creemos que pertenecen a su hija, pero necesitamos que usted nos lo confirme.

Conrado los condujo hasta una mesa y pidió que depositaran el hallazgo.

Durante un rato permaneció en silencio observando las prendas que sin ninguna duda pertenecían a Capitolina.

La recordaba con aquel vestido vaporoso, balanceándose en el columpio de mimbre, con la lora parlanchina en su mano, enseñándole canciones de amor que la pájara cantaba con su voz gutural y el estruendo de su alocada risa.

La recordaba estirada sobre la hierba, con su inseparable amiga, recitando al unísono poemas de Victor Hugo.

Según la versión de la sirvienta que cada mañana la ayudaba a vestir, era la ropa que Capitolina llevaba el día de su desaparición.

Tras meditar unos minutos, preguntó:

—¿Ustedes qué creen?

Los agentes, que sabían lo que el hombre debía estar pensando, se miraron y en el cruce de ojos decidieron opinar lo menos doloroso.

—Si me permite, creo que el caso no se cierra tan fácil. No podemos asegurar que la niña se... —Carraspeó, y cuando lo hizo, el otro agente decidió ir en su auxilio.

—No podemos decir que se ahogó, señor. No hay ningún indicio de que lo hiciera —concluyó el subalterno—. De ser así, ya habría aparecido su cuerpo en algún recodo del río. Tenemos a nuestro equipo inspeccionando a todo lo largo del cauce. Y hemos notificado también a las veredas cercanas, para que estén atentos.

Conrado tomó el vestido, lo acercó a su nariz aspirándolo con nostalgia y por primera vez tuvo la sensación de haber fracasado en su labor de padre.

¡Qué poco humano había sido!

¿Cómo no se dio cuenta de su soledad y su dolor?

¿Qué debía ocupar la cabeza de su hija para decidir abandonar su casa?

¿En qué habían fallado él y su mujer?

¿Qué debía sentir su niña sabiéndose diferente a sus hermanas?

¿Por qué estas la habían repudiado y no tenían ningún tipo de compasión con ella?

¿Se merecían su desaparición?

¿Sería la venganza por haber alejado a Betsabé de su vida?

¿Estaría muerta?

Y si viviera, ¿adónde habría ido?

A nadie le importaba.

Era una carga que acababa de diluirse. Veía a sus hijas y no entendía cómo podían reír y continuar la vida sabiendo a su hermana menor desaparecida. Había creado unos monstruos a los cuales no quería enfrentarse.

La vida era una farsa.

—Señor —le dijo uno de los agentes de Policía—, ¿quiere que continuemos?

—¡Hasta que la encontremos! Y no les quepa ninguna duda: mi hija está ¡VIVA!

82

Agua y más agua.

La sabia naturaleza decidió por ellos.

Parecía que el cielo, cargado de tanta lluvia contenida, se había desfondado y no iba a parar de diluviar.

No pudieron hablar porque en el instante mismo en que se disponían a hacerlo —como si la tierra se estuviera desgarrando de dolor— un rugido sobrehumano, proveniente de su centro, los silenció.

Al tiempo que esto sucedía, la manada de zorros de patas negras que deambulaba perdida en medio del bosque los rodeó. Los asustados animales, con la cola gacha y sin esperar nada, empezaron a aullar. Ellos también vagabundeaban muertos de miedo.

El suelo empezó a temblar enloquecido. Árboles y arbustos, piedras, flores y líquenes reaccionaban a la brutal embestida.

El Edén languidecía.

Madroños, aguacateros y cipreses lloraban taciturnos.

Se quedaron mudos, acompañados por las fieras perrunas que lamían sus manos y buscaban cobijo bajo sus brazos. De repente animales y humanos se unían en un solo sentir. Frente a ellos, la tierra tronaba furiosa. Los árboles se balanceaban, como si respondieran a un baile desquiciado, mientras la naturaleza se manifestaba en un grito sordo.

Emmanuel, que nunca había vivido nada parecido, creyó que era el fin del mundo. Puso la mano derecha sobre su pecho, donde desde hacía tres noches colgaba escondida una bolsita de seda verde con el corazón de una paloma y los ojos de un gato convertidos en polvo. El conjuro de amor que una noche le regalara una mujer reconocida por muchos como espiritista y hechicera, a quien llamaban La Iluminada. Era ella quien le había dicho al entregárselo: «Si quieres hacerte amar por una mujer, debes conservarlo siempre pegado a tu corazón. Lleva la magia de haber sido creado en pleno solsticio de verano». El muchacho deseó con todas sus fuerzas que esa noche aquel amuleto también sirviera para salvarlos.

Pájaros y bestias aullaban.

De forma instintiva, creyendo que el final les llegaba sin darles tiempo a iniciar nada, Emmanuel y Betsabé acercaron sus manos y en el instante mismo en que advirtieron el roce de sus pieles, se detuvieron.

Largo silencio...

Templado como cuerda de violín...

Emmanuel sentía el calor cercano de la mano de esa niña de fuego. El deseo de acariciar aquella piel desconocida se mezclaba con el temor a que volviera a rechazarlo.

Sus agitados respiros y su exacerbado perfume a musgo húmedo le llegaban como una exhalación, y lo aspiraba con urgencia tratando de que permaneciera para siempre dentro de él.

¿Y si se arriesgaba y le cogía la mano?

Betsabé notó que sus dedos se derretían de ganas de ser abrazados por los de aquel muchacho cuyo perfil semejaba el de una estatua griega de aquellas láminas del libro prohibido que ojeaba a escondidas con Capitolina en la biblioteca de su padre.

Toda la sangre se concentraba en el punto donde casi se rozaban. Las yemas de sus dedos ardían mientras su cuerpo tiritaba de amor y frío.

¿Y si le cogía la mano?

No se supo quién fue el primero. Lo único que quedó claro fue que sus dedos se entrelazaron y que uno de los zorros, el que debía ser el jefe de la manada, los lamió despacio y a fondo hasta sellar esa unión.

Silencio húmedo.
Felicidad de un instante.
Nadie la había tocado nunca.
Piel...
Piel y silencio...
Y gotas de lluvia sobre el lago...
Círculos que se expandían...
Y desaparecían...
Miedo...
Y silencio...

Después, una voz decidida lo rompió. Era su propia voz, que no reconocía pero emergía de esa nada llena.

—Antes de morir, me gustaría aprender a nadar —pronunció Betsabé sin acabar de entender lo que acababa de decir.

—No vamos a morir —añadió él haciéndose cargo de la situación—. Todavía no ha llegado nuestra hora.

—¿Sabes nadar? —le preguntó ella.

—¿No me viste? Claro que sé, y es muy fácil. Si me dejas, puedo enseñarte.

El temblor de la tierra había cesado y dejaba a su alrededor un extraño y conmovedor sosiego. Una especie de quietud mortal, de incierta espera que asustaba y a la vez tranquilizaba.

El bosque callaba y la tempestad se reducía a pequeñas gotas que caían muy suave sobre las hojas de las monsteras deliciosas que los rodeaban.

De un momento a otro se instauraba la paz.

—¿Quieres? —le preguntó Emmanuel rodeado de zorros perrunos que los observaban sumisos.

Sus ojos de ébano líquido crecieron hasta quedar atrapados en los del muchacho. Asintió con el aliento en vilo y se dejó guiar en esa intimidad recién nacida.

Y sin soltarle la mano, Emmanuel buscó la orilla menos arisca del lago. Una especie de charco creado en un recodo de la corriente, donde la fuerza del agua no alcanzaba a llegar.

—Primero sumerge los pies —le dijo protector—. Debes familiarizarte con el agua y hacerla tu amiga.

—¿Y si ella no quiere?

—El agua siempre quiere porque es la vida misma. Se da a ti y se adapta a tu cuerpo con suavidad. Lo único que pide es saberte segura y reconocer que la dominas. Entonces aprenderá a respetarte.

Betsabé introdujo sus pies y sintió que se sumergía en la liquidez de la noche. No entendía lo que estaba haciendo, pero tampoco le preocupaba. Lo único claro que tenía era que en ese momento solo podía estar allí.

—¿Qué sientes? —le preguntó él.

—Frío.

—¿Qué significa el frío para ti?

—Soledad —respondió Betsabé.

—No debería. Estás conmigo.

—El agua está muy negra.

—No es el agua, es la noche quien se refleja en ella. Mira.

Emmanuel le señaló una estrella que caía sobre el lago en el momento justo en que un pez picoteaba su luz, dejando un anillo que fue creciendo hasta llegar a los pies de Betsabé, donde acabó muriendo.

Entonces Emmanuel tuvo una idea. Tomó los dos guijarros que había recogido en el camino y guardaba en su bolsillo. Eran planos y redondos, casi idénticos. El uno blanco y el otro negro.

—Me vas a enseñar a nadar, ¿sí o no? —le preguntó ella haciéndose la valiente.

—Sí —le dijo él—, pero antes vamos a lanzar estas dos piedras. Toma. —Le entregó la blanca—. Lo haremos al mismo tiempo.

—¿Para qué?

—Ya lo verás. Cierra los ojos y concéntrate. Hemos de lanzarlas sin ver. Contaremos hasta tres y...

Con los pies sumergidos en el lago y los ojos cerrados tiraron las dos piedras.

Al abrirlos, vieron sobre el agua dos círculos idénticos. Dos círculos separados que empezaban a crecer. Se abrían, se expandían, abarcaban la inmensidad... hasta que, como si se tratara de un baile perfectamente sincronizado, sutilmente se acercaron y se tocaron en un punto.

—Es el infinito —afirmó Emmanuel al verlo.

—¿Infinito? —preguntó Betsabé.

—Sí. Acaba de dibujarse, ¿no lo ves? ¿Conoces su símbolo? Viene del latín *infinitus: in* que significa 'sin', y *finis* que significa 'fin' o 'límite'. Las piedras acaban de escribir en el agua lo que seremos...

—Unión sin fin —dijo ella al verlo, convencida de que lo que vivía era un sueño.

—Pase lo que pase —añadió él.

—Pase lo que pase —susurró ella.

Emmanuel se hundió y al tocar el fondo con sus botas comprobó que era una zona poco profunda. Entonces, como si se tratara de un cuerpo de cristal finísimo, tomó por la cintura a la hija de Celsa y la sumergió despacio.

Y con ella la noche se hundió en un sorpresivo alivio.

El cielo se fue abriendo y dio paso a una luna, jugosa como una naranja, que estallaba de luz sobre un escenario azul que delineaba con magistral nitidez las formas del cuerpo de Betsabé.

La tela empapada de su vestido negro se adhería a su piel y la convertía en escultura viva.

«¡Dios mío! —pensó Emmanuel sosteniéndola en sus brazos—. Qué bella es».

«Dios mío —pensó Betsabé al zambullirse—. Espero que no me suelte».

Emmanuel le pidió que estirara su cuerpo en el agua y se dejara llevar por sus manos. Por un instante, ella imaginó que era una inmensa águila que extendía sus alas y sobrevolaba el mundo.

—Yo te sostengo —le dijo él—. Déjate llevar.

Betsabé, que se movía entre el temor al agua y al instante que estaba viviendo, no podía tranquilizarse.

—Tengo miedo —pronunció pensando en lo que suponía que habitaba en aquellas profundidades—. ¿Y si algún monstruo se quiere comer mis piernas?

Emmanuel sonrió.

—Si existiera, cosa que dudo mucho, no se atrevería a atacar a alguien como tú, porque entonces, se tendría que enfrentar a mí. Y yo soy... —Emmanuel hizo un gesto de poderío que la hizo reír y continuó—: Mueve las piernas como si quisieras huir. Así sabrá que eres de los suyos.

—Me engañas. Dices cosas para tranquilizarme cuando yo sé que no sabes nada.

—En eso te equivocas. Sé lo que debo saber, no olvides que estuve a las puertas de la muerte y ellas enseñan mucho. Confía en mí, *petite Vierge de Feu*.

Betsabé, que no entendía mucho de lo que le decía, manteniéndose asida a sus manos, le preguntó:

—*Petite* quiere decir 'pequeña', ¿no? Y ¿*Vierge de Feu*?

Emmanuel decidió que era el momento de enseñarle a nadar. La sumergió un instante y la levantó en el aire.

—¡Virgen de Fuego! —gritó sosteniéndola en sus brazos. El eco de su voz se repitió en la bóveda creada por las piedras—. Acabo de bautizarte: eres la *Vierge de Feu. Ma petite Vierge de Feu*. Ahora, ¿no crees que merezco saber tu nombre? Si lo dices muy fuerte, el río y todo lo que nos rodea aprenderán a respetarte. Di: «Me llamo... y a partir de hoy seré la reina de este lugar por los siglos de los siglos, amén».

—Me llamo Betsabé —gritó ella y el eco devolvió su nombre.

...sabé...

...abé...

...bé...

...é...

—Y a partir de hoy seré la reina...

Después, se hundieron en el agua.

Un águila de cabeza blanca y mirada de bronce pulido empezó a sobrevolar en círculos el lago.

En aquel fondo, un universo acuático se abría.

Betsabé y Emmanuel se miraron frente a frente, cara contra cara, ojos contra ojos, peces cíclopes observándose a través de ese cosmos subterráneo empapado de silencios que contenían la vida.

Sin saber hablar...

Sin poder hablar...

Y de repente los labios se acercaron.

Agua y más agua...

Y esa sensación dulcísima... —canto leve de un pájaro al oído, palabras que yacían dormidas y se alzaban en silencio, que iluminaban y glorificaban sus almas— acabó bendecida por un beso profundo.

Ella no sabía, pero abrió su boca, y su lengua, como un diminuto pez en busca de alimento, se encontró con la de él.

Y se inició un baile de inciertos compases, como un vals de Strauss...

Se ahogaron...

Se ahogaron de beso...

De beso puro...

Y resucitaron.

Emergieron del fondo temblando de amor y frío. Con sus trajes empapados de incertidumbre y ganas.

Despertaban a la vida sabiendo que los esperaba un mundo que sería incapaz de entenderlos.

Salieron con sus ropajes, que escurrían miedos, anhelos y alegrías. Y se acostaron en la hierba, bajo la inmensidad de aquel cielo agujereado de estrellas, mientras sus pechos subían y bajaban al ritmo de ese bosque de terciopelo azul que de un momento a otro creaba una sinfonía para ellos.

—Quedaremos aquí cada noche —le dijo él retirándole una hoja que acababa de depositarse sobre su frente—. Si deseas aprender a nadar, debes cumplir con la cita.

Ella supo que el poema de amor que los uniría para siempre había empezado a escribirse. Se dejó rodear por su abrazo y reclinó su cabeza sobre su hombro. Era la primera vez que sentía el cuerpo de un hombre cobijándola. La primera vez de muchas cosas.

—Quiero aprender —pronunció con voz queda.

Tras un largo silencio de caricias, Emmanuel le preguntó:

—¿Tienes familia?

—Preferiría no hablar de eso.

—No entiendo qué hacías en la casa de los Mejía Echava-rría.

—Ni lo menciones; me da mucha tristeza. Pensar en esa casa me duele demasiado y no puedo cargar con tanto.

—Miedo, tristeza, dolor —dijo Emmanuel apretándola contra su pecho—. Tal vez un día hablaremos de todo.

—Algún día... —le dijo ella.

—Algún día podría ser hoy... —le sugirió él.

—Algún día... —dijo en un susurro Betsabé relamiendo despacio cada sílaba.

84

No.

Algún día no era hoy. Algún día era cuando ella se supiera fuerte y dueña de su vida, y en ese momento la mezcla de sentimientos contrarios la tenía fuera de sí.

Se sentía feliz y al mismo tiempo culpable de serlo. Su alegría era directamente proporcional a su tristeza porque día y noche, sin descanso, arrastraba el recuerdo de Capitolina como una pesada sombra. Y cuanto más trataba de superar su ausencia, esta más se imponía.

Era dichosa y no debía serlo hasta no comprender qué había sucedido con su hermana.

—¿Sabes algo de Capitolina? —le preguntó Betsabé a Emmanuel mientras miraban las estrellas.

—Sé que donde está se encuentra bien. Y si pudiera vernos así, sería muy feliz. ¿Sabes por qué? Porque su corazón es bueno y te ama.

—¿Qué pasó en la casa cuando me fui?

—Algo que no entendí. A cuantos pregunté por ti, me tomaron por loco.

—No lo entiendo.

—Recuerda que los seres humanos a veces somos cajas cerradas, con compartimientos secretos donde ni siquiera el mejor cerrajero puede entrar. Es en ese lugar donde dormitan los deseos y las frustraciones.

—¿Y dónde piensas que está ahora?

Emmanuel permaneció en un silencio que lentamente cogió la forma de un dedo acusador. Era su propia conciencia quien lo señalaba como el culpable de haber sembrado en ella falsas esperanzas.

—No me gusta que no me respondas. ¿Es que acaso crees que...?

El francés no la dejó terminar. Su boca se posó de nuevo sobre sus labios y esta vez sus lenguas nadaron sin tropiezos en las profundidades de ese mar oscuro donde las palabras eran pequeños peces rojos que se arremolinaban y escondían bajo arrecifes de corales mudos.

Al abrir los ojos, la hija de Celsa Julia comprobó que el águila continuaba posada en lo alto de una ceiba, observándola con sus ojos soberanos y su cuerpo altivo. De repente, sin retirar la mirada de la joven, el ave extendió sus alas y antes de levantar el vuelo y perderse en el cielo, Betsabé Espinal tuvo la conciencia absoluta de que el alma del pájaro acababa de entrar en ella.

85

Bello, 1 de octubre de 1909
(A punto de que el sol rasgue el cielo)

¿Oyes los gallos? Sacuden sus alas con rabia como si azotaran la noche contra su cuerpo tratando de matarla antes de lanzar sus alaridos que obligan a despertar al mundo. ¿Se creen dueños de nosotros, o qué?

Mi querido diario:

Te suplico que no me regañes. Ya sé que no son horas de llegar y que de un momento a otro la casa despertará y aparecerá como siempre sor Inmunda con su infernal aliento que emana el azufre de su alma. Y yo, pobre de mí, feliz de mí, me levantaré y haré como si hubiera dormido toda la noche, cuando el cansancio me consume y el calor de la cobija me invita a fundirme en ella y a soñar con lo vivido y olvidar mi presente.

No sé si he pecado y no me importa. Yo creo que lo único que he hecho es... es...

¡Me siento como flotando! Y no creas que no he pasado mis sustos.

Tengo miedo de contarte lo que viví, y aunque deseo hacerlo no puedo porque el tiempo es algo que no nos pertenece y al que solo dominamos cuando creemos que no existe, o sea cuando nos sentimos felices. Y ahora, no tengo tiempo. ¿Será que soy feliz?

Sin una lagaña en mis ojos por no haber dormido ni un segundo, haré como siempre el ritual de quitármelas y bostezar, y en silencio me lavaré la cara, restregaré mis dientes con flores de diente de león y me pondré el otro vestido que tengo, porque el que traía está impregnado de la noche que viví y he decidido guardarlo como un tesoro para conservar lo que esconden sus pliegues. Pienso que todas las cosas que vivimos o que nos rodean y habitan cobran vida en el instante mismo en que las llenamos de aquello que sentimos.

Me peinaré y recogeré mi pelo en una trenza, porque está prohibido llevarlo suelto, y me sumaré a la fila de caras tristes y cuerpos obligados para ir a la capilla a rezar. Pues hoy es viernes y toca misa y confesión.

Pero no pienso hablar.

No le contaré al sacerdote lo que pasó anoche en El Edén, porque no me inspira nadita de confianza. He visto cómo habla con sor Inmunda, y estoy convencida de que se lo contaría todo (aquí entre nos, viven amangualados entre ellos. La monja le hace preparar a las cocineras la torta que más le gusta y luego se la ofrece diciéndole: «Dios lo siga bendiciendo, padre. Aquí tiene esta bobadita que le he preparado con mucho cariño»). ¿Que «le he preparado»? Todas sabemos que miente. Por eso no me fío.

Y si le cuento lo vivido, estoy convencida de que no podría volver a verme con Emmanuel.

Ni aprender a nadar...

Ni ser feliz...

Ni nada de nada.

O sea que lo tengo clarísimo: cuando me pregunte: «Dime tus pecados, hija», yo le diré: «Mi único pecado es que me da pereza levantarme». Entonces él me recomendará que rece tres padrenuestros y luego sacaré la lengua y me dará la hostia. Comulgaré a Dios, y él entrará en mí y se reirá de mis tonterías, porque Él es sabio y entiende que los pobres somos unos supervivientes a los que no nos tocó nada, y lo poco que recibimos merecemos disfrutarlo. ¿O no?

86

Tras muchos días de no hallarse, de sentirse enamorada de un imposible y pelearse a muerte con sus demonios internos, por fin despertaba tranquila, con una plenitud jamás vivida.

El amanecer le llegaba desde el silencio y con los ojos cerrados.

Era verdad que la cama era un catre y el colchón de paja rancia, y que no había ni almohada de plumas ni sábanas de lino donde poner a dormitar sus sueños, porque en ese mundo la austeridad era considerada gloria bendita.

Pero algo infinitamente superior se lo daba todo: nadie la observaba ni criticaba.

Y esa sensación para ella significaba EL PARAÍSO.

Por vez primera, como si se hubiesen fundido en un abrazo perfecto, la levedad de su alma coincidía con la de su cuerpo.

Sí.

¡Se sentía absolutamente feliz!

En esos días había ido aprendiendo muchas cosas. El silencio la había hecho crecer en edad y sabiduría. Era como si una luz hubiera rasgado la densa oscuridad que la atrapaba, y la liberación la llevara al éxtasis de saberse ligera y libre.

No debía nada a nadie, ni estaba obligada a aparentar lo que no era. Su cojera quedaba perdida entre un nombre y unos apellidos que en el lugar donde se encontraba a ninguno importaba. Aquel defecto desaparecía bajo la sarga de su hábito. Porque allí la vanidad era un concepto inexistente.

En los meses previos a su internamiento había ido leyendo un antiguo librito que encontró envuelto en un pañuelo deshilachado, como si se tratara de una reliquia, bajo la almohada de su abuela Cástida. Las páginas se mantenían atadas por delgadas cuerdas que al menor roce se deshacían. Eran poemas de santa Teresa de Jesús. En sus escritos descubrió un universo de inconmensurables dimensiones. Y aunque no lo compartió con nadie para no parecer loca, una noche de angustia y frustración la luz divina que sentía en su interior de pronto la condujo a abrir la página en un poema que le habló directamente al corazón:

Vivo sin vivir en mí,
y tan alta vida espero,
que muero porque no muero.

Vivo ya fuera de mí,
después que muero de amor;
porque vivo en el Señor,
que me quiso para sí.

Leyéndolo, Capitolina sintió que encontraba el camino que la liberaba de sus tristezas y frustraciones.

¿Qué importaba si no tenía el amor de su madre, ni el de su padre y hermanas?

¿Qué importaba que en el colegio fuera el hazmerreír de todas?

¿Qué importaba que Betsabé ya no estuviera con ella cuando lo que tenía era nada más y nada menos que a Dios?

Aunque lo que sentía por Emmanuel era muy grande, el llamado del Señor lo superaba. Y el alumbramiento y la toma de conciencia de saberse rechazada al final terminó por darle el impulso final.

Había sido muy difícil tomar la decisión.

Escapó del Chalet Capricieux convencida de que lo que hacía la llevaría a encontrar su camino, y estando a la orilla del río una voz interior la invitó a lanzarse al agua y llegar a Dios cuanto antes, pero en el instante mismo en que se disponía a abandonarlo todo y sumergirse para que fuera la corriente quien se encargara de hacerle olvidar sus penas, se detuvo.

No era así como llegaría a Él.

Lo dejó todo y huyó de su intención mortal vestida solo con el fondo interior, las enaguas de su traje, sus pies desnudos y a la velocidad que le permitían sus pasos, vigilando de no ser perseguida por la muerte.

Y segura de hacer lo correcto, se dirigió hasta el palacio episcopal.

Le abrió la puerta un cura de nariz ganchuda y mentón retraído quien, después de examinarla con sus ojos de moscardón, la recibió con acritud y la condujo hasta un sobrio salón presidido por un antiguo óleo con la imagen de un solemne papa, con su mitra y sus joyas sacramentales, dando la bendición.

—¿Cómo es que dice que se llama? —le preguntó el sacerdote repasándola de arriba abajo.

—Capitolina... ME-JÍ-A —le contestó marcando las sílabas de su apellido.

—Espere aquí, señorita.

En el instante mismo en que monseñor Mejía y Trujillo se enteró de que la hija de su primo estaba allí, se apresuró a su encuentro.

—Hija mía, ¿qué te pasa? ¡Dios mío bendito! Pero ¿qué haces aquí y en paños menores? —le preguntó preocupado, pidiéndole al cura que le hiciera llegar algo con qué cubrirse de inmediato—. No puedes andar así. ¿Cómo se te ha ocurrido? Es inmoral.

—Tío... —Capitolina se abrazó a él—. Necesito que me ayude.

—Está bien, mi pequeña —le dijo acariciando sus rizos dorados—. Cuéntame qué te ha sucedido.

—Mi reino no es de este mundo... —pronunció solemne la hija de Conrado.

—Esas son palabras mayores, querida niña, y pertenecen a Jesús.

—No encuentro mi lugar...

—¿Tus padres saben que estás aquí?

—Nadie lo sabe, ni quiero que lo sepan. Preferiría que esto fuera una confesión, tío. —Aunque no era el hermano de su padre, ella lo consideraba como tal—. ¿Puede ser?

—Claro que sí, ven conmigo.

Monseñor Mejía y Trujillo la llevó hasta la capilla, se colocó la estola morada en el cuello y señalándole el confesionario le sugirió arrodillarse.

—Hagámoslo como es debido —le dijo—. Dios está aquí. Ahora cuéntame.

—Usted conoce mi vida, tío, y sabe lo que he pasado a lo largo de los años. Ni mis padres entienden lo que soy ni yo tengo la fuerza de enseñárselo.

—¿Por qué has venido a mí?

—Porque creo que usted es el único que puede ayudarme en lo que deseo hacer.

—No te entiendo.

—Ahora me entenderá. Quiero apartarme de la vida que tengo, del colegio adonde voy y de mi familia. De este mundo al que no pertenezco ni jamás perteneceré.

—¿Me estás diciendo que quieres recluirte en un convento? ¿Sabes lo que significa?

—Sí, y estoy dispuesta a vivirlo. Pero no quiero que mis padres se enteren, ni mis hermanas ni nadie. Ni siquiera la única amiga que he tenido en mi vida, a quien adoro y usted conoce muy bien: Betsabé.

»Durante estos últimos días he sentido una fuerza interior que pelea conmigo: usted bien sabe que hay un muchacho francés que está en nuestra casa. Antes de que apareciera ya acariciaba la idea de hacerme monja, una sierva de Dios. Pero llegó él y mi universo se desestabilizó. No quiero sufrir, y sé que si sigo sintiendo lo que profeso por él, acabaré perdiéndome. Por eso, le suplico que me ayude.

—Mi querida niña. Deberías regresar a tu casa.

—Le ruego que no me lo proponga, tío. Allí no hay nada para mí. Hoy estuve tentada de lanzarme al río y dejarme ahogar...

—Atentar contra ti, aunque solo lo hayas hecho de pensamiento, es pecado mortal, Capitolina.

—Pero no lo hice, porque una voz celestial me lo impidió. Algo dentro de mí me suplicó que no lo hiciera.

—Dios... fue ÉL. Dios, querida. ¡Bendito sea! Entonces...

—Lo único que le pido es que me recomiende adónde ir y que, por el sagrado juramento de confesión, no le diga nunca a nadie dónde estoy. ¿Me lo promete?

Monseñor Mejía y Trujillo se dio cuenta de que el momento que vivía Capitolina era trascendental y, como estaba bajo juramento de confesión, sin pensarlo dos veces tomó la decisión de acogerla y convertirse en su silencioso protector.

La llevaría adonde estuviera sana y salva. Un lugar donde nadie pudiera encontrarla ni hacerle daño.

87

Llevaba dos meses encontrándose con Emmanuel en El Edén.

Esa mañana Bello andaba festivo.

Las familias salían de la misa de las doce como un rebaño de ovejas bañadas de beatitud, cobijadas por un sol que escapaba del cerro y se asomaba entre las ramas de los cámbulos jugando a pintar el suelo de negro. Allí, sobre el empedrado y esa nada aparentemente plena que dejaba al descubierto una vida doble y silenciosa, todos eran iguales.

Las sombras que se proyectaban sobre los andenes eran almas grandes y pequeñas, caminando felices de haber cumplido con el precepto que las liberaba del pecado; almas que no reflejaban ni sus pensamientos ni sus frustraciones. No había ni ricos ni pobres. Sin embargo, algún sombrero desquiciado por tratar de aparecer en el escenario buscaba un protagonismo que acababa pisado por el fantasma de otra silueta.

Algunos de los transeúntes iban con sus harapos y sus deseos de felicidad guardados en sus bolsillos rotos; otros, con sus trajes domingueros y sus caras rozagantes de alegría y sana alimentación.

Las niñas con sus crespos almidonados de naranja y manzanilla y sus moños de colores, y los niños con sus trajes de marineritos.

Los que podían corrían a sus casas a recoger el fiambre para el paseo al río con el que soñaban a lo largo de la semana.

Muchos caminaban rumbo a los baños de Bermejal, a comer las empanadas de Amito Coriano Álvarez, que estaban deliciosas. Otros se dirigían a los de Palacio, en Bolívar con Maturín, donde tenían baños individuales con agua caliente y fría y piscinas de familia con trampolines que eran la felicidad de los pequeños. Algunos preferían los de El Edén.

Aunque el viaje a pie les resultara largo, las alegrías adelantadas lo aligeraban. Allí aprovechaban para darse un buen chapuzón y compartir juegos y malabares rudimentarios que les servían para afrontar días venideros.

Betsabé se mezcló entre el barullo, soñando que hacía parte de aquel enjambre vital. Dos hermanas caminaban abrazadas, diciéndose secretos, balanceando las viandas donde llevaban la sopa. La madre las regañó:

—Les voy a pegar un coscorrón si siguen voliando el almuerzo, ¡carajo!

Las niñas continuaron riendo y el esposo abrazó a la mujer.

A pesar de la amenaza, a Betsabé le hubiera gustado hacer parte de esa familia. ¿Por qué le había tocado todo tan difícil?

Tras algunos kilómetros de ir rodeada de extraños y de sentir la ajena alegría dominguera, se separó del gentío y continuó por un sendero estrecho, lleno de margaritas y dormilonas, y de chicharras que se desgañitaban interpretando su magistral concierto del mediodía.

Se dirigía a Bermejal a visitar a su mamá, donde se encontraría con una realidad muy diferente. En el sendero se dedicó a fantasear con su futuro.

Cuando fuera mayor, se casaría con Emmanuel y se iría a vivir a París.

—*¡Oh là là! Ma petite Vierge de Feu...* Vamos a cenar al Boulevard de Montparnasse —le diría él.

—*Oui, mon amour* —le contestaría ella besándolo en los labios—. ¿A La Coupole?

—*Oui.*

Llegarían y los recibiría el *maître.*

—*Madame...*

—*Le Bleu...* —aclararía su esposo.

—*Excusez-moi, monsieur. S'il vous plaît...* ¿Me permite su abrigo, madame Le Bleu?

—*Oui.*

En la mesa los esperarían monsieur tal, madame cual, mademoiselle Frufru... y blablablá...

Leería el menú escrito en letras doradas y lleno de exquisiteces.

Oeufs mimosa Coupole.

Gros escargots de Bourgogne.

Foie gras avec pommes caramélisées.

Huîtres de la Normandie.

...

Pot au feu.

Os à moelle.

Quiche lorraine.

...

Marron glacé.

Crème brûlée à la vanille.

Todos platos de los que le hablara Emmanuel.

Al llegar a la puerta del manicomio, su fantasía se astilló y su sueño quedó convertido en diminutas partículas esparcidas en el polvo.

Realidad.

Era la hora de las visitas y se imponía la cruda realidad.

La vio venir por el pasillo como si no pisara el suelo. Delgada y más ida que nunca, pero curiosamente rejuvenecida. Con unas facciones planchadas por la sapiencia de habitar otro universo y una mirada que veía lo que muchos no alcanzaban a distinguir.

Era como si viviera en un mundo donde sus fantasmas satisfacían sus vacíos y llenaban su vida. Un espacio donde ella, Betsabé Espinal, no tenía cabida.

A pesar de la lejanía, la sintió más cerca que nunca. Quizá porque su placidez la libraba de la terrible obligación de imponer castigos, ahora ya no había ni penitencias ni obsesiones. Solo su mirada llena de luz la atravesaba sin romperla ni mancharla.

Se sentaron bajo un árbol de mango y después de devorar el fiambre preparado por Betsabé —chicharrones, arroz y machucao de papa con carne, envueltos en hojas de bijao y cabuya—, se dedicaron a darles las sobras a los pájaros.

Desde la noche del encuentro con Emmanuel, el águila la acompañaba de lejos. Mientras almorzaban sintió que aquella mirada, derretida de calor, la protegía.

Era su amiga.

Aunque Celsa Julia permanecía en silencio, Betsabé estaba convencida de que disfrutaba oyéndola y de alguna manera era partícipe de sus penas y alegrías. O tal vez esa era su fantasía.

—Mamá, no hace falta tener mucho para ser feliz, ¿no crees? ¡Ya sé nadar en el río! Ahora ya no me ahogo. Un miedo menos. ¿No te parece algo muy bueno? Me lo enseñó él. El muchacho del que te hablé el otro día, no sé si te acordarás porque parecía que no me oías. No sabes quién es. Se llama Emmanuel Le Bleu. ¡Con él estoy aprendiendo tantas cosas! Si no se lo dices a nadie, te lo cuento. ¡Prométemelo!

Betsabé cogió la mano de Celsa Julia y continuó:

—Di: «Prometo no decir nada de lo que me va a contar mi hija».

La mujer le siguió el juego.

—Prometo.

—Te creo, mamá. Ahora vas a saber lo que estoy haciendo.

Betsabé se explayó en narrarle los últimos acontecimientos vividos.

Con Emmanuel hablaba, leía, nadaba, jugaba y aprovechaba para aprender muchas cosas leyendo las cartas que le llegaban de sus amigas y amigos parisinos.

—Mamá, la vida está cambiando —le dijo—. Las mujeres no podemos seguir siendo las sirvientas del mundo. ¿No te das cuenta de lo que vivimos? ¿Entiendes de lo que te hablo? Somos iguales. No debemos continuar comportándonos como *Las Heridas* ni adoptar el papel de víctimas, porque en realidad tenemos el don de procrear. Un don que ellos no tienen.

»Estoy trabajando muy duro para conseguir nuestro sitio en el mundo. Porque creo en ello. No puede ser que tener una niña sea menos deseado que tener un varón. He hablado con Emmanuel y me cuenta que en París, en el bautizo de una niña las campanas repican menos que en el de un niño. Hasta la música está llena de diferencias. Mamá, mamáaaaaa... ¿me estás oyendo?

Celsa Julia observaba el águila que volaba sobre ellas, dibujando un mapa lleno de simbolismos. De repente, señalando al cielo, y sin que Betsabé lo esperara, pronunció una parrafada:

—Este pájaro es capaz de sobrevolar la vida sin que nadie lo hiera, porque se siente dueño del mundo. Sus alas son muy bellas. ¿Alcanzas a verlas, hija?

—Claro, mamá —le contestó.

—Me hubiera gustado ser águila —dijo para sí antes de morder un mango que acababa de caer. El jugo resbaló sobre su brazo y se lo relamió con avidez.

—¿Te gusta? —le preguntó Betsabé.

La madre no dijo nada. Su mente se había ido.

88

A pesar de la ausencia de Capitolina, la rutina del Chalet Capricieux continuaba sin alteraciones.

Céfora sentía que sus hijas la cuestionaban con la mirada y esperaban recibir un ejemplo que era incapaz de darles. Lo que estaba sucediendo escapaba del volátil y mediocre universo en el que hacía mucho tiempo se movía, porque el aburrimiento matrimonial y su íntima desilusión habían acabado por ahogarla en el mar de las fantasías, que si por algo brillaba era por diluir lo trascendente en aires de una grandeza de mucho ruido y pocas nueces.

—No podemos seguir de luto —les dijo de pronto, sacudiéndose del corazón las motas de culpabilidades que se lo cubrían—. La vida debe continuar. Capitolina ha desaparecido y no debemos juzgar el motivo por el cual lo ha hecho. Estoy segura de que sigue viva, porque las madres tenemos nuestro sexto sentido, y también sé que necesita un tiempo para entender lo que le pasa y arrepentirse de su descabellada huida. «La paciencia es la madre de la ciencia», decía mi abuelo. Aaah, y otra cosa: aquí que nadie la ponga de ejemplo de nada ni de mártir.

En el instante mismo en que lo decía, Conrado Mejía acababa de dar la orden de colocar letreros en cuanto lugar empezara con la letra C. La desaparición de su hija le había disparado sus obsesiones hasta límites insospechados.

En una entrada, rezaba en caligrafía Palmer: «Comedor».

En otra: «Cocina».

En ella: «Cuchillos Cucharas Cazuelas».

En la entrada de su habitación: «Cuarto».

En una mesa de noche: «Camándula».

En la otra: «Caleidoscopio».

En la pared: «Cuadro».

En el interior y con una flecha indicando su situación: «Cómoda Cama Colchón Cancionero».

Y sobre ella: «Colcha Cobija Cojines».

En su armario: «Camisas Chalecos Capas».

En sus zapatos: «Cabretilla Cordones».

En el armario del baño: «Cimarruda Caléndula».

Y en el cobertizo: «Cochera Coche Caballos Carrieles».

Y en su mente: «Calma».

Iba amontonando frases y párrafos. Discursos imaginarios donde no podía entrar ninguna palabra que no tuviera el don y la gracia de comenzar por su amada C.

La puerta de la biblioteca se abrió.

—Conrado —le dijo su mujer con aquel tono agudo que empleaba cuando estaba a punto de pegarle un regaño—. ¿Se puede saber qué haces? ¿Qué demonios te está pasando?

El marido hizo como si no la oyera y con parsimonia continuó disfrutando de su labor. La pluma en los dedos, el olor a tinta, el portasecante del abuelo y, sobre el papel, la nueva palabra esperando.

—¿No me oyes? Contéstame. ¿Qué hacen todos esos letreros en la casa?

Con una tranquilidad inusual, Conrado terminó de rellenar la última letra, apoyó la pluma, apretó el secante sobre lo escrito, tomó la hoja y le dio varios soplos. La miró satisfecho y, con aquella voz de trueno ronco, le ordenó a su mujer:

—Vete al...

—Al qué... —le increpó Céfora—. A que no te atreves a decirlo...

Él, esbozando una sonrisa, levantó la página recién horneada y se la puso delante. En ella se leía: «¡Carajo!».

—Definitivamente te has vuelto loco. No me extraña, te viene de familia.

—Cuida tu lengua, querida. En mi casa mando yo y se acabó.

—Eso lo veremos. Acuérdate de quién te dio lo que tienes.

—Recuerda tú que si no fuera porque me ocupé de todo, ahora estarías en la inopia.

—Eres un malagradecido. No deberías morder la mano de quien te dio de comer.

—A mí no me hacías falta. Sabes bien que vengo de una familia que le sobra de todo. La que estaba necesitada eras tú. Además, resultaste ser una farsante. Ya sé por qué esta unión no ha ido bien. ¡Me engañaste! Encontré tu verdadero nombre y empieza por la S: ¡Séfora! Jamás me debí haber casado contigo. Alguien me confesó que urdiste aquella mentira para seducirme.

—¡Qué soberbio eres...! Atrévete a romper este matrimonio y serás el hazmerreír de todos —le dijo ella.

—El hazmerreír eres tú desde hace tiempo. Lo que pasa es que delante de ti todos callan, ya sabes... Las cosas son lo que parece que son. Por eso, por tu bien y el de nuestras hijas, más te vale que ahora mantengamos las apariencias. Lo digo con conocimiento de causa. A los que caen en desgracia, del cielo les llueve mie...

—¡Cochino!

Conrado sonrió.

—Imagino que no querrás quedarte en la calle, queridita.

Detrás de la puerta, Consolación se daba cuenta de todo. Hacía una hora que se había enterado de algo y con la historia caliente buscaba a la señora para contársela y, de paso, hacerse cada vez más indispensable y cercana a ella.

89

No se parecía a nadie.

Era la antítesis de su madre, de las encopetadas mujeres parisinas que habían desfilado tantas tardes por los jardines del Parc Monceau, y de sus estúpidas hijas, con las que desde pequeño fantaseaban unirlo. También lo era de las Cés y de las jóvenes conocidas en aquella ciudad tan verde y singular y a la vez tan alejada de esa Europa a la que considerara su único mundo.

Era tal su fuerza y su belleza que, incluso en su ausencia, la sentía omnipresente. Como si tuviese el don de la ubicuidad, Betsabé podía estar con ella misma y a la vez también lo acompañaba a él.

Poseía como nadie la virtud de ser.

Como una flor que solo es flor y que ignora su belleza y lo que su interior es capaz de producir alrededor.

No pretendía nada más que eso: SER y ofrecerle al mundo su alegría.

Estaba plena de una identidad única e intransferible. La vida se le desbordaba por los ojos en cascadas de luz y en ese aroma botánico que emanaba de sus poros.

Cada vez que se encontraban, Emmanuel descubría en ella más cualidades.

Sus mutuos silencios convertidos en ceremonia sagrada, cuando se dedicaban a observar la noche rozando las estrellas, solo por el hecho de sentirse unidos sin siquiera tocarse, le gritaban que ella sería su amor eterno. Que juntos cambiarían el mundo y les darían a sus sueños el lugar que merecían. Y es que ella desconocía la codicia del dinero, del aparentar y acumular imposturas.

La bañaba una delicadeza tan pura y a la vez una fuerza tan huracanada que era imposible no caer rendido a sus pies. Era ingenua y sabia al mismo tiempo.

A través de aquella niña había comprendido lo que era la pobreza, la honestidad y la fidelidad a sí mismo. El respeto a lo ínfimo e invisible. Y también a lo que no existía pero que se gestaba en el alma de los que creían.

Por eso la amaba.

Por eso se consideraba el ser más feliz y afortunado de la Tierra.

Aunque su piel soñaba con tomarla, sentía un respeto divino hacia su cuerpo; como si se tratase de un templo sagrado al que entraría cuando se sintiese purificado.

El día que se fundiera en ella sería cuando la hubiese convertido en su esposa ante el mundo, y para ello todavía ambos debían crecer.

Y no tenía prisa, porque la vida era larga y bella... y ellos, apenas estaban empezando.

El solo hecho de adivinar sus senos, esos delicados botones que se dibujaban turgentes bajo su vestido cada vez que se bañaban en el lago, ya era un éxtasis que le colmaba de placer y amor.

Con esa imagen se dormía y con ella se despertaba cada mañana.

Aaah... y los besos. Donde volcaban todo el néctar de sus ansias, donde no escatimaban ni el más mínimo suspiro. Se alimentaban de ellos y disfrutaban de esa verdad redonda y jugosa hasta sangrar.

Beso y vida convertidos en fruta madura que les calmaba el hambre de sentirse.

Y cuando la palabra los bañaba, cuando el goce de compartir pensamientos y reflexiones coronaba sus madrugadas, todo crecía.

Emmanuel disfrutaba enseñándole las cartas que recibía de Simone Weil. Viendo cómo los ojos de su amada se iluminaban con cada párrafo que le leía. «La alegría, que es un misterio, no es lo contrario al dolor», «el futuro no hay que esperarlo, hay que hacerlo». Frases sobre la dignidad, el cansancio, la ineptitud, la desesperación y la injusticia... El ser humano convertido en máquina. Más reflexiones sobre lo divino y lo humano... «Las fábricas matando...».

Pupilas convertidas en haces de luz que la llevaban a pensar y a reflexionar sobre el sentido de su difícil vida. Una vida que, aunque él deseaba rescatarla de ella, no tenía las suficientes herramientas para hacerlo.

Para Emmanuel, su *Vierge de Feu* era el secreto más valioso. Y aunque sus amigos trataban de sonsacarle información, su boca permanecía sellada.

De Greiff, González y Rendón se morían por saber el misterio que escondía. Dónde se perdía en las noches en las que convertían sus reuniones en un aquelarre de ideas en llamas. Qué diablos era tan atractivo como para que los abandonase en plena efervescencia creativa.

Y aunque eran lo suficientemente inteligentes para darse cuenta de que algo le sucedía, él era mucho más listo. Consciente de que si se enteraban, aquello se convertiría en un sinfín de opiniones y sugerencias que en nada lo ayudarían, decidió construir una estrategia al estilo *parisien*.

Deseaba que Betsabé participara de aquellas reuniones secretas. Hacer de algunas noches algo loco y divertido que luego les permitiera disfrutar aún más de estar juntos. Además de que fuese su amor inmenso, quería convertirla también en su gran compañera de momentos.

El tiempo de enseñarle a nadar quedaba atrás.

Habían probado el puente de San Benito, el de Guayaquil,

la quebrada de Santa Elena, la de La Loca en Bello, la Presidenta...

Eran expertos en zambullirse en noches, esquivar serpientes de agua y beber insomnios.

Habían contado miles de estrellas, se habían inventado todos los besos habidos y por haber, habían hecho un pacto de cuerpos inmaculados, pero por encima de todo —y en eso la unión era indisoluble porque estaba bendecida por la luna y el sol—, habían dejado en libertad la imaginación. Volarían con ella adonde hiciera falta.

Ambos estaban de acuerdo.

El plan se puso en marcha.

90

Ese día Betsabé tenía una tarde difícil.

Como dormía muy poco por sus encuentros nocturnos con Emmanuel, algunos días la jornada de trabajo se le hacía agotadora. A pesar de ello, una fuerza que le venía de la tierra la mantenía en pie. El amor le había cerrado el estómago y llevaba días alimentándose de flores silvestres que recogía en el camino. Desayunaba pensamientos azules, violetas y amarillos, almorzaba besitos rojos y blancos salpicados de tréboles de cuatro hojas para que la suerte los acompañara siempre. Hojas jugosas de esperanza y buenos augurios. Y en la noche, cuando se encontraban en pleno bosque, el gran banquete consistía en exprimir sobre los cientos de azahares el jugo de dos naranjas y bebérselos sorbo a sorbo, masticando entre besos sus pétalos hasta quedar ebrios del perfume que desprendían...

Estando entre las máquinas, de pronto se dio cuenta de que Ausencia, la muchacha sordomuda que se encargaba del telar de al lado, no regresaba y tuvo un mal presagio.

Quiso abandonar su puesto de trabajo para buscarla, pero cuando se disponía a hacerlo uno de los capataces que vigilaban la increpó:

—¿Adónde crees que vas?

—Tengo una necesidad...

—Pues te aguantas.

—No puedo.

—Aquí se viene a trabajar bien meada y cagada. Aprende a someter tu vejiga y tus intestinos.

Y continuó supervisando a las obreras, marcando cada uno de sus pasos con un palo que hacía servir de bastón.

Cuando Betsabé comprobó que el hombre se había alejado lo suficiente, escapó. Para tener una disculpa, había hecho desaparecer del telar el gran ovillo de algodón que debía colocar al finalizar el otro.

Fue hasta el almacén y, haciéndose la que no se enteraba, decidió inspeccionar todos los rincones.

De repente, un ruido la alertó y por primera vez sintió miedo.

Provenía de un rincón apartado. Conteniendo la respiración se acercó con sigilo y vio lo que no quería ver. Uno de los capataces intentaba levantarle la falda a Ausencia mientras esta forcejeaba sin poder emitir ningún grito.

—¡Maldito asqueroso! —susurró Betsabé.

¿Qué hacer?

Si decía algo, podía ser que el hombre acabara por meterse con ella. Si no decía nada, esa pobre niña iba a ser víctima de la sevicia de aquel degenerado.

Revisó el suelo y encontró una base de madera donde cardaban el hilo de algodón. La cogió y la lanzó lejos.

El ruido hizo que el hombre abandonara su objetivo. Se subió los pantalones a la carrera y empezó a investigar. En ese instante Betsabé caminó decidida hacia Ausencia. Al verla, el capataz se acercó a ella.

—No deberías estar aquí —le gritó molesto—. ¡Lárgate!

—Necesito más algodón —le contestó ella contundente.

—Aquí no queda nada.

Mientras hablaba con el hombre, Betsabé le hacía señas a la obrera para que escapara.

—Te están esperando —le dijo a Ausencia a sabiendas de que no podía oírla.

Mientras se lo decía, el capataz se la comía con los ojos.

—No debería distraer a las obreras —le espetó al hombre envalentonada—. Hay mucho trabajo por hacer. Su superior la reclama.

La pobre sordomuda se organizó la falda y la miró con ojos desesperados y agradecidos.

—Esto te saldrá muy caro —le dijo el capataz amenazante.

—Sepa que no le tengo miedo.

—Lo tendrás... De eso me encargaré yo.

—Usted no tiene ni idea de quién soy.

—Claro que la tengo: una pobre tonta con ínfulas.

—No me haga reír. Mi mamá tiene un dicho muy sabio que le aconsejo tener en cuenta: «El que ríe de último ríe mejor».

—Me las pagarás.

—Le recomiendo que, por su bien, no se meta conmigo. Mi familia conoce muy bien a don Benigno y a doña María de las Mercedes.

—Largo de aquí... —le dijo el capataz entre dientes y con un tono que en nada se parecía al que había usado antes.

Sabía que había conseguido amedrentarlo, aunque no por mucho tiempo.

Lo importante era que en ese momento Ausencia estaba a salvo.

91

Bello, martes, miércoles o jueves de...

(desde que me encuentro con Emmanuel he olvidado en qué día estoy... ¿será normal?)

No sé por qué cuando observo a Ausencia me viene la cara de Capitolina y siento que es a ella a quien estoy salvando.

No hay día ni noche en la que su recuerdo no esté presente.

Creo que su desaparición tiene algo de irreal y me resisto a imaginar que nunca más volveré a verla. No dejo de pensar qué hice mal para que huyera sin tener en cuenta el amor que nos ha unido y todo lo que hemos llegado a compartir desde niñas.

¿Por qué no se despidió de mí?

Una nota, una carta... un mensaje de viva voz con Cenicio de la Cruz, nuestro leal e incondicional amigo de siempre. Algo que me explicara su proceder.

¿Por qué no me dijo que tenía intención de huir?

Sé que está viva. Lo sé porque hay una voz interior que me lo repite día y noche, y esta jamás me ha engañado.

En las escasas horas que tengo para dormir aparece en mis sueños, caminando hacia mí con sus brazos abiertos y su cara angelical sonriendo. Nos encontramos y fundimos en un abrazo que nos convierte en una.

«Yo soy tú y tú eres yo —me murmura al oído—. Este será siempre nuestro secreto. Tu felicidad es mi felicidad, y la mía es la tuya».

En aquella quimera, su caminar es cadencioso y perfecto: no cojea. Y su sonrisa es abierta y segura. No hay sufrimiento ni dolor.

Va descalza, vestida de blanco, como si fuese una especie de virgen inmaculada, y alrededor de su cabeza la rodea un aura violeta que parece una corona.

«He encontrado a mi amor —me dice con una leve sonrisa—. No nos veremos más en esta vida. Tú debes hacer tu camino, y yo el mío. Adiós, amiga mía».

Cuando despierto, puedo oler su piel y alcanzo a imaginarla huyendo. Trato de volver a mi sueño pero ya se ha ido. Corro detrás de ella gritándole: «¡Espérame!». Y una bruma me cubre y diluye su imagen.

Me detengo delante del nicho donde un Sagrado Jesús me mira sonriendo, rodeado de velas. Entonces sé que está bien y que volveré a verla la noche siguiente, hasta que ella misma decida que merecemos volver a encontrarnos despiertas.

¿Capitolina, hermana mía, cómo hago para compartir contigo lo que en estos momentos siento?

¿Me apareceré en tus sueños como tú lo haces en los míos?

¿Seré capaz de llegar a ti de la misma manera en que tú lo haces conmigo?

Es posible que así sea, sencillamente porque los deseos, cuando tienen la fuerza suficiente, son capaces de atravesar todos los obstáculos.

«Si yo soy feliz, tú eres feliz. Si tú eres feliz, yo soy feliz», así me lo dices y así quiero creerlo.

¡No te imaginas la falta tan inmensa que me haces!

Desde el lugar en el que estamos, permaneceremos unidas. Desde esa luna que nos acompañó cuando tan solo éramos dos pequeños seres que tratábamos de sobrevivir... Cuando nuestras manos nos unían y la leche de mi madre nos alimentaba.

Desde ese cielo inmenso que se oscurece cada noche y esa luz que se desborda al despuntar el día, permaneceremos atadas.

Te presiento plena...

Déjame saber más de ti, aunque sea en sueños...

Por favor...

92

El negocio de la calle Colombia había alcanzado una fama asombrosa.

Emmanuel era un joven inteligente y audaz con unos modales exquisitos, un don de gentes y un encanto especial que le hacían confraternizar con todos los que entraban en la tienda. Su marcado acento francés atraía como abejas al panal a quienes se acercaban a La Maison Bleu.

Sus mejores clientas eran las señoras menos agraciadas y más encopetadas. Con ellas no escatimaba en halagos ni en florituras verbales.

—Oooh, madame Barrientos... *Permettez-moi* decirle con todo el respeto que este color definitivamente *est parfait pour vous*, pues hace juego con su hermosa mirada. Sus pupilas me recuerdan a las de la aristócrata madame Valois, muy amiga de mi madre, por cierto.

Mientras lo decía y entornaba los ojos, le acercaba a la cara una seda azul aguamarina.

—¿Lo dice de verdad, monsieur...?

Le Bleu la interrumpía sonriendo:

—Para usted, soy Emmanuel.

Ella lo miraba con un punto de coquetería y sus mejillas sonrojadas.

—*Absolument! Madame. C'est très jolie.* Para esta *soie sauvage* tenemos el modelo *par... fait*, estimada señora. Está en las revistas que nos acaban de llegar.

Entonces, haciendo palmas y acentuando aún más su acento extranjero, llamaba a Juan Pablo Arango, un antioqueño más autóctono que unos fríjoles con arepa, a quien le había modificado el nombre por Jean-Paul Allamand y lo hacía ir con peinado a raya central, camisa de gorgueras y puños de encaje, con lazo anudado y levita de terciopelo burdeos.

—*Jean-Paul, s'il vous plaît, vite, les magazines...*

—*Oui, monsieur Le Bleu* —le contestaba el hombre con la boca casi cerrada y caminar afectado, llevando solícito las últimas publicaciones francesas.

La fama crecía en los círculos más exclusivos de la ciudad. Era tal su fuerza que nadie que se acercara a sus escaparates salía con las manos vacías.

En su voz, paños, sedas, muselinas, lanas, linos y encajes se convertían en ropajes mágicos capaces de cambiar la vida de quienes los llevaban. Aquellos que no se vistieran en La Maison Bleu estaban anticuados y no pertenecían al club de los vanguardistas.

Desde que Conrado Mejía le entregara el mando a ese jovencísimo muchacho, las ventas habían crecido hasta convertirse en el negocio más rentable de la Villa.

El exclusivo salón de té que había inaugurado, siempre repleto de las más elegantes damas de la sociedad, no daba abasto y se habían visto obligados a adquirir los establecimientos aledaños.

Ahora la tienda ocupaba toda una manzana que era llamada *Le Petit Paris* de Medellín.

Para promover su *glamour*, Emmanuel había ordenado importar de Alemania un gramófono donde las clientas, mientras conversaban y ojeaban los modelos de los trajes que elegirían, podían escuchar canciones de moda y algunas arias de las más famosas óperas interpretadas por sopranos y tenores excelsos, degustando galletas de mantequilla de la Normandía acompañadas de una copita de *anisette*.

Cada iniciativa que el francés tomaba se convertía en un éxito.

Por eso, Conrado decidió respetar su independencia y singularidad y no volver a recordarle que en su casa tenía una habitación que lo esperaba. Tampoco quiso rememorar que la última vez que Capitolina hablara con alguien había sido con él. Necesitaba que se sintiera cómodo y sin presiones de ninguna clase.

Con su amigo Claude mantenían una comunicación fluida. Pactaron que mientras Emmanuel viviera en Medellín mantendrían sus propias jerarquías. Él se haría cargo del muchacho a cambio de que le delegara funciones y confiara en su buen hacer.

Su amigo lejano le debía una que algún día le cobraría. Por ahora, ambos se verían beneficiados.

Claude estaba al tanto de la desaparición de su hija y ya le había contestado dándole fuerzas.

No sufras, amigo querido. La vida es inmensa y nos está enseñando. Tu hija está bien, porque lleva en sus venas tu sangre. Y no habrá nada que no se pueda resolver.

¡Cuánto me gustaría poder abrazarte en este instante y que no te sintieras solo!

Lo que estás haciendo por Emmanuel tendrá su recompensa. Lo estás convirtiendo en un hombre de bien y me faltan palabras para agradecértelo.

Sé que puedo confiar en ti. Ardo en deseos de poder serte de ayuda. No creas que aquí todo es fácil. La llegada de nuestra hija ha sido muy dura, porque la edad ya no acompaña. Es una niña hermosa, de una belleza indescriptible, pero débil y enfermiza. Ruego al cielo que crezca pronto. A veces pienso que es un ángel que no encuentra su lugar en la Tierra, pero esta terrible idea la rechazo.

Con Clotilde los días son complejos y largos. Pide, exige y nunca se da por satisfecha.

Nada de lo que soñamos resultó ser real. ¿No estás de acuerdo, querido amigo?

París ya no es lo que vivimos. En las calles se respira rabia y un sentimiento de inconformismo que puede derivar en algo que no quisiera ni pensar.

Europa está convulsa y contradictoria. Ojalá pudiéramos hablar sobre ello.

Deseo con todo mi corazón que mi amado hijo aprenda a vivir y se llene de fuerza, puesto que nosotros ya la vamos perdiendo.

El momento está lleno de incertidumbre.

Cuéntame de ti y de cómo te sientes. Aunque no me confesaras nada, quiero que sepas que intuyo lo que te sucede, ya que pertenecemos al mismo ciclo vital.

Amigo, ¡qué difícil es asumir la madurez! No sabemos qué nos trae el futuro. Lo que sí tengo claro es que no nos pidió permiso para avasallarnos. Querido, ¿sientes lo que yo siento? ¿Será posible que podamos unirnos en este universo sin sentido?

Insisto, déjame saber de ti. No tengas reparos en abrir tu corazón. Ya sabes lo que siento y pienso.

No permitamos que la distancia se convierta en un feroz animal que nos devore. Debemos ser más fuertes que lo que vivimos cada día.

A veces sueño con nuestras noches parisinas en las que nada nos ataba. Oh là là!!! La liberté simple y llana. Y el deseo de convertirnos en salvadores de un mundo perdido. ¿Adónde fue a parar todo eso?

Conrado, querido Conrado, nos hemos convertido en lacayos de unas leyes fracasadas. Nada fue y nada es lo que soñamos. Sin embargo, debemos continuar avanzando hacia ninguna parte. Disfrutando de un paisaje hermoso que en sí mismo nace y muere cada día. Aunque nosotros no podamos o no sepamos cómo saborearlo.

Está bien. No deseo agobiarte con reflexiones que no con-
ducen a ninguna parte.

En la habitación de al lado el murmullo de mi hija, un
ser mínimo que espera caminar la vida con optimismo, habla.
Y su madre la invita a continuar. Dichosa ingenuidad que
no espera nada. Dichosa la fuerza de la vida que reclama
afianzarse.

Amigo querido, es posible que en este instante tu sentir y el
mío coincidan en que el círculo de la vida se cierra cuando
el sentir deja de tener sentido. Cumplimos años y los sueños se
alejan. Cada vez es más difícil sorprendernos por algo, ¿no es
verdad?

Perdóname si no coincidimos en nada. Necesitaba confe-
sárselo a alguien, ¿y quién mejor que tú para hacerlo?

Sé que mi hijo está bien. ¿Lo estás tú? ¡Gracias! Es la
palabra más certera que me sale al finalizar este escrito.

Espero tus noticias. Ahora te dejo. Acaba de entrar Clotil-
de con la pequeña Ciel, que no para de llorar. ¿Llorará por
nosotros o por ella?

93

—En la próxima reunión, vendrás conmigo —le dijo decidido Emmanuel a Betsabé—. Quiero que participes de nuestros encuentros. Debemos engañarlos y ya sé de qué manera hacerlo.

—¿Cómo?

—He traído esto.

Emmanuel sacó de una bolsa unos pantalones, una camisa, un chaleco, una levita, un corbatín, unos zapatos y un sombrero suyos.

—Pruébatelos. Te aseguro que no te miraré.

Se los entregó y se dio la vuelta.

La luna llena los iluminaba.

Betsabé soltó una carcajada que retumbó entre las ceibas.

—¿Cómo puedes creer que no reconocerán que soy una mujer?

—Porque lo haremos bien, *mon amour*.

—No se me ocurre cómo.

—Tú déjamelo a mí; lo tengo muy estudiado. Yo te presentaré como un amigo francés. Tus cejas nos ayudarán. Lo único que debes hacer es escuchar, porque se supone que no hablas español. Será muy divertido, *ma Vierge de Feu*. ¡Anda y vístete! Quiero verte.

Betsabé se desnudó y se fue cubriendo con lo que le dejara Emmanuel. Al acabar, se miró en las aguas y no se reconoció.

—¿Dónde voy a esconder todo este pelo? —le dijo riendo.

—Estás perfecta, querida. No lo escondas. Eres un francés que reivindica a los románticos. Cabellos largos, negros y rebeldes. Solo necesitarás un bigote, y de eso me encargo yo.

Betsabé tomó un mechón de su pelo y se lo puso sobre los labios.

—¿Qué te parece? —le preguntó haciendo un mohín.

—Así estás perfecta —le contestó Emmanuel—. Ahora es nuestra hora de vivir la noche.

Se abrazaron y se dispusieron a lanzarse al agua vestidos. Antes de hacerlo, Emmanuel decidió continuar el juego.

—*Oh monsieur, excuse moi. Je vous aime.* Su bigote y su porte tan varonil me arrebatan —le dijo fingiendo una voz solemne.

Betsabé mantenía el mechón sobre su boca mientras reía a carcajadas.

—Monsieur... monsie... hummm... Déjame pensar. Creo que debemos inventar un nombre y apellido para ti, pequeño granuja. ¿Qué tal monsieur Doucet? Monsieur Honoré Doucet. ¿Te gusta, amor mío? —le preguntó.

—*Oui, mon chéri*—respondió ella haciéndole una exagerada reverencia.

—No serás un amigo; serás mi querido primo Honoré, recién llegado de París —le aclaró Emmanuel.

—Así que si soy tu primo, no puedes ser mi novio.

—Calla, insensato. Ahora viene la ceremonia del bautismo —le dijo Emmanuel enamorado, y tomándola por la cintura se lanzó con ella al agua.

Se besaron hasta empacharse de alegría.

La noche se abría provocativa ante ellos. Los yarumos eran gigantes de plata susurrando un lenguaje cadencioso mientras buscaban acariciarse con las hojas. Araucarias, laureles, arrayanes y borracheros eran instrumentos cantando una melodía dirigida por el viento.

Miles de cocuyos sobrevolaban la superficie de aquel espejo líquido en el que se bañaban y pellizcaban tímidos sorbos del agua bendecida por ese amor adolescente.

Cuanto más vivían, más sabían que debían luchar por algo que, aunque aún no tenían claro, eran conscientes de que los aguardaba.

Sus compromisos íntimos estaban blindados por la fuerza de su sentimiento. Se morían por saciar sus pieles pero también por aguantarse aquella hambre que los consumía.

Jugaban y soñaban delante de ese sitio sagrado que los arropaba amorosamente.

Ella, que solo nacer había sido arrebatada de las fauces de *La Chupabrava*, de esa naturaleza salvaje, ahora se veía convertida por esta misma en su soberana. Sentía muy dentro de sí su fuerza y poderío.

Como si todos los elementos se hubiesen rendido ante ella —y al igual que Emmanuel solo desearan su bienestar—, viento, cielo, agua, verde y azul, pájaros y cuanto animal existía parecían observarla con la mirada de quien se sabe súbdito por la gracia de un encantamiento sobrenatural.

Betsabé Espinal disfrutaba como nadie dominando aquel universo.

Y aunque la noche los tentaba y la soledad era una especie de hechicera que los incitaba a romper el pacto que tenían, ellos se reivindicaban cada vez más en conservarlo.

94

Lo prepararon muy bien.

Tardaron diez noches con sus lunas ensayando el modo de hacerlo.

Emmanuel Le Bleu le enseñó a caminar con pasos largos y gestos masculinos, y a acariciarse el fino bigote en actitud circunspecta y distante. A engrosar la voz para pronunciar en un francés de boca hermética cuatro expresiones que la convirtieran en un escéptico intelectual y a exagerar su condición de burgués decepcionado.

Incluso una noche hasta se atrevieron a hacer una prueba de fuego. Dieron un largo paseo por Lovaina y entraron con total tranquilidad en una de las cantinas de la zona del Chaguado, que colindaba con la casa de citas de Carlina Correa, donde pidieron dos aguardientes.

—¡Esos sí son bien varones! —comentó un mesero a otro mientras se los servía—. ¡Así me crie yo, a punta de guaro! ¡El trago es bueno *pa'l* que sabemos!

Señaló con la boca la entrepierna de su compañero, que al oírlo le dijo sonriendo:

—Este se pasa la vida calladito, pero es el más vivo de todos y el que más come. Haciéndose el pendejo, acaba convirtiéndose en el rey de la fiesta.

—Segurito que este par de virgencitos van a visitar a las *señoritas* para darles de comer a sus honorables miembros.

—Mire pues, hablando del rey de Roma y él que se asoma... —le dijo el otro señalando a dos señoritingas repintadas y alebrestadas que se asomaron sin entrar.

Al salir, las dos mujeres abordaron a los muchachos, pero Emmanuel y Betsabé —en ese momento convertida en Honoré— acabaron huyendo por las calles de Manizales y Lima riendo a carcajadas.

Lo habían conseguido.

Durante esos días, aparte de ensayar y divertirse, Betsabé se dedicó a trabajar sin descanso. Llegaba a la fábrica antes de la hora, cuando aún las sirenas dormían. Era la primera en entrar y la última en salir.

Para poder llevar a cabo el proyecto teatral que la esperaba, lo primero que decidió fue no llamar la atención y convertirse en la más trabajadora y silenciosa de las obreras.

En su diario íntimo, Betsabé escribió:

LISTA DE PROPÓSITOS PARA ESTA SEMANA:

Obedecer,
obedecer,
obedecer...
No causar ningún contratiempo.
No opinar.
Limitar la atención al gesto de repetir.
Hacerse la boba.
No tratar de sobresalir,
ni tener sugerencias propias.
Solo repetir.
No buscar ser comprendida.
Convertirse en subordinada.
En una pobre mandada.
Fraternidad silenciosa.

Evitar mirar directamente a los ojos del capataz.
Mantenerse al margen de las injusticias.
No ver,
no ver,
no ver...
No oír.
No pensar.
Confeccionar metros,
metros y metros de tela,
para cubrir al desnudo, mientras los pies descalzos sufren
las inclemencias del suelo.
Frío que se mete en los huesos.
No sentir.
No sentir.
NO SENTIR.
No avivar el sentimiento de esclavitud.
Ni de injusticia.
Aceptar rutina,
ínfulas
y órdenes.
Vencer el cansancio.
No pedalear muy fuerte,
ni muy suave...
No acercarse a Tulia.
Tose demasiado,
dicen que es tuberculosis,
pero los que mandan la obligan a seguir.
Injusticia.
Injusticia.
No es justo.
No sentir cansancio.
No llorar.
No quejarse.
Aguantar.

Rencor.

Y rabia.

Sentimientos malos.

Odio.

Y frustración.

Ganas de gritar.

Sin voz.

Ahora no es momento de hacer.

Pero hay que pensar...

¿Dije antes *no pensar*?

Corrijo.

PENSAR.

¡Sí!

PENSAR.

Pensar.

Pensar.

Pensar.

Pensar.

Pensar.

Pensar.

Pensar.

Pensar...

Y ACTUAR...

Buscar una solución a tanta injusticia.

IMPORTANTE:

Empezar reuniones con obreras... (en secreto).

95

Emmanuel y Betsabé llegaron al parque de Berrío cuando un azul luminoso y triste se desplomaba sobre la ciudad, quedándose inconcluso a mitad de ser teñido, como si al supremo pintor se le agotara el negro para acabar de mezclarlo en su paleta.

Noche de añiles expectantes. De un instante aún por ser horneado.

Se detuvieron delante del edificio Central, donde en el segundo piso se encontraba la sede del café El Globo. Era el momento de la gran actuación y la obra estaba a punto de empezar. Se sentían ilusionados y al mismo tiempo ansiosos con la representación que con tanto esmero prepararan. Una luna embarazada de horas, como un inmenso reloj de piedra de cráteres abiertos, caía sobre ellos y los bañaba en su rotunda liquidez.

Betsabé Espinal, convertida en Honoré Doucet, crecía sobre las paredes blancas en una sombra que se proyectaba como lánguido fantasma de sombrero alto. Un ser de otra dimensión la poseía y suplantaba para afrontar ese mundo desconocido.

Se miró en aquel espectro y entendió que podía ser lo que sus sueños quisieran.

Su temor a ser descubierta, con el bigote falso que Emmanuel le pegara sobre los labios, se diluía en el alocado deseo que le producía la antesala del encuentro.

Por su parte, el muchacho había descubierto que vestida de hombre su *Vierge de Feu* era aún más bella y le produjo un extraño morbo. No pudo resistirlo, la acercó hacia sí y le abrió los labios con su lengua húmeda impregnada de amor y sed, buscando arrebatarle el alma de su boca. Al hacerlo, oyó un grito de mujer que provenía del portal de una casa:

—¡Degenerados! ¡Largo de aquí, este es un lugar decente!

Cayó en cuenta de su osadía y se asustó. Miró a lado y lado, pero el parque estaba desierto. Ningún comentario. Todo volvía al silencio.

La homosexualidad estaba considerada la peor de las pestes y era penada con la excomunión y la prisión.

La penumbra volvía a gobernar la noche y se hacía cómplice de su fechoría.

Antes de subir, Emmanuel extrajo de su levita la petaca de plata recubierta de piel que le regalara Conrado una noche de alcoholes y charlas. La abrió y se la ofreció.

—Bebe, te ayudará a coger fuerzas.

Betsabé tomó un poco.

—Dale sin miedo.

—Es que arde.

—Para eso es, para que caliente tu espíritu. Si vienes aquí, debes estar preparada.

—Dios mío, esto mata...

—Pero envalentona, primo querido.

Ambos sonrieron sintiéndose cómplices de su fantasía. Se cogieron de las manos empapadas de un sudor frío y subieron las escaleras.

—Debes caminar con paso firme y ademanes varoniles. Golpéame en los brazos como un camarada —le dijo el francés.

—No puedo.

—Hazlo o no subimos.

—Está bien.

La joven le dio un puñetazo en el pecho.

—¡Oooh! Te has pasado. Tienes mucha fuerza.

—No te lo creas.

—*Oh, ma chérie..., ma Vierge de Feu...* Si el cielo escuchara todo lo que oscila en tu interior, se rendiría a tus pies. Superas la belleza de esta noche. No temas; ninguno de los que esperan dentro te va a descubrir. Ahora eres mi primo: el caballero Doucet.

Betsabé se acarició el bigote al que poco a poco se acostumbraba.

—*Oui, mon amour*—añadió exaltada. El licor hacía su efecto—. Hoy, *mon nom est Honoré Doucet.*

Desde el interior escapaban carcajadas y gritos. Le Bleu dio tres golpes seguidos con la aldaba, esperó dos segundos y añadió uno más. Era la contraseña de Los Panidas para entrar.

En ese momento la puerta se abrió y dos desconocidos salieron. Iban borrachos, apestaban a alcohol y balbuceaban una canción destemplada que hería los tímpanos. Se balanceaban de aquí para allá abrazados. Ni siquiera se percataron de la presencia de los jóvenes y de un empujón se los llevaron por delante. Betsabé estuvo a punto de caer y Emmanuel de propinarles un puñetazo, pero ella lo contuvo.

—¡Déjalos! ¿No ves cómo se encuentran? Dudo que lleguen en pie al portal.

Emmanuel le compuso el sombrero a su compañera y la repasó comprobando que el disfraz seguía en su sitio.

—Es el momento de entrar —le dijo enderezándole el corbatín. La cogió por la espalda y la empujó con suavidad—. ¡Ánimo!

—*Oui oui* —añadió ella intentando mantener una seriedad impuesta.

Y así, sin decirse nada más, pasaron al interior.

El antro respiraba intelectualidad. Las paredes, pintadas de un verde olivo resquebrajado, estaban repletas de estanterías cargadas de libros que solían alquilar los hambrientos de conocimiento que no podían permitirse el lujo de adquirirlos por falta de dinero. Cuadros colgados al descuido, como las noches locas que vivían, de antiguos grabados de filósofos dialogando en el ágora.

Páginas que reproducían textos de los poetas malditos como Baudelaire, de Nietzsche, y dibujos de cada uno de Los Panidas realizados por los caricaturistas del grupo, que daban al lugar un aire decadente.

El ambiente estaba cargado de alientos alcohólicos y de un humo rancio que hacía casi imposible distinguir a nadie.

Betsabé sintió que entraba en un universo irreal, una especie de sueño espeso que la invitaba a continuar. Todo era desconocido; no podía creer que existiera algo tan diferente a su rutinaria vida.

La luz de los candelabros dibujaba un baile de espectros semejantes a los demonios del infierno de Dante. Penetraba en esa alucinante danza de gritos y carcajadas locas, rozando la mano de Emmanuel para sentirlo cerca.

En unos tableros, jugadores de cartas y ajedrez apostaban hasta sus propias dentaduras. Otros, en cambio, comentaban por lo bajo temas secretos imposibles de oír entre tanto barullo.

Betsabé se compuso el traje mientras sentía cómo el sudor se le escurría por las mejillas, comprobando que el bigote seguía en su sitio. De pronto, y sin que le diera tiempo a pensar, se encontró delante de la mesa donde estaban Los Panidas.

León de Greiff defendía una tesis un tanto inverosímil de cómo la poesía era una especie de alquimia, mientras que Fernando González hablaba sobre Hegel y su teoría del fin de la historia. Se alzaban copas, reían y luego volvían a discutir en una especie de malabarismo ebrio de palabras ansiosas de erudición. Pepe Mexía retrataba con su pluma el rostro de De Greiff en esa discusión imposible de resolver. De repente, Jovica se puso de pie harto de no poder hablar y expresar sus ideas marxistas que tan meticulosamente había estudiado y pensado antes de reunirse con sus amigos.

Al hacerlo, un tanto apesadumbrado, tropezó con Emmanuel que venía envuelto en una humareda gris. Una nube crecía desde su cabeza como una aureola de platino creada por el efecto de las luces de las velas. Jovica se rindió ante él como si acabara de encontrarse a un santo y se puso de rodillas.

—¡Querido Emmanuel! —exclamó mientras le besaba las manos—. En buen momento has acudido; esta gente no me deja respirar. Como buitres andan debatiendo por migajas de sabiduría.

Emmanuel levantó a Jovica del suelo.

—¡Amigo, no andes rindiéndote ante mí creyendo que soy un dios! No juegues a divertimentos, porque en este instante la seriedad se impone. Eres grande entre los grandes. Eres Jorge Villa Carrasquilla y dentro llevas una enciclopedia de sabiduría. Te presento a mi querido primo. Aquí lo tienes. Es Honoré Doucet y viene de París, la ciudad de los altos ideales.

Betsabé se acercó a Jovica y le tendió la mano. Desconocía la energía que debía ejercer en su saludo, pues no quería parecer ni demasiado dura ni demasiado débil. Por si acaso, estrechó su mano con todas sus fuerzas.

—Bienvenido a nuestra cueva, Honoré... —Jovica esperó a que le confirmara su apellido.

—Doucet. Honoré Doucet —aclaró Emmanuel—. Solo habla francés.

—Aaah... Honoré Doucet. *Enchanté!*

—*Enchantée* —respondió Betsabé añadiendo con impostado acento francés—, es un placer estar aquí.

—Y ahora, Emmanuel, ¡vamos a beber y a hacer callar a estos mamarrachos que hoy están insoportables con sus disertaciones! ¡Te espera un buen aguardiente! —dijo Jovica entre carcajadas—. ¡Vamos a divertirnos! La noche es joven.

Se aproximaron a la mesa donde departían el resto de los amigos. De Greiff se puso en pie.

—Llegas tarde, amigo —le dijo mientras anotaba los últimos versos de un antisoneto—. ¡Por fin estás aquí! Te esperaba con vehemencia. Esta panda de intelectualoides me está volviendo loco.

Emmanuel y Betsabé se acomodaron en la mesa repleta de papeles escritos, esbozos de dibujos, plumas y tinta, copas y botellas.

—Y este muchacho... ¿quién es? —le preguntó mirando fijamente al desconocido—. Sabes que es un lugar sagrado y el dios Pan vela por nosotros. Para pertenecer al grupo hay unas reglas inviolables.

—Soy muy consciente de ello, mi querido De Greiff. Lo traigo porque es de mi entera confianza. Es mi primo y hace dos días llegó de París. Ayer pasé una larga tarde explicándole nuestras conversaciones y nuestros planes, y se emocionó tanto que no me quedó más remedio que traerlo conmigo. Allá es un gran revolucionario, uno de los nuestros. También escribe poesía; cree en lo imposible y en la capacidad de conjurar lo existente y darle otro valor al tiempo y a la vida.

—¡Excelente! ¡Excelente! No se hable más... ¿Y tu nombre es...? —le preguntó al desconocido.

Emmanuel se adelantó antes de que Betsabé pudiera pronunciar palabra.

—Señores... —hizo una histriónica reverencia y pronunció fuerte su nombre para que todos Los Panidas lo oyeran—, ante ustedes: Honoré Doucet.

—A ti no te lo preguntaba, amigo, se lo pregunto a él. ¿O es que no puede hablar? —dijo De Greiff mofándose mientras sorbía de su copa.

—Solo habla francés —le aclaró Emmanuel—. Ya os lo he dicho.

Entonces De Greiff, haciendo uso de su incipiente francés, lo saludó ceremonioso:

—*Vous êtes bienvenu.*

—*Merci beaucoup* —contestó Betsabé inclinando la cabeza. Tisaza se levantó de golpe y alzó su vaso mientras invitaba a un brindis.

—¡Por nuestro invitado, Honoré...!

—¡Doucet! —exclamó esta vez Betsabé simulando una voz grave.

—Y porque sea fiel a su honorable nombre.

—¡Y por la poesía que libera al mundo de tanta estupidez! —añadió Pepe Mexía.

Todos chocaron sus copas mientras el licor se derramaba sobre los papeles de la mesa.

—Bueno, como decíamos, hemos llegado al fin de la historia —dijo solemnemente González, el filósofo.

Emmanuel le susurró al oído a Betsabé si quería decir algo; él simularía hacer de traductor.

—Comenta mi primo, después de explicarle lo que dices, que el fin de la historia depende de todos. Que debemos crear un compromiso indestructible entre nosotros y el mundo, porque de no hacerlo quedamos a merced de ser arrastrados por los devenires externos. No podemos dejar que el individuo se convierta en un objeto.

—Me gusta esa teoría —dijo Tisaza.

—Daría para hacer un poema.

—¡Ah! ¡Bobadas, González! Entonces, ¿qué estamos haciendo usted y yo aquí? ¿Una antihistoria? ¿Quién dice esas cosas? —gritó entusiasmado el poeta Jesús Restrepo Olarte, alias Xavier de Lys.

—Las dice Hegel, amigo. No yo, que soy un pobre amante de lo inasible —dijo González rendido.

—Me encanta lo que dice Honoré. Debemos comprometernos con nosotros y el mundo. Somos los únicos capaces de cambiar el futuro.

—Eso es una utopía. ¡Lo que no es, no existe! —comentó Manuel Montenegro.

—¡No te entristezcas, amante de lo desconocido! ¡No te apesadumbres así, que estamos de parranda! —comentó Emmanuel mientras bebía un sorbo de aguardiente.

—Lo que dice este truhan, querido Le Bleu, es que desde

la Revolución Francesa ya no hay historia. No puede haberla, pues ya se han conseguido todos los ideales que el hombre anhelaba y que lo empujaban a construirla. ¡Mira qué miserable teoría! ¡Como si aún no anduviéramos buscando justicia! —vociferó De Greiff mientras alzaba su copa para celebrar otro brindis por su discurso—. Lo que aquí importa es la poesía. ¡Brindemos por la palabra consagrada en delirio, pues solo ella puede salvarnos! —gritó convencido.

—Pues yo pienso —dijo tímidamente Jovica— que solo la palabra como acción poética en el mundo puede crear una nueva ética. No olvidemos que el hombre se define por la relación que tiene con la naturaleza. El hombre necesita sobrevivir y por eso genera el trabajo y luego construye los medios de producción que finalmente lo acaban esclavizando. Y otros, los opresores, se apropian de esos medios. ¿No estáis de acuerdo? ¡Debemos sublevarnos! —exclamó orgulloso.

—¡Jajajá! No me hagas reír. ¿Alguien de aquí está maniatado a una cadena de producción? —comentó De Greiff—. Solo quien lo vive lo entiende.

Betsabé bajó la mirada sintiendo que ella era la única esclava en ese mundo de hombres, de seres libres que podían expresar su opinión sin por ello ser acusados y castigados.

—Yo quisiera cambiar de tema y no te lo tomes a mal, Jovica, estoy de acuerdo contigo —dijo Emmanuel—. Me pasaría toda la velada oyéndote.

Se hizo un silencio.

—Llevo pensando hace unos días, ¿por qué no admitimos a mujeres en nuestro grupo? Ellas poseen una alta sensibilidad e intuición y podrían ser de gran ayuda para nuestro proyecto.

—Otra vez estamos con las mismas, Le Bleu. Las mujeres, las mujeres... ¿Para qué quieres mujeres? Schopenhauer ya decía de ellas que carecen de sentido para apreciar la música, la poesía, ¡cualquier arte! ¿Qué haría aquí una mujer? Hablar de bobadas. ¡Qué tontería! —replicó uno de ellos.

—No leas tantos libros estúpidos, amigo, y verás cómo desaparecerán esas fantasmagorías de tu cabeza. Piensa por ti mismo, por una vez te lo pido —le dijo Emmanuel visiblemente molesto—. Es posible que lo que te haga tener esa concepción tan obtusa del género femenino es la falta de haber conocido a mujeres pensantes. Yo las conozco, son magníficas y están por todas partes. Solo hay que abrir el entendimiento y romper esquemas. Me sorprende que digas eso, tú que te pavoneas de tu sabiduría. El ego te va a matar, te lo pronostico.

Betsabé tuvo unos deseos inmensos de abandonar la mesa, y cuando estaba a punto de hacerlo, Emmanuel la retuvo por el hombro. Le daba asco todo lo que decía ese desconocido y pensó cuán difícil iba a ser la lucha por conseguir su libertad y la de sus compañeras.

—Quiero irme —le susurró al oído a Emmanuel.

—Bebe, bebe, Honoré —le dijo De Greiff.

—Él solo toma absenta —le contestó Le Bleu.

—Me parece muy bien. ¡Pero que se deje de cuentos! ¡Si quiere estar aquí, tiene que cumplir con el bautizo de nuestro licor! —Y le sirvió hasta arriba un gran vaso de aguardiente.

Betsabé se quedó atónita ante la cantidad de alcohol. Cerró los ojos y santiguándose para sus adentros dio un gran trago que le quemó la garganta y el esófago. En ese momento sintió que el diablo comenzaba a poseerla, pues solo algo tan ardiente podía haber sido creado por él. Pero se tranquilizó cuando sus compañeros aplaudieron.

—¡Honoré Doucet, quedas bautizado como un miembro más de Los Panidas! —gritó contento De Greiff y vació sobre su cabeza lo que quedaba de la botella.

Todos aplaudieron mientras Pepe Mexía inmortalizaba en su libreta el acontecimiento.

—Bueno bueno bueno... Esto se pone interesante —comentó González, y dirigiéndose a Le Bleu le dijo—: Pregúntale a tu primo qué piensa de Mallarmé. Debe ser extraordina-

465

rio leerlo en francés. Por acá nos llegan traducciones muy precarias.

—Sí, Emmanuel nos ha contado que eras un experto en los silencios y en el ritmo —dijo Tisaza.

—*Oh!!! Mallarmé était merveilleux* —contestó Betsabé mientras De Grieff le servía más aguardiente.

—Le puedo asegurar que Honoré es un gran experto en Mallarmé y conoce su peculiar métrica mucho mejor que yo. Juntos dedicamos largas tertulias a analizar su poesía —le dijo Emmanuel.

Betsabé se le acercó al oído y le murmuró unas palabras. Todos los movimientos de la reunión los tenían más que estudiados y Emmanuel sabía que esa noche afloraría el tema de aquel poeta, del que alguna vez hablara con su *Vierge de Feu*.

—Me dice que Mallarmé conocía con exactitud y con una especie de intuición casi divina cómo debía colocar los versos para que llegasen al corazón del lector de una determinada manera y le hicieran aflorar la multitud de imágenes que solo él podía contemplar en la profundidad de su noche.

Todos escuchaban embelesados.

—El verso libre, el espacio en blanco, el impresionismo en la poesía. La importancia no era pintar la *cosa* con las palabras, sino el efecto que producía... El alma del poema era la intención —concluyó Emmanuel.

—Suena excelente —comentó entusiasmado Xavier de Lys, que no era otro que el poeta Jesús Restrepo de Olarte—. ¡Trae más a tu primo! Nos puede ser de gran ayuda para nuestra revista.

Emmanuel y su impostado primo terminaron huyendo de El Globo cuando Betsabé comenzó a sentir que su entorno se convertía en un enloquecido carrusel de rostros distorsionados y paredes que viajaban a velocidad de vértigo y se desplomaban sobre ella engulléndola.

—Paren esto —suplicó desesperada.

—¿Qué diablos le pasa a tu primo? ¿Ha perdido el juicio?

—¡Me quiero bajar de aquíiiii! —gritó.

Era su propia voz, una voz femenina que nada tenía que ver con la que todos oyeran.

Antes de acabar de arrancarse el disfraz, exclamó:

—¡Me muero!

Al llegar a la puerta, resbaló sobre sus propios vómitos.

96

No se sentía ajena a nada.

Había encontrado su lugar en el mundo. Un sitio donde no debía representar ningún papel que le fuese incómodo o la obligara a parecer lo que no era.

Nadie la miraba, nadie opinaba, nadie suponía ni quería suponer, nadie conocía su procedencia, linaje o apellidos.

Ella ERA. Existía y punto. Sin adjetivos ni parafernalias de ninguna naturaleza.

Su universo era silencio puro y sacro que la llevaba a vivir en medio de los sonidos sin que nada la perturbara.

Silencio interior.

Se levantaba con el canto de los gallos y se dormía con el de los sapos y los grillos que vivían alrededor de los estanques florecidos.

Aquel lugar era un remanso de paz. Estaba situado en la cima de una montaña coronada de nubes, en medio de una nada verde y florecida con olor a eucalipto y a rosas salvajes que invitaba a abandonarlo todo y a sumergirse en el ser.

Sus pensamientos convulsos habían terminado diluyéndose entre rezos matutinos y cantos de pájaros madrugadores que invadían la mañana.

Era verdad que aquella celda que le asignaran era lo más humilde y modesto que había visto en su vida, pero también era cierto que nunca antes se había sentido más feliz.

Estaba aprendiendo mucho y sentía que lentamente se convertía en otro ser. Una especie de ánima que habitaba el mundo sin sentir peso alguno; y eso era maravilloso.

De llorar la falta que le hacía Betsabé y, para qué negarlo, Emmanuel, ahora podía afirmar que se sentía libre de las pasiones que tanto la habían agitado. Con una levedad que no podía describir.

Y no se trataba de sentirse superior o inferior a nada ni a nadie. Se trataba de algo mucho más sencillo: haberse encontrado con su esencia más íntima.

Su mundo no era de este mundo.

En el lugar que ahora habitaba no tenía la necesidad de representar ningún papel ni poseer nada material.

Su nombre había desaparecido. Ya no era Capitolina Mejía Echavarría. La hija menor, la tarada, la coja, la bonita, la malquerida de su mamá, la rebelde, la pobrecita, la inteligente, la diferente... Ahora era sor Compasiva, un nombre que le dieran a elegir entre muchos y con el que se identificaba.

Nadie le preguntaba cómo se sentía, por qué cojeaba, qué deseos tenía, quiénes eran sus padres o lo que la llevara a estar allí. Cuántos años tenía. Si su vocación era real y no producto de algún envalentonamiento pasajero.

Era libre de pensar o no pensar.

Su celda era un rincón mínimo donde tenía todo lo que necesitaba: un catre, un reclinatorio, un rosario, una biblia, un ventanuco, un orinal y el silencio que la llevaba a vagar por el pasado y sus recuerdos.

Sentía que había envejecido todos los años y que era una anciana de alma.

Nada le dolía y nada ansiaba.

Cuando pensaba en su amiga, le gustaba imaginarla desplegando a otros esa vitalidad que durante años le había regalado a manos llenas y la salvara de la muerte. Porque ella era vida.

Estaba convencida de que en el lugar en el que estaba perdida sería hallada por Emmanuel. Así se lo había dicho en sueños la abuela Cástida, la única persona de su pasado con la que mantenía comunicación diaria. Cada noche sentía su presencia impregnada del almibarado olor de los cientos de *Chrysanthemum coronarium* que habían cubierto por entero su cuerpo y la cama donde murió. Le acariciaba los cabellos y le cantaba con la voz que nunca tuvo.

—No sufras, querida... —le murmuraba al oído—. Se encontrarán...

Sí, se encontrarían los dos...

Betsabé y Emmanuel.

Ese había sido el gran regalo que les dejaba. Ahora también era un regalo para ella soñarlos juntos y felices, porque los amaba profundamente con un amor limpio. Porque sabía que su mundo estaba en otra parte y que era a ellos a quienes les correspondía luchar por otra vida más terrenal.

No echaba de menos a nadie, y menos a su familia.

En aquel convento, el único valor era sentir la existencia desde dentro y dejarse llenar por esa vivencia. Así lo comprendió desde el primer instante.

Si antes le hubiesen dicho que el amor más grande era vivir en estado contemplativo, entregada a la oración y a servir a Dios, hubiese gritado y pataleado.

Pero ahora entendía ese misterio.

El primo de su padre se comportaba tal y como le había prometido: nadie la había ido a buscar.

Y aunque en su fuero interno acariciaba la vanidosa idea de que no pudieran vivir sin ella, y al mismo tiempo sintiera la tristeza y frustración de no saberse buscada, por otro lado aquello le había enseñado mucho.

Eso sí, deseaba con todas sus fuerzas que Betsabé hubiese entendido su desaparición y de alguna manera sintiera que, a pesar de estar lejos, no estaba desaparecida.

Era lo único que le quedaba pendiente.

Podía escribirle una carta.

La idea no le disgustaba, pero no tenía muy claro si aquella misiva trascendería a su familia. No por Betsabé, sino por los mecanismos de vigilancia que se hubieran establecido y que desconocía.

¿Y si se arriesgaba y le escribía?

Acercó el candil y buscó la pluma y un trozo de papel. Antes de empezar la carta, dejó que la redacción jugara en su mente.

> *Querida Betsabé:*
> *Ya sé que no has sabido nada de mí y que crees que ya no existo...*

No, así no podía ser.

> *Betsabé, querida hermana mía:*
> *Desaparecí de la vida, para darte una oportunidad a ti y a...*

No, así tampoco.

> *Mi querida hermana:*
> *No sufras por mí. Yo estoy bien...*

No. ¿Por qué debería creer que estaba sufriendo? ¿Y si no era así?

> *Querida Betsabé:*
> *Ha pasado mucho tiempo. A pesar de que el silencio se haya adueñado de nuestra vida, quiero que sepas que no hay un día de mi vida en que no me acuerde de ti. Deseo con toda mi alma que la vida te esté regalando lo mejor que tenga. Yo me encuentro bien. Feliz. Aunque esa palabra te suene rara, para mí tiene un significado real. Estoy muy FELIZ. He encontrado un camino en el que descubro paisajes que jamás hubiera imaginado.*

Un amor que no tiene que ver con nada terrenal, pero que me cubre con un manto que cobija y alegra mi alma.

Sé que te será difícil de entender y no pretendo que lo hagas. Sencillamente, sucedió. Llegó a mí sin que yo lo buscara. Me hubiera encantado vivir contigo ese instante de éxtasis. Ahora no me cabe la menor duda: Dios me eligió para él en un momento en que estaba muy perdida. Me rescató de mi mísera vida y ahora soy rica en alegría y amor...

En esas estaba cuando una voz detrás de la puerta exclamó:

—¡Ave María Purísima!

Era sor Paciencia, la monja encargada de realizar la ronda matutina, que sentía especial cariño por Capitolina. Ella interrumpió su escritura y contestó:

—Sin pecado concebida.

—Dios bendiga tu despertar, hermana Compasiva, y te bendiga en el nombre del Padre y del Hijo y del Espíritu Santo.

—Amén.

Abandonó pluma, tinta y papel, los guardó debajo de la cama en una caja donde depositaba las hojas y los pétalos que desde su ingreso llevaba recogiendo en sus paseos vespertinos, y se dispuso a empezar el día.

Estaba feliz de haber decidido escribirle a su amiga. Aunque no sabía si aquel escrito llegaría algún día a sus ojos.

Se lavó la cara y sus pensamientos quedaron impresos en el paño con el que se enjugó el rostro.

Se vistió con el hábito de sarga azul. Rodeó su cintura con la faja de lana y enredó en ella el rosario en palo de rosa que le regalara monseñor Mejía y Trujillo antes de dejarla en el convento. Mientras lo hacía, iba cantando...

Ave María, gratia plena,
Dominus tecum,

No existían ni espejos ni vanidades.

benedicta tu in mulieribus,
et benedictus fructus ventris tui Iesus.

Vivir alabando y sintiendo la presencia divina de la Madre Perfecta,

Sancta Maria, Mater Dei,

la que no rechazaba ni humillaba...

ora pro nobis peccatoribus,

La que protegía con su manto de amor.

nunc et in ora mortis nostrae.

Se colgó la cruz de madera en el cuello y, al verla sobre su pecho, la acercó a los labios y la besó con devoción. Y dejó para el final la cofia y el velo negro con el que cubría su rostro en señal de obediencia y sumisión.

Amen.

97

Cenicio de la Cruz, burlando el séquito de criadas que por mandato de Consolación espiaba cada movimiento suyo, lo había ayudado a transportar un gran bloque de hielo hasta El Edén.

Hacía tiempo que Emmanuel le había hecho cómplice de su historia de amor, y el mulato, que le profesaba un enorme cariño desde aquel largo viaje que hicieran por el río Magdalena, disfrutaba de ese secreto y trataba de ayudarlo en lo que podía.

Llegaron antes de la hora y, aprovechando las frágiles luces del atardecer, empezaron a rayar a punta de peinilla el inmenso bloque hasta convertirlo en dos costales rebosados de finísima escarcha.

En una de las largas conversaciones que tenía con Betsabé, Emmanuel le había hablado de las estaciones y del cambio del tiempo de manera tan poética que la muchacha acabó enamorada de la nieve. Leyeron juntos páginas de *Resurrección*, en las que Lev Tolstói narraba un paisaje nevado inimaginable para ella. Le había mostrado una foto en la que aparecían sus padres envueltos en sus largos abrigos bajo una intensa nevada parisina, y una postal de Les Champs-Élysées enviada por uno de sus amigos. Ahora ella quería conocerla, olerla, palparla, sentirla.

Antes de que Betsabé apareciera, Cenicio de la Cruz se

retiró dejando al francés encaramado en el árbol bajo el que solía encontrarse con su amada, con sendos sacos repletos de la nieve recién creada.

Cuando la muchacha llegó, las primeras voces de la noche hacían su aparición. *Pulsatrix perspicillata, Brotogeris jugularis* y *Tyrannus melancholicus* conversaban en un galimatías de trinos, adelantando una negrura que empezaba a cernirse sobre el lago y lo convertía en un sinuoso cuadro sobre el que se diluían las estrellas.

Le pareció extraño que Emmanuel no estuviera, pues siempre llegaba antes que ella. Sin embargo, dado su ánimo optimista, decidió sentarse y esperar bajo la ceiba de enormes raíces.

Cerró los ojos y respiró profundo. Aquel aroma a musgo empapado hacía parte del encuentro, al igual que el silencio, el agua, las hojas caídas, el miedo, la ansiedad y las piedras del camino.

Eso era la felicidad.

No existía nada que pudiera igualar el estado de gracia que encontraba en aquel paraje. Carecía de todo, pero lo tenía todo. ¿Cómo explicar ese instante tan pleno?

Estando recostada en el árbol, le pareció sentir una agitada respiración. Miró a lado y lado pero no encontró nada. Entonces, como el cansancio era inmenso y también la certeza de que su amado aparecería, se tendió y cerró los ojos.

Y sucedió algo con lo que había soñado muchas noches y creyó que hacía parte de su universo onírico.

Mientras dormía, sobre su cara y su vestido comenzaron a caer millares de diminutas estrellas heladas; diamantes que convertían su negra bata de obrera en un suntuoso traje de fiesta. Era una lluvia intensa e imparable que le regalaba una sensación indescriptible. De pronto, había quedado sepultada en un blanco que con la luz de la luna brillaba como plata viva.

Abrió los ojos y lo vio.

Desde arriba, Emmanuel lanzaba los últimos puñados de nieve.

Abajo, un lecho blanco y frío esperaba.

El muchacho descendió con destreza felina, se acostó junto a ella y la abrazó.

—Es... —comenzó a decirle Betsabé.

—Nieve creada para ti, niña de mi vida.

—Es algo tan mágico que... —quiso continuar ella.

—Chssssst... —Emmanuel la enmudeció con un beso—. Siente... Sintamos. Es lo único que podemos hacer en este instante y que nadie nos puede quitar.

Permanecieron muchos minutos invadidos de silencio sobre aquel lecho ideado por él para los dos.

—¡Me encanta el frío! —gritó ella deslumbrada por el instante, y empezó a mover sus brazos hasta crear un círculo alrededor—. ¡Me encanta!

—Pareces una mariposa loca —le dijo él riendo.

—Lo soy, mírame. ¡Vuelo, vuelo! —De pronto, detuvo sus brazos y preguntó—: ¿Cómo se dice en francés 'mariposa loca'?

—*Papillon fou.*

—Hummm... *Papillon fou...* Me gusta. *Je suis un papillon fou!* Una mariposa loca que sobrevuela el frío.

—El frío es bello, pero peligroso —le advirtió Emmanuel retirándole de la boca un mechón de pelo—. Es bueno y malo. Ayuda, pero puede lastimar, porque es dual, como casi todo. Se le relaciona con la no acción. Lo que está frío acaba congelándose.

—No me gusta lo que dices. Me das miedo.

—Pues has de tenerlo en cuenta, *ma petite Vierge de Feu*. Porque tú eres todo lo contrario.

—Pero es que hoy he descubierto que me gusta.

—Hay cosas que nos gustan, pero que también pueden dañarnos.

Betsabé dejó de reír y lo miró atenta.

476

—Es igual que el calor —le aclaró él—. Si incendia mata, pero si lo recibes en su justa medida puede ser bendito. Debe hacer presencia en su dosis y momento exactos.

—Ah, ahora lo entiendo. Debe hacer parte de nuestros actos de vida. El frío domestica al animal que nos muerde. ¿Es eso lo que quieres decir?

—No exactamente. El fuego quema; el hielo también. Hay que saber estar en el instante mismo en que el fuego derrite al hielo. Ese momento dura muy poco, pero es el gran acto.

Betsabé se recostó sobre su pecho y el muchacho la envolvió en su abrazo.

—¿Qué pasará con nosotros? —le preguntó ella deslizando su dedo índice sobre aquel perfil apolíneo.

—Nadie sabe nada de nada. Aunque muchos elucubren sobre la vida, lo único cierto y real es que aquí y ahora estamos.

—¿No hay futuro?

—¿Futuro? Esa es una palabra muy grande que no debería caber en ninguna boca, *ma chérie*.

—Pues a mí me preocupa. No podemos negar que esperamos el mañana. Tú y yo vivimos esperándolo. Si no existiera el futuro, ni siquiera podríamos quedar para vernos.

—Entiendo lo que dices, pero no es tan sencillo de resumir.

—Pues a mí me preocupa lo que vivo cada día y viviré mañana, y pasado mañana... y quizá en los próximos meses. Y no sé si eso se llama *futuro*. Para mí es humanidad. En el sitio donde trabajo pasan cosas que no me gustan nada. Cosas muy... muy feas —le confesó Betsabé.

—¿Feas? ¿Como qué?

—No sé... Es una especie de corazonada que no sé explicar; como si estuviera en la antesala de algo malo.

—¿Qué tratas de decirme?

—Es muy difícil que lo entiendas, porque yo vivo en un lugar muy diferente al tuyo. Algo así como una cueva que existe bajo tierra y enseña mucho. Un submundo donde sobrevivimos los invisibles, los descartables, los que no contamos, los que no poseemos nada material. Seres que los de arriba, los poderosos, ya han decretado que no tenemos derecho ni a ver la luz y ni a ser dignos de SER.

—No es justo que me clasifiques y expulses de tu mundo —la interrumpió Emmanuel—. Aunque te cueste creerlo, en el mío, en el que afirmas que yo vivo, también suceden cosas muy peculiares. Te sorprendería constatar que en ese cielo, que supones, existen otros tipos de miseria mucho peores.

La nieve se derretía formando a su alrededor diminutos charcos de negrura que el verde succionaba con sed.

—Entonces, ¿qué vamos a hacer con nuestros mundos? —preguntó Betsabé observando cómo desaparecían de su vestido las pequeñas estrellas de hielo.

—Ahora dediquémonos a nosotros. Mira qué luna nos envuelve. Ella no sabe de nada. Solo se dedica a alumbrar y a ser. Seamos.

—Pero...

Emmanuel la recogió en sus brazos y por primera vez la sintió liviana, como si no pesara en absoluto, y la besó.

—Tengo frío —le dijo ella tiritando.

—Ahora ya sabes lo que es la nieve. No es tan poética como la imaginabas, ¿verdad?

La cubrió con su levita, la abrazó y empezó a mecerla mientras le tarareaba una canción de cuna con la que solía dormirlo su madre...

> *Au clair de la lune,*
> *mon ami Pierrot,*
> *prête-moi ta plume*
> *pour écrire un mot.*
> *Ma chandelle est morte,*
> *je n'ai plus de feu.*
> *Ouvre-moi ta porte,*
> *pour l'amour de Dieu.*

—Ábreme la puerta, por amor de Dios —le dijo al oído esta vez en español—. Abre la puerta al dios del amor.

... Hasta que el calor de su cuerpo la hundió en un profundo sueño.

Entonces se dedicó a observarla.

¿Cómo podía amarla con tal vehemencia y mantener apresado el animal que lo empujaba a poseer su cuerpo?

Ese sacrificio sagrado solo podía ser AMOR.

El pecho de Betsabé subía y bajaba acompasadamente, murmurando aquel sonido silvestre que siempre la acompañaba. Los botones abiertos al descuido insinuaban el secreto de unos pechos vírgenes. Continuó recorriéndola con los ojos. No podía existir nada más hermoso que verla abandonada en aquel lecho húmedo.

Al final de la falda se asomaban sus pies untados de barro. Al verlos sintió una ternura infinita. Deseó lavar uno a uno cada dedo, perfumarlos y besarlos. Eran unos pies que, a pesar de recorrer cada día caminos de tierra y piedras, parecían alas. Se acercó a ellos y empezó a soplarlos suavemente. Eran delicados y tristes, cargados de vida y sufrimiento. Por eso también la amaba; por su fuerza y alegría, que se sobreponían a las adversidades. Por su dignidad de reina sin corona. Se desanudó el pañuelo rojo que siempre lo acompañaba y con él los cubrió.

Y el sueño los elevó y se los tragó la noche...

TERCERA PARTE

1

Monseñor Mejía y Trujillo llegó envuelto en su atuendo ceremonial, acompañado de su comitiva de prelados provinciales y en el carruaje negro de escudo arzobispal tirado por cuatro caballos blancos —pura sangre española—, regalo que le hiciera su querido primo el día de su ordenación. De todos era sabido que en opulencia eclesiástica nadie le ganaba.

Para él, además de ser, era muy importante parecer.

Al monasterio de las monjas de La Presentación no solo llegaba un ministro: venía un enviado de Dios. Y así lo sentía.

Era él mismo quien se encargaría de la ceremonia de consagración de su amada sobrina segunda.

Lo recibió la madre superiora con todos los honores y respetos que le debían, y tuvieron el tiempo suficiente para que este le explicara *sottovoce* una primicia. Le dio la mano y se acercó lo suficiente para que nadie se enterara de lo que quería comunicarle.

—Apreciada madre —le dijo conservando su mano entre las suyas—. Bien sabe usted de las tristes vicisitudes de la querida hija de mi primo. En sus venerables manos confié mi gran tesoro y por eso quiero agradecerle de corazón el cariño y dedicación que ha puesto en preparar su alma para este glorioso día. Ha sido usted la gran artífice de salvar a esta pobre niña que andaba perdida en su solitud, tanto que estuvo a punto de cometer el mortal pecado de atentar contra su vida.

—Excelencia reverendísima, para mí más que un compromiso está siendo un dulce regalo. Esta jovencita tiene, si me permite la expresión, algo... —antes de continuar, carraspeó—, algo... sobrenatural. Vuestra eminencia no alcanza a imaginar el primor de sus bordados y el clima de bondad y concordia que crea a su alrededor. Usted bien sabe que las últimas semanas fueron muy difíciles y aquella extraña enfermedad, que la llevó a convulsionar, casi nos la arrebata. Estábamos convencidas de que la perdíamos, pero ocurrió el milagro. Ella asegura que, en medio del desvarío de la fiebre, Dios, en su infinita misericordia, se le apareció y le habló de...

La superiora parecía buscar las palabras adecuadas.

Monseñor Mejía y Trujillo era de los que creían con firmeza en mantener la continuidad vocacional familiar y, además, lo que la abadesa le explicaba rozaba la santidad, ese universo intangible que tanto lo cautivaba.

—Continúe, madre, continúe...

—Bueno, lo que le dijo no lo sé muy bien, pero tiene que ver con actitudes santificadoras. Debe haber sido algo muy grande, pues ahora observo en ella comportamientos bendecidos. Cuando canta, su voz celestial se eleva a los altares, y al escucharla hermanas y novicias sienten un gozo especial. Tanto que la pobre muchacha se ve a veces asediada por sus compañeras, que empiezan a considerarla ungida por la gracia divina y buscan su compañía. Usted, eminencia, ¿qué opina? ¿Es malo lo que hacen las hermanas?

—Dejemos que lo sagrado se manifieste, reverenda madre. No podemos juzgar los comportamientos divinos.

—Creo que su Ilustrísima deseaba confesarme algo importante y con mis comentarios, quizá excesivamente extensos, no ha podido; le pido mil perdones.

—Solo quería comunicarle que en esta ceremonia alguien muy cercano a Capitoli... a sor Compasiva, estará presente.

—Nunca se ha referido a nadie en particular, ya que su silencio es férreo, pero sus bordados cuentan una triste historia que no me cabe duda de que es la de ella.

Aunque le juró a Capitolina que no le desvelaría a nadie su paradero, tras tres años de noviciado, monseñor Mejía y Trujillo se había visto obligado a romper su secreto buscando aliviar con ello la crisis de depresión en la que se hallaba inmerso su primo desde hacía meses.

En ese momento, escondido entre los familiares de las demás vírgenes que harían sus votos, se encontraba Conrado Mejía, ensimismado en su trastorno obsesivo compulsivo... Ceremonia, Castidad, Compromiso, Cantos, Claustro... Otra vez el diccionario hacía lo suyo en su mente y lo devolvía a la Calma. Capitolina, su pequeña, estaba en el Camino Correcto, sor Compasiva... y él se sentía Complacido y Contento.

Desde que le revelaran que su hija se encontraba a salvo y bien, el alma le había vuelto al cuerpo y su tristeza había desaparecido. A cambio de la confesión que le hiciera el arzobispo, Conrado mantendría el secreto y no le diría nada a Céfora, a quien empezaba a detestar.

La ceremonia se realizaba con total normalidad.

Los coros cantaban el salmo cuarenta y cuatro.

A ti, Señor, elevo mi almaaa...

Las jóvenes, tras haberse despojado de los últimos apegos terrenales que representaban la vanidad, el deseo y la codicia, se situaban delante del altar limpias y puras, con sus cabelleras cortadas al ras, vistiendo los hábitos y sin otro tesoro que un rosario, una cruz y una biblia.

Cuando llegó el momento, Capitolina Mejía Echavarría convertida ya en sor Compasiva, se extendió delante del altar con los brazos en cruz besando el suelo.

Sobre su cuerpo sentía el abrazo de la vida.

Por un instante pensó en Betsabé y Emmanuel ungidos de felicidad terrena y se llenó de un gozo infinito. Después recordó a sus padres y hermanas el día en que supo que sería coja para siempre, y les perdonó sus ofensas y el desamor recibido desde su nacimiento.

Sintió su ser pleno de ser.

Había aprendido a despojarse de sí misma y a ponerse en el lugar de los otros sin juzgar ninguno de sus actos, por injustos que estos pudiesen ser. Su cuerpo no existía. En los años transcurridos en aquel lugar había aprendido a ser espíritu puro.

Por eso, a pesar de que las otras novicias estuvieran acompañadas por sus familias, ella se hallaba plena de Dios.

Una vez recibió la bendición, la joven se incorporó y se acercó al arzobispo.

Monseñor Mejía y Trujillo la vio venir cubierta por un aura de luz. No supo si era una visión sobrenatural, o el comentario que le hiciera la madre superiora, o solo correspondía a las ganas de tener a una santa en su familia, pero aquello lo emocionó.

—Recibe este anillo, que significa el sagrado desposorio con Cristo, y guarda intacta la fidelidad a vuestro Esposo para que seas admitida al gozo de las nupcias eternas —le dijo mientras colocaba en su dedo anular la alianza de oro.

Capitolina lo miró a los ojos y una lágrima resbaló por su mejilla.

—Amén —contestó siguiendo el rito aprendido—. Estoy desposada con Aquel a quien sirven los ángeles, cuya hermosura admiran el sol y la luna.

No supo que, de puro orgullo de tener una hija monja, su padre dejó su pañuelo empapado en llanto. Ni que un momento antes de que acabara la ceremonia, desaparecía en silencio y aquel trozo de lino blanco, con sus inequívocas iniciales bordadas, quedaría abandonado en el suelo.

2

Bello, de un día cualquiera

Querido diario:

Hoy ha sido un día especialmente importante. Aunque me he acostumbrado a una felicidad precaria, no por falta de alegría sino por escasez de tiempo, creo que soy muy consciente de lo que vivo y eso me da una relativa tranquilidad.

Muchos jueves, ya perdí la cuenta de cuántos, jugué a convertirme en hombre y hasta llegué a cogerle el gusto a representar un papel del todo impensable para mí. Lo hice por acompañar a mi amado y, sobre todo, por el hecho de olvidarme un poco de mis tristezas y de las injusticias que presencio cada día en la fábrica. Creo que una de las obligaciones que tenemos con nosotros mismos es el derecho a sobrevivir, y por eso lo hice. La otra, ser capaces de vencer el miedo y no permitir que nadie nos pisotee la dignidad. «Ser viril dentro de una feminidad extrema», como dice Simone Weil, la amiga de Emmanuel. Viril, cuando quien da la vida es la mujer. Incomprensible, ¿verdad? Pero es así.

A lo de ser pobre estoy más que acostumbrada porque es una condición externa que no tiene nada que ver con el ser humano, pero a ser maltratada, no. Y a que maltraten a otras, menos.

(De eso ya te contaré más adelante).

Han sido meses frenéticos en los que el corazón me ha saltado de gloria y, por qué negarlo, de temor, viviendo una fantasía que me ha regalado la posibilidad de conocer el alma revolucionaria «masculina». ¿Te das cuenta de que te lo pongo entre comillas? Tiene su explicación.

Me pregunto: ¿Qué diferencia existe entre el alma revolucionaria de una mujer y la de un hombre?

Al final, todo tiene que ver con la justicia, el inconformismo y con actitudes valientes. Y eso ¿tiene sexo? Se trata de conceptos que solo anhelan el bienestar humano.

Al grupo del que te hablo —amigos de Emmanuel que se hacen llamar Los Panidas—, los partidarios de criticar, que siempre existen, se refieren a ellos como a «personalidades extravagantes y fuera de la ley», solo porque no se les ocurre cómo definirlos. Para mí es sencillo: son pensadores que buscan encontrarle otro sentido a la vida.

¡Dios mío! Ellos hablan de equilibrio, de verdad y sensatez, pero aquellas sabandijas que los tachan y acusan se han olvidado del alma.

Me he dado cuenta de que todos, absolutamente todos, vamos en busca de la luz. De una luz que nos justifique como seres humanos pero, desgraciadamente, eso a casi nadie le importa. Quizá sea porque los obliga. Y el compromiso es algo muy complicado.

La mayoría de las personas quieren vivir sin tener que pensar en nada trascendente. Comprometerse con algo cuesta mucho.

Creo que el ser humano está lleno de miedos y eso le presiona a abandonar causas. Yo no quiero pertenecer a los miedosos, aunque me muera de miedo. Pero la palabra *compromiso* tiene mucho compromiso, valga la redundancia. Como lo que te digo queda entre tú y yo, no me preocupa.

«Pensar antes de actuar», así se mueve el mundo.

Amigo mío, ¿sabes qué te digo? Que siento que he perdido el miedo. Lo he vivido todos los años de mi vida.

Quiero ser capaz de pensar y decidir, y además creo que no tengo nada que perder porque desde que nací soy una perdida rescatada.

Huérfana de padre —aunque sé que está en algún lugar y fantaseo con la idea de que piensa en mí, porque el día que cumplí mis quince años me llegó un paquete anónimo con una cruz de oro; sí, tal como te lo escribo, de oro dizque de 24 quilates (yo no sé qué quiere decir eso de los quilates, pero mi mamá dice que vale mucho). Desde que la tengo, me siento como más protegida; me la he colgado al cuello y cada vez que la toco pienso que quizá sea de él, de un papá que me quiere. Aunque en verdad, una hija Natural es una hija huérfana de padre y, en mi caso, también de madre. Como sabes, ella existe en ese otro espacio paralelo, el único en el que ha podido sobrevivir.

Cada vez que la visito la encuentro más alejada de todo, y tal vez por ello, más cercana. No sé si voy por ella o por encontrarme con el viejo poeta que bajo los árboles de Bermejal me regala tantas y tantas conversaciones llenas de palabras mágicas.

Amigo, amigo bueno. Aunque permaneces callado brindándome tu blanco silencio que lleno con mis palabras a veces sin sentido, sé que me entiendes.

Vienen días duros, muy duros. Pero mi vida está hecha de piedras. Tal vez yo también lo sea. Una piedra que rueda por la vida buscando no pesar. ¿Quién puede imaginar que las piedras no tengan alma?

Son casi las ocho. Las internas, después del obligado rezo del rosario, como corderitos nos dirigimos al cuarto; al inhóspito salón de catres fríos donde debemos dormir y prepararnos para otro día de deberes y sumisiones.

Vamos cumpliendo lo que se espera de nosotras, pero nadie se atreve a hablar. Vivimos en una perfecta incomunicación, y eso que nos apeñuscamos para no pasar frío, pero ni por eso nos sentimos próximas. Una nebulosa de temor flota por encima de nuestras cabezas y nos tapa la boca.

Si hablar es pecado, para mí no hablar es sacrilegio.

Creo que no temo a la muerte. En verdad, nunca la he temido, porque he aprendido a esquivarla y también porque he visto morir el sol muchas tardes, y al final siempre vuelve a nacer. Deberíamos ser más naturales, ¿no crees? Pensar en que todos somos naturaleza. «Polvo eres y en polvo te convertirás», nos dijo el cura el Miércoles de Ceniza mientras dibujaba la señal de la cruz en nuestras frentes. ¿Nos marcaría para reconocernos como su rebaño o solo para que lo reconociéramos a él como pastor?

Aquí estoy, con la vela prendida, escribiéndote, mientras oigo las alpargatas de la supervisora que se sienten sobre las baldosas como sutiles pisadas de un gran felino a punto de atacar. Debe estar acabando su ronda nocturna.

Esperaré un rato hasta estar segura de que ya no hay quien vigile. Bajaré a la sala del Cristo crucificado y cuando el reloj del corredor marque *La Hora Grave*, o sea las diez en punto, empezaremos la reunión.

¿Dónde está Ausencia?

Hace cinco días que la muda, como la llaman los capataces, no aparece por la fábrica y a mí me da por pensar que algo malo le ha sucedido.

3

Grave.

Muy grave.

¡Gravísima!

Así se encontraba la pequeña Ciel Le Bleu cuando su padre le escribió el telegrama a Emmanuel. Su hijita se moría y Europa se hallaba a punto de entrar en una terrible guerra.

Clotilde estaba enloquecida de ver que su pequeña no superaba el mal que la aquejaba. Sus ojitos se desteñían y su cuerpo apagado se deshacía en una fiebre maligna que ningún médico lograba entender.

Habían descartado todo tipo de enfermedades, desde la tosferina hasta la fiebre tifoidea, sin encontrar ninguna causa. Tal vez por ello Clotilde no paraba de llorar y de suplicar que su hijo regresara.

—Si Emmanuel estuviera aquí, nada de esto estaría sucediendo —repetía como una letanía—. Mi hijo, mi hija... —se lamentaba con unos suspiros que hacían que las puertas se azotaran.

No sabía por qué atribuía la desgracia a la partida de su hijo, ni la salvación de su pequeña a su regreso. Insistió tanto que Claude tuvo que enviar sendos telegramas.

El mensaje lo recibió Emmanuel la mañana siguiente en que Betsabé le dijera que ni ese día ni los siete siguientes podrían verse porque tenía un compromiso consigo misma y con las obreras.

Tu hermana gravemente enferma. Madre te necesita. Presencia tuya vital para nosotros.

PADRE

Ese era el mensaje que leía, mientras Conrado Mejía, a su vez, recibía otro.

Amigo, urge regreso Emmanuel París. Primer barco que zarpe. De vida o muerte. En cuanto pueda, volverá a Colombia. Prometo.

CLAUDE

No podía ser.

Lo primero que pensó Emmanuel, henchido de egoísmo, fue que de ninguna manera abandonaría la Villa de la Candelaria.

Estaba vivo y se sentía más feliz que nunca. Gracias a Betsabé, era mejor persona; un ser comprometido de verdad con la vida.

Compartía pequeñas dosis de reflexiones que le proporcionaban un estado de bienestar jamás imaginado. Ya no se preguntaba si se sentía mejor con alguien. Tenía la certeza de haberle encontrado sentido a la existencia.

Crecían juntos en un amor sagrado que florecía en una amistad tan grande que ahora le parecía del todo inaudito poder vivir sin ella. Le era imposible marchar, renunciar a su presencia.

Si Ciel Le Bleu, su hermana y auténtica desconocida —salvo por la única foto que le mandaran sus padres cuando cumplió su primer año—, moría, no sentiría nada. Era muy triste pensarlo y hasta podría parecer inhumano, pero en el fondo de su corazón así lo sentía. Tal vez el no haberla conocido lo llevaba a creer que no la amaba; la circunstancia de que su hermanita iba creciendo en un París cada vez más remoto para él.

Lo que tenía claro era que en ese momento sus prioridades habían cambiado. Desde aquel lejano febrero que lo llevara hasta allí, no se veía volviendo a París sin su amada.

No tenía cómo avisarle a Betsabé de lo que ocurría. Su relación se basaba en algo etéreo que tenía que ver con el compromiso de encontrarse cada noche en el mismo lugar y a la misma hora. El único inconveniente de lo que le estaba sucediendo era que por unos días, y porque ella se lo había pedido, no se podrían ver. Y lo que parecía no tener ninguna importancia ahora se convertía en algo terrible.

Debía marchar.

Su padre se lo suplicaba y Conrado también. Se encontraba entre dos aguas.

No quería irse. Y lo más paradójico era que cuando abandonara París para viajar a Colombia, lo había hecho con lágrimas en los ojos. Ahora lo que le sucedía era peor, porque regresar a Francia era desgarrarse. Dejar su otro yo. A su *Vierge de Feu*.

Sin darse cuenta, había ido construyendo su vida ladrillo a ladrillo en ese lugar, y aun cuando mantenía comunicación con sus amigos de aquel París lejano, ahora él ya no era el mismo. No podía abandonar esa ciudad que se había convertido en suya a fuerza de vivirla.

¿Cómo avisarle a Betsabé que debía marchar?

¿Cómo decirle a su padre que se olvidara de él?

Las lágrimas empezaron a rodar por sus mejillas. ¿A quién dejarle el encargo de avisarle a su amada de su intempestivo viaje?

Cenicio de la Cruz no estaba. Hacía dos meses que se encontraba en Cartagena de Indias buscando al maldito que había violado y dejado preñada a su hermana pequeña, según decían, en un callejón que quedaba en la calle del Espíritu Santo, al que la gente llamaba el Zaguán de los Desgraciados, porque todo lo malo sucedía en aquel rincón de mala muerte.

No tenía a nadie.

Sus amigos desconocían que el aparecido primo Honoré Doucet no correspondía a tal sino a su adorada novia, y no era de caballero defraudarlos. El pacto secreto de Los Panidas impedía semejante afrenta. Introducir a una mujer en sus reuniones secretas era la peor burla que podía haberles hecho.

—Señor Le Bleu, perdone —le dijo el conserje del hotel Europa—. Lo espera el carruaje. Debe irse inmediatamente si no quiere que *El Lontananza* parta sin usted.

Era uno de los buques de vapor fabricados en los astilleros de Cartagena, única y exclusivamente para la navegación fluvial, que en este caso hacía el recorrido de ir y venir por el río Magdalena transportando a los viajeros que buscaban zarpar en los grandes transatlánticos.

—Don Emmanuel...

«Betsabé, amor mío...».

—Señor, ¿me está oyendo?

Emmanuel estaba con ella frente al lago de El Edén. Su pensamiento lo ensordecía. La veía reír y correr a su encuentro. Girar con sus brazos abiertos en cruz, bañada de estrellas, flotando sobre las aguas nocturnas. Sostenida en sus brazos con su vestido empapado de temor y pasión.

—¿Quiere que lo ayude con su equipaje? Señor, señor...

Sentía que el corazón se le rompía. La abrazaba y se fundía en su aroma de musgo.

—Señor, ¿me escucha?

Ella lo miraba feliz, se fundía en su beso húmedo de amor mientras la luna los bañaba.

El criado del hotel recogió sus maletas y las colocó en la

parte trasera del coche, esmerándose en no estropear el finísimo cuero que llevaba sus iniciales marcadas a fuego. Cuando el vehículo se puso en marcha y estaba a punto de enfilar hacia la estación de Cisneros para dirigirse a Puerto Berrío y tomar el barco que lo llevaría a navegar el río Magdalena en dirección a Cartagena de Indias, el joven francés le ordenó que se detuviera.

—Antes de irme —le aclaró—, quiero detenerme un momento en un lugar.

—Usted dirá.

—Lléveme a El Edén.

—Sin ofenderle, le recuerdo que tenemos poco tiempo, monsieur.

Los que lo conocían disfrutaban llamándolo de aquella manera, tal vez porque los liberaba del provincianismo y les hacía sentir un poco franceses.

—Necesito cinco minutos.

—A la orden, monsieur Le Bleu.

El cochero lo dejó delante. Bajó y con sus ojos repasó palmo a palmo aquel paraje hasta aprendérselo de memoria. Se sentó bajo la ceiba milenaria y sacó del bolsillo de su levita su pluma estilográfica e hizo lo único que podía hacer.

4

Bello, un día aciago
(Bajo la titilante luz de una vela).

No apareció esa noche ni la siguiente, ni ninguna más.

Se lo tragó la tierra.

Durante veinte crepúsculos estuve esperándolo a la hora de siempre, bajo el árbol que nos cobijara, observando el lago en el que tantas veces nos bañáramos. Acompañada del sempiterno canto de la oscuridad, hasta que mi corazón me anunció que no volvería más y quise morir.

La última noche lloré todas mis lágrimas y enterré bajo una piedra una carta para él en la que vacié toda mi rabia, una rabia que exudaba amor en cada sílaba.

Al regresar, una demencial fiebre se apoderó de mí, obligándome a escribir sin parar. Estaba poseída de desesperación y odio, que en resumidas cuentas no era más que la otra cara de mi amor frustrado.

No puedo parar de llorar. Me parece que...

(párrafo ilegible por la humedad).

No sé qué hice o dejé de ha... (ilegible) ... maldito (ilegible).

Ya no sé qué día es hoy, amigo, mi único amigo, mi querido diario. Creo que dejé de existir desde hace veinte días. Si estoy aquí es simplemente porque creo que lo más fácil sería renunciar a la vida. Y yo soy Betsabé: Betsabé Espinal. Espinal, que viene de espinas, y ellas son las que defienden a las rosas de sus enemigos. Hoy me he encontrado una rosa negra inmensa, llena de espinas; he apretado su tallo con todas mis fuerzas hasta sangrar. He preferido ese dolor terrible al que siente mi alma. Me he hecho mucho daño y hasta he aguantado la respiración buscando morir, pero algo me hace volver.

Lo odio.

Sí, lo odio con todas mis fuerzas, y que Dios me perdone.

Me siento menos que el insecto más ínfimo que se puede aplastar con el pie.

¿Qué es la vida?

¿Por qué motivo te regala alegría y luego te la quita sin más?

Maldigo el instante en que lo conocí, me maldigo a mí misma y a mi existencia. Y maldigo a mi padre y a mi madre, a los dos que me trajeron a este estúpido mundo que no tiene sentido.

Me he dado cuenta de que acabo de nombrarla y no quería.

Mi madre...

Ahora, por haberla nombrado me siento más responsable de ella. Una madre con la que ni siquiera puedo hablar de lo que siento.

Una madre que no tiene la culpa de vivir tan ida. También me siento responsable de todas las muchachas que no tienen voz porque, como yo, viven sin vivir, sumergidas en una existencia que a cambio de dar les quita todo.

¿De dónde voy a sacar las fuerzas que necesito ahora que ya nada me regala alegría?

¿Qué hice o dejé de hacer para que desapareciera Emmanuel?

Dímelo tú, ¡maldita sea! No entiendo nada. Todo me lo quitó la vida.

Capitolina...

Emmanuel...

¿Cómo se entiende esta estupidez que se llama *existir*?

¿Me lo puedes explicar?

Ausencia, la pobre obrera sordomuda, se esfumó y nadie sabe nada. O si lo saben, callan.

Si me voy, si desaparezco... ¿quién pagará la estancia de mi madre?

Dios mío, no sé qué hacer.

¡Maldito seas!

No, perdóname. Tú no eres maldito. No me hagas caso; no quisiera herirte cuando en estos momentos eres mi compañero, quien me da la única fuerza para seguir.

He llegado a la conclusión de que tú, cuaderno en blanco mío que voy llenando con todo lo que siento, eres lo único que tengo porque tienes alma.

¿Será que puedo comunicarme contigo de alguna manera?

¿Será que puedes oírme, o estás tan lejos que no te llega mi voz?

El diablo está aquí y me está haciendo blasfemar. Me siento sola y abandonada por todos, incluso por ti.

¿Será que si rezo mucho volverá Emmanuel?

Esta noche besaré los pies del crucifijo. Dicen que si lo besas tres veces y rezas cinco padrenuestros escucha tus pedidos.

Si pudiera, querido Dios, me subiría a una escalera y te diría al oído lo que pienso de las injusticias; puede ser que desde aquí, desde el suelo (no sé por qué les dio por colgarte tan alto), me alcances a escuchar.

Pobrecito.

Me da mucho pesar verte tan adolorido y desnudo. ¿Tendrás frío? Hasta ganas he tenido de ponerte encima una ruana a ver si te calientas.

¿Será que como estás muy arriba no te das cuenta de lo que pasa aquí abajo? Quiero creer que es eso.

Hace un rato, Matilde, la muchacha que duerme a mi lado que me observaba desde su cama chupando y rechupando compulsivamente un mechón de su pelo, ensimismada con el baile de la llama de mi vela blanca, pensando que de un momento a otro metería el dedo para jugar a atravesar el fuego sin quemarme, me ha interrumpido:

—Betsabé. Hace rato que no paras de sollozar, ¿me quieres decir qué te pasa?

—Bobadas mías —he contestado sorbiéndome las lágrimas—. A uno a veces le sudan los ojos. ¿No te pasa?

—Hoy te estuvimos esperando a *La Hora Grave* y no apareciste. Sin ti, no podemos hacer nada. ¿No ves que todas nos morimos de miedo? Creemos que Ausencia no regresó al trabajo, mejor dicho, que no la dejaron regresar porque está embarazada.

—¿Quién no la dejó?

—¿Quién? No, *mija*. Querrás decir quiénes. Sospechamos de todos los capataces.

—Teresa Piedrahíta oyó decir a Fredesvinda, la del ojo desobediente, que se la llevaron a la vieja esa que saca a los niños antes de que nazcan, y que luego la esconderán donde ocultan a las malas, ya sabes, entre locos. Tú eres la única que puedes averiguarlo.

—Déjame terminar con este —le he dicho señalando el diario—, y mañana veo qué podemos hacer. Son unos desgraciados. Mira que si descubro al que le ha hecho daño le arranco los ojos con mis propias uñas, que para eso las tengo bien afiladas.

—¿Puedo? —me ha suplicado Matilde metiendo el índice en la llama.

—¡Ayyy!

—¡Burra! —he gritado al ver cómo se quemaba—. ¿No sabes que no hay que jugar con fuego?

Matilde ha terminado chupándose la yema chamuscada.

—Ahora ya lo sabes. Aprendiste que el fuego quema. Déjame ver... —Le he cogido el dedo, lo he frotado fuerte contra su negra cabellera y me lo he llevado a la boca y lo he soplado—. Esto me lo hacía mi mamá.

—Me duele.

—Claro que duele, pero pasará... Ahora duerme y déjame en paz. Necesito concentrarme para exorcizar mis penas. ¿Lo entiendes? Si no lo hago, no serviré para nada.

He seguido escribiendo mientras ella volvía a enroscar en su dedo quemado otro mechón de su pelo hasta arrancárselo. Lleva la cabeza agujereada de angustias y soledades.

¿Te diste cuenta de por qué no puedo desaparecer? Ni siquiera tengo derecho a llorar mi dolor en paz.

Mañana, si mis piernas me acompañan, iré a visitar a mi mamá. Quiero enterarme si en Bermejal está ingresada Ausencia.

En realidad, después de averiguarlo, lo único que me hace verdadera ilusión de ir allí es encontrarme con el viejo poeta. Por lo menos, con él puedo ser yo.

Al sentir los pasos de la supervisora, he soplado la vela y he fingido estar dormida.

—Me huele a humo —ha sentenciado la monja con su voz tenebrosa—. ¿Hay alguna despierta? —ha preguntado al tiempo que iluminaba los catres con su lamparilla de aceite, convirtiendo su cuerpo en un siniestro y ampuloso monstruo que emergía de la pared y amenazaba con engullir a la primera obrera que osara moverse.

Todas hemos aguantado la respiración.

—Que no me entere de que a estas horas andan revoloteando los demonios por aquí. A las desobedientes las espera el infierno.

Te he escondido entre las cobijas y me he quedado inmóvil. En el catre contiguo, la pobre compañera se aguantaba el dolor del dedo y el de su cabeza, mientras se tragaba un nuevo mechón de pelo arrancado.

5

En el bosque de El Edén, delante del lago y bajo la rama del viejo árbol que tantas veces los protegiera, el escrito dejado por Emmanuel se mecía con el viento, encerrado en una totuma con una pequeña flor roja pintada fuera y una diminuta inscripción: «*Pour ma petite Vierge de Feu*».

Betsabé, después de un mes de no visitar aquel lugar bendito, regresaba buscando desesperadamente confirmar si su carta, la que escribiera con tanto amor a Emmanuel, había desaparecido o si tenía una contestación. Pero tras levantar la piedra se entristeció hasta el llanto al encontrarla intacta y sin abrir. Entonces lo dio todo por perdido.

Decidió depositarla —como solía hacer cuando se encontraba por el camino algún gorrión muerto o mariposas desaladas— en una pequeña caja de madera que selló con unos clavos y una piedra que usó como martillo. Y mientras sollozaba y se sorbía los mocos, la enterró como se entierra a un ser querido. Consiguió dos pequeños maderos y los ató, formando con ellos una pequeña cruz con dos iniciales y un corazón grabado a pura navaja.

B y E

1909 - 1914

5

Dudó si poner primero la inicial de él, pero algo en su interior la impulsó a escribir la suya. «Primero la mujer», pensó.

Sobre el pequeño montículo de tierra esparció pétalos de todos los colores de cuanta flor encontró. Rojos por la pasión que los hizo arder, blancos por la pureza que los unió, rosados por lo soñado, azules por lo vivido y lo que se quedó pendiente, anaranjados por los suspiros en los que casi se ahogan y amarillos porque, como le dijo un día su mamá, «lo que de amarillo se viste, a su hermosura se atiene».

Y así, sin percatarse de nada, en el mismo momento en que lo hacía, alrededor de la cruz comenzaron a germinar los primeros brotes de lo que en pocos días se convertiría en el más bello y tupido colchón de musgo de todo el bosque.

Cuando la noche se desplomó sobre los árboles, y el negro se convirtió en su manto y único aliado, Betsabé se durmió sin darse cuenta de que sobre ella se balanceaban en un ir y venir cadencioso las palabras escritas por Emmanuel, que se revolvían a oscuras gritando encerradas:

Amor...
partir...
no me olvides...
París...
sufro...
mi hermana...
dolor...
no quiero...
ay de mí...
por favor...
mi vida...
injusticia...
padre...
telegrama...

enferma...
prométeme...
el tiempo...
volveré...

Je t'aime...

6

Solo el suave batir de su respiración.

Su pecho subiendo y bajando convertido en un ballet de compases perfectos; sus párpados cerrados bajo el tupido follaje de sus cejas, y su cabellera extendida como un mar negro donde nadaban extraviados sus anhelos que jugueteaban con el ir y venir de las estrellas.

Lejos, los aullidos de los perros y un profundo sueño que se la tragaba...

Querido diario:

Estoy en El Edén. Acabo de bañarme con Emmanuel entre lotos florecidos y hemos quedado exhaustos. ¿Nos viste?

¡Me he reído tanto!

¿Sabes que cuando llegué, me di cuenta de que se escondía y me espiaba?

¡Dios mío! No me lo podía creer.

Leyó mi carta y me esperaba desde ayer. Y yo, tan tonta, dizque sufriendo.

Resulta que no había vuelto por aquí porque tenía mucho trabajo y luego sus amigos, como castigo por haber osado engañarlos llevando a las reuniones a una mujer disfrazada de primo francés, mejor dicho, por haberme llevado a mí, lo tuvieron escondido en su guarida. ¿Te lo puedes creer?

Ahora ya no podré volver a ser Honoré Doucet —¡qué decepción!—, ni ponerme aquellos pantalones grandes, ni la levita, ni el bigote ni el sombrero. Ni sus zapatos, que era lo que más me gustaba.

En esas reuniones sucedían cosas muy interesantes.

Lo único que me retorcía las tripas y me obligaba a tragarme la lengua era cuando les daba por burlarse de las mujeres.

Nos diferenciamos de ellos quizá demasiado...

Aunque, pensándolo bien, no tanto como para no entender que, de tanto repetirlas, convertimos en verdades costumbres equivocadas.

Y así vamos.

¡La vida de los muchachos seguirá siendo diferente a la de nosotras! ¿No estás de acuerdo conmigo? Deberías, ya que al final eres mi fiel y mejor amigo.

Aaah... por cierto, no quiero desilusionarte, pero debo decirte que sin lo femenino tú no existirías. Porque ¿de qué, sino, estás hecho tú? A diario, por si no lo sabes, le precede tácitamente el artículo *el*, que es masculino, pero está hecho de páginas, *las*, que es femenino. ¿Lo habías pensado alguna vez?

Ya sé que me dirás que un diario es lo escrito (masculino) y entonces yo te diré que lo escrito son palabras (femenino)... Y estaríamos en un inacabado y aburrido diálogo de asnos.

¿Por qué la gente en general cree que solo los hombres son capaces de pensar, y nosotras las mujeres solo nos podemos dedicar a lo doméstico?

Mientras su diario crecía, a pocos metros de su fantasía se recortaban en la negrura las siluetas de cuatro andantes. Entre ellos, una mujer rebuscaba tras los arbustos una piedra de luna para realizar un hechizo.

—Acabo de encontrar esto —dijo uno de ellos levantando del suelo un pedrusco traslúcido con la forma de un huevo y se lo entregó a la que hacía de sacerdotisa.

—¡Es exactamente lo que necesito! —proclamó emocionada haciendo girar en sus dedos la piedra impregnada de luz—. Ayer fue luna llena y puedo sentir en ella la fuerza del cosmos.

Entretanto, Betsabé dio un gran suspiro que hizo que todas las hojas del bosque se agitaran; en su letargo, Emmanuel interrumpía su escritura. Al oírla, el grupo se giró y la descubrió.

—¿Quién puede ser ella? —dijo sorprendida la mujer.

—La he visto merodear sola muchas noches por el bosque; siempre se sienta aquí.

—Parece una vagabunda —dijo uno de ellos.

—No, no lo es. Pienso que es solo una muchacha solitaria y perdida que busca cobijo —aseveró la bruja—. Como ella, he conocido algunas.

—¿La despertamos? —sugirió el que había encontrado la piedra—. Tengo curiosidad de saber quién es.

—Dejémosla que siga soñando —sugirió una de las mujeres de aquel extraño grupo.

Antes de que marcharan, Betsabé abrió los ojos e hizo el ademán de abrazar a Emmanuel, pero se encontró con el vacío. Ni él estaba, ni el diario se hallaba entre sus manos. Su ensoñación se deshacía como el hielo de aquella noche de nieve mentirosa en la que fuera tan feliz.

A su alrededor solo encontró un charco de deseos incumplidos. Delante, cuatro desconocidos la observaban expectantes.

—¿Estás bien? —le preguntó la mujer al ver cómo la muchacha trataba de sacudirse el verde que empezaba a cubrirle la falda.

La desconocida era la misma que tiempo atrás le diera a Emmanuel el amuleto de amor que llevaba colgado en su pecho y que el muchacho jamás se había quitado.

Betsabé la miró con sus ojos encharcados de lágrimas.

—¡Ay, pobrecita mía! Creo que estás enferma de amor —sentenció la vidente—. Déjame tu mano, a ver qué me dice. Esta noche me susurra al oído muchas cosas.

506

La hija de Celsa Julia continuaba aturdida. El sueño la había dejado en un doloroso limbo sin alma. No sabía si estaba en la realidad o todo lo que veía era producto de su alucinación. ¿Había perdido los límites de la razón? ¿El rostro de la señora que se acercaba a ella pidiendo ver su mano tenía las facciones de Capitolina?

Se restregó los ojos con fuerza hasta comprobar que estaba en El Edén y que la mujer que tenía enfrente era una absoluta desconocida.

—¿Cómo te llamas? —le preguntó.

—Betsabé —le contestó sin tener muy claro por qué hablaba con ella.

—Nombre bíblico —comentó la espiritista mientras agitaba a su alrededor una especie de abalorios donde colgaban desde caracolas, plumas de cóndores y águilas hasta piedras santificadas por el sol y la luna—. Estás hecha de fuego y sangre —sentenció.

Pidió a quienes la acompañaban que las dejaran un momento a solas.

—¿Crees en lo que no se ve? —le preguntó a Betsabé.

—Creo en la vida.

—Pero la vida está hecha de todo lo visible y lo invisible.

Betsabé recordó las tardes en el desván, cuando la abuela muerta de Capitolina las mecía entre sus brazos.

—Es verdad —le dijo—. A veces hasta creo más en lo invisible.

—Eso está bien. No todo lo que ves es, ni lo que no ves no es.

La mujer seguía con los ojos clavados en la palma de su mano.

—¿Qué ves? —le preguntó Betsabé observando que en su rostro se dibujaba el descontento.

—Fuerza...

—¿Solo fuerza? Para darse cuenta de eso no hacía falta tanta concentración. Mis manos están gastadas; son de alguien que ha trabajado mucho. No son de señorita de vestido blanco.

—No he terminado... También veo soledad. Pero no me hagas caso, a veces me equivoco.

—¿Y el amor?

—Sabía que me lo preguntarías. Ay, el amor, el amor, el amor... —repitió al tiempo que hacía girar la mano de Betsabé buscando leer entre líneas—. Es un animal muuuy raro. A veces es como un gato mimoso y lamedor, otras como un tigre que arranca el corazón de un bocado.

—¿No ves nada?

—Veo mucho. Tigre, gato y otros animales escondidos. Es que tienes una mano que parece una maraña de hilos revueltos. Esto es un zurullo difícil de desenredar.

Betsabé la observaba fijamente, aguantándose hasta la respiración, creyendo que con ello la mujer podría alcanzar a distinguir algo y que por arte de magia las líneas de su mano se enderezarían.

—Quietita —le dijo de pronto La Iluminada—. Aquí veo algo.

Bajó por un instante los párpados y pareció que desde lejos recibía un mensaje. Betsabé aguardaba con el alma en la boca.

—Veo amor, un amor inmenso... —sentenció entrecerrando los ojos—. Sí, sin lugar a dudas. Un amor fiel y sincero. —De pronto le soltó la mano y concluyó—: Pero amor de lejos, querida... —hizo una pausa y le sonrió compasiva—, es amor de pendejos.

7

Tardó dos largas semanas en llegar a El Havre.

Durante la travesía tuvo el tiempo suficiente de convivir con sus rabias, demonios y frustraciones, y de recordar cuánto había madurado en los últimos años. Había aprendido que dicha y dolor van de la mano.

Ahora muchos jolgorios que antes lo llevaran de cabeza le parecían absolutamente inmaduros y fuera de lugar.

Podía observar con sensatez lo que sucedía: ser crítico y emitir juicios desde otro lugar. Fiestas y goces superfluos lo hastiaban y no le servían para paliar su pena.

¡Todo había cambiado! Sobre todo, él.

Cuando embarcó por primera vez rumbo a Colombia, de eso ya hacía más de cinco años, su prioridad había sido regresar cuanto antes al lugar del que de ninguna manera quería partir. En este momento se encontraba con la misma sensación, pero al contrario. En lugar de ir, volvía; pero detestando volver. Una absoluta paradoja.

Maldijo a su padre, a su madre y a la pequeña enferma —su desconocida hermana, por la que repetía en su cabeza no sentir ningún tipo de afecto (pobrecita)—. Y se maldijo a sí mismo el no haber tenido la valentía suficiente para decir NO y oponerse a ese regreso que lo alejaba de su verdadera vida: la que había ido construyendo con sus uñas, vendiendo una falsa imagen de francés de ademanes emperifollados, tics de aristócrata y estupideces diversas, solo con el objetivo de hacer crecer el negocio y con ello unirse en un futuro con Betsabé: su *Vierge de Feu*, su amada novia y profunda amiga.

Viajando con ella.

Mostrándole la alegría y desfachatez de su París divino.

Presentándole a sus amigos.

Los dos, abrazados entre callejuelas y recovecos que ella desconocía. Caminando una ciudad lujuriosa y loca. Riendo a carcajada viva en los antros más selectos de Montmartre y Montparnasse.

La vida era injusta.

Lo único que le quedaba era la ilusión de que ella encontrara su escrito. Que mirara al cielo, como siempre lo hacían. Confiaba en que quizá descubriera el mensaje que se columpiaba entre las ramas y fuera capaz de entender lo que este contenía.

¿Por qué nunca se les ocurrió acordar un lugar donde, de no encontrarse, pudieran dejarse notas?

Siempre creyeron que el presente los uniría y nada podría separarlos.

Habían sido unos pobres ingenuos... ¡Demasiado jóvenes para ser felices!

Escribió, tachó y rompió páginas enteras que exudaban amor. Y lloró todo lo que le había quedado pendiente por vivir con Betsabé, hasta quedarse vacío.

Y observando las olas que iban y venían, se arrepintió una y otra vez con todas sus fuerzas de no haber tenido la valentía de haber dicho:

«¡NO! Me niego a marchar.

»Mis padres, los que me arrebataron la alegría y me mandaron fuera, ahora que me quieren con ellos no pueden disponer de mí como si yo fuera un peón al que deslizan a su antojo sobre un tablero de ajedrez, donde soy el gran perdedor.

»Ya tengo MI VIDA.

»¡No! Me niego a marchar».

Durante la mayor parte del trayecto permaneció recluido en su camarote recordando la enfermedad que casi lo llevara a la muerte. De vez en cuando, y solo cuando estaba a punto de oscurecer se le veía vagar como alma en pena por la cubierta. Envuelto en su capa negra de caballero medieval, con sus rizos empapados de brisa, sus dolientes ojos bajo el sombrero alón y su pañuelo rojo que le servía para amordazar sus gritos.

La última tarde esperó hasta que el sol, tras bracear enloquecido entre las nubes, se ahogara de belleza. Desganado, lentamente se fue acercando al bar, donde un alegre bullicio se mezclaba con el delicado tintineo de cristales. Una pareja colombiana en luna de miel brindaba feliz por su futuro mientras varios cincuentones hablaban de política y negocios chupando con avidez sus selectos cigarros cubanos.

—Monsieur, ¿quiere beber algo? —le dijo un joven que pasaba con una bandeja llena de burbujeantes copas de *champagne*.

—Lo que yo quiero no puedes servírmelo —le contestó—. No es una bebida, es un amor.

—Tiene razón. Me temo que de eso tan maravilloso no servimos.

—No te preocupes.

—En breve llegaremos al puerto, por eso la gente está tan contenta.

Le Bleu reconoció al chico que en el viaje de ida a Cartagena de Indias lo llevara a los bajos fondos y también lo salvara.

—¿Es usted el...? —le preguntó el camarero dejando la bandeja en la barra del bar.

Emmanuel no le dejó terminar la frase:

—Sí, soy el superviviente de aquel fatídico viaje.

—Me alegro de que siga con vida.

—Y yo, en este momento, me entristezco de estarlo.

—No diga eso. Llevo años yendo y viniendo, y siempre he pensado en usted.

—Pues ya ves, aquí estoy.

—Me he sentido responsable de todo lo sucedido.

—No lo eres. Nos hemos hecho mayores. A mí, y solo a mí me atañen mis errores.

—Después de su viaje, ¿ha vuelto a Francia?

—No.

—Todo ha cambiado mucho, monsieur. No sé si sabe que la situación que vivimos es muy delicada. Europa ya no es lo que dejó cuando se fue, ahora hay que posicionarse en algún bando.

—¿Bando?

—¿Hizo usted el servicio militar? Desde hace poco es obligatorio para todos los franceses, particularmente para nosotros los jóvenes.

Emmanuel lo miró extrañado.

—¿No lo sabía?

Recordó la carta de su padre en la que se lo mencionaba, algo que de común acuerdo habían decidido obviar.

El camarero continuó:

—Nos han ido buscando con insistencia. Parece ser que en este momento somos muy necesarios para la patria. A mí, aunque no quería, me tocó cumplirlo, ¿sabe?, y fue muy duro porque no me gusta la violencia: la temo. Creo que nuestro país se prepara para un gran conflicto. Están organizando un ejército, dicen, para lo que pueda venir.

—Yo lo único que quiero es llegar para volver a marchar. Mi viaje no tiene nada que ver con lo que me dices.

—Perdone, no quería preocuparlo. Solo que estuviera al corriente de lo que sucede. Imagino que tiene familia y ellos lo habrán instruido.

—Mi hermana se está muriendo.

El muchacho se sonrojó y las pecas de sus mejillas se convirtieron en un mapa de vergüenza.

—*Je suis désolé, monsieur.*

—No te preocupes; no lo sientas. Total, yo no la quiero.

—No diga eso. ¿Cómo no va a querer a su hermana?

—Es que ni siquiera la conozco.

—Eso es secundario; lo que importa es que es sangre de su sangre.

—Pero me está arrebatando lo que más quiero. Es la culpable de mi regreso.

—Monsieur, es posible que usted no recuerde lo que me dijo en su viaje de ida. Lo único que deseaba era no marchar, por eso se emborrachaba y deseaba olvidar. Debería estar feliz con su retorno.

—Ayyy, amigo. ¡Qué ingenuo eres! Los seres humanos vamos en continuo cambio. No somos lo que éramos y mañana no seremos lo que hoy somos.

—Mire... —El camarero le señaló el perfil gris de una costa bañada por una luna esquinada que la impregnaba de una fantasmagoría vital y la hacía parecer una ciudad sagrada emergiendo de las profundidades del cielo—. ¡Ese es nuestro país! —le dijo orgulloso. Y empezó a cantar bajito *La Marsellesa*:

> *Allons, enfants de la Patrie,*
> *le jour de gloire est arrivé!*
> *Contre nous de la tyrannie,*
> *l'étendard sanglant est levé...*

Emmanuel sonrió y se acercó al barandal dorado donde se reflejaban las primeras estrellas.

Se acercaba al mismo puerto del que partiera. De pronto, su dolor se silenciaba. Observándolo, rememoró la despedida que le hicieran sus amigos aquel invierno de mil novecientos nueve y una lejana alegría empezó a esbozarse en su alma.

Los veía desdibujados, como fantasmas de otro tiempo, agitando entre sus manos adioses de buenos deseos, plenos de euforia y amor fraterno.

Hacía meses que no sabía absolutamente nada de aquellos

que le procuraran tanta felicidad. Las cartas que les escribía eran devueltas sin abrir con un sello de correos que decía «error de destinatario».

¿Qué sería de sus vidas? ¿Seguirían recordándolo?

De golpe cayeron sobre él todos los recuerdos.

Aunque no quisiera volver, su alma lo traicionaba. Frente a aquel paisaje se estremeció. Volvía a sentirse francés y parte de su historia.

Vio ondear la bandera, la *drapeau française, bleu, blanc et rouge,* y sintió que ella era él.

8

Le costó reconocerlo.

En el andén lo esperaba un hombre desteñido por los años que goteaba tristeza y una impostada alegría. La brisa levantaba su gabán con tal furia que parecía un pájaro negro a punto de emprender vuelo y desaparecer en el azul nocturno.

Era su padre, su querido padre quien venía a su encuentro con los brazos abiertos.

A Emmanuel se le despertó un infinito amor por él. Había olvidado lo que era ese sentimiento filial y sanguíneo. Entendió por qué ahora más que nunca aquel hombre lo necesitaba.

Se abrazaron en un silencio largo que lo explicó todo.

—¡Déjame verte! —le dijo Claude Le Bleu emocionado, separándose sin soltarle las manos.

Emmanuel sonrió.

—¡Dios mío! Te has hecho todo un hombre. ¡Cómo me hubiese gustado ver tu evolución! —Le acarició los cabellos—. Aunque tu pelo sigue igual de rebelde ¡Me siento tan orgulloso de ti, hijo! Conrado me ha explicado lo que has ido consiguiendo estos años en nuestro almacén. Dice que te has convertido en la estrella de La Maison Bleu y que eres el amor secreto de las grandes damas de Medellín.

—Puras habladurías provincianas.

Ambos rieron.

—¿Es todo tu equipaje? —preguntó extrañado Claude observando la pequeña maleta que traía.

—Vengo por poco tiempo, padre. ¿Cómo están madre y Ciel?

El hombre bajó la mirada.

—No sabes lo que estamos sufriendo.

—¿Qué dicen los médicos?

—No dicen. Es una enfermedad muy rara que no se atreven a diagnosticar. Aunque uno de los médicos, el menos ortodoxo, ha concluido que su corazón es como el de un anciano y que con el paso de los días continuará arrugándose hasta quedar convertido en nada. Hay días en que creemos que lo superará, en cambio otros en los que pensamos que de un momento a otro... —Claude no pudo continuar—. Tu madre se ha entregado por completo a cuidarla. Le haces mucha falta y ha volcado en la pequeña lo que también quería darte a ti. Yo fantaseo con la idea de que quizá lo que le sucede a Ciel es que está ahogada de amor.

—No te preocupes, padre. Ya estoy aquí. Haré lo imposible para que mi madre y mi hermana estén bien.

Aunque habrían podido pasar una noche en un hotel, Claude decidió regresar cuanto antes.

En el trayecto a casa, le puso al tanto de la delicada situación política que se empezaba a vivir y de los grandes cambios que se avecinaban. Mientras tanto, el hijo no paraba de observar.

París había cambiado mucho.

Automóviles y bocinas invadían las avenidas deslizándose en un ballet mecánico donde ya nada era lo que había sido. Aquella bruma incierta, tantas veces vivida en sus noches bohemias, desaparecía bajo una iluminación que no dejaba ningún lugar a la fantasía.

Muy triste.

Prefería las formas insinuadas a una verdad rotunda que no le permitía soñar.

Tardaron seis horas en llegar al Parc Monceau, donde aún

dormían los árboles y los bancos exudaban la humedad de la soledad.

Mientras subía al piso donde había vivido su primera vida, Emmanuel notó que se le abría una especie de boquete en el centro del estómago. Enfrentarse con su pasado, con aquel sitio donde tantas veces había ejercido su rebeldía y de donde había partido a regañadientes, le producía una extraña ansiedad.

Expectación y temor.

Iba a conocer a su hermana, por la que ni siquiera podía tener compasión, y eso le sorprendió de una manera terrible.

No sentir absolutamente nada, incluso hasta llegar a desear su muerte con tal de poder regresar pronto a Medellín, lo consideró algo horrible: una infamia.

¿Era posible que el mismo amor que sentía por alguien, en este caso por Betsabé, pudiera ser el mismo odio que profesara por su hermana?

Sintió asco de sí mismo.

El padre dio dos vueltas a la cerradura y encendió las luces. Eran las cuatro de la madrugada.

Al oírlos, Clotilde corrió a su encuentro.

Emmanuel la vio venir por el pasillo con su bata de holán blanco.

Lucía enjuta, como si se hubiera encogido, con su pelo sin brillo atado en un moño deshecho. En su rostro se dibujaban unas ojeras cenicientas que colgaban de sus ojos tristes. Su madre también había envejecido.

La mujer no pudo contener sus lágrimas y se le abrazó a la cintura.

—Hijo, hijo mío —le dijo adolorida y feliz.

—Madre —le contestó Emmanuel acariciando sus mejillas.

—Bendito seas. ¡He soñado tanto con este momento! Gracias a Dios estás aquí. Necesitaba abrazarte.

—Ya estoy contigo, mamá —le dijo—. Ha pasado mucho tiempo.

—Demasiado, Emmanuel, demasiado. Por eso estamos como estamos.

Claude, que conocía su obsesión por tener consigo a su hijo, rompió el diálogo:

—Bueno, no es momento de tristezas. Ahora estamos juntos. La familia está al completo.

—¿Dónde está ella? —preguntó Emmanuel—. Llegó la hora de conocerla.

—Es un ángel —le dijo Clotilde—. Creo que desde que nació te espera. No te imaginas lo que le he hablado de ti.

—Quiero verla.

Claude y Clotilde lo condujeron hasta la habitación de la niña.

Al abrir la puerta, una pequeña de rizos dorados descansaba bajo una tímida luz de estrellitas que giraban y se proyectaban en las paredes.

Muñecas y formas difusas, como salidas de un cuento, enmarcaban su cama de doseles en bronce adornados en rosas y blancos.

Dormía abrazada a un oso de peluche, en medio de una respiración agitada.

Emmanuel sintió que era lo más bello y delicado que había visto en su vida.

—Chssst... —dijo la madre—. Por fin duerme. ¡No la despiertes! No sabes lo que me cuesta que descanse. Sus días son muy duros.

De pronto, como si lo intuyera, la niña empezó a despertar y abrió los ojos.

—Mamá —dijo.

—Aquí estoy, mi cielo.

—¿Ya llegó mi hermano?

Emmanuel se acercó a ella.

—Aquí estoy —le dijo.

La niña lo miró con sus azules ojos, idénticos a los de él, y se fundieron en aguas profundas.

—Eres la niña más hermosa que he visto nunca. No serás una princesa, ¿verdad?

—Sí, lo soy; la única en este reino. Esta noche serás mi huésped de honor.

—De acuerdo. Sus deseos son órdenes, majestad —le dijo Emmanuel mientras le hacía una pronunciada reverencia y le besaba la mano.

—Dormirás en la habitación que mis sirvientes prepararon para ti y mañana hablaremos, caballero. Imagino que traes el encargo.

—¿De qué encargo me habla su excelencia? —le preguntó Emmanuel siguiéndole el juego.

—De la poción mágica, por supuesto. Sabrás que me aqueja una terrible enfermedad... —fingió una débil tosecilla y continuó—: que solo se cura si un caballero como tú la tiene.

—Duerma tranquila princesa, y no tema. La poción está a buen recaudo y mañana le será entregada con todos los honores. Yo velaré su sueño —le dijo dándole un amoroso beso en la frente mientras le acercaba a la mejilla su oso de peluche—. Aquí tiene a mi fiel escudero: *monsieur Ours...*

—Se llama Oso Emmanuel, como tú —le aclaró la niña con su vocecita quebrada, y dando un gran bostezo cerró los ojos.

Emmanuel acababa de caer rendido a los pies del amor más ingenuo que había conocido: el de su hermanita. Al precio que fuera y como fuera, necesitaba salvarla.

9

A su regreso, tras haber vivido con la hechicera y sus amigos la inesperada noche de magia y predicciones, en la puerta del patronato la esperaba sor Rosamunda, o sea, sor Inmunda, quien la cogió por el brazo con fuerza y ganas de pegarle un pellizco de los que solía dar cuando impartía clases de Religión en el colegio, pero se contuvo.

—Betsabé Espinal, tienes el diablo dentro —sentenció con rabia, al tiempo que la verruga de su nariz se encendía como un volcán en erupción—. Sabemos lo que haces cuando crees que dormimos. Te creías muy lista, ¿verdad? Pero siempre hay un ángel que lo ve todo y nos lo cuenta, querida. Llevas el mal dibujado en tu cara; solo hay que ver esas cejas endemoniadas y esa boca de zamba de donde solo salen palabras malditas. —Señaló con ironía su cara—. Tendrías que echarte jabón en esa lengua viperina que está contaminando de odio las almas de tus compañeras.

Betsabé la observaba impávida al tiempo que repetía para sus adentros: «No tengo miedo, no tengo miedo, no tengo miedo...».

—Deberías pedir perdón de rodillas por tus actos.

«No te arrodilles, no te arrodilles, no te arrodilles...», se decía sin parar.

—¿Es que no me escuchas?

—Lo siento.

—¿Qué sientes?

—No poder ponerme de rodillas. No he hecho nada por lo que deba pedir perdón.

—¿Te das cuenta de lo que dices?

—Sí —dijo rotunda.

—Has ido envalentonando a tus compañeras para que desobedezcan las órdenes que reciben. ¿Puedes decirme a cambio de qué?

—Si me permite...

—Dilo sin tantas reverencias, no creo en tu representación. Eres una embustera.

A pesar del insulto, Betsabé decidió continuar:

—A cambio de algo que aquí casi nadie practica: dignidad.

—¿No sabes que esa palabra no debe estar en boca de las niñas? No tienes ni idea de su significado y precisamente por eso la estás infravalorando. Dignidad es cumplir órdenes; ser obediente y sumisa.

—Con todo mi respeto quiero decirle que es usted quien no conoce su verdadero significado, porque si de verdad lo supiera, Usted que es Mujer —hizo énfasis en las dos palabras— no estaría diciéndome esto.

—Eres una impertinente. Mira que quería ser benevolente contigo, pero no te lo mereces. No te queremos aquí. Así que, antes de que te vean, recoge tus pertenencias y vete. En la fábrica ya los pondré al corriente de tus actos.

—Si mis actos son buscar justicia, soy culpable. Pero no se preocupe. Me voy.

Betsabé se dirigió hacia el pasillo de los dormitorios.

—No tan rápido, jovencita —la detuvo la monja—. Ahora vas a quedarte conmigo hasta que las muchachas se marchen a su trabajo, como debe ser. Y solo cuando yo te diga, irás por tus cosas. No vaya a ser que alcances a meterles en la cabeza tus absurdas ideas para alebrestarlas. Aquí mando yo, no te olvides de eso. Y tú te debes a nosotras. Al fin y al cabo, estás aquí porque yo lo acepté.

—No tengo miedo de irme.

—¿No? Pues deberías tenerlo, insensata. Fuera hace mucho frío. Y no me refiero al frío físico, sino al que más congela.

—Usted no sabe de eso; yo sí, y todavía no me he congelado.

—Deberían encerrarte por loca.

—No me haga reír.

—Cállate o...

—¿O qué?

Betsabé puso sus brazos en jarra desafiándola.

—¿O qué? —repitió con una fuerza sobrehumana.

—¡Bendito sea Dios! De verdad que eres el demonio. Tú lo que necesitas es un exorcismo.

Betsabé pensó en su madre y en todas las personas que sufrían reclusión y se dio cuenta de que el mundo estaba al revés: los cuerdos estaban encerrados mientras los locos seguían sueltos.

10

Estaba exhausta y mareada.

No había dormido casi nada y ahora caminaba sin rumbo bajo un sol de justicia, con sus escasas pertenencias guardadas en un atado improvisado a la carrera en el viejo poncho que le regalara un arriero a la salida de una misa.

El futuro se le dibujaba, más que confuso, negro.

Líneas cortadas, emborronadas por la incertidumbre, le insinuaban mapas desconocidos llenos de temores.

Le costaba pensar en algo concreto, pues además de descorazonada, ahora estaba más sola que nunca. Solo la acompañaba el diario, que apretaba contra su corazón como si fuera un amuleto sagrado: su único y gran salvavidas.

¿Adónde dirigirse?

Medellín era una alternativa; la otra, pasar un momento a ver a su madre a Bermejal y rogar para que, con un poco de suerte, ese día tuviera la cordura en su cuerpo y pudiera darle alguna luz.

Analizó las dos posibilidades:

Volver a casa de Capitolina sin estar ella era absurdo. Y a Cenicio de la Cruz hacía mucho tiempo le había perdido el rastro. Incluso era muy probable que ya no trabajara con los Mejía Echavarría y que Consolación hubiera encontrado un suplente más sumiso que le reportara cada movimiento y respiración que se daba en la casa para correr a decírselo a su ama y señora. Le vino la desagradable y pretenciosa imagen de Céfora, rodeada de sus estúpidas hijas, y le dieron ganas de vomitar. Estaba descartado aproximarse al Chalet Capricieux.

Únicamente le quedaba como opción encaminar sus pasos a Bermejal, y si su madre no estaba para comprensiones, siempre cabía la posibilidad de una buena charla con Epifanio Mejía, el sabio poeta del psiquiátrico.

Respiró hondo y, antes de dirigirse hacia allí, sintió nostalgia del lugar que había sido su trabajo durante años.

Aunque la monja le había prohibido acercarse a la fábrica, se desvió a la derecha y tomó calle Arriba con sus pies repletos de caminos, hasta coronar la cima y colocarse frente a su portal.

Delante, imaginó el traqueteo monocorde de los telares, el ir y venir de los capataces con sus argucias y maldades, y a sus pobres compañeras delante de las máquinas. Y se regodeó con la idea de que tal vez la estarían echando mucho de menos. Saberse necesaria le dio fuerzas para continuar y pensar en su futuro. No todo terminaba en ese instante.

¿Cómo iba a vivir sin ellas si eran toda su familia?

¿Cuál era su futuro si no existía el sueño en el que lo había cifrado todo?

¿En qué consistía vivir?

¿No era pues la vida un regalo de Dios? Seguía sin entender muy bien el porqué de su existencia.

Lo único concreto era lo que hacía cada día. Sus manos y su trabajo. Su historia en la fábrica no podía acabar allí.

¿Qué había sucedido con Ausencia? No podía olvidarse de aquella muchacha tan desvalida.

Pensando en todo aquello, de repente un aleteo fuertísimo la distrajo. Levantó la mirada y descubrió en el cielo el águila que tantas veces la acompañara en El Edén.

Giraba compulsivamente en círculos sobre ella como si quisiera decirle algo.

No estaba sola. Aunque todo fallara, aquel vuelo la acompañaba y parecía guiarla.

Giró y giró en redondo, tragándose el paisaje a bocados.

El cerro Quitasol se imponía con su alargada sombra sobre el caserío de tejas rojas y paredes de bahareque, donde se columpiaban racimos de plátanos cargados de pájaros que picoteaban con voracidad y alegría los frutos maduros. Hacía muchos días que no saboreaba el placer de verlos; desde que su tiempo se había ido convirtiendo en una tarjeta de horas llena de números y de obligaciones que le iban robando día a día su ser.

Por un instante sintió que era feliz en su desgracia. Aunque vestía de negro, su ánimo seguía blanco como los rayos de luz que irradiaba el sol detrás de las nubes. El optimismo era el único baluarte en el cual apoyarse y seguir adelante hacia no sabía qué.

El águila continuaba sobre ella, batiendo sus alas como si la esperara para emprender el viaje.

¿Y si trataba de entrar?

¿Si se escabullía sin que nadie se diera cuenta para avisar a sus compañeras que la habían echado del patronato?

Conocía a la perfección todos los vericuetos de la edificación. Miró al águila, como pidiéndole tiempo, y se escurrió por una pequeña entrada situada detrás de los muros, donde nunca solía haber nadie y los carruajes descargaban los sacos de algodón.

Un perro dormitaba en la entrada. Ella lo llamaba *Amigo*, y cuando se lo decía el animal batía su cola enloquecido de dicha, porque cada vez que podía le daba de comer. Al verla, empezó a lamerle las manos como si fuera su ama.

Sacó de entre sus cosas un trozo de arepa y se la dio; el animal se la tragó de un bocado y continuó relamiéndose.

—Lo siento. Es lo único que tengo, amigo —le dijo mostrándole sus manos vacías—. Ahora, chissst. No digas nada. Tengo que entrar.

El canino la acompañó hasta la puerta observándola atento sin ladrar.

El ruido de los telares la ayudó a camuflarse. No había nadie en el depósito donde se almacenaban los utensilios. Escondió su atado detrás de uno de los bultos de algodón y se adentró en el recinto cuidando de que nadie la viera.

No sabía qué hacer. Lo único que tenía claro era que necesitaba decir a las obreras que no pensaba desaparecer de sus vidas y que debían seguir luchando por la justicia.

En el camino se encontró con un capataz.

—¿Por qué no estás en tu sitio?

—He ido al baño, señor.

—Tu vejiga debe aprender a obedecer. No estamos para perder el tiempo. ¿Cuántas veces debo repetir que aquí se viene meada? Si tienes ganas, te las aguantas.

—Sí, señor.

Continuó con la cabeza baja hasta entrar en el salón de los telares. En su lugar no había nadie; parecía que aún no hubiesen notificado su ausencia.

—Betsabé —le dijo una de las obreras—. ¿Dónde te habías metido?

Era Matilde Montoya, la joven del patronato que dormía junto a ella.

—Chissst, ni me nombres. He venido para que sepas que me acaban de echar. Comunícaselo a todas. Sor Inmunda me ha sacado fuera y no me dejará volver. Debemos continuar en la lucha. Yo regresaré. Todavía no sé cómo, pero regresaré. No debemos rendirnos frente a las injusticias.

De pronto, un capataz se acercó.

—Menos secreticos y más trabajo, que aquí no estamos para perder el tiempo en chismes.

Betsabé cogió la maquinaria y empezó a hacerla funcionar.

Trac trac trac trac trac trac trac trac...

Y un silbato.

—Cuidadito con pasarse de listas, muchachas. Las que se porten mal no tendrán paga. Aquí se mide todo por el rendimiento, y me parece que la producción va muy lenta, o sea que háganle duro y rápido si quieren tener algún centavo. A nadie se le regala el trabajo mal hecho. Y a la que se le enrede el hilo será porque se distrajo. Eso se verá en el sueldo que reciban.

En ese momento entró otro de los vigilantes y le susurró algo al oído. Betsabé se dio cuenta de que le estaban informando de que ella no debía estar allí porque inmediatamente acabó de escucharlo, el capataz se fijó en ella.

«Necesito pensar, pensar algo ya», se dijo a sí misma.

De pronto una alarma se disparó y el ulular hizo que los hombres corrieran al lugar donde se producía el ruido. Una de las máquinas se había atascado.

Betsabé aprovechó el instante de confusión y alboroto para desaparecer.

11

Organizaron la salida de manera súbita.

Los sirvientes hicieron el equipaje sin perder tiempo, siguiendo las indicaciones de los Le Bleu.

Baúles repletos de trajes suntuosos, camisas almidonadas, esmóquines, zapatos y sombrillas, guantes y medias, sombreros, abanicos, joyas y menjurjes. Y uno cargado de muñecas, títeres, teatrillos, vestuarios y peluches que pertenecían a Ciel. El día anterior Emmanuel la había ayudado a guardarlos y le prometió que el viaje que harían sería al país de la felicidad. Para el joven era también un bálsamo donde bañar sus penas amorosas y de alguna manera tener presente a Betsabé a través del amor que le regalaba a la niña.

Se le había ocurrido algo interesante: que la familia pasara unos días de tranquilidad en la región de Auvernia, en el balneario de Vichy, reconocido por sus aguas milagrosas, donde muchos habían encontrado la solución a sus males. Tenía el presentimiento de que si trasladaban a Ciel fuera de París, su salud mejoraría.

Lo comentaron con el médico de cabecera y a este le pareció una idea excelente, dadas las características emocionales de la niña y el amor que profesaba por su hermano.

Como los temas del corazón abordaban fundamentalmente los sentimientos, era probable que siendo esta enfermedad desconocida y de difícil solución, el saberse rodeada de cariño y alegría actuara como bálsamo sanador.

Los días previos al viaje la pequeña Ciel había hecho notorios progresos. Descansaba mejor y su respiración parecía menos agitada.

El muchacho se dedicó a jugarle y a redimir sus culpas. Se convirtió en conejo, lacayo, príncipe y todo cuanto la imaginación infantil de su hermana le ordenaba. Quería suplir el desdén y el odio que había llegado a sentir por la pequeña en el trayecto de regreso de Colombia.

Dormían juntos, y cada noche le narraba cuentos que inventaba eligiendo los personajes que la niña decidía. Un día era un oso hormiguero que en lugar de comer hormigas se dejaba inundar por ellas; estas no eran otras que los dedos de Ciel haciéndole cosquillas por todo el cuerpo. Otro era una jirafa azul que caminaba en medio de la selva para alcanzar los frutos más deliciosos y dárselos a comer; o un león de larga cabellera que se dejaba peinar, domesticar, y en la habitación se bebía todas las estrellas para luego convertirse en luz.

El tren salía al mediodía de la Gare de Bercy y la niña estaba exultante con la idea de pasar muchos días en compañía de su amadísimo y admirado hermano.

—Madre, ¿te das cuenta de que era necesario que él estuviera aquí para curarme? —le decía ilusionada—. Es magia...

—Sí, mi amor... —le contestaba ella rogando en su interior que así fuera.

En la estación Ciel Le Bleu se maravilló observando el trajín y el bullicio de los viajeros. Aunque pareciera increíble, era la primera vez que iba a subir a un tren y todo cuanto veía le parecía un sueño. Frente a cada novedad, sus ojos vivarachos crecían en su carita pecosa hasta comerse el sombrero de flores de satén que la enmarcaba. Bailaba y daba vueltas convirtiendo su vestido de holán bordado en una flor abierta. Emmanuel aprovechaba para hacerle todas las gracias habidas y por haber. Cuantas más le hacía, sus ojos más se ampliaban y su risa más se las celebraba.

Cuando llegaron al balneario los esperaba un universo que les conmovió. El vestíbulo de las fuentes los recibía con sus aguas cantarinas. Sobre una extensión de verdes delineados con pinceles de dioses, se alzaban unas edificaciones que parecían castillos. Torres trepando entre nubes, chimeneas desvaídas y ventanas abiertas bañadas por un sol dorado cantaban como si les dieran la bienvenida. Emmanuel aprovechó para jugar con Ciel.

—¿Ve todo esto, princesa? Es el reino de la alegría. Aquí solo podrá ser feliz. ¿Está dispuesta a serlo?

—Claro, mi querido caballero. A eso hemos venido.

—¿Me permite? —le dijo pidiéndole la mano para ayudarla a bajar del coche.

—Desde luego; es usted muy gentil.

Clotilde y Claude estaban dichosos de ver cómo sus dos hijos se entendían a las mil maravillas. A pesar de que el doctor no daba muchas esperanzas, ellos confiaban en el milagro de Emmanuel y en los avances que había hecho Ciel teniéndolo cerca.

Los primeros días se dedicaron a explorar a zancadas las orillas del río Allier. Caminaron por el Parc des Sources, por sus extensas arboledas cuajadas de pájaros y ardillas, y entre bancos donde las palomas se hacían arrumacos.

Se subieron a las barcas y en medio del agua se regodearon con las ocas y los patos salvajes que se acercaban a recibir los trozos de pan que Ciel les lanzaba.

Padres e hijos se bañaron en las termas de Les Dômes, con sus seis aguas de temperaturas y colores diferentes, y bebieron de la fuente de Vichy.

Paseaban, jugaban —todos volcados en la niña—, y en la noche, mientras la pequeña dormía custodiada por la niñera, aprovechaban para ir al casino.

Bebían y disfrutaban de las banalidades de la aristocracia europea que se encontraba disfrutando del placer del *dolce far niente*, felices de sentir que los avances de la pequeña, más que un sueño, empezaban a ser una realidad.

Una tarde, mientras en el parque de Las Fuentes los Le Bleu saboreaban el té acompañado de colaciones exquisitas y conversaciones alegres, y en el quiosco una orquesta amenizaba el momento con canciones que invitaban al baile, un muchacho empezó a colgar en los plafones informativos del balneario carteles que casi nadie vio, salvo una pareja que se dirigía a sus habitaciones a descansar y por curiosidad se detuvo delante de uno y lo leyó.

SE INFORMA:

Que en el día de hoy, 28 de junio de 1914, en la ciudad de Sarajevo, capital de la provincia de Bosnia y Herzegovina, han sido asesinados brutalmente el heredero de la corona del Imperio austrohúngaro, el archiduque Francisco Fernando de Austria, y su excelentísima esposa, doña Sofía Chotek.

Los comensales, sin darle la más mínima importancia, continuaron la fiesta hasta que, caída la noche, los músicos se silenciaron.

12

La noticia tardó en calar, pero al final, en medio de conjeturas y murmullos donde cada quien daba su opinión y nadie se ponía de acuerdo, acabó por convertirse en un hecho de grandes proporciones.

Los veraneantes no entendían muy bien lo que sucedía; de un momento a otro su vida cotidiana daba paso a un cambio sin precedentes. Se terminaba la alegría y comenzaba algo jamás vivido.

Lentamente Francia despertaba del letargo y se veía abocada a un conflicto de magnitudes insospechadas.

Los coches iban y venían. Los trenes estaban a rebosar de gentes que viajaban de aquí para allá sin dar crédito a lo que se precipitaba.

Días después la familia Le Bleu regresaba a París y los avances en la mejoría de Ciel se truncaban.

Alemania invadía Bélgica y se disponía a atacar a Francia.

Muy a su pesar, Emmanuel se alistaba sin más conocimientos que los pocos que pudo adquirir a la fuerza. Un decreto de servicio militar obligatorio aceleraba su incorporación al Ejército. Estaba en la edad de combatir por su país y como buen patriota debía marchar.

—No te vayas —suplicaba la niña asida a las piernas de su hermano.

—No te preocupes, princesa. Debo luchar por nuestro reino, y tú debes ser valiente y esperarme. Te dejo a mi buen lacayo, el fiel Ours Emmanuel, que cuidará de ti —le comentó entregándole el oso de peluche.

—No lo quiero —le respondió lanzándolo al suelo—. Te quiero a ti.

—Y yo también, mi pequeña, pero debemos ser fuertes. Una princesa debe serlo. ¿Eres o no eres princesa?

—Sí —le dijo llorando.

—Pues sécate esas lágrimas y respira hondo.

Los ojos de la niña y su abrazo y beso fueron lo último que vio.

Ocho semanas después, y sin que los médicos pudieran hacer nada por salvarla, su corazón dejaba de latir.

A sus seis hermosos años la pequeña Ciel era enterrada junto a su abuelo paterno en el panteón de los Le Bleu; vestida de blanco pureza, con alas de ángel y azahares enredados en sus cabellos dorados, como si fuese una bella durmiente.

Ese tarde de campanas adoloridas, París se cubrió de la cabeza a los pies de una nieve destiempada.

13

En el manicomio de Bermejal, Betsabé Espinal abrazaba a Celsa Julia, cada vez más delgada y perdida.

Su rostro no reflejaba dolor; más bien un estado beatífico donde se le dibujaba una sonrisa de cuadro, como si estuviera viviendo la ascensión a un cielo mental en el que la paz era todo el paisaje.

—Debo irme —le dijo derrotada la hija tras pasar la mañana entera sin que su madre entendiera lo que le decía. Sentía que navegaba un mar de desolación.

La mujer se la miraba sin comprender sus palabras.

—¿Irte? —le dijo de repente con una voz hueca—. No te puedes dormir sin haber rezado el rosario. Es pecado.

—Sí, mamá —le dijo Betsabé acariciando sus cabellos grises.

Desde que estaba en aquel lugar, sobre su cabeza habían caído las cenizas del olvido, entreveradas en su cabellera que una vez había sido negra.

Antes de marchar la peinó con ternura, como si se tratara de una niña, le hizo una larga trenza que enroscó en un moño y le organizó el vestido.

—Así estás muy linda —le dijo dándole un beso en la frente.

Ella se lo dejó hacer todo observando el paisaje, como si detrás de los árboles viera el universo en el que vagaba su mente.

Al salir, se encontró con una extraña mujer que llamó poderosamente su atención. Vestía pantalones de hombre y sus gestos rápidos y precisos destacaban del grupo de enfermas.

Llevaba un cuaderno donde tomaba apuntes sueltos de dos desquiciadas que en el rincón de un salón se jaloneaban del pelo con furia.

Sin poder contener su curiosidad, la hija de Celsa Julia se le acercó. La mujer, al percatarse de ser observada por la joven le preguntó:

—¿Por qué nadie las separa? Este lugar es muy triste, ¿no te parece?

Betsabé asintió.

—¿Qué haces aquí? No me parece que seas como ellas.

—He venido a ver a mi mamá, pero ya me iba. ¿Y usted?

—Vine a visitar a un viejo amigo.

—¿Cómo hace para pintar así de bonito? —le preguntó extasiada, contemplando sus trazos.

—No sé. Me viene de dentro, como si todo lo que miro se centrifugara en mi estómago y saliera a través de mi mano. ¿Te gusta pintar?

—Me gustaría, pero no sabría hacerlo... Creo que ese es un don que no poseo.

De pronto la mujer tuvo una idea. La chica era una especie de animal salvaje y vio en ella una fuerza vital.

—¿Posarías para mí? —le lanzó la pregunta sin más.

—¿Qué quiere decir?

—Que me encantaría pintarte.

—¿En qué consiste eso?

—En que tú te quedas quieta y dejas que yo dibuje tus expresiones.

—No sé, creo que necesito irme. Es que no tengo tiempo; ya casi se va a hacer de noche y me espera un camino largo.

—¿Dónde vives?

—En este momento, en ninguna parte. Me acaban de echar de... bueno, no puedo decir que de mi casa, ¿sabe?

—¿Dónde vivías?

—En...

Al ver que Betsabé no respondía, se adelantó:

—¿Tienes adónde ir?

—No.

—¿Quieres venir conmigo? Te ofrezco comida y un cuarto mientras encuentras un sitio donde vivir. Te pagaría algo y serías mi modelo. ¿Cuántos años tienes?

—Diez y... —se quedó pensando. Nunca nadie le preguntaba la edad—... y ocho. Creo...

Jamás los había celebrado.

Dos enfermeros se aproximaron a las mujeres que empezaban a crear un caos a su alrededor, y al notar su presencia acabaron por calmarse acurrucándose en una esquina.

—Este no es lugar para jóvenes como tú —le dijo la pintora.

—Uno no elige los lugares adonde a veces la obligación lo lleva.

—Me pareces una muchacha inteligente y también intuyo mucha fuerza en tu rostro. —Estudió milímetro a milímetro sus perfiles hasta detenerse en sus cejas—. ¡Madre mía! Tus ojos, más que hablar, gritan.

—¿Sí? ¿Qué dicen?

—Aparte de cosas muy interesantes, que vas a ser mi modelo —le dijo sonriendo.

Betsabé se lo confirmó con la mirada. No se sentía con ganas de nada.

La pintora le pasó el brazo por el hombro y ella dejó que lo hiciera. Tenía ganas de llorar pero se las aguantó.

—¿Nos vamos?

Ella asintió al tiempo que le preguntaba:

—¿Cómo se llama? Aún no me ha dicho su nombre.

—Ni tú el tuyo.

—Yo pregunté primero —le dijo la joven.

—Tienes razón, si has de venir conmigo debes saberlo: me llamo Débora Arango y vengo de otro tiempo.

—¿Qué más da de qué tiempo somos, si al final hemos sido, somos y seremos antes de dejar este mundo? —le dijo la chica.

—¡Cuánta razón tienes! La vida es ser. Pero continúas sin confesarme tu nombre...

—Betsabé... Betsabé Espinal. Y estoy en este momento en esta colina sin saber qué camino coger.

—Déjate guiar por mí y no sufras. ¡Por algo nos hemos encontrado! Esta noche cocinaremos y celebraremos el estar vivas.

En el camino la pintora aprovechó para preguntar todo lo que necesitaba saber sobre la muchacha.

—Vistes de manera muy rara —le dijo Betsabé.

—¿Lo dices por mis pantalones? ¿Te parezco menos mujer por ello?

—¡No! ¿Cómo se le ocurre? No quería decir eso; es que es la primera vez que veo a una señora vestida como...

—¿Como hombre?

—No me haga caso; más bien es que admiro su valentía.

—Si los pantalones quieren decir respeto, pues no me los quitaré ni para dormir, no vaya a ser que hasta en sueños vengan a irrespetarme.

Tras atravesar media ciudad, llegaron a una sencilla casa de colores vivos. Estaba rodeada de un pequeño porche donde dos sillas poseídas por el fantasma de un viento nocturno se mecían adornadas por geranios rojos que colgaban de unas macetas de barro.

Al entrar, un olor a trementina, óleo y toda clase de pinturas desconocidas las recibió. En el suelo, en las paredes y en cada rincón podían oírse los lamentos, los gritos y las diatribas que provenían de la obra de su dueña. La pequeña sala estaba llena de cuadros de mujeres que expresaban con crudeza dolor, angustia, rabia, fuerza y desesperación. Cada uno de ellos era un grito que reivindicaba protesta, lucha e inconformismo.

Esa mujer era un volcán que lo arrasaba todo con su lava ardiente.

Viendo que la joven se detenía en cada una de sus pinturas, Débora le preguntó:

—¿Te gustan?

—No se trata de que me gusten, sino de lo que dicen.

—Pues aún no dicen. Ya verás. Descansa, que mañana haré el mejor cuadro de mi vida. Ya va siendo hora de que las mujeres existamos y dejemos constancia de lo que está sucediendo con nosotras y con la sociedad. No creo que exista un hombre que trate a una mujer como se merece. No consiste en plantar un caballete delante de algo, ni en dibujar sobre un lienzo cualquier tema, Betsabé. Se trata del heroísmo femenino; de tener la osadía de ejercer el arte y vivirlo como ser humano sin distinción de sexos. Tú eres mi modelo, y no te imaginas lo que agradezco que lo seas, porque de esta manera me estas ayudando a protestar. Mis pinturas buscan denunciar y pintar la violencia de la creación herida por los malditos estereotipos. Debe quedar impresa la luz de una mirada femenina sobre el acontecer de la vida. ¿Lo entiendes?

Esa noche, después de mucho tiempo, Betsabé durmió sin pasar frío. Sin embargo, a pesar de estar cómoda, su sueño no le permitió descansar. Emmanuel la llamaba y ella corría a su encuentro, pero cuando estaba a punto de abrazarlo la imagen de su amado se desvanecía en una niebla roja que goteaba sangre.

Se despertó llorando.

14

Días húmedos en medio de una nieve persistente que calaba en sus huesos hasta petrificarlos.

El ruido de los cañones enemigos, la insalubridad en la que vivía y el no saber qué demonios hacía allí cuando su corazón ansiaba silencio lo mataban despacio.

La vida no tenía ningún valor.

Las banderas se alzaban y ondeaban como aves de rapiña alrededor de la masacre. Enemigos, antes amigos, se destrozaban entre ellos con absurda deshumanización. Un sentido de patria equivocado arrasaba su mundo, y él no solo era testigo sino partícipe de esa locura.

Llegaba la Navidad y la guerra se alargaba sin explicación coherente. El desánimo empezaba a ser una enfermedad mortífera. Deserciones y fusilamientos injustos a jóvenes temerosos que anhelaban volver a sus hogares; jóvenes en edad de soñar sometidos a no sentir y a blindarse el corazón para sobrevivir al horror diario. Las injusticias y las rabias caían sobre los menos preparados para el odio.

—Otro cobarde —gritaban al descubrirlos y cogerlos huyendo.

No había ningún tipo de misericordia. Huir era la peor de las ofensas contra el país. Acababan siendo lanzados al suelo como si se tratasen de sacos de estiércol.

Ninguna ilusión: muerte en vida.

Gripes, pulmonías, tuberculosis se llevaban a amigos fortuitos con los cuales construían supervivencias en las noches de insomnio.

El olor a sangre, las ratas rodeándolos por las noches, mordisqueando las carnes de los que empezaban a descomponerse por la gangrena, robándoles los pocos alimentos. Y el horror de ver caer a sus compañeros de lucha y a contrincantes, tan jóvenes y desvalidos como él, lentamente minaba sus días.

Vivían empapados en socavones anegados de barro maloliente, oscuros y estrechos, a la espera de poder efectuar pequeños movimientos que solo les permitían avanzar escasos metros para alcanzar una nada gloriosa sin valor alguno.

Los pies que cinco días antes comenzaran a dolerle se le fueron hinchando y amoratando hasta que, de un momento a otro, se entumecieron y dejaron de responderle. El corazón le latía de forma acelerada y la fiebre se adueñó de sus pesadillas.

El sufrimiento era infernal.

Emmanuel deliraba, lo vomitaba todo, y su realidad se convertía en episodios dolorosos en los que veía a su pobre hermana vestida con el blanco cetrino de la muerte, su corazón sangrando entre sus manos y en su pecho un agujero.

«Toma, hermano, es para ti».

«No lo quiero».

El corazón arrugado se convertía en un pájaro negro.

«He dicho que lo tomes. Ya no lo necesito. Me abandonaste dejándome a merced de la muerte».

«¡Nooo, eso no es cierto!».

«Lo es, caballero infiel».

«No me dejes, sin ti me derrumbaré».

«Te mereces lo peor. Te esperé todos mis años y no viniste».

En medio de esa nebulosa desvaída, la imagen de Ciel se convertía en Betsabé.

Gemía y las nombraba a las dos sin descanso.

Hacía días había recibido la carta de su padre en la que lo

informaba de la muerte de la pequeña y aquello lo había hundido. Se sentía culpable de su desaparición; estaba convencido de que, de no haber marchado, su hermanita continuaría con vida.

En aquel agujero escribía largas cartas a Betsabé, y aunque dudaba de que las recibiera, aun así continuaba enviándoselas a la única dirección que conocía, la del Chalet Capricieux. En ellas le explicaba las penurias y carencias en las que vivía y le profesaba su amor vehemente e incondicional, que era capaz de atravesar los océanos y el tiempo. Le suplicaba, por Dios y por todo lo que creyera, que no lo olvidara y que mantuviera encendida la llama de la esperanza.

Tras varios días de inconsciencia febril, de alaridos e inconsolables lamentos, Emmanuel fue trasladado a un hospital de campaña que improvisaran en la vieja iglesia de un pueblo, con otros soldados que vivían dramas similares o peores que el suyo.

Llegó en un estado lamentable. Durante dos semanas vagó en otro mundo.

Mientras los dramas desfilaban y la sangre corría por las camillas como si se tratase de un dantesco infierno —muchos heridos con el torso desnudo reventado, otros sin piernas o sin brazos, algunos a punto de fallecer, con temblores y expresiones desencajadas por el terror de lo vivido—, el joven veía a su amada. Se sumergía en el lago de El Edén, hablaba con ella como siempre lo hacían, y en ese viaje enamorado la amaba como jamás lo había hecho.

«Mi amor, amor mío», le decía al oído, quitándole la ropa despacio. Su cuerpo resplandeciendo bajo la luz de una luna de cristal. El cabello empapado, sus mejillas ardiendo de pasión. Sus pechos empinados donde calmar su sed, la leche bendita de su alma, porque allí residía el todo de su nada.

Bajaba despacio, lamiendo su cuerpo con esa hambre de poseerla entera y alcanzar el madrigal negro azabache. ¡Oooh...! Esa selva virgen donde enterrar su boca para beber su néctar.

Sus piernas abiertas, su lengua lamiendo ese manjar intacto, ese tesoro escondido. Sus alas húmedas. Los quejidos de su ángel pidiendo, gimiendo ser libada hasta derramar su miel.

«Aquí estoy, mi amor, aquí me tienes», escuchaba que le decía jadeando.

Y él sobre ella...

con su amor empinado,

escalando su monte

y en su cumbre...

Aaah...

El dolor de la primera vez,

el dolor duplicado de romper,

abrir y descubrir un mundo de placer y amor.

Entrar y salir,

y volver a entrar

y volver a salir,

desfallecer en esa dulce tortura de alcanzar ese cielo que los llevaba a fundirse con las estrellas.

Los gemidos llamaron la atención de la joven enfermera que lo cuidaba.

—Soldado, ¿se encuentra bien?

Los besos, los gritos y ese placer que lo elevaba. Nada dolía, porque el dolor de la primera vez se fundía en una gloria indescriptible.

La sábana se mojó y la muchacha intuyó lo que sucedía.

—Soldado... —le dijo.

Ninguna respuesta.

Le enjugó el rostro. Sudaba sin dejar de nombrar a su *Vierge de Feu*.

—¿Qué le pasa? —preguntó el médico al pasar junto a ellos.

—Creo que delira, doctor.

—Póngale paños de agua fría, a ver si vuelve en sí.

La joven fue a por una palangana y empezó a humedecerle la frente con un lienzo empapado. Emmanuel abrió los ojos, pero seguía en su desvarío.

—*Ma Vierge de Feu*, ¿eres tú?

—Sí —mintió la enfermera acariciándole su mejilla.

—Ahora estaremos juntos para siempre. Eres mía y yo tuyo. Bésame, mi vida...

La chica se conmovió. Cerró los ojos, le abrió los labios con su lengua, despacio y muy suave, mientras pensaba en su novio desaparecido. Aquel soldado era hermoso, quizá más que su amado, y no le costó regalarle ese instante. Ella también sufría de ausencias.

Una voz interrumpió el instante:

—¿Qué hace, enfermera Formenti? —le espetó en tono recriminatorio el médico.

—Si me permite, dar de beber al sediento, doctor. Es un pobre muchacho que sueña.

—Limítese a satisfacerle sus necesidades básicas. Aquí no se viene a retozar.

—Doctor, la guerra no entiende de amores y, por lo que veo, este pobre joven parece perdido en remembranzas con alguien a quien debe extrañar mucho.

—Enfermera Bianca Formenti —volvió a llamarla remarcando su nombre con celos reprimidos—, cuando acabe quiero verla en mi despacho.

—Sí, señor.

Emmanuel, con las pocas fuerzas que le quedaban, la retuvo.

—No, no me dejes.

La muchacha de cabellos negros y ojos de tierra acarició su frente empapada de delirio y besó sus ojos mientras le decía:

—No tardaré, mi amor. Mientras tanto, duerme, duerme...

—Qué bella estás, Betsabé Espinal.

Cuando la chica marchó, Emmanuel se sumergió hasta el fondo en otro sueño transparente que abría de par en par las grietas de sus deseos.

En aquel lugar evanescente solo existía la felicidad plena.

15

En París comenzaban a escasear los lujos.

Nada era como antes. La gente vivía sumida en el terror de la incertidumbre y se abastecía de artículos de primera necesidad.

Por las calles los transeúntes desfilaban atemorizados, como almas en pena, observándose sin hablar bajo sus abrigos y sus paraguas negros, elucubrando los peores presagios. Deseando refugiarse en sus casas al calor de los leños y de conversaciones que distrajeran sus miedos.

Después de que su hija falleciera, Claude Le Bleu se sentía derrotado. A su terrible depresión ahora se sumaba la de su mujer. Debía enfrentar las carencias que le impedían continuar abasteciendo, además de otros muchos, los pedidos de su amigo Conrado.

Nadie compraba nada.

Las sedas, los linos, los encajes y toda clase de géneros de altísima calidad que periódicamente enviaba a Colombia no llegaban.

Muy a su pesar, tuvo que escribirle una carta a su amigo confesándole que no podía seguir con el negocio.

> *Amigo querido:*
> *El momento que vivimos es terrible. No alcanzas a imaginar las dimensiones de esta absurda guerra.*

Como ya sabes, por el telegrama que te envié, mi querida hija murió y Emmanuel combate con valentía por nuestra amada Francia.

Mi mujer ha perdido el habla. Vive llorando sin consuelo, encerrada en la habitación de nuestra pequeña. Nombra continuamente a sus dos hijos y no quiere comer ni hacer nada.

Yo, aunque me siento igual que ella, necesito continuar. Si no fuera así, ¿quién podría mantener a esta familia con vida? Me debo a la obligación de ser el jefe. Fantaseo con la idea de que este mal, tarde o temprano, acabará.

Antes de que el negocio que llevamos en tu ciudad sucumba, me veo en la obligación de confesarte que debes buscar otros proveedores. Sé que hay un hombre que puede surtir los géneros que te enviaba y me he puesto en contacto con él.

Se llama Valentín Soler y vive en Barcelona. Es un gran empresario, un hombre cabal que estaría dispuesto a despachar periódicamente lo que necesitas. Creo que el negocio debe seguir y no verse afectado por las vicisitudes que afrontamos.

Ya conoce mi situación y, mientras la guerra no cese, será quien a partir de ahora se encargue de que no te falte de nada.

Pido a Dios que entiendas mi momento y que continuemos nuestra alianza.

Deseo que la vida sea más benévola contigo de lo que ha sido conmigo.

Mi querido Conrado, estamos en un momento de tribulaciones. Sigamos unidos, te lo ruego.

Tuyo siempre,

CLAUDE

16

Conrado Mejía recibió la carta de su amigo y permaneció en silencio, pensando en la estrategia a seguir.

Era más que evidente que, desde que marchara Emmanuel, las ventas habían bajado. Parecía que la guerra se hubiera adentrado también en su negocio. Las mujeres que antes visitaran con asiduidad la tienda de la calle Colombia habían desaparecido.

Un luto se cernía sobre el establecimiento y por ello decidió tomar cartas en el asunto.

Debía convertir en el gran anfitrión al muchacho que hábilmente preparara Emmanuel.

Lo llamó y le dio las instrucciones. Contrató a una profesora de francés para que le diera clases, y en poco tiempo el joven, que tenía muchísimo de listo y poco de inteligente, se esmeró hasta convertirse en un exquisito adulador galo.

No era Emmanuel, pero lo imitaba tanto que el negocio se revitalizó y volvió a ir viento en popa.

Las señoras iban, preguntaban por el joven desaparecido y él, mientras les vendía toda clase de telas, aprovechaba para hablarles de hazañas bélicas donde Emmanuel era el gran vencedor.

—Regresará repleto de medallas —le dijo a una de ellas.

—Es un joven valiente —le contestó otra.

—Es nuestro líder. ¿Volverá pronto?

—*Oui*, madame, no le quepa duda. Piensa en todas y les envía sus mejores deseos.

—¿De verdad se acuerda de nosotras?

—Cada día, madame Ospina. Sobre todo, de usted. Me pide que le dé sus más sinceros recuerdos.

—¡Es espléndido! —Reía la mujer—. Póngame ocho metros de esta seda. Estoy segura de que él me la recomendaría. Es tan galán...

En pocas semanas el negocio volvió a florecer.

El nuevo proveedor barcelonés no solo enviaba géneros sino estrategias de venta. Con las partidas anexaba de regalo revistas y patrones que ponían de manifiesto una moda especializada en ceremonias operísticas y de grandes galas que en la sociedad medellinense calaban hondo.

Aunque Europa estuviera en guerra, la vida y la alegría continuaban en el nuevo continente.

Ahora, además de surtir a la alta sociedad, los vestuarios en las óperas y zarzuelas corrían a cargo de la tienda, que aprovechaba cada espectáculo para promocionarse con una gran pancarta momentos antes de que se iniciara la obra.

«El vestuario de los actores ha sido elaborado con meticulosidad y virtuosismo en el refinado templo del buen vestir: La Maison Blue».

Cuando llegaba a casa, Conrado volvía a la rutina de siempre.

Una noche, bebiéndose un whisky, Cenicio de la Cruz le preguntó por Emmanuel.

—Perdóneme el atrevimiento, señor. Ya sé que no es de mi incumbencia, pero por simple cariño me gustaría saber del joven Emmanuel. No pude despedirme de él. ¿Sabe algo?

—Todo está bien, Cenicio.

—Es que...

—Antes de que marche, sírvame otro trago, y después puede retirarse.

Las cartas que llegaban de Emmanuel eran sustraídas por

Consolación y el mulato empezaba a sospechar que ni siquiera su señor tenía conocimiento de lo que acontecía.

—Creo que...

—Usted no debe creer nada. En sus obligaciones no está hacerlo. El muchacho está cumpliendo con un deber patriota porque es un caballero a carta cabal y como tal está actuando. Todos debemos estar orgullosos de él.

—Pero...

—Cenicio de la Cruz, conozco el afecto que le tiene y se lo agradezco, pero no se sobrepase. Aquí está para servir y no se hable más. Los afectos son cosas que debemos controlar. Siga haciendo lo que debe y todo irá bien.

—Creo que usted debería conocer hechos que...

—Lo que tengo que saber está muy claro. Buenas noches.

Cenicio supo que no había nada que hacer. Su jefe no quería estar al corriente de lo que a sus espaldas se escondía, y él, ante sus ojos, no era más que un sirviente. No tenía ninguna duda. Las cartas que llegaban de Emmanuel a Betsabé, y también a su señor, habían sido confiscadas por la malvada de Consolación.

Era su deber actuar de manera urgente.

17

Medellín, 24 de enero de 1915

Mi querido diario:

¿Cómo he podido seguir viviendo sin él? Creo que el ser humano se crece en la desgracia y hoy más que nunca pienso que existe un ser superior que se apiada de los desamparados, porque ha venido del cielo haber encontrado a esta mujer que me ha salvado de volver a vivir bajo un puente.

¡Estoy aprendiendo tanto de ella! Me ha llevado a pasear por lugares que jamás había pisado. He aprendido a observar detalladamente los comportamientos de la gente y eso ha hecho que me reivindique en que todos somos responsables de vivir y comportarnos como esperan los demás.

¡Qué tristeza!

Me causa mucho dolor ver de qué manera las mujeres hemos asumido sin rechistar nuestra condición de inferioridad, a la que nos han condenado todos, desde la Iglesia hasta los políticos. Si no hacemos nada, esto continuará así hasta perpetuarse.

Me atormenta no saber qué sucedió con Ausencia, la pobre muchacha de la fábrica.

La última visita que hice a Bermejal no despejó mis dudas.

Pude verme con el poeta y lo que me dijo, más que tranquilizarme, me preocupó sobremanera.

Le pregunté si sabía si en aquel lugar iban a parar también las jóvenes que daban por locas cuando en verdad lo que les pasaba era que habían sido mancilladas por hombres, y me dijo que no me metiera en camisa de once varas. Que tratara de vivir mi vida y salvarme de caer en desgracia. Que el mundo era injusto y que una sola persona no podría cambiarlo. Que era una pobre ilusa. Yo no puedo no sentir cariño por él pues me parece que su vida también ha sido muy dura y que se conformó con su destino. Que lo encerraron y él aceptó ese cautiverio donde ve desfilar la vida de los extraviados.

Después me recitó uno de sus poemas y me invitó al gran banquete de comer tierra con él a la orilla del río.

«Esta es un manjar», me dijo depositando un enorme puñado en mi mano, como si fuese la gran dádiva. Yo, por no despreciarle, acabé haciendo el gesto de comerla aunque después, sin que se diera cuenta, la escupí.

¿Será que el mundo está definitivamente perdido? ¿Que todos vivimos una farsa?

Yo ya no sé qué debo hacer en mi vida, salvo mantener a mi mamá en aquel *sanatorio*. Sé que está mejor allí que en esta vida tan incierta. Por lo menos vive soñando, y eso para ella es mejor porque no la obliga a enfrentarse a un mundo en el que nadie la entendería.

Ahora me toca posar como una estatua y durante horas permanecer callada, tragándome enteras mis palabras cuando tengo tanto por decir. Aunque sé que será por poco tiempo, pues algo en mi interior me dice que debo regresar al patronato y a la fábrica.

El otro día pasé por delante de la casa de Capitolina y desde lejos pude ver a sus hermanas, que regresaban de no sé dónde, riendo con su madre como si nada. No entiendo cómo pueden vivir habiendo perdido a su hermana e hija.

«Capitolina... Mi querida amiga... Cuánta falta me haces...».

Todo son pérdidas.

¿Será que mi vida es un ir enlazando ausencias?

Vivo y no sé por qué ni para qué.

Añoro los días de felicidad compartidos. Supe que había sido feliz en el momento mismo en que dejé de serlo. Todos deberíamos ser conscientes de que ese es un instante efímero.

Quería encontrarme con Cenicio. El único de esa casa que vale la pena.

Volveré cada vez que pueda, a ver si tengo la suerte de encontrármelo. Necesito abrazarlo y decirle que aún existo y que lo recuerdo. Fue la única persona que entendió lo que éramos.

Ahora me quedan pocos días viviendo en la casa de la pintora. Lo presiento.

Se avecinan días duros en los que debo tomar decisiones. Por ahora necesito hacerme fuerte para enfrentarme conmigo y con esta soledad, la única compañera real que tengo.

¿Crees que seré capaz de ponerme de nuevo delante de sor Inmunda?

¿Qué debería decirle?

Sería regresar a una cárcel que, aunque parezca paradójico, también me liberaría de mi pensamiento; de esta idea obsesiva que me persigue y no me deja buscar otra salida menos difícil. ¿Piensas que estoy perdida?

Si pudieras hablarme, ¿qué me aconsejarías que hiciera?

18

La fiebre no le daba tregua.

Su inconsciente vagaba en espacios que su mente ideaba para sobrevivir.

Emmanuel continuaba viviendo en sueños lo que la vida no le daba. Era como si no quisiera regresar al mundo consciente, porque en él la imagen de su amada desaparecía y con ella su deseo de continuar.

El único hilo que lo mantenía era la ilusión de vivir soñando. Creaba y creaba instantes que se multiplicaban y crecían.

Conversaciones, encuentros, paseos...

Banquetes lujuriosos con Betsabé, donde el *champagne* corría sobre sus hermosos pechos como ríos que fluían hacia un mar abierto, y él bebía con avidez, con la imperiosa necesidad de ahogarse en su vertiente. Ostras fresquísimas, como su pubis cristalino, que ambos sorbían entre risas y juegos.

Sus adorados amigos de Montparnasse compartían su goce. Las calles se inundaban de risas. Los encuentros en el café de La Rotonde, la locura de Modigliani, Brancusi y Rivera se mezclaban con manjares y rituales en donde volvía a aparecer *Platón*, su perro resucitado. Conversaciones de gran calado en donde los ojos negros de Betsabé crecían con el descubrimiento de esa otra felicidad.

Y las crepes Suzette bañadas de mantequilla y zumo de naranja que devoraban mientras se besaban.

—Toma —le decía mientras saboreaba el más delicioso de los postres—. ¿Te había dicho que es mi dulce favorito?

—*Oui, mon amour... oooh, mon amour...!*

—Querida mía, esta era nuestra gloria. ¿Lo sabes?

La enfermera empezaba a sentir por aquel muchacho una atracción y compasión que la obligaban a seguir su historia. Una historia que también era la suya. Sabía que nadie la entendería, pero ella sí. El muchacho necesitaba recibir amor y, aunque había sido amonestada por ello, algo interior la obligaba a continuar.

Emmanuel, en su delirio, le acariciaba los cabellos.

—¿Sigues aquí, *ma Vierge de Feu*? ¿Ves como todo era posible?

—Sí, mi amor. No sufras, todo saldrá bien —le decía Bianca Formenti pensando en su amor muerto.

—Bésame...

Ella se vaciaba en aquellos besos eternos aunque fugaces.

—Muy pronto conocerás a mis padres y te adorarán.

—Lo sé.

—Y seguiremos andando juntos las calles que tanto amo y construiremos nuestro palacio interior, *ma chère*.

—*Oui... Je t'aime, mon amour* —le decía la enfermera sin saber que ya no estaba tratando de aliviar sus desvaríos.

—¿Te gusta París?

—Es la ciudad más bella del mundo —exclamó ella.

De pronto, a pesar de que nadie daba nada por su salud, el soldado comenzó a dar algunos signos de mejoría.

La fiebre cedía y lentamente la conciencia volvía a él. Con ello, tristemente, la joven que durante días se ocupó de sus cuidados dejó de ser su gran amor.

—¿Quién eres? —le dijo Emmanuel al volver en sí.

Para ella fue un duro golpe. Se había encariñado tanto con el enfermo que incluso llegó a sentir que estaba enamorada.

—¿Que quién soy? ¿No te acuerdas?

—No. ¿Quién eres? ¿Dónde está Betsabé?

—Soy la enfermera que ha cuidado de ti mientras delirabas.

—¿Dónde me encuentro?

La fantasía acababa.

—Enfermera Formenti, ¿qué dice el soldado? —preguntó el médico.

—Todo está bien, doctor. El muchacho ha recobrado la conciencia. El edema de sus pies empieza a bajar y ya no tiene fiebre. Creo que saldrá adelante.

—¡Es una gran noticia! Gracias a sus cuidados, acabamos de salvar a otro hombre.

Tras dos semanas, Emmanuel Le Bleu volvía a estar apto para el combate.

—¿Dónde están mis pertenencias? —preguntó.

—Aquí las tiene —le dijo la enfermera con tristeza—. Cuando la trajeron solo había esto.

Le enseñó una mochila. Dentro tenía las llaves de su casa y un cuaderno donde él, a falta de una fotografía, había ido dibujando compulsivamente la imagen de una bella joven, de cejas gruesas y mirada penetrante, que llevaba colgada al cuello una cruz.

Emmanuel revisó su cuaderno, el único tesoro que lo acompañaba, y se sintió tranquilo. Su vida, que se resumía en aquellas páginas, estaba a salvo.

19

Y todo continuó igual.

Los meses en el frente se acumularon hasta transformarse en años. Lo soñado se desvanecía en una cruda realidad.

No tenía ganas de continuar, pero tampoco de convertirse en un cobarde desertor.

Un día dejó de recibir cartas de su padre, a pesar de escribirle continuamente. De las otras que periódicamente enviaba a Medellín jamás obtuvo respuesta, pero tristemente era lo esperado.

Su vida había cambiado para siempre.

Una mañana, tomándose un café negro, recibió una visita. Cuando aquello sucedía, el regimiento temblaba porque casi siempre se trataba de alguna mala noticia.

—¿Soldado Le Bleu? —preguntó el capitán del batallón.

De inmediato Emmanuel se puso en pie.

—Señor —le respondió haciendo el saludo militar.

—Le comunico que debe regresar a su casa inmediatamente. Allí lo necesitan.

—¿Pasa algo, señor?

—Recoja sus cosas; fuera lo esperan.

—¿Ha pasado algo, señor? —insistió.

—No seré yo quien se lo diga, soldado Le Bleu. Las órdenes son que regrese cuanto antes a París. Es todo lo que tengo que decirle.

Emmanuel supo que algo malo sucedía.

Dijo adiós a sus amigos, entre ellos el pintor y escultor Braque, el último en llegar al batallón, con quien había podido recordar sus andanzas de juventud y le había puesto al día de lo sucedido con el grupo que frecuentara antes de su viaje a Colombia. Por él supo que Modigliani había tratado de alistarse en la guerra pero que por sus dolencias no había sido admitido.

El trayecto fue largo y lleno de vicisitudes. Surgían hombres por doquier; muchachos mutilados y desamparados caminaban maltrechos con el espanto dibujado en sus rostros.

Nadie decía nada, porque era mejor no hablar a caer en el agujero negro de la desesperación.

Pensó que su madre había fallecido, y no le pareció extraño tras haber sufrido la terrible pérdida de su hijita.

Lo que nunca le pasó por la mente era lo que se encontraría.

Se apeó frente al magnífico portal de hierro forjado que daba acceso al Parc Monceau y despachó al chofer con un ademán militar (lo había incorporado tanto a su vida que le parecía haber nacido con él). Deseaba caminar un poco y respirar de nuevo aquel espacio tan vivido.

La luz del atardecer pintaba los troncos de los viejos plataneros de un ocre intenso; era como si cada uno de ellos, al ser observados, recobrasen su identidad perdida. Decenas de palomas se arremolinaban alrededor de una vieja decrépita que sacaba del bolsillo de su abrigo puñados de pan que, al caer sobre el asfalto, se convertían en monedas de oro. El lago continuaba sereno y los sauces lloraban verdes y se diluían en el agua. Allí el sufrimiento quedaba amortiguado por una errante soledad.

Una vez estuvo delante de la casa, unas risas infantiles lo sorprendieron. Le pareció verse a sí mismo corriendo sudoroso y feliz tras una niña.

¿Dónde habían quedado esos días?

Las bancas seguían intactas, pero eran otros pequeños los que brincaban y reían, los que todavía pensaban que la vida era solo eso: un delicioso juego.

Antes de subir deseó con todas sus fuerzas que nada malo hubiera ocurrido.

El portero lo recibió como si lo hubiera visto la noche anterior y lo acompañó hasta el ascensor. El chirrido de las puertas y de las cadenas que giraban le evocó aquella época en la que se divertía subiendo y bajando hasta ser castigado por su padre.

Delante de la puerta acarició por un instante el regio ojo de bronce incrustado en su centro, introdujo en la cerradura —despacio, muy despacio, como si no quisiera hacerlo— la llave que durante su ausencia guardara y la hizo girar.

Dentro se encontró con un panorama desolador.

Al oírlo, la hermana de Clotilde fue a su encuentro vestida de negro y con lágrimas en los ojos.

—Tía, ¿qué haces aquí? —le dijo.

—Emmanuel... Tu madre está muy mal.

—¿Dónde está mi padre?

—¿No te lo han dicho?

—¿Qué sucede? —preguntó desesperado.

—Tu padre... ha muerto.

—¡Noooooo! —gritó—. No puede ser. ¡No es justo! —Soltó la mochila y empezó a llorar—. ¡Padreeeeee!

La tía lo abrazó.

—Déjame.

Se encogió hasta convertirse en un ovillo cerrado.

La mujer intentó acercarse.

—No me toques.

—Hijo, la vida es dura.

—No me digas *hijo*. No soy tu hijo. Nadie entiende lo que siento.

—Debes ser fuerte. Tu madre está muy mal y necesita de ti.

—Pues yo necesito de él. ¡Padreeeeee! ¿Por qué? ¿Por qué?

En la habitación, Clotilde dormía bajo los efectos de un sedante. Llevaba días sin comer y nadie lograba regresarla a la vida.

—Emmanuel, te lo suplico... —le dijo la mujer—. Eres el único que puede sacarla del estado en que se encuentra.

—¿Dónde está?

—En su habitación.

Cuando Emmanuel entró, tuvo que hacer un esfuerzo para no llorar, sin embargo las lágrimas rodaban. Su cara escuálida y blanquecina, su pelo extendido en desorden sobre la almohada, esa fragilidad de huesos. Los años la habían encogido hasta convertirla en una pobre niña vieja.

—Madre —le dijo acariciándole los cabellos—. Estoy aquí. Ella continuó dormida.

—Madre, soy Emmanuel, tu hijo. He venido a cuidar de ti. Los sollozos no paraban.

El joven la recogió en sus brazos y la meció un rato, como se arrulla a un bebé recién nacido.

—No deseo vivir más. Ya no vale la pena —murmuró ella.

—No puedes no querer estar aquí, te quedo yo.

—Todos se fueron, me abandonaron. ¿Qué sentido tiene quedarme?

—No, madre, te equivocas. Te necesito.

—Se acabó todo.

—¿No sabes quién soy? Te queda Emmanuel, tu querido hijo. ¿O es que ya no me quieres?

—¿Dónde está Ciel?

—En el cielo, madre. Tuviste un ángel y está en el lugar que le corresponde.

—Claude... Mi querido Claude, mi amor.

—Está con Ciel, *mère*. Y a ti y a mí nos toca ahora permanecer asidos a la roca de la vida. Verás cómo volverá la secuencia de los días. Uno caerá sobre otro, despacio, como hojas de un otoño quemado, y las semanas se irán amontonando hasta convertirse en meses y años.

»En las noches, al calor de la chimenea, reanudaremos nuestras charlas, en las que me enseñabas el mundo a través de las fábulas de La Fontaine. Sí, madre, quiero volver a soñar. Te pediré que me cuentes la historia del cuervo y el zorro, ¿te acuerdas de cuántas veces llegaste a leérmela? Y yo te preguntaré lo mismo que antaño porque, en el fondo, sigo siendo el pobre niño con ínfulas de adulto. Y me besarás y cantarás para mí aquellas canciones que tranquilizaban mis temores, y yo sentiré tu mano acariciando mis mejillas. Volverás a saberte madre, y yo un niño, el único estado que nos ayudará a salvarnos. Porque yo también tengo miedo de seguir, madre, mucho miedo.

La abrazó y besó. Ella, con las pocas fuerzas que le quedaban, cogió la cara de su hijo entre sus manos y lo miró fijamente a los ojos.

—*Oh mon petit...* ¡Qué sucio estás! ¿Cuánto hace que no te bañas como Dios manda? Hay que ver...

Emmanuel vio que en sus ojos volvía la vida.

—Te quiero, madre. Nunca más estarás sola. Eso te lo prometo.

20

No era solo el retorno a su casa.

Aquella decisión se convertía en una total renuncia a su vida y al fervoroso anhelo de regresar a Colombia. Pero su espíritu ahora era un terreno minado por lo contemplado, vivido y, sobre todo, sufrido.

A la fuerza y a pesar de su juventud, Emmanuel se transformaba en un hombre mayor al que le dolía la existencia.

Durante los meses que cuidó de su madre se mantuvo aislado, para sobrevivir a su pena y de esta manera conservar las pocas fuerzas que tenía para pasárselas a ella.

Solo salía para ocuparse de gestiones imprescindibles.

Ahora básicamente vivían de la herencia de su abuelo que, a pesar de haberse visto menguada por la depresión, continuaba siendo considerable. Y aunque el negocio de su padre era casi inexistente y la Galerie d'Orléans —donde estaba situado y que antes se llenara de paseantes— parecía un cementerio sin tumbas, decidió mantenerlo abierto en honor a su memoria. Delegó todas las gestiones en el hombre que en los momentos de más gloria había sido mano derecha de Claude y en los cinco empleados más fieles, aquellos que hacían lo que podían con tal de mantener el salario mínimo y subsistir.

Y lo mantuvo a flote.

Había comprobado con sus propios ojos que en Francia la guerra había deshecho la alegría. Las risas se desvanecían en pérdidas humanas; cientos de familias arrastraban el luto por la injusta desaparición de hermanos, hijos y padres, y aquello acababa reflejado en cada paseante.

Nadie hablaba de otra cosa que no acabara convertida en un lamento. Los transeúntes se movían por la ciudad con miedo y con deseos de olvidar los horrores de la incertidumbre.

A pesar de ese oscuro túnel, parecía que una tímida luz iluminaba el final.

Lentamente la guerra se extinguía.

La incorporación de Estados Unidos en el conflicto, apoyando al bando aliado con soldados y suministros, con tanques y aviones, obligaba a los alemanes y a todas las potencias centrales a buscar una solución pacífica. Mientras esto sucedía, en Rusia la Revolución llegaba e instauraba la República Socialista Federativa Soviética. El Gobierno monárquico provisional, con la renuncia del zar Nicolás II, quedaba eliminado y daba paso al Gobierno bolchevique, que asumía el control del país. Los sóviets, consejos de trabajadores dirigidos por las facciones socialistas más radicales, hacían campaña para detener el conflicto en el cual se hallaban implicados, y finalmente los líderes bolcheviques firmaban con Alemania el Tratado de Brest-Litovsk para poner fin a la participación de Rusia en el conflicto.

Aquello abría un compás de esperanza. Era cuestión de aguardar el desenlace.

Entretanto, Emmanuel se dedicó en cuerpo y alma al cuidado de su madre, y cuando comprobó que poco a poco se iba restableciendo sintió la necesidad de buscar a sus amigos. Le urgía aferrarse a algo que lo anclara a París.

—¿Adónde vas? —preguntó angustiada su madre viendo que su hijo se ponía el abrigo y se calaba el sombrero. (La dependencia que había generado hacia él era una dura carga para Emmanuel).

—Volveré, madre. Necesito airearme un poco. Llevo enclaustrado muchos días; debes comprender que aún soy joven. Quiero ver qué ha sido de mis amigos. No te preocupes.

—¿Y me dejas sola?

—No estás sola.

Emmanuel llamó al mayordomo y a la mujer que continuaban sirviéndolos.

—Cuiden de mi madre. No tardaré mucho.

Eran las doce del mediodía del 11 de noviembre de 1918.

Al atravesar el portal se dio cuenta de que algo grande acababa de suceder. La gente gritaba por las calles en un alborozo descontrolado. La Avenue Ferdousi se convertía en una riada enloquecida de dicha que agitaba banderas, cantaba *La Marsellesa* y lanzaba papeles al aire.

—¡Ha acabado la guerraaaaaa! —exclamaban.

—*Vive la France!*

A las cinco y veinte de la mañana se había firmado el armisticio entre los aliados y el Imperio alemán en el vagón de un tren, en el bosque de Compiègne.

Los automóviles circulaban en frenético desorden haciendo sonar sus bocinas en medio de caballos espantados que renunciaban a seguir tirando de los coches y las diligencias.

En medio de tanta locura, las mujeres empezaron a lanzar al aire pañuelos blancos, seguidas por los hombres, que imitaban el gesto con sus sombreros. Las aceras se llenaban de panaderos que felices arrojaban sus panes, de voceros que hacían volar sus periódicos y de floristas que regalaban rosas, iris y petunias; pétalos como libertinas mariposas aleteaban sobre los transeúntes e iluminaban de carcajadas un nuevo París.

Lo que durante años fuese un dolor de repente se convertía en júbilo.

Las gentes se besaban y saltaban de gozo.

Jóvenes errabundos aparecidos de la nada resucitaban de un triste letargo y alentaban a otros a seguirlos. Una chica que pasaba a su lado lo abrazó y le plantó un beso en la boca. Era hermosa y su cuerpo emanaba vida.

—Canta —le decía—. Canta conmigo...

Allons, enfants de la Patrie,
le jour de gloire est arrivé!
Contre nous de la tyrannie,
l'étendard sanglant est levé!

Saltaba con ella, mientras otras mujeres se sacaban las ropas, aupadas por un frenesí hipnótico.

Las calles reverdecían de gloria.

Durante horas fue presa de la euforia y se dejó contagiar por el júbilo. Sintió que algo en su interior volvía a florecer y que estaba vivo para presenciarlo.

Atrás quedaban las pesadillas y el dolor de lo perdido.

Sí, amaba la vida. ¿Por qué negarlo?

Caminó y caminó, saboreando el don de seguir allí. Abrazándose a desconocidos que de un momento a otro eran hermanos: hermanos de alegría. La masa se unía para festejar la gloria. En ese momento aprendía que existir no consistía en estar en el mundo, sino en participar en el bosquejo de sus luces y sus sombras para realizar el gran cuadro de sí mismo.

Lo negro con un poco de blanco era gris, y la gama de los grises era casi infinita. Estaba experimentando en carne propia lo que era sobrevivir.

¿De eso se trataba la existencia?

Se adentró de nuevo en las calles que en su adolescencia le dieran tanto. Atravesó el Boulevard Raspail, donde otro grupo lo envolvió en su locura. Allí también se vivía la misma efervescencia. Le daban a beber de sus botellas, *champagne*, pastís, absenta, *cassis*, *vin brulé*, chambord... Lo que tenían en sus casas era poco para tan alta celebración.

Esa locura era la más grande sensatez que había vivido. La muerte no era el camino. El mundo estaba hecho de seres humanos, no de banderas.

Cuando estaba a punto de adentrarse en Montparnasse se

encontró de golpe con el recuerdo de él mismo reflejado en una vidriera.

¡Cuánto había cambiado!

Tuvo un diálogo con aquel Emmanuel.

—Fíjate —le dijo el que lo miraba—. Te ibas a comer el mundo, ¿verdad? Sin embargo, compruebo que te encuentras bastante demacrado. Me dejaste aquí y ahora me buscas. Uno siempre acaba regresando a reencontrarse con lo perdido. ¿Qué te pasó, Emmanuel? Vuelve a llenar la copa con tu mejor yo y bébetela hasta que veas el fondo del cristal. ¿No respondes? Eso es bueno, quiere decir que lo que te digo te hace pensar.

Silencio... y a continuación:

—Aunque me veas así, no creas que estoy acabado —le dijo a su imagen—. Un día nos volveremos a ver cara a cara y seré yo quien te interrogue y me burle de ti. Eres un inmaduro, y en cambio yo tengo mucho vivido. Te llevo una gran ventaja: haber sufrido.

Debatió mucho hasta que se le acabaron las palabras. Conseguía salir ileso de aquella contienda interior. Se despidió de su reflejo y continuó su camino.

Después de tanto tiempo, necesitaba abrazar a sus amigos. ¿Dónde estaban? ¿Seguirían allí?

No sabía nada de ellos desde hacía mucho tiempo.

Un grito entre la muchedumbre lo obligó a girarse.

—¡Emmanuel Le Bleu! ¿Eres tú?

Un hombre de largas barbas con aspecto de ermitaño se le acercaba. Era Constantin Brancusi, uno de los artistas con los que había compartido sus mejores noches de juventud. Se aproximaba con los brazos abiertos. Iba acompañado de la fotógrafa francesa Lucie Guillaume, amiga íntima de Kiki, la divertida modelo, famosa por su alegría y desparpajo, que ahora posaba para todos. La fotógrafa era reportera de *Le Figaro* y andaba en la búsqueda de inmortalizar el momento con su cámara.

—*Oh, mon Dieu! Mon Dieu!* Estás hecho todo un hombre —le dijo el escultor.

Hacía diez años que no se veían.

El hombre lo abrazó y le presentó a la fotógrafa.

—Imagino que no la conoces. Lucie se ha convertido en el alma de Montparnasse. Sabe capturar con su objetivo el espíritu de los insolentes, o sea, el nuestro.

—Este es un instante de gloria —dijo la fotógrafa—. Si me permiten...

Se puso delante de ellos, enfocó y disparó algunas fotos.

—Sublime encuentro. Así se llamará esta foto —apuntó Lucie.

—¿Qué ha sido de ti en todo este tiempo?

—Amigo mío —le respondió Emmanuel a Brancusi—, he vivido los horrores de la guerra.

—Lo último que supimos es que continuabas en Colombia y que no pensabas regresar.

—Han pasado muchas cosas. Tantas para contarte que no sabría por dónde empezar. Lo más triste fue que en mi ausencia murieron mi hermana y mi padre. La guerra es el horror del ser humano; no hay cómo describirla.

—Muchos de los nuestros la han vivido.

—Ya no somos lo que éramos. Demasiada sangre derramada y mentes perdidas. ¿Qué ha sido de...?

—Lo sé. Quieres saber de tu gran amigo.

—Modi...

—Está aquí. Se morirá de alegría de saberte en París. ¿Verdad, Lucie?

—Siempre nos habla de ti —afirmó la fotógrafa.

—Quiero verlo.

—Creo que no soportará la dicha. Siempre nos dijo que su pañuelo no lo hubiera dejado nunca en manos de otro que no fueras tú.

Caminaron abrazados hasta llegar a La Rotonde.

Un grupo de artistas celebraban la victoria de la paz.

—Escóndete —le ordenó Brancusi—. Quiero darle la sorpresa.

En una mesa brindaban pintores y modelos. Entre ellos, se encontraba el chileno Ortiz de Zárate y el español Picasso acompañados por Paquerette, la modelo de Paul Poiret, en ese momento amante del español.

—Modi —le dijo Brancusi—. ¿A quién desearías ver hoy?

Modigliani, que ya llevaba varias copas encima, le contestó:

—A Dios.

—No vueles tan alto —le replicó el escultor.

—A...

—Piensa bien. Apostemos un cuadro tuyo a que no lo adivinas.

—Dame una pista.

—Rojo.

—¿Rojo?

—Sí. Algo de color rojo que un día regalaste y significaba mucho para ti.

—No puede ser otro que...

Emmanuel apareció.

—*Il mio ragazzo! Come è possibile?* —gritó emocionado.

Se fundieron en un abrazo.

—¿Estás bien?

—Bueno, vengo de la guerra, de muchas guerras.

—Pero estás aquí y esto hay que celebrarlo. No podrías aparecer en mejor día.

Bebieron sin medida, bailaron recordando alegrías pasadas, saltaron como niños, rieron a carcajadas y se contaron muchas cosas; entre ellas, Emmanuel habló de su amor perdido.

—¿Cómo es el amor de tus sueños?

—Ella es fuego.

—Aquí tenemos decenas de mujeres que son puro fuego —dijo Picasso abrazando a Paquerette.

—Déjalo en paz —le dijo Modigliani—. ¿No ves que está enamorado?

—Aquí te haremos olvidar. Paquerette, querida, ¿nos ayudarás?

—*Oooh! Oui* —asintió la modelo riendo—. Tengo muchas amigas que morirían por él.

Modigliani se lo llevó a un rincón y le dijo al oído:

—Si me la describes, haré un cuadro de tu amada para ti. No les hagas caso a estos locos.

Se fueron al atelier del pintor y Emmanuel hizo un esbozo hablado de Betsabé y también le mostró el pequeño cuaderno en el que, en las noches eternas enterrado en las trincheras, la había dibujado compulsivamente. Con ello Modigliani pintó un lienzo.

—¿Se le parece? —le preguntó.

—Es casi exacta, aunque su cuello es muy largo.

—Pues aquí la tienes. Debes dejar que se seque y te acompañará siempre. Lo bello de la pintura es que lo que está pintado en óleo jamás desaparece. ¿La amas?

—Como jamás imaginé.

—Eres un ser privilegiado. ¿Tienes conciencia de eso? El amor llega a muy pocos, *ragazzo*.

—Pero... ¡Está tan lejos!

—En el verdadero amor no existen las distancias. Un día el mundo se convertirá en un inmenso plato donde todos comerán de él. No renuncies jamás a tu banquete. Si crees que ella es tu destino, ¡búscala!

Cuando estaba a punto de irse, llegó Picasso con Paquerette y una hermosa y peculiar amiga. Vestía una capa de terciopelo rojo y parecía que dentro no llevaba nada.

—Aquí tienes tu alegría —le dijo el pintor malagueño a Emmanuel.

El muchacho se asustó.

—Me tengo que ir —dijo turbado.

La amiga de Paquerette se le acercó y le plantó un beso en la boca.

—*Oh, mon amour,* qué labios más carnosos tienes —pronunció sensual.

—Debo irme, me esperan.

—No puedes —le dijo ella—. Voy a salvarte.

—No necesito de alguien que me salve.

—Eres hermoso, déjame sentirte. —La muchacha empezó a desvestirlo—. Déjate ir —le dijo sinuosa.

Emmanuel le cogió las manos, que empezaban a pasearse por su cuerpo.

—Detente.

—O sea, que eres de los que dicen no querer. Eso me gusta.

—Para.

—Querido, estoy aquí para liberarte.

—No deseo que me liberes de nada.

—*Mon petit lapin...* ¡Qué tímido eres!

Mientras la chica lo besaba y le despojaba de sus ropas, Emmanuel pensó en Betsabé.

—¡No puedo! —le gritó consternado.

—Todos dicen lo mismo al principio.

—Estoy enamorado.

—Eso, mi querido, es secundario.

—Para mí, no.

—Piensa que ella soy yo, ¿qué más te da?

—Eres hermosa, pero no eres ella. Mi cuerpo no te pertenece.

—Emmanuel, no seas tan arisco.

Era una joven libertina que no entendía nada. Y el muchacho, un bello ejemplar para saborearlo. Picasso le había encargado la tarea de reconvertirlo y haría lo que hiciera falta para conseguirlo.

—Te voy a liberar de tu dolor —le dijo mientras lo desnudaba.

Su cuerpo prometía olvido. Cerró los ojos.

21

Bello, 20 de diciembre de 1918

En este universo nada tiene raíces. Todo cambia. Pareciera que los árboles del mundo volaran por los aires cuando tu interior no puede anclarse en ninguna parte. Cuesta caminar la tierra sin afectos. ¿Eso nos hace más fuertes? Puede ser. Al final, de tanta falta, terminas llenándote de un vacío que ansía y pide con una lengua subterránea aquello con lo que sueña, y a la fuerza debes someterla a no decir, a no desear, aunque esto acabe siendo un imposible. ¿Por qué si no, nos movería a continuar? ¿Se podría hacer algo con el deseo? ¿Convertirlo en polvo y hacerlo desaparecer para que nos libere?

Aquí estoy de nuevo en el patronato (no por un deseo placentero, creo yo). Me tocó besarle los pies a sor Inmunda y pedirle toda clase de perdones, con penitencia incluida, para estar otra vez entre mujeres; tal vez se trate de un orgullo interior que me lleva a fantasear con la idea de ser necesitada... o puede que sea algún embeleco fabricado por mi mente con la única intención de sobrevivir. Algo así como sentir que soy importante por algo o para algo, no sé.

La realidad es que vuelvo a estar aquí. Como si no tuviera otra elección, una fuerza sobrenatural me arrastra a regresar a esta cárcel rutinaria.

Le prometí a la monja lo que no puedo cumplir, pero el mundo está hecho también de mentiras, ¿no crees? Mentiras que llaman *piadosas*, solo con el fin de mantenerte a flote.

Las cosas han cambiado, me comentan. Pero yo me doy cuenta de que seguimos recibiendo órdenes, subordinadas a un destino mustio donde no nace ni una flor. Nos dicen que somos inferiores, el sexo débil, y que no tenemos derecho a ningún derecho. En resumen: las mujeres somos animales de carga.

¿Qué pensarán las que callan?

¿Será que no tienen pensamientos?

Yo sigo sintiendo que la vida vale la pena vivirla. Que la inferioridad ha sido marcada por la fuerza bruta y eso no tiene nada que ver con la fuerza del alma y de los sentimientos que deberían situarnos como iguales. Sigo pensando que el cielo es azul y que detrás de las nubes existe un sol que nos abraza a todos sin distinción, y quiere darnos calor.

No sé cuánto tiempo hace que no recibo un abrazo de nadie. Por si acaso, yo los doy, aunque a veces no lo entiendan y me miren extrañadas... (solo lo hago con mis compañeras, no vaya a ser que los hombres lo malinterpreten).

Este lugar parece un cementerio. El negro es el color predominante. Me muerdo la lengua para no decir lo que pienso cuando lanzan órdenes estúpidas que el rebaño acata sin rechistar.

He vuelto a la Fábrica de Arriba y observo que los capataces se han enseñoreado hasta convertirse en amos absolutos. Resulta que, sin que me vieran, fui testigo de otra de las fechorías que hacen: atrasan los relojes de la fábrica a destajo para que sigamos trabajando. Creen que no nos damos cuenta.

¿Se enterará el gerente de lo que está sucediendo?

¿Le importará algo o solo le interesa el rendimiento y la productividad de sus máquinas?

Me gustaría meterme en sus pensamientos para tratar de entender los motivos que lo mueven a tanta injusticia.

Nunca supe qué pasó con Ausencia, pero descifro en las miradas de las operarias un terror mudo.

Está prohibido hablar de casi todo.

Me he dado cuenta de ciertas señas que deben significar algo; no soy tan boba como para no intuirlo. Es como si durante mi obligada desaparición se hubiese creado un lenguaje soterrado, entre capataces y obreras, que estas entienden y se ven obligadas a cumplir.

El otro día, mientras trabajábamos, uno se acercó y puso la mano sobre el telar de una de ellas dando dos golpes. La muchacha hizo un rictus de temor y al poco rato desapareció. Media hora más tarde llegó con el pelo revuelto, los ojos llorosos y la falda descompuesta, y continuó trabajando mientras sollozaba. Cuando traté de preguntarle qué le sucedía, me apartó.

He pensado en volver a reunirnos en la clandestinidad, pero ninguna quiere saber nada de nada.

Aguantamos las ganas de orinar, y cuando no podemos, con tal de no ser regañadas, algunas acabamos haciéndonoslo encima.

En el agujero donde hacemos nuestras necesidades, hay un roto en la puerta por donde he descubierto que los hombres nos espían. ¿A quién nos podemos quejar si son ellos mismos quienes lo hacen? ¡Nadie nos protege!

Aquí no se habla

Aquí no se llora

Aquí no se piensa

Aquí no se duerme

Aquí no existe el cansancio

Aquí no hay lugar a la equivocación

Aquí solo se trabaja a conciencia

Aquí el tiempo es dueño y señor

Aquí quien no lo hace bien, no come

Aquí se obedece al amo:

EL QUE PAGA MANDA

La fábrica está llena de estos letreros.

El otro día asistimos a un parto delante de uno de los telares. La pobre mujer rompió aguas. Pensábamos que eran sus propios orines, pero de repente se tiró al suelo y empezó a dar alaridos. No tuvimos tiempo de nada. Cuando nos acercamos, de entre sus piernas estaba saliendo un bebé embadurnado de sangre. Fue muy terrible y triste. El llanto del niño y el de su madre terminaron ahogados por un silbato. Se los llevaron y nos dijeron que de eso no debíamos hablar con nadie. Estoy convencida de que la pobre escondió su embarazo todo el tiempo con tal de que no la despidieran. Ahora ya no tiene trabajo y tal vez su pequeño no sobreviva.

Ayer entró una niña nueva. Es tan pequeña que no sé cómo está entre nosotras. No debe tener más de once años, o por lo menos son los que aparenta. Me da mucha tristeza ver su niñez truncada por una responsabilidad que no le tocaría asumir. Pienso que debe ser una infeliz que ha tenido que aceptar un papel de madre que no le corresponde, y que lo hace para alimentar a sus hermanos.

Parece un pobre perro apaleado. Todo en ella son ojos. Unos ojos desorbitados que ocupan su cara pálida y sucia. Los pies embarrados sobresalen de una falda que alguna vez debió tener el color de las rosas. Cuando le pregunté cómo se llamaba se volvió asustada, buscando que nadie la espiara antes de responderme, y al comprobarlo me dijo muy bajito: «Nazarina». También me confesó que le habían advertido que era mejor que no hablara con nadie si quería continuar teniendo trabajo.

Al final del día —tras acabar la eterna jornada en la que escapamos agotadas y vacías, abrumadas por el cansancio y el peso de sentirnos máquinas sin corazón—, cuando sonaron las sirenas corrí a la calle y no sé por qué razón pensé en ella y la esperé.

Caminé detrás de Nazarina hasta que dobló una esquina y se adentró en una zona baldía llena de abrojos y malezas, de perros y gatos escuálidos y hambrientos.

Continué siguiéndola sin saber adónde se dirigía.

La vi entrar en una casucha, que más que eso era una especie de enramada hecha ingenuamente con restos de árboles, donde desapareció en medio de una algarabía de niños.

La espié.

Tres pequeños la esperaban y se le abrazaron a las faldas.

Ella sacó de un atado algo de comida y la repartió. Después acunó al más pequeño, que no debía tener más de dos años, y le dio a cucharaditas un poco de lo que parecía ser una mezcla de leche con aguapanela. Para ella, no quedó nada.

Sentí la necesidad de acercármele, pero no lo hice por temor a que me rechazara y se sintiera violentada por mi presencia.

Esa noche, cuando comí, guardé la mitad de lo que me dieron y al día siguiente se lo di. Sus ojos, encharcados en lágrimas, me lo agradecieron.

Ahora las del patronato también me dan algo de lo suyo y de esta manera la ayudamos.

Débilmente empieza a crecer una muda consigna entre nosotras:

«LA UNIÓN HACE LA FUERZA».

Los que menos tenemos, más damos.

¿No te parece algo increíble?

22

Cenicio de la Cruz no se daba por vencido. Odiaba a Consolación y había tomado la decisión de vigilar la llegada del correo.

Tras muchas mañanas haciendo guardia, el cartero llegó y él, antes de que se aproximara demasiado a la casa, fue a su encuentro. Entre las cartas, había una dirigida a Betsabé con letra inequívoca de Emmanuel y sellos de correo franceses. Se la guardó.

Habían pasado cuatro años desde que Emmanuel Le Bleu partiera.

Sabía que sería casi imposible entregársela, pero él había desperdiciado su existencia navegando imposibles. Arrastraba una frustración amorosa que jamás había logrado expulsar de su alma.

En su temprana juventud lo separaron de su único amor, una mulata ingenua que su malpensada y supersticiosa abuela había hecho desaparecer en la manigua de la selva por considerarla impura y casquifloja después de que una medianoche a la orilla de la playa se los encontrara recostados en la arena arrullados por las olas observando la luna. No la había tocado porque pensaba que hacerlo era una falta de respeto y la quería para convertirla en su esposa. Su amor era más sagrado que su vida. Pero la abuela no lo entendió y los castigó con la negación. De esta manera acabó desgraciándolos para siempre. Ahora, si podía contribuir a que otros alcanzaran la felicidad que Dios les negara, iba a hacer hasta lo imposible.

Lo último que sabía era que Betsabé ya no estaba en el patronato. Una tarde se acercó a preguntar por la joven fingiendo que llevaba un recado urgente de su jefa, doña Céfora Echavarría de Mejía, y la monja que lo atendió a desgana le comunicó con palabras escuetas que hacía dos años que la muchacha, por malas mañas y comportamientos revoltosos, había sido expulsada. Sin embargo, no se dio por vencido.

La pista se perdía en ese lugar y sería también en Bello donde la encontraría.

El color de su piel y el uniforme que vestía como chofer de familia adinerada no lo ayudaban; así que decidió acercarse a la fábrica vestido de paisano. Alternaba los días como podía, tratando de dar más de sí en el Chalet Capricieux con tal de poder ausentarse a las horas precisas para situarse delante de la puerta de la edificación y ver la salida de las trabajadoras.

No se le ocurrió otra idea que observar a cada una calculando sus edades. Pretendía acercarse a las más jóvenes con la intención de que alguna pudiera darle algún tipo de información, cualquiera que fuese.

A las que clasificó como más afines a Betsabé les fue preguntando, pero muchas ni se dignaron contestarle. Lo miraban con desconfianza pensando que tal vez el hombre quería saber de ella para hacerle algo malo, y es que en la fábrica ya se había ido instalando la ley del silencio. Como fuera, trataban de protegerse las unas a las otras.

Tras acudir varias semanas, un día le pareció verla.

Era ella.

En medio del tumulto de obreras, Betsabé Espinal sobresalía. Llevaba una especie de aura que la envolvía. No era algo que a simple vista apareciera. Se trataba más bien de su alma roja, que iluminaba con fuego su presencia.

La fue acompañando con la mirada hasta comprobar que quedaba sola. La vio detenerse delante de un árbol cuajado de mangos y recoger del suelo uno que yacía maduro a la espera de que algún pájaro se lo comiera.

Observó cómo se lo devoraba con hambre y lamía su jugo, que se escurría entre sus dedos. Se había sentado en un banco, delante de la iglesia, y observaba el cielo pensativa.

Cenicio de la Cruz dudó si era mejor dejarla que siguiera viviendo como estaba sin explicarle a qué había venido, o revelarle lo que conocía. Ella parecía encontrarse bien y, tal vez, hablarle de Emmanuel podía desestabilizar su vida.

«No», pensó.

Por un compromiso ineludible consigo mismo y con el amor, debía confesarle lo que sabía.

CUARTA PARTE

1

Bello, 1 de enero de 1920

Querido diario:

Nadie ha nacido tantas veces como yo. Creo que he muerto y resucitado en cada pérdida. La vida debe ser así, ¿no? Morir y renacer muchas veces hasta llegar al final.

Acaba de empezar un nuevo año y mucho me temo que será del todo terrible.

El momento que vivimos en la fábrica es muy angustioso y si no hago algo estaremos perdidas.

Mi amor por Emmanuel sigue vivo. Me duele tanto su ausencia que he deseado muchas veces no existir. La única carta suya me la dio Cenicio hace ya un año. La llevo guardada en mi pecho como si fuera un escapulario y me impulsa a seguir. ¡Habla de tanto dolor y privaciones! Aunque yo las haya vivido, me cuesta entender lo que debió ser su vida en el frente. Aquel frío del que se queja...

¡Dios mío! ¡Cuánto sufrimiento!

Deseo con todas mis fuerzas que siga vivo, aunque no lo vuelva a ver. No soportaría la idea de que no existiera. ¡Se lo pido a Dios con tanto fervor! Incluso he llegado a ofrecerle mis penas más duras a cambio de que lo mantenga con vida, aunque sea enamorándose de otra.

Es muy probable que no me mereciera tanta dicha vivida.

Cenicio quedó de seguir viniendo, pero nunca más apareció.

Jamás volví a saber nada de él. Se esfumó, como todo lo que ha ido desapareciendo de mi vida. Le he escrito a Emmanuel a la dirección que aparece en el sobre, sin embargo, no he tenido respuesta.

Ya me siento una arruinada del amor.

Lo que viví con él lo fue todo, lástima que cuando estaba en la gloria no tuve verdadera conciencia de que podía ser una felicidad fugaz. Eso le debe pasar a mucha gente. Siempre pedimos más sin darnos cuenta de que tal vez no hay más. Que eso era todo, pero es que el ser humano llega a ser insaciable en su voracidad.

Ahora camino de otra manera. Saboreo cada peldaño que subo, tratando de despejar interrogantes que me acechan. Empleo todas mis fuerzas para entregarlas a las más débiles. Trato de que cada palabra que pronuncio sirva para levantar a las caídas. No estoy dispuesta a aceptar el orden establecido y menos el de quienes no saben imponerlo con justicia.

Me duelen muchas cosas, pero dentro de mí existe una especie de supervivencia que me obliga a no sentir debilidad.

Ya he comprobado que si no hacemos nada por nosotras, acabaremos convertidas en pura basura, carne que una vez han comido tiran sus sobras para que las devoren los marranos. Somos esclavas.

Dudo de que Dios nos proteja y me da mucha rabia dudar, pero la mezquindad de los capataces me obliga a blasfemar.

Existen unas garitas altas desde donde nos vigilan. Pero arriba se está muy mal situado para darse cuenta de lo que vivimos las de abajo.

Así va la vida.

Los derechos de una obrera no existen; están marcados por la perfección de los telares y si estos fallan no es culpa de la máquina, faltaría más, sino de quienes la manipulan, y eso lleva a aplicar a la operaria un castigo ejemplar. Todo con el fin de generar terror.

Cada noche leo y releo la carta de Emmanuel y me siento más cercana a él de lo que jamás estuve. Sus penurias me ayudan a hacerme más fuerte. Si él fue capaz de sobreponerse a tanta negación, yo debo ser, como mínimo, igual o más fuerte.

La palabra es *sobrevivir*, pero... ¿a qué precio?

Nos machacan con los deberes cristianos y la obediencia. Con conferencias espirituales de mística y moral que dicen alimentar el espíritu y alejarlo de la perdición. Nos hablan de premios por buen comportamiento, virtuosismo, prohibiciones y renuncias. Una disciplina en la oración para alcanzar la gloria. ¿Cuál gloria?

Nuestros pies se congelan. Nuestros salarios no sirven para dar de comer a nadie. Son unas míseras raciones a cambio de la explotación y de la honra de ser dignas. Los derechos solo son para ellos. Los pocos obreros se desentienden de nosotras, tal vez por miedo o cobardía. Seres apocados que no tienen ni idea de lo que significan las palabras *ética* y *principios*.

Hace dos días me tocó enfrentarme con uno de los capataces, Celedonio María Vásquez, a quien llaman El Piojo; se me acercó y puso su sucia mano en mi hombro.

Yo le dije: «¡Quita tus asquerosas manos de encima! ¡Conmigo no podrás!».

Él me respondió: «Por tu bien, no me rechaces. Me vengaré. Te lo advierto».

«No soy tu esclava».

«Aquí todas son esclavas —me contestó—. ¿Qué te has creído, cejona avispada? No eres más que una pobre obrera».

«A mucha honra», le dije.

Me cogió por el pelo y trató de besarme, pero yo le di una cachetada. ¿Qué se habrá creído ese marrano?

¡Se acabó! A mí no me va a tocar nadie. Lo miré con tal odio que el hombre se largó.

Podemos ser unas mujeres hambreadas, sí, cloróticas y faltas de muchas cosas, pero no por eso menos dignas.

¡No más!

2

Eran las seis de la madrugada del jueves 12 de febrero de 1920.

La mañana amaneció gris. Negros estratocúmulos se cernían en el cielo creando formas inverosímiles de monstruos que amenazaban con devorar Bello.

Sobre el cerro Quitasol no había ni una espada de luz. Las sombras caían a plomo sobre la fábrica. Como si se tratase de un anuncio divino, un grupo de obreras, entre ellas Adelina González, Trina Tamayo, Matilde Montoya, Carmen Agudelo, Teresa Piedrahíta y Bedalina del Valle, compañeras de Betsabé, se negaban a entrar y alentaban a obreras y a obreros a hacer lo mismo.

—No podemos continuar siendo oprimidos —dijo una de ellas.

—¡No! —gritaron las mujeres.

Los hombres callaron.

—Esto ya se pasó de castaño oscuro. Si nuestros padres no nos apoyan, seremos nosotras quienes velemos por la moralidad.

—¡Así es! —asentían todas.

—Que hable Betsabé —gritó Rosalina Araque, otra de las que apoyaban el suceso.

Betsabé surgió del tumulto henchida de fuerza, con su pecho adelantado y su cabeza en alto, y con paso decidido se situó delante de las puertas de acceso a los talleres. Una de ellas le acercó un taburete sobre el que la joven de ojos de carbón encendido se subió y empezó a hablar:

—Compañeras, ¡no vamos a entrar! Se acabó la tiranía —dijo con voz autoritaria—. Hemos manifestado muchas veces a don Benigno Morales nuestras necesidades y, a cambio, ¿qué hemos recibido? Más ultrajes y su silencio. No podemos seguir viviendo para producir mientras otros se benefician de nuestro sacrificio. No se trata de sobrevivir, sino de vivir.

El portero Severo López, alias Tamaco, uno de los tres hombres que hacían y deshacían a su antojo con su poder de mando, abrió las puertas tres veces para que las obreras ingresaran, pero ellas las cerraron dispuestas a permanecer firmes en sus ideales.

A las ocho de la mañana, en la llamada al desayuno, todas continuaban obstaculizando la entrada y se declaraban en huelga.

—Si el gerente no nos reconoce, continuaremos sembradas aquí hasta vencer o morir.

—¡Viva la huelga! ¡Abajo la opresión! —gritaban.

—¡Se acabó la tiranía! —continuó Betsabé Espinal—. Hemos vivido demasiadas injusticias y esto ha llegado a su fin. Lo que están haciendo con nosotras es un crimen. Los amos de este lugar han tolerado las conductas inmorales de sus capataces haciendo oídos sordos a sus faltas; encubriéndolos y alcahueteándoles sus patrañas y rastreros instintos. ¿Adónde han ido a parar los hijos que con violencia han engendrado en nuestras pobres compañeras? ¿Dónde están las que de un momento a otro se ausentaron de su lugar de trabajo? Las desaparecieron sin más. Digo *las desaparecieron...*, sí, señoras y señores. Seguramente ahora están recluidas, quién sabe dónde, escondiendo su vergüenza. Esos pobres inocentes, pequeños traídos al mundo en la más absoluta miseria, se les mueren de hambre. Por no hablar de las más débiles, a las que las han forzado a deshacerse del *pecado* antes de que la criaturita, sin ninguna culpa, vea la luz.

»¿Y qué dice la Iglesia? ¿Dónde está lo que predican? ¿Les dicen algo a estos patrones dueños del mundo y a sus secuaces?

Las obreras interrumpían con aplausos, al tiempo que se acercaba el párroco de la iglesia asustado por lo que veía.

—No les basta con el deseo de poseer nuestros cuerpos para su goce animal; nos quieren convertir en máquinas. Pero somos seres humanos con anhelos de libertad de vivir, amar y soñar.

»Se han amangualado con el clero para llenarnos de miedo. Sí, nos santiguamos porque parece una blasfemia. Y yo les digo que no tengan miedo. Porque Dios es amor y no creo que Él quiera esto. Solo lo utilizan para sus propios beneficios.

Entretanto, el pueblo, que se había enterado de lo que estaba sucediendo, se arremolinaba alrededor de las cuatrocientas obreras que continuaban fuera. El alcalde acababa de ser notificado de la trifulca y se ponía en marcha.

—Nos quieren analfabetas, obedientes, sumisas y temerosas para explotarnos. Cuanto más desamparadas estemos, mejor para ellos. Viven una doble moral: por un lado, nos hablan de oración y de buen comportamiento, y por el otro, los que más mandan hacen oídos sordos cuando ven que sus subalternos abusan de nosotras y nos explotan como a animales de carga y objetos sexuales.

»Sin nosotras, las máquinas son inútiles. Nos necesitan y, como mínimo, merecemos que nos cuiden tanto o más que a esos artefactos inertes. Si a estos los lubrican con aceite, a nosotras que nos den respeto. ¡¡¡Hemos de luchar por nuestros derechos!!!

—Sí —gritaban las obreras al unísono.

—Son buitres al acecho de sus presas. Pero no lo somos

—gritó—. El miedo es un animal que se amilana si nos hacemos fuertes. Se creen que están delante del sexo débil. ¡Pobrecitos! Somos fuerza pura. No nos van a sobrexplotar más. Nadie debe darnos permiso para ser. Su mentirosa filantropía nos ha confundido, pero hoy, a pesar de que el día esté nublado, somos el sol. Podemos acceder a lo universal. Y deben saber que de aquí no nos moveremos. A ver si sus telares pueden seguir sin nosotras.

»Compañeros, sin nuestras manos, nada funciona. Somos importantes y tenemos que creérnoslo. Nos han herido y no nos han respetado. Han creído que la violencia no nos dolía y han abusado de nuestra ingenuidad y bondad. ¿Por qué nos ha sido vetado el poder? Somos poderosas y vamos a demostrarlo.

Las obreras aplaudían.

—No vamos a cargar a cuestas por más tiempo esta pesadísima cruz que llevamos arrastrando durante años. Hemos sido testigos de lo que han hecho con muchas de nuestras compañeras y de cómo se han aprovechado de su debilidad para arrojarlas al abismo de la prostitución, al desamparo y la miseria. Nos infligen multas injustas por no acceder a sus sucios propósitos y nos extorsionan con amenazas a cambio de tener acceso a nuestros cuerpos.

Al tiempo que Betsabé hablaba, los pocos obreros que se encontraban fuera decidieron entrar. Al verlos desfilar con la cabeza agachada hacia la fábrica, Betsabé levantó su índice y los señaló.

—Miren lo que hacen estos. Ahí los tienen. Esa es su gran solidaridad. ¡Cobardes! Desfilen como corderitos al matadero, no los necesitamos. Nos quedamos con los pantalones que a ustedes les faltan. Están enfermos de miedo. Deberían vestir faldas y orinar sentados.

Eusebio Vélez habló:

—Si estas obreras no quieren seguir, que se vayan a servir a las cocinas, ¡carajo!, donde se verán más humilladas y ganando menos. Que las cojan de las mechas y a patadas, que es lo que entienden.

Las obreras lo callaron.

—¡Fuera! ¡Fuera! ¡Fuera! —coreaban.

Betsabé retomó la palabra:

—No van a poder con nosotras. ¡Viva el socialismo criollo! Abajo los patrones explotadores de lengua ponzoñosa. ¡Viva la humanidad!

Las autoridades gubernamentales rápidamente se enteraron de lo que estaba sucediendo en la fábrica. En poco tiempo llegaron agentes de la Policía que, al oír el discurso de Betsabé, en lugar de estar en desacuerdo, soltaron las armas y empezaron a aplaudirla. Muchos conocían lo que se vivía dentro pues tenían madres, hermanas, hijas y tías, algún familiar entre ellas, y conocían de primera fuente las canalladas que se infligían en el recinto y su desamparo frente a quienes ejercían el poder.

La Organización Socialista se puso en marcha.

Ese día la fábrica se silenció y no hubo poder humano que las obligara a entrar.

3

No hubo ni desayuno ni almuerzo.

Estaban henchidas de una fuerza sobrenatural que les colmaba el estómago. El hambre que tenían ahora solo era de justicia.

Abandonaron las inmediaciones de la fábrica y se reunieron en una explanada cerca de la quebrada La García, donde escuálidos perros, tan esqueléticos como ellas, las rodearon como si olisquearan lo que sucedía.

Las obreras más débiles se aferraban a las faldas de las más fuertes. Se daban cuenta de que lo que sucedía en ese momento era trascendental y que solo unidas podrían vencer.

Crearon un contundente pliego de peticiones que se resumía en cuatro puntos:

1. **Horas de trabajo:**
   Entrada a las seis y media, con una hora para almorzar y salida a las cinco de la tarde.
2. **Salario:**
   Aumento del cuarenta por ciento.
3. **Libertad:**
   Derecho a calzarse. Basta de ir sin zapatos aguantando el frío y el barro.
4. **Despidos:**
   Cambio inminente de los tres empleados superiores, los capataces Severo López, Eusebio Vélez y Celedonio María Vásquez.

Esos requerimientos solo podían ser validados por el gerente.

Nada iba a solucionarse sin que Benigno Morales Santos diera su aprobación, y lo que en ese instante querían todas era sentar un precedente.

Cuando regresaron a la fábrica se dieron cuenta de que no estaban solas. Una ingente multitud se agolpaba en la entrada, coreando consignas y vivas.

En medio del gentío, conjuntos de música interpretaban con sus tiples y guitarras alegres canciones de apoyo y fiesta, mientras matronas encendían fogones donde preparaban olladas de sopa y alimentos sencillos para alimentarlas. Decenas de niños les lanzaban flores que caían sobre ellas formando un inmenso tapiz multicolor que olía a triunfo. Con sus vocecitas aupaban a Betsabé y a sus seguidoras a continuar en la lucha.

Aquellas cuatrocientas mujeres se habían convertido en obreras heroicas que, con altivez y fuerza, desafiaban el mundo de la injusticia y buscaban un mundo mejor.

El miedo daba paso a la valentía.

Ni un paso atrás...

«Ni un paso atrás, ni *pa'*coger impulso». Esa era la consigna. Reporteros de diarios afines a la huelga se apiñaban enfrente, como abejas sobre un campo de jacintos florecidos, buscando la exclusiva. Juan El Tejedor, El Tintorero, Detective, Un observador, Juan El Ermitaño, todos convertidos en seudónimos agitaban sus libretas y sus plumas en busca de la primicia.

Uno de ellos, que firmaba sus artículos como El Curioso Impertinente, al acercarse a Betsabé quedó prendado de su fuerza y belleza. Era una muchacha que destacaba de las demás, como si llevara grabada en su frente con un sello de fuego la palabra *valentía*. A su alrededor sobrevolaban mariposas y pájaros a los que nadie hacía caso, pero que él veía de manera nítida. Se empeñó en acercarse, abriéndose paso a punta de codazos entre la multitud hasta llegar a ella.

—¡Señorita! —le gritó—. Usted es una fuerza sobrehumana. Déjeme preguntarle, ¿por qué lucha?

Betsabé se percató de su presencia y, aunque todos la rodeaban y el griterío le impedía oírlo, quiso responderle.

—¡Silencio! —gritó.

Todos callaron.

—Pregunte —le dijo Betsabé señalándolo.

—¿Por qué lucha? —le repitió el hombre.

—Por nosotras, las obreras. Lucho por la igualdad y la dignidad. Porque castiguen a los agiotistas profesionales y a los explotadores. Lucho por la justicia. La obrera de hoy no es la tonta de hace años.

—Dígame, señorita, ¿tiene miedo?

—Señor, me infravalora. El miedo es una palabra que no tiene cabida en este momento. Llegó la hora de la valentía. Se creyeron que éramos unas pobres tortolitas, pero nos hemos convertido en águilas.

—¿Adónde van con su vuelo?

—Nos dirigimos a la igualdad, y a los que quieran seguirnos, no tienen más que extender sus alas. Esto no lo para nadie.

—¿Y si no les hacen caso?

—Peor para ellos. Sin nosotras, no hay telas. Y si no hay producción, no podrán ganar dinero.

Todos los presentes aplaudieron.

—No buscamos paralizar sus beneficios, buscamos ganar lo que nos corresponde. Eso se llama *justicia*.

—¡¡¡Justicia, justicia, justicia!!! —corearon los bellanitas acompañándose de sus palmas.

Los músicos presentes rasgaron sus guitarras y los cantantes improvisaron unas divertidas coplas que decían:

> *Aquí viene doña Justa*
> *a dar rejo a los malvados,*
> *hágase a un lado, Benigno,*
> *si no quiere calentao...*

4

Y como los diarios liberales empezaron a dar amplio cubrimiento, rápidamente la huelga adquirió grandes dimensiones.

No solo el departamento de Antioquia se puso en marcha: fue el país entero. Un puñado de mujeres ponía en jaque la producción de una fábrica muy importante. La que en su momento fuera pionera en el sector textil. Aquello era un hito en la historia de Colombia.

Las corrientes socialistas llegadas de Europa habían ido calando entre los menos favorecidos y cada uno se identificó con su causa.

Mujeres y hombres se unían para dar soporte material con lo poco o nada que tenían, para que aquellas muchachas se mantuvieran en la valiente liza.

El periódico *El Luchador* comenzó a lanzar consignas a favor de la huelga y pidió ayuda:

OBRERAS
OBREROS

contribuyan con algún óbolo para sostener a todo trance la HUELGA de nuestras hermanas las obreras de Bello.
Punto de recibo: oficinas de *El Luchador*.

LAS OBRERAS DE BELLO

han dado un hermoso ejemplo de energía. Jamás se verá una huelga más justa, más espontánea, más oportuna.

Esta vez queda demostrado que la mujer sirve para algo más que para arreglar la casa y criar hijos. Es un espectáculo digno de verse y meditarse. Esas obreras rebeldes, que no quieren continuar bajo el yugo del amo explotador y que se retiran en un momento dado, cueste lo que cueste, de esa cárcel oscura de la fábrica, donde toda iniquidad tiene su asiento y en donde todo su ruido monótono hace su habitación.

Las organizaciones, asambleas y juntas socialistas publicaban a destajo nombramientos.

Los telegramas se sucedían en continuo. Súplicas, contribuciones y cuotas extraordinarias iban cayendo en el centro neurálgico de la sociedad obrera.

Artículos de toda índole desenmascaraban a los tiranos y enaltecían a «las purísimas virgencitas fugitivas del harem». A las «esclavas rebeldes y altivas, prófugas de la ergástula de don Benigno Morales, en donde se les ultrajaba el alma y en donde cada minuto, cada hora que corría, era un peligro para su virtud y para su honra...».

Benigno Morales, al ver que aquel suceso se le salía de las manos, llamó al alcalde.

—Creo, don Benigno —dijo el señor alcalde—, que como medida prudente debemos cerrar la fábrica mientras los ánimos se calman.

—No, no la cierro. Eso es mío. Usted lo que debe hacer es matar a dos o tres para que no molesten y todo se acabe en paz.

—Yo, don Benigno... (la comunicación se interrumpe)...

> Quiere esto decir que ya existe la medicina que ha de curarnos de la peste de las huelgas y que puede emplearse así, salvo mejor parecer.
>
> Para una huelga de mujeres... se matan tres; para una de hombres, solo dos, y para una compañía o promiscuada, una.
>
> «Si yo fuera dueño de esa fábrica —decía uno— dejaría morir de hambre a todas esas mujeres».

Juan El Tejedor lo publicaba en el periódico:

> Don Benigno Morales Santos ha encontrado, según decires, un medio muy razonable y justo de solucionar la huelga de Bello, que consiste en aconsejar al señor alcalde de aquella población que mate a tres o a cuatro obreras. No hay que extrañar, esto es muy digno, muy propio, muy peculiar de don Benigno. He ahí el hombre, o más bien la fiera, a quien la miseria y las lágrimas de sus obreras ya no le satisfacen. Por eso pide más... Su sangre.

Todo esto aparecía en los diarios. Conversaciones, pareceres, opiniones, impresos en letras de molde, con el único objetivo de que quedara constancia de lo que sucedía.

Hasta el lugar de la huelga llegó el fotógrafo Melitón Rodríguez, famoso en Medellín por inmortalizar con su cámara a la sociedad antioqueña y los aconteceres cotidianos de la Villa de la Candelaria. Quería pedirle a Betsabé que le concediera el honor de dejarse captar por su lente.

—Señorita —le dijo—, si me permite... Usted representa a una sociedad en rebeldía y quisiera hacer un retrato suyo para honrar este momento.

Para Betsabé era algo inusual. Jamás la habían fotografiado.

En medio del fragor que iba *in crescendo*, no daba abasto con lo que había generado. Todos deseaban estar con ella, tocarla y sentir que estaban ayudando a cambiar el mundo.

Quedó con él en su estudio, a pesar de no entender muy bien el porqué de su requerimiento.

El Detective, un reportero de *El Luchador*, quería entrevistarla y acompañar la imagen de Rodríguez con sus impresiones sobre lo que estaba sucediendo a las afueras de la fábrica.

Betsabé lo citó en una humilde casa retirada del pueblo donde las mujeres, llenas de entusiasmo por lo que estaba generando la huelga, lo recibieron.

—Bienvenido —exclamaron las obreras—. Sepa que todas estamos firmes a morir en lo dicho, a la voz de nuestra compañera Betsabé.

5

París continuaba descorchando fiestas y placeres, sumergida en el loco frenesí de olvidar la guerra. Los jóvenes imponían la alegría como si fuese la gran consigna sobre la que debía moverse la nueva Francia.

Aquella victoria de la que tanto se ufanaban —que en realidad constituía una gran pérdida de vidas humanas, deterioro, miseria inmensa y que dejara tantas secuelas— debía ser borrada de la memoria.

El dolor de los años sufridos empezaba a quedar sepultado entre voluptuosos carnavales, serpentinas y confetis. Bailarines, artistas y escritores venidos de todos los lugares del mundo abanderaban aquella efervescencia en donde también las mujeres se emancipaban, lanzándose a saborear la palabra *libertad* o lo que ellas creían que esta significaba.

Mientras tanto, Emmanuel Le Bleu sobrevivía como podía en su refugio del Parc Monceau, haciendo indescriptibles malabarismos para que su madre continuara viva y serena, y de paso le permitiese un poco de soslayo y alegría.

Sus salidas nocturnas a Montparnasse quedaban supeditadas a que la pobre mujer se encontrara tranquila y emocionalmente estable, pues tras quedar viuda de marido y huérfana de hija, su estado de ánimo era muy fluctuante. Una desbordante felicidad daba paso a un túnel de llanto que la desgastaba y la llevaba a revivir el instante mismo de la pérdida, desde donde Emmanuel debía rescatarla.

Lo único que el médico recomendaba era paciencia y compañía, ya que un trauma de semejante naturaleza no se trataba con otra medicina que no fuera la del amor.

Muchas veces el joven se esperaba hasta dormirla y le pedía al mayordomo que si despertaba la calmara suplantando su identidad. El drama familiar le impedía ser autónomo de su pobre existencia.

Lo que su alma deseaba con vehemencia era volver a Colombia a buscar a Betsabé pero, por más que trataba de imaginar la manera de llevarlo a cabo, su día a día lo alejaba de su propósito.

A pesar de los increíbles malabares que Picasso, Brancusi y sus amigas hacían para que él cayera en las garras de ese nuevo y excitante París, él se mantenía fiel a su conciencia.

Si no era para Betsabé, no sería para nadie.

Y no era porque no tuviera tentaciones. Montparnasse se había convertido en el centro neurálgico de la irreverencia. Los que fueran sus antiguos compañeros de juergas lo empujaban a olvidar y a enloquecer de goces. Pero lo que antes lo obnubilara, ahora carecía de sentido. Era como si en su regreso al país, tras la guerra, se hubiera extraviado su ser.

A nadie, ni siquiera a Modigliani, a quien consideraba su verdadero amigo, era capaz de abrirle por entero su corazón. Porque lo que sentía era tan grande y tan irracional que estaba seguro de que no existía quien lo entendiera.

Una mañana, leyendo *Le Figaro*, antes de pasar a la página social, una noticia enmarcada en un pequeño recuadro llamó su atención. Estaba situada en la esquina izquierda de la página impar. No era usual que aquel tipo de información llegara a París o interesara a ese diario de claro corte conservador. Se detuvo y empezó a leer.

> **GRÈVE DES FEMMES DANS UNE USINE TEXTILE EN COLOMBIE**

El corazón le dio un vuelco.

> **HUELGA DE MUJERES EN UNA FÁBRICA DE COLOMBIA**

«¡¡¡¡¡Colombiaaaaaaa!!!!!».

> Una joven de veintitrés años ha puesto en jaque a una importante fábrica textil en Bello, pequeña población fabril del departamento de Antioquia, región situada al noroccidente de Colombia. La señorita Betsabé Espinal,

«Mon Dieu! Ma Vierge de Feu!!».

> que representa la voz de cuatrocientas obreras y lidera la intempestiva rebelión, presiona a sus directivos a cambiar las leyes de la empresa. Al grito de «No más injusticia» piden el derecho a ir calzadas, a un cuarenta por ciento más de sueldo y a una hora para almorzar. También exigen, sin negociación posible, el despido de tres jefes, quienes por mucho tiempo y aprovechándose de su supremacía, las han mancillado y obligado a someterse a sus caprichos carnales.

«¡¡¡Así se hace!!!».

> **Hasta la Presidencia de la República de Colombia —rompiendo con todos los protocolos— han llegado esas súplicas femeninas que buscan derrocar la sumisión, el maltrato y la injusticia.**
>
> **Solo con su actuación, la trabajadora ha logrado movilizar al país sudamericano y se ha alzado por encima de los yugos que las oprimen, erigiéndose en una Juana de Arco...**

El café se enfrió y el *croissant*, con la mermelada de *framboise* y la *beurre* untadas, quedó partido en dos a la espera de ser mordido.

Dobló el diario, cogió su abrigo y su sombrero y salió —no sin antes dejar al mayordomo y la sirvienta a cargo de su madre—, decidido a buscar las oficinas de *Le Figaro*. Necesitaba investigar sobre la noticia.

Todavía tenía un chofer a su cargo, quien lo dejó delante de su sede.

—Espéreme —le ordenó—. No sé cuánto tardaré.

En la recepción del periódico pidió por el jefe de redacción. Como no era habitual este tipo de demanda, el encargado, al ser informado, se interesó por saber de qué se trataba.

Un viejo de muy baja estatura, rechoncho y calvo, con caminar de pingüino y un bigote que le cubría la mitad del rostro, salió a su encuentro.

—¿Monsieur...? —le dijo a modo de pregunta extendiéndole su mano.

—Le Bleu. Soy Emmanuel Le Bleu.

—No será usted el hijo de...

—De Claude Le Bleu —completó la frase.

—¡Oooh! Su padre... ¡Qué hombre más maravilloso! Lo conocí hace años, cuando inauguró su tienda. Nunca vi un caballero más digno que él. Su muerte fue una gran pérdida. Me asistió en momentos muy difíciles, a mí y a mi familia. Fue él quien consiguió que hoy trabaje para este diario. Jamás tendré cómo devolverle todo lo que hizo.

Emmanuel supo que iba a ayudarlo.

—¿Qué le trae por nuestra sede? Estaré encantado de poder servirle.

—He leído aquí —le enseñó la reseña del periódico— algo que es de suma importancia para mí.

El hombre repasó lo que Le Bleu le enseñaba.

—¡Aaah...!, esa noticia... Es algo muy lejano y nos llamó la atención el suceso, por *sui generis*.

—¿Cómo les ha llegado?

—Bueno, en verdad, no lo sé. Pero no me cuesta mucho averiguarlo. ¿Puedo saber el porqué de tanto interés?

—Verá... —le dijo Emmanuel tras carraspear—. Yo viví años en Colombia y conozco a la muchacha a la que hace alusión la noticia.

—Entiendo —le dijo el hombre mirándolo con curiosidad—. Parece una chica de armas tomar.

—No lo sabe bien —le contestó sonriendo—. Es... en fin, me gustaría conocer exactamente la fuente y, si es posible, quién la redactó.

—Deme unos minutos...

—Los que necesite.

El viejo se alejó por el pasillo con su andar peculiar, mientras Emmanuel se dedicaba a observar lo que lo rodeaba. Al fondo, una recepcionista gris se hacía la interesante ordenando papeles sin importancia al tiempo que lo repasaba de soslayo.

Algunas reproducciones de viejas portadas colgaban de la pared. La victoria del 11 de noviembre, con soldados marchando por Les Champs-Élysées, destacaba de las demás. El nombre *Le Figaro*, hecho en gigantescas letras de acero, parecía llevar dentro el peso de las noticias del mundo.

Encendió un cigarrillo y esperó. La ceniza caía al descuido sobre su traje negro. Dejó que se depositara sobre sus pantalones sin inmutarse, ensimismado en el recuerdo de Betsabé. La imaginaba triunfal, con su sonrisa blanca inundando su rostro y su mirada de tinta indeleble.

Unos pasos lo devolvieron al instante. El hombre regresaba sonriente.

—¡Lo tengo! —le dijo enseñándole un papel garabateado con un nombre—. Aquí está.

Emmanuel lo recibió y leyó: «Diario *El Luchador* de Medellín. Artículo firmado por El Curioso Impertinente».

—Le he anotado la dirección del periódico, por si la necesita.

—No sabe cuánto se lo agradezco, monsieur...

—Dumont. Jacques Dumont.

—Mi padre estaría orgulloso de usted.

—Es lo que deseo. Siempre estará en mi recuerdo. Ya sabe, Emmanuel. Cuente conmigo para lo que necesite. De alguna forma, siento que monsieur Claude está ahora con nosotros.

¡Lo había conseguido!

Por fin encontraba la manera de llegar a ella.

6

Llegó a la casa exaltado con la idea escribirle una carta a El Curioso Impertinente.

Se sentó frente a su escritorio, cogió su pluma y unas hojas de papel y empezó.

Muy señor mío:

Antes que nada, deseo que esta misiva sirva para expresarle mis más sinceras felicitaciones por el magnífico artículo de su autoría que esta misma mañana leí en el diario Le Figaro.

Se preguntará quién soy y el porqué de mi atrevimiento en escribirle.

Mi nombre es Emmanuel Le Bleu, un joven francés que ama con locura su patria. Tuve la suerte de vivir en Medellín, su inolvidable ciudad, entre los años 1909 y 1914, y llegué a sentirme parte de sus encantadores habitantes y de esa Villa tan acogedora.

Desafortunadamente, y de manera intempestiva, me vi obligado a regresar a mi país por tristes circunstancias de índole familiar y luego terminé atrapado en una guerra que, sin que fuese mi deseo, me apartó de Colombia.

El motivo de mi carta no es otro que pedirle encarecidamente, ya que no poseo ninguna otra forma de hacerlo, que me proporcione la manera de contactar con la señorita Betsabé

Espinal, líder de la huelga que su periódico está cubriendo de manera extraordinaria.

Durante los últimos seis años he tratado infructuosamente de hacerlo.

Si usted tuviese la gentileza de hacerle llegar el sobre a su nombre que con esta carta le adjunto, se lo agradecería infinitamente.

Es de vital importancia que se la entregue en mano. Ya sé que lo que le solicito puede parecerle un poco extraño, pero estoy seguro de que la bondad de su corazón es mucha y sabrá entender el sufrimiento de un joven enamorado.

No está de más decirle que cuenta con mi total hospitalidad en el caso de que sus andares lo trajeran por estas lejanas tierras europeas.

Le reitero mi agradecimiento y le ofrezco mis más sinceras disculpas por los inconvenientes que pueda causarle mi atrevido y alocado ruego. Solo obedece al lastimoso llamado de un joven corazón que desde hace tiempo sufre lo indecible.

Deseo para usted y su causa literaria el mayor de los éxitos y me reitero como su más atento y seguro servidor.

Atentamente,

EMMANUEL LE BLEU

P. D. En el caso de que le sea imposible realizar mi petición, le suplico me reenvíe la carta a la dirección que aparece en el remite.

De nuevo, mis más sinceros agradecimientos y mis excusas por tan osada petición.

E. L. B.

7

Colombia estaba en marcha.

Ciudades cercanas y lejanas se involucraban en la huelga.

Los que se sentían a favor de la contienda y los que, por intereses más que claros, estaban en contra.

El gobernador de Antioquia Lázaro Quijano —socio de Benigno Morales Santos y principal accionista de la Fábrica de Tejidos e Hilados La Poderosa de Bello—, en lugar de darse por aludido del problema y tratar de resolverlo, mandó un séquito de guardias a vigilar a las obreras. Él, a quien por sus dotes de mando le correspondería dirigir y administrar los derechos de aquellas mujeres y velar por sus intereses, dadas las flagrantes injusticias y arbitrariedades a que se las estaba sometiendo, hizo oídos sordos.

Hasta la Presidencia de la República, presidida por don Marco Tulio Santamaría, bellanita como Betsabé y al igual que ella hijo Natural, llegó el conflicto. Pero lo mismo que el gobernador, hizo caso omiso.

Y es que a algunos el poder, cuando se tiene, hace olvidar sus orígenes.

Conrado Mejía se enteró del suceso en la sede del Club Unión.

—Ya sabía yo que esa muchacha estaba endiablada —le dijo a uno de los socios con los que solía jugar al bridge—. Si la hubieras conocido, me entenderías. No había más que mi-

602

rarla a los ojos para saber la rabia y frustración que escondía. Era una amargada y resentida, como todas las de su clase. Lo que significara sometimiento y obediencia estaba para ser combatido. No me cabe duda de que la triste influencia que ejerció sobre Capitolina hizo que hoy ella no esté entre nosotros.

No le dijo que en realidad estaba más que contento de que su hija hubiera abrazado los hábitos, algo que pensaba obligarla a hacer cuando tuvo la idea de enviarla a Francia y de lo que nadie, salvo él y su primo el arzobispo tenían conocimiento.

—¡Una pobre desgraciada! —continuó—, como su loca madre. Merecería también que la encerraran. Ahora van diciendo por ahí que se van a salir con la suya. ¿A qué están esperando? Que las pongan en cintura, que a esas rebeldes hay que darles duro.

—¿No crees que las pobres tienen razón? —sugirió el amigo.

—La razón la ponen los que mandan y punto.

—Me parece que estás siendo un poco injusto.

—¿Injusto? Les dan un trabajo y eso ya es bastante. No tienen ni educación ni porvenir. La fábrica les está proporcionando una oportunidad para vivir y mantener a los suyos. Deberían estar más que agradecidas. ¿De qué lado estás? No me digas que lo que está pasando te ha ablandado el corazón. A los que mandamos nos toca tener mano de hierro con la insurgencia, sino estaríamos perdidos.

—Dicen que el pueblo entero las apoya. ¿No deberíamos escucharlas? —insistió el hombre, un empresario que se dedicaba al negocio del algodón.

—Te desconozco. Se te han metido musarañas en la cabeza.

—Conrado, hemos de tener presente que pertenecemos a una sociedad elitista y que necesitamos de ellos para sobrevivir. Porque... ¿no son los obreros los que nos permiten vivir en la abundancia? Piénsalo bien.

—Es verdad, y por eso con mayor razón insisto: ¡mano dura a la insurgencia! Las reglas del mundo son así; unos damos y otros deben obedecer para recibir. Lo único que espero es que mi amigo Benigno se mantenga en sus trece y no ceda ante semejante despropósito. Si lo hace, estamos perdidos. Se sentará un precedente que va influir en todos.

—Dicen que las obreras están reacias a reincorporarse al trabajo y que no lo harán hasta que Morales no firme el pliego de peticiones.

—Verás como cuando se den cuenta de que no obtienen lo que quieren bajarán la cabeza. No es más que una lucha de fuerzas.

—No lo tengo tan claro, Conrado. El tema va cogiendo fuerza y nosotros no deberíamos estar al margen. «Cuando veas las barbas de tu vecino arder, pon las tuyas en remojo». Este dicho, tan repetido por mi pobre madre que en el cielo esté, es más que apropiado para este momento.

—No vamos a discutir sobre una causa que tiene todas las de perder. Olvidemos el asunto y tomémonos un whisky en honor a nuestro pobre amigo, al que le deseamos mucha cordura para manejar el asunto.

Al notar la poca receptividad de Mejía, el amigo desvió la conversación.

—Imagino cómo te sentirás con lo sucedido a Capitolina.

—Eso, mi querido Vitalino, está en manos de Dios. Yo he acabado por acatar sus designios.

—Ahora hay un ángel en el cielo que vela por toda tu familia. Siempre creí que tu pequeña era un ser de otro mundo. Imagino cuánta falta te hace...

—No lo sabes bien. Cada noche rezo a Dios para que desde el lugar en que se encuentre sea más feliz de lo que pudo ser entre nosotros. En casa nunca más volvimos a nombrarla para que la familia pudiera seguir adelante, ¿comprendes?

Mentía. Mentía para interpretar el papel que se esperaba

de él. Tenía la absoluta convicción de que seguía con vida en un lugar seguro donde nadie se burlaría de su defecto y la resguardaba de esa sociedad enferma donde solo se valoraba la perfección.

Este hecho tranquilizaba su espíritu.

8

Intuyó que algo le estaba sucediendo a Betsabé.

Lo supo cuando empezó con el rosario matinal porque, por más que trataba, no podía concentrarse. Aunque llevara años separada de su hermana de leche, continuaba unida a ella. Incluso sentía que podía compartir sus sueños. Esa noche, mientras dormía, la vio vestida de rojo portando un águila majestuosa a modo de bandera sobre su brazo. Escalaba descalza una montaña empedrada, y aunque sus pies sangraban dejando su huella escarlata sobre el camino, ella no desfallecía en su empeño. Un cielo negro se derramaba en humo sobre la cima. Ella repetía una frase: «No hay descenso posible para quien ya aprendió a volar».

Al acabar los maitines, sor Aurora, una de las hermanas con la que de vez en cuando compartía confidencias, le susurró al oído:

—Hermana Compasiva, me ha llegado una información del exterior. Dicen los periódicos que una obrera, creo que es tu amiga Betsabé, tiene al pueblo revolucionado.

A pesar de vivir en un lugar aislado del mundo, hasta allí había llegado la noticia de lo que sucedía en Bello.

—Chsss... Silencio —ordenó la madre superiora al darse cuenta de que se distraían—. Este es un lugar sagrado y no debe perturbarse con palabras que no sean las de alabanza a Dios. Aquí solo hay lugar para el rezo.

Las dos monjas, al saberse amonestadas, se miraron y bajaron la cabeza.

Capitolina permaneció arrodillada un largo rato pensando en lo que su amiga le había dicho. A lo que soñara esa noche ahora se sumaba lo que la monja quería contarle.

Tras el desayuno las dos hermanas salieron al jardín y, mientras recogían rosas para hacer el ramo del Santísimo, volvieron a hablar.

—Cuéntame, hermana —pidió Capitolina.

Sor Aurora sacó del bolsillo de su hábito la página arrugada de un diario y se la entregó. Era de *El Luchador*, fechado el 17 de febrero, y aparecía en portada la foto de Betsabé Espinal. En la visita del día anterior se la había dado su hermano, un joven periodista perteneciente al movimiento socialista criollo que escribía para ese diario.

Capitolina acarició la imagen de su amiga. Se había hecho toda una mujer. Reconoció en sus ojos aquel magnetismo que siempre la acompañara. Al verla, no pudo contener las lágrimas.

—Sí, es ella —le dijo a sor Aurora.

—No me extraña que la quieras tanto. Se la ve una muchacha de armas tomar.

—Me devolvió a la vida. Ha sido el único ser que, aparte de Nuestro Señor, entendió lo que yo era. ¡No te imaginas la falta que me hace! Toda nuestra infancia la vivimos construyendo un universo de luz entre cenizas. Creo que no hubiésemos podido vivir juntas, porque entre las dos existía una simbiosis que nos habría devorado. Y es que el amor, si no existen parámetros, acaba por engullir a sus hijos. Pediré por ella y por su lucha.

—Pediremos —le dijo sor Aurora.

—¿Tienes contacto con tu hermano? —preguntó Capitolina.

—¿Para qué?

—No sé. Quizá para enviarle mis oraciones.

—Difícil, pero no imposible. Tendría que ganarme el favor de... ya sabes, la lechuza que vigila la portería. Pero ten cuidado, hermana. Aquí todo es susceptible de ser descubierto. No lo olvides.

Capitolina se guardó el recorte del periódico y continuaron recolectando rosas. Una espina se clavó en uno de sus dedos, se chupó la sangre y pensó en los pies de Betsabé. En su mente floreció la idea de ponerse en contacto con ella y fantaseó con la idea de verla.

Esa noche releyó detenidamente la noticia, recortó la foto de su hermana de leche, la miró y la miró hasta que la foto fue palideciendo, y temiendo que la imagen desapareciera, le ofreció a Dios no volverla a ver y la guardó en su misal.

La excitación del día no la dejó dormir.

¿Y si le escribía una nota y se la hacía llegar a través del hermano de sor Aurora?

¿Cuántas veces había deseado ponerse en contacto con ella?

¿Cuántas cartas había escrito y después roto en el tiempo que llevaba en el convento?

En plena madrugada sintió las manos de su abuela Cástida acariciando sus cabellos y el perfume de camelia en flor que emanaba de su cuerpo.

—¿Qué debo hacer, abuela?

—Déjala ser, mi niña. Ella debe seguir su camino, así como tú tienes el tuyo.

—Es que la extraño mucho.

—Lo sé, Capitolina. Pero en este momento tu aparición sería una distracción que la debilitaría.

—¿Acaso el amor debilita?

—A veces.

—Sabes que después de Dios y de ti, solo la tengo a ella.

—Eso es lo que crees, pero te equivocas. Tú ya aprendiste a vivir sola contigo. Llevas un largo camino de valentía.

—O de cobardía, abuela.

—Huir del peligro jamás es cobardía.

—Me pregunto si haber luchado por Emmanuel no hubiese sido mejor que estar aquí...

—El amor no se lucha. El amor es. Nada se puede forzar, querida mía. Hemos de respetar los sentimientos de los demás, y los suyos, no porque él los hubiese obligado ni porque tú valgas menos que Betsabé, como una semilla fueron a caer en la tierra del corazón de tu amiga y allí germinaron. Ninguno de los dos tiene la culpa de ello. ¿Lo comprendes?

—Sí, abuela.

—¿Te sientes triste con tu decisión?

—No. Si la felicidad es paz, soy infinitamente feliz.

—Entonces deja que la vida siga... El destino está marcado para cada uno. Harás mucho más siendo feliz aquí que infeliz fuera.

—Abuela...

La imagen de la anciana se desvaneció en la oscuridad de su celda.

A pesar de lo que habló con Cástida, Capitolina continuó con las ganas de escribir a Betsabé. Pensó que dominar los deseos era uno de los retos más difíciles de la vida.

Al final, el cansancio la venció y se quedó dormida.

Volvió a soñar con Betsabé. Se encontraban en un río de aguas blancas donde se sumergían felices arrojándose buches de estrellas entre carcajadas alegres. Todo el paisaje era paz, hasta que aparecía entre una densa niebla Emmanuel. Las risas se esfumaban y un presagio negro se cernía sobre ellas. Se acercaba con los brazos abiertos y al mirarlas...

De nuevo la despertaron los enloquecidos trinos de los sirirís y los cucaracheros madrugadores.

Otro día empezaba.

9

Los pocos obreros, temerosos de lo que estaba sucediendo y de quedarse sin la paga, decidieron hacer caso omiso a la huelga declarada por las mujeres y desfilaron hacia la fábrica a continuar con sus labores.

En la entrada las obreras vociferaban enfurecidas mientras el alcalde gritaba:

—Abran campo, muchachas, para que entren los trabajadores.

—Cómo no, don Gabriel. Abramos calle para que entren *las señoritas* de la fábrica.

—Dejadlos pasar.

—Id al matadero, borregos miedosos y traidores. ¡Cobardes! Mereceríais llevar faldas en lugar de pantalones. Esos los llevamos nosotras. Tranquilos, no os necesitamos.

A la fábrica entraron dieciocho hombres cabizbajos y con el rabo entre las piernas.

El padre Latorre, afín a la huelga, exhortaba a las obreras, tratando de mediar en el conflicto:

—Entrad, hijas, entrad. Don Benigno promete un aumento de salario. Ya sabéis que él responde por todo.

—NO. ¡NO! —respondieron todas—. Que nos saquen a esos tres. Si no los despiden, no trabajamos, padre. ¡No tiene riesgo! ¡Más bien nos morimos de hambre!

En las puertas la muchedumbre crecía y arropaba con sus gritos y vivas a las obreras.

Las mujeres del pueblo habían fabricado con retazos de tela colorada rudimentarias banderas que entregaban a los asistentes; al tiempo que los repartían, decenas de niños armados con canastos repletos de trinitarias y racimos de cachimbos rojos lanzaban sobre las obreras sus flores.

—¡Que vivan nuestras valientes! —gritaban con sus vocecitas de revoltosos jilgueros.

El suelo se tiñó de rojos creando una alfombra sobre los barriales.

De pronto, el ruido de un aletear los cubrió. El intempestivo vuelo en círculos de una soberbia águila hizo enmudecer a la muchedumbre.

—Miren —dijo uno de los asistentes—. ¿Qué es?

—Es la LIBERTAD que viene a acompañarnos —gritó Betsabé.

—LIBERTAD. LIBERTAD. LIBERTAD... —coreó la masa.

—Sí, somos libres —dijeron las obreras.

Todos querían comprometerse con ellas.

Al tiempo que esto sucedía en Bello, cientos de carteles eran pegados con engrudo en cuantas paredes encontraban en Medellín y en sus alrededores denunciando el hecho. En cada esquina y aprovechando la penumbra de la noche, un improvisado ejército de voluntarios afines al movimiento obrero inundaron las calles.

El aludido, a quien llamaban *Don Carbón,* y un séquito pagado por él los arrancaban con furia. Don Benigno no deseaba que su nombre apareciera en ellos, y menos con tan flagrante denuncia.

Aquello no podía ser más que una calumnia.

Estaba convencido de que lo que hacía era por el bien de su gente. Se consideraba un hombre cabal y de principios que daba de comer a muchas familias y ayudaba al prójimo, tal y como su compromiso de empresario le exigía. Deseaba el bien y desde su posición no entendía cómo y por qué se rebelaban contra él. Creía que lo realizado era para el bienestar de todos los antioqueños.

Las tremendas dificultades sufridas para traer los dos mil seiscientos cuarenta husos y los ciento dos telares, con el propósito de crear riqueza y trabajo y hacerlos funcionar, no podían acabar así. Ese amasijo de hierros quebrados y retorcidos transportados en pesados baúles y en pésimas condiciones desde Caracolí, con mulas sufriendo penurias, salvando caminos y despeñaderos retorcidos a los que había tenido que añadir ingenieros traídos de Inglaterra para que las montaran, ¿no habían servido de nada?

No entendía cómo todo lo que había hecho, las infraestructuras de la fábrica, los giros de la Pelton, la rueda instalada en la caída de las aguas de la quebrada La García con el propósito de generar electricidad, algo jamás visto en esas tierras, que tantos quebraderos de cabeza y sufrimientos le supusieran, ¿dónde quedaban? ¿De esa manera se lo agradecían?

Tampoco comprendía que aquellos hombres, los capataces a quienes les encomendara una tarea tan loable como era cuidar del desarrollo ético de los talleres, fueran capaces de hacer lo que contaban las obreras. No sabía a quién creer y en primera instancia optó por darles la razón a ellos.

Tras empezar a recibir presiones de altos cargos del Gobierno y de la Iglesia, cedió.

—Que vengan aquí y me cuenten lo que sucede —dijo con voz de mando—. Quiero oír los argumentos de los acusados y los de quienes los acusan. Conozco a Betsabé Espinal y quiero estar frente a ella y que me diga cara a cara qué es lo que está pasando.

Era posible que *Don Carbón*, quien continuaba aferrado al principio de «El que manda, manda», tuviera la equivocada idea de que lo que hacía era para el bien de todos, pero sus reacciones ante la huelga lo dejaban al descubierto y lo convertían en un oligarca explotador y opresor.

Se decía que en la orden de que sus trabajadoras fueran con los pies descalzos solo pretendía que no despedazaran sus zapatos transitando charcas y humedades. Eso se decía...

Y que las castigaba por supuestas faltas que iban en contra de la moral y la obediencia porque su labor era enseñarles a ser mejores personas. Eso también se decía...

Justificaba su excesivo rigor en una educación conservadora que elevaba a sus obreros a dar lo máximo de sí con el vehemente propósito de convertirlos en personas honorables y luchadoras. Se sentía padre y conductor de la moral y del futuro de cada uno de ellos.

Mientras esto ocurría en la Villa de la Candelaria, en Bello la población se convertía en un volcán en ebullición.

Parecía que la gente se hubiese emborrachado con el brebaje de la insurgencia y la emancipación. Una euforia colectiva inundaba calles, casas y rincones. El entusiasmo general había hecho florecer lluvia de oros, cámbulos, guayacanes, pisquines, casco de vacas...

Los árboles frutales rebosaban frutos que caían por su peso. Guayabas, mangos, nísperos, plátanos y madroños se sumaban a la huelga ofreciendo sus manjares maduros que recogía la muchachada empleando improvisados contenedores como sombreros y ruanas para regalarlos a las huelguistas.

Centenares de animales escapaban de sus madrigueras y escondites para unirse a un llamado lleno de vigor, en ese reverdecer enloquecido. Gatos montunos maullaban incesantes sinfonías monocordes, perros salvajes palabreaban aullidos casi humanos, las vacas con sus ubres reventadas de leche mugían como madres parturientas. Pájaros sagrados, coronados con penachos salidos de pinceles de dioses jurásicos, especies venidas de todos los rincones del país entonaban sin descanso trinos revolucionarios.

El camino que conducía a la fábrica se llenó de un tupido musgo que trepaba por cuanto muro y cuanta piedra encontraba. Renacuajos, grillos y bichofués no cesaban de cantar melodías de esperanza.

En la iglesia las campanas, sometidas a las ráfagas de un desquiciado siroco proveniente del cerro, repicaban cantos de fiesta sin que nadie las hiciera sonar.

Se creó una brigada de recolectores de flores que respondían al llamado de los bellanitas. Desde todos los rincones llegaron arrieros —con sus mulas cargadas de costales repletos de capullos, botones y racimos de todas las especies que exhalaban deliciosas esencias—, con el propósito de convertir a Bello en un jardín y homenajear lo que estaba sucediendo.

Las mujeres se apostaron a la entrada de sus casas, con precarias sillas, a ensartar con sus agujas miles de flores, para crear con ellas una infinita guirnalda sin cortes que cubriera fachadas, calles y rincones hasta llegar al lugar donde las obreras mantenían su palabra de no acudir al llamado de la fábrica hasta que no se resolviera su situación.

—Señorita Betsabé Espinal —le dijo el padre Latorre—. He recibido el encargo de entregarle esto en mano.

Un sobre cerrado con su nombre escrito a pluma con una caligrafía perfecta.

Lo abrió ante la mirada de sus compañeras. Era una escueta nota escrita a máquina.

Muy apreciada señorita:
Como gerente y máximo responsable de la Fábrica de Tejidos e Hilados La Poderosa de Bello, donde usted viene ejerciendo sus labores de tejedora, la insto a reunirse conmigo mañana en mi oficina, a las once horas, para tratar a fondo los graves temas que a usted y a mí nos atañen.
Atentamente,

Betsabé se detuvo en su esmerada firma y descubrió en el trazo el fuerte temperamento de su dueño: la pluma había atravesado el papel haciéndole un pequeño pero muy diciente agujero.

Don Benigno Morales Santos le solicitaba reunirse con él en la sede del parque Berrío de Medellín y le enviaba el dinero para pagar el tiquete del tren.

10

No pegó ojo en toda la noche pensando en cómo le expondría a aquel hombre lo que sus compañeras esperaban conseguir de la huelga y, sobre todo, lo que ella exigía.

Salió con los primeros claros del amanecer delante y la oscuridad a sus espaldas, con el mismo vestido con el que pocos días antes la fotografiara Melitón Rodríguez para la primera plana de *El Luchador*. Era el único atuendo decente que tenía, el dominguero.

Esa madrugada se esmeró en arreglarse. Con la punta del peine dibujó una línea en su cabeza que tras mucho intentar no le quedó del todo recta, partió su indómito pelo y se lo recogió en un moño tratando de domarlo. Limpió sus uñas y frotó con azahares su cuello hasta que las flores se deshicieron y cayeron dentro de su escote. Se ató la cinta negra de la que pendía la cruz que recibiera de un desconocido como regalo de quince años —y que a ella le gustaba imaginar que se la había regalado su anónimo padre— y se adornó las orejas con los zarcillos de oro de su madre. Esas eran sus únicas alhajas. Quería llegar temprano y recorrer las calles de la ciudad antes de reunirse con el gerente.

En la estación se encontró con viajeros que la reconocieron y la auparon dándole ánimos. Había corrido la voz del porqué de su viaje.

Era la primera vez que cogía el tren para ir a la capital y

eso la hizo sentir importante. Durante el tiempo que mantuvo sus encuentros con Emmanuel se había acostumbrado a realizar el trayecto a pie para no desperdiciar ni un centavo de su escueto salario.

Se sentó junto a la ventanilla. A su lado iba un campesino de facciones cadavéricas que al verla se quitó el sombrero y le sonrió con su desdentada boca.

Cuando el tren se puso en marcha se llevó la mano al pecho para comprobar que además de los restos de flores y de la carta de Emmanuel que se deshacía con su sudor, llevaba los apuntes de lo que debía decirle a don Benigno.

Estaba repleta de miedo pero también de valentía. Los sacó y empezó a leerlos. Sus manos sudaban y tiritaban haciendo tremolar los papeles —un sonido que se hizo ensordecedor y que intrigó a los viajeros madrugadores.

Tenía escrito en mayúsculas:

¡NO MÁS ABUSOS!

¿Cómo era posible que a los hombres se les pagara entre veinte y veinticinco centavos diarios, mientras que a ellas y a los niños que trabajaban en los talleres y realizaban idéntica labor, les dieran diez o doce centavos por su larga jornada? ¿Era eso justo?

¿Era justicia los castigos que les imponían cuando restaban de su jornal semanal las desobediencias que muchas veces consistían en ir al baño a evacuar cuando no podían aguantarse las ganas? ¿Cuando por enfermedad no podían ser productivos?

Decían que las multas iban a parar a un fondo común que servía para asistir las necesidades mayores de los obreros. ¿Dónde estaba ese fondo? ¿Servía de verdad a alguien o era una tapadera que fortalecía a los fuertes?

¿Qué sucedía con las pobres jóvenes que se resistían a los deseos animales de los capataces?

¿Quién pensaba en el frío y en el entumecimiento moral y
físico que sufrían cada día?

Leyendo sus escritos, se llenó de fuerza.

Los repasó hasta aprendérselos de memoria, volvió a guardarlos y lanzó sus ojos al paisaje.

Era bonito sentirse parte de esa música de hierros que se deslizaba por el pentagrama de los rieles. Sobre el cristal de su ventanilla un sol rompía las nubes y pintaba la mañana de violetas que lentamente se transformaban en naranjas subidos. Su rostro se manchó de un rojo radiante. Le gustó verse a sí misma, en ese espejo efímero, convertida en pintura. El ruido monocorde del tren la adormeció. Soñó que a su lado estaba Emmanuel y que apoyaba la cabeza en su hombro.

Se despertó sobre el de su viejo acompañante, quien la observaba con mirada paternal.

—Perdón —le dijo sofocada al descubrirse reclinada en él.

—Señorita, usted no se preocupe. Por un momento pensé en lo bonito que hubiera sido tener una hija, pero Dios no lo quiso. Siga durmiendo, que yo le aviso cuando lleguemos.

Betsabé cerró los ojos y el sueño continuó. De repente, era una niña y un elegante hombre que olía a un delicioso perfume varonil la abrazaba con amor. «Padre... —le dijo—, ¿por qué no me dejas ver tu rostro?». El hombre no le contestó; se despedía y la abandonaba en un camino oscuro. Ella trataba de correr, pero su cuerpo permanecía sujeto al suelo por unas fuertes enredaderas que subían y la ataban. Sus piernas se habían convertido en dos juncos enraizados a la tierra.

—¡Papáaaaa! No me dejes... —gritó.

Los viajantes más cercanos la miraban.

—Señorita, despiértese —le dijo el viejo acariciando suavemente su rostro—. Estaba llamando a su padre. ¿Se siente bien?

Betsabé sollozaba.

—¡Qué vergüenza con usted, Dios mío! Me muero de la pena.

Se enderezó y se limpió el hilo de saliva que había rodado de su boca abierta.

El hombre volvió a sonreír y el agujero negro de sus dientes quedó enmarcado en sus arrugas de viejo arriero. Trataba de que la joven se sintiera cómoda.

—Esto del tren es mejor que ir a pie empujando una terca burra. ¿No le parece? ¿Se va a encontrar con su papá?

Betsabé no contestó. El sueño le dejaba un gusto amargo.

—Mire, ya casisito llegamos.

A lo lejos se divisaba la boca de la estación, delimitada por dos largos andenes, donde se adivinaban una especie de hormigas moviéndose de aquí para allá.

La humareda que dejaba el tren y sus silbidos lastimeros indicaban que ya estaban en La Villa de la Candelaria.

Los viajeros se levantaron y cada uno se ocupó de recoger sus pertenencias.

El campesino se terció su carriel.

—Dígale a su papá que tiene una hija muy hermosa, si me permite el piropo. Y que le agradezco este viaje, que, a lo mejor y gracias a él, pude compartir con usted. ¡Dios la bendiga, señorita!

Betsabé lo miró y supo que era un buen hombre.

—¿Me deja darle un beso? —le preguntó acercándose a su mejilla.

—Me hará el viejo más feliz del mundo.

La muchacha lo besó y sintió en sus labios su tez acartonada y desgastada por años de sol y caminos sufridos.

—Gracias, señor...

—Sinforiano Paniagua para servirle. Óigame bien lo que voy a decirle, señorita Betsabé. No hay mal que dure cien años ni cuerpo que lo resista. Mire al frente y hágale duro. Usted tiene la fuerza.

—¿Cómo sabe que me llamo Betsabé?

—Betsabé, Hija del Juramento, no lo digo yo, lo dice la Biblia. En usted está el don de la palabra.

El hombre la miró con sus ojos desteñidos de años, se quitó el sombrero, le hizo una reverencia y desapareció entre la gente.

—Señor Paniagua...

Se había esfumado.

En la plaza de Cisneros se encontró con un desordenado bullicio de caminantes que iban y venían trajinando porvenires ajenos al suyo. Vio reflejado en cada uno el agobio de sus almas. Trataban de subsistir como podían. Había tanta miseria y tristeza en sus andares que aquel panorama la ayudó a proseguir en su lucha.

¿Hacia dónde dirigirse?

Decidió perderse en el ajetreo de la mañana. En el parque, los campesinos exponían sus mercancías en el suelo y en improvisados tenderetes, donde ofrecían a grito pelado las ventajas de sus artículos. Gentes recién llegadas de pueblos aledaños. Se detuvo frente a una yerbatera que vendía con convicción sus yerbas, augurando bienaventuranzas con saquitos de pócimas. «Para el afligido, para el reumático, para el mal de ojo, para las abandonadas, para el desamparado, para el amor perdido, para la buena suerte...».

¿Para el amor perdido? ¿Para la buena suerte? Eso le llamó la atención.

—Deme dos.

—¿De qué quiere, la niña?

—Uno de amor perdido y otro de buena suerte.

—Miras con ojos de águila. Tú no eres de aquí, ¿verdad?

Betsabé lo negó con un gesto al tiempo que preguntaba:

—¿Cuánto valen los dos?

—Tres centavos.

La muchacha esculcó su monedero y, después de comprobar lo que tenía, le dijo:

—Solo tengo para uno.

—¿Por cuál estás dispuesta a pagar?

Después de pensarlo, Betsabé le contestó:

—Por el del amor perdido.

—Pues toma. —La mujer le extendió la pequeña bolsa y añadió el otro saquito—. Aquí tienes también el de la buena suerte. Te lo regalo porque creo que es lo que en este momento necesitas. Las mujeres siempre nos regimos por el corazón, pero ahora te debes a la razón.

Se guardó los amuletos en el pecho, que ya iba muy cargado, y continuó su camino.

Pasó por delante de la cantina Los Alegres y recordó una de las noches en las que entrara con Emmanuel para probar su disfraz de Honoré Doucet. Las locas risas de los dos tras comprobar que nadie había dudado de su impostada hombría.

Ahora ya no era tiempo de juego. Aquello había sido la locura de su adolescencia, que lentamente quedaba atrás. A golpe de negaciones la vida la conducía a una severa y melancólica adultez.

Las edificaciones distaban mucho de parecerse a las de Bello. Tuvo tiempo de desviarse. En el trayecto aparecían soberbios palacetes, como el del famoso Coriolano Amador. Fisgoneó entre rejas y vio aquel prado cortado escrupulosamente en perfectos dibujos geométricos, rodeando la fuente en la que se erguía la estatua del pobre hijo muerto. ¿Qué sentido tenía levantar un monumento de un ser que ya no volvería a estar entre los vivos? ¿No era eso una manera de no dejar descansar al ausente? Pensó en la triste soledad de los vivos y en su lucha por encontrar una razón de peso para continuar.

Pasó por delante de la casa de los Mejía Echavarría y durante un rato se deleitó recordando sus primeros años de infancia y sus correrías por aquel jardín cuando fantaseaba con pertenecer a ese lujoso mundo de fastuosas nadas. Al notar que había movimiento en la entrada, escapó evitando encontrarse cara a cara con la malvada Consolación. Aunque ya no la temía, no deseaba volverla a ver en su vida. Antes de irse, arrancó una hoja de heliotropo y se la restregó en la cara, como hacía en los viejos tiempos.

Caminó por la calle Carabobo y, antes de llegar a su destino, entró en la iglesia de la Veracruz. El aroma a incienso y a ceras derretidas la llevó a su niñez. Sus pasos retumbaban en la íngrima soledad de las vírgenes, los santos y los mármoles. «Todos estamos solos», pensó.

Se arrodilló frente al Santísimo y pidió para que todo le fuera bien y el corazón del gerente se abriera a sus súplicas. Prendió una velita que dejó en el candelero, delante de la Virgen de Los Imposibles.

Salió de allí fortalecida por sus actos. Ahora sí, llegaba la hora de enfrentarse con su presente.

Se detuvo delante del edificio Aez y subió henchida de valentía.

En las oficinas se topó con la secretaria; una mujer mayor, anodina y fría que la repasó de arriba abajo frunciendo la nariz de forma despectiva, como si aquella joven le oliera a pobreza.

—¿Es usted la *famosa* Betsabé Espinal? —le dijo empleando un tono cínico—. Don Benigno la espera. Siéntese; no debería hacerle esto al señor.

A Betsabé le dieron ganas de pegarle una cachetada por estúpida y por no entender nada, pero se contuvo.

Mientras aguardaba, la muchacha se frotó las manos para calentarlas y se santiguó.

—Acompáñeme —le indicó al regresar, llevándola hasta una puerta que estaba cerrada. Giró el pomo y la invitó a pasar.

Se encontró con una oficina austera, sin más adornos que un mapa de Medellín colgado detrás de un gran escritorio.

Allí estaba él, con una presencia que imponía e intimidaba. A Betsabé le vino a la mente una imagen del pasado muy diferente a la que la esperaba: se encontraba en el jardín y ella jugaba con Capitolina. El hombre reía por algo que le había dicho Conrado.

Don Benigno Morales Santos se levantó y, con gesto amable pero contenido, le extendió la mano.

—Señorita, le agradezco que esté aquí. Por favor, tome asiento. Usted dirá.

—Don Benigno, vengo en representación de las obreras que trabajaban para usted. Yo soy solo una voz, sin pretensiones de protagonismo, que se alza para que seamos escuchadas y tenidas en cuenta. Como bien sabe, llevamos años trabajando sin descanso en su fábrica, tratando de dar nuestro mejor hacer en beneficio de conseguir una productividad que le satisfaga a usted y a sus socios, algo absolutamente legítimo. Somos muy conscientes de que si los telares producen lo que su inteligencia ha creado, todos deberíamos resultar beneficiados. Sin embargo, nos encontramos en la lamentable situación de sentirnos explotadas. Es muy posible que usted desde aquí, y por sus múltiples ocupaciones, desconozca lo que desde hace mucho tiempo sufrimos en Bello.

»Llevamos siendo víctimas de abusos que han ido creciendo con el tiempo. Usted bien sabe que nos debemos a las órdenes que nos dan y a las obligaciones que nos imponen. Pero hay un momento en que hemos de decir basta y ese momento ha llegado. Ignoro si tiene conocimiento de las arbitrariedades de sus capataces. Una de nuestras compañeras, como otras muchas, ha sido víctima del acoso animal de uno de ellos. Era una pobre niña muda, amiga mía. Desapareció y mucho nos tememos que haya acabado en el manicomio por haber sido violada. Otras, tras tanta denigración, perdieron su dignidad y ahora viven de sus cuerpos cuando lo que buscaban era un trabajo honrado. No nos respetan.

»Por un lado, el patronato donde vivimos nos habla de virtudes, de ser mujeres honradas y obedientes seguidoras de la palabra de Dios, y por el otro, quienes nos mandan nos irrespetan. Nuestras compañeras, las más temerosas, han sido objeto de vejaciones, obligadas a doblegarse a la animalidad de tres hombres que se creen poseedores del dominio absoluto de la fábrica. Hemos venido a trabajar, no a que abusen de nosotras. ¿Lo comprende?

Benigno se sintió muy mal.

—Lo siento mucho. Continúe, por favor —le dijo.

—La huelga que hemos iniciado no corresponde a ninguna locura, señor. Es, sencillamente, que no podemos más. Si usted no actúa a favor de nosotras, no continuamos en la fábrica. Estamos firmes en ello, aunque muramos de hambre. El sometimiento tiene un límite y este se ha rebasado.

Betsabé le explicó todo lo que llevaba escrito. Le habló de la diferencia de salarios, de las jornadas eternas, de la obligación de ir descalzas y de pasar horas y horas frente a los telares sintiéndose cansadas y sin poder moverse.

—Déjeme pensar. Como comprenderá, debo escuchar la otra parte —dijo Morales Santos.

—Mucho me temo que van a mentirle. Le pido que me crea. Si no lo hace, y no deseo que le suene a amenaza, nosotras seguiremos en la lucha.

Betsabé detuvo la conversación al sentir un olor a quemado. Si algo había heredado de su mamá, era el olfato.

—Perdón —le dijo haciendo una fuerte inhalación—. ¿No le huele a humo?

Benigno Morales se dio cuenta de que tenía razón. La oficina se llenaba de hilos de humo que se colaban por las rendijas de las ventanas. Se levantó preocupado y se asomó al exterior. En el parque, una llamarada se imponía devorando con su descomunal lengua la fachada de uno de los edificios de enfrente. De pronto se había desatado un viento mortal.

La secretaria irrumpió de golpe en la oficina.

—Don Benigno, hay un incendio. Acaban de avisar que debemos evacuar el edificio.

El parque de Berrío se convertía en un caos de gentes que huían.

—¡Dios mío! No puede ser. ¡Otra vez no! —dijo consternado—. ¡Vamos!

Betsabé se puso la mano en el pecho y se echó la bendición.

Escaparon de las oficinas espantados. En el rellano se encontraron con desconocidos de ojos desorbitados, como de vacas enloquecidas, que apretujados y a empujonazos buscaban huir. Carteras, sacos y zapatos saltaban por los aires cayendo a destajo sobre ellos. Llantos y gritos histéricos maldecían al Todopoderoso.

En las escaleras empezaron a tropezar y a derrumbarse. Muchos, víctimas del afán por alcanzar la salida, eran pisados por el pánico de los demás.

—¡Auxilioooooo!

—¡Dios mío!

—¡Rápido!

—¡Es un castigo divino!

—¿Qué pecado hemos cometido? —gritó una joven abrazando a un niño entre sus brazos.

El episodio volvía a repetirse. Desde 1916 los incendios en Medellín eran el pan nuestro de cada día.

En la calle el caos era absoluto. La gente corría dando alaridos. Empezaban a caer trozos de madera ardientes que se precipitaban sobre el parque y los viandantes.

Betsabé, que ya había visto los estragos de otro incendio, el de la choza en la que vivía con su madre, salió huyendo por la primera calle que encontró.

—Señorita —le gritó Benigno Morales cuando se alejaba—. Debemos continuar nuestra charla.

—La huelga continúa, señor. De eso no le quepa duda. Usted ya sabe que no puedo echarme atrás; es cuestión de dignidad.

—No hemos terminado de hablar.

—Lo sé, don Benigno, pero este no es el momento. Quédese con lo que le dije, que es la purita verdad. Sé que usted es un hombre de honor y lo sabrá resolver; mientras tanto, los telares no darán ni una sola puntada. Eso se lo juro por lo más sagrado.

—¡Llamen a los bomberos! —gritaba enloquecida una mujer que llevaba a su niño en brazos. Betsabé empezó a correr por la calle Carabobo hasta llegar a la estación de Cisneros sin tener muy claro lo que había sucedido en la oficina del gerente. Creía que lo había dicho todo, pero el inesperado accidente truncaba sus expectativas. Ahora se trataba de esperar y ver lo que iba a suceder.

El tren no partía. El incidente lo había puesto todo al revés y ella no podía permitirse el lujo de esperar a que volviera a la normalidad. Por eso, decidió regresar a pie.

Empezó a andar y decidió volver por el camino tantas veces recorrido. Cuando estaba a punto de seguir hacia Bello no pudo aguantarse las ganas de adentrarse en el parque de la Independencia, El Edén, y visitar aquello que se había convertido en su santuario de amor.

Allí todo era paz. Parecía que el tiempo se hubiese detenido. El canto de los pájaros era el mismo, le recordaba su felicidad. La naturaleza seguía intacta con su vitalidad desbordante. Bajo el árbol que tantas veces los cobijara a ella y a Emmanuel, la tumba que ella construyera seguía intacta. El musgo trepaba sobre la lápida y casi la cubría.

Se recostó sobre la ceiba y cerró los ojos. Las voces de sus risas pasadas la invadieron hasta hacerle olvidar el momento que vivía. Se tocó el pecho y sintió la carta que siempre la acompañaba. Hacía mucho tiempo que no la leía por temor a que se le gastara, pero decidió abrirla y acarició su caligrafía. Después cerró los ojos y empezó a hablar con él:

«Emmanuel, mi amado. ¿Qué será de ti? ¿Aún me piensas? No tienes ni idea de lo que mi interior te añora. Te imagino entre tantos dolores... La vida ha sido muy dura con nosotros. He decidido que jamás volveré a amar a nadie porque me robaste el corazón. Seguiré fiel a ti hasta el final de mi vida. Pase lo que pase, mi alma y mi cuerpo serán tuyos. Así lo siento y así será. Ahora me sumergiré en el lago y nadaré en honor a ti, porque tú fuiste quien me enseñó a moverme entre las aguas bravas y a perder el miedo. Y estarás conmigo; reviviré los momentos que pasamos juntos y mientras te piense y te sueñe continuarás vivo en mí. Porque, ¿sabes?, eres mi fuerza y mi deseo de seguir adelante. De demostrar que soy capaz. Quizá jamás te enteres de lo que está sucediendo, pero estoy convencida de que es algo grande, por lo menos para nosotras. No me cabe duda de que estarías orgulloso de mí como yo lo estoy de ti. Ahora silenciaré mis pensamientos para estar contigo, mi cielo azul...».

Se sumergió en el agua sin quitarse el vestido y gritó el nombre de su gran amor:

—¡¡Emmanuel!!

El batir de unas alas acompañó su voz haciendo que el agua se rizara. La majestuosa águila que siempre parecía protegerla dibujaba con su vuelo un círculo perfecto. Como si la llamara, bajó casi a ras del lago y emitió un largo gañido.

—Sí, ya lo sé —le dijo Betsabé descifrando la agitación del ave.

Debía regresar.

Cuando recogía sus apuntes, levantó la mirada y vio la totuma que guardaba la nota que dejara Emmanuel. Se balanceaba en una de las ramas del árbol movida por un viento que se alzaba con una fuerza brutal.

«¿Qué es esto?», pensó intrigada.

¿Qué sentido tenía esa especie de fruto seco que parecía llamarla bailando una loca danza?

Intrigada, trepó por el tronco, como solía hacer cuando se subía a arrancar mangos, y lo alcanzó. Tiró de él con fuerza hasta arrancarlo. Estaba meticulosamente cerrado por una fina cuerda que cortó con los dientes hasta romperla. El mate se abrió en dos. Al ver lo que escondía, sus ojos se desbordaron en lágrimas.

11

El Curioso Impertinente recibió la carta del desconocido francés que anexaba en su interior un sobre cerrado dirigido a Betsabé Espinal, y tras leerla detenidamente decidió hacer oídos sordos.

¡Solo le faltaba ayudar a alguien que de la nada se convertía en su rival!

Se había enamorado perdidamente de la muchacha que lideraba la huelga. Sin embargo, aunque se moría de ganas de saber lo que contenía la misiva y dudaba de su fuerza de voluntad, se mantuvo fiel a sus principios y, haciendo caso omiso a su seudónimo, no la abrió.

Ahora iba cada día hasta Bello y tomaba apuntes de lo que sucedía mezclándose entre la gente como otro cualquiera, tratando de acercarse sibilinamente a la hermosa joven de tupidas cejas y voz de mando. Le fascinaban las mujeres con carácter, quizá porque lo había visto en su abuela. Quería conquistarla sin que ella lo notara, pues le parecía una mujer muy arisca en cuestiones de amor.

La huelga estaba en su momento más álgido. Las presiones gubernamentales para que se desconvocara eran grandes, pero la fuerza de las obreras sobrepasaba todas las previsiones. No había poder humano capaz de reconducirlas y someterlas. Cuantos más días pasaban, más asociaciones se sumaban a apoyarlas. Obreras de las fábricas como la de Rosellón en Medellín y la de los telares de los señores Hernández, que habían intentado hacer lo mismo, enviaban sus pocos pesos para contribuir a que no desfallecieran en el empeño.

—Si no nos hacen caso, seguiremos firmes —gritaba Betsabé—. Esto no es un berrinche de niñas, luchamos por el respeto. ¿Y qué quiere decir esa palabra? ¿Es que no saben lo que es? Se trata de que se nos considere seres humanos. No somos mulas de carga.

—¡Sí, no somos animales! —gritaban todas.

—¿Tienen hambre? —les preguntó.

—¡Sí! —contestaron todas.

—Pues el hambre se sacia fácil, compañeras; solo hay que comer lo que los árboles de las calles y los montes nos regalan.

—Así es.

—Pueden rugir nuestros estómagos —apuntó Rosalina Araque, otra de las valientes obreras iniciadoras de la huelga—, pero el gran fragor es el de nuestras voces reclamando lo que por justicia nos corresponde.

El párroco se acercó tratando de calmar a la muchedumbre que acampaba en los alrededores de la fábrica y que en cada consigna que oían amenazaban con desbordarse de rabia.

—Hijas mías —les dijo con voz conciliadora—, nadie quiere el mal para ninguna. Hay que instaurar la paz en nuestro querido terruño.

—Qué paz ni qué ocho cuartos, padre. La paz a toda costa no es paz —gritó la tejedora Matilde Montoya.

—Somos una comunidad que ha sabido convivir —continuó diciendo el sacerdote.

—Perdone que lo interrumpa —dijo Bedalina del Valle, otra de las insurrectas—. Usted se refiere a convivir y no a vivir. Si me permite, eso ha hecho que los sometidos seamos los *malvividos*. Pero los que realmente viven a sus anchas son los que nos explotan.

—No estamos solas... ¿no se da cuenta? Mire a su alrededor y saque conclusiones. Esto no lo para ni Dios —apuntó

Betsabé con su voz volcánica—. Puede que seamos pobres y la mayoría hasta analfabetas, pero no brutas, porque sabemos distinguir el bien del mal. Y declaramos la guerra a los déspotas empresarios que con sus modales de alta alcurnia van de santos patronos repicando en las procesiones su bondad y su misericordia, sacando su devota lengua cada domingo y fiestas de guardar para recibir a un Dios que es amor; comulgando unos preceptos que incumplen mientras por detrás nos matan de hambre.

Los presentes la aplaudieron a destajo.

—Por favor, hija. No blasfemes. No menciones el nombre de Dios en vano.

—¿Blasfemar es decir la verdad? Aquellos que van de salvadores interpretando el papel de benefactores de pobres sin recursos y crean patronatos que no son más que los hatos del patrón, o sea, los predios de ellos mismos, prisiones disfrazadas de buenas intenciones donde nos dan cobijo dizque para que no nos descarriemos... Sí, aquellos, deberían pasar un par de noches allí o llevar a sus hijos a que lo vivieran. Se darían cuenta de la miseria en la que estamos, donde el frío es el pan nuestro de cada día por falta de cobijas que nos calienten. Eso, sin mencionar nuestra alimentación y las reglas de encierro que debemos cumplir en aras de una dudosa protección. ¿En qué momento podemos sentir que la vida es un regalo de Dios y no un castigo? No, querido padre, no nos venga a hablar de blasfemia. Esto tiene otro nombre: ¡explotación!

—Bien dicho, camarada —gritó Trina Tamayo, una de las primeras en proclamar la huelga.

Betsabé estaba exultante. Haber descubierto la amorosa nota que, antes de partir, le dejara Emmanuel colgando del que fuera el árbol sagrado que tantas noches los cubriera, la había envalentonado. Ahora, sabiéndose amada, se sentía un animal fiero y defendería con uñas y dientes el propósito de la gesta.

Cuanto más la escuchaba El Curioso Impertinente, más la

admiraba. Era fuego ardiente, la luz que venía a alumbrar y a calentar la vida. ¿De qué manera podía acercarse a ella y conquistarla? Mujeres así no existían. Era otra Manuelita Sáenz, el amor de Bolívar; una iluminada capaz de darle la vuelta a la Luna. En el mundo, muy pocas tenían la osadía de enfrentarse a las leyes y triturarlas en aras de un mejor vivir. Eso era VALENTÍA HECHA MUJER.

Ahora necesitaba que se fijara en él. Pero ¿de qué manera hacerlo? Se abrió pasó entre la multitud hasta situarse delante de ella y esperó con el firme propósito de abordarla en cualquier momento.

Minutos después de que llegara el padre Latorre, el alcalde se apersonó de nuevo. Desde el día en que estallara el conflicto se había manifestado claramente a favor de las trabajadoras. Cuando uno de los capataces, al que apodaban Tamaco, le gritara en forma grosera a Betsabé que se callara, él le había dicho que la joven tenía derecho a hablar y a exponer sus peticiones y que la iba a hacer respetar si alguien se sentía con las ínfulas de tratar de silenciarla.

Se iban a cumplir quince días del acontecimiento que tenía revolucionado el municipio de Bello y desde todos los estamentos crecía la presión para que se solucionara el conflicto. El Directorio Nacional Socialista había hecho suya la contienda y no cesaba de publicar consignas a favor, tratando de que el pliego de peticiones de las subordinadas fuera tenido en cuenta.

Era el momento del cambio.

Dado que muchas obreras de la Fábrica de Tejidos e Hilados La Poderosa de Bello estaban afiliadas a dicha organización, obviamente a escondidas, la rebelión bellanita no los cogió por sorpresa. Desde hacía dos años trabajadoras de otros talleres antioqueños habían tratado sin éxito de sublevarse. Como vieron que aquello ya era una realidad, pusieron todo su empeño en hacer del acontecimiento una bandera. Por eso, aprovecharon el medio impreso para magnificarlo y difundirlo. Se pretendía que la sociedad tomara conciencia de lo que estaba pasando y de forzar a los altos mandos a que se manifestaran. En definitiva, se trataba de crear dos bandos: el de los justos y el de los injustos. Obligar a la gente a que se manifestara a favor o en contra para comprometerlos. De esta forma, empleando la fuerza de la palabra escrita, quedarían retratados y señalados para siempre.

Era imperativo categórico cambiar las reglas del juego.

La empresa buscaba ejercer el control sobre sus trabajadoras, mujeres sin obligaciones distintas a las de producir e hilar, haciéndoles sibilinamente una especie de lavado de cerebro con el fin último de tenerlas siempre a su disposición. Ofreciéndoles una especie de contrato paternalista en el cual, si se portaban bien, no sufrirían las multas que les restaban de su salario y se iban a un dudoso fondo común que, afirmaban sin ningún tipo de pudor, serviría para cubrir las necesidades de salud de la comunidad obrera. Pero, si se portaban mal...

Lázaro Quijano, gobernador de Antioquia y por encima de todo accionista de la fábrica, al estar directamente implicado en las consecuencias de la huelga se hacía el desentendido. En su fuero interno esperaba a que el cansancio de las huelguistas acabara por rendirlas. Creía que en la no acción estaba la gran acción. Pero se equivocaba.

Tras una asamblea extraordinaria de los socios tuvo que tomar cartas en el asunto. Lo primero que decretaron fue destituir a Celedonio María Vásquez, uno de los caciques que regentaba los talleres, por considerar que era una persona perjudicial y peligrosa. Buscaban que ese hecho fuera suficiente para dar por terminada la huelga; sin embargo, no lo fue.

Los otros que quedaron, aprovecharon el hecho para lanzar falsos rumores en los que afirmaban que cincuenta de las huelguistas volvían a su trabajo.

Pura mentira.

Las puertas se abrieron y ninguna entró.

—Hasta que no nos saquen a los otros dos, aquí nadie da ni un paso —dijo Betsabé Espinal—. ¿Creen que nos van a engañar? ¿Cuánto tiempo va a continuar la idea de que no nos enteramos de nada? Sepan de una vez por todas que se acabó el cuento. Estamos con los ojos muy despiertos y los oídos muy abiertos para recibir propuestas.

—Señorita —le dijo con timidez El Curioso Impertinente—. Es usted una heroína y como tal me permito dirigirme a usted con todos mis respetos. ¿Podría concederme unos minutos de su valioso tiempo? Solo deseo obtener unas palabras para el diario que con fervor las está apoyando.

Betsabé lo miró a los ojos y vio a un muchacho sincero y bueno. Alguien que le tocaba el corazón. Quería hablar con él, pero se dio cuenta de que todos la observaban y se mantenían atentos a su respuesta.

—Ahora no es el momento, perdóneme. Cuando acabe, si le parece bien, quedamos para hablar. Le agradezco su intención aunque, como verá, no hay tiempo que perder. Tenemos al alcalde y al párroco juntos.

—Como usted quiera, señorita. Sepa de antemano que la admiro y que me tiene a sus órdenes para lo que sea.

Hubo un cruce de miradas que pasó desapercibido para todos, pero para El Curioso Impertinente era una bella promesa.

—¡Viva Betsabé! —gritaron entusiastas las huelguistas.

El periodista llevaba en el ojal de su solapa una rosa roja y con entusiasmo se la lanzó al grito de los vivas.

Betsabé la cogió al vuelo y se la quedó, sin sospechar los sentimientos que con ella le enviaba aquel hombre.

Esa misma tarde el pliego de peticiones de las obreras de la Fábrica de Tejidos e Hilados La Poderosa de Bello llegó a manos del presidente de la República, don Marco Tulio Santamaría, quien se vio obligado a tomar cartas en el asunto.

12

Bello, 27 de febrero de 1920

Querido diario:

En esta noche turbulenta saco unos minutos para estar contigo y también para que no creas que te tengo olvidado. Ya sabes en lo que estoy, pues eres el alma de mis sentires y vives en carne propia mis desasosiegos. Creo que mis compañeras y yo lo estamos haciendo muy bien, a pesar de los tremendos inconvenientes que vamos sorteando como podemos. Llevo dos días sin comer, pero me siento llena... ¡Llena como nunca! ¿Cómo no estarlo después de lo que me ha pasado? Lo más importante es que, tras la intempestiva huida de la oficina de don Benigno, donde el humo nos asfixió la conversación sin que me quedara muy claro si me había ido bien o mal, me encontré por pura casualidad con la sorpresa más maravillosa que he tenido en los últimos años: la carta de Emmanuel.

¡Fue el gran regalo!

La pobre llevaba seis años colgada de la ceiba sin que me diera cuenta. Y eso que tú bien sabes las tardes y noches que he pasado bajo ese árbol, viendo mover sus hojas, recreándome en sentires y añoranzas; pensando en la tristísima e incomprensible desaparición de mi amado. Ahora entiendo cómo debió sentirse teniendo que abandonarme a la fuerza sin encontrar la manera de despedirse de mí. Si pudiera, me iría a buscarlo.

Daría la vida entera por encontrarlo.

El único problema que tengo es que si me voy, así tuviera que pedir limosna en ese París tan lejano, dejaría a mi pobre madre huérfana, ya que desde siempre la siento como si fuera mi hija. ¡Qué ironía! Ella fue quien me trajo a este mundo y soy yo la que trata de mantenerla en él a toda costa.

¿Por qué a veces es tan difícil entender mi vida?

Parece que estuviera destinada a cuidar de los demás. ¿Es esa mi labor o he sido yo misma la que me lo he impuesto? Es como si no tuviera derecho a ser débil o a desfallecer frente a los problemas. Me exijo y me exijo sin límites, convirtiendo mis días en un cúmulo de deberes que me convierten en salvadora a toda costa.

¿Cuántas veces he soñado en recogerme hasta convertirme en una pequeña mota de algodón y dejarme abrazar por alguien que me dijera: «No te preocupes, yo voy a asumir tus cargas»? Pero ese ser no ha llegado, porque quien yo creí que lo era desapareció para hacerse cargo de su propio peso. ¿Será que en eso consiste crecer y hacerse adulto?

Muchas veces me invade la sensación de ser libre de todo y fantaseo con ello. Ser libre, como cuando me sumerjo en el agua y siento esa sensación de levedad donde nada pesa. Cuando abro mis brazos y mi cuerpo se sostiene sin esfuerzo en la superficie. No existe el tiempo ni el mundo; solo mi ser liviano flotando sin más deseo que saberse parte de esa agua cristalina... Entonces me fundo en esa liquidez. Aaah... ¡Cuánta felicidad! Es como cuando lloras y te vacías en las lágrimas. Dejas de ser tú y te conviertes en gotas que resbalan y te limpian.

Echo de menos a mi madre. ¡Y qué decir de mi padre!

Capitolina, a pesar de vivir con ellos, no los tenía. Hay presencias que con sus cuerpos sin espíritu en realidad hacen más notoria su ausencia. Y ese era su caso. No tenía padres; en esto éramos iguales. Pero como caída del cielo, apareció su abuela Cástida y vino a iluminar los espacios penumbrosos de nuestras fantasías. Nos regaló el don más preciado: leer.

¡En la lectura hay tanta sabiduría!

Pobres los que no leen porque de ellos es el reino de la ignorancia; se pierden de adentrarse en universos insospechados. Cuevas llenas de tesoros que refulgen en cada palabra. Aunque a veces estas lleven en su significado cicatrices y sean muy capaces de torturar y hundirte, también poseen la virtud de glorificarte y elevarte.

Los libros son el tesoro más grande que puedes tener ante tus ojos. Yo, a pesar de haber sufrido tantas humillaciones en la casa de los Mejía Echavarría, tuve aquella mágica librería donde dormían saberes inimaginables. Y todo lo vivido valió la pena.

Ahora, volviendo a mi momento actual, confieso que tengo miedo; de nada sirve negarlo. Me gustaría nombrarlo de otra forma, porque soy muy consciente de las veces que te lo he manifestado. Tal vez ese sentimiento sea el que me impulse a avanzar.

MIEDO.

Lo escribo en mayúsculas, tal como lo siento, y veo en él a un animal de cinco letras que trata de engullirme con sus colmillos afilados.

Cuando hablo en nombre de todas las obreras siento un mordisco negro en la boca de mi estómago que quiere acabar conmigo, pero sé que si me quedo muda quizá sea el comienzo de un silencio general que nos hundirá. Han puesto todas sus ilusiones y expectativas en mí, y no puedo ni quiero defraudarlas.

A veces desearía gritar con todas mis fuerzas para sacarme esta angustia, pero me aguanto, como me lo he ido aguantando todo.

He pensado que me tomo muy en serio la vida. A lo mejor debería asumir que hay más seres en este mundo que podrían hacerse responsables de convertirla en un paraíso y yo, sencillamente, ser una pobre mortal dedicada a seguir los acontecimientos. Mucho más fácil sería descargar esos compromisos en los demás, pero como veo que no los adquieren, los asumo yo, no sé por qué. Ni me lo preguntes.

Luego veo que otros lo entienden.

Hoy, sin ir más lejos, recibí de un desconocido una bella rosa roja. Roja como nuestra lucha y nuestras ansias. ¡Todo un símbolo!

La guardaré entre tus páginas porque sabrás cuidarla. Creo que es una persona buena, pero que ve en mí a alguien mucho más grande de lo que soy y eso me produce por un lado una tremenda desazón y por el otro una especie de extraña alegría. He descubierto que la adulación también es una cárcel, ¿no te parece? ¿Cuánta gente solo por sentirse admirada actúa de manera estúpida?

Pienso que quizá yo también he sido víctima de esa enfermedad, aunque no busque lo que los altivos y lo haga sin ánimo de nada.

Cuando pienso en los sentimientos de los demás me dan ganas de tenerlos a todos contentos. Me refiero solo a los que desean el bien; de los otros, que el diablo se encargue... ¿no te parece?

No es feo (obviamente me refiero al muchacho que me regaló la rosa, no al diablo). Es más, incluso he notado en él una sonrisa de niño inocente, y lo que dice sobre nosotras y la huelga me gusta mucho. Hasta me da una extraña sensación como de cosquillas en las orejas. Saber que existen personas como él me llena de energía.

Todo el mundo habla de nosotras. No paran de decir que somos unas valientes, que tenemos a los dueños de la fábrica tiritando de miedo, que ya era hora, que viva el socialismo, que las mujeres somos las que llevamos los pantalones muy bien puestos... y muchas más frases cargadas de elogios...

El pliego de peticiones que redactamos está dando sus frutos. Ya echaron al peor; puede que me equivoque, aunque lo dudo, pero ese tipejo tiene mucho que ver con la desaparición de la pobre Ausencia.

Este movimiento es solo el comienzo. No vamos a desfallecer hasta que acepten cada una de nuestras exigencias.

La presión que vivimos en el patronato es tremenda. Hoy, en penitencia, nos obligaron a rezar diez rosarios pidiéndole a Dios que nos devuelva la cordura. Parece ser que nos consideran unas endemoniadas y quieren combatir a toda costa nuestra desobediencia. Así lo dicen las revistas *Familia Cristiana* y *El Obrero Cató-*

lico que nos fuerzan a leer. Y como no tenemos adónde ir, acabamos de rodillas respondiendo los avemarías, eso sí, sin perder para nada nuestros objetivos.

Estoy cansada y voy a tratar de dormir.

Espera...

Acabo de darme cuenta de que en uno de los pétalos de la rosa que me lanzó el periodista hay algo extraño... Sí, es un diminuto mensaje escrito con la punta de una aguja. Voy a tratar de leerlo.

Cuando Betsabé se disponía a hacerlo, escuchó un sonoro rasgado de tiples y guitarras.

En medio de la noche, cobijados por la tímida luz de una luna creciente, El Curioso Impertinente y un grupo de músicos la homenajeaban con una sentida serenata de bambucos y boleros que despertó a monjas y obreras. Todas sin excepción curiosearon en silencio, y entre cortinas y suspiros cada una soñó que tan románticas canciones pertenecían a su propio amado imaginario.

13

Ninguna respuesta.

No llegaba carta alguna de aquel periodista de Medellín a quien con tanta sinceridad le escribiera.

Emmanuel Le Bleu consumía sus días en la triste monotonía de sus quehaceres cotidianos sin ninguna esperanza. Iba y volvía del trabajo como un autómata, con la desgana de arrastrar sus pies y sobrellevar la enfermedad de su madre, que se agudizaba.

Aunque una que otra noche huía de su casa para verse con sus amigos de Montparnasse, ya nada era igual. La muerte de su queridísimo amigo Modigliani lo tenía sumido en la más profunda tristeza.

Una semana antes del terrible suceso habían compartido risas junto a su amada Jeanne, que estaba próxima a dar a luz. Amedeo, enamorado como estaba de su mujer, era el único que entendía lo que sentía por Betsabé y le insuflaba energía y fuerza para luchar por ella.

Nada presagiaba aquel triste final. El horror de los acontecimientos lo superó. Su querido amigo moría, derrotado por una meningitis tuberculosa producida por sus excesos.

Asistió a su entierro en el cementerio del Père-Lachaise, donde lloró por él y también por su propia vida. Se iba su amigo inmenso, su fuerza y alegría, y con él también quedaban sepultadas sus ganas de seguir.

Pero allí no acababa todo.

Dos días después, Jeanne Hébuterne, la compañera de su amigo, aquella pintora tímida y sensible de escasos veintiún años con la que compartiera sus sentires y que tanto lo entendiera, se lanzaba al vacío con el bebé de Modi en su vientre.

¿Por qué el destino se empeñaba en matarlo a pedazos? ¿Qué había hecho mal para destruir otra vez aquello que amaba?

Quería huir de allí, volver a Colombia y buscar a Betsabé. No deseaba para nada la muerte de su madre, pero era lo único que lo ataba a París.

El tiempo caía despacio como lluvia fina que le humedecía los huesos hasta ablandarlos. No podía enamorarse de nadie porque el corazón lo tenía ocupado por aquella niña. La imaginaba hecha mujer, blandiendo una bandera de lucha. Con sus pechos erguidos, su rostro enardecido por sus palabras llenas de sabiduría y sensatez. Y se moría de amor.

Nadie podía suplantarla.

Abandonar a su madre no le permitiría estar en paz, como tampoco lo hacía el quedarse. Lo único que le serviría era tener un contacto con Betsabé. Le explicaría lo que estaba viviendo, y de sobra sabía que lo entendería y sabría esperarlo... o reunirse con él. Ese sería el gran final. Tenerla consigo y juntos vivir lo que por derecho les tocaba.

Aquel amor no podía acabar enterrado en la nada.

¿Cómo hacer posible lo imposible?

Leía todo lo que caía en sus manos buscando soliviantar sus penas. Releía las cartas que durante sus años en Colombia le enviara Simone Weil y que compartiera con Betsabé en aquella intimidad remota, tratando de agarrarse a pequeños retazos de ese pasado donde había sido tan feliz. Intuía que ambas compartían ese espíritu libertario y que estaban hechas de la misma esencia roja.

Pero... ¿dónde se encontraba su querida amiga? Desde el inicio de la guerra había desaparecido sin dejar rastro. ¿Era probable que aquello también hubiese sido un sueño?

El fuego crepitaba en la chimenea. Tomaba el té junto a su madre.

—Hijo, ¿qué te sucede? Te veo muy triste.

—No me preguntes nada, no quiero hablar.

—¿Soy una carga para ti?

—Eres mi madre.

—Estamos solos, ¿verdad?

—Esa es la vida. No estamos solos; debes entender que somos solos.

—¿Dónde está tu padre? ¿A qué hora vuelve?

—No tardará mucho, madre.

—¿Y tu hermanita?

—Jugando.

—Aaah... bueno. Entonces, todo está bien.

—Sí, todo está bien.

—¿Me abrazas?

Emmanuel se acercó.

—Hijo mío, ¡eres tan hermoso! —le dijo acariciando sus cabellos—. Te pareces mucho a tu padre. Menos mal que volviste. ¡Lloré tanto tu ausencia! Tu hermana te quiere mucho.

—Lo sé, madre.

—No volverás a irte, ¿verdad?

—Claro que no.

—Dicen que han pasado cosas terribles, pero estamos juntos.

—Así es. No te preocupes, todo irá bien.

—¿Me lo prometes?

—Te lo prometo.

Emmanuel llamó a la asistenta y le pidió que le diera un baño a su madre.

—¿No quieres estar conmigo? —le dijo al ver que la mujer se la llevaba.

—Claro que sí, pero debes relajarte para la cena. Nos veremos más tarde.

La mujer condujo a Clotilde a las habitaciones mientras Emmanuel se servía un whisky.

Estaba atrapado y no tenía a quién acudir. Su destino parecía estar escrito.

Mientras Francia se recuperaba de la guerra y día a día volvía a la normalidad, él seguía en su turbulencia interior.

Se había cansado de enviar cartas sin respuesta. El amor por Betsabé le impedía ser feliz. ¿Cómo borrarla de su memoria cuando era el motor que lo impulsaba a seguir?

¡Estaba tan lejos!

Volvió a pensarla. Era la única manera de no olvidarla. Su presencia era su vida.

Bebió y bebió soñando que la tenía entre sus brazos. Cerró los ojos y se escapó a aquel lugar silvestre donde el verde los cubría... Hasta que de repente escuchó de lejos un alarido.

—¡Señoooooor...! Venga pronto.

Su madre había resbalado al salir de la bañera.

Por un instante pensó que los dioses se acordaban de él y lo liberaban de aquel peso. No debía desear su muerte; se sintió mezquino y cruel. Él era lo único que la anclaba a la vida. ¿Cómo podía albergar aquel sentimiento tan oscuro?

Llamaron inmediatamente a una ambulancia y un equipo médico llegó y comprobó sus constantes vitales.

—¿Cómo está, doctor? —preguntó Emmanuel.

—Delicada, pero no grave. No sabemos qué consecuencias tendrá el golpe que se dio. Ahora duerme y está estable. Dependerá de las próximas horas. Me gustaría trasladarla al hospital, pero no me atrevo por temor a que al hacerlo se agrave. Sugiero que se quede aquí con mi enfermera y que vayamos analizando su evolución. ¿Está de acuerdo?

—Totalmente, doctor.

—Si le parece, ella permanecerá con su madre. Creo que es lo más adecuado —le dijo señalando a la joven—. Es una enfermera muy competente, la mejor de mi equipo. ¿Tiene algún otro familiar que pueda hacerse cargo?

—No.

—Pues entonces, procedamos.

El médico extendió un informe que rellenó y le hizo firmar. Se despidió y la bella enfermera quedó frente a él.

—¿Puedo sentarme? —le preguntó ella.

—Por supuesto.

Emmanuel le acercó una silla y la colocó junto a la cama.

De repente le llegó el rostro de aquella joven en una especie de recuerdo difuso pero potente.

—¿Necesita algo más? —le preguntó turbado.

—No, señor. Es usted muy amable, muchas gracias.

—Perdóneme, ¿la conozco? No sé por qué su cara me es muy familiar.

La enfermera lo miró y reconoció en sus ojos al soldado que tanto cuidara en plena guerra, pero lo negó con la cabeza mientras el corazón se le agitaba.

—Si todo sigue bien, ¿le importaría que cenásemos juntos, señorita...?

—Formenti —le dijo ella—. Me llamo Bianca Formenti.

—Esta noche no le faltará de nada. Le diré a la servidumbre que prepare su estancia.

—No se preocupe, estoy acostumbrada a estos casos. Mi deber es con los enfermos. Acostumbro a cargar un pequeño maletín con mis primeros auxilios, porque nunca se sabe.

—La entiendo. —Emmanuel sonrió.

—Ahora lo importante es su madre. Y mucho me temo que su recuperación sea lenta.

A Emmanuel se le ocurrió que sería buena idea contratarla.

—¿Podría cuidar de ella? Quiero decir, el tiempo que necesite hasta que se restablezca.

—No se me había ocurrido trabajar como enfermera en una casa particular y primero debo consultarlo con el doctor.

—Pero si él no tiene inconveniente, ¿lo haría? Por supuesto, tendríamos que acordar unos honorarios.

La chica lo recordó todo. Los delirios del joven cuando llegó con sus pies a punto de amputación y ese amor lejano que en sus alucinaciones ella suplantara. No le cabía duda: era él. El hermoso soldado del que sin querer se enamorara.

—No creo que haya problema —le contestó.

—Entonces, quedo pendiente de que me lo confirme y proponga cuánto quiere cobrar por su trabajo. Si nos ponemos de acuerdo, mi chofer la llevará a su casa para que recoja sus pertenencias y empiece cuanto antes.

Clotilde se quejó y la joven se acercó al lecho y acarició su frente.

—Aquí estamos, querida señora —le dijo con voz tenue—. Descanse. —Revisó que todo estuviera en orden y afirmó—: Se pondrá bien. Es cuestión de paciencia y mucho cariño. Los enfermos se salvan cuando sienten que se los quiere y encuentran un sentido para continuar. ¿Ella lo tiene?

—Desde luego —contestó el muchacho—. Me tiene a mí.

—Ahora lo mejor que podemos hacer es dejarla dormir. La reacción que ha tenido es magnífica.

Emmanuel se acercó a su madre y le susurró algo al oído que hizo que en su cara se dibujara una sonrisa.

—Ahora cenemos juntos. Hacerlo separados se convertiría en una triste experiencia, ¿no cree? —le dijo a la enfermera.

—Lo que usted diga. Yo estoy aquí para velar por la salud de su madre y nada más.

Emmanuel abandonó la habitación y le pidió a la criada que preparara la mesa. Cenarían en el comedor principal.

—¿Cenará solo usted? —le preguntó la mujer.

—No, ponga dos servicios. Me acompañará la señorita.

Necesitaba compartir la noche con alguien. El vacío que sentía era demasiado para vivirlo a solas.

El rostro de la enfermera le inquietaba. La conocía; estaba seguro de que la conocía... Pero ¿de qué, de dónde? ¿En qué nebulosa estaba su imagen? Había algo en ella que le provocaba un inmenso sentimiento de gratitud.

Se dio un baño pensando en su propia existencia.

«Llevo años perdido en túneles oscuros. Reflejándome en rostros de cera. Buscando abrir ventanas que me dejen respirar lo que yo considero que es la vida. Reconozco que al final, debo rendirme a ella; es una inmensa máquina que nos lanza hacia delante a pesar nuestro y nos obliga a efectuar lo que desea. No piensa que todos, incluso los mortales, somos tierra húmeda en la que se mueven gusanos que buscan sobrevivir. A veces desearía ser un simple insecto que en su osada lucha busca permanecer. Cada vez más, siento que pertenezco a un mundo subterráneo donde los individuos se convierten en verdor que se funde con lo primigenio: la tierra».

Se hundió hasta el fondo y aguantó la respiración. Siempre que lo hacía sentía el vacío y el lleno juntos. Se limpiaba por dentro y simulaba su muerte. Si no respiraba, no vivía. El placer le duraba pocos segundos porque algo más fuerte que su conciencia lo hacía emerger del fondo y tomar una bocanada gigantesca de aire.

Volvía a la vida.

Se acicaló y perfumó. Buscó en el armario una camisa blanca de cuello y puños almidonados y se vistió con esmero, atándose en el cuello el pañuelo rojo de Modigliani que siempre lo acompañaba. Hacía mucho tiempo que no tenía deseos de arreglarse, pero esa noche sentía un extraño placer al hacerlo. ¿Vanidad?

Tras la puerta, oyó la voz del mayordomo que lo llamaba.

—Señor, la cena está lista.

Se dirigió al comedor y se encontró con la enfermera, que dejando su uniforme y su cofia almidonada parecía una artista de Montparnasse, como aquellas que solían pintar sus amigos.

—Está usted muy bella —le dijo apartándole el asiento.

La enfermera se sonrojó.

—Perdone, no era mi deseo turbarla.

—No se preocupe, ese es un problema mío y de mi sangre. No estoy acostumbrada a recibir cumplidos.

—Si le molesta, retiro lo dicho. Solo deseo que se sienta cómoda.

El mayordomo llegó con la botella de vino y les sirvió. La joven puso la mano sobre su copa.

—¿No bebe? —le preguntó Emmanuel.

—No suelo hacerlo cuando trabajo.

—¿Ni una copa? Es la hora del descanso.

La enfermera cruzó una mirada rápida con el anfitrión.

—Está bien, solo una.

Empezaron a hablar y poco a poco, entre cubiertos y platos, la botella se fue vaciando.

—Come usted como un pajarito. ¿Es que no ha sido de su agrado? —le dijo al notar que dejaba casi intacto el magnífico chateaubriand.

—No, por favor. —Sonrió—. Está delicioso, pero no tengo apetito.

Llegó el postre y con él la conversación. Comentaron de la vida y de lo que Francia había sufrido en los últimos años. De los jóvenes y sus sueños truncados por culpa de aquella absurda lucha. De las familias rotas para siempre.

—Somos pobres supervivientes —le dijo ella tras dar un sorbo a su copa de vino—. Mi padre y mi hermano murieron en la guerra... y también mi prometido. Ya no espero nada de la vida. ¡Tenía tantas ilusiones!

—Todos las teníamos, sin embargo, estamos aquí... —Emmanuel quiso cambiar de tema y decidió tutearla—. Yo a ti te conozco. Lo sé, pero no puedo recordar dónde.

La luz de las velas alumbraba el rostro de la chica y la pintaba de rojo. Se había creado una familiaridad entre los dos. Emmanuel vio en ella a Betsabé y sintió unas ganas locas de besarla. Se levantó.

—Yo no soy ella —le advirtió la enfermera al ver que se aproximaba—. Ya una vez te equivocaste.

—No entiendo lo que me dices.

—Yo sí.

—¿A quién te refieres?

—A ella.

—Por favor...

Se situó a su espalda y le acarició su negra cabellera, que caía en cascadas sobre sus hombros. Ella se giró. La delicada línea de su rostro enmarcaba su mirada de cejas gruesas y ojos que atravesaban la vida. Su boca de rosa impregnada de rocío se abría.

—Tú también estás enfermo, como yo —le dijo—. Estamos enfermos de amor perdido.

Emmanuel no quiso escucharla. Con el índice delineó suavemente su boca hasta sentir un leve quejido. Los ojos de ella se cerraron y se abandonaron al instante.

Se acercó hasta percibir su fresco aliento y besó aquellos labios tibios, sintiendo que besaba a su Virgen de Fuego. Ella, temblando de miedo, se dejó ir, pero la imagen de su prometido cubrió su pensamiento.

La voz del mayordomo rasgó de un tajo el momento.

—Perdón, señor. ¿Me necesita para algo más?

El hombre rompía el hechizo. Se quedaron mudos uno delante del otro desconociéndose entre sí. Ni la enfermera era Betsabé, ni Emmanuel el novio muerto.

¿Eran cuatro los que estaban presentes en aquel beso?

—Puede irse, George —ordenó molesto—. La próxima vez, antes de entrar, avise.

—Sí, señor. —El sirviente bajó la cabeza y, tras hacer una reverencia, marchó.

—Debo retirarme —le dijo ella—. Siento lo que ha pasado.

—Yo no —le contestó él confundido aún por el instante vivido.

—Buenas noches, señor Le Blue —pronunció la enfermera—. Es mejor para los dos que olvidemos lo que ha sucedido y mantengamos las distancias. Lo digo por el bien de ambos.

La joven abandonó la mesa y se dirigió al pasillo.

—Me cambiaré y pasaré la noche junto a su madre. Duerma tranquilo; yo estaré pendiente de ella.

Bianca Formenti abrió la puerta de la habitación donde Clotilde dormitaba bajo los efectos de los calmantes y le comunicó a la asistenta que en breve la relevaría.

Emmanuel la siguió con la mirada sin dar un paso. Sabía que no era el momento de perseguirla. La vio alejarse, con su andar firme de mujer vivida y fuerte, hasta desaparecer en el cuarto de huéspedes.

¿Quién era ella?

¿Por qué no conseguía recordarlo?

La nebulosa lo dejaba en un estado de turbación que lo mantendría en vela.

14

Ese amanecer un cielo encapotado de grises acompañaba a las cuatrocientas huelguistas que subían a la fábrica armadas de palos y piedras, con la firme intención de quitarles los pantalones a los del sexo opuesto que continuaban empecinados en sabotear la huelga que con tanta dificultad emprendieran.

Los obreros insistían en entrar y no apoyarlas.

—Aquí llegan las tontas —gritó uno burlándose—. Vienen amenazantes. ¡Uyyy, qué miedo!, jajá. Pobrecitas, creen que a punta de piedras van a obtener lo que no pueden. ¿Por qué no entienden que así no van a conseguir nada? Necesitamos el trabajo para vivir, y ellas, con sus ridículas pretensiones, nos están perjudicando.

—¡Sí! —gritaron todos—, hay que bajarles los humos de heroínas.

Uno de ellos se acercó a una jovencita que llegaba con la falda remangada, atada en un nudo, blandiendo el trozo de un tronco en actitud amenazante.

—No nos obliguen a quitarles sus armas —amenazó uno de los trabajadores—. Somos el sexo fuerte y estamos hartos de tanta pendejada. Se les acabó el cuentico sensiblero que tienen. No vamos a alcahuetearles sus berrinches.

Al ver que el hombre trataba con violencia de arrebatarle el palo hasta hacerla caer al suelo, otra le lanzó una piedra que le dio en la frente.

El obrero cayó al suelo sangrando. Se tocó la cabeza y gritó:

—¡La muy marrana me descalabró!

Los compañeros se lanzaron enfurecidos contra ellas.

—¡Locas! Que venga de una vez la Policía y las encierren, carajo.

En medio de la contienda, Betsabé se abrió camino con el puño en alto.

—No tenemos miedo, no tenemos miedo, no tenemos miedo...

Las que la acompañaban se unieron a la frase agitando pañuelos rojos.

—¿No se dan cuenta de que también luchamos por ustedes, cobardes muertos de hambre? —los increpó.

—Fuera de aquí, nuestras faldas valen más que esos pantalones que llevan tan viriles, hediondos a orines y a caca. ¡Lambones, miedosos! —añadió Trina Tamayo resuelta a todo.

Al oírla, otro la cogió por los pelos y la arrastró por el barro.

Las demás reaccionaron y se formó una batalla campal.

Hombres y mujeres se peleaban y jaloneaban hasta caer al suelo. Las ropas rasgadas saltaban por los aires. Alaridos y golpes se sumaban en un aquelarre de improperios a cuál peor.

—¡Auxiliooo! —gritó una al ver que le arrancaban la falda.

—¡Animal!

Betsabé se acercó a defenderla con uñas y dientes, hasta pegarle un mordisco al hombre que pretendía ultrajarla.

—¡Déjala en paz, asqueroso! Debería darte vergüenza. ¡Ignorante! ¿No ves que lo que hacemos es luchar por nuestros derechos? ¿Por los tuyos y los de todos? Si nos beneficiamos nosotras, te estás beneficiando tú y tu familia. ¡Eres un pobre imbécil!

—¡Maldita! —le gritó el hombre al sentir el dolor en su mejilla—. Eres una perra rabiosa.

—A mí me respetas y me vas a oír.

Todas la rodearon y el hombre se quedó indefenso frente a las muchachas.

—Trabajamos hasta la extenuación, con una energía que sobrepasa nuestras fuerzas, y solo pedimos que ustedes sean capaces de unirse a nuestra causa. ¿Es mucho pedir? El miedo, si es lo que les impide acompañarnos, hay que superarlo. Unidos seremos mucho más fuertes. ¿Por qué les cuesta tanto hacer parte de este grupo? ¿Es que se sienten menos porque fue a las mujeres a quienes se nos ocurrió decir basta?

—Que se calle de una vez esta cejona de los demontres —gritó uno de los trabajadores, amigo de El Piojo.

—Sí, que se calle. No para de decir estupideces, como todas las mujeres. Pensar es cosa de hombres.

—Hay que cogerla de las greñas y arrastrarla por el suelo. Es lo que se merece. A estas hay que ponerlas en su sitio, que andan muy envalentonadas. Por las buenas no entienden nada. ¡Mano firme! Si no, hacen y deshacen a su antojo, y tienen que entender dónde está su lugar.

En ese momento las chimeneas de la fábrica empezaron a balancearse y un rugido oscuro bajo los pies los obligó a callar.

—¡Está temblando! —gritó una mujer que llevaba de la mano a sus dos pequeños.

—¡Vea pues, la que nos faltaba! —gritó otro energúmeno—. Ahora creerán que el terremoto es por ellas.

—¡Ave María Purísima! —dijo una santiguándose.

La gente salió corriendo a guarecerse donde podía. La tierra bramaba y los árboles enloquecidos por el suceso se resquebrajaban lanzando ramas y hojas por los aires.

Los perros entonaban un aullido largo, como de lobos en luna llena, y gallos y gallinas revoloteaban confusos en sus corrales, emitiendo angustiosos alaridos jamás oídos.

Un chillido general convirtió en segundos a Bello en un apocalipsis.

—Es castigo de Dios —dijo otra poniéndose de rodillas—.

Está furioso de ver tanto odio y nos lo está manifestando, como rey que es del universo.

—¡Cállate, bruja! —le dijo un hombre que estaba a su lado—. Deja de decir bobadas.

Una de las casas de enfrente se cuarteó y empezaron a desprenderse trozos de paredes que caían encima de los que se hallaban cerca.

Algunos bellanitas, que disfrutaban del desayuno ajenos al conflicto, escaparon de sus casas gritando. Lámparas balanceándose, cuadros y espejos caían astillados. Pájaros enjaulados reventaban puertas y escapaban en espirales chocando contra las ventanas.

Sobre el suelo, las flores marchitas de las guirnaldas tejidas por las mujeres del pueblo eran aplastadas por las tejas que caían con furia.

En los alrededores de la fábrica la ira se transformó en necesidad de supervivencia.

—¡Vamos a campo abierto! —gritó un viejo.

Una inmensa grieta se dibujó sobre la calle y la abrió en dos engulléndose de un bocado a una pobre mujer que llevaba a su bebé en brazos.

Dos de los obreros que alardeaban de su arrojo también cayeron en el agujero. Uno de ellos era el golpeado.

—¡Ayudaaaaaa! —gritó—. Sáquennos de aquí.

—Necesitamos un lazo fuerte.

El bebé lloraba y el herido se hizo cargo de él.

—Hay que sacar al niño como sea —exclamó desesperado.

Betsabé y algunas de sus compañeras, Trina Tamayo, Adelina González, Matilde Montoya y Bedalina del Valle corrieron a la fábrica, que permanecía con las puertas abiertas, sin vigilancia debido al suceso, y cargaron con metrajes de dril recién fabricado. Lo extendieron hasta crear un lazo fuerte que lanzaron a la fosa abierta.

El hombre improvisó un saco con la tela y colocó dentro al bebé asegurándolo con dos nudos, y entre todas lograron subirlo. Luego la mujer, y por último ellos, fueron rescatados por la cadena de fuerza creada por las obreras y algunos empleados que al final se sumaron.

La Policía llegó tarde, cuando el desastre había sido superado por las mujeres. Iban dando instrucciones de protegerse bajo los marcos de las puertas.

El padre Latorre también apareció a calmar los ánimos con su sotana al viento y un crucifijo entre las manos, bendiciendo a diestra y siniestra el tumulto.

—Dios mío —dijo—. ¿No se dan cuenta de lo que está pasando? La furia del Divino se manifiesta.

La tierra seguía rugiendo.

—Debemos serenarnos.

La multitud no lo escuchaba. Los alaridos y el temor silenciaban todo lo demás.

—¡Calma, calma! —gritaba—. El Señor, en su infinita misericordia, sabrá poner orden y perdonarnos.

De repente la tierra se silenció y una calma chicha inundó las calles. La gente había quedado estupefacta. Un solemne silencio los llenó. Nadie podía pronunciar ni una sola palabra.

La rabia mezclada con el temor daba paso a la cordura.

Tras el temblor, el impávido sol se abría paso entre las nubes, ajeno a la cólera de la tierra, y con su brillante majestuosidad volvía a iluminar la ciudad. Caía, como siempre, con esa fuerza dorada que bañaba el mundo.

—La naturaleza enseña, queridos amigos —dijo el párroco—. Lo que estas pobres mujeres buscan es justicia. No hemos de olvidarlo. La violencia entre hombres y mujeres que, a fin de cuentas, están en el mismo bando es un sinsentido. ¡Solo faltaría eso! El respeto es la única vía posible para llegar al entendimiento. No nos queda más remedio que oír lo que estas valientes mujeres dicen. Todos tenemos madres, y algunos también hermanas y quizá hijas. ¿Quieren esta vida para ellas? Si hablan es porque tienen ofendida el alma y algo muy grave guardan en sus corazones que las atormenta. Tanta indignación no es fortuita. La solidaridad es la madre de la justicia. La violencia no es el camino del entendimiento. Nunca lo ha sido. Estamos en un momento de cambio y yo las comprendo. Espero que ustedes se pongan la mano en el corazón y reflexionen. Son jóvenes que se sienten sobrexplotadas, seres humanos... ¿Saben lo que esto quiere decir? Se alimentan de las sobras, viven amedrentadas, alojadas en piezas sórdidas e insalubres... ¿Es eso lo que quieren, señores, para el futuro de sus hijas? Riesgo de prostitución, de sífilis, de abortos. Este teatro de roles sexuales debe terminar de una vez por todas. ¿Al hombre la fuerza bruta y a la mujer la familia y la casa? ¿Lo duro para los hombres y lo supuestamente blando para las mujeres? No más esta errónea división tan arraigada en estas tierras. Ellas, subordinadas a no vivir, se dirigen cada día como tristes borregos mancillados a cumplir con sus tareas obligadas.

»¿Quién piensa en sus deseos más íntimos? El acoso sexual hace parte intrínseca de su trabajo. Dar su cuerpo para no ser expulsada del trabajo. Poner su honra en las manos sucias de sus jefes por miedo. ¿Quieren ponerse en su piel por un instante? ¿Por qué no entender las ilusiones de esos seres humanos explotados?

El sacerdote tenía razón y los hombres lo escuchaban con atención.

Betsabé se adelantó y se puso a su lado.

—¿Quién de ustedes no ha sido víctima de multas injustas? ¿De que nos resten del salario el dinero que nos corresponde? —dijo poseída por la fuerza de la palabra—. ¿A quién no han regañado por ir al baño y considerarlo una pérdida de tiempo? ¿Cuántos no han sufrido el que les culpen porque una máquina no funcione bien, o porque haya fallos en la fabricación de las telas? ¿Quieren seguir así? ¿Bajando la cabeza por temor a ser despedidos? Afrontemos la realidad de una vez por todas, compañeros. ¡Sin miedo!

»¿Saben que en Inglaterra y en Francia, tras la guerra, ahora han decidido rebelarse? ¿Somos menos que ellos? Ya hay sitios que obligan a las fábricas a tener un espacio para las mujeres que amamantan a sus hijos. Eso se llama *licencia de maternidad*. Todos hemos sido hijos y nuestras pobres madres se han sacrificado por que tengamos una vida mejor. ¿Queremos repetir sus vidas? ¿Por qué no rompemos la cadena de infortunios y luchamos por tener derechos y no solo obligaciones? Somos seres humanos pensantes. Los cerebros no tienen sexo, ni los sentimientos. El dolor nos une, como también deberían unirnos las alegrías y los logros.

Los hombres bajaron la cabeza. Todo lo que Betsabé Espinal decía era una verdad irrefutable.

Mientras esto ocurría en Bello, en Medellín, tras tomar conciencia de que el despido de Celedonio María Vásquez, alias El Piojo, no había sido suficiente para detener la huelga, se reunían de nuevo los socios de la fábrica: Benigno Morales, Lázaro Quijano, gobernador de Antioquia, y Rosalío Tobón.

—Esto se nos está convirtiendo en un grave problema —dijo Morales Santos—. Yo ya hablé con la que lidera el grupo insurrecto y no hay acuerdo posible. Es más terca que una mula.

—Las mujeres siempre tienen su punto débil, hay que encontrarlo —comentó Tobón.

—No sirve de nada llevarlas al límite. Parece que son inteligentes y no temen morirse de hambre. Y mientras tanto, los telares siguen parados y los pedidos aguardan. No podemos incumplirles a los proveedores porque se nos irán a otra parte —añadió Quijano.

—Tú eres el gobernador, ¿no puedes presionarlas? Tienes el poder y debes aprovecharlo.

—Has de entender que mi imagen se está viendo afectada por los acontecimientos. Debo demostrar que soy ecuánime y comprensivo. La política tiene esto, tratar de contentar a todos y, sobre todo, que lo parezca.

—¿Entonces?

—Piden cosas muy concretas. Hay que echar a los otros dos. Afirman con mucha contundencia que se excedieron en acosarlas. He sabido que están reclutando a las que fueron abusadas y piensan hacer una marcha a la que acudirán con sus bastardos para dar testimonio visual de sus desmadres. Eso, las que pueden, pues es sabido que a muchas las han hecho desaparecer o ya andan por las calles ejerciendo la prostitución.

—Eso sería poner en evidencia nuestra mala gestión, hay que impedirlo a toda costa.

—Pues no nos queda más que aceptar su pliego de peticiones.

—¿Y aumentarles el sueldo?

—Y permitir que se calcen. No van a estropear el suelo.

—¿Y reducir las horas de producción a ocho horas diarias?

—Pues sí. Los tiempos cambian —dijo Benigno Morales Santos—. Ahora el maldito socialismo venido de fuera las ha contaminado y lo tienen inoculado en la sangre. O accedemos a eso, o ¿dónde vamos a encontrar ahora a otras que ejerzan tan bien lo que vienen haciendo?

—En este instante luchamos contra la peor plaga: la insubordinación bolchevique. Tenemos a los sindicatos en contra y las tienen adoctrinadas. Se nos acabó el cuento.

—La verdad es que la fábrica funciona de maravilla. Son buenas.

—Y no tenemos cómo manipular más influencias.

—Pues hagamos efectivo el pliego.

—Nos convertiremos en perdedores —dijo Tobón.

—Depende —añadió el empresario—. Hay que venderlo como si fuésemos ecuánimes y comprensivos con sus peticiones. Pensamos y actuamos por el bien de la sociedad. Las entendemos y nos hemos equivocado. Eso nos enaltece como personas. La equivocación acompañada de un acto de contrición nos convierte en seres sensibles. Por lo que piden, tampoco tenemos mucho que perder y así quedamos como personas de gran corazón que velamos por el bienestar de nuestros trabajadores.

—Entonces, ¿firmamos?

—Me temo que no hay más remedio.

15

León de Greiff se había inscrito en la Universidad Libre de Bogotá a estudiar Derecho. Sus ideales filosóficos se mantenían intactos, tanto como su fe en la palabra escrita. En el desayuno, se encontró con el rostro de Betsabé Espinal impreso en una de las páginas de *El Espectador*, diario que leía con asiduidad. Iba acompañado de una extensa crónica de la huelga y de una inteligente y muy lograda entrevista. Al principio no la reconoció, pero esos ojos desafiantes...

Si algo tenía era la enorme capacidad de grabar fisonomías.

¡No podía ser! Aquellas cejas... y la boca.

La intempestiva desaparición de su amigo Le Bleu y de aquel extraño primo salido de la nada... Esa mujer no podía ser otra que Honoré Doucet. ¡Maldito farsante! Había colado a esa chica en El Globo.

Soltó una carcajada. «Emmanuel Le Bleu, conque era tu primo, ¿eh? —murmuró—. Nos engañaste a todos y ahora te aplaudiría y hasta te haría una gran reverencia por osado y loco. Tú habrías conseguido que Los Panidas siguieran existiendo».

Se alegró por ella y por la que había armado, y pensó en la terrible estupidez de creer que solo los hombres podían pertenecer a aquel ingenioso grupo que crearan en sus delirios intelectuales.

Tenía ganas de escribirle a Emmanuel, pero ¿dónde encontrarlo? ¿Qué sería de él?

Habían pasado seis años y su extraño amigo no había alcanzado a vivir la publicación de la revista. No pudo ser testigo del acontecimiento de ver a Caruso, el gran vocero de la ciudad, anunciando a grito pelado el número uno de *Panida* —como la llamaron—, del que con seguridad se hubiera sentido orgulloso.

Ahora el grupo se había disuelto y cada uno había emprendido su camino. La mayoría de edad les mató ese espíritu de lucha donde se creían hijos del dios Pan.

¡Qué maravilloso aquel instante de locura poética y filosófica! De pelearse por ideales y poner en duda las tesis de los eruditos. ¡Eran tan jóvenes y tan llenos de ímpetu! Y el loco de Emmanuel había filtrado entre ellos a una mujer.

Chapeau!

¡Qué magnífica osadía! Nunca se les ocurrió que una chica pudiera hacer parte de su hermandad. ¿Por qué nunca lo pensaron?

¡Cuántas cosas a aprender de ellas!

Se sentó frente a su Remington y como un poseso fue escribiendo sobre las mujeres, pensando también en el sentir de Emmanuel.

Reivindicaba el derecho a pensar y a ser. Era una especie de tratado sobre la necesidad de transformación, una denuncia al poder del clero, que tanto mal hacía blandiendo con sus afiladas lenguas su infierno y sus demonios.

Cargaba contra las injusticias que vivía el sexo femenino y también del ser humano como un todo. Hablaba de la condición doméstica y la sobrexplotación. Lo tituló: «Hartazgo» y fue publicado por su amigo Cano.

Sentía un imperioso deseo de contactar con Emmanuel. Los momentos vividos juntos los recordaba como algo muy especial. Era como si aquel francés llevara dentro el hálito del París que él tanto admiraba.

Su intempestiva partida siempre le pareció incomprensible y le había dejado un amargo sabor. Pero tal vez, víctima de su juventud, delante de los demás encajara esa dolorosa pérdida lanzando sobre él comentarios despectivos de ingratitud y farsa, minusvalorándolo hasta hacer que los demás se sumaran a sus sentires.

Ahora, contemplando a Betsabé, el cariño que sentía por su amigo extranjero lo llevó a caer en cuenta de su inmaduro proceder.

Comenzaba la tarea de búsqueda.

16

Lo primero que hizo fue llamar al hotel Europa para indagar sobre Emmanuel Le Bleu, pero se encontró con la noticia de que el último gerente había ordenado quemar los registros de los últimos años por un turbio tema que involucraba a un conocido político en una flagrante infidelidad.

No se dio por vencido. El tema se le había convertido en una obsesión. Recordaba que el francés le había dicho que trabajaba en La Maison Bleu, y tan pronto como pudo cogió el tren rumbo a Medellín.

Llegó a la famosa tienda de la calle Colombia y se plantó dentro a «dar lora», como solía decir.

—Don Conrado —le dijo el encargado de la tienda a su jefe—. Hay un joven que lleva toda la mañana insistiendo en hablar directamente con el dueño de la tienda. ¡Es insoportable! y mucho me temo que empieza a espantar a nuestra clientela. He tratado de sacármelo de encima, pero me es imposible.

—Déjelo pasar.

De Greiff entró en la ostentosa oficina de columnas de mármol y estanterías de caoba labrada repletas de diccionarios. Al fondo, envuelto en el humo de su cigarro, lo esperaba sentado un hombre altivo, de semblante adusto, que no hizo ningún ademán de levantarse y con un escueto gesto le ofrecía asiento.

—Usted no me conoce y le agradezco la deferencia que tiene al recibirme...

—Ya me dirá, señor...

—León de Greiff, para servirle —le dijo el joven extendiéndole la mano.

—Parece ser que ha revolucionado mi tienda y no me ha quedado más remedio que atenderlo.

—Lo siento mucho, no era mi intención.

—Entonces, ¿cuál es?

—Verá, conocí a Emmanuel Le Bleu hace seis años. —Hizo una pausa—. Imagino que sabe de quién le hablo...

Conrado Mejía asintió.

—Fue un encuentro repentino y frugal, de esos que te suceden muy pocas veces en la vida. De ser un absoluto desconocido, pasó en muy pocos minutos a convertirse en alguien de toda la vida. Las palabras iban y venían en una especie de juego de ajedrez perfecto. Solo conocernos, supimos que seríamos amigos. Solíamos reunirnos semanalmente al final de la tarde en el bar El Globo, el que queda...

—Lo sé. En el edificio Central... —lo interrumpió Conrado.

—Hasta que desapareció sin dejar rastro. Por averiguaciones que hice sé que usted es la única persona que puede ayudarme a encontrarlo.

—Sé quién es usted. Recuerdo muy bien lo que pasó en aquel entonces. Es el de la revista excomulgada. Los que se hacían llamar...

—Panidas.

—¿Así que Le Bleu andaba en esas sin yo enterarme? ¡Dios mío! ¿Para qué quiere encontrarlo? Aquello sucedió hace mucho tiempo.

—Depende. Cuando se crea un vínculo de amistad el tiempo es muy relativo. ¿No cree?

—Dígame en qué puedo serle útil.

—En mucho. Necesito contactar con él. ¿No ha tenido nunca la necesidad de reencontrarse con un amigo?

Conrado pensó en Claude.

Se enteró de su muerte por Valentín Soler, el barcelonés que le abastecía de género para su tienda durante la crisis europea de la guerra mundial, y aquello había sido un duro golpe para su corazón. Lo lloraba en silencio; con su desaparición una parte de su vida también moría. Se llevaba su juventud y su alegría, las locuras de haberse sentido por escasos meses dueños del universo. Él, más que nadie, conocía los entresijos de su torturada alma. A él y solo a él había confesado sus miedos y decepciones. Era una herida que aún supuraba.

Quedaba su hijo y le escribió muchas veces; de alguna manera se sentía responsable de aquel muchacho. Tras no obtener ninguna respuesta, había desistido. Ahora guardaba en su alma un amargo rencor que no lo dejaba en paz. Emmanuel Le Bleu era una triste decepción que con mucho esfuerzo había borrado de su vida.

¿Por qué ahora venía este joven a recordárselo?

Pero lo que pensaba Conrado Mejía distaba mucho de ser la verdad.

El hijo de Claude había ido contestando a cada una de sus misivas y al no recibir ninguna respuesta, después de muchos intentos por comunicarse, también dejó de escribirle.

La culpa la tenía Consolación. Era ella quien, siguiendo instrucciones de Céfora, tenía confiscada toda la correspondencia que venía del muchacho.

Una vez escuchó a De Greiff, Conrado Mejía lo tuvo clarísimo.

—No puedo ayudarlo, muchacho —le dijo impasible—. No tengo la menor idea de dónde está.

Esa sería su venganza. No le iba a regalar a Emmanuel Le Bleu el placer de reencontrarse con su amigo.

De Greiff se quedó atónito sin dar crédito a lo que le decía.

—No le creo.

—Es usted un impertinente, un maleducado. ¿Quién diablos se ha creído? ¡Márchese!

León de Greiff se levantó del asiento al tiempo que le gritaba y señalaba con su dedo acusador:

—¡Usted miente!

—¿Osa llamarme mentiroso?

—Sí —afirmó rotundo.

—He dicho que se vaya. ¡Fuera! Si no me cree, es su problema. Emmanuel Le Bleu no existe.

—No crea que me quedaré de brazos cruzados, don... Conrado Mejía. ¡Claro que mi amigo existe y daré con él!

Al salir, azotó con rabia la puerta.

—¡Fueraaa!

La voz de Mejía retumbó en el salón de la tienda, donde las mujeres más distinguidas de Medellín oían canciones y tomaban el té esperando ser atendidas. Con aquel grito las tazas de porcelana francesa se astillaron en sus manos y el gramófono se silenció. En pocos segundos La Maison Bleu era un cementerio. Rollos de sedas, linos y muselinas quedaban extendidos sobre las mesas, delante de un desconcertado séquito de empleados que vieron cómo escapaban despavoridas sus estimadas clientas.

—¿Qué miran? —les gritó descontrolado Conrado dirigiéndose a la puerta—. Pongan en orden el género y continúen trabajando, que para eso cobran.

17

El primero en enterarse fue El Curioso Impertinente porque tenía camelada a la secretaria de Benigno Morales Santos, una chismosa a quien le encantaba escuchar detrás de las puertas y sabía a ciencia cierta lo que se cocía entre los socios.

—Lo aceptan todo —le dijo extendiendo la mano en la que el periodista depositaba un billete arrugado.

—Cuéntame más.

—Lo van a hacer público esta tarde. Tengo que pasar el acta a máquina.

—Necesito una copia cuanto antes.

—Dame el tiempo suficiente y te la entrego.

—Eres un sol.

—¿Me invitarás a comer como me prometiste?

—A eso y a más, preciosa.

La mujer, que era más fea que una rata, se lo creyó.

El hombre corrió a la sede del periódico con la noticia ardiendo en su bolsillo. Por nada del mundo quería dejar de ser el primero en comunicarla. En ello no solo estaba su deber como periodista o su afiliación política; por encima de todo primaba la admiración y vehemencia que le inspiraba su líder Betsabé Espinal, a quien, tras darle la serenata y la rosa, empezaba a vislumbrar como futura novia y en poco tiempo quizá esposa y madre de sus hijos.

A la mañana siguiente *El Luchador* lo publicaba en primera plana. «LOS AMOS SE RINDEN», decía el titular acompañado de un texto largo y florido lleno de pormenores que no escatimaba halagos y ponderaciones sobre el poderío de las huelguistas y, en especial, el de su amada musa.

A esta publicación siguieron otras en los diarios nacionales.

LA HUELGA DE BELLO. PUNTO FINAL

Anoche a las 7 p. m. se firmó el acta de obligaciones por la cual se da solución a la huelga de Bello.

Las obreras han logrado todas sus pretensiones y el gerente de la compañía, en nombre de esta, cumplió debidamente con sus compromisos verbales.

A propietarios y obreros felicitamos muy cordialmente, y esperamos que la armonía, el trabajo y la benevolencia presidan las tareas de la fábrica.

Incluso *El Tiempo* de Bogotá registraba el suceso con un amplio despliegue sobre la resolución de la huelga.

Y *El Espectador*, en un extenso artículo, decía:

LA LIBERTAD ES IRRENUNCIABLE

[...] Desde un principio la empresa se mostró sorda, inflexible, implacable, obstinada en su dureza; si al fin cedió fue por negocio y quizá por un poquito de miedo al ver que la sociedad entera coadyuvaba a la tan enérgica como eficaz campaña emprendida por parte de la prensa de la ciudad, campaña que colocó a las huelguistas en posición de resistir, pues de otra manera es muy probable que hubieran sucumbido, bien ante maquinaciones como las del señor cura de Bello y otros influyentes, bien ante las apremiantes necesidades cotidianas. [...]

De todas maneras la sociedad ha cumplido su labor, y esto es lo que verdaderamente importa en el fondo. [...]

Indica esto un notabilísimo paso adelante en el camino del progreso moral. [...]

Los débiles aplastaban a los fuertes.

18

¡Lo habían conseguido!

Después de muchas reuniones, de idas y venidas de las obreras a la sede del Directorio Socialista, de presiones y discusiones, de apoyos y rechazos en los que se involucró hasta el fondo la sociedad, el Gobierno y el clero.

Después de deliberar, forcejear y obligar por todos los medios a que las trabajadoras se sometieran, finalmente los socios de la Fábrica de Tejidos e Hilados La Poderosa de Bello claudicaban y llegaban a un acuerdo.

Ni el arzobispo Caicedo, ni el secretario de Gobierno ni ninguno de los que pretendían salirse con la suya pudo detener el conflicto y conseguir que las obreras bajaran la cabeza. Al final, conseguían cada una de sus peticiones.

Con toda su pompa ceremonial, el jesuita Lizardi fue el encargado de ir a Bello a presentar el acuerdo del patrón con sus operarias. Irrumpió por la calle principal, con su carruaje adornado de oro tirado por caballos negros, pisando las flores que diariamente lanzaban los niños al suelo como homenaje a las obreras.

Los habitantes del municipio se arremolinaron alrededor del séquito venido de Medellín. Lo persiguieron por la calle de Arriba hasta que el carruaje se detuvo ante la fábrica y bajó el presbítero con su capa y su sombrero.

—¿Dónde está la señorita Betsabé Espinal? —preguntó con una sonrisa en los labios—. Traigo buenas nuevas.

Obreras y obreros se acercaron y Betsabé se adelantó.

—Aquí me tiene, padre.

—Vengo como emisario del doctor Benigno Morales Santos y de sus socios a traerles un mensaje de concordia. Ustedes han pedido mucho.

—No, padre, se equivoca. Nosotras no hemos pedido mucho; nada más que lo que a conciencia nos merecemos.

—Está bien, no vamos a discutir sobre eso.

El sacerdote Latorre, que las acompañaba desde el inicio de la huelga, y que por su estilo de nadar entre dos aguas había tratado de mantener la calma durante el enfrentamiento, se adelantó.

—La muchacha tiene razón y soy testigo.

—No se hable más. Vengo en son de paz. —Lizardi llevaba en la mano un sobre. Lo abrió y mostró ante todos—. Aquí tienen su pliego de peticiones firmado.

Los gritos se oyeron hasta en los pueblos vecinos. Los asistentes saltaban y daban hurras a las obreras.

—Chssst... ¡Silencio! Cálmense, amigos —dijo el sacerdote Latorre—. Vamos a oír lo que nos dice el padre Lizardi.

—Es mi deber leerlo ante todos y por eso he venido —dijo.

La gente continuaba exaltada. Betsabé pidió silencio. Lizardi leyó el pliego:

Tras doce años en que las obreras dicen haber sufrido todo tipo de desmanes y abusos, el accionariado de la Fábrica de Tejidos e Hilados La Poderosa ha resuelto:

PETICIONES DE LAS OBRERAS:

UNO. Horas de trabajo: entrada a las seis y media; una hora para almorzar y salida a las cinco de la tarde.

DOS. Aumento del cuarenta por ciento en los salarios.

TRES. Plena libertad de calzarse.

CUATRO. Cambiar los tres inicuos caciques: Severo López, Eusebio Vélez y Celedonio María Vásquez.

CONDICIONES DE LA EMPRESA:

UNO. Tiempo en la fábrica: nueve horas cincuenta minutos, las cuales se repartirán de acuerdo a las obreras, para las salidas a desayunar, almorzar, tomar el refrigerio entre almuerzo y comida, y que de este modo queden constituidas ocho horas diarias de trabajo.

DOS. Salarios: La compañía garantiza a las obreras un aumento del cuarenta por ciento, pero se reserva el derecho de repartir ese aumento de manera equitativa, con el objeto de evitar que queden unas más favorecidas que otras.

TRES. Libertad de calzarse: Las obreras pueden hacer de esta materia lo que les plazca y lo que les acomode.

CUATRO. Cambio de caciques: La compañía garantiza a las obreras su derecho justo y moral de presentar cargos concretos contra los tres caciques, cargos que serán atendidos y estudiados íntimamente por el gerente, por la junta directiva y, naturalmente, por las autoridades del distrito (alcalde o juez municipal).

La compañía se reserva su imparcialidad y de acuerdo con la justicia despedirá a los empleados que resulten culpables.

Se acababan las injusticias de hambre, de excesivas horas de trabajo, de ir descalzas aguantando el frío y el barro, de tener que someterse al manoseo y a la aberración de las violaciones de los brutos capataces, de verse obligadas a pagar arbitrarias multas y castigos cuando no lo permitían, de los salarios injustos y desequilibrados con respecto a los hombres...

¡Lo aceptaban todo!

Era el momento de celebrar.

19

Y así como lo supo la líder de la huelga, Capitolina Mejía Echavarría también se enteró de su triunfo por el hermano de sor Aurora, uno de los jóvenes que formaba parte activa de la Asamblea Socialista.

Hasta aquel lugar aislado del mundo llegaba un emisario clandestino con la información pormenorizada de sus logros.

Betsabé Espinal se convertía en la gran heroína de la lucha. Y sor Compasiva no podía estar al margen de la batalla que libraba su amada hermana de leche, de la que se sentía muy orgullosa.

Llevaba semanas rezando con devoción, poniendo veladoras al Altísimo para que todo lo solicitado por ella y sus amigas se diera.

—Dicen que todo lo que pedían se lo concedieron. Mira. —La monja Aurora le mostró el recorte del diario—. Me dijo mi hermano que están preparando un homenaje a tu amiga.

—¡Bendito sea Dios! ¿Cuándo será?

—Pronto van a venir a Medellín.

—Quiero ir.

—Él ya ha preparado un plan. Dice que en la esquina más alejada del huerto te lanzó un atado negro con ropas de campesino para que pases desapercibida. Yo me quedaré aquí para cubrirte.

La superiora, viendo que conversaban en secreto, las interrumpió:

—¿Puedo saber qué las tiene tan animadas?

—Madre, hablamos de la vida y del amor al prójimo —le dijo Capitolina.

—Así me gusta. Esa es la esencia de nuestro hacer.

—De la igualdad.

—¿Igualdad?

—Sí, madre, sí; entre hombres y mujeres.

—Jovencitas, me parece que se les han metido musarañas en la cabeza. Eso quiere decir que andan muy desocupadas y hay que darles más trabajo para ahuyentar al diablo: *ora et labora*. Aquí solo estamos para vivir en recogimiento y oración. Lo mundanal no atañe a nuestra comunidad.

—Madre, usted bien sabe de nuestro fervor y amor a Dios, pero deberíamos estar al corriente de lo que sucede a nuestro alrededor para cumplir mejor nuestra tarea.

—Menos pensar y más obedecer.

Ambas se dieron cuenta de que no valía la pena continuar con la charla. Se miraron y bajando la cabeza añadieron al unísono:

—Sí, madre superiora.

—En el huerto hay trabajo; así que, manos a la obra. Hay que desyerbar y preparar los surcos.

Las dos monjas corrieron al jardín. No les había podido dar una orden mejor. Iban a recoger lo que las esperaba.

Tal como su revolucionario hermano le comunicara a sor Aurora, en la esquina del huerto, entre la ruda y la salvia, el caracucho y el limoncillo, un atado negro se escondía.

Lo abrieron vigilando de no ser observadas.

Dentro, un pantalón de arriero, con su camisa, su poncho, su sombrero y su carriel les aguardaba. Al ver el disfraz, Capitolina sonrió y pensó en su madre. ¡Eso sí que era una locura!

—No rías tan alto —le dijo su amiga.

—Es que no puedo evitar pensar en mis padres. Si me

vieran así, sería la humillación más grande. Una Mejía Echavarría convertida en un pobre campesino: «¡Qué horror, por Dios!», diría mi madre. «Esa no merece tener nuestros apellidos», diría mi padre... ¡Pobres! ¡Están tan lejos de mi sentir! Y ya ni qué decir de mis hermanas. Me rechazarían por apestosa.

—¿Cómo lo vamos a hacer?

—Con inteligencia, hermana. Nos prepararemos para que nadie se entere. Me tendré que enfermar...

—¿Un cólico?

—Sí, de menstruación, que me impedirá asistir todo el día a mis deberes. Es bastante creíble, pues es verdad que los sufro y ellas están al corriente. Saben que un día hasta me desmayé.

—¿Y si van a buscarte?

—Tendremos que idear la manera de que no lo hagan. Tú hazles sentir que lo tienes controlado y que no hay de qué preocuparse. Que me has dado agua de canela caliente con llantén, y que solo necesito descansar. Dios sabrá perdonarnos. Es algo así como una mentira piadosa. ¿Te crees capaz?

—Yo soy capaz de todo por verte un solo día feliz. Eso sí, necesito que me aclares algo... ¿Te acercarás a ella? ¿Le dirás que existes? ¿Le confesarás que eres tú?

20

Entretanto, Medellín se preparaba para el gran acontecimiento.

Gentes afines al movimiento obrero querían hacer algo
inolvidable para la llegada de Betsabé.

Los floristas del municipio de Santa Elena, acostumbrados
a recolectar flores y conocedores del triunfo de los oprimidos
frente a los opresores, tuvieron la idea de convertir aquella
celebración en algo memorable. Sin tiempo que perder, comenzaron a elaborar con gladiolos, crisantemos, estrellas de
Belén, agapantos, girasoles y orquídeas *Cattleya trianae* una silla que se convirtiera en un trono, símbolo de la resistencia y
capacidad humana de vencer y dominar. Asimismo, a partir
de la fotografía que Melitón Rodríguez hiciera de Betsabé Espinal, trabajarían en un cuadro con pinceladas de tul de novia, claveles rojos, lirios, pensamientos multicolores y chispas
azules. Un poema visual lleno de aromas para la mujer más
valiente de Antioquia.

Y lo que iniciara Santa Elena fue secundado por los demás
pueblos y por los habitantes más humildes de Medellín. Irían
cargados de flores silvestres que recogerían para el encuentro.

Betsabé Espinal, ajena a lo que preparaban, se encontraba
exultante. Constituía el primer grano de arena depositado en
ese bello y muriente mar de injusticias. Si ella lo había logrado,
¿por qué no podría ser realidad para otros muchos? Se podía

enterrar lo malo y hacer de la sociedad algo nuevo más equitativo. Un brote verde que floreciera y diera nuevos frutos.

Era como las olas que, de tanto golpear la roca, acababan por limar sus aristas; como hacer el milagro de que el botón de una flor a punto de morir decidiera abrirse y ofrecer su perfume al mundo.

Y lo había conseguido.

Pero esa especie de milagro no era suyo. Pertenecía a las que resistieron con valentía los insultos y las miserias; pertenecía también a *las perdidas,* las víctimas de la fábrica que vivieron la opresión y los desmanes de los verdugos.

En los días previos al desenlace, Betsabé se había reunido con las mujeres del Arroyo, caídas en desgracia, que hacían de prostitutas por culpa de los caciques. La recibieron en sus paupérrimas e insalubres habitaciones, con sus hijos pegados a sus faldas, flacuchentos y ojiperdidos, sin saber qué horizonte los esperaba.

—Yo pelearé por todas y también por mí —les dijo—. No quedará impune lo que les han hecho. Sin embargo, para que este movimiento tenga sentido deben salir de este mundo sórdido. Hay otra vida distinta, donde es posible el honor y la dignidad.

»Debemos luchar para conseguir lo que es justo para ustedes y también para sus hijos, que son unos pobres inocentes, ajenos a la maldad de sus desalmados progenitores.

»¡Se acabó la ignominia! Vamos a crear un paisaje nuevo que dibuje, a través de un muro invisible, lo que deseamos y merecemos. Somos seres de luz y debemos buscarla en quienes nos dan el bien. ¡Basta de sometimientos!

Las mujeres irían a la manifestación con sus hijos a cuestas y el Directorio Socialista se encargaría de repartirles rosas rojas y una banda de igual color con el lema «Viva Betsabé Espinal», para que se hicieran visibles ante la sociedad.

21

Bello, domingo, 7 de marzo de 1920

Aún me cuesta creer lo que está sucediendo, y aunque me siento feliz por lo conseguido, en un rincón de mi alma que solo tú conoces habita la tristeza. Mis pensamientos vuelan y no me permiten el total gozo. No dejo de pensar en Emmanuel. Sé que estaría orgulloso de mí, y en todos mis actos está presente. ¡Muchas de las lecturas que me dio me han servido para entender tantas cosas! El saber pasa por uno mismo y también por lo que aprendemos de los demás. No podemos estar aislados del mundo porque, al final, todos somos partícipes de este camino que es vivir.

No sé adónde me llevará la vida, pero en el fondo estoy segura de que lo que hago servirá para hacer de este un lugar mejor.

Ahora, en este silencio que me embarga y en el que me regocijo, soy capaz de reflexionar sobre el mundo. Sé que me ha tocado ser fuerte porque, de no serlo, una tremenda jauría nos devoraría... Hay muchos que ni siquiera son conscientes de eso y deciden ser sus lacayos. Sin embargo, no sé por qué razón, la vida me ha colocado en el lado de los que deben actuar. Por eso me muevo, a pesar de mí misma.

Empiezo a hacerme a la idea de que mi felicidad fue efímera, pero la viví. Y de que hay muchos que dependen de lo que yo haga, gentes incluso desconocidas que todavía no han empezado su andadura, esperan sin saberlo a que se les abran caminos. Es una responsabilidad con el futuro. No me preguntes por qué, pero me siento en el deber de hacerlo. Es como un mandato divino.

Existe alguien que me va pidiendo amor. A mí, que tengo el amor secuestrado por Emmanuel.

Mi amigo querido, ¿qué me aconsejas?

¿Debería olvidarme de mi amor perdido? ¿Verdad que es absurdo?

No sé. A veces dudo de lo que la vida nos presenta. Un amor imposible... Mientras tanto, otro surge ofreciéndome todo... ¿Dónde está la verdad?

¿Debería hacer caso a lo que me brinda mi presente?

Si lo hago, ¿sería feliz?

Si no lo hiciera, ¿sería infeliz?

La dicha es una utopía, ¿verdad?

Aunque estoy muy confundida, en este momento me debo a lo conseguido. Eso debería ser lo más importante. Sin embargo, no dejo de rumiar mi pasado, pero nadie lo sabe. Solo tú, mi querido diario.

El periodista del que te hablé sigue tratando de llegar a mí. Alaba mis actuaciones y las hace públicas. Parece un muchacho bueno.

¿Será verdad lo que dice o es fruto de su vehemencia?

Tengo miedo de él; de que si lo rechazo empiece a escribir lo peor sobre nosotras. Ya sabes que las letras publicadas son como flechas que llegan al corazón de quienes las leen.

Es verdad que lo tengo en alta estima, pero de ahí a convertirlo en mi novio hay un abismo.

Creo que me quedaré soltera y que en un futuro recibiré el calificativo de *solterona*, pero no me importa. Soy y seré siempre fiel a mí misma.

Mientras tanto, tengo la absoluta certeza de que mi pobre madre, tan perdida como está, desearía que yo fuera lo que ella no alcanzó. Que me casara y tuviera una familia decente, como Dios manda, con muchos hijos que llevaran el apellido de su padre y de su madre...

¡Pobrecita! Ya ni siquiera puedo tener ninguna conversación

con ella. Es como una niña perdida en medio de un inhóspito bosque.

¿Será que lo que viene ni siquiera puedo imaginarlo?

¿Tú qué piensas?

El futuro no está escrito, argumentan los sabios.

¿Es posible que Dios —como dice la Biblia— escriba con renglones torcidos?

Me pregunto si estará escribiendo algo para mí...

22

Tras la ventana, inquietos copos de nieve realizaban un silencioso baile blanco. Los más valientes chocaban contra los cristales y, temblorosos, resbalaban hasta convertirse en delgados ríos que morían en el anegado alfeizar. La enfermera los observaba distraída recordando sus inviernos en la Lombardía.

Dentro del apartamento del Parc Monceau, el aroma a café y a panecillos recién horneados perfumaba de desayuno la mañana. Emmanuel, envuelto en su batín de seda, leía *Le Figaro*. Al pasar la página, una sonrisa se dibujó bajo su bigote. *Triomphe rouge d'une femme*, rezaba el titular.

¡Lo había logrado!

Su *Vierge de Feu* era inmensa. Lo intuyó desde aquel mágico segundo en que la vio por primera vez. Su alma hecha de luz y fuerza era capaz de conseguir lo que se propusiera. Sabía convertir en belleza hasta lo más ruin y rastrero. Por eso ahora la aclamaban.

Hizo sonar la campanilla con insistencia y el mayordomo acudió.

—Tráigame una botella de *champagne*, George —le ordenó—. Hoy es día de celebración.

—¿De celebración? —preguntó la enfermera removiendo su té.

—¡Sí! —dijo eufórico—. Lo consiguió. ¡Es maravillosa!

—¿De quién hablas?

—No me hagas caso, sigo acontecimientos lejanos.

—¿Lejanos? Pues creo que te atañen en tu cercanía. ¿Tienen que ver con ella?

—¿Con quién?

—Con... ya sabes.

—No te preocupes. Todo hace parte de algo pasado, pero me hace feliz.

—¿Pasado? Sigues teniéndolo como un presente. ¿Es eso lo que te impide que avancemos?

—Querida, la vida habla y no podemos silenciarla. Tú eres magnífica y me gustaría haberte conocido teniendo mi corazón libre.

—¿Qué te impide serlo?

—Ella misma: la vida.

—¿Y si ella no te regala lo que quieres...?

—Tengo principios.

—He aprendido que a veces se trata de darle órdenes al corazón.

—Eso es imposible.

—Pues no estoy de acuerdo contigo. Mi amor se perdió en la guerra y no tienes ni idea de lo que me duele, pero pienso que tengo derecho a seguir y por eso continúo. ¿Será pura supervivencia? Tal vez... Lo único cierto es que por algún motivo ahora estamos aquí. ¿No crees que el universo nos está tratando de decir algo? Te salvé de morir y tuve que enfrentarme a tus pesadillas y desvaríos. Incluso me hice pasar por ese amor lejano solo para darte una falaz alegría y que no te rindieras.

—Tú has sido maravillosa y agradezco cada uno de tus actos. Seguramente estoy vivo por el amor que pusiste en tus cuidados. Eres muy bella, la mujer que cualquier hombre inteligente desearía. Me gustas, me gustas tanto que hasta tengo miedo. Sí, tengo miedo porque hice una promesa de amor que temo no poder cumplir. Por eso te pido que me ayudes.

—Perdona, no puedo hacerlo. Mi corazón me dice que es imposible.

—Por favor, necesito que lo comprendas...

—Yo no tengo la fuerza de entender nada. Lo perdí todo, ¿es que no te das cuenta? Ahora llegas tú y haces que vuelva a tener ganas de existir.

—Soy un ser perdido.

—No lo eres.

—Querida mía, si no existiera mi pasado te amaría como un loco.

—Pues olvídate de él. Yo también lo tengo y me duele, me duele mucho, pero estoy viva... y tú también lo estás. No es momento de perdernos en lo que pudo haber sido y no fue.

—Tu prometido está muerto y de verdad que lo siento muchísimo, pero mi amada no.

—Eso no lo sabes.

—Sí, lo sé. ¿Ves? —Levantó el diario y le mostró la noticia.

—Quizá ya no espera nada de ti. La distancia es como la muerte.

—No, no lo es.

Bianca Formenti bajó la mirada. Sus ojos se llenaron de lágrimas. No podía levantar la cabeza. Con voz entrecortada dijo:

—Pienso que mi deber es irme de esta casa. Alguien puede cuidar de tu madre igual o mejor que yo. Para mí es una situación muy dolorosa.

—No. Te pido que no te vayas. Lamento ser tan sincero. Podría haberte engañado, pero no lo he hecho. Sin embargo, siento hacia ti un inmenso cariño que...

—Que... nada. Debes decidir.

—Mi madre te necesita... Y yo, yo también.

—No puedo convertirme en la sombra de tu amor perdido. ¿Lo comprendes? Es demasiado duro.

—Te suplico que me des tiempo.

—¿Tiempo? ¿Para qué? ¿Para recoger las sobras de lo que deja un fantasma?

—Por favor... no me dejes. Es lo único bonito que me ha pasado en los últimos tiempos. Todo lo que tenía se fue.

Las copas se llenaron de *champagne*.

—¿Brindamos? —dijo Emmanuel.

—¿Por ella?

—Brindemos solo por el hecho de continuar vivos a pesar de las desgracias.

—Y también por ella, ¿no?

—Sí, no la conoces, pero estoy seguro de que si la tuvieras delante lo entenderías.

—Entonces brindemos por el amor. Por tu amor. —Bianca levantó la copa con una sonrisa fingida.

—Lo dices con sorna.

—¿Quieres que sea honesta?

—Es una de tus cualidades.

—Desearía que... —Bajó la mirada y se puso de pie—. No me hagas caso.

—Dime, ¿qué desearías?

—Me voy, tu madre me necesita. Que tengas un buen día, Emmanuel.

Se fue antes de que el llanto la hiciera sentir más miserable. En la habitación de Clotilde se dejó ir. Y ella, que lentamente mejoraba y tenía algún que otro destello de lucidez, la oyó.

—¿Por qué lloras? —le preguntó.

—Por amor... ¿No le parece estúpido?

—Llorar por amor jamás será algo estúpido. Más bien enaltece a quien lo hace, porque quiere decir que siente. ¿Quién te provoca esas lágrimas?

—Es muy difícil de explicar.

—¿Mi hijo? Es un ser bueno. Yo sería feliz de que estuvieras con él, me he acostumbrado tanto a tu compañía... —Puso su mano manchada de años sobre la de ella—. Te ayudaré.

—Es imposible...

—Tú déjamelo a mí, querida. Tengo dentro la sabiduría de los viejos. Ese es mi gran patrimonio.

23

Betsabé estaba exultante, y con ella sus compañeras de logros. La mañana celebraba el acontecimiento próximo a producirse. Los pájaros cantaban melodías triunfales mientras las chicharras con su loca algarabía mortal no paraban de chillar, acompañadas por un viento que se colaba entre los guayacanes creando una sinfonía de colores que se derramaba en flores.

Delante de la iglesia, en el parque Santander, se había organizado una delegación de obreras y obreros para tomar el tren que los llevaría a Medellín, donde los esperaban directivos de la Asamblea Socialista para dirigirse a la Casa de Comercio de los Hijos de Rogelio Morales a encontrarse con el gerente de la fábrica, don Benigno Morales Santos.

Habían preparado una bandera roja con tres ochos, símbolos de justicia, unión y libertad. Un triángulo que significaba ocho horas para dormir, ocho para trabajar y ocho para estudiar y vivir. Algo a lo que todo ser humano tenía derecho.

Llegaba el momento de la verdad.

Las mujeres de Bello que no pertenecían a ningún movimiento pero se sentían unidas a las valientes repartían pañuelos rojos que obreras y obreros se anudaban al cuello. Los bellanitas se sumaron con vítores de alegría y los acompañaron hasta la estación. No solo era el triunfo de ellas: pertenecía al pueblo y a su raza. Todos estaban orgullosos y pletóricos.

Los despidieron con bambucos, guitarras, tiples y carrascas.

El viaje fue una fiesta. Se unían las valientes con las temerosas, las mayores con las niñas que desde que tenían uso de razón no habían conocido más juego que un encierro entre telares, hambre y órdenes. Por una vez en sus vidas se sentían personas. Iban a Medellín como testimonio de la injusticia que con ellas se cometía. A pesar de su corta edad presentían que algo muy bueno estaba sucediendo.

En el trayecto no les faltó de nada. Las pequeñas estaban dichosas comiendo arepas, buñuelos, dulces y cuantos manjares les habían preparado. Para ellas ese viaje era un cuento de hadas. Por primera vez salían de Bello y veían otro paisaje. Ir en tren ya era todo un acontecimiento. Llegarían a la capital de Antioquia donde las esperaba la gloria: el paraíso.

Decían que les iban a dar calzado y que podrían descansar cuando sus pequeños cuerpos no dieran más. También decían que podrían ir al baño cuando tuvieran ganas sin ser sancionadas. Y que nadie las acosaría diciéndoles que si no cumplían con los requerimientos de los malos, iban a ser multadas o echadas. Decían que el miedo ya no haría parte de su futuro. En sus mentes infantiles se trataba de vivir sin temor al castigo.

Cuando el tren arribó a la estación de Cisneros los viajeros aplaudieron con vital entusiasmo, aunque ni en el más remoto de sus sueños sospecharon lo que las esperaba.

La primera en bajar fue Betsabé Espinal, acompañada de Trina Tamayo, Adelina González, Teresa Piedrahíta, Rosalina Araque, Carmen Agudelo, Matilde Montoya y Bedalina del Valle, iniciadoras de la huelga.

Al salir, la plaza era un enjambre de cientos de personas apiñadas, agitando sombreros y pañuelos, enarbolando banderas rojas al tiempo que gritaban:

—¡Viva Betsabé Espinal! ¡Vivan nuestras mujeres! ¡Viva la Revolución!

Era una jauría enloquecida de gloria que buscaba acercarse a la líder y tocarla como si se tratase de una virgen milagrosa.

El Directorio Socialista las recibió con un ramo de rosas rojas. Pero el pueblo se abalanzó sobre Betsabé y nadie pudo reprimir esa locura. Los pétalos volaban sobre ella y la cubrían. La plaza estaba a rebosar de seguidores que querían homenajear los logros conseguidos por aquella hermosa joven humilde, de cejas gruesas y mirada valiente y enigmática.

En medio de la muchedumbre aparecieron los arrieros portando en sus hombros un gran trono hecho de flores.

—¡Es para nuestra reina! —gritó uno de ellos.

—¡Que se siente! ¡Que se siente! ¡Que se siente!... —coreaban los asistentes.

Betsabé, con una modestia que la hacía ruborizar, se sentó en la fastuosa y perfumada silla que le habían preparado. No podía creer lo que le estaba sucediendo. Por un instante pensó en Emmanuel y en lo orgulloso que se sentiría de ella. Era la otra cara de la alegría: su ausencia.

—Es nuestra heroína. Ha luchado por nosotros y por nuestros ideales —dijo orgulloso el presidente de la Asamblea Socialista.

Todos aplaudieron.

—Estamos aquí por ella. Porque ha liderado el cambio en nuestra sociedad. ¡Se acabó la infamia! No más explotación. Los débiles ya no serán estafados por los fuertes. Llegó la hora del cambio.

—¡Fuera los opresores!

—¡Que hableee!

—¡Que hable Betsabé!

La plaza hervía de gentes venidas de los municipios aledaños, ansiosos de escuchar a la líder que se había enfrentado a las fuerzas de los intocables.

—¡Silencio! —gritó el presidente—. Para oírla debemos permanecer en silencio. Nosotros, los de abajo, hemos de demostrar que sabemos escuchar. Esa virtud es un signo de inteligencia y pertenece solo a los que comprenden que la vida se hace entendiendo los cambios.

La muchedumbre calló.

En un lugar alejado de la improvisada tribuna, la familia Mejía Echavarría, mezclada entre las gentes, asistía al acto. Para pasar inadvertidas, las mujeres llevaban vestidos austeros de popelín negro confeccionados con carácter urgente en La Maison Bleu.

—¿Te das cuenta de lo que ha armado la mosquita muerta? —le susurraba al oído Céfora a Conrado—. Ahora entiendes el porqué de mi insistencia en sacárnosla de encima. Yo sabía que era un demonio.

—Deja de decir estupideces. Algo de valor tiene lo que está haciendo.

—¿Valor? Si continuara con nosotros, esa nos habría arruinado la vida. Fue quien envalentonó a nuestra hija y por ella la perdimos. Maldigo la hora en que llegó a nuestra casa. Todo lo sucedido es culpa suya.

—Calla. Si no hubieras rechazado a Capitolina al nacer, ni esa niña ni su madre habrían pisado nuestra casa.

Las hijas se burlaban de su pobre vestido.

—Es una harapienta.

—Una loca, como su madre.

—No se debe haber bañado en años. Seguro que huele a pobre.

—Sí, es una pobre tonta. Ahora se cree una reina. La reina de los...

—Hijas, por favor... —les dijo Conrado.

Muy cerca de ellos, un campesino las oía. No era otra que Capitolina, quien disfrazada, burlando la puerta trasera del convento, había logrado escapar para asistir a la manifestación.

Observaba a sus hermanas y se compadecía de sus miserables almas. Lo más sensato que había hecho en su vida era abandonarlos. No podía ser parte de aquella vergonzosa familia. Sintió el terrible deseo de abofetearlas, pero en el convento había aprendido que debía tener compasión por los ignorantes, y sus hermanas lo eran.

—Vamos a ver qué dice la boba —comentó Conradina, la mayor.

—Puras estupideces, seguro —dijo Celmira.

—No tiene educación —añadió Carmela.

—Son unas zarrapastrosas, pobrecitas... —afirmaba con cinismo Caridad.

—Creer que ahora son dueñas del mundo... —reafirmaba con burla Constancia.

—¡Silencio! —gritó Conrado—. Escuchemos lo que dice.

Antes de que Betsabé tomara la palabra, habló Bertilda Chaves en nombre de las obreras de Medellín. Les dio una cálida bienvenida que acabó con una ofrenda a la directora de la manifestación, Betsabé Espinal, a quien colocó sobre sus sienes una sencilla pero significativa corona de laureles. Los manifestantes lanzaron al aire sombreros, ruanas y pañuelos.

Betsabé, sentada sobre la silla de flores, se sentía exultante.

Samuel Cock, de la Asamblea Socialista y del Pueblo Obrero de Medellín, dio un fraternal y soberbio saludo a las huelguistas.

—¡Que hable Betsabéee! —coreaba el pueblo.

Al ver que la joven se ponía de pie, la muchedumbre se silenció.

—Damas y caballeros, estoy aquí porque la necesidad me ha hecho fuerte. El hambre, las retorcidas mentes de quienes hasta ahora nos han mandado y las penurias a las que nos hemos visto sometidas han hecho de nosotras un grupo invencible. Jamás en mi vida me hubiese imaginado este momento, pero por algo debo decir lo que pienso. Y lo que pienso no solo me atañe a mí, sino a muchos. Soy la voz de los desamparados. Sí, señoras y señores. Somos personas, independientemente de nuestro sexo, personas de carne y hueso que, por continuas amenazas y por vivir una situación insostenible —llevamos demasiado tiempo sufriendo vejaciones y obedeciendo órdenes—, nos vimos obligadas a declararnos en huelga. Hubiésemos querido que quienes nos mandaban entendieran de nuestra condición y nos respetaran. Como eso no ha sido posible, les estamos enseñando que la injusticia y la explotación no son el camino, y que para que ellos ganen y se hagan más ricos nos tienen que tener en cuenta.

»Agradezco a todas mis compañeras de lidia que a pesar del amedrentamiento y del acoso sufridos no desfallecieron en su empeño, y a los pocos obreros que saltándose las presiones de muchos cobardes, dizque con pantalones, se solidarizaron y se dieron cuenta de que nuestra causa era también la de ellos.

»También van mis agradecimientos al señor cura párroco de Bello, el reverendo padre Latorre, quien solicitó no una sino muchas veces a los dueños de la fábrica medidas de justicia, reparación y moralidad con el fin de evitar que la huelga se extendiera. Gracias por sus desvelos y su denodado empeño en protegernos de humillaciones, gracias por proteger nuestra dignidad de mujeres trabajadoras.

»Gracias al reverendo padre Lizardi por apoyarnos desde *La Revista Católica*, hablando de la democracia industrial y de la necesidad de hacer cambios en el orden social. Por hablar de la igualdad de retribución y de la paridad entre hombres y mujeres.

»Gracias a los camaradas socialistas, que nos auparon y velaron porque no muriésemos de hambre, y a tantos desconocidos del país entero que con sus óbolos nos fueron sosteniendo; aunque aprovecho para denunciar que muchos de esos dineros que con tan buena fe enviaron no llegaron a su destino y seguramente permanecen en el cajón de quién sabe quién. A pesar de todo, ¡aquí estamos, vivitas y coleando! Este triunfo no es de nosotras: ¡Es del pueblo! ¡Pertenece a ustedes!

—¡¡¡Síiiii!!! —gritaron todos.

En ese instante un ruido atronador venido del cielo hizo

que las gentes levantaran atemorizadas sus ojos. Pensaban que aquel monstruo caería sobre ellos. Era un biplano, un Smith que dejaba caer cientos de volantes sobre la plaza. Entre el ruido del pájaro de acero, las hojas de papel parecían alas blancas llenas de promesas. Del estupor pasaron a la alegría.

Los asistentes las recogían alborozados. En ellas estaba impreso el triángulo con los tres ochos.

¿Quién era?

Algunos comentaron que se trataba de un intrépido y rebelde piloto, un liberal de la alta burguesía que odiaba a la oligarquía medellinense y era afín a la causa revolucionaria. Que lo hacía para fastidiar a *Don Carbón* y a sus socios de la fábrica.

Los más supersticiosos afirmaron que se trataba del fantasma del hijo de Coriolano Amador, que continuaba vagando por la ciudad y que a raíz de la muerte de su padre había vuelto a aparecer, esta vez en el cielo. Que necesitaba de más misas para conseguir el descanso eterno.

Y así como llegó, desapareció.

La verdad nunca se supo.

Lo importante fue que aunque los asistentes al inaudito espectáculo se temieron lo peor, no hubo desastres. Muchos recordaron aquel fatídico día en que se estrellara el biplano de un tal Smith sobre la plaza de Cisneros.

Cuando el ruido se alejó, todos volvieron sus ojos a Betsabé.

Los arrieros colocaron sobre sus hombros el trono de flores donde iba sentada e iniciaron por las calles de Medellín una solemne procesión como las que se hacían en Semana Santa.

Desde la silla, Betsabé distinguió a un peculiar hombre vestido de arriero que se acercaba a ella cojeando con el mismo andar de Capitolina.

—Deténganse, por favor —les ordenó agitada.

Aquella persona tenía ademanes que le eran muy familiares.

—¿Capitolina...? —preguntó en un grito.

El campesino se quitó el sombrero, la saludó con una reverencia y clavó sus ojos en los de ella al tiempo que colocaba el dedo índice sobre su boca pidiéndole silencio.

El corazón de Betsabé se sacudió de gozo. Sentía una alondra volar en su alma. El amor que emanaba aquella mirada la cubría como antaño. «Dios mío —pensó—. ¡Es ella y está viva!».

—Por favor, necesito bajar —dijo desesperada a los que la llevaban—. ¡Paren, paren!

Pero nadie la oía. En esa algarabía triunfal ninguno estaba para otra cosa que no fuera la fiesta. Iba acompañada por las obreras y por el séquito de la Asociación Socialista, que no dejaban de dar vivas.

Capitolina dibujó en el aire un gran corazón y con un soplo se lo envió.

Betsabé insistía:

—Por favor, deténganse. Es importante para mí hablar con alguien... ¡Capitolinaaa!

Su grito se perdió entre el jolgorio de la gente.

Volvió a mirarla y sintió su voz que le decía: «Me siento tan orgullosa de ti, hermana del alma. Estoy bien, no sufras por mí. Estaremos unidas siempre porque mi corazón y el tuyo son uno».

«Y yo, mi amada hermana, no te imaginas la falta que me haces», le contestó con los ojos.

Siempre se habían comunicado sin hablarse.

—Dios mío, que alguien pare esto, necesito bajar ya. Por favor... —continuaba gritando.

Pero la gente, excitada como estaba, no podía oírla y seguía eufórica aplaudiéndola.

—¡Viva Betsabé!

Entre aquella marabunta, Capitolina se fue perdiendo.

«¿Dónde estás, hermana mía?».

No hubo respuesta.

—Capitolinaaaaaa...

Atravesaron calles y plazas hasta situarse delante de la Casa del Comercio. Al llegar, la figura de un joven orador los aguardaba. Era el doctor Benedicto Uribe, que en representación de las obreras los esperaba para dar un discurso donde no tuvo pelos en la lengua para reclamar los derechos de los obreros frente al industrial explotador.

—Si esta Casa del Comercio no accede a las justas peticiones de las obreras, el pueblo se verá obligado a decretar un boicot nacional a todos los productos de la fábrica —concluyó empoderado.

El discurso buscaba hacer conscientes a los partícipes que asistían a la manifestación, pues el compromiso de los socios con las obreras estaba firmado.

Todo se resolvía conforme a lo pactado. Benigno Morales Santos hizo acto de presencia y estrechó la mano de Betsabé y de los delegados firmantes con una cordialidad que fue aplaudida por los presentes.

La reunión se disolvió y los manifestantes acompañaron a las obreras y obreros a la estación, continuando con la algarabía y la fiesta triunfal.

Mientras esto sucedía, una inmensa águila realizaba un majestuoso vuelo en círculos sobre el parque donde ocurría el encuentro. Y Betsabé supo que la acompañaba.

Antes de coger el tren de las cinco de la tarde en dirección a Bello, Betsabé vislumbró entre la muchedumbre a Cenicio de la Cruz, a quien desde hacía años no veía. Su cabeza de algodón rizado destacaba entre el público como si fuese una nube caída del cielo. El viejo mulato se le acercó.

—Señorita, permítame.

Hizo una genuflexión delante de ella y besó sus manos.

—¡Cenicio! ¡Qué felicidad verlo! Pensé que ya no existía.

—Ya casi no existo, pero aún estoy. Ya no trabajo para el señor Conrado y pronto he de irme a Cartagena de Indias a buscar lo que queda de los míos, pero antes quiero que sepa que el joven Emmanuel no ha dejado de escribirle a esa casa y que Consolación tiene capturadas todas las cartas, incluso las que le ha enviado al señor. No sé qué dice en ellas, pero le aseguro que el joven nunca se olvidó de usted.

Betsabé no daba crédito a lo que oía. Era tan grande sentir que Emmanuel continuaba pensando en ella que solo deseaba tenerlas consigo. ¿Cómo conseguirlas? Lo que en pocos segundos le estaba sucediendo era el mejor regalo.

—¡Gracias, Cenicio! Necesito leerlas.

—Esa malvada mujer no lo permitirá. Le aconsejo que continúe apartada de esa familia. Allí solo hay maldad.

Betsabé estaba excitada con la visión que había tenido y necesitaba compartirla con alguien.

—Cenicio... he visto a Capitolina.

El hombre se sorprendió.

—Eso es imposible, niña. Capitolina murió.

—No, Cenicio. Le juro que la he visto.

—Usted preocúpese de salir bien de toda esta historia y viva lo mejor que pueda. Olvídese de todo.

—No puedo. Ella está viva.

—No lo está. Encontraron sus ropas en el río. Mucho me temo que se ahogó.

—No, Cenicio. Necesito que me crea. Acabo de verla.

—A veces la imaginación nos juega malas pasadas, mi querida niña. Una cosa es lo que deseamos y otra muy distinta es la realidad. No se haga vanas ilusiones. No es bueno para usted. Disfrute de este momento y siéntase merecedora de él.

—La vi, le prometo que la vi.

Cenicio de la Cruz no quería desanimarla.

—¿Dónde?

—En la plaza, iba disfrazada de campesino.

—¡Ayyy, niña! Eso no puede ser.

—Es tan verdad como que en este instante estoy hablando con usted.

694

—Entonces debo creerla, y me hace feliz saber que sigue con vida.

—Ahora necesito saber dónde está; buscarla... Se perdió entre la gente. Incluso es muy posible que continúe entre nosotros.

—Querida, cada uno debe seguir su camino. Si es verdad lo que me cuenta, después de tanto tiempo desaparecida, ¿no cree que es eso lo que ella desea? Hay que respetar su silencio. Seguramente, como me ha pasado a mí, quiso estar presente en este homenaje, pero su vida es de otro mundo y no debemos alterar su destino.

—Betsabéee —gritaban los que estaban a punto de coger el tren—. ¡Nos vamos!

—Cenicio de la Cruz, has sido una de las pocas personas en mi vida que me han acompañado. No quiero perderte.

—Siempre estaré, aunque mi tiempo en Medellín acabó. Quiero pasar los últimos años que me quedan con los míos. Al final, necesito acercarme a mi manada. Todos hacemos parte de una. Los leones no podrán nunca convivir con los caballos. Sé que me entiendes. Cuando uno quiere pertenecer a la fuerza a otra especie, si logras sobrevivir en ella es solo porque la conciencia se te ha abierto y comprendes que es algo pasajero. Soy negro, Betsabé, y eso me lo recuerdan las miradas de los demás, que actúan como espejos, pero por encima de todo soy persona y amo el mar.

»Mis últimos días los quiero vivir en libertad, observando las olas, pescando y sintiendo la vida. Tuve un amor que no pudo ser. Ahora necesito descansar en la certeza de lo que soy. Este es un adiós. No quería irme sin antes despedirme de la única persona que ha hecho posible que me sintiera un verdadero ser humano. Sin darte cuenta, me convertiste en padre y te protegí todo lo que pude. Eres un ser bendecido por Dios. Sigue a tu corazón, pequeña grandiosa Betsabé Espinal. Ya sabes que en la vida hay seres que solo están para enseñarnos lo que no debe ser, y a esos los hemos vivido juntos. Cuídate y protégete de la inconsciencia y también de la incoherencia de los que te rodean. La vida es un misterio a vivir, no un problema a resolver.

—¡Betsabéee! —gritaban los que la esperaban.

—Cenicio, por favor, no me dejes —le suplicó ella.

—No me necesitas, niña. Hace tiempo que eres suficiente. Las dificultades nos convierten en héroes.

Los silbidos lastimeros anunciaron que el tren estaba a punto de partir. Sus chimeneas exhalaron un humaral espeso que cubrió la calzada.

Cenicio cogió entre sus manos el rostro de Betsabé y le dio un amoroso beso en la frente.

—Dios proteja y bendiga cada uno de tus actos, pequeña —le dijo haciéndole la señal de la cruz.

Ella lo abrazó con todas sus fuerzas y sintió en su corazón el desgarro de la despedida. Toda su vida era un rosario de pérdidas.

—¡Betsabéeee! —gritaban las pequeñas obreras asomando sus caritas felices por las ventanas—. ¡Te estamos esperando! ¡Veeeeeen!

Subió justo en el instante en que el tren iniciaba su viaje. Se quedó agarrada a la barra de la puerta del vagón diciéndole adiós al mulato mientras las lágrimas le caían y se convertían en cascadas que iban a morir a los andenes. La figura de Cenicio se fue adelgazando hasta desvanecerse en la bruma de esa nada que quedaba impresa en su memoria.

Agazapada en un rincón de la estación de Cisneros, entre sollozos mudos, Capitolina la vio partir. Junto a ella, sentado en un banco y con un ramo de rosas rojas que no había podido entregar a su destinataria y se marchitaban con el calor del día, un periodista tomaba las últimas notas del reportaje que publicaría con el seudónimo de El Curioso Impertinente. A escasos metros, Cenicio de la Cruz lloraba como un niño.

QUINTA PARTE

1

Las campanas de la iglesia de Saint Sulpice sonaban a boda y una bella novia, abrumada por lo que estaba a punto de suceder, lloraba de dicha escuchando los cascos de los caballos dentro del regio carruaje adornado de sedas, perlas y azahares que avanzaba por la Rue Bonaparte y la dejaría frente a la fuente de Los Cuatro Puntos Cardinales. Iba sola, pues su padre también había muerto en la guerra.

No tenía palabras de agradecimiento con la mujer que en pocos minutos se convertiría en su suegra. Su felicidad se la debía por entero. Habían sido muchos años de paciencia y ternura. De sentirse parte de la familia y comprender silencios y tristezas de aquel joven a quien amaba con toda su alma. Siguiendo sus sabios consejos, ahora estaba a punto de convertirse en la mujer de Emmanuel.

Clotilde le había rogado que ese día vistiera el traje de su boda con Claude, que llevaba guardado en el armario desde tiempos remotos, cuando deseaba tener una hija. Al morir su pequeña, continuó soñando que un día alguien muy querido lo llevaría.

Y era cierto que la mayoría de las veces a la pobre mujer la realidad se le confundía con el sueño y veía en Bianca Formenti a su querida niña. Incluso había momentos en que la llamaba Ciel, y la enfermera, tal como hiciera con Emmanuel cuando fuera enfermo de guerra, le seguía la idea pensando en que lo más importante era que continuara engañada con tal de que siguiera viva.

Sentía su amor maternal y, como ella estaba tan sola, se dejaba querer, aun sabiendo que tal vez ese amor no le pertenecía.

Clotilde la quería como a una hija.

A pesar de sus lagunas mentales y de sus continuos desvaríos, lo que nunca olvidaba era la dedicación y entrega que desde el fondo de su alma esa joven le había prodigado a lo largo de los años. Le regalaba amor en cada uno de sus actos. La bañaba, peinaba, vestía y perfumaba con tal devoción que sentía que sin ella no podría existir. Por eso no había dejado de insistirle a su hijo que no era sano seguir viviendo de un recuerdo.

La muchacha administraba todo lo que concernía a la casa y había liberado a Emmanuel de esa pesada carga. Gracias a ello, el negocio familiar volvía a florecer como antaño.

«La vida muchas veces no te da lo que quieres sino lo que necesitas —le decía Clotilde a su hijo—. Los sueños de la adolescencia muy pocas veces coinciden con los de la madurez. Esta joven nos cayó del cielo y el único que no se da cuenta eres tú. Hasta el médico no para de decírmelo».

Mientras Emmanuel se iba vistiendo para la ceremonia, se preguntaba por qué lo iba a hacer si su corazón seguía atado a Betsabé.

—No pienses lo que no debes —le dijo su madre adivinando el nubarrón que lo envolvía—. Uno es dueño de sus pensamientos, y a ellos debes ordenarles que de una vez por todas te dejen en paz. Esa chica es la mujer que te hará feliz. Es buena, hermosa, dedicada y de buenos sentimientos. ¿Qué más puedes pedir? No seas malagradecido. Si no fuera por ella, es muy posible que ni tú ni yo existiéramos. Le debemos la vida. Querido, te vas a enamorar perdidamente de tu mujer, eso está escrito en el cielo.

—Será en el tuyo, madre. Calla, por favor, y déjame solo.

—No te dejaré en este momento, aunque me lo supliques.

Le colocó en el ojal de la solapa el ramito de azahares y se alejó dos pasos para observarlo entero.

—Jamás te había visto tan hermoso —exclamó orgullosa, estampándole un sonoro beso en la mejilla—. Eres el vivo retrato de tu padre. Tienes sus mismos ojos y el porte de los Le Bleu.

Emmanuel quiso limpiarse el beso, pero se aguantó por no disgustarla. Sabía que estaba frágil y cualquier gesto la alteraba.

—¡Vamos, hijo, la novia espera!

Cuando Bianca Formenti entró en la iglesia y el gran órgano inundó el ampuloso recinto con la marcha nupcial, Emmanuel Le Bleu pensó en Betsabé Espinal. Esa música era la definitiva y gran despedida de su sueño. El triste final.

Ahora debía empezar una nueva vida. La verdadera.

Los acordes inundaron de pena su alma y se le vinieron en cascada todos los recuerdos. Las risas y los llantos. Imágenes como cuadros de un museo con piezas de un valor incalculable a punto de ser destruidas por la bomba del olvido.

¿Aquella música no era una marcha fúnebre?

«¿Y si mi hiciera invisible? ¿Si me volatilizara y dejara toda esta ceremonia sin mí?».

Se volvió y observó a su madre llorar de felicidad. Después de muchos años volvía a verla vital y sana. ¿Tendría razón en lo que le había dicho? ¿Sería posible que los tres alcanzaran la dicha de construir una familia, con hijos que corrieran por los pasillos, unos padres plenos en su labor de perpetuar la especie y una abuela orgullosa de tener lo que con tanto dolor había perdido?

La vio avanzar despacio hacia él, ocupando el espacio de la izquierda del largo pasillo. Parecía que se asía a un brazo invisible, como si fuera acompañada por el fantasma de su padre muerto.

No podía negarlo. La que pronto se convertiría en su esposa estaba bella.

Portaba en sus manos un ramo de rosas blancas, y en su cabello negro una corona de diamantes de la que se desprendía un velo que parecía la triste espuma de un mar infinito.

La sonrisa en sus labios y su mirada limpia prometían felicidad. Por un instante adivinó su cuerpo y se dejó ir en el deseo de creer que ella se convertiría en su gran amor. Que podría perderse en esa piel inmaculada que resucitaría la suya, tan perdida como estaba.

¿Y si fuese cierto lo que con tanta convicción su madre le pronosticara?

2

Medellín, 23 de septiembre de 1931

Llueve como si se hubiera desfondado el cielo por el peso de tantas lágrimas acumuladas. Es posible que sean las mías, aquellas que nunca acabé de derramar.

Me miro en el espejo y veo un rostro que no reconozco.

El tiempo ha ido pasando, los días, las semanas, los meses, y al final los años se amontonan desvergonzados como ropa sucia que nadie lava; sin ningún tipo de consideración para con nosotros los mortales.

De aquella huelga de hace once años solo queda el recuerdo. Conseguimos un poco, solo un poco de dignidad. Pero de allí a la igualdad aún hay mucho camino por recorrer.

Ya no somos lo que éramos. Muchas de las que trabajábamos en la fábrica ya no estamos. La misma vida se encargó de dispersarnos, como semillas sin tierra que acabaron sin dónde germinar. Sé de muchas que ahora se dedican con extremas dificultades a criar hijos y a sobrevivir como pueden.

Ya no creemos en nada que no sea la realidad. Los sueños terminaron convertidos en cenizas, enterrados en el cementerio donde yace lo imposible. Solo la fe en Dios me levanta y ayuda a continuar esta rutina que marchita mi alma.

Me he dado cuenta con tristeza de que ya no me sorprende ni la más bella flor. Antes, cuando caminaba por el campo me sentía una ladrona de lo bello. Me detenía a aspirar el perfume de cada una de ellas hasta embriagarme... ¡Era la gloria!

Observaba, tocaba, escarbaba, indagaba y capturaba instantes, nubes, pájaros, insectos, árboles... y me llenaba de hermosuras silvestres. No tenía nada pero me sentía la reina de ese universo tan puro y libre.

¿En qué momento dejé que me invadiera esta desidia?

Es posible que toda esa energía la destinara en buscar a Capitolina... ¡Flor de vida! Pero no hubo modo humano de encontrarla. Luego vino ese anhelo de leer a Emmanuel.

Tras muchos intentos de acercarme a la casa de los Mejía Echavarría buscando recuperar mis cartas que por derecho me correspondían, he tenido que rendirme a la evidencia de que la maldad vence a la bondad.

Consolación se ha convertido en la señora de la casa. Parece que a la repentina muerte de Céfora, la muy perversa, utilizando todo tipo de artimañas acabó por hacerse imprescindible para Conrado, un hombre que, según he sabido, muchos dan por loco. Ahora vive encerrado en su biblioteca entre su colección de diccionarios, recitando a voz en grito palabras que empiezan con la letra C. Creando imposibles versos *ceseos*, como los ha bautizado, sin salir de casa.

Mis cartas, mis pobres cartas, ¿dónde estarán escondidas?

¿Has escuchado ese trueno? Parece el rugido de un pobre viejo.

Sigue llorando el cielo.

Hoy, mientras trabajaba, de repente sentí un dolor inmenso en el pecho, como si una mano malvada me estuviera arrancando el corazón... Entonces pensé en él y tuve un presentimiento malo, de esos que intuyes que son verdad. Me llegó la visión de unas torres muy altas, de esas que solían maravillarme cuando ojeaba los libros del padre de Capitolina. Entre ellas, una puerta abierta me invitaba a entrar, pero por más que trataba de hacerlo, mis pies pesaban tanto que me era imposible. Luego un vago sonido de campanas retumbaba en mi cabeza... Me restregué los ojos y me sacudí, porque te juro que esa imagen y el repiquetear estaban dentro de mí y no se iban.

Sé que lo perdí, que lo perdí para siempre. Una voz interior me lo dice. Este dolor que no puedo compartir con nadie más que contigo me está matando.

¿Habrá muerto?

¡Cuánta impotencia! El no saber nada de nada, ese silencio incierto es peor que la muerte.

Me preguntarás cuál es el sentido de mi vida... Pues no lo sé. En estos momentos soy incapaz de contestarte.

Mientras trato de hacerlo, pienso...

Ahora que me han nombrado directora de un patronato, solo anhelo hacerles la vida más fácil a todas esas muchachas que, como yo, algún día creyeron que perteneciendo a él se les abriría un camino para aprender a trabajar y dar lo mejor de sí a sus familias.

La historia se repite, aunque de manera distinta. Esta vez yo, que ya sufrí las injusticias de quienes me mandaban, busco darles lo que no tuve. Claro que lo hago con lo poco que tengo, que no es nada material pero que vale tanto o más que eso. Si algo me sobra es comprensión y compasión. ¡Las niñas me inspiran tanta ternura! A veces me siento madre de todas. Quizá la vida me tenga destinado eso: ser la madre postiza de las sin recursos.

Yo, que tengo una sin tenerla, sé lo que es.

El otro día estuve en Bermejal. La enajenación de mi madre, que deambula por los corredores como alma en pena, me conmueve.

El poeta hace años que murió... Me hace falta hablar con él... Todos se van.

Me he convertido en una persona de negro ánimo. Tal vez por vestir tanto tiempo ese color negado, el alma se me tiñó de luto.

¿Tienes idea de qué puedo hacer para recuperar a esa Betsabé que perdí?

¿No respondes? Lo entiendo. Solo eres una página en blanco, mi blanco amigo.

No me hagas caso si estoy triste. La noche es amiga de las nostalgias.

Mañana es jueves y, como siempre, al final de la tarde iré a El Edén a encontrarme con mis recuerdos más queridos. Nadaré hasta el cansancio y sapos y grillos cantarán para mí esa canción repetida que adoro porque me lleva a él.

Está muy claro que no me casaré ni mi vientre sentirá el aleteo de un ser creado por amor. Nuestro hijo, un niño con ojos de mar y sonrisa de futuro que no tuvo la oportunidad de ser porque a sus padres, aunque les sobraba amor, les faltó tiempo. Tampoco iré a París, ni conoceré ese Sena del que tanto me habló, ni recorreré sus calles, ni entraré en los bares de su amado Montparnasse, ni bailaremos, ni caminaremos juntos bajo la nieve, ni nos amaremos bajo el crepitar de la chimenea, ni reiré con sus amigos, ni lloraré de dicha con él...

No volveré a amar a nadie.
Porque lo sigo amando...

3

Ahora vivía muy cerca del cerro El Salvador, desde cuya cima un Cristo de brazos abiertos y mirada contemplativa custodiaba Medellín.

Había encontrado una austera casita en el barrio Las Palmas, que hacía esquina entre la carrera 41 y la calle 42. Era tan pequeña que parecía imposible que allí pudiera caber alguien. Sin embargo, pronto la convirtió en su hogar, el lugar íntimo que tanto había anhelado.

Solo pisar la estancia, las baldosas amarillas y rojas del suelo habían ido desapareciendo bajo el musgo que siempre la acompañaba, ese verdor húmedo que desde su nacimiento emanaba de su ser.

Tenía una diminuta sala que conducía a dos cuarticos, cada uno con su catre de hierro y su colchón de paja, separados entre sí por una tela floriada puesta al descuido. Aquella casa la compartía con Paulina González, una muchacha a quien conociera un domingo a la salida de la iglesia. Aunque era una buena amiga, jamás se atrevió a contarle sus penas de amor. Aquel sentimiento lo tenía escondido debajo de la cama, donde guardaba su diario y un taleguito vacío, como una red de atrapar mariposas, que según le recomendara la espiritista era importante tenerlo para que sus sueños no acabaran volando sin dueño.

Cada mañana Betsabé se levantaba con el canto de *Maxi-*

miliano, el alebrestado gallo de la vieja y solitaria vecina que se encargaba de despertar a toda la cuadra con las sacudidas de sus alas y las locas persecuciones que le hacía a su harén de gallinas. Era tal su poderío que todo el vecindario acabó beneficiado de las ponedoras. Comiendo huevo de todas las maneras habidas y por haber. Muchos decían que desde que se alimentaban con ellos sus cabezas se habían alargado.

Pronto se acostumbró a su nueva rutina.

Se santiguaba y rezaba el rosario en la oscuridad, con una devoción tal que de su cuerpo emanaba una luz divina. Paulina era testigo pero callaba. La pequeña estancia se iluminaba con sus oraciones de tal manera que no hacía falta encender ninguna luz. Muchas veces su amiga pensó que, más que convivir con una mujer, lo hacía con una santa.

Se iba al lavadero, donde antes de irse a dormir dejaba una vasija con agua para que absorbiera el sereno de la luna. Decían que era bueno para la salud del alma y lo creía a pie juntillas. Con esa agua, bajo la penumbra de la madrugada y el sonido del canto de los *Tyrannus melancholicus,* se enjuagaba los sueños y se deshacía de pesadumbres.

Tenía solo dos vestidos negros que se iba turnando. Eran tan largos que se arrastraban por el suelo, pues tras las obscenas persecuciones de los antiguos capataces que convirtieron los pies desnudos en un fetiche maligno, ahora no se los dejaba ver a nadie.

Peinaba su larga cabellera con paciencia, como si desenredara la madeja del hilo que colocaría en un telar, y después la retorcía hasta convertirla en un gran moño que sostenía con un par de horquillas. Calentaba agua en el fogón de leña, colaba un café negro que acompañaba con una simple arepa asada, se bebía un huevo crudo y salía a barrer la entrada.

Un buen día, al poco tiempo de mudarse, cuando abrió la puerta se encontró en el suelo una rosa roja que sangraba perfume. Al principio no le dio importancia. Pero más adelante la rosa diaria se hizo imprescindible y empezó a ir acompañada de pequeñas notas dirigidas a ella y firmadas con un sencillo seudónimo: El Ferviente Admirador.

Señorita Betsabé Espinal,
deseo que el día sea bendecido por la alegría.

Señorita Betsabé Espinal,
que Dios la acompañe hoy.

Señorita Betsabé Espinal,
en el cielo está escrito su nombre.

Señorita Betsabé Espinal,
es usted la flor más hermosa de Medellín.

Señorita...
Señorita...
Señorita...

No había amanecer en que aquella rosa no estuviera esperándola acompañada por una frase. Encontrarla se convirtió en costumbre diaria.

Antes de marchar la recogía y colocaba en un vaso, más que por el mensaje que traía, por la tristeza que le causaba el que la pobre flor muriera. Le afligía el dolor de que fuesen cortadas porque era precipitar su muerte. Quizá aquel perfume tan intenso obedeciera a la última exhalación de su agonía.

Pronto todas ellas acabaron convertidas en un jardín de pétalos dormidos que acumulaba en un cesto de mimbre y aromaba sus noches.

No faltaba a la misa de las seis, para luego continuar su camino al patronato.

Sin que ella se percatara, un hombre la observaba de lejos. Era El Curioso Impertinente, que desde hacía años vivía muy cerca, en el callejón de La Asomadera.

Una tarde, por pura casualidad la había visto de lejos subir por la calle 41 y la vehemencia que sentía por la obrera renació. Tras la huelga no volvió a tener ningún contacto con ella, no por falta de ganas sino porque los avatares de la vida los distanciaron. Por eso, al encontrársela no se lo pensó dos veces y la siguió hasta verla entrar en la casa esquinera. Así se enteró de dónde vivía.

Tras una decepción amorosa de largo aliento y una relación sin futuro que abandonara, el amor imposible que sentía por la joven bellanita se le alborotó. Y como después de tantos años de tiempo perdido no sabía de qué manera llegar a su corazón, decidió que tal vez las rosas rojas le despertaran una curiosidad que más adelante podría acercarlo a ella.

La carta que le escribiera el joven francés a Betsabé la continuaba guardando sin abrirla, y no existía día en que no pensara que su comportamiento dejaba mucho que desear, pues siempre se había considerado una persona legal y de principios. Pero lo que el extranjero pedía era algo que interfería definitivamente con sus sentimientos... y aquí le vencía su egoísmo. Habérsela entregado en aquel instante habría significado perderla. Después, los años se encargaron de arrinconar aquella historia y de ratificar que, por más que buscó llegar al alma de Betsabé, no lo consiguió.

Ahora era distinto. La suerte de los años le regalaba una nueva oportunidad.

Como buen sabueso que era, se encargó de averiguar con los vecinos si Betsabé se había casado o vivía amancebada con algún hombre, y le dijeron que no. Que era una mujer decente y muy piadosa que se relacionaba muy poco con la gente y que solo se dedicaba a su trabajo y a la iglesia. Y además, que vivía con una amiga muy discreta. Eso lo tranquilizó y le regaló una esperanza.

Podría convertirse en la mujer de su vida.

4

La vio desnuda, sin que ella notara que estaba siendo observada.

Presenciar a alguien en su más secreta intimidad era una especie de curioso goce, un deleite que le venía de su niñez, cuando espiaba a su madre con infantil travesura.

Mientras se perfumaba, Bianca Formenti tarareaba una canción italiana que amaba, el *Tango delle rose*.

Bailaba y daba vueltas abrazando al aire. Su voz parecía flotar a su alrededor envolviéndola de luz.

Amami! Baciami con passione!
Prendimi! Stringimi con ardor!
Coglimi! La mia vita è come un fiore:
presto fiorisce e presto muore.
E'sol per te il mio cuor!

T'amo, ella sussurra
e un bacio ardente la fa tremar.
Ed al suo dolce amor...

Ese cuerpo níveo, intacto bajo la transparente gasa de su camisón de novia, era hermoso como nunca había imaginado. Dejaba entrever sus curvas perfectas. Unos senos de miel a la espera de ser libados se alzaban sobre la oscuridad penetrante de su pubis. Su largo cabello negro caía en cascadas y enmarcaba su rostro enamorado.

Toda ella parecía el más precioso bosquejo de un pintor.

Se miraba al espejo, acariciaba su cuello hasta llegar a la punta de esas aureolas rosas que se endurecían de goce y cerraba los ojos disfrutando de un éxtasis adelantado.

Estaba feliz.

Se acercaba el instante de convertirla en su mujer y se sorprendió de su propia excitación. Al ver que se preparaba para salir del baño, Emmanuel la esperó haciéndose el que no se enteraba.

—*Amore mio...* —le dijo Bianca.

Emmanuel extendió sus brazos.

—Ven.

Ella se acercó despacio mirándolo a los ojos, sus pies desnudos parecían levitar sobre el suelo.

—Estás preciosa.

—Es la primera vez que...

Un soplo lo separaba de sus labios.

—Chssst... no digas nada... para mí también lo será.

La besó queriendo sentir con todas sus fuerzas que era a ella a quien besaba. La sintió tiritar entre sus brazos como una hoja a punto de caer. Entonces apareció la imagen de Betsabé...

¿Por qué...? ¿Por qué no podía borrarla de su vida?

—¿Qué te pasa? —le preguntó Bianca al ver que aquel beso se helaba entre sus labios.

Emmanuel insistió. No podía entender cómo no podía corresponder con igual pasión a aquella hermosa mujer que lo amaba.

—Lo siento, lo siento muchísimo.

No podía. Su corazón no se lo permitía.

Era como si hubiera sellado un pacto de amor eterno con Betsabé Espinal.

—¿No te gusto? —le dijo Bianca muy triste.

—¡Eres tan bella! Creo que no te merezco. No tiene nada que ver contigo. El problema soy yo. Te suplico que me des tiempo.

—¿Sigue estando ella presente?

Emmanuel mintió.

—No, son otros temas que no puedo explicarte.

—Dímelos. Ahora soy tu mujer y los entenderé; sabes que puedes contar conmigo para lo que sea.

—Lo sé. Abrázame fuerte, querida mía. Ayúdame a que los fantasmas que esta noche me acosan se alejen.

Se acostaron en la cama. Bianca lo recogió en su pecho y empezó a cantar de nuevo el *Tango delle rose* acariciando con ternura sus cabellos hasta sentir que su respiración se hacía pesada y se hundía en el sueño.

Permaneció un largo rato observándolo. Su pecho desnudo subía y bajaba como si bailara un vals silencioso. Pensó en las veces que había deseado tenerlo entre sus brazos. Pensó también en su novio muerto. Por una extraña razón lo entendía.

Durmieron abrazados sin que nada ocurriera hasta que las luces del amanecer pintaron de oro las sábanas.

5

No podía seguir así, dejándole mensajes y rosas cada día.

Una mañana de domingo, tras muchos meses de dudas, se sintió fuerte y decidió abordarla en el camino hacia la iglesia.

—¿Señorita Betsabé Espinal?

—Sí.

—¿Se acuerda de mí?

—Claro. Es usted...

—Sí, el periodista que la entrevistó cuando sucedió lo de la huelga.

—El... —Se quedó pensando, pues no recordaba con exactitud el nombre con el que firmaba sus escritos.

—El Curioso Impertinente —completó él.

—Eso... ¿qué hace por aquí?

—Vivo muy cerca, en el callejón de La Asomadera. Perdone que me atreva a hablarle, llevo muchos meses observándola.

Betsabé se sintió intimidada.

—Le suplico que no me lo tenga en cuenta. Ha sido por pura casualidad. ¿Usted cree en ellas?

—A veces.

—Perdone mi atrevimiento. No lo juzgue como algo malo. Es que...

—No sé qué le tengo que perdonar.

—¿Le gustan las rosas?

Por fin sabía quién era la persona que se las dejaba cada mañana.

—No debería arrancarlas. Ellas son seres vivos que sufren.

—Las rosas saben que también existen para ayudarnos a decir lo que a veces no nos atrevemos. Son como palomas mensajeras.

Betsabé pensó en la paloma roja que Emmanuel le envió con su primer mensaje.

—¿Por qué me deja esos mensajes?

—Porque desde que la conocí me enamoré de usted.

Betsabé trató de cortar la conversación. Sus mejillas se habían encendido y temía que él lo notara.

—Voy a llegar tarde a misa —le dijo.

—¿Me permite acompañarla?

—¿Es usted creyente?

—Mucho —confirmó El Curioso Impertinente.

—No se es mucho o poco creyente, se es o no se es.

—Es que su visión me pone nervioso. ¿Puedo ir con usted?

—Claro. Dios es de todos.

Caminaron en silencio, cada uno sintiendo sus propias emociones.

Para Betsabé era una sensación extraña. Después de Emmanuel, jamás un hombre se le había acercado, tal vez porque llevaba escrito en su frente que no quería saber del amor.

Para El Curioso Impertinente era un inmenso logro. Había superado su temor y se sentía orgulloso de haber sido capaz de confesarle sus sentimientos.

Pasaron a tutearse.

—¿De dónde salió tu seudónimo...?, porque imagino que no te llamas como firmas tus artículos.

—¿Has leído alguna vez a Miguel de Cervantes? El Curioso Impertinente hace parte de *El Quijote*, es una pequeña novela que anexó a su obra. En realidad, él se llama Anselmo, como yo; por eso lo elegí como mi seudónimo. El pobre tuvo un trágico final que espero no sea el mío. ¿Te gusta leer?

—Mucho.

—Entonces te dejaré *El Quijote*.

Entraron en la iglesia y, como Betsabé pertenecía al coro, se separaron.

—¿Volverás? —le dijo Anselmo.

—Nos vemos a la salida.

Cuando la escuchó cantar, su amor creció. Era la voz de un ángel que se elevaba e inundaba el recinto de algo sobrenatural. Sobre las paredes reverdecían las hiedras, y las flores marchitas que adornaban el altar volvían a la vida. Cuanto más cantaba, más feligreses se acercaban a recibir la comunión presas de un extraño éxtasis. Él, que desde hacía años no la recibía, sintió el llamado y se acercó. Betsabé no fue ajena a su gesto y le gustó.

Al salir la invitó a tomar unas empanadas con un refresco. En el trayecto le dijo:

—Tienes una voz maravillosa.

—Solo hay que cantar con devoción, lo demás viene por añadidura. No soy más que un instrumento de la bondad de Dios.

—Pues entonces Dios debe saber que ha encontrado el más bello instrumento para interpretar el amor.

—Te pido que no me adules tanto porque me haces ruborizar.

—No es adulación; es lo que creo. Eres un ser muy especial. Desde que te vi por primera vez lo supe. Hay personas que están en el universo para enseñarnos lo que realmente tiene valor en la vida, y tú, sin que te sientas mal, eres una de ellas.

Betsabé bajó la mirada.

—Gracias —le dijo.

—No se merecen.

Llegaron al lugar y se sentaron. Ella pidió un jugo de guayaba y él uno de mango, acompañados de varias empanadas.

—Fuiste muy valiente en la huelga.

—La valentía no es otra cosa que la lucha por la dignidad.

—Pues eres muy digna.

—Más que digna, creo que todos tenemos derecho a ser respetados, independientemente de nuestra condición de sexo o social.

—Entonces lo conseguiste y debes sentirte orgullosa.

—No lo estoy. Nos equivocamos firmando un documento con el compromiso de no pedir nada si se mantenía lo solicitado. Pronto caímos en cuenta de que solo conseguimos unas migajas. Nunca lo que era justo.

—¿Y?

—Y nada. La vida se encargó de llevarnos por su camino. Tejimos muchas telas pero no acabamos de hacer la gran tela que nos liberara. Hice lo que pude.

—No sufras. Has hecho más de lo que nadie se atrevió.

—A veces no entiendo la vida.

—No te preocupes, no eres la única. Quizá la vida no esté hecha para entenderla, sino para vivirla.

Betsabé sintió que debía marchar. No quería entrar en más intimidades con él.

—Debo irme...

—¿Te ha disgustado algo?

—No, es que quedé con mi amiga para pasear y me debe estar esperando.

—Está bien. ¿Me dejas acompañarte?

—Creo que necesito estar sola.

—¿Volveremos a vernos?

—Es mejor que no.

—¿Puedo preguntarte por qué?

—Porque no estoy preparada para...

—Yo no te pido nada, solo poder volver a conversar contigo.

—¿Sin expectativas?

—Sin ninguna.

—Entonces, puede que sí. Por cierto, te suplico que no arranques ninguna rosa más. Ya sé que lo has hecho para regalarme algo bello y te lo agradezco, pero no hace falta.

—Te prometo que no lo haré nunca más. Los mensajes, como no se cortan y no duelen, te seguirán llegando.

—No quisiera que ellos alimentaran un deseo que no pueda cumplir.

—Ese será mi problema.

—Está bien.

—¿Te veré pronto?

—Si Dios quiere.

Betsabé marchó sintiéndose extraña. No quería que aquel hombre se hiciera falsas expectativas, aunque por otro lado se sentía adulada y de alguna manera especial.

¿Y si él lograba que se olvidara por fin de Emmanuel?

6

Tuvieron que interrumpir el viaje de novios por la noticia que les llegó al hotel a última hora de la noche.

Clotilde había sufrido un derrame cerebral y estaba en coma.

Se encontraban en Venecia y debían regresar cuanto antes. Entre ellos no había sucedido nada, pero estaban unidos de corazón y no se lo pensaron dos veces.

—Tu madre se salvará —le dijo Bianca—. No sufras, es solo una recaída. Tomaremos el primer tren. No podemos hacer nada más, solo rezar.

—Quisiera creerte, pero algo en mi interior me dice que es el final.

—No lo es. Simplemente nos habrá echado de menos y ya sabes que su salud es muy frágil. Lleva muy mal la soledad.

Cogieron el Orient Express, que ese día sufrió un largo retraso, y tras las paradas en Milán y Lausana, tres días después llegaron a la Gare de Lyon de París en un estado de máxima angustia por el tiempo perdido. En el apartamento del Parc Monceau los recibió la hermana de Clotilde con lágrimas en los ojos y cara enlutada.

—¿Dónde está mi madre? —preguntó Emmanuel.

La mujer lo abrazó.

—Lo siento muchísimo...

—¿Qué pasa? —Emmanuel corrió hasta la habitación de Clotilde, pero la encontró vacía—. ¿Dónde está?

—No pudimos hacer nada, querido mío. Ayer...

—¿Qué?

—Murió...

—¡Noooooo!, no puede ser.

—Quiero que sepas que se fue con una sonrisa en los labios. En su rostro se reflejaba una extraña y beatífica paz.

—¿Dónde está? Necesito abrazarla.

—En este momento, en la morgue del hospital de la Pitié-Salpêtrière.

Se fue a verla. Estuvo con ella a solas y le habló, le habló mucho. Le contó cómo se sentía y lloró sobre aquel cuerpo dormido que tantas noches lo arrullara y calmara, hasta que los encargados de la funeraria vinieron a buscarla y se la llevaron.

El funeral se realizó en la más absoluta intimidad.

La enterraron junto a Claude y a Ciel en el panteón familiar del cementerio del Père-Lachaise.

La desolación de Emmanuel era inconmensurable. Ahora se enfrentaba a la desaparición total de su familia.

Todos los años que viviera tras su regreso de la guerra quedaban enterrados con la pérdida de su madre. El tremendo sacrificio que hiciera de su felicidad también se iba.

Su futuro se había deshecho en el momento en que decidió que su madre lo necesitaba, y ahora que ya no estaba se quedaba solo, comenzando una nueva vida que en absoluto deseaba.

Parecía que el destino se burlaba de él.

¿Qué iba a hacer con una mujer a quien le tenía un inmenso cariño, que era maravillosa, pero a la que no podía amar?

Su madre lo dejaba atado a su desdicha.

Finalizada la ceremonia, regresó con Bianca a la casa en la que viviera su infancia y adolescencia. No deseaba hablar; el gran luto era su oscuro mutismo. Escuchaba las voces de sus padres y de su hermana en un eco que retumbaba silencioso en cada rincón, como si sus almas estuvieran aún vagando por aquellas paredes.

Abrió la puerta de la habitación de Ciel, donde después de su muerte rehusara entrar. Los juguetes de su hermana seguían tal y como ella los dejara. Cogió su oso, al que siempre abrazaba, y lo acercó a su nariz. Todavía guardaba el fresco aroma de su niñez, y enredados entre las orejas del peluche encontró algunos cabellos dorados. Su pelo.

La foto de los dos que tomara su padre en el balneario reposaba sobre la estantería. Ambos reían felices. Sobre la mesilla de noche, un cuaderno con sus dibujos y sus lápices de colores. Lo ojeó; en todos estaba su amado hermano ausente. Cuánto lo había querido gracias a su madre, que jamás dejó de hablarle de él.

La memoria lo cubría de instantes que ahora veía grandiosos y en su momento consideró baladíes. Sí, había tenido una hermosa familia de la que no disfrutó.

Él también había sido niño, un niño amado.

Se veía correr por los pasillos y acabar en los brazos abiertos de su madre, entre aquellos senos que olían a leche y amor.

Había amado muchísimo a sus padres, pero se sentía culpable de no haberlo manifestado lo suficiente por esa estúpida rebeldía juvenil que tanto lo apartara de sus rigurosas normas. De ninguno de los tres se despidió como hubiese deseado, y eso era lo más triste porque había pensado que los tendría toda la vida.

De pronto le caían mil años encima.

Debía decirles adiós y se dedicó a hacerlo durante una semana.

A pesar de saberlo tan triste, Bianca no quiso interrumpir su duelo.

Volvió a dormir solo en la habitación en la que había crecido, reconociéndose en cada uno de los objetos que para él tanto significaron.

Durante días se sumergió en los escritos que su padre dejara en un cajón de su viejo escritorio. Allí hablaba sobre el profundo amor que sentía por él; también de sus anhelos y frustraciones. Descubrió que no eran tan distintos. Que los tiempos que vivieron tenían en común más de lo que nunca hubiese imaginado: la rebeldía, los sueños y el inconformismo. Lo imaginó joven y se dio cuenta de que la vida es siempre la misma: un ciclo que se repite.

Pero ya no lo tenía para decírselo. Se habían perdido conversaciones maravillosas, porque el abismo de ser padre e hijo los distanció.

—Padre, mi querido padre, ¿qué debo hacer? —dijo en voz alta en aquel recinto perfumado de libros—. ¡Estoy tan perdido! Tengo una mujer de la que no estoy enamorado y a quien deseo con todas mis fuerzas amar, pero no puedo porque mi corazón sigue ocupado por un imposible. ¿Te pasó esto alguna vez? Ojalá estuvieras aquí...

Bianca, que paseaba por el apartamento como si se deslizara sin tocar el suelo, se acercó a la puerta y lo escuchó todo. Sintió un dolor inmenso. Estaba claro que no la quería y no podía obligarlo a que lo hiciera.

Se encerró en su habitación y lloró hasta quedarse sin lágrimas.

7

El timbre sonaba con insistencia. Parecía que quien lo pulsara llavara dentro la prisa del perseguido.

El mayordomo abrió la puerta y se encontró con un hombre alto, de facciones helénicas y ojos de aceituna madura. Sobre su rostro caían, como si fuesen brochazos de un loco pintor, mechones de un cabello encaracolado.

Vestía traje blanco impoluto que hacía resaltar aún más su piel curtida por el sol.

—¿Es aquí donde vive la señorita Bianca Formenti? —preguntó con marcado acento italiano.

—Así es, aunque ahora es la señora Le Bleu.

—¿Está en casa? ¿Puedo hablar con ella?

—Si me permite un momento...

Eran las doce del mediodía y Emmanuel no estaba.

—Amélie —le ordenó el mayordomo a la sirvienta—, avisa a la señora que tiene una visita.

La mujer fue hasta la habitación.

—Madame Le Bleu —le dijo desde fuera—, alguien la busca.

Bianca entreabrió la puerta.

—No espero a nadie. ¿Quién es?

—No lo sé, madame. Es un señor que nunca ha venido por aquí.

—Háganle pasar y ofrézcanle algo de beber mientras me espera.

Se miró al espejo y peinó sus cabellos. Llevaba días encerrada sin querer ver a nadie. Escondió sus ojeras bajo unos polvos blancos. Puso un poco de rubor en sus mejillas, se pintó los labios y salió.

Al llegar a la pequeña sala lo vio de espaldas y no lo reconoció.

—Buenos días —le dijo—. ¿Es usted...?

Cuando él se volvió entró en *shock*. Sintió de repente que se desvanecía.

—¡Bianca!

No podía ser.

—Bianca, soy yo, *amore mio*.

—¡Dios mío! ¿No estabas...?

—¿Muerto? No, mi amor, ¡llevo tantos años buscándote! Hasta que di con el médico con quien trabajabas.

—No es verdad. Estás muerto.

—No lo estoy, pequeña mía. Me hicieron prisionero y durante años viví sin saber quién era. No recordaba a nadie más que a ti. Tu retrato y tu nombre me han acompañado todo este tiempo de penurias. No he dejado de pensarte ni un solo segundo.

—Vittorio, han pasado muchas cosas...

—Lo sé.

—Sabes que...

—Estás casada. También lo sé. ¿No crees que he venido aquí sabiéndolo todo?

—Me siento muy confundida. Esto no me puede estar pasando. —Bianca se restregó los ojos—. ¡Te lloré tanto!

—Lo sé, *amore*. Llevo muchos años perdido, pero al fin me encontré y sigues siendo la razón de mi vida.

—Pero yo ya construí otra, Vittorio.

—Solo he venido para saber que eres feliz.

Ella bajó la mirada y rompió a llorar.

—Si me dices que lo eres, doy media vuelta y jamás volverás a verme.

Bianca se dio cuenta de que el amor que sentía por él solo estaba dormido. Que sus sentires habían sido trasvasados a Emmanuel por pura supervivencia y que continuaba enamorada de su antiguo novio.

—¿No sientes nada por mí?

Ella permaneció un largo rato en silencio. Quería abalanzarse sobre él, abrazarlo y besarlo, recuperar tantos años perdidos, pero se contuvo.

—No se trata de eso. He adquirido un compromiso sagrado...

—¿Lo amas?

—Hasta este instante lo creía.

—¿Y?

—No puedo dejarlo. Está muy triste. Hace unos meses murió su madre y no está bien. Solo cuenta conmigo.

—Yo puedo hablar con él.

—Es demasiado duro.

—Déjame intentarlo.

Se acercó a ella y la besó. Bianca sintió que su cuerpo temblaba de dicha. ¡Sí, estaba viva!

—¿A qué hora regresa?

El reloj que colgaba de la pared marcaba las doce y media.

—Llegará de un momento a otro.

El cerrojo de la puerta sonó y entró Emmanuel. Caminó hasta llegar a la pequeña sala del recibidor y se los encontró.

—Querida —le dijo a Bianca dándole un beso en la mejilla.

—Emmanuel, te presento a...

El desconocido se acercó con la mano extendida.

—Vittorio Broggi.

—No sé quién eres. —Emmanuel se sentía aturdido.

—Es imposible que lo sepa y, desde el respeto más profundo, debo decirle, porque soy un hombre de ética, que he venido a buscar a Bianca.

—No entiendo nada.

—Claro que no lo entiendes, querido, y lo siento muchísimo —le dijo ella—. Yo tampoco lo entiendo. Vittorio es...

—Muero de amor por Bianca —exclamó el italiano—. Ha sido y es el amor que me ha salvado. Por ella sigo con vida. Soy una víctima de esa absurda guerra que nos separó. Era mi prometida y nos amábamos con locura. Me dieron por muerto cuando en realidad estaba prisionero y amnésico. Después escapé, acabó la guerra y, como no recordaba mi identidad, acabé haciendo de ayudante de un granjero. Hace unos meses lo recordé todo. Por eso estoy aquí y he venido a buscar lo que me pertenece. La amo como jamás he amado a nadie. —Y rompió a llorar.

Emmanuel vio cómo Bianca se acercaba a él y enjugaba sus lágrimas.

—Y tú, ¿lo amas? —le preguntó a su mujer.

Bianca Formenti lo miró a los ojos y sintió la desazón de tener que enfrentar la realidad.

—Sé sincera.

—Hasta esta mañana creía que te amaba a ti, pero lo he visto y... Lo siento, Emmanuel.

Silencio profundo.

—Lo comprendo —dijo al fin Le Bleu—. El amor es un animal que no puedes dominar.

—Entonces... ¿no estás enfadado?

—Cómo puedo estarlo. No he sabido darte lo que tú necesitas. Tú bien sabes que mi corazón, aunque he querido dirigirlo a ti, no me obedece.

—¿Qué vamos a hacer?

—No lo sé. Lo que sí siento es felicidad de que al menos tú alcances la dicha de estar con la persona que de verdad amas. Sabes que te profeso un amor y un agradecimiento muy grandes. Me has acompañado en momentos muy difíciles y trascendentales. Estoy vivo gracias a tus desvelos y pude disfrutar de mi madre en los últimos años por la entrega y el amor con que la cuidaste. Te pido perdón por no haber sabido darte lo que necesitabas, pero también me tranquiliza que entre nosotros no hubiese pasado nada.

Vittorio la miró.

—Sí, no ha pasado nada —le dijo ella y miró a su marido—. Emmanuel, bien sabes que te quiero con toda mi alma y deseo que seas feliz. Ve y búscala. Busca a tu Betsabé. Ahora nada te ata aquí. Tienes el deber y la obligación de luchar por tu felicidad. Solo deseo que no sea demasiado tarde.

¿Lo harás?

¿Algún día la conoceré?

8

Vittorio y Bianca pasaron la noche en el apartamento del Parc Monceau. Emmanuel les dejó la cama nupcial donde nunca durmió con ella y se fue a Montparnasse. Esa noche se emborrachó con los pocos amigos que le quedaban y no regresó hasta bien entrada la mañana.

Se encontró con una carta de Bianca en la que le daba las gracias por su amor y comprensión y le confesaba que había sido la noche más bella de su vida.

No volverían a verse.

Esa tarde Emmanuel se hundió en un profundo sueño. Durmió dieciocho horas seguidas y soñó que Betsabé caminaba hacia él envuelta en raíces, orquídeas y musgos. Lo llamaba e invitaba a sumergirse en una laguna verde vestida de flores carnívoras que lo devoraban con besos de miel.

Se despertó llamándola.

Permaneció durante cuatro días encerrado, bebiendo absenta y fumando.

—Señor —le dijo el mayordomo—. Ya sé que no es de mi incumbencia, pero me preocupa su salud. ¿Quiere que llame al doctor?

—George, mi problema no es de médicos, es algo que tiene que ver con el alma y para eso no hay medicamentos.

—Pero no come nada, y quien no come al final muere.

—No voy a morir, me estoy preparando para vivir.

—Se encuentra así por la partida de... No debería haberle abierto la puerta a ese hombre.

—Un día sabrá que fue lo mejor que hizo.

—No lo entiendo, monsieur.

—Ya lo entenderá, querido George, ya lo entenderá. Mi vida es muy difícil de explicar.

—Desde que lo conozco, siempre ha sido una caja de sorpresas.

—Ahora déjeme solo, por favor. Necesito planear mi futuro.

—No irá usted a...

Emmanuel no dejó que acabara la frase.

—Sorprenderé al mundo. Antes de irse, sírvase una copa y brinde conmigo.

—No puedo, señor. Estoy de servicio.

—Un día es un día...

Chocaron las copas y de un solo trago las vaciaron.

No era fácil encontrarla y lo más probable era que Betsabé se hubiese olvidado de él, que estuviera casada y con hijos.

Desde que partiera a París, de eso ya hacía diecisiete años, el contacto con Conrado Mejía estaba roto. Jamás le contestó a ninguna de sus cartas y por eso le dejó de escribir.

De Los Panidas no sabía nada. Los imaginaba convertidos en hombres respetables, con sus familias y sus profesiones. El tiempo maceraba los espíritus y limaba rebeldías. Prueba de ello era él.

Muchas veces creía que su viaje a Colombia nunca había sucedido y lo vivido en aquel país verde era producto de su imaginación. Pero no. Sabía que era verdad; el mechón de pelo de su amada guardado en la bolsita que durante años llevó colgada al cuello se lo reafirmaba.

Estaba perdido, sí, muy perdido, pero también encontrado y feliz.

De pronto el universo le regalaba la oportunidad de ir y buscarla y debía prepararse para lo que se podía encontrar.

Lo primero que hizo fue organizar el negocio de París y planificar su ausencia, que seguramente se alargaría unos meses. Lo dejaría a cargo de la persona que desde la muerte de su padre se convirtiera en su mano derecha.

Volvería, pero con ella. Ese era su sueño, su fuerza, y deseaba creer en él.

Durante una semana lo estuvo preparando todo sin dejar ningún cabo suelto, y no se lo comunicó a sus amigos pues no quería recibir ningún consejo.

George le organizó una escueta maleta, solo con lo imprescindible.

A punto de subir al coche, Emmanuel lo abrazó.

—Cuida de esta casa como si fuera tuya. —Lo consideraba parte entrañable de su familia—. Regresaré pronto y la llenaré de niños. ¡Ya verás! Vamos a hacer de este lugar un templo de amor.

El mayordomo sonrió.

—Estaremos esperándole, monsieur.

El transatlántico zarpó de El Havre al amanecer y el viaje se convirtió en un goce intenso. No paró de escribir y pintar en su diario, poseído por el espíritu de la felicidad.

Estaba vivo.

Volvía a sentir, como antaño, todo lo que observaba.

Se pasaba horas enteras en la cubierta disfrutando de las olas y el salitre. De vez en cuando algunos delfines emergían del mar con sus chillidos, que él traducía como un saludo.

Pensó en lo que les faltaba por vivir. Imaginó el regreso juntos, enseñándole el placer de navegar y de ver las maravillas que los esperaban. Y le daba gracias a la vida por regalarle ese instante de gloria. De un momento a otro todo era posible. Había llegado su tiempo. El tiempo que tanto le fuera negado se expandía como ese mar infinito que lo acercaba a Betsabé.

Ya no era el joven impetuoso y rebelde que se quería comer el mundo. Ahora era Emmanuel Le Bleu, un hombre que había sufrido y crecido en las pérdidas. Valoraba cada segundo de su existencia, aprendida a fuerza de golpes.

Se reía rememorando las locuras de su primer viaje.

¡Cuánto había vivido!

Recordaba los momentos pasados en su anterior travesía en los que necesitaba sentirse efervescente, bajar al submundo de la tercera clase donde la vida era un loco torbellino que lo chupaba y llevaba a dejarse ir sin consecuencias, porque la conciencia estaba aún por ser descubierta.

Todo había cambiado. Se sentía tranquilo y feliz. Ya no tenía esa necesidad de perderse en jolgorios ni quería demostrarle nada a nadie.

Estaba en paz. Una paz que se levantaba sobre él como una vela blanca al viento y lo arrastraba a la libertad.

Se dio cuenta de que la adultez también tenía algo maravilloso: el descubrimiento de la conciencia. Le gustó. Había aprendido mucho de la vida. Las pérdidas le enseñaban que nada era para siempre y que era mejor darlo todo en el instante mismo en que sucedía porque el mañana no pertenecía a nadie.

Este momento le llegaba cargado de reflexiones y eso era algo tan valioso que no tenía precio.

«Betsabé, Betsabé, Betsabé... Cada noche que pasa es una menos sin verte».

10

El trayecto que hizo a Medellín fue menos tortuoso del que recordaba haber vivido. Ahora que dominaba el idioma y tenía un amplio conocimiento del país, se movía con mucha fluidez.

Después de largos días de viaje, finalmente llegó a Medellín. Se hospedó en el mismo hotel en el que diecisiete años antes viviera durante meses. Como era de esperar, el personal había cambiado y las habitaciones también. Pidió el mismo cuarto en el que se alojara y que por pura casualidad estaba libre.

—¡Por fin en casa! —dijo estirándose en la cama.

Cerró los ojos y aspiró el ambiente. Olía a Colombia. *¡Oh, gloria inmarcesible... Oh, júbilo inmortal...!*, tarareó la canción popular que aprendiera, sin saber que en su ausencia se había convertido en el himno nacional del país.

No deseaba pensar, pero su mente no podía detenerse. Los recuerdos le desfilaban uno tras otro con una nitidez jamás imaginada.

Se dio un largo baño inventando su futuro. Eran las cinco de la tarde y quería volver a recorrer aquellas calles que tanto le dieran. La alegría le rebosaba. Volver a sentir aquellos aromas, su ingenuidad y desorden, los arrieros mezclados con los hombres de sombrero, traje y corbata... y las mujeres...

¿Dónde encontrarla?

En la recepción lo detuvo un hombre.

—¿Es usted el señor Emmanuel Le Bleu?

—Así es.

—Vi el libro de inscripciones y al leer su nombre recordé algo.

—Yo viví aquí.

—Lo sé, no porque usted me lo diga.

—No le entiendo.

—Llevo muchos años regentando este hotel y me llamó la atención su nombre.

—Imagino que consta en los archivos que fui un buen cliente.

—No se trata de eso. De aquellos papeles no quedó nada. Se lo digo porque hace más de diez años un hombre estuvo preguntando por usted, y al ver su registro me acordé.

—¿Quién era?

—Es posible que no lo encuentre, pero recuero especialmente su insistencia.

—¿Cuándo fue?

—Déjeme pensar... Puede que... diez, once años... doce... Me acuerdo porque hubo una huelga en ese entonces. Una huelga textilera capitaneada por una joven. Preguntó por un joven francés que se había alojado durante meses en nuestro hotel, pero tuvimos un incidente que... —carraspeó— nos obligó a hacer desaparecer los archivos. Me entiende, ¿no?

—Pues no, pero no importa. ¿Se quedó con algún dato? ¿Sabe quién era?

—Déjeme que busque a ver si lo encuentro. Era un joven muy educado y con aspecto de aristócrata. Me dijo que si tenía alguna información suya le escribiera.

Emmanuel quedó muy intrigado. ¿Quién podría ser aquel muchacho? No tenía cuentas pendientes con nadie. ¿El director se estaría equivocando?

Esperó un largo rato hasta que el hombre regresó con cara sonriente.

—Aquí lo tiene. No sé por qué lo guardé —le dijo entregándole una nota doblada—. Quizá por su insistencia o por... yo qué sé. A veces uno guarda papeles por motivos extraños.

Emmanuel cogió el papel amarillento y lo abrió. Garabateado con inconfundible caligrafía encontró un nombre y una dirección en Bogotá. Era la letra de León de Greiff.

11

No era capaz de recibir más mensajes. Debía sincerarse y confesarle que, aunque le agradecía mucho sus buenos propósitos, estaba negada al amor.

Seguía con su rutina diaria, pero esa mañana algo cambió. Betsabé Espinal desviaba su camino porque había quedado temprano con El Curioso Impertinente delante del monumento del Cristo Salvador para devolverle *El Quijote de la Mancha*, extraordinario libro que devoró con avidez y le pareció inteligente, hermoso y mágico. Le enseñó a amar paisajes de una España misteriosa, donde molinos de viento podían ser amenazadores gigantes, una campesina una gran dama, una palangana su yelmo mágico... Le enseñó a entender que la locura era también vivir el universo del sueño convertido en una realidad quizá más verdadera.

Mientras lo leía, tuvo que aguantarse las ganas de subrayar párrafos enteros de aquellas páginas gastadas de tantos ojos, porque era un libro ajeno.

Eso le pasaba siempre. Todo lo leído a lo largo de su vida no le pertenecía. Sin embargo, la historia del loco caballero quedaría para siempre en su corazón, ese recinto sagrado y rojo como su sangre al que si algo le sobraba era memoria para atesorar lo hermoso y donde habitaban todas las obras que tanto le enseñaran.

Siguió subiendo hasta divisarlo.

La esperaba inquieto, mirando su reloj. Se había vestido con un traje gris, el mejor de su ropero, y llevaba en la solapa una rosa roja... Seguía con su costumbre de cortarlas... Pensó en Alonso Quijano, el hidalgo de la novela recién leída, y tuvo la certeza de que todos, en algún momento, se convertían en protagonistas de su propio sueño.

¿Y el de ella? ¿Cuál era? ¿Podría convertir al periodista en su amado Emmanuel, como Quijano había hecho con Dulcinea del Toboso?

No, no era tan fácil. Sus sentimientos no se lo permitían. Gastó noches enteras pensándolo y alguna vez hasta estuvo tentada de decirle que sí, pero al final algo en su interior la detuvo. Una especie de alarma interior le recordó la vieja promesa de amor imposible de romper.

Él la distinguió a lo lejos y sintió en sus manos el sudor frío de la ansiedad. Ese día quería pedirle que se convirtiera en su novia y guardaba en su bolsillo la única joya heredada de su madre. El anillo que a lo largo de su vida viera en su anular con una preciosa esmeralda trapiche engastada.

Tuvo la premonición de que lo iba a rechazar. Lo intuyó en su rostro serio y en su saludo impersonal al levantar la mano a desgana.

Se le acercó haciendo el gesto de besarle la mano sin llegar a tocarla. La invitó a sentarse bajo el monumento. A esas tempranas horas no había nadie.

La citó en ese lugar, bajo el Cristo, sabiendo que era creyente. Al Salvador llevaba pidiéndole con fervor el milagro de que Betsabé se enamorara de él.

—Te he traído el libro —le dijo ella.

—Es un regalo, puedes quedártelo. ¿No es magnífico?

—Sin lugar a dudas, lo mejor que he leído. Gracias, pero no creo que deba aceptarlo.

—¿Por qué?

—Sé lo que puede significar desprenderse de un tesoro.

—El tesoro es haber podido darte ese placer.

Betsabé bajó la cabeza. Se sentía aturdida y culpable por lo que pensaba decirle.

—No puedo quedármelo. No está bien recibir regalos cuando no los puedes corresponder. Anselmo...

—No digas nada ahora. Déjame que sea yo quien delante de este Cristo Salvador te pida algo.

—No lo hagas.

El Curioso Impertinente metió la mano en su bolsillo y extrajo el pequeño estuche. Se puso de rodillas frente a ella.

—Betsabé Espinal —le dijo emocionado—, estoy perdidamente enamorado de ti desde hace doce años. Eres la mujer más valiente y hermosa que he conocido en mi vida y te admiro. Sé que podríamos ser muy felices si me dieras una oportunidad. Este anillo fue de mi madre y ahora quiero que sea tuyo. —Abrió la pequeña caja de terciopelo negro y la esmeralda resplandeció—. Cuenta la leyenda que estas piedras preciosas fueron las lágrimas que derramó Fura, una indígena muisca, tras la pérdida de su amado Tena. ¿No te parece muy bella la historia?

—Bella y triste.

—Si aceptas, esta esmeralda será una lágrima de alegría.

—No puedo. No soy digna de llevarla.

—¿Por qué?

—La mujer que lo reciba debe estar segura de hacerte feliz.

—Tú me haces feliz.

—Pero no se trata de eso, se trata de que yo también lo sea recibiéndolo.

El Curioso Impertinente continuaba sosteniendo el estuche.

—No lo rechaces —le suplicó—. Piénsatelo y llévalo hasta que tomes una decisión.

—Si lo hago, sería ir contra mis principios de honestidad.

Pero el periodista le insistió tanto que al final lo recibió.

—Quiero ver cómo se ve en tu mano. ¿Me dejas?

Sin esperar a que respondiera, lo deslizó sobre el anular. Le iba enorme.

—¿Lo ves? No tiene mi medida. Eso es una señal.

—No digas tonterías, te irá perfecto en el dedo del corazón, que es el importante. ¿Me permites?

Betsabé se miró la mano y sonrió.

—¿Sin compromiso? —le recalcó observándose el anillo. Era muy lindo y nunca en su vida había tenido uno, y menos como ese.

—Sin ninguno.

—Mientes muy bien.

—Te prometo que sabré entender lo que decidas.

—Está bien, te creo.

El pacto acabó sellado por una rosa roja que Anselmo le colocó en la oreja, un tímido beso en la mejilla y un prometedor hasta pronto.

12

Pero Betsabé Espinal desconocía que en ese momento su amado Emmanuel se hallaba más cerca de lo que en los últimos años soñara.

Con la información recibida en el hotel Europa, el francés trató de contactar con León de Greiff enviando un telegrama a la dirección que aparecía en el papel; le fue devuelto con un escueto sello: «Destinatario inexistente».

Sin embargo, eso no hizo más que reavivar su vehemente deseo de encontrarla.

Al día siguiente se situó frente a la tienda de la calle Colombia. Los escaparates no tenían nada que ver con aquellos que con tanto refinamiento y esmero creara en la época en que se había ocupado de darle todo el esplendor parisino. Los elegantes maniquíes franceses ya no estaban; a cambio, los diferentes géneros se exhibían sin ninguna clase, simulando barrocos personajes de tela que se unían en una especie de fiesta grotesca sobre columnas de falsos mármoles. El nombre había cambiado. Ya no era La Maison Bleu escrito con letras *art nouveau*; ahora se llamaba Chic&Caché.

Entró y descubrió un establecimiento decadente, con un personal de uniformes a cuadros y modales ordinarios. No quedaba nadie conocido. Preguntó por Conrado Mejía y el encargado le dijo que hacía ocho años que la tienda había cambiado de dueño y no sabían nada de él.

No le quedaba otra alternativa que ir a la casa de los Mejía Echavarría.

La ciudad había cambiado mucho. El barrio donde estaba la casaquinta y viviera sus primeros meses cuando llegó, ahora estaba lleno de mansiones a cuál más bella. No tenía idea de lo que se encontraría, pero estaba preparado para lo peor.

Hizo sonar la campana del portal y una mujer de mediana edad se acercó.

—¿Es aquí la casa de don Conrado Mejía? —preguntó dubitativo, consciente de los cambios sufridos en la tienda.

—Sí, señor.

—¿Puedo hablar con él?

—El señor ya no recibe a nadie.

—Dígale que vengo de París y que me urge hablar con él.

—Tengo que comunicárselo primero a la señora.

—¿A Céfora?

—No, señor. Ella murió hace años.

—¿Entonces?

—A la señora Consolación, que es quien ahora se ocupa de todo.

—¿Y las hijas?

—Se fueron. Se casaron y, desde que la madre murió, dejaron de venir.

—¿No ven a su padre?

La mujer negó con la cabeza.

—Aquí pasan cosas muy raras, ¿sabe? Hasta puede que en este momento me estén vigilando desde cualquier lugar.

—¿Quién?

—Ella —dijo con temor—. Señorito Emmanuel, yo me acuerdo mucho de usted y del revuelo que causó su llegada. Aunque lo más seguro es que no me reconozca; en aquel tiempo yo era una joven sirvienta que solo se dedicaba a limpiar la cocina y de vez en cuando entraba en la sala para abrir las cortinas y sacudirles el polvo a las estanterías.

—Perdone, no me acuerdo. Han pasado muchos años. ¿Sigue aquí Cenicio de la Cruz?

La mujer recordó la pena que le causó su partida. Aquel mulato había sido la persona por la cual estaba allí.

—Se fue a Cartagena de Indias a buscar a su familia. Ojalá me hubiera llevado con él.

Emmanuel, que se había quedado con el comentario sobre lo que sucedía en la casa, le preguntó:

—¿Qué cosas extrañas pasan aquí?

—No debería hablar.

—No tiene nada que temer. Si usted me recuerda, sabrá que soy una persona legal en la que puede confiar.

—Si ella se da cuenta de lo que le estoy diciendo, mañana me despide.

—¿Consolación?

La criada asintió.

—Es muy mala persona. Se ha adueñado de todo; hasta del alma del señor Conrado.

—Pero ¿él está bien?

—¡Qué va a estar bien! Pobrecito. Después de la muerte de doña Céfora, esa mujer tomó el mando hasta de su conciencia. Creemos que le da unos brebajes que lo tienen cada vez peor. Es perversa. Yo la voy espiando y hace rituales de velas negras con muñecos a los que les clava alfileres. Ahora va de dueña y señora, ordenando y mandando a su antojo sin nadie que la pare.

—¿Y las hijas no se enteran?

—Qué quiere que le diga. Ellas hacen su vida y se apartaron al ver que el padre ni las reconoce. Está sometido a esa mujer. Antes de irse, Cenicio me contó que Consolación sustrajo sus cartas, las que usted le escribía a don Conrado, y también las que llegó a enviarle a Betsabé, y me pidió que las buscara y si las encontraba se las hiciera llegar a la dirección que aparecía en el remite.

742

—¿O sea que Conrado nunca las leyó?

—Nunca. Pero he estado mucho tiempo buscándolas y hace unos días las encontré. Las escondía al lado del horno, en un nicho donde guardan la leña.

—¿Puedo verlas?

Mientras la sirvienta hablaba con Emmanuel, una cortina se movió en una de las ventanas.

—Venga esta noche a las doce en punto y se las daré. Ahora debo irme.

13

Cuando rayaba la medianoche Emmanuel estaba en la puerta recibiendo el paquete de cartas que le entregaba, llena de pavor, la criada.

—¿Usted cree que puedo ver a don Conrado?

—Señor, él hace tiempo que está como ido, bajo el dominio de esa... No creo que logre nada. Consolación me estuvo preguntando con quién hablaba esta tarde y le dije que era alguien que buscaba a una de las hijas. Parece que no alcanzó a distinguir que era usted. Dios nos ayuda.

—¿Sabe algo de Betsabé?

—Lo único que sé es que se convirtió en la heroína de una gran huelga... y nada más. Todo Medellín fue testigo de su valentía, y hasta a mí me ha servido para tomar conciencia y aprender a defenderme y hacerme respetar como mujer.

—No le pregunté su nombre...

—No importa. Casi nadie lo hace. Me llamo Baldosina, para servirlo.

—Baldosina, luche por su libertad. El ser humano es algo inmenso y a veces las circunstancias lo hacen débil, pero lo que ha hecho hoy es solo de valientes. Es usted una gran mujer y le estoy muy agradecido. Sepa que si puedo ayudarla a salir de aquí, lo haré.

—Si ve a Betsabé, háblele de mí. Fui yo quien le enseñó... —carraspeó.

—¿Quien le enseñó qué?

—Es que me da vergüenza decirlo.

—Continúe, no tenga reparos.

—Quien, cuando se hizo mujer, le explicó... Usted me entiende. Son cosas de mujeres.

—Claro.

—Cuídese. Si logro encontrarla, volveremos por usted.

Emmanuel se fue con un gran fajo de cartas sin abrir. Eran muchas. Unas destinadas a Conrado y otras a Betsabé.

Llegó al hotel, las ordenó y abrió. En ellas seguían escritos sus sentires más profundos; sentires que jamás habían llegado a manos de sus destinatarios. Ahora entendía que Conrado no le contestara, que hubiese cambiado hasta el nombre de la tienda con tal de no recordar su apellido.

¿Cómo saber dónde estaba Betsabé?

A la mañana siguiente cogió el primer tren a Bello y se dirigió a la fábrica.

Lo recibió un capataz que hacía poco se había hecho cargo de todo. El nombre de Betsabé Espinal le sonaba mal, por ser la mujer que había desestabilizado el buen funcionamiento de los telares alebrestando a las ingenuas obreras. No tenía idea de dónde podía encontrarla. Hacía años que la habían despedido.

—No puedo ayudarlo —le dijo—, lo siento mucho. Para nosotros, ojalá que esa muchacha no hubiera existido. La revolución que causó en la fábrica perturbó su habitual funcionamiento y ya nunca volvió a ser igual. Esos aires envalentonados venidos de Rusia, un país tan diferente al nuestro, no han hecho más que confundirnos a todos. Las mujeres deberían saber que su mayor virtud es la obediencia. ¿Por qué ahora quieren enfrentarse a nosotros, que solo nos dedicamos a buscar el sustento de nuestros hijos y el de ellas?

Emmanuel no quiso escucharlo más. Era un pobre imbécil.

Salió de allí triste pero no derrotado. Se le agotaban las posibilidades.

Se dirigiría al manicomio de Bermejal para tratar de entrevistarse con Celsa Julia, la madre de Betsabé, si es que aún continuaba viva y si en su mente enferma quedaba algún resquicio de lucidez.

La caminata fue larga y la subida a la colina le sirvió para sosegar sus ímpetus. Su precipitada llegada le había impedido saborear de nuevo aquel enjambre de placeres botánicos tan amados. En el trayecto los cámbulos florecidos se mezclaban con los caracolís y los samanes. Lagartijas transparentes, con su corazón palpitando a la vista de todos, perros silvestres y papagayos despeinados le daban la bienvenida. Volvía a escuchar la vitalidad de esa especie de selva virgen. Era un dulce regocijo reencontrarse con aquel cosmos que inevitablemente pertenecía a su Virgen de Fuego, como si quien reinara sobre ellos fuera la criatura más hermosa de la Tierra.

Se repetía que todo iría bien, abrazado a la esperanza de que esa frase lo ayudara a continuar con fuerzas, aunque una nube negra cargada de inquietudes lo seguía como una sombra.

Llegó a la cima y se encontró frente a la precaria edificación que exudaba olvido. Nunca se atrevió a cruzar el portal de aquel lugar tan lúgubre por una especie de pudor hacia Betsabé. Ahora lo hacía buscándola.

Cuando traspasó el umbral sintió que el corazón se le encogía de tristeza. El lugar no era apto para ningún ser viviente; ni siquiera para los animales. Allí no podría mejorar nadie porque sus paredes estaban impregnadas de moho, lágrimas y tristeza.

Le salió al encuentro un hombre bajo, de aspecto grasiento y mal hablado, que vestía una bata sucia.

—¿Qué quiere? No son horas de visita.

Emmanuel, con su marcado acento francés, le dijo:

—Lo sé, pero es muy urgente.

—En este sitio no hay espacio para las urgencias. La vida va a otro ritmo, ¿sabe?

—Lo sé, pero necesito ver a la señora Celsa Julia Espinal. ¿Continúa ingresada aquí?

—Déjeme ver. Tengo que hablar con mi superior.

El encargado se fue y regresó acompañado de un viejo de semblante cerrado y mirada inquisidora.

—¿A qué se debe su urgencia? —le dijo imperativo—. A las enfermas no se las debe alterar.

—Lo siento muchísimo, señor. Vengo de Francia, necesito saber de su hija y creo que la única persona que me puede ayudar es ella.

—No se haga ilusiones; aquí se vive en otro mundo.

—Si me permite verla...

—La llamaré, pero la pobre mujer hace tiempo que vive como ida.

—Déjeme intentarlo, se lo suplico.

—Está bien.

Después de esperar un largo tiempo apareció el enfermero acompañado de una mujer enjuta de mirada perdida.

—Señora Celsa, permítame presentarme. Soy Emmanuel Le Bleu, amigo de su hija Betsabé.

—Betsabé... —repitió ella—. Mi pequeña Betsabé.

—He venido a buscarla porque la amo. ¿Sabe dónde puedo encontrarla?

—Aaah... mi hijita. —Lo observó con ojos perdidos—. A mi hijita se la tragó *La Chupabrava*.

—No, señora. Su hija está bien. ¿La ha visto últimamente?

—Ella... ella está lejos.

—¿No ha venido a verla últimamente?

—Los ángeles no visitan este antro.

Emmanuel se acercó a ella y la abrazó. Era un saco de huesos que se consumía.

—Piense por un momento. ¿Quiere que su hija sea feliz?

—Ella es feliz donde está.

—¿Sabe dónde puedo encontrarla?

—En el cielo. Ella vive en el cielo.

El director del centro se acercó.

—¿Lo ve? Le dije que viven en otro mundo. Lo que está buscando no lo encontrará aquí. Es mejor que se vaya porque cada visita que reciben acaba alterándolos.

Antes de irse, el joven francés le dio un beso en la frente.

Ahora solo le quedaba El Curioso Impertinente, el periodista que jamás le contestara la carta enviada hacía doce años. Y fue a por él.

14

Llegó a primera hora de la mañana a la sede del diario *El Luchador* y preguntó por el periodista. Le dijeron que aún no había llegado, pero que tardaría muy poco.

Se sentó a esperarlo. Como no lo conocía, a medida que entraban hombres se iba preguntando si alguno de ellos sería el que nunca contestara a su carta.

Tras casi una hora de espera, la recepcionista lo llamó:

—¿Señor Emmanuel Le Bleu?

—Soy yo.

—Sígame, por favor.

No sabía con quién se iba a encontrar, pero era la última opción que le quedaba.

Al entrar al estrecho cuarto que hacía de improvisada sala, se topó con un hombre que lo esperaba de pie, con semblante serio.

—¿Es usted...?

El hombre se adelantó y le dio la mano.

—Sí, El Curioso Impertinente —le dijo.

—Soy...

—Ya sé quién es: el señor Emmanuel Le Bleu. Usted dirá...

—Le escribí hace años.

—Lo sé.

—Nunca me contestó.

—Lo sé.

—No entiendo por qué.

—No me culpo, es difícil que lo comprenda. Desde hace años estoy perdidamente enamorado de Betsabé.

—¿Por eso no dijo nada?

—Cuando se ama con tanta pasión, uno acaba convencido de que todos los caminos son válidos.

—¿Usted sabe dónde encontrarla? Ya sé que lo que le pido es demasiado.

—Sé dónde vive. No crea que muchas noches no me he sentido culpable de no haberle entregado su carta, simplemente por mi ética... Pero es que hasta hace muy poco soñaba con la idea de hacerla mi esposa. Sin embargo, ese sueño tan anhelado no ha sido posible y eso me ha roto el corazón. Betsabé es una mujer excepcional, de esas que solo existen en sueños. Imagino que lo sabe y por eso está aquí.

—Claro que lo sé y me apena su tristeza. Yo también he sufrido muchísimo... Todos somos víctimas del destino.

—Si no fuera porque ayer me dijo que no podría convertirse en mi esposa, ahora no le estaría diciendo esto.

—Por favor, por el amor que le profesa, le suplico que me diga cómo puedo llegar a ella.

El periodista calló. Revelarle dónde vivía la que hasta ayer fuera su ilusión suponía perderla para siempre, aunque también era cierto que nunca la había tenido.

—Permítame que haga algo bueno —le dijo tras un largo silencio—. Sé que Betsabé acabará odiándome, pero necesito entregarle personalmente su carta y explicarle la razón que me llevó a retenerla.

—No lo entiendo —manifestó Emmanuel—. ¿Por qué hacerlo? En realidad, no le veo el sentido. Déjeme que sea yo quien se la dé.

—¿Y si lo echamos a suertes?

El Curioso Impertinente sacó una moneda de su bolsillo.

—No me parece decente que algo tan bello se convierta en un juego. Haga lo que considere, no pienso seguirlo. Se lo dejo a su buen juicio.

—Creo que me ha malinterpretado y le pido disculpas. Quería —carraspeó—, quiero que ambos estemos de acuerdo.

—Si para su conciencia es importante entregarle mi carta, hágalo, pero no olvide que quien la escribió está aquí y hará lo que sea para que ella lo sepa.

Querido diario:

Se lo dije.

Fui capaz de quitarme el anillo tan bonito que me dio. No te voy a decir que no me costó desprenderme de él, pues jamás pensé que mi dedo pudiera llevar joya tan lujosa. Pero cada mañana de camino a la misa me miraba la mano y pensaba que estaba siendo infiel a Emmanuel y también a mí misma.

No puedo convertirme en novia de alguien a quien no amo a pesar de tenerle un inmenso cariño. Prefiero quedarme sola para siempre, o sea, para vestir santos. Tú que me conoces más que nadie sabes que mi corazón no me pertenece y eso es sagrado.

Lo más seguro es que Emmanuel ya no sea mío...

¡Han pasado demasiados años...! Hasta creo que ya lo tengo asumido.

El otro día se me acercó una monja con la que siempre me encuentro en la fila de la comunión y me dijo que me veía muy piadosa y entregada. Que si no había pensado alguna vez en hacerme sierva del Señor y lo cierto es que sí, me ha pasado por la mente más de una vez. La hermana me invitó a hablar con la superiora de su comunidad y la próxima semana iré a verla; claro que ya estoy muy vieja para eso, pero seguro que a Dios eso le tiene sin cuidado...

Volviendo al periodista, bueno, a Anselmo o El Curioso Impertinente, ya no sé ni cómo nombrarlo, me dio tristeza verlo tan desconsolado. No quería recibirme el anillo, me dijo que si no era para mí no iba a ser para nadie y que lo iba a tirar al río. Le supliqué que pensara en su mamá y que no hiciera semejante locura. ¡Botar una esmeralda como esa es un delito!

Me parece un buen hombre, bastante solitario, como yo. La vida nos va convirtiendo en seres huérfanos del mundo, ¿verdad?

Si no fuera porque Dios está conmigo, en este momento no sé qué sería de mí.

Ahora ya no hay más rosas en mi puerta, ni mensajes ni nada; me doy cuenta de que me había acostumbrado a tenerlos y la costumbre al final acaba por confundirnos. Por eso llegué a pensar que sentía algo por él. La rosa era un fantasma que hacía parte de un sueño equivocado.

Mis días en el patronato son monótonos; un ritual repetido que me arruga por dentro y por fuera. Los recuerdos se diluyen, me cuesta cada vez más mantenerlos nítidos y frescos, y me voy quedando en este presente tan vacío de alegrías.

Mañana es jueves y como cada semana, antes de que se haga de noche iré a bañarme al lago donde Emmanuel me enseñó a nadar. Ese momento es el único que me ata a él. Creo que su espíritu quedó allí, unido al mío, y que al final ese será nuestro hogar...

El agua...

No hay mareas ni sonido de olas... Nunca he sabido lo que era el mar, pero puedo imaginarlo. Solo me acompañan los árboles y la tierra... y mi alma permanece anclada en lo más profundo de ese lago donde habitan intactas nuestras risas y ese amor líquido que nos sigue uniendo, como dos fantasmas que decidieron tener su propia vida porque no fue posible otra.

Las mariposas aletean con ese temblor tan propio de las hadas.

Soy mariposa... Una mariposa roja... ¿Soy hada?

Ojalá esta noche sueñe algo que me eleve. No quiero tener más pesadillas. Ni siquiera te hablo de ellas para que no se fijen en mi inconsciente y me tomen prisionera. No quiero que me pase lo que a mi madre.

Trataré de dormir... Buenas noches.

16

Emmanuel esperaba que El Curioso Impertinente cumpliera su palabra pero, por si acaso, lo había seguido. Se agarraba a él como a un clavo ardiendo. No le importaba dormir en la calle con tal de seguir sus pasos. Ahora ya sabía dónde vivía y estaba atento a sus movimientos.

Esa noche se la pasó en vela observando el barrio. De repente vio entre las sombras a un hombre de ruana y sombrero que deambulaba sin pies.

—En este país, solo los muertos saben vivir —le dijo el desconocido—. ¿Quién sos vos? Yo conozco a todos, pero tu cara no me suena de na...

Emmanuel no lo dejó terminar:

—Soy un vagabundo del amor.

—¡Uyyyy! La noche está llena de ellos. Parecen luciérnagas que alumbran y se apagan constantemente. Pobrecitos... Necesitan del amor para vivir. Nosotros, los fantasmas, ya vivimos sin necesidad de nada. Nos movemos libres... Tú todavía eres de carne y hueso. No eres de los míos.

—Te equivocas. Puedo tener cuerpo, pero hace años que vivo solo de espíritu.

—Pues bienvenido a mi mundo. ¿Qué haces?

—Vigilo.

—Ese oficio está caduco.

—Depende.

—O sea, que todavía esperas algo...

—Sí.

—Entonces eres un prisionero y no te culpo. Estás joven y la juventud siempre anhela.

—¿Tienes nombre?

—En mis tiempos me llamaban Cosiaca.

—Qué nombre más raro.

—Ni tanto. Los que así me decían creían que no era nadie y a mí hasta me gustaba pensarlo. ¿Qué más da el nombre y apellido cuando puedes decir lo que te dé la gana? A eso dediqué mi vida, a tomarles el pelo a todos. ¡La mejor profesión!

—Eres un sabio.

—Soy lo que muchos dirían un pobre hombre; sin nada, pero con todo.

—¿Alguna vez estuviste enamorado?

—¡Siempre! Enamorado de la vida, que es quien nunca te defrauda. Ella es sencillita, como las flores silvestres, que no necesitan de nada para existir y ser bonitas. Pero hay gente que precisa de muchas cosas y eso, tan esclavizante, es muy respetable. Aunque mucho me temo que cuanto más deseas, más sufres, ¿no te parece? Bueno, ahora debo irme... La noche es joven y seguro que delante de algún balcón me aguarda la serenata de un pobre sufridor a su amada retrechera.

—Lo entiendo.

—Que la suerte te acompañe.

El hombre se esfumó y el francés se quedó con sus palabras.

Sin poderlo evitar acabó durmiéndose. Lo despertó el gallo del barrio con su destartalada aria matinal.

Amanecía.

Las nubes se abrían y daban paso a unos rayos que marcaban el cielo con flechas abiertas.

La vio convertida en sol; ella y solo ella podía ser esa luz mágica que alumbraba y daba vida.

Una hora después, notó que se encendían luces en la casa del periodista y esperó.

Lo vio salir escondido bajo un sombrero de fieltro y lo siguió hasta ver que se detenía frente a una casita esquinera.

Delante de la puerta, el periodista parecía dudar. Estuvo un largo rato pensando. Llevaba algo en sus manos y miraba de lado a lado, como si presintiera que era observado.

Emmanuel se sentó en un pequeño muro, lejos de la casa donde sabía que no podría verlo, a esperar.

17

La puerta se abrió.

Apareció con su andar cadencioso y rotundo, desprendiendo aquella música interior tan conocida por él. Su rostro de virgen morena enmarcado en sus cejas de negro bosque hacía que todo a su alrededor acabara diluido en una brumosa nada.

Los años habían pasado por ella sin romperla ni mancharla. Seguía siendo el fresco sueño de su vida.

La respiración se le detuvo y el corazón se le desbocó.

Era toda una mujer. Ahora, la pequeña Betsabé aparecía como una magna diosa. No veía en ella los ropajes monjiles que vestía, sino esa aura de luz inmaculada envolviéndola. Contemplarla era el gran milagro.

¿Por qué no salir a su encuentro?

Se contuvo al ver que el periodista se le acercaba y tras hablarle unos minutos le entregaba un sobre.

Entonces fue testigo de la terrible furia que convertía a Betsabé en un animal inmisericorde.

Desde lejos supo que era la reacción a lo que El Curioso Impertinente le había dicho. De un momento a otro Betsabé levantó su mano y le propinó al periodista una sonora cachetada.

—¡No quiero volver a verte nunca! —le gritó—. Eres el ser más despreciable que he conocido. Te aprovechaste de mí.

¿Llevabas guardada esta carta desde hacía tantos años y no pensaste por un momento que de ella dependía mi felicidad? ¿Qué amor es el que dices tenerme cuando lo único que tenías que hacer era dármela? ¿Creías que reteniéndola ibas a conseguir que me enamorara de ti? Eres un desgraciado.

—Sé que no merezco nada, pero es que te amaba.

—El amor es otra cosa.

—No, Betsabé, te equivocas. El amor es luchar por lo que tú crees, y yo creí que un día podrías llegar a ser mi esposa.

—Ahora ya no hay nada que hacer —le dijo ella—. Esta carta es vieja y Emmanuel ya no está.

El Curioso Impertinente sintió que su universo se rompía hasta convertirse en polvo. En la mirada de ella se reflejaba la luz de un infinito amor.... el que tanto había deseado tener para sí. Sus ojos comenzaron a llorar hacia dentro hasta inundarse de rabia y dolor.

Haciendo un inmenso esfuerzo, trató de aclarar su voz para que no le saliera quebrada por las lágrimas retenidas.

—El regalo de amor que voy a darte es más grande de lo que tú crees.

—No te entiendo.

—Él está aquí, buscándote.

—¿Dónde?

—Mi corazón está roto, pero quiero que sepas, por el amor que te tengo, que pronto te reunirás con él. No me odies, por favor. Ve en mi proceder solo el deseo de que fueras la mujer de mi vida. Lo siento muchísimo y te pido perdón. Durante años estuve tentado de abrir la carta, pero aunque ahora no lo creas soy un ser de principios. Hasta anoche pensé en leerla y quemarla. Entonces, algo en mi interior me dijo que si lo hacía seríamos dos seres infelices. Me sacrifico por amor a ti, para que el infeliz solo sea yo. No me duele tu furia, sino tu desamor. Mi mejilla puede estar roja... Creo que nadie tendrá el atrevimiento de volver a ponérmela así. Esa eres tú y por eso te he amado tanto: por tu ardiente coraje.

Emmanuel, que lo observaba todo, se debatía entre ir e intervenir o permanecer oculto observando la escena.

Al final decidió que no, que no era el momento.

Quería acercarse a ella de otra manera. Aquel hombre la amaba, y él sentía una especie de consideración por la situación que estaba viviendo. Si algo le había enseñado la guerra era a respetar los sentimientos ajenos, pues al final todos éramos víctimas de la vida y sus devenires.

Se sintió mal por haberlos espiado. Vio que, tras la discusión, el periodista se retiraba cabizbajo y derrotado, arrastrando su pena como el pesado grillete de un condenado a muerte.

Betsabé permaneció delante de su casa como si nada a su alrededor existiera, flotando en una nebulosa que la fue rodeando hasta cubrirla y convertirla en nube. En medio de esa bruma abrió la carta despacio y la leyó hasta empaparse en lágrimas. Durante largos minutos se mantuvo estatuada. Volvió a leerla, la acercó a sus labios y la besó; después la guardó en su corpiño y se fue.

Aunque Emmanuel Le Bleu se moría de ganas de seguirla, por una extraña razón no lo hizo. Recordó cada palabra escrita y pensó que los sentimientos plasmados en aquellas páginas seguían siendo los mismos, aunque engrandecidos por la distancia.

Sí, esperaría. Esperaría para convertir aquel instante en algo glorioso.

En la tarde, al caer el sol, iría al parque donde tantas noches la había amado.

18

Ese día Betsabé no pudo trabajar.

Sus funciones en el patronato eran torpes y lentas, no atinaba con nada y el trabajo se le hacía una cima inalcanzable. Cada cinco minutos acercaba sus manos al pecho sabiendo que dentro permanecían las letras de su amado, con una necesidad imperiosa de leerlas y una compulsión tal que sintió que de tanto hacerlo acabarían por desaparecer.

Y así fue.

A medida que las releía, saboreando cada una de sus palabras, notó que estas palidecían hasta diluirse en el papel. No podía ser.

Cerró la carta que El Curioso Impertinente le entregara, la calentó entre sus manos convencida de que la impetuosa frotación la devolvería a la vida y de nuevo la abrió. Aquella caligrafía tan querida emergería en carne viva, más resplandeciente y repintada que nunca.

Esa era la joya más hermosa que le regalaran. Atrás quedaba la indescriptible esmeralda trapiche que el periodista colocara en su dedo.

¿Qué iba a hacer?

De la noche a la mañana la veleta que permanecía quieta en la cumbre de su alma giraba loca en todas direcciones sin detenerse en ninguna. Nada que la guiara o le indicara el camino a seguir.

¿Y si se trataba de una patraña?

¿Y si lo que el hombre le confesara fuese mentira?

¿Y si Emmanuel no estaba en Medellín como le afirmaba?

Tal como se lo comunicara a la monja, ese día había quedado de visitar el convento con la firme intención de valorar la posibilidad de entrar en él. Pero se encontraba sumergida en una extraña desazón, como si la misma *Chupabrava*, la que intentara tragársela al nacer, la succionara de nuevo en su iracundo torbellino, esta vez de emociones contrariadas.

Llevaba tiempo acariciando la idea de despedirse del mundo y adentrarse para siempre en ese universo espiritual que la seducía sin abalorios de ninguna clase, solo con el silencio de la íntima oración. Y cuando al fin casi lo tenía decidido, aparecía en el horizonte un presente cargado de promesas que solo ella veía.

Su corazón, tan habituado a los compases diarios de la vida sin sobresaltos de amor, ahora cabalgaba como una bestia salvaje sin más dueño que la locura de saber que Emmanuel la amaba y se hallaba buscándola en algún lugar de Medellín.

¡Habían pasado tantos años!

Ya no sabía si lo reconocería. Si la evocación de su imagen estaría falseada por su sueño juvenil y el anhelo de sobrevolar su desnutrida realidad.

¿Y si todo él había salido del devoto pincel de su amor?

¿Era alto?

Lo buscaba con desesperación y trataba de reconstruir su cuerpo, pero por alguna razón desconocida no lo recordaba. ¿Cómo eran sus ojos?

¿El timbre de su voz y su acento ungido de francés?

¿Cómo eran esas facciones que sus dedos habían repasado con deleite?

¿Y su boca? Aaah... su boca...

¿A qué sabían sus labios la primera vez que la besó?

¿A menta? ¿A mango maduro? A... No encontraba nada entre la bruma de sus recuerdos y eso la desesperó.

Finalmente, decidió ir al convento. No tenía nada que perder si se entrevistaba con la superiora de aquella comunidad que tanto y tan bien le describieran.

El lugar estaba distante de la ciudad, pero una fuerza la empujaba a avanzar.

El camino era largo y sinuoso, como un río de piedras en las que adivinaba caras jurásicas, cíclopes con ojos que la observaban y reclamaban una respuesta. Le sirvió para poner en orden sus pensamientos.

Las orquídeas exhibían con orgullo su vestido de obispo. Llevaba muchos años sintiendo a Dios en su interior, como una voz de viento suave que susurraba entre las hojas de los árboles su nombre.

Llegó con la garganta seca. A la entrada, tropezó con un aljibe de piedra con su balde y su palanca donde las monjas se proveían de agua.

No había nadie. Aprovechando la soledad que reinaba, llenó el cubo que le sirvió para enjugarse el rostro y saciar la sed que le raspaba la garganta. La sed y el agua... ¿almas inseparables? El que da y el que recibe.

Sintió el imperioso deseo de escribir y buscó dónde hacerlo. Encontró unos peldaños escalonados que sostenían la imagen de la Venerada Virgen de la Paz, con su desteñido manto azul marcado por el óxido de su corona... ¡Estaba tan sola como ella! Observó el paisaje y sacó de su bolsa su diario. Todavía le quedaba media hora para la cita.

¿Qué estoy haciendo?, me pregunto frente a esta especie de ciudadela sagrada que atesora entre sus celdas virginidades felices, pecados escondidos bajo los hábitos y tal vez ciertos amores innombrables y anhelos propios de padres católicos convencidos.

¿Qué querrá Dios de mí?

Tú, Señor, conoces lo que mi corazón siente.

¿Será que me estás poniendo a prueba...?

¿Es eso?

¿Vivir aquí para siempre, sin perturbaciones en el alma, silenciando deseos y frustraciones que al final acaban traducidos en entregar sin esperar nada a cambio?

Debe ser bello no tener más futuro que contemplar la naturaleza en su esplendor más puro. Alejarse del mundanal ruido y de glorias efímeras, papeles que arden hasta convertirse en cenizas que nadie ve.

He sabido que dentro del convento también existen las clases sociales, pero a mí eso ya no me importa. Dicen que hay monjas que hasta tienen una pequeña casa con cocina y sirvientas que las atienden, que elaboran para ellas exquisitos platos regados con vinos extranjeros y que viven en una nave del monasterio donde las novicias no tienen acceso.

¡Hasta en la religión hay diferencias...! ¡Quién lo diría!

¿Alcanzarán la santidad las que aporten más dinero? ¿O en eso Dios es magnánimo y cree en la igualdad de las almas?

Tengo que conseguir leer en la mirada de la superiora la verdad de lo que existe en el convento. Me pasa por la mente pensar que la conversación que tendré con ella podría ser también un acto de seducción, y para mis adentros sonrío.

Ha empezado a soplar el viento con fuerza, me dice cosas que no logro descifrar. Sé que me estoy adentrando en otro mundo y no puedo dejar de pensar qué pasaría si una vez atraviese la entrada quedase atrapada en su paz. Noto un ligero mariposeo en el estómago que me turba; algo muy parecido a lo que sentía cuando estaba a punto de encontrarme con Emmanuel.

Me dispongo a entrar cuando veo a una religiosa montando a lo amazona sobre una mula que corcovea como caballo salvaje. Detrás, otras monjas como cotorras alebrestadas tratan de detener a la bestia. Solo una se da cuenta de que estoy sentada en las piedras que acceden al pozo y se me acerca.

Betsabé cierra de golpe el diario y lo esconde.

—¿Puedo ayudarla en algo? —le pregunta la hermana.

—Tengo cita con la madre superiora.

—¿Sabe que está aquí?

—No, he llegado antes de la hora.

—Voy a avisar.

—No hace falta, hermana. Perdone que le pregunte: ¿se vive feliz aquí?

—Sí, siempre y cuando se entre por vocación y no por huir de algo.

—¿Cómo es sentir vocación?

—Es tener la certeza de que si no lo haces, no serás feliz. Una voz te llama... Es la voz del Señor.

—¿Usted la sintió?

—Sí, aunque sé de otras que la han acabado oyendo una vez están aquí... ¿me comprende?

Quien hablaba con Betsabé Espinal era nada menos que sor Aurora, amiga de Capitolina en el convento, la única que conocía sus más íntimos secretos.

Aunque el voto de silencio era algo que hacía parte intrínseca de la comunidad, la realidad era que en ese sentido no eran tan estrictas. De cara afuera mantenían la idea mística de sumisión para que la gente pensara que era un lugar exigente, pero una vez las jóvenes pasaban los cuatro años de noviciado se les permitía conversar en horas concretas, lo que ayudaba a que las religiosas vivieran con más entusiasmo su reclusión y fueran mucho más activas en los bordados y la elaboración de dulces y pasteles que acababan siendo vendidos en la ciudad, y cuyos beneficios se destinaban a orfanatos y centros de caridad.

Al principio sor Aurora no la reconoció. Pero cuando se dirigía a la puerta del convento algo en su interior la alertó. Ese rostro le era muy familiar. Una vez hubo entrado, la hermana encargada de la portería y las visitas la envió a que fuera por la mujer que esperaba ser atendida por su superiora: su nombre era Betsabé Espinal.

En ese instante no supo si correr a contarle a Capitolina lo que estaba a punto de suceder u obedecer.

—No se quede ahí parada —le dijo la monja a Aurora—, que es para ahora.

—Claro, hermana, perdone.

Salió a buscar a Betsabé y aunque se moría por decirle que dentro se encontraba Capitolina Mejía Echavarría, calló. No sería ella, sin consultarle antes a su amiga, la chismosa que le revelara un secreto tan delicado.

Betsabé pasó por delante de los locutorios con sus tornos. Los había generales y privados, según las clases sociales. Caminaron por un claustro de arcos, rebosante de indescriptibles frescos pintados por artistas venidos del Viejo Mundo que representaban las letanías de la Virgen, hasta detenerse delante de una puerta de madera con cerrajes en hierro martillado y una aldaba.

Sor Aurora la cogió y dio tres golpes. Una voz grave de mujer contestó:

—Adelante.

La monja giró la empuñadura y la puerta se abrió.

—Puede irse —le dijo la abadesa.

Se quedaron solas en aquel espacio vacío, presidido por un crucifijo y una reliquia en una urna de cristal y bronce con una inscripción que Betsabé no alcanzó a leer. Se acercó hasta el escritorio donde la religiosa la esperaba.

—Siéntese —le dijo señalándole una silla—. He sabido por el párroco de la iglesia de la Veracruz, y también por la hermana Josefina, de su inmensa devoción y sus diarios quehaceres en favor de los necesitados. Además, me han informado que de tanto en cuanto usted les ha manifestado su deseo de seguir el mandato divino de pertenecer a nuestra comunidad y convertirse en una sierva de Dios. ¿Es eso verdad?

—Querida madre, en realidad siento a Dios muy dentro de mí, pero no sé si soy digna de pertenecer a este mundo. Jamás me he sincerado tanto como hoy lo voy a hacer. Mi vida ha sido muy dura, y sinceramente pienso que soy una superviviente de todo lo que Dios me ha dado. No sé si estoy enamorada de Él... —bajó la cabeza avergonzada —... o de un joven al que conocí hace muchos años.

—Eso, querida mía, nos ha pasado a muchas, pero el Señor es muy grande y ha hecho que hoy cumplieras tu cita. Has venido y esa es una inequívoca señal que viene solo de Él.

—Pero... no estoy segura.

—Nunca lo estamos hasta que podemos sentirlo en este majestuoso silencio. —La monja abrió los brazos.

—Puede que ya sea mayor... —continuó Betsabé.

—¡Si supieras que en el convento incluso hay viudas de más de cuarenta años! Aún puedes entregarle a Dios tus años más fructíferos. La madurez del cuerpo es grata a Él. Permite que te enseñe, sin que las novicias y monjas se enteren, cómo vivimos. —La superiora se levantó y la cogió del brazo—. Acompáñame.

Caminaron en solitario por corredores desiertos, llenos de macetas cuajadas de orquídeas.

—Aquí amamos las flores porque son la expresión perfecta de Dios. Ellas son nuestras hermanas. Vemos su nacimiento, las cuidamos, regamos y abonamos con amor, contemplamos su hermoso florecimiento y las acompañamos hasta que se arrugan, destiñen y mueren. Eso es el ciclo de la vida. Ven, quiero mostrarte el huerto que abastece nuestra comida.

La llevó hasta un lugar maravilloso, con aljibes y canales de aguas cantarinas.

—¿Escuchas su sonido? Aquí sabes que el agua murmura y corre libre sin pensar en nada más que en ser. El tiempo en este sitio deja de tener importancia, porque el único sentido que existe es ser lo que le corresponde.

Vio cómo florecían los tomates, las lechugas, el maíz, los

plátanos, en una exuberancia inverosímil, y se sintió agradecida de hacer parte de aquella naturaleza. En ese instante sentía su pecho exultante de sonidos, como si su interior los reconociera y se integrara a ellos hasta convertirse en un solo ser.

Sí, quería eso. Entregarse a Dios y a la magnificencia de la vida en todo su esplendor. ¿De eso se trataba el llamado del que tanto le hablaran?

—¿Qué te parece? ¿Te gusta?

—Es maravilloso, madre.

—En cada brote está la magia del Todopoderoso. Para muchos, esto no tiene la menor importancia, pero para los que amamos y somos sensibles a la vida es el gran milagro.

—Lo es... —Betsabé se quedó pensativa.

—¿Te pasa algo, hija?

—Pienso en...

—¿En qué?

—No le he contado. Tengo a mi madre en Bermejal... Ya sabe. No puedo abandonarla.

—Hija, Dios es el padre de todos. Y si te está llamando es porque Él cuidará de ella. No la va a dejar desamparada, desde aquí puedes orar mucho por su alma y quizá...

—¿Podría ir a visitarla?

—Eso necesitaría una dispensa del arzobispo, que es muy comprensivo y creo que podría entenderlo.

—Usted no me necesita. ¿Por qué es tan buena conmigo?

—Estoy convencida de que puedes hacer una gran labor entre nosotras. Antes de que vinieras he investigado todo sobre ti. Betsabé, muchacha, tienes una fuerza muy grande que, bien conducida, puede ayudar mucho a nuestra congregación. Eres emprendedora, fuerte y valiente. Necesitamos personas de ese talante. Has vivido lo suficiente para darnos toda la sabiduría que hoy te acompaña. La experiencia es un valor inmenso. Quien ha pasado por callejones muy oscuros, aprecia lo que es la luz. ¿Estás decidida?

Betsabé no respondió.

—¿Tienes dudas?

—Sé que aquí encontraría la paz que siempre he buscado...

—¿Entonces?

—Solo necesito un poco de tiempo para despedirme de mi mundo.

—¿Contamos con tu buen criterio?

—Sí, madre.

—Tómate los días que necesites. Las puertas de este convento, que solo es un pedazo de cielo, te estarán esperando. Pero no tardes mucho, para antier es tarde.

Se despidieron con el compromiso de que en menos de tres días Betsabé ingresaría al convento.

19

Salió de allí convencida de lo que debía hacer, pero con el firme propósito de recorrer los últimos pasos que aún la ataban a su presente. Antes de retirarse del mundo exterior era necesario decir adiós a todo aquello que hasta ahora lo constituía.

La tarde languidecía sobre los cerros. Arreboles como surcos de vino derramado iluminaban el cielo mientras la tierra esparcía el perfume anticipado de la lluvia.

Ya no temía al fango ni a los pedruscos, ni a las alimañas que, escondidas, la acechaban. Sabía que el miedo era solo un sentimiento más, algo tan natural como el amor, la frustración o la valentía.

A pesar de que podía calzarse, se mantenía fiel a la costumbre de ir con sus pies desnudos porque sin saberlo se le había ido convirtiendo en una especie de fetiche. Le encontraba placer a sentir las asperezas del camino, el frescor de la hierba, la humedad del barro, los guijarros minúsculos que algunas veces la herían con suavidad, la tierra roja que se metía entre sus dedos. Formaba parte de las descalzas, una condición que se convirtiera en símbolo del cambio por el que tanto había luchado. No se trataba ya de conseguir lo que con ahínco peleara. Esa era ella: Betsabé Espinal, una de las obreras patipeladas que reivindicaban sus derechos.

¡Qué lejos quedaba todo eso!

Ya no se veía con ninguna de las que en aquel momento consideró amigas y compañeras de lucha. Todo se había disuelto.

Sus asuntos pendientes eran su madre y el patronato, donde estaba segura de que no la echarían de menos y la reemplazarían tan pronto marchara.

A eso se traducía su vida.

Ahora sí podría decir que se dedicaría a vestir santos, el oficio que tocaba a las mujeres que no se casaban antes de los treinta. Lo comprobó cuando hizo la visita y la superiora le mostró desde una ventana cómo las novicias bordaban vestiditos de encajes y piedras preciosas para santos desnudos, que aguardaban tiritando de frío ser cubiertos por los primores de sus diarios quehaceres.

Se hacía de noche, pero tal como lo decidiera en la mañana iría al parque de la Independencia, El Edén, lugar que fuera su paraíso. Pensó que sería la última vez que lo visitaría y la invadió la nostalgia.

De repente, entre los arbustos del camino algo se movió y una culebra azul eléctrico saltó sobre sus pies: ¿era *Mejorana*? ¿Su querida amiga, perdida hacía tanto tiempo?

Lo era.

La recogió entre sus manos y acarició su pequeña cabeza coronada por un penacho de plumas rojas.

—¡*Mejorana*! —dijo feliz—. ¡¡Estás viva!!

El animalito la miró con ternura, con sus ojos de ámbar que parecían encharcados de lágrimas. Se enroscó hasta convertirse en un ovillo, como si se tratara de un perro dócil.

Tras pasar los dedos por su lomo, Betsabé la colgó en su cuello y continuó.

—Querida, mi bella compañera de silencios. Todos te temen porque no conocen tu alma. Las apariencias engañan, ¿verdad? ¿Dónde has estado todo este tiempo?

Durante media hora monologó con ella hasta llegar al parque.

—Vengo a despedirme, ¿sabes? La vida es una suma de adioses. Cada segundo que pasa es un fue y otro fue y otro fue... hasta que nos convertimos en un ser que también fue. Somos los más grandes acumuladores de pasados. Somos la eterna despedida.

Un rayo lejano se dibujó en el cielo y ella sintió que le llegaba directo al corazón.

20

Se apoyaba contra el tronco del árbol que tantas veces los arropara y fuese testigo de sus momentos más felices.

Había sido muy difícil regresar solo al lugar en el que muchas noches la amara.

Frente a la hermosa tumba impregnada de musgo florecido y del inconfundible aroma de su amada, Emmanuel Le Bleu releía las cartas enviadas por él a su niña de fuego, tratando de poner en orden sus pensamientos.

¡Cuánto habría sufrido fabricando ese monumento de amor!

No, no podían perderse. Esa sería la más absurda de las locuras.

¿La abordaría a la salida de su casa, ahora que sabía dónde vivía?

¿Qué le diría?

¿Seguiría sintiendo el mismo amor por él? El tiempo, que dicen que todo lo borra, ¿lo habría borrado?

Cerró los ojos y pensó en el péndulo que oscilaba sobre su cabeza como una hiena burletera. Lo vivido iba de aquí para allá diciendo sí y no.

Bianca Formenti reía con su sonrisa enamorada mirando a Vittorio Broggi.

Su madre se paseaba buscando a su hija perdida y a su marido.

Los disparos iban y venían a destajo mientras sus amigos de trinchera caían junto a él con un clavel de sangre en su pecho que lentamente cubría las fotos de sus amadas hasta ahogarlas. ¡Cuántas juventudes perdidas!

Aparecían las discusiones maravillosas con Los Panidas en el antro amado.

El rostro de su padre dándole consejos que rechazaba.

El día en que disfrazara a Betsabé y la convirtiera en su primo Doucet.

Las borracheras de Montparnasse con sus amigos.

Modigliani pintando el cuadro de su Virgen de Fuego.

Frida y su amiga... y aquel beso furtivo lleno de lascivia e ingenua locura de los tres. Un tiempo en el que solo contaba disfrutar y ser feliz.

Sus disertaciones filosóficas con Simone Weil.

Los delirios de su viaje a Cartagena de Indias. Su muerte y resurrección... ¿Cuántas había vivido?

¿No había muerto también cuando estuvo a punto de perder sus pies y Bianca lo salvó?

Su vida le desfilaba a trompicones y en desorden.

Y al final, después de todos sus pensamientos, se imponía como una diosa ella, la verdadera, la que le regalara la vida y la dicha de existir:

Betsabé Espinal. Su Virgen de Fuego, su amor. Su gran y único amor, a quien había querido desterrar a la fuerza de su pensamiento sin conseguirlo.

Ahora se encontraba delante de una pequeña lápida, con sus años de amor inscritos bajo sus iniciales:

B y E

1909 - 1914

¡Dieciocho años!

No era 1914. La inscripción se equivocaba. ¡Su amor seguía vivo!

Estaba en 1932 y nada había cambiado. Incluso todo era mucho más fuerte a causa del tiempo y la distancia.

¿Cómo acercarse a ella después de tantos años transcurridos?

El silencio se imponía.

El ruido de un rayo lejano le avisó de una gran tormenta y se alegró. Quería mojarse y dejar que el cielo cayera sobre él con toda su fuerza. Eso tenía aquel mágico lugar: la imprevisión del tiempo y su furia. El tiempo también era ella.

Guardó las cartas en la bolsa que lo acompañaba y las resguardó de la inminente lluvia. Caminó unos pasos hasta acercarse al lago. Miró al cielo, se acostó sobre la hierba y extendió sus brazos.

Las primeras gotas cayeron sobre su rostro. ¡Ooooooh, lo reconfortaban tanto...! Su alma era soluble al agua. ¿Cuánto hacía que no la notaba de verdad? Mojarse y dejar que invadiera su cuerpo, cantar apasionadamente la gloria de existir.

Sintió que la vida lo empapaba y se fundía en él. Las gotas se convertían en un torrente de júbilo que lo transformaban en eso... agua... Su cuerpo era líquido... fluía y se dejaba ir porque también en esa liquidez estaba su presencia.

La tormenta arreció hasta convertirse en un diluvio de piedras blancas que azotaban la tierra con rabia dulce. Cientos de pájaros enloquecidos comenzaron a cantar trinos de angustia mientras huían buscando un destino incierto donde guarecerse.

—Si muero ahora, moriré feliz —exclamó.

Se sumergió en el lago y abrió los ojos. Por un instante el agua se tornó cristalina y pudo disfrutar de aquel mundo interior donde peces rojos, amarillos y azules creaban un ballet de cadencia lenta, y animales marinos de ojos gigantes y bigotes puntiagudos lo observaban mientras sus bocas se abrían y cerraban atrapando burbujas.

¿Lo soñaba?

Sinuosas algas bailaban apretadas una danza submarina entre flores sublimes que abrían sus delicadas formas deleitándose. Durante un tiempo jugó con ellas. Ninguna respiración, solo el instante glorioso en el que se convertía en un ser liviano ajeno a la superficie.

En ese instante lo cubrieron los momentos vividos en aquel lugar. Sintió las carcajadas de Betsabé, su miedo al agua, los besos robados bajo las estrellas, sus promesas... el vestido empapado pegado a su cuerpo de sirena, dibujando los contornos de sus senos... su cintura y sus caderas amplias. Sus piernas abiertas, ese sitio secreto al que por respeto no tenía acceso... sus brazos... Su cuerpo manteniéndose a flote como él le enseñara.

No respirar. ¡Oooh... el gran goce!

Un universo inmaculado que lo llevaba suave... suavísimo. Como una mano amiga que lo invitaba a la gran fiesta del SER y al final, a la del SUPREMO NO SER.

Blanco, blanco pureza que nacía de ese azul insondable.

La nada...

El descanso final...

21

El estruendo de un cuerpo estrellándose sobre la superficie del lago.

Cuando Betsabé llegó al lugar advirtió que algo se movía en el agua con fluidez. Parecía un pez enorme de visos plateados fosforescentes. Dejó a *Mejorana* y se acercó a la orilla.

Unas burbujas se rompían y languidecían hasta extinguirse. La tormenta arreciaba y sobre el lago azotaban flechas que se expandían en círculos formando un bellísimo cuadro de agua.

Sin pensarlo se lanzó. Su vestido se abrió como una flor nocturna sobre la superficie y permaneció flotando durante unos segundos hasta arrugarse y desaparecer.

Emmanuel abrió los ojos y se encontró atrapado entre unas piernas que aleteaban rodeadas de peces. Entonces reconoció ese cuerpo rotundo. No sabía si lo que veía era fruto del viaje a esa nada infinita o hacía parte de la realidad. Necesitaba palparla y asirse a ella. Acercó sus brazos y rodeó aquella cintura finísima.

Betsabé sintió sus manos inconfundibles.

Bajo el agua, rostro frente a rostro, sus ojos se encontraron y jugaron a mirarse el alma. Eran una unidad. Dos partes y un todo. Millares de gestos perdidos en ausencias de palabras no dichas se convertían en pequeñas burbujas de aire.

Jugaron a reconocerse boca a boca, despacio... muy despacio... hasta que sus lenguas se atravesaron con la violencia de tanta hambre pasada.

La música de la lluvia les sonaba a un vals de Strauss. ¿Cómo era posible que no necesitaran respirar? Sus pulmones se hacían cómplices del instante. Para ella, era una señal de Dios; para él, un sueño.

En el agua Betsabé descubrió que sus caderas encajaban en las de él. La mano de Emmanuel dirigía su mano hacia su vientre, donde un animal crecía de amor y por primera vez ella supo lo que era un hombre. Y el miedo la atenazó, pero era un temor distinto que la llevaba a seguir.

Emergieron abrazados, respirándose y volviendo a sumergirse por temor a perder el sueño que vivían. El largo cabello de Betsabé se iluminó. La tormenta daba paso a un cielo estrellado y una luna se reflejó redonda sobre el centro de su frente.

Para Betsabé, él era su verdad.

Para Emmanuel, ella su sueño hecho realidad.

Salieron del agua y se recostaron sobre el musgo que durante años fuera una tumba. Todavía no se habían dicho una sola palabra.

—Me quedé sin vestido —murmuró al fin ella—. Ahora ¿qué voy a hacer?

—No lo necesitas —le dijo él—, ahora vas vestida de amor.

—Tengo frío —susurró temblando.

—Nunca más lo tendrás, *mon amour*.

Ella se encogió bajo su pecho hasta sentirse niña y aspiró hondo el perfume de su piel.

—Quiero hacerte el amor, mi amor inmenso. Pero... no hay prisa...

Emmanuel vio que en las pupilas de Betsabé se dibujaba un temor.

—Antes de que te equivoques, quiero aclararte que no somos un cuerpo de hombre y mujer ni dos almas errantes. Somos un todo inseparable; dos seres que hemos sufrido de ausencias y dolores. Las carencias nos han hecho grandes. Las vicisitudes de la vida nos robaron la juventud y la frescura, pero todavía nos queda la madurez. Ahora soy mejor persona porque he vivido muchas pérdidas. La brújula que marca los tiempos no ha sido benévola con nosotros, pero aquí estamos. He aprendido que la vida es la única que nos rige y contra ella no podemos luchar. Nuestro tiempo es perfecto.

—Sí, lo es. Hasta hace unas horas creía que lo mejor era convertirme en monja y vine a decirle adiós a este lugar, lo que significaba despedirme de ti y de lo más importante de mi vida. Y de repente apareces tú dentro del agua. Y yo no sabía por qué debía lanzarme a ella, pero lo hice como si algo me llamara... y ahora me doy cuenta de que perdí la carta que me enviaste, que guardaba en mi corpiño. La que esta mañana me entregó...

—El periodista... —Emmanuel acabó la frase—. Lo sé todo. Supe de tu valentía y de la huelga que lideraste y me sentí el más orgulloso de los hombres.

—Han sucedido muchas cosas... Dios mío, ¿es verdad este instante?

—Lo es y también lo que viene. Yo también debo contarte todo lo que he vivido.

—¿Es malo?

—Es lo que fue. Estuve a punto de morir y alguien me ayudó a vivir. Tengo conmigo las cartas que te escribí desde el frente y que jamás llegaron a tus manos. Tú también has vivido tu propia guerra.

—¿Quién te salvó?

—Una joven enfermera. Mientras me cuidaba, pensaba que eras tú. Eso hizo que mejorara.

—Ojalá pudiera darle las gracias.

—Perdí a toda mi familia. Debo confesarte algo, pero antes debes prometerme que entenderás lo que hice. Quizá fuese una manera de agradecerle a ella.

—No entiendo...

—Tenemos tanto que hablar... Lo maravilloso es que nos queda la vida por delante.

—Creo que tienes algo importante que decirme y por alguna razón no te atreves.

—Sí, es verdad. La enfermera de la que te hablé, además de cuidar de mí en un campamento, después se ocupó de mi madre... Me casé con ella.

Betsabé abandonó su pecho y se levantó. De pronto se sintió desnuda y quiso huir. Emmanuel la cogió por el brazo.

—Te pedí que me entendieras. Jamás sucedió nada entre nosotros porque el amor que te tengo lo impidió. Ahora ella...

—Yo nunca lo habría hecho.

—Podría no haberte confesado nada, pero lo hago porque te amo. Ella ahora está feliz porque se reencontró con su verdadero amor y me pidió que luchara por ti... ¿Comprendes algo de lo que te digo?

—Entonces... ¿tú y yo jamás podremos casarnos?

—Estamos casados desde el instante en que nuestras miradas se unieron. ¿No te das cuenta?

Silencio.

Quedaba diluido el anhelo de convertirse en su esposa... Aunque...

Emmanuel significaba 'Enviado de Dios'. Se lo dijo el sacerdote de la iglesia a la que cada mañana asistía.

¿Y si fuese verdad aquella premisa?

¿Era Emmanuel Le Bleu el enviado que Dios le regalara?

¿No se llamaba ella Betsabé... la 'Protegida de Dios'?

¿Podían estar ambos por encima de las vicisitudes cotidianas y trascender?

—*Ma Vierge de Feu*, no quiero ver tristeza en tus ojos. Lo único que importa es que estamos aquí, más unidos que nunca... y que mañana amanecerá y nos espera la vida.

—Tienes razón, mi cielo. Algún día... ese algún día que tanto deseamos, es hoy.

—Te buscaré al rayar el amanecer e iremos a la iglesia, donde haremos nuestra ceremonia de amor. Nos casaremos delante del altar, tú y yo, y vendrás conmigo. Quiero llevarte a París y que vivamos todo lo soñado. Conocerás sus calles...

—¡Y la nieve! —dijo ella feliz—. ¡La de verdad!

—Y tantos lugares que he deseado pasearlos contigo.

—Me despediré de mi madre.

—Nos despediremos juntos. Seguro que estará feliz de saberte plena.

—¿Qué haré con *Mejorana*?

El pequeño reptil abría su penacho delante de ellos.

—Creo que lo mejor es que se quede cuidando del parque.

Betsabé la cogió entre sus manos y ella se enroscó.

—Cógela. No te hará daño.

Emmanuel la acarició y el animal emitió un sonido suave, como el ronroneo de un gato.

—Me voy —le dijo Betsabé a *Mejorana*—. Siempre estarás conmigo, pero tu universo es este.

El animal la miró un largo rato en el que se entendieron, se desprendió de sus manos y desapareció.

—Debo marchar —le dijo Betsabé a Emmanuel.

—¿Qué harás?

—Necesito explicarle a la superiora del convento que Dios me ha hablado y que no puedo ingresar. Y despedirme del patronato.

—Antes de que lo hagas, déjame que mañana te busque a primera hora.

Se fueron abrazados. La lluvia regresó con fuerza arreciando los campos.

En el camino, cada rincón se convirtió en un santuario de besos. Ella vestía la levita de él y se sentía protegida.

Llegaron a la puerta al filo de la medianoche, y se despidieron con la promesa de encontrarse en siete horas.

—¿Mañana leeremos las cartas que me enviaste? —preguntó ella.

—Sí... y las que vendrán. Cada día encontrarás sobre tu almohada una nueva, hasta que te aburras de leerlas. Betsabé Espinal, te amo con todas mis fuerzas, mis debilidades, mis aciertos y mis equivocaciones.

—Emmanuel, mi enviado de Dios. Eres el ángel de mi vida.

Se besaron vaciando todos los años vividos en ausencias. No podían separarse... las lenguas relamían sus pasados hasta limpiarlos.

Aquellos besos les sabían a vino exquisito, de esos que duermen en los barriles de la bodega del tiempo. A promesas por cumplir.

—Hasta mañana, *mon amour.*

—Hasta que amanezca, mi Emmanuel...

22

Querido diario:

No puedo dormir.

Mi interior galopa frenético en busca de un llano sin piedras ni obstáculos que le impidan correr. Ha llegado el momento de gloria porque Dios así lo ha querido.

Mi corazón me lo repite.

Estoy invadida por el temor al futuro que me espera y también por las ansias de creer que la felicidad existe y que puedo acceder a ella porque la merezco. En este instante necesito un punto de luz que me reafirme en que no me dirijo a un abismo. Que lo que he elegido es a lo que tengo derecho.

Dime algo, querido amigo. ¿Por qué no puedes hablar si llevo años regalándote vida?

Eres solo hojas en blanco y por eso no te culpo. Haces lo que puedes... Dar tus páginas para que yo vuelque mis sentires. Eso es mucho, sabiendo que existen tantas personas que no saben escuchar y que solo buscan ser oídas.

Paulina duerme y no tiene la culpa de ir tan despreocupada por mí. Jamás le he hablado de mis angustias. ¿Qué le puedo pedir?

¿Cómo va a enterarse de mis desasosiegos si yo nunca se los he manifestado?

Ella se ha convertido en un ánima mustia que se desliza por la casa como si solo existiera para adentro. Cocinamos, nos damos los buenos días y las buenas noches. No pregunta nada, ni yo a ella. Nos acompañamos en un silencio tremebundo que ninguna rompe por temor a perder lo que con tanta delicadeza hemos conseguido.

Un caudal de oscuridad me arrastra. Mañana será otro día... pero no uno cualquiera, porque va a convertirse en el primero de mi nueva vida.

Quiero bañarme, perfumarme y ungirme con los mejores aceites. No había sentido nunca esa necesidad y me gusta. ¿Será eso la vanidad de la que tanto he oído?

Tengo muchos temas pendientes, pero esta noche han dejado de importarme.

Me siento feliz. ¡Feliz como nunca!

23

Los truenos retumbaban y hacían cimbrar las paredes de su casa. La lluvia volvía con toda su fuerza.

Betsabé sacó al patio un balde para recogerla, porque de madrugada quería lavarse el pelo con ella. Su madre le había dicho que el agua del cielo era bendita y limpiaba la cabeza de todas las maldiciones. Guardaba un jabón de tierra perfumado de rosas que le vendiera la mujer a la que de vez en cuando visitaba en la plaza de Flórez, y unos aceites de mirra e incienso sagrados para que los usara en un momento mágico. Se ungiría con ellos al amanecer.

Después de mucho reflexionar, se quedó dormida.

Soñó que era un ángel de cabellos al viento que podía alcanzar la montaña más alta. Fue un sueño liviano porque la excitación le impidió sumergirse totalmente en él.

Se despertó sobresaltada y, aunque aún era de noche, decidió ponerse en pie.

Se fue al patio y con el agua de lluvia comenzó a lavar su cabello. Llevaba años sin cortárselo y le llegaba a los pies. Por primera vez comenzó a tararear una vieja canción que le cantara su madre.

La lluvia no amainaba, pero estaba tan feliz que convirtió la tormenta en un sol.

«Hoy es el primer día del resto de mi vida —pensó desenredando su pelo—. No tengo nada, pero lo tengo todo y nadie lo sabe».

Sintió un nudo en la garganta que no le impedía respirar ni tragar, porque era de llenura y felicidad.

—Soy feliz —dijo—. Sí, soy feliz... Ojalá pudiera compartirlo con alguien. Si lo hiciera, ¿sería más dichosa?

Paulina, ajena a los quehaceres de su compañera de casa, dormía tranquila.

«¿Y si la despierto y le cuento lo que estoy sintiendo? —pensó Betsabé—. ¿Qué hora es? ¡El tiempo pasa tan lento!».

Buscó en su armario la caja que le diera Débora Arango en pago a posar para ella. Dentro se encontraba un vestido blanco de encajes bordados a mano con delicadeza, que perteneciera a la madre de la pintora y que para ella significaba un tesoro. Jamás se le había ocurrido usarlo porque siempre vestía de negro. Pero pensó que ese día sería como el día de su boda.

Se lo puso y por primera vez sintió que ese traje significaba su alma. El negro era la lucha; el blanco, la paz. Ahora quería vivir en ella. A sus treinta y cinco años merecía otra vida.

Fue al patio, arrancó las margaritas más frescas de las macetas que regaba cada día con tanto amor y con ellas adornó sus cabellos empapados.

No sabía si estaba bella porque no tenía ningún espejo. Lo único que tenía claro era que iba a ser feliz.

Abrió la puerta, vio que la tempestad había dejado cientos de hojas en el andén y decidió barrerlas porque todavía tenía tiempo. Eran las seis y media de la mañana...

Emmanuel no llegaría hasta las siete.

24

Vestía de blanco inmaculado y estaba más bella que nunca. Mientras barría, el eco de un trueno cimbró bajo sus pies y segundos después un relámpago cayó con fuerza sobre un cable de luz que se prendió como un loco enamorado a su pelo empapado de agua.

Una descarga eléctrica la dejó tendida sobre el andén. Su cuerpo empezó a sacudirse y los primeros transeúntes comenzaron a gritar.

—Hay que separarla del cable —gritó una mujer.

—Necesitamos una cobija —exclamó otro, consciente de la desgracia—. ¡¡Rápido!!

Emmanuel, que venía subiendo, vio la tremenda descarga de luz que caía sobre ella y empezó a correr temiendo lo peor.

El cuerpo de Betsabé continuaba vibrando, poseído por la furia eléctrica. La vecina de al lado salió portando una manta de lana que Emmanuel le arrebató y lanzó sobre ella. La abrazó con tal fuerza que los dos cuerpos empezaron a sacudirse lanzando fogonazos rojos hasta que todo se convirtió en un silencio de humo que emanaba de los cuerpos.

—¡Dios mío! —gritó la mujer que había traído la manta—. ¡¡¡Una ambulanciaaaaaa!!!

Paulina González, que acababa de despertarse, al oír los gritos salió en pijama y vio tendida a Betsabé abrazada a un hombre desconocido.

—¡Noooooo! —gritó—. No puede ser.

—Que nadie los toque. Todavía el cable puede electrocutar a quien se acerque.

—Están vivos —dijo una.

—¿No ves que no se mueven? —le replicó otro.

—¡Están muertos!

¿Qué hacían esos tendidos sobre el andén?

Emmanuel y Betsabé observaban la escena sin darse por aludidos.

—*Mon amour*, por fin estamos juntos —le dijo él—. ¿Ves lo que yo veo? Pobres, se perdieron lo que vamos a vivir nosotros. Ahora es nuestro momento.

»Jamás te vi de blanco, ese es en verdad tu traje, contiene todos los colores. Estás vestida de alma y te queda precioso, lástima que ahora te vaya a desnudar. ¿Me dejas?

—Haz de mí tu sueño... Yo haré lo mismo.

—¿Ves qué bien se está aquí?

—Es el mejor lugar. Nada pesa.

—¿Verdad?

—Qué azul está todo. Ya no llueve.

—Pero abajo la lluvia continúa. Ahora estamos por encima de ella.

—Es verdad. ¿No es maravilloso?

—Lo es. Voy a empezar por quitar las margaritas de tu pelo... Jugaremos al me quiere, no me quiere...

—Todas te quieren.

—¿Por qué sigue gritando la gente allá abajo?

—Porque no nos ven ni saben lo que estamos viviendo. Olvídate de ellos. ¿No sientes paz?

—Infinita.

—Jamás había visto tanto amor en tus ojos. ¡Dios mío! Estás desnuda.

—Y tú. ¿No te has dado cuenta?

Emmanuel se miró y descubrió que sus cuerpos estaban desnudos, envueltos en un blanco etéreo.

—¿Qué voy a hacer contigo? —le dijo él.

—Lo que me prometiste... Amarme hasta el final.

Se acercó a su boca y sintió que era de miel... un universo infinito de placer. Unieron sus labios, que aleteaban como pétalos, y se embriagaron de aquel licor que les sabía a gloria.

—Ya no tengo miedo —le dijo ella.

—Porque ahora ha llegado nuestro tiempo, *ma Vierge de Feu*.

—¿Te has dado cuenta de la belleza de estar aquí?

—Es nuestro cielo. Estaba destinado a nosotros.

—He dejado de sentir vergüenza de mi cuerpo desnudo.

—Permite que me sumerja en él. Será mi gloria... la nuestra. Te lo prometo.

—Soy toda tuya.

Los cuerpos se convirtieron en un nudo de quejidos sublimes. Ella se dejaba acariciar y acariciaba. Descubrían sin prisa cada rincón de sus pieles.

Tenían toda la eternidad para saborearse.

El sol caía sobre Betsabé convirtiéndola en fuego.

El perfil de su cuello... aquella hendidura donde reposaba lo único que vestía: una cruz de oro que palpitaba acompasada por su respiración. Y esa nada turgente. Bajar... bajar y meterse entre sus senos, tan frescos y líricos. Deslizar la lengua hasta el ombligo y llegar a su monte, ese bosque oscuro donde emergían exuberantes cantos vegetales. Un arcoíris que podía repintar con sus dedos.

Los quejidos de placer eran truenos que abajo se convertían en agua. Caían y bañaban sin misericordia aquellos cuerpos inertes que yacían en el andén de Las Palmas, rodeados de curiosos.

—Déjame beberte —le dijo ella explorando el cuerpo de su amado.

Ahora eran todo piel.

Emmanuel cogió su cabeza y la llevó allí.

—¿De verdad quieres? —le preguntó.

—No sé. Siento que aquí reside el alma de tu amor por mí y no pienso perdérmela.

—No sabemos nada, pero estoy convencido de que el amor nos guía...

Betsabé se deslizó por su cuerpo hasta encontrar aquel lugar sagrado. No entendía por qué, pero quería saborearlo.

—Quiero beberte hasta morir... —le susurró.

—... de vida —añadió él.

Besó cada espacio de su vientre hasta el cansancio.

Cuantos más quejidos daban, más lluvia caía.

—Ahora seré yo quien libará tu alma —dijo Emmanuel.

Betsabé se abandonó a sus labios. La acariciaban en un loco vuelo de mariposas hasta posarse en su rincón más sagrado...

Y la lluvia se convirtió en tempestad.

—¿Seguimos? —le dijo él.

—Hasta resucitar de dicha —añadió ella.

Los cuerpos se convirtieron en una sola nube que se dibujó en el cielo.

—Ha llegado la hora —murmuró Emmanuel—. Déjame que entre en ti... despacio. Y si te duele, me dices.

—Será el dolor más dulce de mi vida —dijo ella.

Se amaron con tal intensidad que durante un mes el cielo no dejó de llorar lágrimas de dicha. Los truenos se convirtieron en una nieve roja que caía suave sobre todos los pueblos de Antioquia.

Jamás se vio tanta floración.

Germinaron orquídeas nunca vistas. El musgo se apoderó de todos los árboles y la región vivió el verdor más bello de su historia.

Y...

Estaba vieja y cansada.

Llevaba más de un siglo a cuestas y con el paso de los años su pierna le dolía cada vez más. Ahora parecía un delgado palo forrado en una piel de lagarto manchada de años.

Hacía mucho tiempo Medellín había dejado de ser aquella aldea de casas floridas, placitas tranquilas y calles empedradas con el inconfundible sonido de los cascos de los caballos y la música del agua que corría por la quebrada de Santa Elena, rota solo por los tañidos de las campanas de la catedral metropolitana y de la iglesia de la Veracruz. El ruido ensordecedor de motores y pitos engullía el canto de los pájaros y la voz de los vendedores ambulantes. De vez en cuando aparecía algún arriero de otro tiempo arrastrando su mula y sus bultos, perdido en la marabunta del cemento, esquivando buses cargados de mujeres y hombres que iban y volvían del trabajo inmersos en ajetreos incomprensibles para ella.

El primo de su padre, monseñor Mejía y Trujillo, había muerto en sus brazos una tarde de visita atragantado con las caspiroletas de anís, receta valluna de una monja caleña que con tanto amor le preparara.

Tras su ingreso al convento, el arzobispo se convirtió en su verdadero padre y protector y no faltó nunca a su cita semanal, donde aprovechaba para contarle con todo detalle historias de la ciudad, pues si algo tenía era el don de la palabra.

Por él se enteró de la muerte de su madre, a quien gracias a sus diarios rezos aprendió a perdonar y a querer desde la distancia. Años más tarde supo del trágico fallecimiento de su padre, que acabó sus días en Bermejal muriendo de desvelo crónico, sepultado entre miles de diccionarios que recitaba de memoria y poemas que no dejó de escribir con obsesiva compulsión.

De sus hermanas jamás tuvo noticia, pero no le importó porque nunca se sintió unida a ellas.

Muerto el arzobispo, murió su pasado como una de las Mejía Echavarría.

El 15 de noviembre de 1932 lo recordaría como el más feliz de su vida, cuando su corazón volvió a latir desbocado por la ilusión de saber que Betsabé Espinal entraría al convento y volverían a estar juntas. El día siguiente sería el más triste de su existencia. Su hermana del alma moría partida por un rayo. El único periódico al que tuvo acceso a través del hermano de sor Aurora publicaba con su foto el trágico final.

De aquella pérdida jamás se repuso. Sin embargo, le regaló el proyecto más humano que podía crear y fue un homenaje al amor de las dos.

Sus últimos cincuenta años los dedicó a recoger a pequeñas abandonadas y a niñas pobres y creó Más que Hermanas, un centro financiado por familias adineradas que se ocuparían de la educación de las menos favorecidas a cambio de que sus hijas compartieran momentos con ellas. Niñas de diferentes clases sociales se unían sintiendo el valor de la amistad. Veía cómo una con otra, cogidas de la mano, experimentaban unidas el descubrir de la vida. Para ellas, la capacidad de asombro se convertía en su nexo de unión. El lugar era una pequeña granja situada a las afueras de la ciudad, donde criaban en libertad gallinas, terneros, cabras y conejos, y también cientos de especies de pájaros que sobrevolaban un jardín de flores lleno de pequeños recipientes de agua con miel donde los colibríes se saciaban a sus anchas.

Allí no existían clases sociales ni diferencias. Las pequeñas correteaban y aprendían de la naturaleza a ser felices; a dar alimento a los animales y a cuidarlos; a perseguir mariposas y soñar con volar.

De pronto, aquel centro se convirtió en el pionero de un nuevo movimiento en el que prevalecía por encima de todo la premisa del equilibrio. De entender que los seres humanos no se hacen en los excesos, porque es en el punto medio donde se halla la virtud.

Frente a la vida y a la sabia naturaleza todas eran iguales. En cada una de aquellas niñas, Capitolina se veía a sí misma y a Betsabé. La inmensa magia que segundo a segundo palpitaba en Más que Hermanas se convirtió en el motor de su existencia.

La mañana en que cumplía sus ciento seis años decidió visitar la tumba de Betsabé. Aunque sabía dónde estaba, durante todos los años vividos tras la tragedia no había reunido las fuerzas suficientes para enfrentarse a la realidad de saberla bajo tierra. Aquel día ambas cumplirían años.

El cielo amanecía contrariado.

Una espesa humareda gris servía de fondo al descomunal enjambre de *Rubíes Alados,* una extraña especie de pájaros rojos pocas veces vista que teñía de vino el horizonte y lo sobrevolaba en círculos.

Salió apoyada en su bastón y empezó a subir la cuesta que la llevaría hasta el cementerio de San Lorenzo. Cada paso era un triunfo para su fatigado corazón. Cuando descansaba, los pájaros se arremolinaban sobre ella y se detenían como si la esperaran.

Al alcanzar la cima, aquel torbellino escarlata giró enloquecido sobre la tumba, circundándola con vital alegría hasta convertir sus cantos en una insólita y desconocida sinfonía.

Parecía que la llamaban.

Desde arriba la ciudad era un manto carmesí vibrante de aleteos.

Con mucha dificultad atravesó el portal que daba paso a aquel sublime silencio. Un águila real dio vueltas alrededor de un panteón hasta posarse con altivez sobre él, oteando los alrededores como si buscara proteger a su igual.

Capitolina, con su pierna cansada, llegó hasta la tumba y descubrió que junto a la de Betsabé Espinal se encontraba otra con una inscripción: «Emmanuel Le Bleu».

No había ninguna frase que hablara sobre ellos. Solo el canto apasionado y triunfal de los *Rubíes Alados* que se posaban despacio sobre los mármoles, como si realizaran una coreografía aprendida hasta teñirlos de rojo.

Sí, estaba cansada.

Muy cansada...

Se embriagó de la infinita felicidad de saberlos juntos. Pensó que su largo sacrificio había valido la pena.

Betsabé había sido más que su hermana.

Levantó su mirada y se encontró con los ojos dorados del águila; estaban encendidos de sol y la observaban con amor. Comprendió que su amiga seguiría su alto vuelo y que permanecería viva más allá de todos los siglos.

Se recostó sobre el mármol donde estaba inscrito el nombre de quien fuera la razón de su vida.

Necesitaba descansar.

Cerró los ojos y sintió que ya era su hora...

La hora de dormir...

In memoriam,

BETSABÉ ESPINAL
1896 – 1932

NOTA DE LA AUTORA

El porqué y el cómo de Algún día, hoy

Descubrí a Betsabé Espinal una cálida noche de julio en mi amada Cartagena de Indias. Desvelada frente al televisor, iba cambiando canales cuando, de repente, me detuve en los últimos minutos de un documental que relataba hechos de extraordinaria trascendencia: el primer movimiento real y activo de Latinoamérica en pro de la libertad y la dignidad de las mujeres.

Cogí mi libreta y apunté su nombre. A partir de ese momento las horas se convirtieron en un lienzo blanco lleno de interrogantes.

No pude dormir seducida por aquella excepcional joven.

La historia social sólo la construyen y construirán los humanos, y todo aquello sucedió porque tuvo al frente a una inmensa valiente, una chica de tan sólo veintitrés años.

Los días siguientes me sumergí en investigar su vida y sus hechos. Necesitaba saber más, porque intuía que en su pensamiento y su acción estaba el germen de lo que hoy es el más trascendente movimiento social de la humanidad: la igualdad ética y moral entre mujeres y hombres, una obviedad que aún sigue sin admitirse en lamentables realidades políticas, religiosas y sociales.

En pocos días comprendí que de ella sólo se conocían tres cosas:

Una: su partida de nacimiento marcada con una N de hija Natural, es decir, de padre desconocido y fruto de una relación sin convencionalismos ni bendecida por el matrimonio.

Dos: las semanas de febrero de 1920 en que lideró una huelga de trabajadoras en una gran fábrica textil de las afueras de Medellín.

Y tres: después de un silencio de años, su muerte.

Respecto a los hechos que provocaron y agitaron tan justa huelga, afortunadamente tengo información veraz.

La repugnante indignidad de algunos opresores protagonistas está sobradamente descrita en diarios y publicaciones de la época. El papel de algunos magníficos periodistas fue determinante para el conocimiento y la expansión de los terribles abusos que acaecieron.

Sin embargo, para no herir susceptibilidades, he cambiado los nombres de opresores y abusadores, así como los de algunos personajes que por uno u otro motivo se vieron implicados. Quienes conocen a fondo esta historia, sabrán identificarlos. De ellos, el mundo ha estado y, desafortunadamente, sigue lleno aún. Lo importante, más que denunciar los nombres, es denunciar los hechos.

El resto del libro, mis estimados lectores, en virtud de la libertad y el privilegio que me otorga mi oficio de novelista, corresponde a la ficción; ese batir de alas que las letras adquieren cuando la escritura se convierte en vuelo de vida.

A esta maravillosa Betsabé la rodeé de personajes que amo y admiro, y me permití la licencia de adelantar en fechas a algunos para hacerlos coincidir en su momento histórico. Así, por arte de la imaginación, Simone Weil, Frida Kahlo, Diego Rivera, Salvador Dalí, Luis Buñuel, Débora Arango... y tantos aparecen como fantasmas vivos y en algún trayecto de la narración la acompañan.

También la cubrí de un enjambre de circunstancias, amores, sueños, idealismo y magia.

A veces, durante estos seis largos años de caminar juntas, me fundí en ella. Me permití habitar su cuerpo, su mente, sus emociones y sentimientos. La invoqué a través de la palabra escrita y su voz se hizo una conmigo. Y gritamos y vibramos juntas, y su triunfo fue el triunfo de lo femenino, de la justicia y de la vida.

Hoy, mi gran sueño es que ese nítido y valiente ejemplo pueda servir para mover conciencias y actitudes de muchas mujeres y muchos hombres, cualquiera que sea su origen, raza, conciencia religiosa, ubicación política y ética social.

El mundo que viene solo se podrá construir desde el verdadero humanismo.

GRACIAS...

No existe nada más reconfortante para el espíritu que saber agradecer.

En todo este tiempo de creación y vivencia doble —la vida real y la que mi imaginación pedía—, han sido muchas las personas que sin ningún tipo de compromiso y desinteresadamente me tendieron su mano.

Gracias a mis queridos Carlos Enrique Uribe Restrepo y a Yaneth del Pilar Martínez Muñoz por ser los primeros en levantar el manto de injusticia que cubría la memoria de Betsabé Espinal. Gracias por haber escrito *Betsabé Espinal La Natural. Itinerario de una lucha. Bello, Colombia, 1920.* Un libro apasionado, inteligente y certero como ellos, que explica de forma pormenorizada y fehaciente la huelga y que fue, para mí, camino de luz.

Gracias por regalarme aquel inolvidable día de noviembre de 2013 cuando nos encontramos en Bello y junto a Manuel Arango, vehemente historiador, caminamos los pasos de Betsabé hasta acabar delante de la pequeña casa en la que vivió sus últimos años.

Gracias también a la entrañable anciana Gabriela Arenas, su vecina de entonces, a quien pude conocer días antes de que falleciera. Ella me narró la muerte de Betsabé, que vio y vivió con sus ojos de niña y que se le quedaría grabada para siempre.

Gracias a Santiago Londoño, quien desde el primer instante y sin conocerme apenas se transformó en mi ángel de la guarda. Además de brindarme su generosa hospitalidad y hacerme sentir como en mi propia casa, con su exquisito hacer me abrió puertas, consiguió cuanto material pudiera servirme, se preocupó de que no me faltara de nada —decenas de libros y documentos que fueron decisivos a la hora de escribir esta novela—, me puso en contacto con personas maravillosas que enriquecieron mis conocimientos y me regaló, además de su valioso cariño que perdura y se acrecienta con el tiempo, su amistad y la de Martica, su bella esposa. Gracias, mis queridísimos.

Gracias a Paula Trujillo, que me acompañó, hizo de rigurosa documentalista y fue, más que oidora, partícipe de mis sueños. El destino hizo que la conociera justo dos semanas después de haber visto el documental de Betsabé y, como no existen las casualidades, al saber que era de Medellín le expliqué lo que pretendía. Fue ella quien me llevó a conocer a muchos antioqueños que me tendieron su mano y me aclararon inquietudes. Con Paula caminé la historia, la vivimos con tal intensidad que juntas acabamos por creérnosla. Y gracias también a Conrado, su esposo, quien dibujó para mí sobre el mapa actual de Medellín el desaparecido de aquella Villa de la Candelaria en el que haría caminar a mis personajes.

Gracias a Alejandro Mansilla, amigo querido y refinado escritor, quien leyó con devoción y entusiasmo la primera mitad del manuscrito. Mi Ale, estás siempre presente.

Gracias a María Isabel Duarte, coordinadora de la Sala de Patrimonio Documental de la Universidad Eafit de Medellín, por hacerme fácil la búsqueda y poner a mi disposición su eficaz y amable equipo.

Gracias a quienes en algún momento del trayecto me acompañaron a través de emails, llamadas, encuentros, y sin saberlo se convirtieron en caminantes de esta aventura:

Juan Carlos Cadavid
Adriana Correa
María Carolina Cubillos Villegas
Eduardo Domínguez
Julián Estrada
Diana Cristina Euse
Elena María Molina Villegas
Gloria Palomino
Ana Catalina Reyes
Laura Serna
Reinaldo Spitaletta
Camila Toro
Lina María Uribe

Y TAMBIÉN GRACIAS...

A mi amadísima hija María Lorente agradezco con toda mi alma el regalo de sus conocimientos filosóficos y su sabiduría, volcada en los capítulos 6, 31, 65, 77 y 95 de la Segunda Parte, en los que sus manos se unieron a las mías.

¡Qué feliz fui en ese alimón! Gracias por tu inmenso amor y tu talento, mi cielo.

A mi amadísima hija Ángela Téllez, por brindarme siempre su amor incondicional y empujarme a seguir. Por entender mis silencios y desasosiegos. Y por haberme hecho el regalo más hermoso que jamás soñé, su mejor y más bella obra de arte: mi nieto Alejandro. Gracias, mi cielo.

A mi familia, por la paciencia y el amor que desplegaron a lo largo de estos seis años.

A mis queridos hermanas y hermanos, por esta unión que traspasa el tiempo y la distancia.

Y a Joaquín, mi compañero de vida, por tanto, tanto amor... TE AMO.

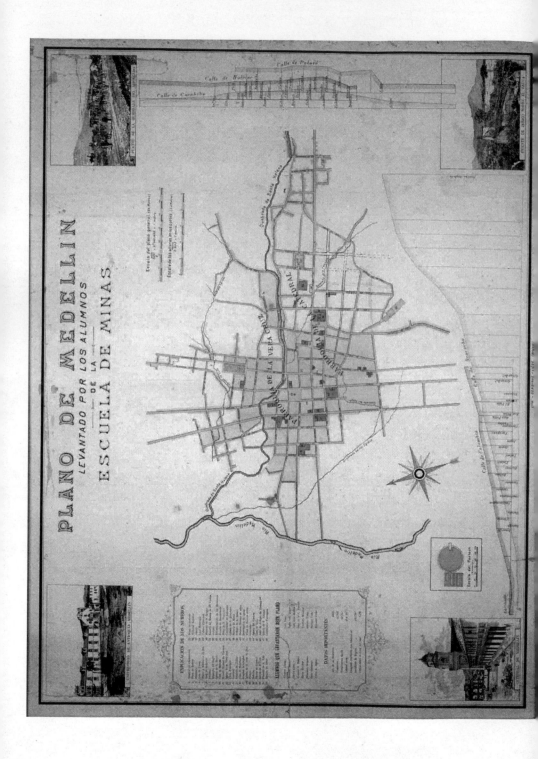

PARIS MONUMENTAL ET MÉTROPOLITAIN

Patronato de Obreras, 1918

BIBLIOGRAFÍA

A.A. V.V., *Historia de Medellín Tomo II*, Compañía Suramericana de Seguros, Editor Jorge Orlando Melo, Medellín, 1996.

ARCHILA NEIRA, MAURICIO, «La organización de la clase obrera en Medellín, 1900-1930».

BERNARDO ROJAS, MANUEL, «Cultura popular, músicos y bohemios».

BOTERO GÓMEZ, FABIO, «Vida cotidiana y cultural urbana en Medellín, 1930-1950».

CASTRO H., PATRICIA, «Beneficencia en Medellín, 1880-1930».

ESCOBAR CALLE, MIGUEL, «Crónica sobre Los Panidas».

FARNSWORTH ALVEAR, ANN, «Las relaciones cotidianas en el trabajo industrial, 1910-1935».

GONZÁLEZ MEJÍA, CONRADO y BARRIENTOS ARANGO, JOSÉ, «La educación primaria y secundaria, 1880-1950».

JIMÉNEZ, ELKIN, «Los maestros y la educación en Medellín en el siglo XX».

LONDOÑO, PATRICIA, «Religión, iglesia y sociedad, 1880-1930».

LONDOÑO VÉLEZ, SANTIAGO, «Las artes plásticas hasta el siglo XIX».

MOLINA LONDOÑO, LUIS FERNANDO, «Arquitectura del Valle de Aburrá».

NARANJO MESA, JORGE ALBERTO, «El relato y la poesía en Medellín, 1858-1930».

PIEDRAHÍTA, JAVIER, «Situación política y religiosa en Antioquia, 1868-1942».

REYES CÁRDENAS, CATALINA, «Vida social y cotidiana en Medellín, 1890-1940».

Rodríguez Álvarez, Luis Carlos, «Músicas para una ciudad».

Saavedra, María Claudia, «Tradición laboral y capacitación, 1900-1940».

Toro B., Constanza, «Los servicios Públicos en Medellín, 1920-1990».

Arendt, Hannah, *Sobre la violencia*, Alianza Editorial, Madrid (España), 2018.

Bakunin & Nechayev, *El catecismo revolucionario*, Felguera Ediciones, España, 2014.

Betancur, Agapito, *La Ciudad 1675-1925*, Lemoine, 2013.

Correa Arboleda, Adriana, «De las "pobres bobas" a los empresarios vivos», artículo en *Huellas de ciudad-Revista del Centro Histórico de Bello*, año XI/N.°13/julio 2011.

De Hoyos Misas, Germán, *Guía ilustrada de Medellín*, Instituto Tecnológico Metropolitano, Medellín (Colombia), 2004.

Domínguez Rendón, Raúl, *Vestido, ostentación y cuerpos en Medellín 1900-1930*, Instituto Tecnológico Metropolitano, Medellín (Colombia), 2007.

Escobar Calle, Miguel, *La ciudad y sus cronistas*, Instituto Tecnológico Metropolitano, Medellín (Colombia), 2003.

Eslava Galán, Juan, *La primera guerra mundial contada para escépticos*, Planeta, Barcelona (España), 2014.

Fiori, Gabriela, *Simone Weil: una mujer absoluta*, Adriana Hidalgo Editora, Buenos Aires (Argentina), 2006.

Jaramillo Londoño, Agustín, *El testamento paisa*, Susaeta, Barcelona (España), 1982.

Klüver, Billy y Martin, Julie, *El París de Kiki. Artistas y amantes 1900-1930*, Tusquets, Barcelona (España), 2004.

Latorre Mendoza, Luis, *Historia e historias de Medellín*, Instituto Tecnológico Metropolitano, Medellín (Colombia), 2006.

Martínez Muñoz, Yaneth del Pilar y Uribe Restrepo, Carlos Enrique, *Betsabé Espinal La Natural. Itinerario de una lucha. Bello, Colombia, 1920*, Fondo Editorial Quitasol, Medellín (Colombia), 2013.

Ochoa, Lisandro, *Cosas viejas de la Villa de la Candelaria*, Instituto Tecnológico Metropolitano, Medellín (Colombia), 2004.

Olano, Ricardo, *Medellín en la memoria de Ricardo Olano*, Instituto Tecnológico Metropolitano, Medellín (Colombia), 2006.

Ospina de Navarro, Sofía, *La abuela cuenta*, Instituto Tecnológico Metropolitano, Medellín (Colombia), 2004.

Perrot, Michelle, *Mi historia de las mujeres*, Fondo de Cultura Económica de España, México, 2008.

Sánchez, Luis María, *Colombia. Mitos y Leyendas*, Secretaría de Educación, Cultura y Recreación del Municipio de Medellín, Medellín (Colombia), 1992.

Spitaletta, Reinaldo, «El monstruo que se tragó a los obreros», artículo en *Huellas de ciudad-Revista del Centro Histórico de Bello*, año XI/N.º 13/julio 2011.

Weil, Simone, *La condición obrera*, El cuenco de Plata, Argentina, 2010.

Documental «Mujeres de pies descalzos» en la serie *Viajes a la memoria*.

    Realizadores: Eduardo Gómez, Ministerio de Cultura de Colombia, Caracol Televisión, 2010, Colombia, Antioquia, Pueblo Bello, Bello, Montebello.

    Guionistas: Beatriz Quintero, Catalina Reyes, Luz Gabriela Arango, Reinaldo Spitaletta, Trina Echavarría, Manuel Arango, Carlos Enrique Uribe, Guillermo Aguirre.

Archivo histórico de la Universidad EAFIT- Sala de Patrimonio Documental.